前海先生

丁力 著

SPM 南方传媒 花城出版社

中国·广州

图书在版编目（ＣＩＰ）数据

前海先生 / 丁力著. -- 广州 ：花城出版社，
2024.3
ISBN 978-7-5749-0057-8

Ⅰ．①前… Ⅱ．①丁… Ⅲ．①长篇小说－中国－当代
Ⅳ．①I247.5

中国国家版本馆CIP数据核字(2023)第205512号

出 版 人：张　懿
责任编辑：李　谓　安　然
责任校对：梁秋华
技术编辑：凌春梅
封面设计：集力書裝
Design

书　　名　前海先生
　　　　　QIANHAI XIANSHENG
出版发行　花城出版社
　　　　　（广州市环市东路水荫路 11 号）
经　　销　全国新华书店
印　　刷　深圳市福圣印刷有限公司
　　　　　（深圳市龙华区龙华街道龙苑大道联华工业区）
开　　本　787 毫米 ×1092 毫米　16 开
印　　张　25　1 插页
字　　数　470,000 字
版　　次　2024 年 3 月第 1 版　2024 年 3 月第 1 次印刷
定　　价　68.00 元

如发现印装质量问题，请直接与印刷厂联系调换。
购书热线：020-37604658　37602954
花城出版社网站：http://www.fcph.com.cn

致敬前海

序

前海与丁先生

张　陵

丁力的小说《前海先生》含金量特别高。不仅是他个人小说创作上的大突破，而且很可能会被看作是深圳文学思想的大进步。读好这部小说，先得读懂前海。

2021年9月，国家发布《全面深化前海深港现代服务业合作区改革开放方案》和《横琴粤澳深度合作区建设总体方案》这两个重要的历史性文件，再度强化了前海和横琴在推动"一国两制"进程中的重要地位。其实，三十年前，前海这个名字并不为人所知。香港回归祖国后，中央政府积极保持香港的繁荣发展和在世界经济发展中的重要地位的同时，也注意到香港经济发展模式的方向，为了应对百年未有之大变局潜在的短板和风险以及深层次的矛盾，就在坚持"一国两制"的框架下，早早进行一系列具有战略意义的安排和举措。如港珠澳大桥的建设，大湾区经济发展等，都是以国家的力量，帮助和支持香港更好地与内地深度合作，更好地融入国家发展格局，在未来的国际竞争中争取主动。历史和现实的事实证明，只有依靠国家强大的后盾，香港才能保持长期繁荣稳定，"一国两制"才会有光明的前景，香港的明天才能更美好。前海就是在这样的时代背景下浮出水面的，并且越来越显示出重要性。今天，前海作为深圳建设中国特色社会主义先行示范区的一座高地，对大湾区建设起着重要作用，也对香港美好的明天有着特殊的重要作用。

读懂前海的前世今生，再读前海的故事，含金量就显示出来了。这部小说读起来并不复杂。三十年前，离职到深圳闯荡的工程师丁先生给香港老板打工，发现他虽然是工厂的业务骨干，工资却比来自香港的普通职员甚至工人师傅都低太多，有二十倍之差距。刚开始他以为是因为自己不会讲广东白话，所以拼命学习粤语，使劲想办法让自己的内地普通话听起来也带着香港味。 后来，他从非常信任他的老板那得知，他的工资如此之低的根本原因为他不是香港人。在改革开放早期，来内地工作的香港人工资就是比内地人高。三十年后，丁先生成了前海的大老板，但他因一口香港口音，一直被误认为是港商。他自己很享受这个误会。直到有一天，他给一位来前海创业的香港青年投资一百万人民币，丁先生才明白，自己其实就是一个内地人。这一思想文化的觉醒不要紧，他的口音突然一下子就变回来了，恢复了内地口音。人们才知道，丁先生并不是"港商"，丁先生也不再需要扮成港商。

《前海先生》通过丁先生的形象塑造，真实反映了三四十年来，香港与内地关系的变化。正所谓风水轮流转。当年，香港的经济优势比内地要强得多，香港人也充满优越感 ，连口音也显得比别人高贵。内地人，哪怕再有本事的内地人，在香港的经济实力和香港人的优越感面前，只能当个小学生。然而，几十年后，中国成为世界第二大经济体，成为世界制造业大国，并向世界制造业强国迈进，中华民族的伟大复兴正在令人振奋地向前推进。而深圳也建成为一座可以和世界上任何一座国际大都市比拼的现代化大都市，在国家的大湾区建设中起着举足轻重的引领作用。这种发展也带动了内地与香港的文化关系发生了根本性的调整。香港人的优越感也许还在，但内地人的自信心则更突出。这不是风水，而是"民生"。这几十年里，内地的政策好，内地老百姓特别能打拼，开创了自己美好的新生活，人民的获得感、幸福感、安全感不断增强。相比之下，香港看上去经济很繁荣，但民生问题一直没有解决好，老百姓共享经济发展成果的含量越来越稀薄。甚至出现了思想混乱，导致社会动乱，经济发展也出现了疲态，正在失去往日那种地位和重要性。这一来一去，关系的调整就是历史性的，必然的。

《前海先生》塑造丁先生这个人物形象，更深的思想内涵是提示我们思考"一国两制"发展的基本规律，思考国家的力量在"一国两制"发展中的决定性和引导性作用。现在看来，光靠香港自身的政治制度很难破解香港的民生问题，无法化解香港未来发展中的风险与危机，必须有国家力量的引领和带动，才能保证香港的繁荣稳定和人民的福祉，保证"一国两制"向前推进。"前海深港现代服务业合作区"的建设，就是国家在"一国两制"框架下，积极创造条件，帮助香港拓展发展空间，给香港带来长期的繁荣稳定。这是大湾区发展的好机会，也是香港发展的好机会。小说主人公丁先生给香港创业青年投资一百万的情节，适时地传递出这个时代的信息。而丁先生身上那种文化自信心的增长，不仅有他思想性格的底气，更是有国家的底气、时代的底气。由此，小说的问题导向意识鲜明突出，主题思想也开阔深化。

丁先生这个形象给人印象非常深。他是个工科专业精英人士，很聪明，改变命运的欲望特别强烈。他比别人更早地占据了工厂的高层位置，也比别人更早地意识到要向香港人学习，更是比别人更早地学会怎样用香港人的思维方式去创业经商，虽然他必须付出改变自己口音和被当成香港人的代价，但他清醒地知道，这一切都是必然的过程。前海战略位置提升的前夜，他已经用自己百分之十的股份换到香港老板的旧工厂地皮。苦苦支撑一段时间后，终于迎来了前海经济大开发，他守着的地皮大升值，他自己从一个打工者一跃成为大老板，从此创业之路越走越顺。财富奇迹就这样神奇地发生了。从这里可以看出，他抓发展机遇的本事和聪明劲儿，一点也不比香港人差。某种意义上说，他比香港人看得更远，看得更准，抓得更牢。是不是可以这样认为，是源远流长的中华文化，给他高瞻远瞩，给他智慧，给他力量。答案是肯定的。

小说中的香港人其实都是很好的人。老板爱人才，知人善用，真的对丁先生很好。他说香港人工资待遇时并没有对丁先生居高临下，也没有羞辱人的意思。高管林姑娘长得丑，人却很善良，一点也不傲慢，是一个敬业的企业管理人。而香港来的许师傅更是非常好的人。他明明知道由他培训的内地工程师就是要来代替他的人，仍然无私地把自己的业务技能全部传授给对方。在许师傅那里，丁先生才明白，像许师傅这样的香港人，值得拿比内地人高出二十倍的工资。小说想告诉我们，香港的老百姓和内地的老百姓都是非常好的老百姓，都是中华民族的优秀儿女和子孙，都在创造自己的美好生活。可为什么香港就出了大问题，严峻的问题？值得深思。

　　小说一般不承担把问题想到底的任务。不过，丁力的小说能把主人公和前海巧妙摆放在一起，就是思考，就是思想。小说写到这个份上，也算是触动现实症结，把住了时代的脉搏。

2022年9月27日

　　　■　张陵，文学评论家。茅盾文学奖、鲁迅文学奖评委。曾任《文艺报》副总编辑、作家出版社总编辑，现为中国作家协会报告文学委员会委员。

目 录

第一章　离职

丁先生是他的本名，并非某个姓丁的先生。

20世纪80年代中后期，丁先生的梦想是去美国。原本指望姐夫，因为姐夫是土生土长的美国人，有资格为他担保，没想到正因为土生土长，所以完全不懂人情世故，无论姐姐怎么软硬兼施，姐夫就是不同意，认为担保是件非常严肃的事，他不能为一个没见过面的人担保，除非丁先生来美国，和他见面好好谈谈……

"废话！"姐姐骂道，"我弟弟要是能来美国还要你提供什么担保！"

姐姐要跟姐夫离婚。丁先生也觉得她真该跟美国老公离婚，但他不能让姐姐因为他而离婚，于是自找台阶，拿1998年安徽特大洪水说事，说全世界都在支援中国抗洪救灾，而美国却只提供一万美元的援助，好比在中国我们参加婚宴却只给一元人民币贺礼，这样的国家不去也罢！

"请我去也不去！"丁先生说。

但私下里他对老婆说："姐姐能凭自己的本事去，我也可以！"

"本事"主要指英语。当年姐姐考托福，现在丁先生要考GRE，形式不同实质一样，就是首先要过语言关。

老婆承担了所有的家务，支持他。丁先生也真下功夫。白天上厕所都背单词，晚上睡觉也戴着耳机。《英语九百句》早已不在话下，《新概念英语》前三册基本能背诵，终于在单位组织的考试中丁先生脱颖而出，被选送到解放军国际关系学院插班二年级学习，英语听、读、说、写果然有很大提高。可是，当他通过赴美英语资格考试并联系好美国的学校后，却遭大使馆拒签，理由是：他是解放军国际关系学院毕业的，涉嫌从事情报工作。

美国大使馆拒签不仅断送了丁先生的美国梦，还影响了他在中国的政治前程，本来有可能的提拔因被人告发背着单位申请赴美而失去了机会。

丁先生经历了人生的至暗时刻，有一种在单位抬不起头的感觉。但天无绝人之路。

这天下午，他突然接到一个听上去感觉很遥远的电话，对方说着一口丁先生听起来很吃力的普通话，他听着费劲，猜对方可能是台湾人或香港人。

"您能说英语吗？"丁先生问，并且他自己马上就用英语说，"如果您方便，我宁可听您说英语。"

对方愣了一下，改口说英语。丁先生这下听明白了，对方是香港人，在深圳蛇口的妈湾港附近新开了一家生产钢格板的工厂，急需各种专业技术人才，经人推荐，老板看了丁先生发表在《冶金参考》上的文章《钢格板占据工程材料新领域》，正好对口，所以想请丁先生到他工厂担任技术负责人。

丁先生紧张地捂住话筒，朝四周看，见同事们都在埋头看资料或在翻译资料，没有一个人接他的眼神，这反而让丁先生确信他们人人都竖起了耳朵，此时正恨不能钻进话筒里。丁先生索性大声告诉对方，此时他正在办公室里，说话不方便，就另外给他一个电话号码，让他过十五分钟后打这个电话号码。为避免对方出错，丁先生一个字一个字报出岳父家的电话号码。放下电话，他立刻拨打四位数的院内电话，让老婆带上她父母家的大门钥匙，赶快下来，陪他一起去她父母家。现在，快！

老婆问丁先生为什么这么急，是不是她家里出了什么事。丁先生说："赶快下来，我在大门口等你，见面再说。"

丁先生很快从院门口的科技楼下来，站在院大门口的显眼位置，等待老婆从设计大厦的四楼下来，并希望老婆一出设计大厦就能看见他。

老婆还没有出来，却从设计大厦四楼的窗户里伸出许多脑袋，大约是丁先生的电话有点急，惊动了老婆的同事，他们很关心总设计师家里到底发生了什么事？怎么总设计师自己没动静，倒是他女婿把他女儿急吼吼地叫回家，而且此时还站在光秃秃的大门口等着。

那时候还没有私人电话，更不用说手机了，所以丁先生要想与香港老板对话，又不想对同事完全公开透明说七说八，就只能去岳父家，并且岳父家的电话也不是私人电话，而是总设计师的工作电话，因为事情紧急，丁先生才不得不

"假公济私"，但他没有岳父家的大门钥匙，所以必须叫上老婆一起去，搞得兴师动众。

老婆从设计大厦主楼出来，虽没有奔跑，大概是知道很多人看着她，不好意思奔跑，但还是明显加快脚步，快速向丁先生走来。丁先生摆出四百米接力的姿态，在老婆即将接近他之前，提前转身，正好让老婆凭速度产生的惯性追上他。

"什么事这么急？"老婆问。

丁先生边走边说："香港一个老板在深圳建成一家生产钢格板的工厂，想请我去负责技术。"

"香港老板？在深圳？生产钢格板？什么钢格板？你答应去了吗？"老婆也一边快走一边追问。

"没问清楚。"丁先生回答，"在办公室里也不方便问。"

老婆似乎明白一点，"哦"了一声。

"所以我把你家电话告诉了他，让他十五分钟之后再把电话打过来。"

"十五分钟？"老婆说，"那是要快点。"

总设计师和具有高级职称的工程师宿舍离单位很近，但毕竟在院外，要绕半个圈，平常不觉得远，但遇上急事就感觉不近了。丁先生后悔自己不该搞得这么急，应该让对方晚上再打，或者应该说半小时至少二十分钟之后再打的，但事已至此，后悔无用，只能加快步伐，早点赶到岳父家。

千不该万不该，岳父家不该在四楼。那年月很少有电梯，几乎都是所谓的多层建筑，所以这四层楼梯又消耗了不少宝贵时间。但仿佛如有神助，丁先生刚刚爬上四楼，还没来得及用钥匙开门，岳父家的大门就从里面自动打开。

开门的是丁先生的大舅子。按道理应该叫"小舅子"，但老婆还有一个更小的弟弟，为了区别，丁先生就称这个大弟弟为"大舅子"。

大舅子仿佛知道丁先生会来，听上楼梯的脚步声就先知先觉地把门打开了。

"姐夫，刚才有一个老外给你打电话。"大舅子说。

"老外？"丁先生边进门边说，"不是老外。香港人。会说英语。"

"可能吧。"大舅子说，"他一开始说英语，我问他找谁，他才用中国话回答找'丁先生'，但中国话不标准，把'丁'说成'灯'。"

丁先生笑笑，问大舅子："你怎么跟他说的？"

大舅子回答："我说你不在家，在办公室，然后把你办公室的电话号码告诉了他。"

丁先生忍不住皱眉，哭笑不得，但想到香港老板不会这么傻，肯定知道是我在路上耽误了，等下一定再打过来。

说着，一家人已经进屋。老婆问她弟弟怎么没上学，大舅子回答下午没课，在家自习。

大舅子贪玩，学习成绩一般，高考分数差一点，岳父找关系让他在马鞍山钢铁学院走读，就是学校不安排宿舍，住家里，每天走路去学校上课，但大舅子并没有走路，每天骑自行车往返，最近突然疯狂地迷恋上摩托车，央求父母给他买一辆，岳父岳母自然清楚儿子要钱买摩托车不是为了节省时间，而是为了兜风，当然不会轻易答应，大舅子跟姐姐诉苦。他姐姐也就是丁先生的老婆跟丁先生说了这件事，丁先生就打听了一下价格，再对照自己家的经济实力，确定买正经的摩托车不可能，最多只能买一辆轻型摩托，也就是所谓的轻骑。最便宜的本省产玉河牌轻型摩托要一千三百元，他们努力一下，再过两个月，等上海科技出版社给他的那笔版税下来就差不多了。原本丁先生打算到时候给大舅子一个意外的惊喜，但老婆先对弟弟透露了，所以，丁先生的大舅子现在对他的态度明显好过以往，叫起姐夫的声音也比往常清脆。

不大一会儿，香港老板的电话再次拨打过来。丁先生首先说对不起，自己家没装电话，这电话是岳父家的，所以他必须叫上老婆一起回来，因此耽误了一些时间。

对方说没关系，是他自己太心急了，没到十五分钟，大概只有十三分钟就提前把电话打过来了。

丁先生说彼此彼此，我也一样，因为心急，所以才说十五分钟，其实该说二十分钟的。

对方没有继续客套，说正事，说他想请丁先生去香港恒基金属材料公司任职。

丁先生看一眼老婆和大舅子，然后问对方打算给他什么条件。

对方说这个可以谈，你先开个价吧。

丁先生捂住话筒，转身和老婆及大舅子商量。他们也不懂开多少钱合适。开高了，怕把香港老板吓跑了，开低了又怕吃亏。丁先生感觉此时他该有自己的主见，于是想了想，试探性地开出一个价：每月工资不低于一千三百元！吓得大舅子伸出了舌头，老婆没说话也没做动作，但脸上的表情似乎也赞同弟弟的看法，担心丁先生因为开价太高而把香港老板吓跑了。谁知香港老板马上就一口答应：

"好！每月工资不低于人民币一千三百元。干得好的话，三个月试用期结束后我再给你加薪。"

见老板这么爽快地答应，老婆和大舅子又似乎觉得丁先生的价码开低了，说如果丁先生开出每月一千五百元说不定香港老板也会答应。丁先生自己心里也是这么想的，但嘴上不承认，于是说："我开每月一千三百元工资的依据有两条。第一，是我现在工资的十倍！干一年等于在设计院干十年！干三年等于在设计院干一辈子，够了！第二，一千三百元正好是买一辆轻骑的钱，一个月的工资就能买一辆轻型摩托车，值了！"

老婆听了神秘地一笑，大舅子则假装此事与他无关，但他毕竟不是演员，所以兴奋忍不住从眼角露出，且憋得满脸通红。

接下来丁先生要干三件事。第一，开病假条；第二，等待香港老板的电汇路费；第三，开边防证。

第一件事情好办。丁先生是马鞍山本地人，亲戚朋友同学在本市各医院都有，开个病假条小菜一碟，关键是后面两件事。

丁先生是个要面子的人，倘若按照他自己的计划从南京乘火车经上海、杭州、南昌、株洲到广州，再乘中巴从广州去深圳，他身上或者说他家里的钱是够的，不需要老板汇款，但老板要求他乘飞机，而且要求他飞抵广州白云机场后直接打出租车去深圳，说实话，他们家真没有这么多存款，不得不要求老板提前支付费用，而且丁先生不敢让老板把钱汇到设计院，担心影响不好，要求对方把钱汇到他父母那里，所以他现在每天都骑自行车回宁芜路的父母家一趟，看父母是假，看电汇单到了没有是真。好在第三天钱就到了，并且比预想的多。丁先生原本以为是一千元，没想到老板一下子电汇过来两千元！搞得丁先生一激动，差点先拿出其中的一千三百元帮大舅子买一辆轻骑，但他并没有真这么做，他对老婆说，既然香港老板这么大方，我们就要对得起人家的信任，不要搞得让人家瞧不起。老婆说对，你先拿上这两千元风风光光地去深圳，帮小松买摩托车的事不急，留着青山在哪愁摩托车！老婆的意思是只要丁先生在深圳的工作稳定了，每月工资不低于一千三百元，帮她弟弟小松买辆摩托车还不是分分钟的事吗？

但开边防证的事却遇到了麻烦。找派出所，人家说你们大马院的人出差都是单位保卫处统一办理，你让单位的保卫处来吧。这个丁先生当然知道，但他不是不想让单位知道他去深圳吗？好说歹说，人家就是不同意，并问丁先生去深圳是公事还是私事。丁先生当然回答是公事，派出所的人反问，那你更应该找你们单位保卫处，干吗来这里为难我们呢？问得丁先生哑口无言。

经打听，除派出所之外，武警部门也可以开边防证。正好，丁先生老婆的一个同学嫁给了武警军官。夫妻俩当晚一同去同学家，把情况一说，人家满口答应，当场给丁先生写了一张纸条，让他明天上午去哪里哪里找谁谁谁。第二天上午丁先生去了那里，找到纸条上的人，人家看了看纸条，放在一边，没说不办，也没立刻办，而是先接待其他人。这个人也是来办边防证的，用报纸裹着一条烟，优先。丁先生后悔自己空手而来，以为就是要表达感谢也不能明目张胆，要含蓄一点，比如下次从深圳回来顺便去沙头角买块进口布料让老婆送给她同学，把人情补上，哪能当场就给经办人带一条烟来的？那多俗啊！现在看来，办这种事就要俗，越俗越好办！但后悔已经来不及了，只能尴尬地等在那里。

这个人办完，又进来一个人，和丁先生一样，也没带烟，只拿了一张和丁先生一样的纸条，同样像丁先生一样递给经办人，所不同的是，经办人懒洋洋地接过纸条一看，马上站起来，和对方握手，并且立刻热情而快速地把边防证开好，起身双手递给来者。

丁先生看明白了，写这张纸条的人比他老婆同学的老公来头大，应该是经办人的首长。那么我该怎么办呢？是先退出去买一条烟，还是继续等？这期间，经办人又陆续办了几个人，可就是不给丁先生办，明明有空去上厕所也不给他办，但始终也没说不给他办。

丁先生紧急思考了一下，决定趁经办人去上厕所之际自己赶快出去，先买条烟再回来，免得继续坐在那里尴尬。

出来之后，骑上自行车去买烟，发觉已接近中午了，不如先回家吃饭，下午带条烟再来，并且他打算学着上午那个人的样子，也用报纸把香烟裹着。

到家，大舅子也在，老婆问丁先生事情办得怎么样？边防证开出来了吗？

丁先生把上午的遭遇一说，大舅子也没心情陪姐夫喝一杯祝贺了，赶紧回家。

吃过饭，稍作休息，丁先生打算和老婆一起先去单位点个卯，然后溜出去买一条香烟，用报纸裹好，然后夹在自行车后座上再去上午那地方找那个人开边防证，可还没出门，岳父就来了。

岳父很少来他们家，尤其是大中午赶在下午单位上班前，估计是大舅子中午吃饭的时候把丁先生上午的遭遇一说，岳父赶过来给他们拿主意了。

岳父没坐下，当然也没换鞋，就那么站在厨房里对丁先生说："你赶紧找一下，看有没有深圳或者广东那边哪个单位请你去开会的邀请函。"

"好！"丁先生答应一声，马上转身进屋，去找那些邀请函了。

这两年丁先生靠文吃文，根据单位开展的项目和课题广泛阅读中外资料，然后把国外最先进的技术点缀其中，写成一篇篇所谓的论文四处投稿，到处发表。本单位的人没把他太当回事，但很多外单位的人都把他当作某个领域的专家，几乎每个月都能收到一两份研讨会、交流会、鉴定会等杂七杂八的会议通知或邀请函，但大部分他不参加，不是他自己不想去，而是单位不批准，因为一旦单位批准他出席这样的会议，就意味着要帮他报销往返费用并给予差旅补助，单位哪能每个月都帮他报销一两次费用？再说丁先生自己也不能每个月都往外跑一两次吧，所以，这些会议通知和邀请函大部分被当成废纸，但又舍不得扔，就存在写字桌抽屉肚子里，现在丁先生就赶紧进去找这些废纸，必须是深圳至少是广东省的，没过期的。

终于找到一份邀请函，时间吻合，可不是深圳，是东莞。虽然两地挨很近，但中间隔着一道铁丝网，没有边防证照样进不了深圳。岳父皱着眉，略微思考片刻，掏出钢笔，女儿赶紧拖出一张吃饭的方凳，示意父亲坐下。岳父坐下后，又略微想了想，写了几个字："同意。顺便去一趟深圳，实地考察华美钢铁公司的工艺，回来形成报告交总师办。杨。1991年11月16日。"然后递给丁先生，很有底气地说："拿去，让保卫处开边防证吧！"

这是最好的结果，不仅省了一条烟，连病假条也不用找人开了，而且把原本偷偷摸摸的事情办成光明正大理直气壮的，夫妻俩自然激动万分，一个劲地说"谢谢爸爸"，总设计师却不予理睬，走到门口，转身非常严肃地对丁先生说："别以为我是关照你，我是真的对深圳华美钢铁的工艺感兴趣。记着，回来是要提交报告的！"丁先生把头点得如鸡啄米，说是是是，一定一定，保证让报告评上甲等。

有了总设计师的批示，丁先生手上的邀请函立刻从一张废纸变成"尚方宝剑"，所有的部门畅通无阻，问都不问，积极配合，不仅单位保卫处笑嘻嘻地帮他办理边防证，而且院办还针对深圳华美钢铁公司出具带有"冶金部"金字招牌的介绍信，甚至，财务室预支差旅费……

从广州白云机场打出租车，明明说好去深圳蛇口妈湾的香港恒基金属材料公司，出租车司机也明明答应好好的，但到了深圳的南头关司机却让丁先生下车，理由是，司机没有边防证，进不了深圳。

"那你在广州为什么不说？"丁先生质问。

"说不说都一样。"司机回答，"所有的出租车都只能把你送到这里。"

"那我怎么办？"丁先生问。

"你带了边防证吗？"司机问。

丁先生回答带了。当然带了。

"那还不好办吗？"司机说，"你马上提着行李跟着人排队，接受边防证的查验，大踏步走进特区，然后另外打一辆出租车去蛇口，不是一样的吗？"

确实是一样，即使广州的出租车司机有边防证，丁先生也还是要下车步行通过检查站。丁先生马上给自己做心理暗示，自己是来深圳办大事的，不要在小事情上与小人物过分计较，出租车司机为了拉生意，事先不说他没有边防证进不了深圳特区的做法虽然不够诚实，但并没有对我的行程造成破坏性影响，何必与他计较呢？这么想着，丁先生就爽快地付钱，还说了声谢谢，搞得司机都有些不好意思，下车帮丁先生从后备厢取行李，热情地祝丁先生这次特区之行顺利，等等。丁先生带着愉快的心情，从司机手上接过行李包，按司机的提示方向，像司机说的那样，大踏步走向验证大厅。

重新找出租车，丁先生接受教训，先问对方是否知道蛇口妈湾的香港恒基金属材料公司怎么走。司机说他知道蛇口和妈湾怎么走，但不知道恒基金属材料公司。丁先生又问了另外两个司机，其中一个回答他知道大概的位置，又说妈湾就那么大，只要到了妈湾，我们一路找一路问，很快就能找到的。丁先生说行，上了车。可司机却并没有启动车辆，他对丁先生说，这边从月亮湾去妈湾的道路正在修，没法走，我们只能从蛇口港那边绕。丁先生说可以可以。司机又说，这样你就要承担返程费，因为我要走回头路，并且出来的时候多半空载。丁先生问返程费是多少，司机回答在打表的基础上加百分之五十。丁先生回答行。司机这才启动车辆正式上路。

出租车很快就从南山到达蛇口，因为丁先生已经看见立在路边那块巨幅的"时间就是金钱 效率就是生命"的宣传牌，并且看见下面有一排小字"蛇口招商局"。之后一路左边是联合医院和太平保健公司，右边则是"工业某路"，用数字标志，如"工业五路""工业二路"等。很快，出租车就经过蛇口码头，然后右拐，似乎沿着南山脚下与珠江口之间逆流而上。先经过赤湾港，再到妈湾。他们并没有"找"更没有"问"，就那么一路往前开，先经过华美钢铁公司，后经过亚洲自行车公司，再走不远就到了香港恒基金属材料公司。经过华美公司的时候，丁先生着实激动了一下，因为，这里也是他此次旅行的目的地之一，他还担心找起来会费点劲呢，没想到根本不用找，直接路过了！而且看起来离恒基公司不远，至少是一个方向，真巧！经过亚洲自行车公司的时候，他看到巨大的"ABC"标志，一想，正好是英文的"亚洲""自行车"和"公司"三个单词的第一个字母，ABC有意思！但最后抵达的恒基金属材料公司，外观上则明显不如前面两家公司气派。相对于华美钢铁来说，恒基公司大门和厂房都不如华美气派，与ABC相比，恒基公司门口冷冷清清，不像亚洲自行车公司那样门口有小饭馆、小卖部和小发廊等，俨然形成一个小型集市的模样，最关键的是恒基公司规模明显没有华美钢铁和亚洲自行车那么大。但恒基公司毕竟是丁先生的目的地，甚至是他未来的工作单位和家，所以，见到香港恒基金属材料公司几个字，丁先生依然更加亲切，居然有一种终于到家的感觉。

因为丁先生事先发了电报，告诉老板他的飞行日程和航班号，所以老板秦昌桂特意从香港赶过来，在工厂迎接丁先生的到来。当然，或许老板也有其他事，迎接丁先生只是他当日来工厂的诸多事情之一。但因为中途换了一辆车，耽误了一些时间，所以抵达工厂的时间比预期的晚，致使老板与丁先生的谈话显得仓促，好像并没有谈透。比如他原打算问老板是否帮他解决深圳户口，以及能否帮他老婆在公司里安排工作等都没来得及问，老板就匆匆离开工厂返回香港了。

丁先生这才理解老板为什么从香港而不是从深圳给他打电话了，因为秦昌桂是香港老板，他的写字楼在香港，而深圳只是一间工厂，或可理解为妈湾这边只是"香港公司"在深圳这边的生产基地甚至生产车间，难怪恒基公司看上去不如前面的华美钢铁和亚洲自行车气派与繁华呢。

重要的问题老板只谈了一项，就是他招聘丁先生来公司的目的。因为蛇口的工厂原本属于来料加工，两头朝外，即原料从香港那边免税运过来，生产出的钢格板再免税运回到香港，只是利用内地这边的环保政策与地皮和人工费用低廉的优势，节省香港企业的产品综合成本而已。但最近秦老板听说内地的政策将进一步开放，像恒基这样原本两头朝外的"三来一补"企业也可以逐步开放内销市场，也就是通过补缴原料进口关税，允许部分产品就地销售。此政策可能在特区先进行试点，然后推广至十四个沿海开放城市。老板觉得这是一个极好的发展机会，因为他早看出内地的市场比香港大，他的产品别说卖到全中国，仅仅是供应广东，市场规模就远远超过香港，所以他很想做这件事，但如何做，怎么做，秦老板两眼一抹黑，于是他打算招聘一名内地人来配合这件事。但内地这边还没有开始用钢格板，这东西在内地还属于新材料，哪里能请到懂行的内地人呢？正好，有人向他推荐了《冶金参考》上发表的《钢格板占据工程材料新领域》这篇文章，这下好了，秦老板不用找其他人了，就找写这篇文章的人，于是就找到丁先生。

秦老板相信在《冶金参考》发表文章的作者也不会是假专家，因为《冶金参考》的封面上明确写着"供领导参阅"，编辑部敢把假冒伪劣的文章提供给领导参阅吗？所以他相信文章的作者也一定是货真价实的专家。可丁先生听秦老板这样说之后却非常失望，因为他以为老板把他请来是负责技术工作的，丁先生认为搞技术才算事业，而拓展业务属于销售，相当于推销员，丁先生放着好好的国家甲级设计院工程师不做，跑来给一个私人老板当推销员干什么？但是，既来之则安之，他马上提醒自己冷静，按时间算，他现在正在东莞以专家的身份参加新材料鉴定会，过两天是到深圳的华美钢铁公司调研新工艺，他还有时间，他不必着急，先看看情况再决定是否留下不迟。

老板仿佛看出丁先生的顾虑，就跟他解释，说国外所有的大企业，如日本的松下、东芝、三菱等，负责营销和售后服务的都是工程师而非一般的推销员。如今内地也开始改革开放搞市场经济了，将来也一定会这样，比如我们恒基公司，产品如你文章所说，属于新领域，说服别人使用新产品靠普通推销员不行，因为普通推销员说不出新产品的真正优势来，所以请你来领头做这件事最合适。

是，从老板的角度看，丁先生或许确实最合适做这件事，但负责营销并不是丁先生的志向，他还是喜欢从事科研或技术工作，感觉那才是他的事业，也只有继续从事技术工作，才能保持他在老师、同学、同行、同事和亲戚朋友中的知识分子形象，如果搞产品推广和营销，算什么？他甚至后悔电话里没有和老板讲清楚，当初他只顾着跟老板谈工资待遇了，哪里会谈到具体工作是负责产品开发还是负责产品推广？以为这个根本不用谈嘛，我是设计院的工程师，因为发表了那篇文章，被香港老板当成钢格板的专家请到深圳来，当然是继续当"专家"使用，哪里想到老板是打算让他推广销售？老板又说推广搞销售收入更高，除了说好的工资之外，还可以按销售额计算业务提成等，仿佛丁先生的眼睛里只有钱，根本没有"事业"，这不是侮辱人吗？

冷静。丁先生再次提醒自己冷静。反正到目前为止自己也没什么损失。老板电汇的两千元人民币还没有用完，他不提，我就不打算报账，剩下的钱正好可以充当回去的路费，自己经济上并不吃亏，就当是来深圳玩一次，长长见识，不是蛮好吗？

这么想着，丁先生的脸就晴朗了一些，老板也以为他的解释达到了效果，也灿烂不少。但丁先生仍然打算把已经说出去的话再往回收拢一点，免得老板以为他死心塌地了，过几天突然说走似乎不厚道，于是他对老板说："行，我试试。主要担心自己做不好，辜负老板的信任。我还是更习惯做技术工作，好在我们当初说好了是试用的，我就试用一个月吧。一个月之后，您再决定是否正式聘用我，我也再决定是否留下与您签订长期合同，好吗？"

老板回答好。但回答的声音不是很响亮，大约是他不明白丁先生既然答应来了，并且已经来了，为什么还主动说起试用的事呢？在老板的字典里，试用只是老板对雇员的专用词汇，被雇用者都希望没有试用直接聘用，而丁先生却主动说到试用，老板搞不懂这个内地人到底是怎么想的。或许在市场经济熏陶下的香港人，所有的事业心都是生意经，难怪他们一见面不是问"在哪里发财"就是问"做什么生意"，从来不像内地人问"做什么工作"或"又高升了"等。

老板结束与丁先生的谈话回香港后，天就黑了，但工厂仍在加班，灯火通明，热火朝天，在夜晚灯光的照耀下，工人们似乎比白天更有干劲。钢铁工厂丁先生见得多了，恒基公司最多只像国内大型钢铁企业一个附属的金属材料加工车间，对丁先生没什么新鲜的，他要出去散步，目标是刚才路过的亚洲自行车有限公司大门口，因为那里已经像一个小集市，他估计有公用电话。丁先生现在需要给老婆打一个电话报平安，也似乎有一肚子的话要对老婆说，或通过老婆的嘴向岳父汇报，毕竟是岳父派他来出差的。

他知道厂里也有电话，老板走的时候还特意交代丁先生如果有什么事情可以找林姑娘，丁先生相信如果他找林姑娘对方也一定为他行这个方便，但他不想为这点小事情去麻烦别人，更不想占公司这点小便宜，再说，当着林姑娘的面，他和老婆打电话也不方便啊，所以不如在外面散散步，顺便打一个公用电话。

不远。但比刚才坐出租车来的时候感觉远一些，大约是人在坐车和步行的时候对距离的感觉不一样吧。

到了亚洲自行车公司大门口之后，却没有找到公用电话。

怎么会呢？难道这么大的工厂这么多人不需要往家里打电话吗？或者他们都占公司的便宜，用公司的电话而不需要使用外面的公用电话？不可能，再找找。

终于，丁先生在一家简陋的小卖部柜台上看见两部电话机，但旁边并没有"公用"的告示牌，估计是打擦边球吧，当时的私人电话不允许对外营业，所以这两部电话很可能是以私用的名义申请，事实上却当公用电话使用，不然一个简陋的小店铺哪里需要两部对外联系业务的电话？

丁先生问："可以用一下电话吗？"

"打哪里？"对方问。

"安徽。"丁先生答。

"每分钟一块五。"对方说。

"可以。"丁先生回答。

对方掏出一把小钥匙，在话机的一侧拧了一下，把电话推给丁先生。丁先生先拨马鞍山区号0555，再拨岳父家电话号码。电话只响了一下，那头就接了。果然是老婆特意回娘家在电话机旁边等着呢。

"到了？"老婆问。

"到了。"丁先生答。

"还顺利吗？"老婆又问。

丁先生回答："顺利。"

"怎么样？"老婆接着问，"还好吗？吃的怎么样？住的怎么样？是正规工厂吗？"

丁先生回答："是正规工厂，但不是很大，位置也比较偏僻。从蛇口进来后，走蛮远，从大南山绕到小南山，经过赤湾港之后才是妈湾，而且工厂的规模也不如旁边的华美钢铁公司和亚洲自行车有限公司大。"

"华美钢铁？"老婆在电话里突然提高了嗓门，"你看到华美钢铁了？就是我爸让你去的那个华美钢铁吗？"

丁先生回答是。

老婆又问："华美钢铁离恒基公司远吗？"

丁先生回答："不远，一站半的路程吧。中间隔着一个亚洲自行车。从恒基到亚洲自行车半站路，从亚洲自行车到华美钢铁一站路。"

"怎么了？"老婆又问，"你好像情绪不高啊？"

"没什么，就是……"丁先生不知该怎么对老婆说。

"就是什么？"老婆追问，"说啊！"

丁先生略微停顿了一下，说："就是老板说他请我来主要是为将来产品内销做准备。与我想的不一样。"

老婆问："你之前是怎么想的？"

丁先生说他以为被请来是负责技术，比如提高产品质量、节约成本、改善工艺流程、研制新产品等。

"不矛盾啊，"老婆说，"产品内销是将来的事，现在你当然应该帮他们改善工艺、提高质量、节省成本和产品更新换代。不矛盾啊，有什么'就是'的？是你自己钻牛角尖了吧？"

是哦，丁先生想，能否内销、何时内销取决于国家政策，什么时候开始内销还说不定呢！再说，无论是外销还是内销，改善工艺、提高产品质量、产品更新换代都是没有错的，而他今天见到的几个香港人，都是师傅，没有一个是工程师，让他们维护设备和工厂正常运行没问题，但改善工艺、提高质量、降低成本、推出新产品不可能，可恒基公司要想适应市场的新发展，光靠几个师傅维持是不行的，必须有他这样国家甲级设计院的正规工程师才行，所以不管老板是怎么想的，反正我必须干出样子来。这么想着，他就又后悔头先主动对老板提试用的事了。

同样，丁先生没有对老婆说自己后悔的事，说出来没用，还给老婆增加担忧，更可能又被老婆说没脑子或干不了大事，他只能补充回答老婆刚才问的吃住问题，说吃得很好。工人和管理人员是分开吃的，香港人更是单独的小灶，今天他因为要和老板说话，所以是在香港人的小餐厅吃的，伙食好得不得了。明天估计是到外面与管理人员一起吃，可能不如今天，但也不会很差。住的地方也是管理人员和普通工人分开的。工人六人一间屋，管理人员四人一间。丁先生最特别，暂时住在工厂写字楼这边的一个小单间，一个人住。香港师傅住在蛇口海上世界那边，据说是洋房，一套房子住几个香港人，每人一间。

一看时间，超过十五分钟了，本来想跟儿子咿呀两句的，心疼钱，还是算了吧，跟老婆解释用的是公用电话，每分钟一块五。老婆更是一个勤俭节约的人，一算，不是超过四分之一工资了？说了句"你多保重"就挂了。

丁先生开始考察恒基的工艺细节。刚开始，他完全抱着学习的态度，但他很快就发现了问题，恒基公司生产的钢格板脚踏面居然沿用拉伸圆钢，而不是发达国家已经采用的冷轧扭曲钢！也就是所谓的麻花钢！这怎么行！难怪老板急于寻找一个能帮他打开内地市场和销路的人，这样的落后产品，在国际上肯定销路不畅，所以老板才不得不急于寻找内地销路，问题是，两头朝外的"三来一补"企业生产的产品能否内销涉及国家的大政方针和改革开放整体布局，牵一发而动全身，国家必须考虑开放程度对内地企业产生的冲击与影响，完全不是一个外资厂老板和国内某个能人能左右和决定的！再说如今已经进入所谓的信息时代，等到国家真有一天对外资企业开放内地市场的时候，市场也一定选择更先进的产品，而不会选择在发达国家已经被更新换代的产品！丁先生认为，作为企业，关键不是怎么把落后的产品推销出去，而是努力赶超世界先进水平，生产出最先进、科技含量更高的最新产品！

这么想着丁先生就很激动。幸亏老板不在，否则丁先生没准就和他喊起来了。

老板在香港，留在深圳的几个同事都是师傅，他们都是好师傅，但师傅毕竟只是师傅，关于老板打算用落后产品糊弄内地市场的事丁先生犯不着跟几位师傅说，说了他们也不感兴趣，更不会产生任何共鸣。但丁先生因为太激动，不说难受。他真想再跑回亚洲自行车公司门口往马鞍山打长途电话，跟自己老婆说，最好能跟当总设计师的岳父说，丁先生相信他们一定能理解他所说的事情并且与他产生共鸣，但这样做除了图一时的口快并无多大实际意义，而付出的成本却很高，昨天丁先生给老婆的一个报平安电话花去二十元，今天的一个发感慨电话不是又要花去二十块？丁先生这次来恒基是面试和试用的，能否留下以及他自己是否决定留下都不一定，还必须按照在内地每月一百多一点的工资标准生活，哪能经得起每天二十元的电话费？最后丁先生只能自己跟自己说。"说"的方式是把自己的想法写在纸上。写成标准的报告，等老板来了给老板看，等回去的时候带给岳父看，或整理成论文向有关杂志投稿。

并非早有准备，而是习惯，作为一名从事科技情报工作的工程师，丁先生到哪儿都带上白纸、稿纸和英汉双解字典，这次因为是来恒基面试或试用，所以专门带了一些有关钢格板的国外最新资料。白纸是他构思和打草稿用的，方格稿纸是他思考成熟文章通顺后誊抄用的。丁先生的文章写得很快，慢不下来，一慢思路就断了，再重新接上他总感觉不是最初的感觉，好比不是原装货。因为快，笔尖要跟得上思维，所以丁先生的草稿只有他自己能看懂，不仅涂画修改的地方甚多，而且段落调整前后对调所用的箭头或其他符号更是令人眼花缭乱，别人看了不知所云，他自己看着却大脑兴奋。丁先生已经打听清楚，秦老板每星期只来深圳工厂一次，既然昨天才走，那么还有至少五天时间才来，五天时间写一篇阐述在钢格板上用麻花钢替代圆钢的建议书足矣。

因为习惯写论文，而且这份报告除了给老板看之外，他也打算将来向杂志社投稿，所以不知不觉下笔的时候仍然按照论文的格式，除了介绍钢格板在世界的最新应用与发展外，也描述了这种工程材料的生产过程，最后才是用麻花钢取代拉伸圆钢的必要性以及本公司获取新材料新技术的可行性。如果单纯给秦老板看，其中介绍钢格板生产过程的文字纯属多余，但如果作为投稿论文发表，这一段就相当重要，否则文章就不完整了。丁先生还算一个治学严谨的人，否则总设计师的女儿也不会成为他的老婆，作为治学严谨的直接体现，上次他在《冶金参考》上发表的那篇文章并没有论述钢格板的生产过程，而只谈这种材料未来的广泛应用，因为那时候丁先生还没有见过钢格板的生产设备和生产过程，他不能完全凭资料或想象发表权威论述，而这次通过工厂的实地考察，他能够完整准确地描述钢格板的生产过程了，所以，仅从学术的角度考量，他这趟深圳之行就有收获！

钢格板的生产过程并不复杂。第一步是按一般的金属加工方法做成方形、圆形、半圆形或扇形的金属框，中间焊接一条条受力隔板；第二步是采用锻焊的方式在方框内与隔板呈直角镶嵌上经过冷拉产生一定预应力的钢筋；第三步是表面处理与镀锌。

看似平常，其实技术含量很高。比如锻焊，也就是锻压式焊接。因为要保证预应力钢筋和每一条隔板之间的每一个接触点都准确而坚固地焊接，并且要保证焊接后的预应力钢筋与隔板保持同一平面，所以只能锻焊而不能采用普通的气焊或电弧焊，而锻焊本身就有很高的技术含量，其方式是在专用设备上给钢格板通入强大电流，让预应力钢筋和金属隔板的每一个接触点瞬间产生巨大的热量，待接触点热得发红，然后趁热打铁，猛然给一个向下的冲击力，让预应力钢条紧紧嵌入金属隔板的顶端，冷却后二者便牢牢结合在一起。

再比如预应力，就是钢筋在上机之前先经过一道冷拉工序，不仅是让原本有一定弧度的盘条拉得笔直，还能让笔直的钢条产生纵向预应力，以保证在它们成为钢格板的脚踏面后绝对不发生弯曲更不会发生翘起的状况。让丁先生感到痛心疾首和怒不可遏的就是这个冷拉预应力钢条，因为他从国外资料上看到，经过冷拉的圆钢仍然是圆钢，是圆钢本身就打滑，即便横向不会打滑，纵向也可能存在打滑，而精密生产、海上作业、高空设备、战舰操作等场合，是绝对不允许发生操作人员脚下打滑的！所以，发达国家已经普遍采用冷轧扭曲钢取代冷拉预应力圆钢。

冷轧扭曲钢看上去像麻花，也是用圆钢经过冷拉或挤压做成的，也有预应力，但制作过程比预应力圆钢复杂，首先要把圆钢冷轧成方钢，然后再扭曲，使它看上去像一根麻花。丁先生分析老板没有采用麻花钢的原因不一定是偷工减料，因为麻花钢的最大外径之间有凹槽，其实比圆钢还节省钢材，所以丁先生估计是老板本身不是专家，因此以为这项改进很难，图省事才仍然用圆钢的。没关系啊，我就是专家啊，我知道这个问题怎么解决啊。所以，丁先生在文章中不仅提出了问题，还指出这个问题的严重性和纠正的必要性，最关键的是他给出解决这个问题的三套方案。

方案一是从德国西马克或芬兰的奥特昆普公司进口专业设备，方案二是自行研制相应的设备，方案三是寻找替代方案。自己研制时间拖得太长，从国外进口涉及外汇管理和海关申报等复杂的手续，所以丁先生倾向于采用方案三，用替代方案，把冷轧扭曲整套工艺拆散，分两步走，第一步是先把热轧圆钢冷轧成方钢，第二步是把冷轧方钢扭转成麻花钢。丁先生认为这是在当时条件下恒基金属材料公司最合理最可行的解决方案，因为冷轧和扭曲这两种设备我们国家都有，北方的太原有重型机器厂，南方的柳州有冶金设备厂，更远的齐齐哈尔亦有同类制造厂，所以解决冷轧和扭曲都没问题。

丁先生在白纸上写写画画，一边思考一边修改大约花了三天时间，文章基本成型，剩下的打算在誊抄的过程中继续补充与完善。但他一算时间，不够了，因为如果他把这篇写在白纸上的"鬼画符"誊写在正规的方格稿纸上，起码得再消耗三五天时间，而老板这一两天就从香港过来了。怎么办？只能急用先抄。他想到老板是做实业的，应该讲究实际，写给老板看的文字不必花里胡哨，前面关于钢格板的生产工艺就不必赘述了，直接讲用麻花钢取代圆钢的必要性和可行性，至于打算向杂志社投稿的完整文章，等应付完老板的差事后再慢慢誊抄，不急。

过两日，丁先生写给老板的《关于钢格板脚踏面用冷轧扭曲钢取代冷拉圆钢的必要性和技术解决方案》刚刚誊抄完稿，还没来得及再细看一遍，老板就已经来了。

秦老板是中午过深圳来妈湾的，看来晚上又要回香港。一见面，丁先生不等老板开口，就立刻把刚刚誊抄完的报告呈送上去。老板愣了一下，大约他还是第一次接受这样的汇报形式，丁先生之前的几个香港人，无论是负责技术的四位师傅还是负责行政的林姑娘，每次老板来了召集他们开会，老板问什么，他们才回答什么，最多算是口头汇报，哪里有写成文字材料的？

一如既往，老板来了就开会，向林姑娘和四位香港师傅布置任务并听听他们有什么要询问的。这次增加了一个内地仔丁先生。

会议室很漂亮。丁先生认为一间工厂的会议室相当于内地钢铁工厂的车间休息室，开班前会用的，无须这么讲究，后来才晓得，这间会议室还承担接待客户之用，相当于公司的一扇门面和窗口，所以必须讲究。

他们都说"鸟语"，也就是被他们称作白话的方言。其实就是香港话，或者叫广东话、粤语，丁先生完全听不懂。只有老板和林姑娘为了照顾丁先生才特意说舌尖与上颚发生粘连的普通话，丁先生听着费劲，但结合当时的场景加上联想与判断，也能大致明白一二。至于四个香港师傅，无论是郑师傅、黄师傅，还是许师傅、曹师傅，他们的发言都是回答老板的问题，不需要丁先生这个内地仔听懂，老板听懂就可以了，所以说的都是"鸟语"，丁先生一句也没听懂。不仅如此，整个过程中没有给丁先生发声的机会，老板没问，他也不用答，至于他自己想对老板说的那些话，都在写给老板的那几页方格稿纸上了，老板看就可以，哪里还需要听他说。事实上，整个会议期间，老板一直在边听边说边翻看丁先生给他的那几页稿纸，说明老板对丁先生的书面报告还是很重视的。丁先生因此疑惑，既然老板很重视，他也一直在看，为什么一个问题也没问我呢？

散会，四个香港师傅离开会议室去各自负责的设备或作业面去了，林姑娘没走，似乎她还有什么话要单独对老板说。但老板则对丁先生招手，让他到跟前来。丁先生就没有随几个师傅走出会议室，而是从会议桌的一侧走到会议桌的端头，和林姑娘一左一右站在老板的身边。丁先生这才看见，老板已经在他报告上的很多地方做了记号。这让丁先生很感动，因为根据他的阅读经验，只有自己感觉重要的地方才用笔做记号，看着自己的报告上面被老板做了这么多记号，难道老板认为我的这份报告上有这么多重要的地方？而这一切，仅是老板在刚才的会议期间边说话边听的时候一心二用做的，这要是老板全身心地看报告，不是通篇都被标注成重要了？

其实没有吧？丁先生心里想，报告的要点只有两条：第一，应该用麻花钢取代冷拉圆钢；第二，生产麻花钢的三个技术解决方案。

老板似抱歉地看看丁先生，然后转脸问林姑娘："你识简体字吗？"

林姑娘马上弯下腰，在秦老板做标记的那个字下面的空白处写了一个繁体字。

丁先生这才明白，原来老板看不懂简体字！

他想笑，随即又觉得惭愧，早知如此，他自己就该写成繁体字的。但他很快意识到，如果不查字典，很多繁体字他认识，但写不出来。下次可以备一本《新华字典》，但眼下只能依靠林姑娘。

　　丁先生还算机灵，他马上从会议桌的一侧搬过一张椅子给林姑娘坐，然后就留在林姑娘身边，因为，林姑娘也不是全部的汉字简化字都认识，有些地方需要问丁先生是什么意思，是哪个字，怎么读，等问明白之后，林姑娘才在简化字的下面写上对应的繁体字。

　　幸亏带了方格稿纸！丁先生想，这要是普通信纸，加一个繁体字在下面也写不下啊。

　　尽管是方格稿纸，但有些特别复杂的繁体字还是装不下，林姑娘不得不写到旁边的空白处，然后用箭头对应文章中的那个简化字。

　　林姑娘蛮聪明，前面询问过丁先生的字，后面再出现的时候她就不用再问了，所以进度加快，大约不到二十分钟吧，报告中被老板标注的地方全由林姑娘"翻译"成繁体字。

　　林姑娘嘴里说了声"得啦"，把报告还给老板。秦老板这才顺畅地把整个报告看了一遍。

　　在老板看报告的过程中，丁先生始终关注着老板脸上的表情变化。他发现老板很精明，不用丁先生提醒或暗示，就能自动把丁先生认为是要点的地方重新再看一遍。突然，老板脸上的笑容放大，喜笑颜开，对丁先生说"好耶！"，然后又说"很好很好"，再说他马上返香港，跟几个董事商量，说完，也不等吃晚饭了，马上回香港。

　　秦老板脚步很快，丁先生似乎跟不上。其实是能跟上，但不好意思跟得那么紧，因为，眼下他还够不上老板跟班的级别，要说老板的跟班，林姑娘才有资格，连几个香港师傅都似乎不够格，哪里轮到丁先生，所以他象征性地跟了几步。从二楼跟到楼下，在楼下从生产车间的一侧走向车间门口的时候，由于暴露于大庭广众之下，众目睽睽，丁先生似乎不好意思跟得太紧，于是有意无意地放慢脚步，落在后面，保持一定的距离，目送着林姑娘把老板送上车。

　　丁先生没走出车间，他站在车间的大门下，看着林姑娘与老板说着什么，或者是老板对林姑娘说着什么。丁先生不靠近并不是有意与他们疏远，而是一种礼貌，因为从头先散会的时候林姑娘没有随几位香港师傅一起离开会议室的举动看，她似乎有话要对老板单独说。这时候丁先生如果紧跟上去，就妨碍他们单独说话了。但丁先生也没离开，而是站在生产车间大门的门框之下，这样，既能相互看见，又听不见林姑娘到底和老板说了什么，或老板对林姑娘说了什么。这就叫分寸，是当领导的父亲从小就教导丁先生的做人分寸。丁先生认为父亲的教导其实就是中庸之道，但中庸之道很重要，在大马院，丁先生之所以能娶总设计师的女儿，并且如果不是"检举信"他就已经被提拔为处级干部，在同级毕业生中算佼佼者，除了他是整个设计院的"一支笔"之外，另一个更重要的原因就是他坚守中庸之道，懂得并且时刻提醒自己注意做人的分寸。

他们终于说完了。林姑娘朝后退了退，方便车子转弯，秦老板则在车子转弯开出工厂的时候特意把手伸到车窗外对丁先生招手。丁先生自然也笑着对老板招手。

林姑娘一转身，走到丁先生身边，把三张一千元的港币递给他，以报喜的口吻说："老板给你的！"

丁先生并没有立刻伸手接，似乎不敢接，或出于分寸的考虑不便立刻伸手接，而是问："老板给我的？什么钱？"

"奖金咯！"林姑娘开心地说。仿佛老板的奖金是给她的。

林姑娘这样说着，就把捏着钞票的手往前伸了伸，丁先生只好接了过去，并说"谢谢"。

真的！

丁先生不好意思立刻低头看，但凭手感也能感觉这钱是真的！不是自己的幻觉！

他立刻回自己的宿舍。他的宿舍就在写字楼的二楼。也就是刚才与老板和几个香港人一起开会的那层楼，所不同的是会议室在楼层的中央，他的宿舍在端头，宿舍和会议室中间隔着一个香港师傅专用的卫生间。因此，丁先生此举在工人看来或许他不是回宿舍，而是去卫生间。但他并没有进卫生间，从卫生间门口经过，继续往前走，一直走到最里面，掏出钥匙开门，进了自己的半间宿舍。

丁先生关上门，掏出老板经林姑娘的手给他的"奖金"，仔细地看。

不错。确实是三张一千元的港币，每一张的右上角都有醒目的阿拉伯数字"1000"字样，中间是"壹仟圆港币"五个繁体字。丁先生急于回宿舍仔细查看不是怀疑港币的真伪或数额，而是实在兴奋。第一，这说明老板对他的建议很重视很满意；第二，这是他第一次见到港币，而且是这么大面值的港币；第三，这是他有生以来第一次一下子拥有这么多钱；第四……总之，丁先生很激动，他恨不能立刻到晚上，因为他已经决定晚上再去亚洲自行车公司门口给老婆打长途电话。不是因为他没出息想老婆，而是因为他来了才一个星期就收获老板特别颁发的三千元奖金！他忍不住要和人分享心中的喜悦，和谁？当然只能和老婆，因为他发现人结婚之后，就和老婆命运一体了！这关系甚至超过血缘，比如兄弟姐妹，一旦各自结婚就成了两家人，兄弟姐妹感情再好，经济上也是亲兄弟明算账，哪里听说过亲夫妻明算账的？所以，他现在意外地获得老板三千元的奖励，第一个想到的就是打电话告诉自己的老婆，而不是父母或兄弟姐妹。既然一下子拿到三千元奖金了，谁在乎二十元的电话费！

第二章　时间就是金钱

　　人在焦急等待的时候时间会被拉长。明明从老板离开工厂到工人吃晚饭大约只有两个小时，但给丁先生的感觉像是等了整整一个下午。他没忍住想在下午就跑去给老婆打电话，可一方面担心这样大白天走出工厂太显眼，另一方面此时若打电话也只能打到老婆的办公室，电话时间不能太长，说话声音不能太大，完全达不到自己打电话回去所想表达的效果！还是忍着吧，忍到晚饭后天黑了再说。

　　为打发这段其实不长但感觉漫长的时间，丁先生提前查看将来冷轧和扭转两套设备可能的安放位置。考虑到两台设备必须联动，从冷轧出来的方钢最好立刻被送进扭曲机，所以两台设备应该纵向排列，因此需要较大的场地，至少是比较长的场地，但他围绕着车间转了一圈，实在没看见哪里有能同时安装两台设备纵向排列的地方。

　　恒基厂一共有三栋建筑，一个巨大的生产车间和两栋较小的宿舍楼。生产车间西面的端头被截出一块用作写字楼。因为车间很高，所以端头被隔出来的写字楼成了内嵌式的小二楼，而两栋纵向排列的宿舍加起来的长度正好与车间长度相等，其中朝东的那一栋的底层被用作饭堂。大概是按照香港那边安全生产的要求，宿舍与厂房之间有一段距离，仿佛能建两个篮球场。此时丁先生想，实在不行，就把冷轧和扭曲两套联动设备安装在西面的这个空地上，不用占用全部，只需占用西面空地的四分之一，也就是西侧靠近厂房的这四分之一的空地就行了，到时候把这四分之一的地方围起来加一个石棉瓦或玻璃钢屋顶就可以。

　　这么想着和心里规划着，丁先生就打算再写一个书面报告呈送给老板，这次他打算尽量用繁体字写。为了正确使用繁体字，他决定下个周末去一次罗湖，找到新华书店，买一本带有简繁对照的《新华字典》，或不用去罗湖，先去蛇口，如果蛇口没有再去罗湖也不迟。

突然，工厂安静下来。丁先生不是听出来的，而是整个身体"感觉"出来的，因为工厂在生产的时候，不仅有锻焊机冲压时产生的巨大声响与震动，还有镀锌槽产生的巨大热量，以及各种金属加工设备引发的地面微微颤动，总之，在运转的状态下，整个工厂从地面到空气都是颤动的，这种颤动在机器工作的时候丁先生并没有感觉，但当它们突然全部停止的时候丁先生就立刻感觉到了！

停电了?! 丁先生赶快跑进车间。

没有，因为车间内的照明仍然亮着，而且工人们的脸上没有任何错愕和惊慌，相反，他们个个脸上喜气洋洋，像人人中了大奖。丁先生一问，才知道今日是出粮日，也就是发工资的日子，所以工厂从人性的角度出发，每逢出粮日晚上都取消加班，并且提前半小时收工。这是工厂真正的"节日"，盛大节日！全厂人人皆知，唯有丁先生不知，因为工人的出粮与他无关，他才来几天，按照厂里的规定，要等到下个月出粮的时候他才能领到这个月的工资，所以没人通知他出粮，他也根本不知道今天是全厂的盛大节日。

因为出粮耽误了时间，当晚的开餐比平常晚，先领工资的人有些已经等不及了，提前呼朋唤友几个人到蛇口去吃大排档，也有香港师傅叫上自己的亲信或得力部下去酒楼吃大餐了。等到出粮完毕，食堂开饭，丁先生发觉餐厅的人明显比平常稀疏。他穿过工人餐厅，走向里面的管理人员小餐厅，刚刚坐下，就被林姑娘叫进去，叫他到里面更小的香港人餐厅。丁先生以为林姑娘要跟他说事，如传达老板的什么指示等，谁知林姑娘让他坐下吃饭，并说这是老板特别吩咐的，今后他就在最里面的小餐厅和香港人一起吃饭。

既然是老板"特别吩咐"的，丁先生就只能服从。刚开始有些不习惯，好在今日小餐厅里人也很少，丁先生吃着吃着，就没觉得有什么不好意思的了。

上次老板来的时候丁先生在里面吃过一次，但当时等于在面试，所以心思没在吃上，没注意里面的小食堂与外面的管理人员食堂有什么区别，今日是正式吃，而且以后长期吃，所以特意注意了一下，标准确实比外面高。并非大鱼大肉或生猛海鲜，而是看似平常的菜肴用料和做工都更加考究。比如那道汤，丁先生不清楚放了什么药材，总之他觉得特别好喝。说实话，丁先生还从来没有喝过这么鲜美的汤！另一道芋头蒸肉，看似平常，就是一大片五花肉和一大片芋头相互交错竖着排列在大碗里，配上作料一起清蒸，和丁先生老家的梭子肉做法差不多，但其中的芋头软绵爽口，五花肉的肥油被芋头吸干了，纯香不腻！丁先生心里想，天天如此，那不是天天过年！但他心里惦记要给老婆打电话，否则一定在餐厅里多磨蹭一点时间，多喝一碗汤，多吃一块五花肉蒸芋头。

从餐厅出来，丁先生没有回宿舍，直接去亚洲自行车公司门口给老婆打长途电话。他有太多的事太多的想法要对老婆说，要跟老婆商量。

路上也有三五成群的工人，他们也是去ABC门口，但不是为了打电话，因为他们几乎都来自农村，家里根本没有电话，给谁打？丁先生自己家里也没电话，但他好歹有一个当总设计师的岳父，他可以打到岳父家，而这些工人估计也没有这样的岳父，他们到ABC大门口的目的是从那里乘公交车去蛇口寻开心。难得一天不加班，又赶上出粮，当然要开心一次。

工人走路比丁先生快，其实丁先生也能走得更快，但他是他们的管理者，不能搞得急吼吼和匆匆忙忙的，必须保持沉稳和从容不迫，所以尽管心里迫不及待，但丁先生脚下的步伐仍然不能显得太快。三五成群的工人不断地从他身边超越，也有工人和丁先生打招呼。丁先生的原则是不主动和他们说话，可一旦有谁主动打招呼，他就立刻回应，绝不能显示出高人一等的傲慢。不是丁先生假装平易近人，是他真觉得大家都是给香港老板打工的，不管职位高低，其实都一样，所以路上只要有人主动给丁先生打招呼，他就一定礼貌地回应。也有工人更懂礼貌，似不好意思超越丁先生，于是放慢脚步，和他一起走，丁先生就只能一路和他们聊着走到ABC大门口。有工人问丁先生会不会说潮州话，丁先生回答不会。他们再问他会不会说白话，丁先生回答也不会。对方立刻发现了新大陆，高声说："哦，我知道了，你是客家人！"丁先生想解释，他也不是广东或福建或赣南的客家人，而是普通的北方人，但又一想这样解释没必要，于是就反问他们是哪里人。本以为他们来自全国各地，五湖四海，但事实上他们基本上都来自潮州和普宁，因为老板是潮州人，老板的老婆是普宁人，而普宁人大部分说客家话，小部分说潮州话，他们就是那小部分说潮州话的人。因此，香港恒基公司的妈湾工厂主流语言是潮州话，而白话对他们来说已经是普通话了。丁先生问他们今天领了多少工资。他们有的说六七百，有的说七八百，甚至有人说一千多的。丁先生听了心里一惊：一名工人每月能拿一千多？那不是跟我一样多了？丁先生问那个拿一千多的工人是做什么的，一千多多少。小伙子腼腆地说他是跟在许师傅后面做电工的，还说他以前在村里就是电工，这个月领工资一千一百多。丁先生说："不错啊，跟我差不多了！"对方不信，说："怎么可能？你都跟香港师傅一个餐厅吃饭了，每月出粮怎么能跟我一样？"丁先生开玩笑地反问："那你认为我该拿多少？"小伙子似乎认真地想了想，甚至认真算了算，然后说："至少一万。"

"一万？"丁先生哈哈笑起来。真想立刻把这个小伙子提拔成香港老板。

小伙子说："是啊，我师傅还两万多呢！"

"你师傅每月两万多？"丁先生笑得更厉害了。但小伙子已经没心情跟他解释了，因为公交车来了，小伙子要赶快跑过去赶公交车。

大部分工人乘公交去蛇口了，但也有少数和丁先生一样是来打电话的，所以小卖部电话机已经被别人占用，并且还有两个人在等待，看来家里或亲戚朋友家里有电话的不止丁先生一个人，他真不能自以为是。但他很快发现，前面的两个人打的不是长途，而是打给就在深圳的亲戚朋友。

好不容易轮到丁先生，程序依旧。他告诉老板自己要打长途，老板告诉他每分钟一块五，丁先生说可以，老板才拿一把小钥匙在电话机的一侧拧一下，让丁先生自己拨打。他先摁马鞍山区号0555，后拨岳父家电话号码，很快就通了，并且老婆心有灵犀，仿佛料定他今日会打电话，所以特意回娘家等着。

老婆一声"喂"，丁先生就立刻告诉她："我基本上已经决定留在深圳做了。"

老婆"哦"了一声，然后问为什么现在就决定了，不是说等干一个月然后才决定吗？

丁先生就把这一个星期发生的事和他产生的想法对老婆说了。因为身后不远就有人等着，虽然这些人丁先生并不认识，但估计都是恒基公司的，他们应该都认识他，所以丁先生不能大声说话，只能压抑住自己的心情和音量向老婆简单说他给老板提交了一份书面报告，老板非常认可，当场就给他奖金三千元！

老婆仿佛没听清楚，问他多少？是三千元吗？

丁先生小声回答是，并提醒老婆先不要给她弟弟买轻骑了，等他带钱回来，直接买一辆真正的摩托车！

老婆激动得似乎说不出话，或者是在那边捂住话筒大声向她弟弟报喜，总之，过了一小会儿，话筒才恢复声音。

丁先生继续说："不仅如此，老板今天还特别吩咐，从今往后我就在最里面的小餐厅和香港师傅一起吃饭啦！"

老婆似乎对丁先生在哪个餐厅吃饭不感兴趣，反响不如刚才热烈，丁先生解释说，这不仅是吃饭的问题，而是综合待遇问题。

老婆似乎明白了一些，又"哦"了一下。

丁先生继续说，综合待遇首先是工资。你知道和我一起吃饭一起工作的香港人每月工资是多少吗？

老婆回答不知道。

丁先生让老婆猜。

老婆想了想，猜八千。

丁先生说不对。

老婆猜六千。

丁先生说更不对，你往上猜。

老婆问："一万？"

丁先生忍不住大声说："两万多！"

"多少？"老婆问，"是每个月两万多吗？"

丁先生回答："是！"

老婆那边吓傻了，话筒里又没有声音，可能是她又捂住话筒与娘家人分享喜悦。

等到话筒再次恢复正常，丁先生开始说正事。他问老婆："单位那边我该怎样交代？"

"这个……"老婆显然对这个问题没有准备，答不上来。

"我现在其实是算'出差'啊，"丁先生说，"而且这个事情牵扯到你爸爸，所以我必须给院里一个交代，否则不是给爸爸惹麻烦吗？"

"是哦。"老婆这才似乎彻底明白。

"从明天开始，"丁先生遮住嘴巴小声说，"我就要找机会去华美公司了解情况。不管怎么说，善始善终，我肯定要提交一份有分量的关于华美钢铁公司新工艺的考察报告。"

老婆回答那是。

"这个问题不大，"丁先生解释说，"华美离我这里不远，而且我们管理人员每月有两天时间休息，两天足够。问题是我必须干满一个月，然后想办法找理由请假回去一次，就跟老板说实话，说我这次是跟单位请事假来的，如果长期做，必须回单位办理手续，相信老板会同意的。"

老婆"嗯"了一声。

"但是，"丁先生说，"我有什么理由拖到一个月之后才回单位呢？回到院里又怎么解释呢？"

"这个……"老婆又被丁先生问住了。

丁先生说："我自己无所谓，反正我已经决定离职了，他们爱怎么就怎么，就怕对爸爸产生不好的影响。"

老婆又不说话了，估计又在与她娘家人商量。丁先生想，自己今天这个电话，对他们可以说是喜忧参半。对大舅子尽是喜，连轻骑都不用考虑了，直接买真正的摩托车，当然是喜出望外，但对岳父肯定是忧，派自己的女婿去深圳出差本来就是一件引人注目的事，拖了一个月才回来，并且回来就辞职，傻瓜也看得出其中的猫腻。丁先生不能只图自己开心，给岳父丢下一大堆麻烦，他在电话里"喂喂喂"，呼唤老婆听他说。老婆应了，丁先生说，我们都想想，过两天，大后天这个时候，我再给你电话，看有没有想出一个两全其美的办法。

老婆回答好吧。

丁先生把电话挂了。

小店老板一看话机上的计时，二十四分钟，三十六元。

丁先生立刻付钱，一点都没心疼。他刚刚拿了三千元，而且月薪可能至少一万，哪里会心疼这点钱？别说一个星期才打一次电话，天天打也无所谓。只是当晚思考怎么才能找理由拖到一个月才回单位，把白天的喜悦抵消殆尽。他甚至想到"白日做梦"，忍不住把那三张一千元港币再拿出来看看又摸摸，还凑在鼻子上闻了闻，确认港币是真的，因此白天的经历也是真实的，并非白日做梦，这才终于慢慢入睡。

次日早上走进餐厅，大家昨晚的心情还在延续，工人们脸上的表情比往日丰富，居然不断有人笑着对丁先生打招呼。"早晨！""丁生早晨！"说的仍然是白话，但对他们原本说潮州话的人来说，已经是普通话了，而且不知不觉，丁先生完全听出是"早上好！""丁先生早上好！"的意思。他一一回应，但因为不会说白话，所以他尽量不出声，只用表情和动作回应，点头、微笑、招手。

穿过工人用餐大厅，进入内间管理人员餐厅，居然有几个管理者起身对他打招呼，搞得丁先生不得不加大微笑、点头、招手，甚至微微鞠躬的力度。

他继续往里走。走进最里面的香港人小餐厅，林姑娘立刻投上灿烂的笑容和甜甜的问候："丁生早晨！"丁先生居然不知不觉也回应："早晨早晨！"另外几个香港师傅虽然没有说话，但脸上也摆出笑意，不像之前那样对他面无表情视而不见了，丁先生自然也对他们点头、微笑，然后学着他们的样子坐下用餐，尽量让自己尽快融入其中。忽然，他开窍了，干吗要等一个月啊？当初和老板说的是"一个月试用"，现在老板既然特别吩咐林姑娘把我叫进最里面的餐厅与香港人一起吃饭，又一下子给了我三千元奖金，就说明老板已经认可我了，不需要再试用了，而我自己面对这样优厚的条件，还有什么必要继续对老板和公司试用呢？干脆自己主动向老板表达愿意加盟恒基的愿望吧！

从餐厅出来，在由后排职工宿舍楼走向前面生产大车间的路上，丁先生就已经想好，他上午就向林姑娘请假，穿戴整齐，带上盖有"冶金部"字样的单位介绍信，去前面不远的华美钢铁公司联系业务，然后回来写成考察报告，等下次老板再来工厂时，立刻向他表明自己已经决定留在这里长期干的决心，然后话锋一转，说既然如此，自己就必须回原单位一次，快去快回，处理完家里和原单位的一些事，就立刻回来全身心投入恒基公司产品升级换代的事。他相信老板一定能理解并支持他的做法，再给他两千元让他机票来回也说不定。倘若一切顺利，那么昨晚在电话里对老婆说的关于他出差广东前后拖了一个月如何解释的问题就成了伪命题，因为，现在他根本不用等一个月，只要半个月，也就是下次老板来公司，丁先生对他说明情况后，就可以回安徽一趟了，只要回去的时候带着华美钢铁的调研报告，就算顺利完成总设计师布置的出差任务，就不让岳父为难了！

走进车间，离工厂开工还有几分钟，但几个香港师傅已经提前到位。他们先给设备通电预热，并对各自负责的设备做最后的检查，像老式火车司机那样对设备的转动部位这里敲一下那里整一把，试探传动带松紧等，保证几分钟之后的开机生产万无一失。丁先生忽然觉得老板让香港人在最小的餐厅单独进餐是有工作需要的，因为他们必须提前上岗，所以也必须提前结束早餐，要是让香港师傅和大家挤在一个餐厅一起排队打饭打菜，耽误时间，还怎么保证他们能提前几分钟通电预热设备和对设备做开工前的最后检查？不要小瞧这几分钟，缺了就会导致集体窝工。丁先生心里想，等将来有自己的明确岗位和分管设备后，也一定学着香港师傅的样子，比普通工人提前几分钟到岗，提前进入工作状态，以确保工人到岗开工的时候万无一失。

丁先生先上楼，换一套整洁看上去像出差的衣服，带上文件包，又特意拿了一沓英文资料在手上，然后下楼去找林姑娘。

林姑娘是香港人，但她并没有如其他几个香港师傅那样住海上世界旁边的洋楼，而是以厂为家，坚持住在厂里。据说这样做不是为了节省每天往返的时间，而是作为定厂神针，有她二十四小时住在工厂，老板常驻香港一个礼拜只过来一次也照样每天睡得安稳。所以从居住环境说，她和丁先生算邻居，因为她住写字楼的南端，丁先生住北端，一左一右，似乎睡着了都在为老板守护着整个工厂。

林姑娘并不是内地这边人概念中的姑娘。内地这边当时姑娘的标准有两条，第一年轻，第二未婚，可这林姑娘一看就是四十岁左右，比丁先生都大，肯定不年轻了，至于是否未婚不清楚，但即使不在婚姻状态，离异或丈夫过世的可能性也大于未婚，所以按内地这边人的标准她无论如何都不会被叫成姑娘。丁先生不理解香港人为什么称她林姑娘，而且她自己也似乎乐意别人这么称呼她，可即便香港被西化了，按西方的叫法，也应该叫林女士吧？

林姑娘为人很好，对谁都热情、礼貌、敬业，对丁先生尤其礼貌周到，但丁先生似乎不喜欢她。

彼时丁先生年轻，对一个女性是否喜欢首先取决于与他关系好不好。丁先生不知道别的男人在年轻的时候是不是也有这个心理，但他自己当年确实如此，所以他就不喜欢林姑娘，表现为不想多看她，不想与她多说话，更不想跟她挨得很近，但今天为了请假，丁先生必须去找林姑娘。

当年丁先生也很肤浅，对异性的评判完全根据外表，一看脸蛋，二看身材，按照这两个标准，不能用不漂亮形容林姑娘，只能用实实在在的丑来描述。之前丁先生看香港电影，以为香港的女人普遍比内地女人漂亮，可是第一次面对面看到真实的香港女人，居然发现在他原单位的马鞍山钢铁设计院很难找出比林姑娘更丑的女性。个子矮，腰粗脖子粗，胸脯倒是饱满，但不确定哪里属于肥肉哪里属于乳房。脸盘大，且脸上坑坑洼洼，像内地这边通常只有粗犷的男人才有的所谓橘皮脸，为了遮丑，林姑娘配了个大大的眼镜，遮住半张脸，剩下的除了饱满的鼻子就是涂得猩红的嘴唇。但她真的很敬业，不仅二十四小时吃住在厂里，而且只要丁先生醒着就总能看见她在忙。她实际上是厂里的总管，什么事都管，而且完全是自觉，不是为了做给别人看。老板在香港，根本看不见内地这边发生的具体情况，另外几个香港师傅加班之后就回蛇口海上世界旁边的宿舍里，哪里能看见妈湾这边的工厂里发生了什么事？但每日其他香港师傅离开工厂后，林姑娘都要把整个工厂巡视一遍，包括车间，也包括后面的两栋职工宿舍楼。而且她不是站在宿舍楼的楼下走一走看一看，而是一到六层每栋楼的每一层都走到，即便什么事情都没发生，也不需要她处理任何事或解决任何问题。两栋楼每栋的每层都走一遍就不轻松，更不用说她还要带着保安班长围绕着工厂外围巡视一圈。说实话，虽然是邻居，但林姑娘每晚什么时候睡觉丁先生并不知道，因为他每天入睡之后林姑娘才巡视回来。唯有昨晚丁先生想着拖一个月如何向单位解释和交代的问题睡不着，才隐约感觉林姑娘回来了。

这时候丁先生从楼上来到楼下。因为林姑娘虽然住在二楼，但她的办公场所在一楼。

这里并非林姑娘一个人的办公室，而是工厂的综合办公室，里面有好几个人，还有电话和传真机等。林姑娘职位最高，按照当时内地这边的办公室排座习惯她应该坐在最里面，比如丁先生自己，他在情报室虽然并没有正式任命为主任，但因为是实际上的领导，所以他的办公桌就在最里面靠窗户的位置。但这里林姑娘的座位却抵在大门口，大约是她进出办公室次数最多被人叫被人找的次数也最多吧。可见，当年香港人的办公室安排只根据工作需要，没考虑排名与座次。

丁先生迈进办公室，一步就抵到林姑娘面前，还没来得及说话，林姑娘就已经站了起来，仿佛丁先生是她的老板，至少是她的上级，这让丁先生有点受宠若惊和不知所措，差点把事先设计好的说辞忘了。

他怔了一下，还是将事先设计好的申请出去一下的理由说了出来："这堆资料要翻译，但我这次没带专业词典，所以想去一下前面的华美钢铁公司，找我同学借一本来用一下。"

设计这套说辞的目的不是打算假公济私占公司半天工资的便宜，而是因为自己刚来一个星期，按道理还没有资格请假，但去华美公司的事情又刻不容缓，为确保万无一失，丁先生不得不找出一个让林姑娘无法拒绝的说辞来达到目的。谁知道林姑娘听丁先生这样说，真以为丁先生去华美是因为恒基的工作需要，她马上就积极配合，坚持自己开摩托车送丁先生过去，还说这段路蛮远，又不方便搭车，我送你去很快的，等等，搞得丁先生也无法拒绝。他由此想到人真不能说谎，哪怕是说辞这样并无恶意的谎言，一旦说出口了，就必须用后面一系列的谎言为前面这一个谎言圆谎，但面对这样的紧急情况，除了找说辞丁先生还能怎么办呢？他如果实话实说，不是更麻烦吗？而且也说不清楚啊！林姑娘哪里理解内地这边国家事业单位里面那些错综复杂的关系？

林姑娘的摩托车不是"骑"在上面的那种普通样式，而是"坐"在上面的所谓"大白鲨"，比普通摩托车矮，更比普通摩托车胖，前后两段，中间用类似汽车底盘那样的踏板连接，可能是专门为女士设计的，因为女士"跨"在摩托车上似乎不雅，而坐在"大白鲨"上双腿并拢则蛮优雅。按道理，搭乘这样摩托车的人也该双腿并拢横着坐在后面，但丁先生是大男人，他还没有双腿并拢横着坐过摩托车，总感觉那样不安全，随时会向后仰的感觉，所以他仍然选择跨在林姑娘的背后，仿佛是从背后把林姑娘抱在自己的怀里。

丁先生原本一点也不喜欢林姑娘，至少完全没有生理上的那种喜欢，可一旦把林姑娘抱在怀里，摩托车一颠簸，就立刻感受到对方特有的女性柔软而富有弹性的肉体和身体上那好闻的气味。丁先生不确定这气味是林姑娘与生俱来的，还是在香港市面上买来的高级化妆品或香水带来的，但效果一样，就是这种气味配合林姑娘柔软而富有弹性的肉体，立刻在丁先生的体内产生了化学反应。他努力克制自己，坚决不能让这种反应表露出来，因为他紧贴着林姑娘的背后，一旦表露出来，肯定直接传导到林姑娘的臀部，被林姑娘误解为性骚扰倒是小事，最怕被对方误解为他对她有想法，孤男寡女同住一层楼，朝夕相处，让对方以为自己有想法还怎么长期相安无事？但丁先生真没想法，可确实有了生理反应，这不是很奇怪吗？难道生理反应不需要思想，仅通过身体的直接接触和气味就能产生吗？丁先生不是学医的，不懂，但事实如此。他想让自己的身体稍微往后挪一挪，以便躲开林姑娘，谁知这样做的后果反而让生理反应的部分更加突出，仿佛他是故意想让林姑娘感受这种反应。丁先生羞愧难当！恨不能立刻从"大白鲨"上跳下来，但"大白鲨"的后面有一个专门装头盔或其他物品的箱子，蛮高蛮大，此时丁先生在箱子和林姑娘之间夹得紧紧的，他就是想跳也跳不出来。

幸好这段路不长，几分钟之后，"大白鲨"就经过亚洲自行车有限公司，终于抵达华美钢铁公司的大门口。丁先生一只脚落地，并且往外侧颠了一下，抽出另一条腿，掩饰尴尬地对林姑娘说谢谢。

林姑娘好像完全不知道丁先生在后座上的波澜起伏，说她必须先回厂里，等丁先生忙完事出来，再打电话她来接。

丁先生当然不会打电话让林姑娘再来接，不想麻烦别人是一方面，另一方面也不想再次考验自己的自控力，因为实践证明，他经不起考验！但他还是问清楚林姑娘的电话号码，不仅是对林姑娘善意的必要回应，更主要是担心万一华美钢铁真把他当成上级来人认真接待中午留他吃午饭，他总该给林姑娘打个电话告诉一声吧。

林姑娘一溜烟地走后，丁先生整理一下自己的衣裤，打开公文包，取出那份带有"冶金部"抬头的介绍信，一本正经地走向门卫。

从外表看，华美钢铁比恒基金属材料公司正规，比如门卫，两家公司都有门卫，但恒基公司的大门一天到晚都是紧闭的，有人使劲敲门保安才从里面打开一个小窗口，向外面看看是谁，有什么事。认识，或说明情况，保安才关闭小窗口，打开一扇小门，放你进来，如果对方开着车，则打开大门。但华美钢铁公司的大门却始终都是敞开的，有一根类似乡间公路与铁路相交处那样红白相间的起落杆，检查进出车辆用，至于人员，戴着工牌的走起落杆一端的侧门，访客则须登记，因此右侧有一间类似内地国有工厂传达室的小建筑。此时丁先生就扬着手上那封"冶金部"介绍信，昂首挺胸居高临下地对门卫"发号施令"：找你们总工程师。

与当时内地国营厂传达室里都是一个老头不同，深圳华美钢铁公司的门卫是两个年轻人，看上去像退伍军人，一招一式流露出威严和不卑不亢，顿时让丁先生的趾高气扬收敛一半，想着这里是特区，华美又是中美合资企业，自己不能拿出对付江苏乡镇企业的那一套。

"你找刘工？"其中一个一边认真阅读丁先生递给他的介绍信，一边抬眼再看丁先生一眼问。

如果是在江苏的乡镇企业，面对一个蔫巴老头，丁先生一定高亢地回答"是，我找你们刘工"，但此时，面对两个威武精干的退伍兵模样的门卫，他忽然低调不少，丁先生诚实地回答："我不认识刘工。我找华美公司的技术负责人。"

两个门卫相互看一眼，然后这个把介绍信交给另一个，轻声说："你带他去见唐工。"

刚才不是说刘工吗？怎么一转眼就成唐工了？看来，自己刚才如果自以为是地回答"我是找刘工"，没准就露馅了。

见到唐工，他先不看人，而看那张介绍信，丁先生的心更虚了，这是典型的目中无人啊！而目中无人是需要底气的，他的底气不仅来自特区和中美合资，更可能来自他本人，比如学历比丁先生更高，留美的冶金博士也有可能，他一定看出丁先生带的这张介绍信前面"冶金部"三个字是虚的，后面"马鞍山钢铁设计研究院"才是实的，而冶金部总共有北京、马鞍山、武汉、成都、包头等六个钢铁设计院，"大马院"在马鞍山当地是老大，可在全国范围内不说垫底，但也只能排老五，留美回来的唐工当然能够目中无人。但既然已经进来了，就已经达到一半的目的了，回去怎么妙笔生花是丁先生的强项，没见过钢格板都能写出《钢格板占据工程材料新领域》，进了华美钢铁公司还写不出《关于深圳华美钢铁有限公司最新工艺调研报告》来吗？这么想着，丁先生就没有那么自卑或胆怯了，就想着即便你是留美博士或毕业于清华材料系也没什么了不起，我们院也不是没有留美的或清华毕业的。

"您就是丁先生？"唐工突然把眼睛从那张纸上移开，正眼看着丁先生问。

"是啊，"丁先生略带兴奋地回答，"我就是丁先生啊。"

兴奋不仅体现在语音上，而且表现在眼神上，丁先生此时的眼神既不像一开始在门卫面前的居高临下，也不像刚才面对唐工目中无人那样心虚，而是像突然见到熟人那样惊喜。

这也有可能，丁先生自从专业从事冶金情报工作以来，因为特别能写，所以发表不少文章，多次参加冶金部或各专业学会甚至企业的各种研讨会、交流会、鉴定会等，比如这次来广东，名义上不就是出席东莞南方新型建材厂的产品鉴定会吗？而且他每次参加会议都要做重点发言，所以，在某个会议上曾与唐工见过面完全有可能。

"在《钢铁》上那篇《耐火纤维在轧钢加热炉上的应用》是您写的吗？"唐工又问。

"是啊！是啊！"丁先生说着，打开公文包，取出一本《钢铁》杂志，翻给对方看。

唐工这才伸出手，和丁先生紧紧握在一起。

"这么巧，我正好要找你！"

"找我？"丁先生问。

"是啊，找你！"对方这样说着，就真把丁先生当老熟人了。让座，上茶，然后对丁先生说："我们这里不搞花架子，不像内地钢铁公司那样设立专门的能环处，但特区对节能环保工作抓得更紧，我们这里节能环保工作直接归总师办管。"

丁先生点头，说："这样更好，因为任何节能环保方面的技术改造，最终都要落实到总工程师这里来，何必走那弯子。"

对方说："就是！"

丁先生又说："不过话说回来，内地的事情就是这样，如果各大钢铁公司不专门成立一个能环处，就显得对节能和环保工作不重视。"

唐工哈哈大笑，说："是是是，内地天天喊机构精简，结果为了精简又专门成立一个机构精简办公室，反而多出一个部门，不是笑话吗！"

丁先生也笑起来，但他未必是"忍不住"，而是迎合对方，进一步套近乎，拉近关系。

"您也在内地大企业干过？"丁先生开始摸对方的底。

"干过！"对方似乎感慨地说，"武钢。武汉二米七轧机就是我搞的。"

"哎呀！"丁先生故作惊喜地叫起来，"国内最先进轧机，美国技术啊！难怪您来华美当总工程师！"

不完全是恭维，当年武钢的二米七轧机确实是中国最先进的连铸连轧系统，马钢上了二米三还上报纸呢！不要小瞧相差四十厘米，对于连铸连轧的板材来说，宽幅增加四十厘米是不可忽视的巨大科技进步，难度也呈几何级数增大，所以，听说对方负责过武汉二米七轧机的技术引进，丁先生真的很佩服，不禁竖起大拇指。但他话锋一转，进入主题，因为，丁先生的时间相当有限，一本专业词典，不能花一整天时间来借吧，他必须在上午把该办的事情办完，所以这时候他问："唐总，您刚才说您正好要找我？"

"啊，是吗？对，是的。我们厂加热炉也想采用耐火纤维新技术，但没搞过，所以想请教你。"

如果不是为了完成岳父交代的任务，对方的问题丁先生当场就能回答。两句话：第一，请我们马鞍山设计院设计；第二，材料选择江苏泰兴根思耐火纤维厂产品。但因为想要了解华美钢铁的整个工艺，所以这时候他问："你们厂的加热炉是什么型号的？能带我去看看吗？"

对方当然说可以，并且立刻帮丁先生找来一顶安全帽，叫上他们总师办的一位女性工作人员一起陪同丁先生下车间。

穿着西装戴着可能是美国进口漂亮安全帽的丁先生，看着果然像上级派来的检查人员，唯一不像的是只有他一个人，因为真正的上级下来检查必定前呼后拥，比如现在，唐工作为一家合资企业的技术负责人，带丁先生下车间去看加热炉也没单独一人，而是叫上了一位女性随从。这似乎也是惯例，领导出门必须带随从，随从当中必有女性，女性随从一定漂亮动人。这个刚才被唐工称作小金或小靳的女随从明显比恒基公司的林姑娘漂亮，大约二人在各自工厂发挥的作用不同吧。在香港恒基金属材料有限公司，林姑娘是妈湾工厂的实际管理者，她二十四小时吃住在工厂，管理工厂的一切事务，这样的人就不能太年轻，也不能太漂亮，否则反而没有威望令人想入非非而影响工作。但在华美钢铁有限公司，眼前的这个小金或小靳肯定不是领导，就是总工程师身边的一个助手，作用之一是配合领导完成接待上级检查或其他对外打交道的任务，丁先生甚至认为，该美女虽然编制在总师办，但只要公司有接待任务，不管哪个部门都可以抽调她去配合接待工作，毕竟实践反复证明，在一切对外联络的场合，有一个赏心悦目的美女，过程会变得更加顺利流畅，比如现在他们三个人走在路上，不说丁先生了，连唐工的步伐都轻盈不少，只可惜因为时间紧任务重，丁先生的心思不在美女身上，他急于要在非常有限的时间内打探清楚整个华美钢铁生产工艺的核心要点。

到底是工程师出身的专业科技情报工作者，丁先生一捧二看三问四惊叹，很快就从唐总工嘴里套出华美钢铁公司的基本工艺。原来，所谓华美钢铁既不炼铁也不炼钢，而是生产建筑用材的。从冶金工艺上说，华美就是一个轧钢厂，而并非钢铁厂，但由于扛着美国的大旗，并且产品不出特区，所以华美钢铁与内地的同行没有业务交流，当然也不属于冶金部管辖，不参加国内冶金系统的任何计划工作会议或情报交流会，故而引起了国内同行的极大好奇心。丁先生通过实地探访，不仅完成了岳父临时布置的特殊任务，回去完成一份揭开神秘面纱的科技报告，而且换一个亮眼的标题，投稿《冶金参考》这样的杂志也一定备受欢迎。

回到总师办，丁先生才亮出他根本不需要现场参观就能给出的针对华美钢铁轧钢加热炉节能改造的两张底牌：一张是请马鞍山设计院设计，另一张是选用江苏泰兴根思耐火纤维厂产品。如此，他的任务就算完成了，就可以回恒基了，但唐工却坚决要求丁先生留下来吃午饭，说："你是这么远来的客人，又帮我们解决了技改实际问题，正好赶上中午，哪能不吃饭就走？"

态度诚恳，盛情难却。丁先生若坚持要走似乎不近人情，不走又不知道该怎么向林姑娘交代。丁先生愣了足足十几秒钟，才对唐工说："我还要走访另一家企业，就是前面不远的香港恒基金属材料公司，已经约好了赶到那里吃午餐，现在既然赶过去来不及了，我能否用你们的电话打过去告诉对方一声？"

"可以，可以。"唐工说着，就把桌子上的电话往丁先生面前推了推。

丁先生先说谢谢，然后当着唐工的面，拨打头先林姑娘给他留下的电话号码，找"林经理"。接电话的人说林姑娘不在，你有什么事情吗？丁先生说我姓丁，麻烦你转告林经理，丁先生中午在华美钢铁吃午餐，之后才去恒基公司。对方回答好。丁先生把电话挂了，跟唐工去餐厅。

大约是他认为所有的事情都圆满解决了，所以午餐比较放松，面对美女小金或小靳的热情，丁先生也有心情给予回应和关注。三个人一起吃饭的时候，唐总工说抱歉，工作时间不能喝酒。丁先生说理解理解，我们单位也有类似的规定。美女小金或小靳则起身对丁先生说："来，丁工，我以茶代酒，敬您一下。感谢您大力推荐我家乡的产品！"

"你家乡？"丁先生问，"你是江苏泰兴人吗？"

"我是江苏靖江的，"美女回答说，"离泰兴非常近。"

"靖江我也经常去啊！"丁先生说。

"真的呀！"美女高兴地叫起来，仿佛见到了老家的亲人。

"当然是真的。"丁先生说，"来来来，唐总一起来，我也以茶代酒，敬你们二位一下，下次你们来我们院，我请二位去我家里做客！"

放下水杯之后，丁先生问美女："听唐工称你小金或小靳，到底是黄金的金还是吝啬不肯给予的那个靳？"

美女笑着回答："我不吝啬，学冶金的，当然是黄金的金。"

三人笑着，小金在丁先生的笔记本上写下自己的名字和电话号码，丁先生一看名字"金健华"，有点眼熟，就问她是哪个学校的，是中南矿冶吗？美女回答对呀！一聊，竟然是校友，并且只相差三届，理论上还真同学过一年。

"我想起来了，"丁先生说，"我在校友册上见过'金健华'，因为名字后面还加了个括弧'女'，所以我有印象。"

"我也想起来了！"金健华说，"您这名字也很特别，我有印象！"

丁先生原本对林姑娘说他来华美公司找同学借词典，没想到真冒出一个同学来，看来，说辞与现实越来越趋于吻合。

从华美钢铁出来，丁先生先搭乘公交车到终点站亚洲自行车公司的大门口，然后步行半站路回到恒基金属材料有限公司。下车正好看见那个小卖部，想起应该尽快把自己等不到一个月就回去的消息告诉老婆和岳父岳母，免得他们为怎么把出差拖延一个月而着急。看看手表，还没到下午上班的时间，电话打到岳父家，正好是岳父本人接电话。丁先生先喊一声"爸爸"，然后汇报自己刚从华美钢铁出来，说情况已经搞清楚了，华美钢铁其实就是一个轧钢厂，专门生产建筑用热轧螺纹钢的。岳父回答："知道。"

知道？那你还让我来考察什么？又一想，这不是明摆着的吗？丁先生马上加一句："他们向我咨询了用耐火纤维改造加热炉的事，我建议他们请我们院设计。"

岳父回答："回来再说吧。"

"我可能下周就回去。"丁先生说,"不用等一个月了。"

岳父回答行,就把电话挂了。他或许急着要去单位开会,或者这些在丁先生看来很着急的事情,在总设计师那里根本就算不上事。

接下来的日子,丁先生主要完成华美钢铁的技术考察报告,因为想着最好能达到期刊发表的水准,所以写得比较认真,给人的感觉是他又在给秦老板写什么科技改造方面的书面报告了,至少林姑娘是这么以为的。

秦老板这次没有等到一个星期,而是第四天就来到妈湾工厂,而且来了之后也没像往常那样立刻召集几个香港师傅开会,而是先把丁先生和林姑娘叫到会议室,说他已经取得其他董事的一致认可,支持丁先生关于用冷轧扭曲钢取代预应力圆钢的建议,他这次提前赶过来,就是与丁先生一起讨论具体落实新产品上马的事情。之所以让林姑娘在场,可能有两个意思,一是丁先生听不懂白话,需要林姑娘当翻译;二是丁先生刚来,职位和权力都不明确,技术改造和产品升级涉及各个部门,需要几位香港师傅全力配合,目前他们几个和丁先生几乎都没说过话,且言语不通,所以必须依靠林姑娘协调。

首先商量技术问题。林姑娘插不上嘴,秦老板听丁先生的意见。丁先生把上次报告里的三个解决方案重申一遍,并重点建议两步走的方案。然后建议香港写字楼应该尽快与用户联系,提前告知,取得用户的理解和支持,他自己则准备抓紧时间写一篇文章,专门分析用麻花钢取代预应力圆钢的作用和意义,阐明产品升级换代的必要性,并且打算在文章中指名道姓地说出恒基金属材料公司这种新产品的优势,为将来的产品内销建立品牌,打下基础,然后尽快找人发表出来,香港写字楼那边可以把杂志上发表的文章复印后传真给用户。

老板说好!你尽快做!

丁先生说已经开始做了,但杂志上发表文章周期都比较长,为了尽早发表出来,我打算尽快回内地一次,当面去找人家,给人家送点东西或请人家吃顿饭,这样会快一点。

老板说行,你尽快回去。

丁先生听了自然高兴,但不敢表露出来。相反,他说这两天我还不能走,我想把文章写好后给您先看看,如果没问题,我下周才能回去。

老板回答没问题,并示意林姑娘把几个香港师傅和生产线上的骨干一起叫进来,开会。

人到齐之后,老板拿出一张纸,正式宣布,经香港恒基金属材料有限公司董事会研究决定，为适应内地工厂的新发展和未来内地市场的开发，即日起，妈湾工厂成立两个部门，即行政后勤部和生产技术部，行政后勤部经理林碧霞，生产技术部经理丁先生。

老板念完，会场鸦雀无声，而按照内地这边的习惯，此场景需要鼓掌，但这是关于丁先生的提拔任命，他自己不能带头鼓掌，所以场面一度尴尬。幸好林姑娘灵光，她首先向丁先生表达祝贺并对着丁先生鼓掌，引得生产线上的几个骨干跟着鼓掌，才带动着几位香港师傅也鼓掌，丁先生则站起来向大家鞠躬，向老板鞠躬。本来他应该说几句表决心或表达感谢的话的，但一来不会说他们的白话，二来他们这里仿佛不搞这一套，所以算了，不说了，反正来日方长，以后再说吧。

当晚，丁先生又轻度失眠，没睡好，但这次不是焦虑，而是激动。他觉得这里和内地完全不一样，在内地的时候，他明明是单位的一支笔，连分管院长也认为这个位置最适合丁先生，但仅因为一封检举信，就让他提拔主任的事情泡汤，后来才清楚，那个写检举信的人并不是冲着他的，而是与他岳父有过节，斗不过总设计师，就把怨恨发泄在总设计师女婿的头上！反观香港恒基公司，只要老板认为确有必要，不用跟任何人商量，甚至都没与丁先生本人谈话，就立刻当众宣布提拔。要知道，在一家工厂，负责生产和技术的经理的权力和责任都明显在负责行政和后勤的经理之上，也就是说，丁先生从一名试用期的内地仔一下子成为在林姑娘之上的工厂负责人！这个跨越多大啊！这在内地是不可想象的事情，但在深圳、在香港恒基金属材料有限公司，这一切都发生了，而且就发生在眼前！这次给丁先生的震撼超过上次那三千元奖金！

按情绪，他应该和上次一样，赶快去ABC大门口给老婆打电话，倘若那头的电话是在他自己的那个小家庭里，肯定打了，可那头是岳父家，打电话向老婆报喜就等于向岳父岳母全家人报喜，至于吗？从那天中午电话打到岳父家的对话看，很多在自己看来不得了的事情，在岳父眼里根本就算不上事，再说他这个所谓的经理，既然老板一句话就能任命，那么同样一句话就能免去，总觉得分量不那么重，似乎不值得专门打电话报喜，否则会让岳父瞧不起，作罢。

但他心里激动，睡不着，所以大脑特别清醒，听觉也异常灵敏。听见林姑娘全厂巡视回来了。听见她上楼，甚至听见她掏钥匙开门的声音。不久，又听见林姑娘来卫生间洗澡的声响。想到林姑娘此时正光着身子站在莲蓬头下冲凉的情景，可惜想象的画面并不动人，因为林姑娘太矮太胖了一点，体型并非曼妙，正好可以让丁先生不必想入非非，可能老板故意挑选一个并不漂亮的女管家帮他管理内地的工厂，不但老板娘放心，而且老板自己也省心。假如林姑娘一副曼妙的身材，很难保证此时的丁先生不产生想法，时间长了，产生行动也说不定。

丁先生决定从明天开始，每天工人加班之后陪林姑娘一起巡视全厂。既然自己的责任在林姑娘之上，就没理由比林姑娘偷懒，而且，通过这种巡视，也对全厂有更加全面的了解，同时也是一种宣示，让全厂职工知道，他丁先生现在和林姑娘一样是经理而参与管理全厂了！

接下来的两天，丁先生去了趟蛇口。兑换人民币、订车票、购买适当的礼品。去的时候在ABC门口搭公交车，回来的时候打出租车。不是摆阔，而是回来的时候他手上提了东西，并且他不知道回来的公交车在哪里上车，不便问人，因为不会说广东话，不如直接打出租车。

说不上请假，丁先生只是跟林姑娘打了招呼，说自己要去一趟蛇口，换货币、订车票、买礼品等，林姑娘没说要开摩托车送他，丁先生自己说，你不用送我，我们俩最好不要同时离开工厂。林姑娘立刻绽放笑容，仿佛她正好也是这么想的。

兑换的时候才知晓，一百港币只能兑换七十四元人民币，就是说，老板奖励的三千元其实只有人民币两千二百二十元！

丁先生多少有些失落，但他不怪秦老板。老板一高兴，给他三千元或两千二百二十元都可以，反省的是丁先生自己见风就是雨，还不知道港币与人民币的兑换比例呢，就打电话向老婆报喜说老板一下子奖励了他三千元！其实只有两千多元嘛。

车票订得还算顺利。到底是做情报的，丁先生走南闯北，知道这事该找旅行社。蛇口不大，很快找到，不仅顺利订上广州至南京的卧铺票，而且打听清楚从蛇口去广州的班车。既然只有两千二百二十元，就不必考虑打出租车了，而且关于他这次回去算不算出差以及往返费用能否公司报销的细节，秦老板没说，他也没问，做好自己承担的打算没错。唯一的担心是自己刚来半个月，还没领工资，这三千元一下子缩水成两千二百二十元，来回一折腾，还是否有能力帮大舅子买一辆正经的摩托车呢？不买，大话已经说出口了，买，万一钱不够怎么办？因为有这个顾虑，所以丁先生这次就没给老婆和岳父岳母买任何礼物，还是希望先兑现帮大舅子买正经摩托车的承诺。不是大舅子的摩托车最重要，而是兑现自己的承诺最重要。真是一诺千金啊！

至于自己的父母，既然他们都不知道儿子已经决定离职，真以为儿子只是去广东出差，当然就没有任何承诺，不必兑现，只能以后回来再慢慢说慢慢报答吧。

丁先生终于发现，只有自己的父母最可以怠慢！他想起这辈子自己从来没有为父母做过任何事，而他们为儿子做的一切仿佛都是应该的、天经地义的、心甘情愿和无须考虑回报的！想起这些，大白天的，在蛇口的大街上，丁先生居然鼻子一酸，没忍住，眼泪瞬间涌了出来。他赶紧找一处可以吐痰的地方假装擤鼻涕，把脸上的眼泪清理掉，谁知越清理越多，真想找个地方痛痛快快地哭一场，为父母，更为他即将告别的故乡与体制。

准备送人的礼品买了三五香烟和雀巢咖啡加伴侣。都是在蛇口免税店买的，纯正的进口产品。结账之前，他又看见精美的巧克力和罐装奶粉，忍不住给老婆和父母各买了一份。不是老婆特别喜欢吃巧克力，而是让她有在姐妹们面前炫耀的资本，更不是父母喜欢喝奶粉，而是让父母在姐姐们回家的时候有向女儿炫耀儿子孝顺的道具。

真是天意，丁先生前脚到家，上海科技出版社的银行电汇一千多元稿费后脚就到了。因数额特别巨大，单位收发员比较紧张，幸好他与丁先生私交不错，收发员像鬼子进村那样悄悄把丁先生叫到身边，然后如交换绝密情报一样把巨额电汇单塞给丁先生。丁先生无法解释也似乎无须解释，但对别人的好意不能不领情，于是把身上揣着的大半包三五香烟塞给收发员，搞得真像这是一笔见不得人的钱了。

所谓私交，也就是丁先生经常收到汇款，而且也经常邮寄投稿，与收发员打交道比较多，考虑到搞好关系很有必要，所以他比其他人对收发员更礼貌更客气一点罢了。这时候，丁先生用自己人的口吻向收发员透露："我可能要出一趟长差，今后有我的邮件或汇款单，麻烦你转给我爱人。你认识吧？"收发员回答："认识，总设计师的千金嘛，当然认识！你放心，咱兄弟……哎，她来了！"

丁先生回头一望，见老婆从设计楼里走出来，已经下了台阶。他赶紧对老婆招手，然后在收发员的胳膊拍了一下，算是告别，迎着老婆走去。

"真是天意！"丁先生对老婆说，"出版社的稿费来了。"

"是吗？"老婆也很开心，说，"难怪我看你跟收发员在一起呢。"

"收发员怎么了？"丁先生说，"我求他的事多着呢，他倒没有任何事求我。"

"你有什么事求他？"老婆问。

"比如我人虽然走了，但肯定还会陆续有一些邮件和汇款单过来，怎么，不要了？我刚才特意给他半包烟，让他以后把我所有的邮件和汇款单都直接转给你。"

"哦，"老婆说，"是哦。你干吗不给一包，半包也好意思拿出手？"

"这你就不懂了，"丁先生说，"这样的拜托要随意，不能太刻意，只给半包烟，就是很随意，显得我没把他当成外人，他更高兴。"

老婆还想争辩，丁先生说身上正好只有半包，就随手塞给他了，他不会嫌弃的，还蛮高兴。然后话锋一转，让老婆给她大弟弟打电话，商量买摩托车的事情。

第三章　轻骑变摩托

　　他们给丁先生发放一千多元稿费，也没舍得用通常的邮政汇款或邮政电汇，而是采用银行电汇，估计这样更节省一些吧，但却要收款人到银行的营业部领取。由于没经历过，所以感觉有点麻烦。好在有老婆和大舅子陪着，倒也不孤单，并且恰巧大舅子一个高中女同学没有考上大学却考进了银行，正好站在柜台里，熟人好办事，倒也没费什么周折就顺利取出稿费，加上丁先生带回来的两千元和报销差旅费的几百块，身上一下子有大约四千元人民币，为大舅子买一辆正经的摩托车绰绰有余！

　　三个人在从银行走往商业大厦的一路上，雄赳赳气昂昂，喜气洋洋。可惜马鞍山商业大厦里面主要卖轻骑，也就是所谓的轻型摩托，正经排量的摩托车品种很少，买当然也可以，但既然身上的钱充足，干吗不买一辆大舅子最喜欢的呢？

　　"这样吧，"丁先生建议，"过两天我飞广州，你们送我去南京，顺便在南京的人民商场或新街口百货商场挑选一辆。上牌没问题吧？"

　　大舅子回答没问题没问题，只要有发票，回马鞍山上牌没问题。末了，他又加了一句："我认识人。"

　　结果没等到他走的那一天，丁先生就和大舅子提前去南京把摩托车买回来了，并且二人从南京把摩托车一路轮流开回来。不是一个人开不了这么长的路，南京离马鞍山才四五十公里，哪能开不了，而是他们都想过瘾，所以轮流开，过瘾。

　　提前去南京的任务是给《江苏冶金》的编辑送那篇关于在钢格板中用冷轧扭曲钢，也就是麻花钢取代拉伸圆钢的作用与意义的文章。

丁先生与《江苏冶金》的编辑是老熟人，几乎每次开会都能碰到，而且每次都是编辑主动向丁先生约稿，比如上次那篇《耐火纤维在常州钢厂缝式锻造炉上的应用》的文章。但这次因为发得急，可能需要把别人的文章撤下来换上丁先生的麻花钢，公事公办不行，必须加上一些私交，所以他带上三五香烟和咖啡伴侣，专门去拜访对方。为了不显眼，他仍然提着公文包。公文包是上回在无锡硕放材料厂开鉴定会时候作为纪念品发的，最大好处是底部做成手风琴的样式，能伸缩，缩的时候可以放一份文件两本杂志，伸开的状态下塞一条烟加两罐咖啡和伴侣也能撑得下。丁先生让大舅子在楼下等着，他自己一个人上去，先递上文稿，说明来意，对方回答没问题，还要留丁先生吃午饭。丁先生说吃饭肯定没时间了，不然我该请你的。对方说你到我这里来，哪能让你请。丁先生说下次吧，这次实在没时间。边说，边把公文包里的香烟和咖啡取出来，说自己刚从深圳回来，亲自在免税店买的，真货。对方坚决不要，两人拉扯半天，对方才只收下咖啡和伴侣，香烟坚决不要，说他也不抽烟等，咖啡他自己也不喝，但他老婆喜欢喝，所以留下。丁先生还是希望对方留下香烟，说你不抽烟可以留着送人嘛。对方说好，我现在就送你。把丁先生逗笑起来，说我也不抽烟。对方说那你拿着送别人吧。丁先生不能再拉扯下去，最后只好带着香烟走了。但他相信私交已经建立，文章很快会发出来。

同样的文章换了个题目，侧重点转变一下，改头换面在《钢铁设计》和《安徽材料》也先后发了。《钢铁设计》是大马院内部刊物，主编就是丁先生当总设计师的岳父，自然不在话下，只是作为没有正式刊号的内部刊物，其实是没有什么分量的，但糊弄香港人问题不大。《安徽材料》有刊号，但毕竟是省级刊物，影响不如《江苏冶金》大，一直都是求着丁先生赐稿的，自然也没问题。最有分量的还是《江苏冶金》，所以丁先生才最重视，专门跑过去。

总之，三管齐下，丁先生在秦老板那里肯定能交代了。剩下的唯一问题是他跟单位这边的关系怎么处理？停薪留职不允许，前面已经有先例，当总设计师的岳父也不敢冒天下之大不韪，怎么办呢？

上次去深圳，丁先生没跟自己的父母说，因为这事与他们没有直接关系，说出来他们也不一定懂，干操心，不如不说，但这次他打算正式离职了，要离开马鞍山了，丁先生觉得应该跟自己的父母打个招呼。不说得很详细，只简单说香港的一家公司在深圳办了一个工厂，高薪聘请他过去当经理，他跟老婆商量了一下，决定自己先过去干着，干得好，老婆再带着孩子过去。

父母听了半天没说话。丁先生的父母与岳父岳母不一样，他们像是两代人。父亲1939年参加队伍打鬼子，岳父1955年才大学毕业，如今父亲早已经离休多年了，岳父还在总设计师的位置上正当年，他们可不就是两代人吗！中华人民共和国成立后父亲做官了才结婚生孩子，上面五个全是女儿，只有丁先生是儿子，所以自然对他寄予更大的期望，母亲则从小给几个女儿灌输姐姐一定要疼爱弟弟照顾弟弟的思想，仿佛前面的五个女儿都是为最后这个儿子服务的。听儿子说他要离开设计院离开马鞍山调到深圳去工作，父母不知道该支持还是该反对，唯一的办法就是赶快把几个女儿叫回来，最好带着女婿一起来，共同商量。

回来的当然不是全部，比如在美国的女儿就不可能赶回来，美国女婿更没回来，在马鞍山的几乎全来了，坐满一屋子。

姐姐姐夫们当然听说过深圳，印象中与早年的马鞍山差不多，也是移民城市，正在大开发。他们一开始关心丁先生去了安排什么职位，仿佛丁先生是去担任市长或市委书记一样。丁先生解释是去一家香港的工厂担任经理。其中一个姐夫似乎蛮内行地问："是内地方经理吗？"丁先生原本想解释工厂不是中外合资，无所谓内地方和香港方，但又一想没必要解释这么清楚，就顺着对方回答："是，是内地方经理。"心里想，这样说也没错，在香港恒基的妈湾工厂，林姑娘相当于港方经理，他丁先生相当于内地方经理。

众人又关心丁先生的高薪问题，问具体月薪是多少。但这么简单的问题丁先生却回答不了。因为他到目前还没领工资。按照他自己最初的要求，每月工资不低于一千三百元，后来听说香港师傅每月两万多，似乎他的工资应该不止一千三，假如林姑娘作为港方经理月薪超过两万的话，那么他作为内地方经理月薪应该像那位电工说的不低于一万，但毕竟还没领过工资，他不能瞎猜，加上有三千港币一下子缩水成两千二百二十元人民币的教训，更不敢太乐观，可经不住姐姐姐夫们的一再关心，他们认为"高薪"到底是多少才是去不去的关键，所以丁先生必须回答这个问题，如果他说自己也不知道，那不是笑话吗？最后，丁先生给出一个自己综合判断的数字：三千。

这已经是一个保守的数字，如果按照他内心真实的估计，至少五千，当初老板答应的"不少于一千三百"，是作为普通工程师的待遇，现在他都任命为内地方经理了，不该拿港方经理的四分之一吗？但他没说五千，只说三千。但就是三千，也把父母和几个姐姐姐夫吓了一跳。二姐保守，竟然问："是一个月三千还是一年三千？"丁先生回答一个月三千，吓得二姐舌头伸出来没能立刻缩回去。三姐夫露出不相信的表情，认为小舅子吹大牛，因为他自己在马钢一个车间当主任，差不多与丁先生平级，一年也挣不到三千！丁先生一个月能挣三千？但碍于岳父岳母的面子，三姐夫没有当面戳穿丁先生。

为了抵消吹牛，丁先生赶快示弱，说出自己面临的难处，单位不允许停薪留职，而香港企业也不可能发商调函办理正式调动，他向几个姐姐姐夫讨教有没有办法解决这个难题。

丁先生原本是表达示弱，没指望几个姐姐姐夫能开出灵丹妙药，没想到他们当真了，当即提出不少合理化建议，但一经认真分析，都不靠谱。尽管如此，丁先生还是表示感谢，当众拆封那条在南京没给出去的三五香烟，每个姐夫两包，在美国的姐夫没来，多出的两包留给母亲收藏，以备应付不时之需。

即便是家里人，收了礼和不收礼态度也不一样，在三五香烟的启发下，三姐夫终于开腔。他说桃红的爱人在马鞍山驻深圳办事处当主任，如果能由他们出一个证明，假装把丁先生借调到深圳办事处工作，并假装由办事处发工资，其实并不去办事处上班，当然办事处也不给丁先生发工资，不就等于是停薪留职了吗？

其他人还没听出意思，丁先生立刻发觉这果真是个办法。

桃红是三姐夫的妹妹，桃红的爱人就是三姐夫的妹夫，和丁先生是亲戚的亲戚，虽然拐了弯，但由三姐夫出面去找他的妹夫，似乎又关系笔直，于是他当即问三姐夫："杜主任现在在马鞍山吗？"

"你认识他？"三姐夫吃惊地问。

"认识。"丁先生回答，"杜大伟嘛。以前在科技局当办公室主任，我们一起参与撰写马鞍山科技发展规划，但没有交情。你带了我去就不一样了。"

三姐夫还在犹豫，似后悔多了一句嘴。三姐发话了："还磨蹭什么，快去！"

母亲立刻把剩下的两包烟塞给三女婿。三姐夫推让，三姐一把夺过三五烟，强行塞进丈夫的口袋，然后把丈夫和弟弟一起推出门。

马鞍山当初的私人交通工具主要是自行车，由于地界小，从宁芜路到花山也就是一个大下坡的路程，几分钟后，三姐夫带着丁先生到达桃红的家。桃红的爱人对自己爱人的哥哥来访一点也不意外，只是这个在马钢公司当车间主任的大舅哥之前每次来都提着单位分发的各种副食品来，今天却两手空空。更让他吃惊的是大舅哥身后站着大马院的丁先生，他们怎么搞到一起来的呢？一介绍，居然是大舅哥的小舅子，杜主任赶紧和丁先生握手，说："没想到我们还是亲戚啊！"

丁先生自嘲地说："马鞍山小，我姐姐多。"

杜主任大笑起来。气氛相当不错。但说到正事，杜主任马上说："没问题没问题。但我出证明或介绍信没用啊，我说借调你，你们大马院买账吗？"

也是，丁先生用脑子一想，就知道马鞍山钢铁设计院不会买马鞍山驻深圳办事处的账。但三姐夫设计的路线理论上是成立的，丁先生认为变一个方式应该能走通，所以此时他没有表现为失望，而是往前再探一步，问杜主任："有没有别的办法？"

到底有自己的大舅哥在场，而且此时他夫人桃红也参与进来，杜主任不能对丁先生打官腔，认真想了想说："我们驻深办归政府协作办管，由政府协作办出面，大马院一定买账。"

"那就……"丁先生想说让对方去找协作办，因为他连协作办大门朝哪个方向开都不知道，但他似乎又说不出口。

"你找鲍市长！"杜主任建议说，"只要鲍市长一个电话，协作办范主任会立刻照办。"

"鲍市长？"丁先生问。

"是啊，"杜主任说，"鲍寿伯啊，以前的政策研究室主任，刚刚当副市长。"

从杜主任家出来，三姐夫显得非常不好意思，发觉自己的妹夫很滑头，表面上很客气，其实是把皮球一脚踢到副市长那里，我这小舅子要是能搬得动副市长，还找什么协作办，直接让副市长给大马院的院长或副院长一个电话不就什么问题都解决了！所以，三姐夫觉得对不起丁先生。丁先生则对三姐夫说："谢谢姐夫了！我明天去找鲍市长。"三姐夫听得目瞪口呆，心想，你还真认识市长？

大马院虽然直属冶金部，但毕竟在马鞍山地面上，市里的有些活动设计院是要参加的，比如上次搞马鞍山科技发展规划，就邀请了马鞍山钢铁设计院参与，而设计院则推荐了本院的一支笔丁先生。当时从各单位临时抽调的人员集中培训，分头写稿，包括马鞍山钢铁设计院、马鞍山矿山研究院、马鞍山钢铁学院和马钢公司的钢研所以及马鞍山市科技局的笔杆子们都聚集在一起，分头行动，各司其职，最终由马鞍山市人民政府政策研究室鲍寿伯主任统稿。鲍主任在统稿的过程中发现，虽然都是各单位的笔杆子，但真是良莠不齐，大马院的丁先生最标准，而有些则简直看不下去，最后，鲍主任一个人忙不过来，请丁先生帮他一起统稿。有些稿子干脆重写。比如当时在市科技局当办公室主任的杜大伟的稿子基本上是丁先生重写的。任务完成，鲍主任表达了想把丁先生正式调到身边的意思，但当时丁先生在设计院干得正欢，设计院待遇比市里好，要说调到市里可以得到鲍主任的关照，那也比不上在设计院有自己岳父的关照更牢靠，再说当时鲍主任是处级干部，而丁先生只要当上设计院情报室主任也是处级，哪里肯调去给另一个处级干部当手下？所以，当时丁先生只说"回去跟爱人商量一下"，就一直没有答复鲍主任，没想到现在鲍主任当副市长了，丁先生却要从设计院离职了。不是事情紧迫，他真不好意思这个时候厚着脸皮来找副市长。

丁先生一大早赶到副市长办公室门口去堵他，没想到门口已经堵了不少人，看来，找副市长的人真多啊！

人员骚动。市长来了。一路招呼不绝，但都是不敢大声地轻声打招呼，为了脱颖而出，丁先生参着胆子大声说："鲍市长，我是大马院的丁先生。明天就去深圳了，今天特意过来跟您打个招呼。"

鲍市长停下脚步，看着丁先生，然后说："你进来。"

丁先生手上拿着一本厚厚的牛津词典，是在解放军国际关系学院插班进修的时候买的，没怎么用，基本上是新的，在内封上写着：祝鲍雨同学百尺竿头更上一层楼！丁先生1991年12月26日

没有用报纸包裹，既然孔乙己认为窃书不为偷，那么丁先生就坚信"送书不算贿"，没必要遮着掩着。他跟着副市长进了办公室后，把牛津词典放在副市长的办公桌上，说："听说鲍雨考上中国科技大了？祝贺！"

"怎么？"副市长问，"在设计院干得不开心啦？"

"是。"丁先生说，"一家子在一个单位，相互牵扯。"

"干吗去深圳啊？"副市长说，"不然调到市里来？我记得上次对你说过。"

这话要是早一个月说，丁先生就真不用离职去深圳了，但现在秦老板那边都任命他当经理了，怎么好反悔呢？再说，那边一个月三千，你这边当副市长一个月也没三百吧。所以丁先生回答："我已经去干了半个月了，这次回来补办手续。"

然后，不容副市长再说，丁先生就抢着把自己想请市长帮忙给协作办主任打个招呼的事情说了。怕市长也踢皮球，他特意说明马鞍山驻深办事处负责人杜大伟是自己姐夫的妹夫这层关系。市长很忙，外面那么多人等着，所以也没再说，直接指示："你让小杜去找协作办的老范，就说这事我知道。"

过两日是星期天，丁先生离开马鞍山，三姐夫特意搞了辆车，亲自送丁先生全家去南京机场。经过宁芜路，还特意回丁先生父母的家告别，露脸的却是三姐夫。

父母把丁先生送到楼下，看着丁先生一家三口上了三女婿带来的车。父亲拄着拐杖，迎风不动，像送儿子上前线。母亲泪眼婆娑，千叮咛万嘱咐，说天气冷了，一定要多穿衣服，不要冻着。丁先生真想告诉妈妈，深圳的冬天也骄阳似火，冻不着。

这时候，大舅子过来跟丁先生的父母打招呼，丁先生才知道大舅子一直开着摩托车跟在三姐夫的小汽车后面，而且他还打算一直跟到南京机场。他姐姐不同意，说天气太冷，路上太危险。丁先生则理解大舅子新买了摩托车特别想开着体验驾驭的感觉，他甚至恨不能自己也下车与大舅子一起开摩托车去南京机场。男人都喜欢驾驭，这点是女人理解不了的。

到南京机场，告别。丁先生抱着儿子亲了又亲，眼泪没忍住，悄悄渗了出来。赶紧扭头过安检，把一众亲人抛在脑后。

飞机升空，丁先生恨不能把脑袋伸出舷窗之外，可惜连舷窗之外的城市是南京还是马鞍山都分不清，哪里还能看得见老婆、孩子、大舅子和三姐夫！

第四章　繁体字，简体字

丁先生和秦老板几乎同时到达妈湾的工厂。不知道的人还以为他们是乘同一辆车一起过来的呢。其实丁先生是从老家来。因为这次不打算走了，所以带了两个大旅行包，其中一个下面还有小轮子。刚下出租车，正背一个大包拖一个大包打算敲工厂的大铁门呢，大门就自动开了。是老板那辆挂深港两地牌照的商务车来了。丁先生这才晓得，老板是不需要使劲敲门的，他可以电话通知里面的人提前开门，这样，丁先生刚把旅行包拖进大门，老板的车马上就开进来，给人的感觉他们是一起来的。

不是巧合，是老板算准了时间。老板带着设备和设备供应商的售后服务人员过来，因为时间急，又必须保证设备开箱和安装的过程中有个内行人在场，所以老板算准了丁先生前脚进厂，他后脚就带着设备和售后服务人员跟进来。

在丁先生回老家的最后几天，老板几乎每天一个电话打到丁先生的岳父家。有时候丁先生恰好在，更多的时候丁先生不在，是岳父通过女儿把香港老板打电话催他回深圳的消息转告给丁先生的，或是大舅子开着摩托车满马鞍山地追着丁先生直接告诉他。刚开始，丁先生以为是老板担心夜长梦多他改变主意不回深圳了，所以才催得紧，后来才知道是老板已经按照丁先生那份书面汇报的内容买好了设备，等着他回去当面安装调试呢，丁先生因此才加快了在马鞍山处理私事公事的速度，并在订好机票后立刻去邮局打长途电话给林姑娘，汇报自己的行程，还请她转告老板。

不是丁先生舍不得国际长途的电话费，而是他根本没有老板的香港电话号码。即便有香港号码也没用，丁先生总觉得打跨境长途是一件非常困难与麻烦的事，所以他更愿意打给林姑娘。至于去邮局打，是因为自丁先生拿了老板给的三千元港币奖金和获悉自己的同事月薪超过两万元之后，自己也仿佛成了有钱人，消费观念顿时转变，感觉为节省几块钱电话费跑到岳父家蹭公家的便宜没必要，不如去邮局自己掏钱打长途心安理得。

丁先生见老板的车来了，马上把自己的行李拖到旁边，抽身站在林姑娘身边，与她一起迎接老板。

车门从两边抽开。所谓抽开，就是不像平常车门那样往外拉开或从里面推开，而是像日本人家的门那样朝两边滑开，只不过车门不是朝两边滑，而是从前往后滑开。

老板带着两个人下车。其中一个是外国人。他们直接走向车尾。丁先生这才看到，这种车尾扁平的商务车车尾是可以打开的，这样，除了坐人之外，必要的时候还能装一些物品，难怪叫商务，很适合商业用途啊！老板这次就用它带来了那台把圆钢挤压拉伸成麻花钢的专门机器。

在丁先生第一次给老板的报告中，就提出了三套解决方案，第一是自行研制设备，第二是从德国的西马克公司或芬兰的奥特昆普公司直接进口设备，第三是"两步走"，即从北方的太原重型机械厂和南方的柳州冶金设备厂分别购入冷轧扭曲设备，共同完成把圆钢变成冷轧扭曲钢的任务。丁先生认为自行研制不是不可以，而是时间耗不起，进口国外的专业设备涉及外汇兑换和进口报关等一系列复杂的操作，只要有一个环节出现一点差错或麻烦就不知道要耽误多长时间，所以，当初丁先生倾向于采用两步走方案。但是，丁先生的建议是基于他作为当时内地人的思考，而秦老板作为当时已经国际化程度很高的香港人，认为丁先生提出的外汇兑换和进口报关等担忧统统不是问题，老板让香港写字楼的人查一大本像《辞海》那么厚的电话号码黄页，找丁先生书面报告中所说的两家国外公司，结果发现德国西马克公司在香港就有业务代理处，一个电传回去，资料立刻传回来，速度之快效率之高，感觉比丁先生从深圳往返一次安徽马鞍山还方便还要快！以至于老板还专门等了丁先生两天，否则三天前就把设备带过来了。因为妈湾厂两头朝外，所以只需报备，海关免检直接放行。

老板就是老板，虽然厂里有传闻他本身就是早年偷渡去香港的，靠老婆的娘家人扶持才勉强成了老板，但早年广东偷渡去香港的人多着呢，也不是个个都能成老板，老婆家族的扶持固然重要，但能够成为真正的老板，关键还是靠他自己，光靠吃苦可以解决温饱，吃苦加聪明能成家立业，而要成为真正的"老板"，不仅需要智商更需要情商，另外还要有大局观。比如改革开放，这个政策对任何香港人都机会均等，但当年扶持秦老板的几个妻兄妻弟一个都没来深圳开厂，只有秦昌桂察觉这是自己弯道超车的机会，果断出手，只花很少一点启动资金，就把比几个妻兄妻弟在香港工厂加起来面积还要大的妈湾工厂建起来了！现在，秦老板刚听说深圳的港资企业或可实现产品补税内销，他就坚信这个新政策一定会落地，因为，香港都快回归了，产品还不实现互通吗？只要港资厂的产品技术更先进、质量更可靠、价格更合理，将来一定可以实现补税内销，所以他非常坚决地把丁先生挖到妈湾厂来，并委以重任，除了协助工厂技术提升外，还要帮他实现更大的宏图伟业。

在丁先生回内地的日子，老板通过电传资料，与西马克业务代理处人员核实好设备底部固定螺栓的尺寸，指定妈湾工厂这边的香港师傅提前做好了底座，所以，这次当着丁先生的面设备拆封后，在外国人的操作下，立刻就把新设备安装到位。

新设备根本没有如丁先生预想的那样安放在主厂房之外，因为这台集挤方和扭曲于一体的新设备甚至比之前仅拉伸的设备更小巧也占地更少！采用新的设备后，拆除旧设备，腾出的地方正好安装新设备还绰绰有余。

通上电，一摁按钮，吞进去的黑乎乎的圆钢瞬间就变成锃亮的麻花钢吐出来，他深感科技力量的伟大！他真想拆开新设备看看里面到底是什么结构，这么小的设备怎么这么轻飘飘地就把圆钢瞬间变成方钢再扭曲成麻花钢吐出来的呢？他更感叹国外的管理先进，出卖设备的一方要派人员到现场负责安装和调试，等吐出合格产品后才算完成交易，难怪老板上次说国外的企业都是工程师负责产品推广与销售，原来销售人员须现场解决技术问题啊！

供货方人员已经被林姑娘带去洗手和休息了，但老板并没有离开现场，他向许师傅下达指令，让他当晚就带人拆除旧设备打掉旧基座平整场地，不能影响明天新设备的正式生产。许师傅说"得"。丁先生则一抬手，说："等一下！"

许师傅和老板以及在场的所有人都看着丁先生，但丁先生的眼睛却没有看任何人，他在围着新设备和旧设备以及整个场地看。众人等了他蛮长时间，有些人已经开始不耐烦了，丁先生才对秦老板说："我总觉得有问题。第一，新设备太小，因此太矮，这样，工人操作它就必须弯腰，很吃力，不方便。第二，新设备安放的位置有点偏，不如旧设备的位置好。"

这时候，林姑娘安顿好供货商人员之后，也已经回到老板身边，她立刻把丁先生的普通话翻译成香港话，因为老板虽然基本上能听懂普通话，但许师傅完全不会说普通话，听都困难，所以需要翻译。

许师傅听明白林姑娘的翻译后，问丁先生："你话点做？"

林姑娘给丁先生翻译："他问你说怎么做？"

丁先生说："旧设备立刻拆除。但基座保留，把新设备拆下来安装在旧设备的基座上。"

林姑娘再次翻译给许师傅听。许师傅摇头，说旧基座的预埋螺母对不上新设备脚栓尺寸。还说如果能对上，我们就不用建新基座而直接把新设备安装在旧基座上了。

许师傅这番话是对着老板说的，但林姑娘仍然把意思翻译给丁先生听。

老板没说话，似乎在思考和判断。丁先生则弯下腰，用虎口在新旧设备与基座上比画了一阵子，然后站起来，拍拍手上的铁锈与灰尘，对老板和许师傅说："马上焊接一个二十五厘米高的钢结构过渡基座。梯形。下面大上面小。下面对照旧设备基座打孔安装，上面对照新设备底座脚栓。这样既抬高了新设备，让工人方便操作，又解决了新设备偏心的问题。"

林姑娘还在给许师傅翻译成粤语，站在他身后的徒弟也就是曾经在去ABC大门口的路上和丁先生聊过几句的那个小伙子已经忍不住给丁先生竖起了大拇指！

丁先生假装没看见。不是傲慢，而是不希望小伙子此举引起他香港师傅的不快与尴尬。

老板肯定也看见小伙子夸张的大拇指了，他同样没有理会小伙子的举动，一脸严肃地下达最终指令："按丁经理的意见办！今后厂里的这些事情都听丁经理的！"

秦老板说的是普通话，尽管他把丁说成灯，丁先生还是完全听懂了，只是许师傅未必听懂，所以林姑娘不得不把老板的话翻译成粤语给许师傅听。

老板撂下那句话之后就走。大约是不想带着外国人在厂里用餐，他们赶回香港吃饭或在深圳的罗湖用餐然后再回香港。

林姑娘可能已经把老板最后丢下的那句话转告几位香港师傅了，所以晚上丁先生走进香港人的小餐厅的时候气氛有些微妙。有的香港师傅表现得比平常热情，主动打招呼并且脸上绽放笑容，有些则相反，故意把脸撇向一边，嘴角露出不服气的弯度。丁先生见惯不怪，你对我客气，我就对你热情，你不理睬我，我就回敬眼睛不直视你的轻微的微笑。他提醒自己不要多心，林姑娘未必这么快就传达了老板的最新指示，因为老板的话从来就是随口一说，如果这也当真，那么分管院长还说过"这个位置最适合丁先生"呢，我怎么没当上情报室主任而不得不离职了呢？

但是，接下来许师傅的举动证实并非丁先生多心，因为，许师傅起身舀汤的时候顺便帮丁先生也舀了一碗。这在之前是绝对没有也似乎是不可能的事情！吓得丁先生赶紧起身，对许师傅表达感谢，并立刻帮所有的香港师傅每人盛了一碗，包括不拿正眼看他的黄师傅。

晚餐结束，丁先生把林姑娘叫到身边，说自己马上要去现场安排加班，希望她陪着一起去，理由是给他当翻译，其实是丁先生担心自己指挥不动有些香港师傅。

林姑娘回答"得"，马上又说："好。行。没问题！"

丁先生笑笑，说这个不用翻译，我知道你们香港人"得"的意思。

与当时深圳的大多数外资厂不一样，香港恒基金属材料有限公司深圳妈湾工厂属于重工业，男工多女工少，而且岗位布局也不像一般的电子厂或成衣厂那样排成一条线，而是按照工序分成三个工段，分别叫金属加工工段、锻焊工段和镀锌工段。每个工段由一名香港师傅负责，少了其中任何一个香港师傅，工厂就玩不转，所以一个个牛得不得了。据说有一次负责开锻焊机的郑师傅周末回香港，周一早上回深圳的时候没有从罗湖过关，而是乘船来蛇口，本想抄近路，没想到错过一班船，晚了半小时，结果整个工厂等他半小时才开工！只有许师傅没有"坑"，他即使三天不来，只要工厂不发生停水停电或设备故障，整个工厂照样运转，因此许师傅不如另外三个香港师傅牛。但在丁先生看来，恰恰是许师傅技术最全面，而另外三位香港师傅技术单一，比如第一道金属加工工段，就是钢材的切割、弯曲、焊接、钻孔、打磨等基本的金属加工工艺，在内地的任何一家国营金属加工企业任何一位六级钳工甚至四级工就完全能取代他，工资一千多足矣，哪里需要花两万元请一个香港师傅！至于开锻焊机或管理镀锌槽，不需要别人，丁先生自己只要认真阅读说明书和认真观察几日，就再不会发生因郑师傅不来就全厂停工的事情。丁先生打算下一步就这么做。同时他疑惑，老板怎么能把工厂押宝在几个香港师傅身上呢？他应该没有这么傻吧？估计是创业初期老板对内地这边情况不了解，一开始甚至是政策不允许，也可能是他根本想不起来请内地的技师或工程师，只能在香港的同行业中临时挖一个能独当一面的师傅到内地来，他们在香港的工资或许只有一万，但外派到内地，必须翻一番！

此时丁先生已经带着翻译林姑娘一起来到车间。不能说"吃柿子挑软的捏"，而是"工作挑最容易的先做"，他先来到白天老板发表最新指示的工作现场，看见许师傅已经带着徒弟在那里等着了。看见丁先生，那徒弟老远就绽放热情，仿佛丁先生才是他的师傅。丁先生由此感悟中国真是熟人社会，仅是上个月出粮的那天晚上他去亚洲自行车公司门口的路上碰巧与这个小伙子聊上两句，小伙子就已经把他当成了自己人，亲密程度远远高于其他人。但丁先生对小伙子不能表现出比对许师傅更亲近，他只对小伙子微微点了一下头，就立刻抬手对许师傅打招呼，然后布置任务：让他们把新旧设备全部拆下放在一边，并把新基座打掉，场地恢复平整。

他理解许师傅前几天才带着徒弟抢着搞了这个新基座，现在就要打掉还要恢复地面平整的心情，按道理，丁先生应该换一个人来做这项破坏工作，但在眼下的恒基金属材料厂，他还能指挥谁呢？好在许师傅本来就不牛，而且老板是当着他的面发表最新指示的，所以这时候听林姑娘一翻译，许师傅立刻回答："得！冇问题！"

不用林姑娘翻译，丁先生就无师自通地知道他说的是行和没问题。

他们再来到金属加工工段。

原本丁先生打算加工一个梯形金属基座，下面大，上面小，现在为了赶速度，他决定复杂问题简单化，就加工一个上下尺寸一样的长方体基座，只要上下各打四个孔，下面的与旧设备一致，上面的与新设备一致就行了，而新旧设备的脚栓尺寸都是现成的。可是，当他和林姑娘一起赔着笑脸把要求对黄师傅一说，黄师傅却一本正经地伸出手，向丁先生要图纸。

按道理，加工金属结构是该有图纸，但那是公事公办的态度，自己内部，又是老板临时下达的任务，一个简单的长方体金属基座，只要把尺寸报准就行了，公事公办等于故意为难。说到底，是黄师傅没把他丁先生当经理看，否则，连数据都不用丁先生报，他自己走几步路亲自量一下不是更保险？丁先生想起古代郑国有个买鞋的人宁可相信自己在家量的尺寸而不相信自己脚的故事。他心里不悦却不能发作，笑着回头对许师傅招手。许师傅正在拆下下午刚刚安装上去的新基座，没看见，他徒弟看见了，马上告诉许师傅，师徒二人一起走过来。

丁先生当着黄师傅的面，笑嘻嘻地说："黄师傅向我要图纸，我没有。这样吧，尺寸你都知道，不如你把要求对他说吧，或者你自己动手，不用麻烦黄师傅了。哦，对啦，是我安排不妥，这事情好像本来就归你管，打掉新基座的事情另外找人做。"

说完，不用林姑娘翻译，他徒弟就把丁先生的意思转述给许师傅听了。许师傅则小声和黄师傅叽里咕噜说了半天，丁先生完全听不懂他们说了什么，但事情最后总算解决了。

丁先生最后似乎抱歉地对黄师傅笑笑才离开，同时，他也打定主意一定要找机会炒掉这个跟自己作对的黄师傅。国内任何一个技校毕业的技工就能比黄师傅做得更好，凭什么要花两万多请一个不听话的香港师傅呢？

加班结束，林姑娘一如既往巡视全厂。先巡视生产车间，却发现丁先生还在两台崭新的麻花机旁边，她问："有什么问题吗？"

丁先生回答没有。

"还有什么不放心的吗？"林姑娘又问。

丁先生说："没什么不放心的，再说我已经要求明天上午许师傅守在这里，我自己也守在这里，即使发生问题也会立刻解决。"

"那你……"林姑娘不解。

"我在反思自己啊，"丁先生说，"你看我在给老板的报告中还建议'两步走'，假如老板真采纳了我的意见，不是害了公司了吗？"

林姑娘笑起来，说："不会的，你在内地，消息闭塞，不知道从香港进口国外设备这么简单。"

丁先生承认是，并说看来国家真的需要改革开放和与世界接轨啊！然后对林姑娘说："走。我陪你一起看看其他地方吧。"

这个想法不是丁先生临时产生的，而是从老板宣布他担任生产技术部经理的那天晚上就想好的。既然他和林姑娘都是经理，那么他就该按林姑娘的标准要求自己。巡视不仅是责任，也是一种宣示，是告诉全厂职工，他丁先生和林姑娘一样，也是香港恒基金属材料有限公司深圳工厂的实际管理者了！但他当生产技术经理没两天就回老家了，所以一直等到今天才能实施。

巡视还真发现并解决了一些问题。比如关于工厂的门卫制度。恒基工厂采用封闭式管理，全厂进出只有一个大门，而且二十四小时关闭，这样确实安全了，但是不是像监狱？丁先生向林姑娘建议：给公司的大门安装门铃。不然，每次有人从外面进来都要在大铁门上使劲地敲，成何体统！

林姑娘照办。第二日再巡视的时候，丁先生看见门铃已经装好了，轻轻一摁，比使劲敲门文明多了。

这几天他一边陪林姑娘巡视，一边思考一个更长远计划。他打算逐步说服老板用内地工程师或技师取代目前的几位香港师傅，首先取代金属加工工段黄师傅！为实现这个计划，他首先必须把自己打造成一名万能工程师，即任何一个岗位的香港师傅因故没来或迟到，他作为生产技术部经理都能及时顶上。丁先生打算先学会操作锻焊机，下一步就琢磨镀锌槽，至于金属加工工段，丁先生知道这是他的短板，工业基础课的时候他们学习过钳工，可他连拿榔头都没学好，所以他知道自己取代不了黄师傅，这大概也是他第一个就想招聘一名内地技工或技师来的阴暗动机吧。因为阴暗，所以一切都在悄声无息地进行。

因为有丁先生陪同，林姑娘就不让保安班长陪着她巡视工厂外围了，因为她有时候想和丁先生聊工作，搞个保安在旁边说话不方便，但她也没让保安班长闲着，而是让保安班长沿他们巡视的反方向巡视，这样，他们会在工厂背后会合，相向而过，那一段最僻静，双向巡视相向而过让人相信本厂保安更严密，全厂更安全，而在东西两侧的围墙外面，则是丁先生和林姑娘的二人世界，两位经理可以无话不说。这天晚上，丁先生就把自己对香港师傅因为过分独当一面的担心和疑虑说了一点。

林姑娘略微迟疑了一下，告诉丁先生，老板已经注意到这个问题了，并且已经有了对策。

"什么对策？"丁先生问。

林姑娘迟疑了更长时间，最后停下脚步，仿佛下了很大决心，要求丁先生一定要保密，丁先生点头后，她才说："老板已经联系好其他的师傅，一旦出现这种情况，顶替的人当天就能从香港赶过来。"

丁先生"哦"了一声，摆出原来如此和如释重负的样子，其实他判断老板只对林姑娘说了一半，另一半老板没说，否则，怎么会千方百计求贤若渴地把他"挖"来呢？老板一定在下一盘大棋，大到林姑娘看不透全局的棋！丁先生自认为他自己已经看到全局了，也学着老板的城府，没对林姑娘说。

回到写字楼，两人分手，男左女右。丁先生突然问林姑娘："公司有锻焊机的说明书吗？"

林姑娘回答有。

丁先生问能拿给我看看吗？

林姑娘回答好。

按照丁先生对林姑娘工作态度和对他热情程度的判断，当天晚上林姑娘就会敲他的门，把锻焊机说明书送到他手上。或者趁丁先生在卫生间最里面冲凉的时候把说明书放在丁先生宿舍门口，等他冲凉回来正好拿进来翻看。但是，没有。丁先生从冲凉房出来之后并没有见到说明书，冲凉之后他一直在宿舍也没等到林姑娘来敲门，直到他听见林姑娘来冲凉了，丁先生还打开门，查看林姑娘有没有把锻焊机的说明书放在他门口。他甚至走到卫生间门口，确认林姑娘是不是在冲凉，或林姑娘在进入最里面的冲凉房之前有没有把说明书放在洗手间的外间。仍然没有。丁先生朝里面的冲凉房看一眼，确认林姑娘确实在里面冲凉。

最里面一间的门是玻璃。当然，是所谓的磨砂玻璃，透光但不透明。那天晚上，卫生间的外间没开灯，里面的冲凉房却开着灯，磨砂玻璃虽然不透明，但丁先生仍然看见林姑娘的身影。他赶紧扭过头，回到自己的房间，关上门，闭上眼睛睡觉。

一夜无话。第二天早上两人在小餐厅相遇，林姑娘热情依旧，喊"丁生早晨"，丁先生回答"早晨"，可就是没有把锻焊机的说明书给他。当着几个香港师傅的面，丁先生也没有问。

早餐过后，丁先生与几位香港师傅同步，比工人提前几分钟进入车间，看着几位香港师傅提前开机试机，检查有无问题。前几日，丁先生都在麻花机那边，因为麻花机是在他的建议下才购置的，仿佛是他"亲生"的，但今天他来到锻焊机跟前。他看着郑师傅试机开机。丁先生没有特意与郑师傅打招呼，但时刻准备着，一旦郑师傅主动对他点头，他就回敬一个更大幅度的点头，但郑师傅似乎非常投入，眼睛始终盯在锻焊机上，无暇顾及身旁的生产技术经理，仿佛他操作的这台大型设备非常复杂，开动起来很麻烦，必须全神贯注才能万无一失，一旦与经理打招呼就可能导致操作失误。丁先生没打扰郑师傅，只在旁边静静地看着。作为生产技术部经理，他有权力也有责任察看任何一个岗位任何一名师傅的操作，前几天在麻花机那边看了甚至亲手操作了，今天到锻焊机这边来不是很正常的吗？你郑师傅欢迎也好，不欢迎也罢，我这个经理今天就在你旁边静静地看，不打扰不问任何问题，你总不会撵我走吧。

丁先生这么做的另一个目的是提醒林姑娘。恒基的生产车间虽然很大，但锻焊机最显眼，站在车间的任何位置往中间一瞧，就能看见巨大的锻焊机，丁先生相信林姑娘一定看见他一大早就站在锻焊机旁边了，如果不是存心的，丁先生此举一定能让她想起昨晚他向她索要锻焊机说明书的事，假如她昨晚疏忽了，或觉得夜半三更一位姑娘来敲男经理的门不方便，那么今天上午看见丁先生站在锻焊机旁边她一定会赶快把说明书送过来。可惜没有，整整一上午都没有。丁先生没有生气，只是觉得奇怪，林姑娘这么认真负责对他又显得特别尊敬特别热情的人怎么这次这么失准呢？丁先生不打算捉迷藏或瞎琢磨，他打算下午一上班就直接当面向林姑娘索要。

工厂中午有一个小时休息，一般的工人排队打饭、吃完洗碗、上个厕所或抽根烟差不多正好足够，香港师傅吃饭不用排队，饭后也不用洗碗，理论上有半小时午休时间。丁先生在内地养成了午睡习惯，所以午餐他最抓紧，吃完立刻回宿舍倒头就睡，只要确实睡着了，哪怕只睡着五分钟，也像完成了一项重大任务，下午可以精神饱满心无旁骛地继续工作，可是今天，他几乎刚刚倒头，还没来得及睡，就听见敲门声。

敲门声很轻，丁先生刚开始想可能是车间的声音，可太有节奏，明显是敲门声，他只能起床开门。

是林姑娘。她手上捧着厚厚一沓印刷品，非常抱歉且谨慎地对丁先生说："对不起。说出来你不要生气。老板嘱咐过未经他的允许，我不能把公司的核心资料随便给人看。"

丁先生没有伸手接资料，而是先请林姑娘进屋，然后搬过凳子让她坐下，他自己也坐在床上靠门的这头，门是开的，这样他能看见门外的整个走廊。等二人都坐下了，丁先生也思考好了自己要说的话。

主要是思考分寸。思量清楚自己和林姑娘说话的分寸，然后才说："我不生气。老板虽然宣布我当生产技术部经理，但并没有和我签订正式的合同，所以这时候他不想让我掌握全厂的核心资料我能理解。"

林姑娘这才一扫脸上的歉意与愁云，灿烂地笑了。

"但是，"丁先生说，"凡是在市场上能买到的产品说明书都不算核心资料。其实锻焊机上有公司的名称和联系方式，我只要和他们联系，说我想了解他们公司的产品，他们一定很乐意地把所有的资料寄给我。你信不信？"

林姑娘愣了一下，或者说是思考了一下，然后才点头，说是。

"所以，"丁先生说，"设备说明书不算核心资料，我作为工厂的生产技术经理，哪怕是临时负责的经理，在这个位置上如果都不能看设备说明书，那么谁能看呢？"

林姑娘再次点头，并说："我也是这么想的，所以没请示老板就把说明书拿来给你了。"

丁先生说："你可以请示老板。要不然你现在把资料带回去,先打电话请示老板,然后再给我。"

"不用不用。"林姑娘慌忙回答,然后起身告辞,出去了。

当日下午,丁先生没下车间,一直在宿舍研究说明书。偶尔去一趟洗手间,顺便在二楼的走廊上来回走一圈,竟对全厂的情况看得比在下面更清楚。忽然发觉这个从厂房里分割出来的写字楼相当实用,据说二楼的会议室最初是董事长办公室,后来因为老板一个星期只在工厂半天才改做会议室兼接待室了,倘若继续做董事长办公室,老板不用下楼,坐在二楼董事长办公室的窗户后面,就能对楼下的生产车间一目了然。

锻焊机是日本生产的,说明书则是日文和英文两种文字,原本丁先生以为自己精通英文,结果通过两种文字的说明书对照阅读发现,自己看日文说明书的速度居然快过英文。这不是奇了怪了吗?他在英语上下了那么大的功夫,还专门在解放军国际关系学院插班学习两年,而日语仅仅是自学了一点皮毛,怎么读起日文说明书反而比读英文的更轻松呢?原来,日文说明书里有很多中国字,别说丁先生学了一点皮毛,就是一点没学,凭着母语基础也能大致看个七七八八。有日文和英文两种文字对照着看,丁先生不用查词典,就已经把锻焊机的情况大致掌握了,剩下的,就是找机会实际操作的问题。

在接下来的几天里,丁先生每天主要干两件事:研究锻焊机说明书和观察郑师傅怎么摆弄锻焊机。常常是他在宿舍里研究说明书,发现没研究明白的地方就立刻下楼察看,与实物或郑师傅的实际操作对照。

说明书厚厚一沓,分许多本,非常详细,不仅有设备原理和构造说明以及电路图,还有操作规程和注意事项,包括各种操作参数等。丁先生如此理论联系实际数日,加上晚上加班结束宵夜过后,整个车间就他一个人的时候开机、关机实践,终于发现郑师傅操作该设备的一个重大破绽!他由此怀疑郑师傅根本就没仔细阅读说明书,更可能是郑师傅既看不懂日文也不懂英文,所以才发生如此重大的误操作!而郑师傅的误操作这么长时间居然没有被老板发现,估计是老板本人也没有仔细阅读说明书,其他人如林姑娘等更不用说了,但丁先生仔细看了,因此他发现了郑师傅的误操作!

按照说明书上的操作规程和参数,丁先生知道锻焊机的电流和锻压力分高、中、低三个挡位,面积小于一平方米产品,锻焊的电流和锻压力都开低挡,面积大于两平方米的用高挡,一平方至两平方米之间的钢格板锻焊时电流和锻压力用中挡，这叫匹配，否则就会造成大马拉小车或小马拉大车的不匹配情况。大马拉小车还好一些，最多就是浪费电力，小马拉大车轻则造成触点电流不足发热不充分，触点软度不够，并且锻压力也不够，麻花钢或冷拉预应力圆钢嵌入金属隔板不到位，形成废品，重则造成设备过载而引起设备损伤直至主电动机烧毁！为防止这种极端情况的发生，郑师傅采用"油多不坏菜"的策略，不管被锻焊的钢格板材料是大是小，他都把电流和锻压力开到最大，这样当然可以避免产生废品或引起电动机烧毁的事故，但每天浪费多少电啊！而且也产生更多的噪声污染。难怪锻焊机产生的噪声有大有小呢，别人不知道原因，丁先生知道了，噪声特别大的时候，是大马力锻焊小产品，噪声小的时候，是在锻焊大产品，倘若郑师傅在锻焊大件的时候用大冲击力，锻焊小件的时候选低挡用小冲击力，设备产生的噪声是基本均衡的。

这一发现非同小可，也让丁先生想了许多。假如郑师傅和许师傅一样，把丁先生当经理，那么，丁先生肯定会找郑师傅谈一谈，与他认真交流交流，指出他的操作盲区，提醒他改进，可这个郑师傅与黄师傅差不多，并没有拿丁先生当经理，他这样的态度，让丁先生怎么跟他谈心？

算了。丁先生不想拿自己的热脸去贴郑师傅的冷屁股，何必自讨没趣呢？他决定还是用自己最擅长的方式向老板汇报。

丁先生在楼上写书面汇报，《关于本厂锻焊机操作重大失误的情况汇报》和《关于招聘内地技师、工程师配合香港师傅工作的建议》。

这次丁先生带来了《新华字典》，上面有简繁对照，他自己费点时间，尽量用秦老板能看懂的繁体字。

由于要用繁体字，所以丁先生写这两份报告的时候消耗了更多的时间，也给了他更多边写边思考的机会。他感悟，如今一天到晚谈改革，按照父亲的说法，"改革就是学习资本主义先进的管理制度与管理方法"，他以前一直认为父亲说得对，但来深圳一个多月之后，通过与香港老板和香港管理者的实际配合工作，他认为父亲的话未必正确，中国是要学习西方的资本主义经济管理经验与制度，但资本主义的管理制度与方法未必就一定比中国内地的先进，中国的某些制度和实际做法也有比西方更科学合理的地方，比如集体领导就比资本主义的一言堂科学合理。就说在恒基公司妈湾厂，不仅公司的一切决策都是老板一个人说了算，就连具体到某个工段甚至某台设备都是某一个香港师傅说了算，像锻焊机这样的工厂核心设备，其他人连看说明书的权利都没有，这要是在内地，大单位有技术委员会，小单位有技术科，最小的工厂也有一个技术小组或攻关小组，小组几个人凑在一起，"三个臭皮匠，合成一个诸葛亮"，就总有人看出郑师傅的操作不当，及时纠正，该节省多少电力啊！所以他现在认为，中国为了快速发展经济，确实应该学习西方经验，但并不意味着西方资本主义的一切做法都比中国先进，应该互相学习才对。

第五章　零头

终于等到老板又来工厂。

这次丁先生看出了名堂，或者说他感觉到了节日的气氛。原来又到了出粮的日子。看来，老板从香港过来并非每周一次，而是根据实际需要，上一次是赶在丁先生从老家回来老板把麻花机从香港带过来以便当着丁先生的面开箱安装，这一次是赶在工厂出粮的日子老板亲自送来现金。丁先生后来才知道，老板从香港过来后先去罗湖的海燕大厦二楼中国银行柜台把港币换成人民币，或直接从那里提取人民币，然后才来工厂的。

关于书面汇报和建议书，丁先生经过深思熟虑，还是先给林姑娘看了，他觉得自己给老板的任何汇报与重大建议都不应该对林姑娘藏着掖着，否则就成了打小报告的人，所以前天晚上二人在工厂外围巡视的时候，丁先生就把情况对林姑娘说了。说的仅是郑师傅误操作的部分，关于招聘内地技师或工程师给香港师傅做助手的部分还没来得及说，林姑娘就很震惊，当场停下脚步，眼睛直勾勾地仰视着丁先生，月光下，搞得好像恋爱中的女人等待男人主动吻她。丁先生在气氛的刺激下也确实闪过一丝冲动，想象此时他应该低下头吻林姑娘，或把手伸进林姑娘的衣内抚摸她……但只是假设性想象，并未真这么做，他接着往下说出自己打算建议老板招聘内地技师或工程师给香港师傅当助手的事。

林姑娘一路没表态。她很谨慎，或是对丁先生所说的一切将信将疑，总之，精明、热情、自信、果断的林姑娘前天晚上突然变成了傻女孩，像是在丁先生强大的爱情攻势面前完全不知所措。

回到厂里，丁先生把林姑娘带到锻焊机操作台，一个按钮一个按钮地指给她看，还开机、关机示范了一遍，最后说："你明天找机会路过这里一下，看郑师傅是不是不管大件小件都把电流和锻压力开到最大。"

离开锻焊机，他们上楼，男左女右，各自回自己的宿舍。按照默契，丁先生应该立刻去卫生间冲凉，然后把冲凉房门窗打开通风让给林姑娘，这样的默契当然是基于林姑娘的礼貌，客观上也是丁先生冲凉很快，而林姑娘则需要更长的时间。但这次丁先生却没有立刻冲凉，而是拿上两份写好的汇报材料，从走廊这头走到那头，去敲林姑娘的门。

这是丁先生第一次来到林姑娘宿舍的门口，更是第一次敲她的门。

屋里原本是有声音的，听见丁先生敲门，忽然静了一下，然后又有声音，仿佛林姑娘对着电话说了一句什么，然后才过来开门。

门开得小，一道缝，露出了林姑娘大半张脸，仿佛她屋里藏着一个男人，不想让丁先生看见。

丁先生猜想她正在屋里给老板打香港长途，就没多说，直接把两份写给老板的报告和建议书递给她，说："你先看看，明天还给我。"

今天，老板来了，丁先生没有像上次那样急着把汇报和建议书呈给老板，因为他相信林姑娘已经把他写的内容电话或电传给老板了。

这样也好。丁先生想，省得太突然，或搞得自己像马屁精。

果然，老板来了之后没有像往常那样坐在会议室里面召见各位，而是先下车间巡视，绕着车间走一圈，最后在中间巨大的锻焊机前驻足。

老板肯定是研究过锻焊机说明书，所以他一下子就看到了问题的要害。

他当然没说自己是听了林姑娘的电话或看了电传汇报才专门来检查问题的，而是假装自己偶然发现的。当时正在锻焊1.6平方米的标准件，这也是工厂的主打产品，大约占全部产品的百分之八十，按照说明书，此时设备的电流和锻压力都该选中挡，但郑师傅却全部开最高挡，或许他对设备了解不充分，没把握，为了保险，所以才选择最保险的最大挡。

老板没发火，大约是他还没有准备好后手，没打算当场炒掉郑师傅，怕郑师傅忽然撂挑子，所以老板和颜悦色地问郑师傅："锻焊标准件点解唔选用标准挡而开最高挡呢？"郑师傅回答这样更保险。老板没跟郑师傅争辩，而是对丁先生招手。

丁先生当时没跟在老板身边，因为林姑娘带着几个文员在点钞票，没跟在老板身边，所以丁先生就不想一个人跟在老板身后像跟屁虫或狗腿子，他在镀锌槽那边。锻焊机他已经研究透了，现在开始琢磨镀锌槽。他在朝着自己设定的目标努力，争取在任何一位香港师傅缺席的情况下，他作为他们的"头"都能够及时顶上，保证不让工厂停产。他甚至盼望哪一天郑师傅又迟到，他正好亮一手，在众目睽睽之下，启动锻焊机，让黄师傅等香港师傅看看，他这个内地工程师不是来吃干饭的！这时候他虽然在镀锌槽那边，但眼睛的余光一直跟随着老板，见老板对他招手，假装迟钝一下，仿佛是确认你在叫我吗？然后才过来。

老板仍然像对待郑师傅一样和颜悦色地问丁先生，只不过语言切换成了普通话："灯根理（丁经理），如果换成你，眼下该怎么操作？"

丁先生不看郑师傅，直接上前很熟练地把电流和锻压力调整到中挡，机器的声音顿时柔和许多。

郑师傅脸色不好看。

老板则仍然和颜悦色地用蹩脚的普通话问丁先生为什么要选择中挡而不是像郑师傅那样选最高挡？

丁先生回答设备说明书上是这样强调的，1平方米以下的锻焊件用低挡，2平方米以上选高挡，二者之间用中挡。标准件1.6平方米，当然用中挡。

郑师傅脸涨得通红，反驳说他当然知道可以用中挡，但选高挡更保险！

郑师傅说的是白话，也就是粤语，是香港话，丁先生居然大部分听懂了！可惜他说不了白话，只能用普通话解释说："那样做不仅浪费电，而且过大的冲压对机器损伤大，过大电流更会导致锻焊点因熔化过度而产生金属瘤，也就是会在锻焊点周围产生多余的金属小疙瘩，另外，过大电流产生的过热造成的过度熔化再结晶也会伤害金属的强度……"

郑师傅听不懂普通话，或者他假装听不懂普通话，林姑娘在监督分点钞票而不在现场，所以老板不得不亲自充当翻译，把丁先生说的普通话"翻译"成香港话给郑师傅听。

郑师傅还想争辩，丁先生带着他们来到锻焊机的出口处，低头弯腰指着之前郑师傅锻焊的半成品锻焊点给他们看，果然有微小的金属瘤，而按丁先生操作方式新产出的钢格板，锻焊口光洁洁的，没有一点多余的小疙瘩，严格地说，郑师傅的半成品为次品！只不过小疙瘩太小，镀锌之后不容易看出来，再说钢格板本身不属于精密产品，买家的检验员没那么较真罢了！

郑师傅紧张得喘气，老板却依然和风细雨对郑师傅说："要谦虚啊，多向专家学习！"

郑师傅紧张而羞愧得说不出话，使劲点头，对丁先生的眼神随即谦卑了许多。

丁先生忽然意识到林姑娘是故意躲开的。公司出纳和文员都是老板的亲戚，他们点钱，哪里需要林姑娘这个外人监督？一定是她在电话里跟老板商量好的，老板给郑师傅和几个香港师傅演一出戏，而丁先生则是临时充当一把群众演员，他也和郑师傅一样事先被完全蒙在鼓里了，现在戏落幕了，林姑娘从幕后走到前台，老远就对着丁先生热情地招呼，告诉他家里寄包裹来啦！

家里给我寄包裹？丁先生疑惑。父母根本就不知道他在深圳的地址，那寄东西的人肯定是老婆了。老婆给我寄什么呢？跑过去一看，是一大捆大马院内部出版的《钢铁设计》杂志。本期发表了丁先生的那篇为恒基公司做宣传的文章，具体说到香港恒基公司深圳工厂用冷轧扭曲钢取代冷拉预应力圆钢的作用与意义。只可惜当时丁先生还没见到德国西马克提供的这种麻花机，否则再结合新产品的生产过程介绍就更好了！

没关系，下篇还有机会。

杂志一共十本，捆在一起，从捆扎的方式看，蛮专业。丁先生判断这肯定不是出自老婆的手，而是单位那位收发员帮忙捆扎的，想着幸亏自己提前布局，给了收发员半包烟，等下领工资了，给老婆汇款，还要麻烦收发员悄悄地转交给老婆，而不是像其他汇款单或挂号信那样在收发室门口的黑板上写告示，毕竟，自己的汇款可不是几十块，而是几千块，这要是广而告之，引起别人嫉妒还是小事，遇上岳父的对手说成巨额现金来源不明麻烦就大了！所以丁先生想好了，等一下工资到手之后，再去一趟亚洲自行车公司门口，向老婆报喜，告诉她杂志收到了，同时提醒她从家里剩下的半条三五香烟中取出一包送给收发员，让他收到巨额汇款的时候千万不要公示，悄悄打个内部电话让她去收发室取。

老板演完戏之后就上楼了，走进他曾经的董事长办公室，如今虽然改做会议室兼接待室了，但只要老板一来，他还是在这里办公。

老板叫林姑娘随他一起上去，估计有什么重要的事先和林姑娘单独沟通，然后再叫丁先生和几位香港师傅一起上去开会，若有重要的事情宣布，就会把工厂所有的骨干都叫上去了。

丁先生等待了一会儿，还是决定自己主动上去，因为有些话他不方便当着几个香港师傅的面说。

来到二楼，丁先生却没有立刻进去，他忽然感觉自己这样不请自到闯进去不好，不如守在会议室门口，一旦林姑娘出来叫大家，丁先生可以把她拦在门内，让她等一下，给两分钟让他先对老板说件紧急的事。

真有"紧急"的事。丁先生需要向老板紧急汇报《钢铁设计》上登他文章的事。文章虽然是丁先生写的，但内容却关乎恒基公司的新产品，万一有人看了杂志明天就把电话打到厂里来要求购买这种新产品，接电话的人该怎么回答呢？所以必须事先统一口径，此事刻不容缓。

不大一会儿，林姑娘果然出来。不用丁先生阻拦，林姑娘出门就找丁先生，见他就在门口，马上绽放笑容，请他赶快进来。

丁先生随林姑娘走到会议桌的端头，来到老板身边，一眼就看见老板面前摆着几张传真纸，仔细一看，就是他写的汇报和建议书。估计是林姑娘在电话里口头汇报，老板听了觉得重要，就让她把丁先生写的文稿传真过去了。丁先生想，幸亏我没像上次那样一见面就把书面报告呈给老板，否则真闹笑话了。又一想，香港真比内地发达，这么小间工厂，相当于内地国营大厂的一个车间吧，就有传真机了，高科技真能提高效率啊！倘若老板不是事先看到丁先生的书面汇报和建议书，哪里能一下车就直接自编自导自演一场大戏啊！

老板可能急于和他商量关于招聘内地技师工程师的事，但丁先生则先把几本杂志给他，让他带两本回香港复印后再传真给老客户，宣传解释他们用麻花钢替代冷拉圆钢产品升级的意义。

老板看到崭新的杂志也很激动，大约他也没想到这么快。

丁先生赶紧向老板和林姑娘说明："这是《钢铁设计》，是专门给设计师看的，设计师们看了这篇文章后，就会在新的设计中选用这种技术含量更高的新材料，委托设计的单位也会打电话来询问价格，如果客户明天就把电话打来，我们该怎么回答呢？"

杂志有好几本，所以老板和林姑娘都在翻看。他们似乎没有立刻领会到丁先生提出的问题的迫切性，因为公司的产品眼下还不允许内销。

两个人这样兴奋地看了一会儿，林姑娘说："这上面没有留我们公司的电话号码啊？"

丁先生回答："我的原稿是有的，但杂志社编辑把电话号码删了。"

林姑娘问为什么。

丁先生回答涉嫌产品宣传，这是论文，不是广告，等今后公司产品允许内销了，我们在杂志上专门做广告，就可以留下电话号码了。现在发表这篇文章的意义在于让香港写字楼方便向老客户解释。

林姑娘"哦"了一声。老板则说："我们已经向客户解释了。"

丁先生咽了一口唾沫，把"那就算我自作多情了"这句话吞下去，然后才说："杂志上的文章更有说服力，而且这样的文章对今后产品内销也能起到预热作用。"

林姑娘和老板这才一起点头，似乎认可了他的话。紧接着，老板说："如果有用户查到公司电话号码，把电话打过来，就回答目前公司的产品还不能内销，相关的手续正在办理，等办理好了，才能给出报价。"

丁先生点头，林姑娘说"得"。

老板这才问："关于招聘内地技师和工程师的事情，你们有什么具体想法？"

丁先生没说话，他在等林姑娘先回答。虽然他们都是经理，但老板明显更信任林姑娘，在外资企业，老板的信任度就是排名，当然由她先说。

可林姑娘却瞪着眼睛注视着丁先生，让丁先生想起前两天在工厂围墙外面夜巡的情景，仿佛林姑娘又在仰视他。丁先生忽然想到，女人征服男人的方式不一定靠色相与肉体，还可以靠仰视，任何男人面对女人的仰视，或多或少都会燃起表现欲。他猜想，招聘内地技师工程师的事情，他们肯定已经在电话里讨论过了，刚才这几分钟又当面交流过，但他们对内地这边的情况并不是很了解，所以真想听听他的意见。

丁先生再次看着秦老板和林姑娘，确认他们确实抱着期待和仰视的态度后，就问："我这份建议书你们都看了吧？有什么问题吗？"

林姑娘先看一眼老板，然后似乎代表老板向丁先生提问："什么叫技师或工程师？是懂技术的工程师吗？"

丁先生差点笑出来，真想反问哪个工程师不懂技术？但他忍住了，文化背景和语境的不同，产生理解的误差很正常，自己不能笑话对方，所以他忍住没笑，认真给林姑娘解释："是两种类型的专业人才，内地是这样区分的，技师动手能力更强，工程师则更懂理论。郑师傅就是技师，我就是工程师。"

林姑娘"哦"了一声点头，老板则问："那我们是招聘工程师，还是招聘技师呢？或者两种人都招？"

丁先生还没回答，林姑娘就抢着说："工程师，像丁生这样的工程师。"

丁先生又差点笑出声来，想着女人终究是女人，再有心机的女人偶尔也会流露出天真的时刻，而这种时刻恰恰是女人最可爱的闪光点。他宽厚地笑着说："也不一定。有些岗位最好是工程师，比如锻焊机，因为工程师懂得设备的原理，维护保养和操作更有章法，比如这种国外进口设备，操控人最好能看懂外文说明书。但有些岗位则不一定，如黄师傅负责的金属加工岗位，没什么复杂的设备，技师的动手能力更强，管下面的工人也更能服众。"

"得啦！"老板一锤定音，"这件事情就由你负责，林姑娘配合。"

老板破天荒地没有召集香港师傅上来开会，与丁先生和林姑娘交代完工作后就匆匆返香港了。不一定是香港那边有什么急事，更可能故意用这种方式有限度地表达他对香港师傅的不满。事后丁先生琢磨，老板也是人，也有自己的情绪与脾气，通过刚才的大戏，他已经宣泄了自己对某些香港师傅的不满，如果再召集他们来楼上开会，是打算当面再发一顿脾气呢，还是刚才的大戏已经狠狠给郑师傅一个大嘴巴现在再给他一个甜枣呢？似乎都没必要，也似乎都不妥当，不如见好就收，这时候不召见香港师傅就立刻离开，或许效果最佳，反正老板请来的丁经理已经完全能够顶上，你们再撂挑子试试！

想到这些，丁先生不免有些得意，但他马上就提醒自己不要太得意，自己只不过是个群众演员，被老板当成道具使用了一把而已，更担心自己一不小心砸了别人的饭碗，那可是一个巨大的饭碗啊！说不定这个饭碗养着香港一大家子人呢！而且，既然香港师傅的饭碗这么容易被砸，那么我自己的饭碗就那么可靠吗？后招聘进来的内地工程师会不会也砸了我的饭碗呢？所以，哪怕是好事情也不要过分，要保持中庸，留有余地，预防现世报。

从楼上下来，丁先生去后面的餐厅吃饭，路过办公室门口，被人叫住："丁经理，出粮。"

真不是夸丁先生一心为工作，但对出粮这种事情真没放在心上，他认为出粮是工人的事，他作为公司高级管理人员，是与香港师傅同吃同住一同工作的内地经理，听说香港师傅的工资都是每个月从香港写字楼直接打到银行存折上的，因此今天的出粮与香港师傅们无关，或者说与公司的高层管理者无关，丁先生以为老板会当面给他一本存折，但老板并没有给，于是丁先生以为老板走后林姑娘会给他一本存折，和上次那三千元港币一样，至于是老板前脚走林姑娘后脚就给他，还是等晚上二人巡视工厂外围的时候单独给他，丁先生无所谓，尽管他希望现在就给，这样，晚饭后他就可以直接去亚洲自行车公司门口给老婆打电话了。即便不是报喜，起码也得给个准信，不然都来深圳两个月了，连自己的工资是多少都不知道，不是笑话吗？所以，当丁先生听见公司出纳喊他领工资的时候，有点意外。

公司的财务室在林姑娘的大办公室的最里面隔出的小半间，但出粮是在外面的大办公室，在平常林姑娘坐的位置，并且拼上旁边的一张办公桌，摆成一长条，出纳和另外两个女文员一起挨个儿给工人出粮。工资装在事先分好的信封里，每个信封上都写着一个工人的姓名，工人拿到信封后，倒出里面的工资，把信封留下，下个月出粮的时候再用。现在大部分工人都已经领完工资欢天喜地地走了，条桌上只剩下丁先生等寥寥几个信封。

丁先生一看自己的信封还不如旁边的鼓，心里顿时一凉，他马上安慰自己，或许和上次一样，是一千元的港币，几千块钱，可不就是几张吗？看上去当然不那么鼓。但是，当他把里面的钱倒出来之后，傻了！不是港币，是人民币，人民币最大面额为一百元，而且里面的寥寥数张还不全是一百的！丁先生感到脑子里面的血液迅速下流，大脑顿时被抽空。他怕自己的眼泪流出来，转身出来，却没有向右去后面的餐厅，而是向左上楼回自己的宿舍，因为，如果在餐厅里控制不住流出眼泪，则比在财务室更难看。

因为上楼比较急，在转弯处，正好与从楼上下来的林姑娘撞了个满怀，差点把林姑娘撞倒。但林姑娘涵养极好，一看是丁先生，非但没有发火，反而转怒为笑。再看丁先生的脸色，立刻预料到事情不好，以为丁先生刚刚被人捅了一刀！她甚至马上就想到是香港同仁唆使哪位冒失鬼工人所为，但是很快，她就发现丁经理身体并未受伤。正疑惑着，丁先生把手上的钱全部塞给林姑娘，怒吼："这就是我两个月的工资！"吼完，头也不回地冲上楼，冲向自己的宿舍，把门一关，无声地痛哭。

林姑娘没有追上去，她先点清楚丁先生塞给她的钱，然后整理一下衣服，捋了捋头发，继续下楼，仍然保持着温婉的微笑走进自己的办公室，见出纳和几个文员正在收拾桌子，林姑娘问："都发完了吗？"出纳回答还有三个人没领。又说："不等了，先收摊，等明天再找他们。"正说着，一个人冲进来，正是许师傅的那个徒弟，他要负责停工后全厂的电器关机和电路检查，所以最后才来，至于剩下的两个人，估计是请假了，根本就没在工厂，只能先由出纳代为保管。

等其他人全部走完，林姑娘跟着出纳进了最里面的半间小办公室，问："丁经理刚才来领工资了？"

回答是，他也是最后的几个人之一。

林姑娘又问："没和谁发生不愉快吧？"

出纳回答没有啊。还疑惑林姑娘为什么问这么奇怪的问题。

"他出粮是多少？"林姑娘又问。

"不多吧，"出纳回答，"每月一千三，他第一个月是19日来的，只有十一天，我看他是经理，他19日下午才来的，但仍然按一天给他算，总共十二天。怎么，算多了？"

"多了！"林姑娘反问，"你自己一个月多少？"

"一千五啊。"出纳回答。

"你一个出纳一月一千五，他一个经理才一月一千三。还多了？"

林姑娘忽然理解丁先生为什么愤怒了，说实话，她自己都有点生气了，所以留给出纳的最后一句话口气相当不好，以至于她转身离去的时候，出纳在身后小声嘀咕一句："关我乜嘢事？黐线！"

"黐线"是粤语"神经病"的意思，是骂人的话，尽管是轻微骂人的话，但对于一位公司经理来说，被一名出纳说"黐线"也已经够冒犯了。林姑娘听见了，却没理会，不是因为出纳是老板的堂侄女，她惹不起，而是她清楚这事确实不关出纳的事，自己把愤怒发在出纳的头上毫无道理，确实有点"黐线"，但又不能回头道歉，只能假装没听见。

林姑娘首先想到回宿舍给老板打电话。走到一半，意识到此时老板正在路上，尽管老板有移动电话，但却只能在香港用，在深圳接不通，不如先吃饭，等吃完饭再回宿舍，估计老板也过境了，自己再打他移动电话不迟。

出粮的日子照例晚上用餐的人不多，最里面的小餐厅当晚更是只剩林姑娘一个人。她首先找一个饭盒给丁先生打好饭菜，然后自己才开始吃饭。毕竟不是发生在自己身上，所以她虽然一直在想丁先生的工资问题，却并没有感到胃堵，尚能正常进食。她在揣摩老板到底是疏忽还是故意敲打丁先生。她估计是疏忽，因为老板今天刚刚敲打了郑师傅，不可能又同时敲打丁先生，四面出击既没必要也欠妥当，老板不会这么做，那就只能是疏忽。是疏忽就好办，就还有补救措施。

这么想着，林姑娘的吃饭速度非但没有减慢，反而加快了。她想尽快吃完饭，趁热把丁经理的饭菜送上去，略微安慰两句，然后回宿舍给老板打电话，先听老板自己怎么说，然后她给出自己的看法和意见。

此时丁先生正在屋里。他不能算哭，只是感到从未有过的失落、屈辱、懊恼、后悔……仿佛自己被人当猴耍了一番，最后说好的美元却给了等额的港币……他干脆使劲流了一会儿眼泪，仿佛用这种方法释放脑压，腾出真空，让体内的血液重新上流，填满空旷的大脑。又去卫生间洗了一把脸，马上就想好了对策，或下定了决心。

丁先生决定立刻回去。回马鞍山。带着项目回去。就是这个钢格板项目。他打算建议设计院成立钢格板项目组，由他负责工艺设计，然后鼓动江苏的乡镇企业投资上马。别的乡镇企业厂长他没把握，泰兴根思耐火材料厂的周育林他有把握说服。另外他上次回设计院的时候碰见工业炉设计室的副主任徐开义，徐主任听说丁先生借调到市里驻深办事处，就说是好事情，祝贺他，还说出去透透气也比一辈子窝在设计院好，他还正儿八经地委托丁先生在深圳帮他注意一下，遇见好项目就帮他牵线，因为他联系的江苏无锡某乡镇企业急需上马好的项目。当时丁先生就立刻想到钢格板项目，既然香港恒基公司的产品暂时还不能内销，那么内地这一块就是缺口，如果徐开义联系的无锡乡镇企业生产钢格板，销路肯定很好。但当时丁先生还想着对老板忠诚，想着自己刚拿了秦老板的三千元奖金，就马上把老板卖了似不厚道，因为如果江苏的乡镇企业上马钢格板，肯定会成为恒基公司未来的竞争对手，所以他当时就只对徐开义说"有数"，而并未真把这个项目推荐给他。现在既然老板不仁，就别怪我不义，老子现在对掌控这个项目更有把握了，很多高科技听起来很吓人，其实是没有掌握核心技术，比如生产钢格板，核心技术就是把德国的麻花机和日本的锻焊机两个关键设备连接在一起，一组合就是高科技新产品了！至于前面的金属加工和后面的热浸镀锌，更是古老的传统工艺，不需要丁先生的技术指导，乡镇企业自己也能上马！他记得当年参与制订马鞍山科技发展规划接受专家培训的时候，冶金部科技司长于力说的两句话，第一句：高科技包括新科技，所以应该说高新科技。第二句：对国外新技术的消化移植也可以申报科技进步奖。那么，他把恒基公司的这套技术带回去，就是科技进步！

行。就这么定了！

大脑恢复正常后，丁先生才感觉肚子饿了，只是不确定餐厅是否已经关门。正想着，林姑娘敲门，给他送来饭菜。

丁先生从小就听说雪中送炭，因为生活在南方，下雪的日子当过年，看着就开心，没有体会真正的严寒，所以想象不出雪中送炭的感觉，今天却领略到"饿中送餐"的场景。他忽然感觉林姑娘像自己的姐姐，因为记忆中每当感到饥饿的时候总有姐姐为他准备饭菜。既然林姑娘是姐姐，那就不用太客套。丁先生只说了声"谢谢"，就开始趴在平常写字的书桌上吃饭。吃得有点狼吞虎咽。其中最喜欢吃的是那道鲮鱼。刺少，肉多，嚼在嘴里有韧性，因此有回味。

姐姐并没有走，而是自己找位置坐下。就是紧靠门边的床头，因为这半间屋子里面只有一张椅子，在写字桌旁边，已经被丁先生坐着吃饭。姐姐不跟弟弟争，只能把床铺当凳子。至于选择靠门边的那头，估计是这里可以看到整个走廊，潜意识里怕自己说的话被旁人偷听，或被旁人无意中听见。

林姑娘说："我估计是老板一时疏忽，我想打电话问老板的，但想到老板可能还没过关，还在罗湖这边吃晚饭。他的移动电话在深圳不好用，所以我想等你吃完饭我再给他打。"

丁先生嘴里咀嚼着饭菜，吃得很香，但吃饭不忘送饭人，所以对林姑娘说话也一直在听，甚至点头，以示对姐姐的尊重与感谢。

"但我刚才已经去问了出纳，"林姑娘说，"她解释这只是你第一个月的工资，第二个月的工资要到下个月才领，工厂要押一个月工资，香港的公司都这样的，不是针对你一个人。"

丁先生吃得差不多了。或者说已经不像刚才那么饿了，所以吃饭的速度明显减慢，不像一开始那样狼吞虎咽，表现为可以腾出更多的精力听林姑娘的讲述。他甚至还看了林姑娘一眼。

"真是这样的。"林姑娘说，"这事怪我，事先没跟你讲清楚。我听说你们内地大学毕业到单位上班，如果是上半月入职，月底就可以领一个月工资，如果是下半月入职，月底也可以领半个月工资。是吗？"

丁先生已经基本上吃饱了，剩下的不吃也可以，所以吃饭的速度更慢了，此消彼长，听林姑娘的讲述更加用心，思维基本跟上林姑娘的讲述速度。现在听林姑娘这样问，他也有嘴回答："是。"

林姑娘说："还是社会主义好啊！"

还是社会主义好？这话丁先生从小就听说，而且当歌唱，但从来都以为只是一句宣传口号，并未当真，现在突然从一位香港人嘴里听到这样由衷的感叹，丁先生觉得很新鲜。

"香港可不是。"林姑娘说，"你是11月19日来的，12月8日大家出粮根本就没有你的。这个月大家再出粮，你也只能领到11月的工资。而11月是小月，只有三十天，出纳见你是经理，把十九日那天你下午才到厂里也算作一整天，所以你11月工资按十二天结算，你当初跟老板说好是每月工资一千三百元，一个月三十天，你工作十二天，算下来五百二十元。"

林姑娘说完，把丁先生之前塞进她手里的那沓钱摊在桌子上，正好五百二十元。

丁先生已经完全不吃了。因为他已经把饭吃完，只剩下一点青菜不吃也罢。看一眼桌上的钱，没拿，也没推开，问："那如果我明天辞职，是不是可以领一个多月的工资？12月的一千三百元，加上这个月的九天？因为今天是1月8日了嘛。"

林姑娘没说话，有点紧张。

"你别紧张。"丁先生说，"刚才你给我带来饭菜，立刻让我想到了我姐姐。真的。我现在把你当姐姐，和你说心里话，可以吗？"

林姑娘点头。

丁先生说："你刚才自己也说了。'还是社会主义好'，这话我从小就知道，但从未当真，但通过这两个月的对比，我发觉真是这样。好在哪里呢？好在人情味。什么叫人情味？比如你刚才给我带来饭菜，这就是人情味。可老板有人情味吗？不错，当初确实是我自己提出月薪不低于一千三百元的，可'不低于'不等于'正好就是'啊！我能力怎么样，你知道，老板更知道。我这样说你不要生气啊，因为老板比你更懂技术更懂业务。"

林姑娘点了一下头，承认老板比她更懂技术和业务。

"老板应该知道我的价值。"丁先生接着说，"我说不低于一千三百元他就真给我一千三百元啊？我抵不上你们一个香港师傅吗？可能我确实抵不上你，因为你不负责生产和技术，我们的工作没有可比性，但属于我部门的四位香港师傅，你摸着良心说，我比哪个差？为什么他们月薪超过两万而我只拿一千三？不错，是我自己说的这个数，但是第一，当初我对这边情况完全不了解，说少了，我现在才想到，假如我当初自己不开价，让老板先开价，他应该开得比一千三多吧！"

林姑娘又点了一下头。

"那老板就该欺负我不懂行情是吗？就只给我一千三吗？老板这样做厚道吗？"

丁先生说到这里似乎有些激动，声音比较大，吓得林姑娘连头也不敢点了。

"第二，"丁先生接着说，"我说的是'不低于每月一千三'，但'不高于'多少并没有说，我不敢奢望拿得和香港师傅一样多，我知道两种制度下的工资标准不一样，但拿郑师傅的四分之一总可以吧？老板为什么不能在我'不低于'的基础上往上浮动一点点呢？"

林姑娘大概是觉得丁先生讲得太有道理了，竟然忍不住又点了一下脑袋，但她马上意识到这时候她不能点头，于是点到一半就止住。

"第三，"丁先生继续说，"厂里的内地工人和管理人员都有加班工资，而且我听说加班的小时收入甚至高于白天。你们香港人没有加班工资，因为你们拿的是月薪，并且月薪已经两万多，但我没拿月薪啊，如果我也拿月薪，不跟你们香港人攀比，哪怕我只拿你们的一半，甚至四分之一，那我也不要加班工资，现在既然我没像你们一样领月薪，那么是不是该和厂里的内地工人一样有加班工资呢？我的加班情况你最清楚，哪天不是工人和香港师傅加班之后我们俩还要巡视全厂和工厂周围……"

说到这里，丁先生没有伤感，只有愤怒，居然也哽咽了。他没想到仅仅愤怒也会哽咽。

林姑娘赶快打岔，说："这样，丁生你的想法我已经清楚了，你稍微等一下，我去给老板打个电话，然后我们接着聊。"

林姑娘走后，丁先生收拾桌子上的餐具，拿到卫生间里洗干净，并且放在洗手间的外间，打算明天早上带去餐厅，或被打扫卫生的阿姨带走，然后他顺便再洗一把脸。刚才虽然只哽咽了一下，并未流泪，但哽咽的表情似乎也能在脸上留下痕迹，加上刚吃完晚餐，而且吃得比较猛，嘴边也可能留痕迹，重新洗把脸很有必要。

洗完脸，丁先生重新振作。他忽然意识到自己身上的女人气，是不是从小被姐姐们带大的缘故？多大的事情啊，搞得又是使劲流泪又是当面哽咽，丢人不丢人啊！有什么大不了的呢？最坏结果就是明天走人，领取一个月零九天的工资，差不多有一千七百元吧，加上桌子上的五百二十元，两千多了。自己来深圳两个月，中间还回去半个月，拿了两千多工资外加三千港币奖金，还带回一整套先进的生产工艺，吃多大的亏了呢？不仅没有吃亏，而且占便宜了，占了很大的便宜！所以，丁先生进一步想，吃亏或占便宜，关键看你怎么算账，关键在于你怎么想！现在这样一算这样一想，丁先生心里的屈辱和愤怒一扫而光，觉得既然明天就走自己都没吃亏，还有什么可沮丧和愤怒的呢？

这么想着，丁先生就冷静地把桌子上的五百二十元人民币装进自己的口袋。想想工作十二天就能领取五百二十元，差不多正好等于在设计院四个月的工资。但难道真舍得离开这里回马鞍山吗？真舍得离开香港恒基公司回设计院吗？假如说在这里工作十二天领五百二十元工资就愤怒,那么回去之后干一个月才拿一百二十五元不是被活活气死了吗?再说,我说回去成立"钢格板项目组"就能成立项目组吗?就算岳父再卖一次面子,力排众议协助我成立项目组,江苏的乡镇企业就肯定有人愿意投资上马钢格板工厂吗?自己关系最铁的泰兴根思耐火材料厂周育林厂长肯定信任和支持我,但他有这么多钱吗?你丁先生自以为已经掌握了核心技术,但投资方最关心的是总投资和回报率,你能说出这两个关键数据吗?如果连总投资和回报率都说不清楚,怎么说服对方投资?不说别的,就说自己研究最透的这台日产锻焊机,日本离岸价多少?运到中国又要花费多少?德国产麻花机的到岸价又是多少?连这个都说不清楚,对方又怎敢贸然投资上马呢?至于徐开义说的那个无锡的乡镇企业,或许实力比周育林强,因为苏南的乡镇企业普遍强于苏北,但这种很间接的关系真那么可靠吗?马鞍山设计院虽然地处安徽省马鞍山市,但主要业务在江苏,大马院凡是能独当一面的工程师,谁不在江苏一两个乡镇企业担任技术顾问?自己除了泰兴根思耐火厂之外,不也是武进涂料厂的顾问吗?平常拿点顾问费收点土特产没问题,但鼓动人家投资几百万上一个新项目就不一定了。首先大部分乡镇企业根本拿不出几百万,再则能拿出几百万的也不一定上马钢格板工厂,直接上一个螺纹钢热轧厂不是更简单更有销路吗?毕竟钢格板太高端了,不像螺纹钢这样的大路货到处都要用,乡镇企业毕竟是乡镇企业,从投资稳妥的角度考虑,大路货比高端产品保险。

丁先生彻底清醒下来之后,才充分意识到许多事情说起来是一回事,做起来则是另外一回事情。不能想当然,更不能头脑发热。

他这才后悔刚才的冲动,担心老板听了林姑娘的电话汇报后真的让他明天就走。如果这样,难道自己真的就这样灰溜溜地离开,灰溜溜地回马鞍山吗?

他马上又想,灰溜溜地离开可以,毕竟已经冲动了,说出去的话收不回来,人必须为自己的冲动付出代价,但灰溜溜地回马鞍山则不一定。反正身上有钱,可以先找一间旅馆住下,就当是自己给自己出差,至少在深圳玩几天,不然在深圳待了两个月,除了蛇口连罗湖都没去过,太亏啦!除了玩之外,还应该去一趟马鞍山驻深圳办事处,毕竟自己名义上是被借调到办事处工作的,不能连办事处在哪里都不知道。

他还打算去一趟国贸大厦,听说那就是三天一层楼的深圳速度,不去看看亏大了,再说自己有一个学外语的同学在里面工作,虽然他是插班生,只同学两年,但毕竟也是同学,既然来了,不如见一面。

他甚至想到联系一下华美钢铁的金健华，好歹是校友，既然有联系电话，何不打个电话约她在蛇口吃顿饭呢？也顺便告诉她，自己其实和她当了两个月的邻居。当然，不必对她说出全部的真相，只说上次离开华美钢铁后，来恒基公司考察，没想到被恒基的老板动员着留了下来。至于说到自己的离开，说不定金健华能介绍他去华美工作，毕竟他是"名人"，从那天他们总工程师对丁先生的态度看，如果金健华推荐丁先生去华美钢铁，说不定获得总工程师的支持。

一想到离开恒基之后去旁边的华美钢铁上班，和金健华成为同事，丁先生竟然有些莫名其妙的兴奋。

"砰砰砰"，有人敲门。

门其实是开着的，但林姑娘仍然敲门，等丁先生应声并迎了出来，她才进来。

林姑娘脸上依然挂着笑，但笑得不是很灿烂，似乎勉强。

丁先生立刻意识到情况不好，有些拔凉，他马上用"华美""金健华"来宽慰自己。

"我只把结论告诉你吧。"林姑娘说。

丁先生回答好。尽可能让自己的语调平和。

"老板承认他考虑不周，"林姑娘说，"既然你的工资按内地员工的标准，那么确实应该像内地员工一样有加班工资。"

丁先生听着，没说话，但他明白这不是老板承认自己考虑不周的结果，一定是林姑娘说服老板的结果。

"明天我就通知出纳补发11月的加班工资。"林姑娘说，"至于12月，你已经当经理了，就该按经理的待遇重新商量你的待遇。等下次老板来了你自己和他谈，并且签订聘用合同。"

"谢谢！"丁先生说，"我知道这一切都是你帮我争取的。谢谢！"

林姑娘没说话，算是默认，又像是怀疑自己为了丁先生而冒犯老板到底值得不值得。

"走。"丁先生说，"我们去外围转一圈吧。"

来到大门口，看到今天的大门是敞开的，工人或单或双或三五成群出出进进好不热闹。丁先生没跟林姑娘商量，直接对保安班长说："今天门口忙，你就留在这里吧，我跟林姑娘去转转就行了。"

保安班长却没有立刻应承，而是看着林姑娘，见林姑娘轻微点了一下头，才执行丁先生的指示。

他们今天的巡视速度比往常慢，更像是一男一女在散步。两人也比平常话少，大约各自想着自己的心事吧。

林姑娘可能后悔自己的一时冲动，为丁先生而冒犯了老板，但她确实觉得丁先生第一个月的工资五百二十元实在太少了一点，因为在工人们看来，内地来的丁经理是和香港师傅平起平坐的人物，要是他们知道丁经理的工资和普通工人差不多，工人会怎么看？怎么想？还怎么让丁经理建立工作威信？工人们甚至会认为香港老板搞地域歧视呢！当然，这些工人都来自老板或老板娘家乡的农村，可能还想不到地域歧视的问题，但老板不能总是这样管理啊，工人中也有高中生或有亲戚在海外的。再说还有香港师傅呢，假如几位师傅知道"管"他们甚至刚刚给了他们下马威的丁经理才领五百二十元工资，他们会怎么想？会不会更加不配合他工作呢？

其实不用假如，林姑娘想，明天黄师傅和郑师傅就肯定知道丁经理这个月只领了五百二十元。

虽然老板希望工资保密，但大家都是当面把信封里的钱倒出来数一数的，那么多人在场，这种事情怎么保密？久而久之，老板也已经不再强调保密了，所有人的工资基本上都是公开的。再说，老板如果做到公平公正，干吗一定要保密呢？丁先生的一举一动又是那么引人注意，他这个月只拿了五百二十元这事还想保密？林姑娘想象着郑师傅黄师傅他们获悉丁经理工资才拿五百二十元的时候该怎么样地幸灾乐祸看笑话！骂出"活该！"也说不定。他们在瞧不起丁先生的同时也可能顺便瞧不起老板！他们或许最希望看到明天一大早丁经理就被老板气走了。所以，林姑娘认为自己刚才在电话里与老板据理力争的行为没有错，因为她根本不是为了丁先生，而是为了公司，为了老板，才替丁先生争取加班工资的，而老板之所以最终答应林姑娘的请求，也并非认为自己有什么错，而仅仅是不希望看到丁先生明天一大早就到财务结算工资愤然走人。老板就是想炒掉丁先生，也不希望这事发生在明天，起码应该等到丁先生帮他完成招聘工作，有内地的其他工程师来取代丁先生后再炒他不迟。

丁先生则在一路反思。

自己刚才确实太冲动了。主要是自己预想得太好了，参照香港师傅的标准，以为自己作为内地方经理，月薪不是五千元，起码也是三千元，没想到只有五百二十元，理想与现实相差实在太大了一点，仿佛被一瓢凉水从头淋到脚，猛然清醒，才发现自己被人耍了，感到很丢人，很委屈，无地自容，所以才那么冲动。现在冷静下来，按照"千错万错都是自己错"的标准开始反思。

首先自己没搞清情况，不知道本月领去年11月的工资，难怪林姑娘说"还是社会主义好"，资本家也太黑了！"押一个月工资"等于是押了两个月，因为发工资不是每个月的1日，而是8日，有时候会拖到10日甚至更晚，这样至少等于押了工人一个月零八天的工资。老板不仅用工资的手段预防工人突然跳槽，而且全厂工人集体拖后一个月零八天，也是一笔不小的利息收入和提高公司的资金周转率啊！老板太黑了！但这是由资本家的本性决定的，马克思早就给出结论，不用我们今天"考古新发现"，自己仍然对资本家抱有幻想，说明马克思的《资本论》和《共产党宣言》没有学好，怪谁？只能怪我自己！

其次，丁先生又想，是我自己向老板提出"每月不低于一千三百"要求的，我是去年11月19日下午才到工厂，人家也按一天算，11月总共上班十二天，给了我五百二十元工资，有错吗？我有什么委屈呢？真有屈辱也是我自己造成的，能怪别人吗？假如说当初的一千三百元是工程师的月薪，现在我当经理了，应该高于这个工资，那也只能从去年12月开始，而不可能从宣布当经理之前的11月就开始计算吧。所以，还是"千错万错都是自己的错"！

丁先生又在想老板为什么会给内地工程师与香港师傅的工资相差这么多的问题。想到最后，抛开自己，竟发现老板这样做似乎也是有道理的。

当时香港的最低工资标准是四千多港币，能独当一面的师傅本身在香港就是月薪一万左右，被派到内地，相当于内地设计院的工程师被派到国外做施工服务，收入当然比在国内高，所以本厂的香港师傅月薪两万很正常。而在内地，比如在他们设计院，一般人的工资都在一百多元，和香港相比，可不就是相差巨大吗！香港的公司把工厂建在深圳，搞三来一补，不就是为了节省人工费用吗！要是香港的公司在深圳工厂的人均工资和在香港一样，香港老板干吗把工厂建在深圳呢？具体到我这里，因为是内地方经理，可关于内地方经理是什么标准老板知道吗？我自己知道吗？因为双方都没经验，所以只能站在各自的立场理解和思考问题。

站在我的角度，丁先生想，既然你老板把我提拔为经理，赋予我和林姑娘平等的职位与权力，那么按照责权对等的原则，按照内地一贯执行的同工同酬原则，我丁先生的工资当然应该以林姑娘为标准适当下调，再说，我既然是几位香港师傅的领导，你让我的工资与他们相差二十倍，他们怎么瞧得起我？还怎么服从我的领导呢？我还怎么行使经理的权力和承担经理的责任呢？

站在老板的角度，你丁先生不管多么能干，不管我多么需要你，也不可能把你变成香港人，你总归还是内地雇员，如果老板破例按照香港雇员的标准对我的工资下调，那么后来的内地工程师技师或其他管理人员怎么办呢？除非你能证明自己与其他内地工程师有什么不同，否则老板就只能按照内地雇员上调你的工资，而不能按照香港雇员月薪标准下调。

等等！

等一下！

忽然，丁先生脑袋一亮，仿佛看到了某个闪光点，他立刻让自己静下来，努力捕捉住那个亮点，然后一把抓住它！

"除非你能证明自己与其他内地工程师有什么不同"。

对啊，丁先生想，我必须让自己与即将被招聘进来的内地工程师或技师有所不同，不可替代，否则老板凭什么给我的工资按香港师傅下调而给他们的工资按中国雇员上浮呢？

丁先生立刻想到了两个办法，一是"武大郎开店"，利用自己负责招聘工作的机会，尽招聘一些水平低的工程师或技师进来，让他们明显比不上我，但这显然不够光明磊落，不符合丁先生的价值观和做人原则，而且"武大郎"的副作用多多，将来受罪和承担罪过的还是我自己，这显然不是长久之计和明智之举。那就采用第二个办法，让自己确实与后来者拉开距离，让他们无法超越我，使老板不得不对我另眼相待。这个办法当然好，可怎么实现呢？

别急。

丁先生安慰并鼓励自己。

他相信只要选准了方向就总能找到实现目标的途径。就像做数学题，书上出的习题肯定有解，只要冷静下来慢慢解题就终归能找出正确答案。

丁先生强迫自己冷静想想。别急，没人催你，慢慢想。

相对于后来者说，自己其实已经具备很多优势：第一，我来得最早，并且已经占据经理的职位。但这条并不保险，随着时间的推移，"后来者居上"不是没有可能。第二，我善于写文章，这是大多数工程师或技师很难超越的优势，但这条也不牢靠，因为工厂不是设计院，更不是情报所，写文章不是主要工作，香港老板很务实，不搞虚头巴脑的东西，刚开始为了宣传推广公司的新技术新产品可能需要我写文章，可这属于锦上添花的事情，不影响公司的根本出路与大局，老板不会仅凭这一点就认为我丁先生与其他内地工程师有本质区别。

苦思冥想半天，结果是左也不行右也不行，丁先生真的理解什么叫左右为难了，觉得自己原本就是内地人，再出色也是内地方经理，怎么可能因为自己来得早或文章写得好就成了香港人呢？怎么能要求老板按香港师傅的月薪标准下调给自己发工资呢？别的不说，单是香港人之间沟通的白话，自己连听都不会，更不用说老板与我沟通都困难，怎么会把我当成他们的同类呢！

对！

白话！也就是广东话！

丁先生像忽然通过裂缝看见了光明。

如果我能说一口流利的白话，也就是会说粤语，会说广东话，会说香港话，那么，从今往后就可以用老板的方言与老板和香港师傅更流畅地交流与沟通，能极大地提高工作效率和形象，就好比设计院派工程师去国外做施工服务尽量选派外语好的一样，现在我在港资企业工作，会说香港话当然是一个最实用的明显优势！而且，也无形之中与后招聘进来的内地工程师明显且直观地拉开距离，也等于在我和他们之间设置了一道壁垒，让他们在掌握白话之前不可能超越我！即使他们后来也掌握了香港话，我也已经先入为主了！

丁先生发觉生活很奇妙，刚才还左右为难，现在竟豁然开朗。再侧头看林姑娘，发觉她虽然谈不上漂亮，但至少已经不丑了。过去说一白遮百丑，现在流行一富遮百丑，意思一样，就是一个人哪怕并不漂亮，但他或她身上只要有一处闪光，就能遮蔽全身不美的地方，而林姑娘身上闪光的地方又何止一处两处三处！自信、热情、敬业、公正、善良且善解人意。

这么想着，丁先生就觉得并不漂亮的林姑娘其实蛮可爱，他就有些冲动，就想到刚才林姑娘为了他的工资和加班费而可能冒犯了老板，丁先生就有些情不自禁地想拥抱一下林姑娘，可这显然是不可以的，被林姑娘误解成"趁机占她便宜"也说不定。

林姑娘会认为我是占她便宜吗？香港女人也有这种被人占了便宜的想法吗？正想着，忽然听见旁边的草丛中有响动。

"谁？"

丁先生大喝一声，迅即把林姑娘拉到自己的身后。

静了一下，却感觉林姑娘在身后扯他的衣服，示意他快走，别管这种事。

不管？那我们巡视的目的是什么？

朝前走了一段距离，林姑娘才小声告诉丁先生："他们是夫妻，都在厂里打工，各自住在集体宿舍，所以才这样。"

第六章　人才市场和新华书店

次日吃过早餐，丁先生给林姑娘打招呼，说他打算去趟罗湖，到人才市场打听一下行情，看看别的港资企业给内地工程师或技师是什么工资标准与综合待遇。

林姑娘觉得有道理。这次再招聘，就该事先明确工资标准，标准只能由市场决定，所以去人才市场看看很有必要。

丁先生提出让林姑娘和他一起去。他有两点考虑。一是证明，别自己打探回来的标准老板不信，以为他弄虚作假就不好了。二是如果他单独去，产生的费用该怎么报销呢？他完全不知道香港企业执行什么样的报销制度。当初来的时候老板预付了两千人民币，丁先生没用完，但老板也没要求他退还或"冲账"，上次回去的时候按道理算出差，因为他还专门跑了一趟《江苏冶金》，还给人家送礼要求文章立刻发表呢，都是为公司的事情，按道理都该报销，但没人跟他说报销的事，丁先生考虑第一次的两千元还有结余，再说上次回去是公私兼顾，所以也没计较，可今天又要跑人才市场，而且类似的事情今后还可能经常发生，该怎么处理呢？他不知道，也不好意思问，如果和林姑娘一起去，则他就不管这些了，一切由林姑娘支付和报销。

林姑娘愣了一下，或者说犹豫了一下之后，说自己不能一整天离开工厂，再说除非特殊情况，否则两位经理最好不要同时离开工厂。

丁先生承认林姑娘说得对，就说："行，今天我一个人去，了解清楚写成汇报，然后你自己再单独去一次。"

林姑娘没有回答她自己是否再单独去一次的问题，而是问丁先生打算怎么去。

第六章　人才市场和新华书店

丁先生说先步行到亚洲自行车厂大门口，然后乘公交车到蛇口，再乘大巴去罗湖。

林姑娘说那你到罗湖就中午了。

丁先生一想也是。如果那样，下午才能到达人才市场，晚上不是赶不回来了？打算在罗湖住一晚上吗？他非常希望林姑娘建议他打出租车去。如果林姑娘这样建议，他就正好询问关于费用报销的问题。

果然，林姑娘说："不如我开车送你去蛇口，然后你打的士去罗湖？"

丁先生立刻想到上次的遭遇，甚至想到昨晚的差一点拥抱，就把出租车产生的费用报销问题给忽略了。他在想着林姑娘到底是天真无邪一心从工作的角度出发，完全没想到自己从背后抱着她一路颠簸的感觉，还是她其实很享受那种感觉，故意装傻？但不管什么情况，林姑娘的建议丁先生无法拒绝，因为此处偏僻，根本打不到出租车，最可行的办法只能是林姑娘开着摩托车送他到蛇口再打出租车。

在林姑娘推着大白鲨和他一起走出工厂大门的时候，丁先生提出自己开车，建议林姑娘坐后面，并此地无银地解释他一个大男人怎好意思让姑娘驮着。

林姑娘笑了一下，不知是真的天真无邪还是心知肚明却故意装傻，总之她不同意，还反问丁先生："你有摩托车的驾驶执照吗？"

骑摩托还要驾驶执照？丁先生都没听说过摩托车驾驶执照，自己哪里有？最后只能乖乖地横跨在"大白鲨"的后座上，相当于再次把林姑娘抱在自己的怀中。

生活太奇妙啦！昨晚丁先生冲动，想拥抱一下林姑娘却不敢，最后被草丛中的动静打断，今天上午丁先生完全没有拥抱林姑娘的冲动，却把她结结实实抱在怀里。从妈湾到蛇口，当年那个路况和距离，差不多有从恒基到华美钢铁几倍的距离，这让丁先生一路承受多大的起伏与煎熬啊！一开始丁先生努力克制，可他发现克制并不等于控制，林姑娘身上的气味或香水味太有杀伤力了！林姑娘的身体太柔软太有女性特征了！即使丁先生可以假装听而不闻视而不见，但无法麻木自己的嗅觉与触觉，而且他发现人的嗅觉和触觉甚至比听觉和视觉更直接更灵敏！后来丁先生见克制无效，干脆破罐子破摔，索性让自己反应明目张胆，就让你有明显的感觉，看你还怎么装！

蛇口的海上世界旁边停了很多出租车，丁先生从"大白鲨"上下来后不敢正面面对林姑娘，红着脸侧着身子对林姑娘说"谢谢"，然后慌忙跳上一辆红色出

081

租车，看似时间很紧张，其实是最大限度缩短在林姑娘面前暴露的时间。此时他最担心林姑娘说回来的时候再接他，好在林姑娘的话正好相反。她说："回来我就不接你了，让的士直接把你送到工厂，晚上赶回来吃饭。"

丁先生回答好！谢谢！

这声"好"和"谢谢"是由衷的，他因此更加觉得林姑娘真的很好，善良且善解人意，不让别人难堪还主动帮别人遮掩难堪。想着老板请林姑娘来管理工厂真是用人有方！既然如此，丁先生又想，那么老板就不会亏待我，我自己所能做的，就是努力以林姑娘为榜样，不辜负老板的希望，不给内地经理丢脸。

幸亏打了出租车，要不然中午也到不了罗湖，更不用说找到人才市场了。

出租车从蛇口的海上世界出发，先经过联合医院，出蛇口，然后经过南油集团，再从深圳大学西门绕到北门，就上了所谓的深南大道。加上"所谓"二字，是因为当时算不上"大道"，最多只能算"深南路"，从深圳到南头的道路。听上去仿佛深圳和南头是两个地方。当年也确实是两个地方，都是广东省宝安县下面的两个镇，所以，即使在深圳特区成立之后将近三十年的时间里，宝安、蛇口，甚至南头一带的当地人去罗湖都说是"去深圳"，更甚至当年的深圳南头检查站附近107国道上的路标都赫然写着"距深圳27公里"，仿佛宝安和南头都不属于深圳。

走上深南大道第一站是深圳科技园。如今的科技园名声在外，一百多家上市公司，一年的产值超过世界上绝大多数国家的GDP，但当年留给丁先生的印象就是高高在上的深南大道北侧有一个长长的大下坡，下坡的两边有几栋类似大学教学楼或实验楼的建筑，至于深南大道的南侧，也就是如今繁华的科技园南区，当年则是一片荒芜，从深南大道的车上可以直接看到深圳湾对岸的香港。当年丁先生还以为这一片属于深圳大学的预留用地。

出了科技园就是大冲。听名字就知道是早年被水冲出来的一片滩涂。但也有可能叫大涌，因为广东人读冲和涌同音，并且深圳的其他地方都叫涌，如西涌等。如今大冲旁边仍然有一条河，取名大沙河，过了河就进入华侨城地界。这里之前是国营华侨农场，原本就是国家单位和国营职工，不存在农转非和集体土地扭转等复杂的问题，所以转制非常简单，国营华侨农场摇身一变迅速成为华侨城集团，开发旅游业和房地产，先后做出"锦绣中华""民俗文化村""世界之窗"和"欢乐谷"等主题公园品牌。丁先生那天经过的时候，华侨城地段的道路分为两个半边，南半边是旧的深南路，北半边是新的深南大道。因为这里原本也是一个大上坡，所以新的深南大道需要把旧路铲平，给丁先生的感觉简直就是在深挖，出租车在旧路上行驶，明显感觉比新路高出一层楼。

走出华侨城，继续向东行驶，就到了竹子林地段。此处当时并没有竹林，不知道更早的年份是否有，但松树林仍然存在，就在路边，估计到了晚上有些阴森可怕，很容易让人想起《水浒传》里的野猪林。丁先生提醒自己要抓紧时间，即使坐在出租车里，晚上一个人经过野猪林也有点提心吊胆。

如今深南大道最醒目的市民中心一带，丁先生当年经过的时候是一片空白，大约是为了画出最新最美的图画吧，所以当年这一片是标准的"三通一平"空地。为了画出"最新最美的图画"，建设者把上面的旧建筑全部推平了。为避免长期空置显得孤单寂寞，或为了打消有背景的开发商打这块风水宝地的主意，有关方面在空旷的地面上安放一排气球，下面垂吊着巨大条幅，比较远，丁先生看不清是企业广告还是政府宣传口号，但作用是一样的，表明这块广阔的空地是有主的，并且即将开始建设。

到了上海宾馆才终于感觉进城了。街面顿时热闹起来。深南大道也陡然变窄，据说是早年的统建楼违反规划，擅自将红线前移五米。旁边及对面的开发商纷纷效仿，仿佛谁遵守红线谁就吃亏了，于是宽阔的深南大道在这一段陡然变窄，真不是深圳市当年的规划错误，而是执行规划的力度不够。但这种错误也带来一个意外的好处，就是狭窄的道路更容易营造商业气氛，这可能也是后来形成"华强北商业圈"的因素之一吧。

到达人才市场是上午十一点钟。丁先生不敢耽搁。他要求自己午餐前必须了解清楚自己想要了解的所有情况，因为他已经充分体会到来一趟罗湖不容易，不仅向林姑娘解释出来的理由不容易，而且一路颠簸更艰辛，再加上出租车的费用差不多等于老婆在内地一个月的工资！这部分钱到底能不能报销以及怎样报销都不知道，必须先做好自掏腰包的思想准备，所以，他深切地感到，所谓的"深圳速度"其实是被逼出来的。对丁先生如此，对其他人又何尝不是如此呢？久而久之，深圳的"效率文化"就自然形成了。

他先迅速绕场一周，把所有的柜台全部快速浏览一遍。他假装应聘的，公文包里带着自己的毕业证书、职称证书和发表自己论文的杂志，但现在似乎来不及了，他只能先找与恒基公司相似的招聘单位口头咨询。

人太多，丁先生没时间排队，只能挤在最靠近柜台的边上，找机会偶然插一句：

　　"请问贵公司普通工程师一般月收入多少？"

　　"包含加班费吗？"

　　"一个月有几天休息？"

　　"经理呢？我是问内地方经理月薪能拿多少？"

　　"与外方经理相差多少倍？"

　　"普通工程师住宿条件怎么样？"

　　"有夫妻房吗？"

　　被他提问的招聘单位有人蛮有耐心，认真回答丁先生的问题，还主动把表格递给丁先生。有些则根本不理睬他，还瞪他一眼。更有不回答丁先生的问题，却要他去后面排队的。一看表，才花了半小时，后悔自己过程太潦草了，于是又抓紧时间深入了解一下。从头再过一遍来不及了，只挑选刚才态度特别好的，假装因为他们的态度好打动了他，让他成为"回头客"。

　　在当回头客的二十几分钟里，印象最深的是一家位于西丽的香港钟表企业的内地方主管，他告诉丁先生，他的月薪是每月五千人民币！该主管是东北人，但看上去矮矮瘦瘦黑黑的，形象不如丁先生高大，而且仔细一问，也并非大学毕业，但他在内地就是国营钟表厂的技术骨干。他对丁先生的态度特别好，认定丁先生是他的同类，按照物以类聚原理，主动给丁先生留了电话号码，丁先生因此知道他的名字叫陈宝才。作为对等，丁先生也给陈宝才留了电话，就是林姑娘上次在华美钢铁门口写给他的那个电话号码。后来陈宝才也果然给丁先生打过电话，告诉丁先生西丽正在卖房子，才五万块钱一套，他已经买了一套，问丁先生买不买。陈宝才是好心，他以为丁先生既然是同类，并且看上去更像经理，所以五万块肯定是洒洒水，但在丁先生听起来，五万块是天文数字，比今天听五百万都吓人，哪里能买得起！

　　另一个对丁先生态度好的是一家位于宝安西乡的香港电镀厂的老板。工厂名字叫宽记，老板大概是相中丁先生的外在形象与气质了，没看丁先生材料就鼓动丁先生去他的宽记当经理。丁先生肯定不会去，因为他已经是妈湾恒基的内地方经理了，但仍然问对方，假如他去能给什么待遇？对方却说："给经理什么待遇是我考虑的事情，你只要帮我把工厂管好，待遇不用你考虑。"还没等丁先生回答，老板又接着说，只要他不去公海或澳门狂赌，他这辈子的钱怎么也花不完等。丁先生见他不愿意正面回答这个问题，就绕开了一下，问："你们厂有内地来的工程师吗？"老板回答有。三个，分别管理厚金、水金和QC，并解释QC就是质量检验与把关的意思。丁先生进一步问："他们的月薪是多少？要加班吗？有加班费吗？"老板回答："月薪一千八百元，与生产线同步加班，没有额外的加班费。每月一千八百元包含加班费了，因为工人包含加班费每月的平均工资还不到一千，所以给工程师的工资相当于工人的两倍。"

最后丁先生还抓紧时间回访了一家台湾企业，因为该招聘柜台后面那位台湾女士头先对他的态度也可以。之所以说"可以"而没说"好"，是因为丁先生感觉对方的态度是装出来的，而不像陈宝才那样发自内心。

台湾女士比林姑娘年轻一些，同样四十岁左右，但林姑娘是四十出头，该女士估计四十不到。可有一点与林姑娘一样，就是一看就知道不是内地女人。为什么呢？说气质扯远了，也太虚了，当时丁先生描述不清楚，后来在深圳的时间长了，才晓得原因非常肤浅，肤浅到仅因为她们都穿了名牌衣服和使用了高级化妆品，而当时的内地还没有名牌的概念，所以内地的女人当时几乎没有穿名牌的，当然也没有使用进口高级化妆品的。不是说名牌服装的质量一定比国产的好，但穿在身上给人的外在气质肯定不一样，所以当年丁先生一眼就能区分内地还是港台的女人。

台湾女士长得也不漂亮，但比林姑娘正常，或者说一般，可配上名牌服装和高级化妆品后，又明显高贵。可她在丁先生心中的打分还不如林姑娘。为什么？因为林姑娘谦虚，该女士傲慢，眼神中流露出高应聘者一等的神情。丁先生气不过，故意用英语提问，并说自己是从美国留学回来的，故意模仿《美国之音》当中的美国英语。这一招果然有效！该女士眼神顿时变得谦卑。丁先生见效果已经达到，就不跟她纠缠了，怕缠久了露馅，对方却主动给丁先生留下电话号码，说欢迎丁先生去他们工厂看看。丁先生这才知道女士叫萧湘，蛮有诗意的名字，是这家生产自行车配件的台资厂老板的妹妹，而她哥哥就是从加拿大留学回来的，所以萧湘如崇拜她哥哥一样崇拜丁先生。丁先生询问如果他去贵厂，你能安排什么职位、月薪多少，萧湘表现得很诚实，说对不起，您这样的身份，我们小厂请不起。

在丁先生准备离开人才市场的时候，无意中看见"急招开模师傅月薪两千元"几个字，上前一问，是香港一家塑胶厂招聘能开模具的工人，不要求学历，只要求能独立操作，线切割、电火花等基本功要熟练。丁先生自己不行，但这样的人在内地很多，马鞍山的马钢机修厂或十七冶的机电公司里很多都会开模啊，他们在马鞍山一个月大约只有一百块，到深圳则一个月能挣两千，干吗不来呢？

最后，他瞥见一家公司"能进户口月薪五百元"的招牌，出于好奇，上前咨询一下，回答他们是国营单位，工资没法与外资企业相比，但干得好，将来能进深圳户口。丁先生问什么条件。对方回答最好是本科，大专学历也可以。另外最好没有在原单位受过处分，如超生等。丁先生又问将来是多久。对方回答一般是两年。丁先生就想，等自己稳定下来，可以动员老婆也来深圳，她保守，那就来深圳的国营单位嘛。

从人才市场出来正好中午十二点。来到楼下，正好碰见有卖盒饭的，许多人都在买，丁先生就随大溜买了一盒。五块钱。荤菜是几块油炸鱼，蔬菜是清炒空心菜。鱼外面裹着面粉一起炸，肯定不新鲜，但仔细吃着也没发觉异味，说明没变质，凑合着吃吧。

盒饭的最大好处是吃得快，而且吃完碗一丢，直接可以走。

罗湖不大，因此从人才市场到东门不远，但也不可能走路去。在打出租车和找公交车之间，丁先生瞬间就选择前者，因为到了深圳，时间就自然能变成金钱，并且明码标价，比如从蛇口打出租车来人才市场，估计比乘中巴或大巴再转车辗转过来节省两小时，多花了一百出头，大约相当于每小时六十元人民币，就是说，丁先生在深圳的时间大约是每分钟一块钱，现在从人才市场去东门，公交或中巴可能要四十分钟，如果打出租车只要十几分钟，多花二十块钱，差不多也是每分钟一元人民币，看来，马克思关于"必要劳动时间决定价值"的论断是科学的，并且到现在也没过时。

上车后，司机问丁先生到东门哪里。丁先生这才想起东门不是真有一个"门"，而是位于老深圳东面的一片蛮大的区域，于是他回答："去新华书店。"

到了地点，丁先生却怀疑司机送错了地方，因为他没有看见那熟悉的毛体"新华书店"四个红色繁体字，取而代之的是黑色字体的万宝路香烟广告。司机见他付款迟疑，就说放心，他经常送丁先生这样的大学生来书店，错不了，你就从万宝路广告牌下面进去，上二楼，原来的新华书店一楼被他们出租了，因为租金收入超过卖书所赚的钱。

走进万宝路，就看见"购书请上二楼"的醒目指示牌。丁先生来到二楼，果然是图书的世界，但布置与内地的新华书店差别很大，原来他们不仅把楼下出租了，而且楼上也部分承包了，除保留作为新华书店的主营业务图书外，还有几个卖配套用品的小档口，专门卖学习外语、学习广东话和学习企业管理方面的书籍与器材等。

丁先生按照学外语的经验，原打算买两套学习教材，一套低级的，一套高级的，要求两套都配磁带，并且打算再买一个随身听，这样就可以一天到晚学习广东话了，争取在最短的时间里做到基本能听会说。但是，当他把自己的意思向摊主表达后，对方却说学习广东话和学习英语不一样，配磁带的学习材料只有低级的，没有高级的。

"为什么？"丁先生问。

对方说，因为中国人学广东话不需要像学外语那样背单词，也不需要学语法，所以比较简单，只要听懂入门级的就可以直接收听粤语广播了。他还建议丁先生不要买随身听，直接买收录机，头一个月听磁带，之后就直接听香港电台，如果你买随身听，一个月之后磁带听完了，随身听也就没用了，再买收录机不是浪费又费事吗？

"一个月就听完了？"丁先生问。

对方打量了一眼丁先生，然后认真地说："是，我看你一个月听完没问题。"

丁先生被摊主说得蛮高兴，同时觉得摊主说得很有道理，就按他的建议买了一套配磁带的入门教材和一台最小的收录机。

出门拦出租车，说去蛇口的妈湾，司机说，妈湾属于南山吧？丁先生没跟他争辩，上车。心里想，从地理位置上说，蛇口也位于南山啊，所以司机说妈湾属于南山也没有错。

丁先生坐在后排，为的是在路上就开始学习。他戴上耳机，听那盘磁带录音。

回去感觉出租车比来的时候快，大约丁先生的注意力在收录机上吧，所以一不留神就已经到了华侨城，真是深圳速度啊！丁先生想，难道仅大半天的时间，他们就已经实现了道路切换？那么自己下次再去罗湖的时候，深南大道的扩建工程会不会已经完成了呢？

车到南山，却并没有左拐经深圳大学西门沿南油大道去蛇口，而是继续沿深南大道一直走到底。

丁先生提醒司机去蛇口走南油大道更近。

"去蛇口？"司机问，"你不是说去妈湾吗？"

丁先生回答是妈湾啊，妈湾不是在蛇口吗？

"谁说的？"司机说，"妈湾属于南山。"

丁先生见司机这么笃定的样子，就不跟他争了，想着不管你怎么走，最后看结果，如果结账的时候发现费用超过上午，再跟他理论。谁知送到工厂后，车费还不到一百元，比上午去的时候还便宜！丁先生这才发现，原来妈湾真属于南山，只不过老板他们从香港过来，当然先到蛇口再来妈湾，而且蛇口这边当时也确实比南山发达，所以香港师傅的宿舍选在蛇口，而不是在南山。关键是，亚洲自行车公司门口有去蛇口的公交车，而没有反方向去南山的公交车，所以大家都以为妈湾属于蛇口，没想到其实属于南山。

由于出租车走了近路，丁先生回到厂里的时间比预计的早，还没到吃饭时间。他先回宿舍放下东西，然后在整个生产车间转一圈。丁先生故意避开林姑娘的办公室，他这个时候还不打算在林姑娘身上消耗时间，因为晚上他和林姑娘一同巡视的时候有更多的时间，所以他从车间的左侧从东往西走，再穿插进入生产工段，一路和几个香港师傅打招呼，让他们记住今天见到他这个生产技术经理了。

黄师傅仍然没有放下架子，但对丁先生的态度缓和许多，起码不那么明显抗拒了。见丁经理过来，甚至微笑着点了一下头，算是表达眼睛里有他这个理论上的"上司"存在了。丁先生立刻回报黄师傅更大的笑容并抬了一下手。开锻焊机的郑师傅则已经把丁先生当成"师傅"，见他走来，竟然做出一个礼让的动作，丁先生则看看台面上的锻焊件再看看操作台上的控制挡位，对着郑师傅竖起大拇指，表扬他干得好！郑师傅露出小学生受到老师夸奖时腼腆的笑容。丁先生忽然心头一软，发觉大家都不容易，同为打工者，相煎何太急，他觉得无论从哪方面考虑，招聘的事情都无须太急，拖一拖对大家都有好处。

晚饭前丁先生回宿舍，关上门再复习一遍路上学的几课。

整本书一共五十课。丁先生计划第一遍五天学完，因为老板很可能五天后就来工厂，他希望再次见到老板的时候能听懂更多的白话，甚至直接用白话回答老板一两个简单的问题。为达此目标，他从今天开始就必须每天学习十课。刚才出租车上已经听了一遍，现在打算一边听一边对照着书本看，眼耳并用，相信比单纯地听效果更好。他不习惯在车上看书，车子一晃，如果盯着书本看就头昏眼花，所以刚才在出租车上也只是听，没敢看，现在正好可以抓紧时间一边听一边看。

他不贪心，打算只看和听一课，一课学完，下楼，车间也正好歇工了。

丁先生没直接去餐厅，而是绕整个车间半圈，落在大部分工人的后面，几乎是全厂最后一个走出车间去食堂的，不知道的人，还以为他工作最繁忙，其实一点也不忙，他是想以此掩饰白天的缺席，给工人造成今天仍然看见生产经理的印象。全厂这么多人，谁知道哪个是老板或老板老婆家的亲戚啊？这些亲戚未必能与老板说上话，更不会专门跑到老板面前告丁先生的状，但印象仍然很重要，他们会在无意中评价某个师傅或某个经理，而这些评价如一阵风，不知道哪一天就吹进老板的耳朵里。关于他去人才市场调研招聘情况的事情，除了林姑娘之外，全厂再无一人知晓，他也不方便对任何人说，所以只能以晚餐前后多露面的方式消除人们对他今日缺席的印象。

一进小餐厅，就迎来林姑娘热情的招呼："哎，你回来了？"丁先生笑着回答："我早就番嚟啦。"不知不觉，已经尽量靠近白话。林姑娘似乎还想问他具体情况，丁先生则声称自己走累了，也饿了，先吃饭，晚上再聊。

晚餐之后，丁先生先回宿舍躺了一会儿。开着收录机，调到收音状态，听广东话新闻。不敢戴耳罩，担心忽然有人叫他或工厂忽然发生什么事，他作为生产经理不能不在现场，所以他把音量调小，放在枕边，闭目养神。

真累了。加上今日没有午睡，竟不知不觉睡着了。丁先生是被林姑娘的敲门声叫醒的。原来工厂加班已经结束，林姑娘要去厂内厂外巡视了，还没见到自己的搭档，不放心，所以来敲门。

丁先生一个激灵起身，开门，狼狈地对林姑娘说："对不起，我想休息一下的，结果睡着了。"

林姑娘笑笑，表示理解。

丁先生让林姑娘先下去，他马上追上来。林姑娘走后，丁先生关闭收录机，带上门，先上厕所并简单洗把脸，然后匆匆忙忙快步下楼，却又差点与林姑娘相撞。因为林姑娘正提着丁先生的包裹上来。丁先生知道又是发表自己文章的杂志，接过来，说谢谢，丢在楼梯上，说走，我们先走走，回来再看。

因为耽搁了一些时间，所以今晚的巡视他们没看车间，直接从后面的职工宿舍看起，然后绕围墙外面走一圈。

在厂区内他们并未说话，巡视到工厂外围才正式沟通说话。

丁先生问林姑娘："工厂一切正常吧？"

林姑娘回答正常。

丁先生又说："我今天下午回来得比较早，你知道是为什么吗？"

林姑娘回答不知道。

丁先生朝着蛇口相反的方向一指，说："这条路是可以通往南山的，回来的时候的士司机就是从这边把我送回来的，比走蛇口近。"

林姑娘瞪着大眼睛，似乎不信。

丁先生继续往前走，说："等哪天有空，你开着摩托车，我们俩走一趟，你就清楚了。"然后没等林姑娘反应，就开始正式汇报，讲述自己去人才市场了解到的情况。

丁先生没有隐瞒，将自己从人才市场了解到的情况对林姑娘做了全面、仔细、真实的通报，其中特别提到西丽那边有家香港的钟表厂，生产技术经理也是内地人，叫陈宝才，还给他留了电话号码，让他有空去玩，陈宝才的月薪是五千人民币，但他们厂只有陈宝才和另一个负责产品QC的香港女士，而没有生产线上的香港师傅，陈宝才是真正的独当一面。

林姑娘停下脚步，瞪着大眼看着丁先生。丁先生赶紧说："这个情况你先不要向老板汇报，等我形成报告，你看了，最好你自己核实了，再向老板汇报。"

林姑娘继续往前走，问："普通内地工程师呢？"

丁先生回答："差别很大，低的只有一千一百元，高的有两千元。"

林姑娘又停下脚步，这次是明显地表示怀疑。丁先生忽然意识到，林姑娘和老板他们其实已经对深圳的外资企业做过摸底了，这次让丁先生负责招聘，让他去人才市场了解情况，说不定就是让他对自己的工资标准服气，更说不定是对自己诚实度的考查。但他们了解的情况是几个月之前的情况，深圳速度三天一变，更何况几个月呢。丁先生原本就没打算弄虚作假，所以心不虚，他也停下脚步，认真地对林姑娘说："是西乡那边一家香港塑胶厂，好像叫英发塑胶厂，招聘的是开模工，不要求学历和职称，但要求熟练掌握线切割、电火花等开模技术，月薪两千。"

不知是为了让林姑娘相信，还是真因为感慨，丁先生又说会开模的人在内地的国营工厂很多，他们在内地的工资大约每月只有一百元，与深圳相差二十倍，不知道他们为什么不来。

林姑娘似乎信了，继续往前走。

大约是为了消除两千元造成的紧张气氛，丁先生又特意说了个最低数，每月五百元，但紧接着，他补充说明是国营单位，能进深圳户口的那种。

林姑娘问："什么叫户口？我怎么老是听到这个词？户口有那么重要吗？"

丁先生跟她解释："户口对内地人来说就好比你们香港人的身份证，偷渡到香港的内地人最关心的就是能否领到香港身份证。据说起初内地人去了就能领到香港身份证，所以那时候有种不好的风气。你说户口对内地人重要不重要？"

见林姑娘不说话，丁先生又补充说："怎么跟你说呢，这里面有历史的原因，也有现实的考虑。从历史上说，改革开放之前，内地是计划经济，人口是不可以自由流动的，管理方式就是户口，没有户口就没有粮油关系，买不到粮食，没饭吃。从现实考虑，就说我自己吧，一旦老板与我签订正式的聘用合同，我就要考虑把太太调到深圳来，我太太比较保守，不希望两个人都打工，所以想进国营单位，因为国营单位可以解决深圳户口。"

林姑娘说："还是打工啊，你太太进了国营单位叫打政府工。"

丁先生一想，也是，进国营单位确实是打政府工，但他不想在这个问题上跟林姑娘多说，于是强调两点。第一建议林姑娘亲自去人才市场看看，因为按照深圳速度，他们之前了解到的情况可能已经过时了；第二建议林姑娘先不要向老板汇报，等过两天，他把关于招聘内地工程师的考察情况和想法写成完整的计划书，她看后再呈报给老板。

他还是想拖，至少拖五天，拖到他把粤语教程学完第一遍老板才来，否则如果林姑娘今晚跟老板汇报，老板明天就来，他的一鸣惊人计划不是落空了吗？

林姑娘点头，算是接受了丁先生的建议，但丁先生知道，如果老板今天晚上给林姑娘打电话问起这件事，她不可能不向老板透露。他感觉自己和林姑娘虽然配合得蛮好，但在自己和秦老板之间，林姑娘一定毫不犹豫地站在老板那边。所以，今晚的巡视他只通报从人才市场了解到的情况，而具体关于招聘的想法，一点没说，起码要等到明天再说。

二人上楼，包裹还在那里。丁先生提回宿舍打开，是各种杂志，大部分是以前写的与钢格板无关的文章，编辑部寄到设计院，收发员交给丁先生老婆，老婆集中打包寄给他。丁先生翻看了一下，只有两本《江苏冶金》是他一直盼望并寄予很高期望的，但如今看来，又不那么重要了，因为在老板看来，《江苏冶金》的分量或许还不如《钢铁设计》，丁先生费很大的劲解释哪个更有分量似乎也没必要，所以只是瞄了一眼，就放在一边，立刻开始广东话教程学习。晚饭前只对照课本听第一课，现在的任务是把今天的剩余九课全部看完听完，然后才去洗澡。所以，当日丁先生进入卫生间洗澡是他第一次落在林姑娘之后。

到底是中国人学习汉语，丁先生感觉非常轻松，正如卖这套教材的摊主说的，学广东话不存在记单词和掌握语法的问题。丁先生甚至觉得磁带上的语速没必要这么慢，搞得像教幼儿学说话一样。所以，边看边听一遍之后，他立刻把收录机调到收音状态，听香港电台。他发现，中国人学习广东话关键在发音，重点是多练，所以，他的学习方法是先对照书本认真听一遍之后，就反复听香港电台或内地电台的粤语广播。虽然是第一次听，但也明显好过当年听英语广播。虽然有许多词听不懂，但整篇新闻的大致意思还是能听明白的，这让他很有信心，也变得更有兴趣，所以，当他要去卫生间洗澡时，也舍不得放下收录机，干脆把它带了进去。

晚上二位经理继续巡视全厂。林姑娘问丁先生关于招聘计划完成没有，丁先生回答没有。其实他一个字没写！这两天丁先生的全部心思放在学习粤语上了，哪里有时间写招聘计划！

这样不行。他想，这是自己的本职工作。明天必须写。上午打草稿，下午用繁体字誊抄，晚上给林姑娘。

"你在学广东话？"林姑娘又问。

丁先生反问："你怎么知道的？"

林姑娘说："昨晚我去卫生间，大门关着，敲了几下没回应，仔细一听，你在里面听无线电，好像是香港电台，你能听广东话了？"

丁先生说学着听。又说对不起，昨晚我来了包裹，回宿舍后打开翻了翻，耽搁时间，洗澡就晚了，对不起啊，给你添麻烦了。今天不会了。

林姑娘说没关系，又突然改用白话问："成点？可唔可以用白话答我？"

丁先生完全听懂了，也很想用粤语回答，可嘴巴张开半天，就是发不了声！

林姑娘说："唔紧要，慢慢嚟。"

丁先生开始往"说"上下功夫，本以为自己语言天赋不错，鹦鹉学舌总没有问题吧？其实不然！广东话的发音和普通话有很大不同，丁先生想完全"鹦鹉学舌"也根本做不到！他不得不再次打开教材，看其中的废话，才知晓普通话只有四个声调，而广东话有九个声调！韵母也不同。哪里是鹦鹉学舌这么简单啊！

丁先生劝自己别急，广东话再难学，总是中国话，自己有这么好的语言环境，没理由学不会，最多就是慢一点与快一点的问题。能快当然好，慢一点也没关系。只要方法正确，一直往前走，慢一点快一点都会一天天接近目标！

幸好，课本上有汉字繁体字和罗马拼音标注，丁先生虽然没学过罗马拼音，但国际音标是会的，罗马拼音与国际音标有很大的相似度，再结合听磁带，鹦鹉学舌越学越像。

次日醒来，丁先生按照新的方法跟着磁带鹦鹉学舌，自我感觉进步飞跃，想着晚上再与林姑娘巡视的时候，就强迫自己跟林姑娘说广东话。说错没关系，正好可以请林姑娘帮忙纠正。

吃过早餐，上班，丁先生今天的任务是在宿舍里写招聘计划书。他很专心，没有边写边听收录机或磁带，一天专心完成书面报告加上用繁体字誊抄已经相当紧张，哪里还能分心。

写到需要休息或换一下脑筋的时候，他也没有在宿舍里开收录机或听磁带，而是下去走走。他最近去镀锌工段比较多。镀锌工段的设备没有锻焊机那么张扬，但工艺本身却更加复杂，涉及物理和化学两个过程。整个工艺包括表面清洗、助镀剂的润湿、在锌浴槽中浸泡等过程。各工序都必须严格控制温度、浓度、时间等，所以在丁先生看来，曹师傅所掌握的操作技术含量其实比郑师傅更高。经多次反复仔细观察，丁先生总结出本厂的镀锌基本流程，他想把整个工艺画成图，作为操作规范和指南挂在墙上，而不能把这些操作规范和控制指标都装在一个香港师傅的心里。

在生产线上看了一会儿换了一下脑筋，丁先生回到宿舍，继续他关于招聘内地工程师或技师的计划书。

计划书分三个部分：1. 薪酬计划；2. 拟招聘的职位；3. 可能引起的冲击及应对。

计划书建议本厂内地工程师或技师的月薪一千五百元，无加班费，但必须与工人和香港师傅同步加班。每月两个休息日，何日休息个人申请，经生产技术经理和行政后勤经理二人签字后执行。当月不休息的，可推迟至下月，本月因特殊原因临时请假的，可用下月的公休日冲抵。

招聘方式建议三管齐下，即熟人推荐、报纸或杂志登广告和直接去人才市场招揽人才。

应对冲击，主要指面对可能引发香港师傅的反弹，对招入内地工程师或技师后香港师傅的出路给出光明的指向，即为适应未来产品内销的趋势，考虑到本厂产品不适合长途运输，考虑在长江三角洲再建工厂，根据外来和尚会念经的客观现实，新厂拟至少安排两名香港师傅，另外，本厂内地工程师或技师到位后，也不宜立刻取代现有的香港师傅，不要一刀切，经过一段时间传帮带，综合新人的能力与工作态度等多方面考虑，可至少保留现在数量一半的香港师傅，以稳定队伍，平稳过渡。

计划书写完，"翻译"成繁体字又消耗了丁先生更多的时间，以至于到晚饭前丁先生还没有誊抄完，晚饭后是他学广东话的时间，主观上，他希望老板晚一点来工厂，这样他就可以为自己争取多一天的学粤语时间，因此，当晚丁先生并没能把计划书交给林姑娘。可林姑娘是个认真的人，或许并不是"认真"，而是她已经在电话里对老板说了今晚丁先生会把计划书给她，所以，当丁先生抱歉地告诉林姑娘计划书没有誊写完需要明天才可以给她的时候，林姑娘没有如丁先生预期的那样说"得"，而是停下脚步，认真地说："你只是没有誊抄完，是吧？"

丁先生回答是，因为誊抄的时候他要查词典。

"那我能先看看草稿吗？"林姑娘问，"我能看懂简体字。"

丁先生无法拒绝。

巡视回来，林姑娘上楼没有右转，而是跟着丁先生左转，随他回宿舍看他没有用繁体字誊抄完的计划书。

丁先生似不情愿，但也没有理由拒绝，只好给自己做心理暗示，想着她只要今晚不传真给老板就行。丁先生相信老板没有看到文本仅仅凭林姑娘的电话口头汇报明天就匆匆赶过来的可能性不大。

林姑娘没坐，就站在那里看丁先生写的计划书。

先看他用繁体字誊抄完的前半部分，再看丁先生没来得及誊抄的后半部分。林姑娘在看后半截的时候遇到了问题，需要询问丁先生。不是她不认识简化字，而是丁先生的草稿太潦草，段落调整所画的线条和指引太多，林姑娘接不上。

林姑娘终于看完了，说了声"唔该晒""晚安"就走了，丁先生立刻打开收录机听磁带和鹦鹉学舌，同时准备去卫生间冲凉并洗衣服。当然，这一切都是在粤语学习教程磁带背景下进行的，并且他也一直鹦鹉学舌。他发觉学广东话也是有语法问题的，主要是固定搭配，或者说是短语，这些固定搭配或短语由于出现的频率高，所以比单纯的名词更重要，而其中的有些短语或固定搭配不通过教程的学习完全听不懂，因为发音和语序都与普通话不同。如广东话的"个阵时"听上去以为是普通话的这个阵势，其实是那个时候甚至是想当年的意思。

一个星期后，老板再次来到妈湾工厂。这次老板一到工厂就直接示意丁先生和林姑娘一起随他上楼进入会议室，而不是像以往那样老板先跟林姑娘单独谈，然后才叫丁先生。

　　楼梯不宽，丁先生自觉地落在后面，让老板和林姑娘在前面。上楼之后，他也没立刻随老板和林姑娘一同进入会议室，而是说了声"我去拿点东西"，然后一直往前走，走到走廊尽头的自己宿舍，取了点东西，顺便给老板和林姑娘或林姑娘对老板单独说一两句话的时间。

　　当丁先生推迟一步来到会议室的时候，手上果然拿了东西。不仅仅是用繁体字誊抄完整的计划书，还有一本新出版的《江苏冶金》。之所以只拿一本，是因为他总共才有两本，自己留一本，给老板的当然也只有一本。

　　这本《江苏冶金》他没有给林姑娘看。因为林姑娘不懂技术，看了也白看，但他必须给老板看，否则他费那么大的劲让编辑抢先发表干什么？丁先生以为这本杂志不那么重要，因为内容文章已经在《钢铁设计》上发表过了，而《钢铁设计》上次总共寄来十本，丁先生自己留下两本，剩下的八本全给了老板，完全相同的文章，他再给老板几本似乎没有必要，更担心老板一点兴趣没有连看都不看。没想到老板比丁先生以为的内行，他一看到《江苏冶金》，当场眼睛发亮，马上对林姑娘说："这才是正规杂志嘛！"

　　因为老板是对林姑娘说的，所以这句话他说的是香港话，可丁先生却一点没有障碍地完全听懂了！并且他马上就用广东话回答："这本杂志比《钢铁设计》正规，有正式刊号的，所以出版得晚了一个月。是我上次回去拜托朋友帮忙，编辑才临时撤了别人的文章优先发我这篇的。"

　　丁先生的白话肯定不标准，但起码老板完全听懂了，不需要林姑娘充当"翻译"了。

　　老板先是惊骇了一小下，然后问怎么只有一本？

　　老板这次没有切换成普通话，仍然使用香港话，看来他已经相信丁先生能基本听懂白话了。丁先生则用香港话回答："我作为作者，编辑部只给两本样刊，我自己留下一本，这一本给你。"

　　老板问："能买到吗？"

　　丁先生回答："外面买不到，但我可以直接给编辑打电话，让他们把我的稿费全部买成这一期的杂志寄给我。"

　　老板让他马上下楼打电话，要快。

　　丁先生则迟疑了一下，他希望林姑娘陪他一起去，因为他没用过公司的电话，都不知道公司能打长途的电话在哪儿，怎么用。

　　林姑娘看一眼老板，老板示意林姑娘快去，她就带着丁先生去了。

　　丁先生则继续迟疑了一下，要过老板手上的杂志，因为他不记得编辑部的电话号码，但杂志上有。

　　丁先生跟着林姑娘下楼，但下到一半，林姑娘又突然掉头，往上走，回到她自己的宿舍，不知道是想节省时间，还是觉得当着办公室那么多人的面打电话不方便。

　　林姑娘开门，请丁先生进来，一直把他领到最里面窗户边的书桌前，书桌的右上角有一部电话，这个位置也正好挨着床头，估计这样也便于她躺在床上的时候打电话或接电话。丁先生问："直接打吗？"林姑娘回答要加区号。丁先生心里想，这我当然知道，但没有说，而是直接照着杂志上的电话号码打过去。

　　电话通了，丁先生先问好，说谢谢。对方则热情地寒暄起来，无非是说丁先生的文章太好了！感谢丁先生能把大作赐给他们等。丁先生不得不说哪里哪里，我该感谢您等，然后话锋一转，说希望对方不要支付稿费了，把稿费的钱全部折算成杂志，他希望多要几本杂志。对方说稿费一定要支付，您若要杂志，我再送您几本就是。丁先生说不是我要，是文章上提到的香港恒基金属材料公司的老板要。对方愣了一下，马上就说理解理解。丁先生让对方用笔记一下，然后报出"广东省深圳市南山区妈湾路香港恒基金属材料有限公司林碧霞收"。最后一再强调："稿费千万不要给我了，能买几本杂志就买几本杂志，千万不要给我稿费了！谢谢！"

　　丁先生放下电话，林姑娘问："为什么不直接写你自己收，写我收呢？"

　　丁先生半开玩笑地回答："我马上与老板谈工资待遇，谈的结果不知道，能在这里干多久还不一定呢，杂志当然写你收。"然后，不等林姑娘反应，把那一本杂志交给林姑娘，让她赶快拿给老板，他要回宿舍拿另一本，先全部给老板，等收到寄来的杂志后，再自己留两本。

第七章　一波三折

丁先生从林姑娘的宿舍回自己的宿舍速度很快，但从自己的宿舍再回到中间的会议室速度却很慢，似故意在宿舍里拖延了一分钟。

他刚才对林姑娘说的那句话真不是开玩笑，这个问题他已经反复想过。如果老板在他工资的问题上仍然抠抠搜搜，他就真的打算借着去人才市场招聘的机会自己出去应聘了。

待遇不是唯一的考虑，还考虑这里太偏僻，离市中心太远，进城一趟来回两百元，消耗一整天时间，而且工厂几乎全部用老板或老板娘家乡的人，这也让丁先生不喜欢。他宁可工资低一点也更希望在罗湖这样的地方工作和生活，所以，假如待遇不是更高的话，他完全没有必要一定要留在这里。

当然，丁先生没打算今天就走，除非老板主动炒他。他想等广东话学熟练了再走，也希望帮老板完成内地工程师或技师招聘工作之后再走。这是丁先生的做人原则与底线，他不可能故意半路撂挑子。所以，丁先生刚才故意甩给林姑娘半句话之后，又故意在宿舍磨蹭一分钟，就是希望通过林姑娘的嘴把话传给秦老板，给老板一点小压力，逼老板一下。父亲一辈子教导丁先生承受、忍让和"吃亏是福"，但那或许是父亲所处的体制下的为人之道，而如今他在资本家的"老板厂"里，不完全适用，丁先生必须在坚持自己做人原则与底线的前提下，适当表达自己的诉求与不满，至于产生的后果，大不了就是跳槽嘛，与父亲所处的体制无法跳槽完全不同。

回到会议室，丁先生把另一本《江苏冶金》递给老板，说这本您也拿着，电话已经打了，更多的杂志很快会寄给林姑娘，她收到后，再给我两本。

老板的脸色不如刚才热烈，大约林姑娘对他说了什么，不是很开心，仿佛也不是因为钱，而是觉得自己受到了胁迫。

丁先生不后悔，你是人我也是人，你有脾气我也有脾气，我都来工厂三个月了，工资还没最后敲定，换上你没有想法吗？

丁先生心里虽然这么想，但面子上还是继续履行自己的职责。丁先生问老板："计划书您都看了吧？有什么问题？最后您怎么定，我们就怎么做。"

老板愣了一下，似走神，但马上回答丁先生："我看了，没问题，就按你计划书上写的做。要快。"

丁先生回答好，然后说："去人才市场招聘的时候最好我和林姑娘一起去。"

老板还未答复，林姑娘就说："我们俩最好不要同时离开工厂。"

丁先生承认林姑娘说得有道理，但林姑娘如果不能去，那怎么办？这次如果还是我一个人去，那不得先问清楚产生的费用如何处理了，来回一趟一两百元对你们月薪超过两万的香港人"洒洒水"，对我们可是老婆在家一个月的工资呢！

这时候，老板说："让赖厂长陪丁经理去。"

赖厂长？我们厂还有一个赖厂长？我来工厂都三个月了，怎么没听说厂里还有一个厂长呢？丁先生以为是自己听错了，广东话嘛，谁知道音似"厂长"的话还有没有其他什么意思。不管了，只要有一个人陪我去就行，最好是出纳，这样费用问题就不用我操心了。难道在香港话里厂长就是出纳的意思吗？不会吧？

老板让林姑娘先出去，他要单独和丁先生谈人工。

丁先生知道香港人说的人工就是工资，他觉得林姑娘可以不离开，但这是秦昌桂的工厂，他让林姑娘先出去，林姑娘就必须先出去。

林姑娘一走，老板马上换了一副面孔，满脸堆笑。老板先走到墙角的冰柜里取出两罐可乐，亲自开一罐，递给丁先生，请丁先生喝，然后自己也开一罐，陪着喝，像生意场上的敬酒，完成这个仪式后，才对丁先生说："关于你人工的问题，是我做得不好，第一次请内地的专家，我也吃不准到底应该给多少合适，当初我问你自己想要多少，你说一千三，我就给了一千三。现在我知道给低了，但没关系啊，试用期三个月嘛，试用期结束再调整嘛。"

丁先生觉得老板是在狡辩。谁说试用期三个月的？即便最初确实说过试用期三个月，但既然你提前宣布我当公司生产技术经理，就表明我提前结束试用期了，新的工资为什么不从宣布当经理的那一天算起呢？

心里虽然这么想，但嘴上却说："是，我也没经验，当初随便开了一千三，是我大舅子想买一辆轻型摩托车的钱，想着只要每个月能挣一辆轻骑的钱就值得过来了。来工厂后，听说香港师傅每月两万多，心里确实有些不平衡，您别见怪。"

丁先生在说这番话的时候，也尽量说粤语，起码尽量用粤语的腔调，但有些词他真不知道白话怎么说，比如"轻骑"，他用自己想象的白话说了，怕不对，所以不得不用英语和普通话再解释一遍，终于让老板听明白"轻骑"的意思。

老板听了觉得蛮好玩，他也真的蛮开心了，满脸堆笑甚至满面春风地说："魔门提魔门提，侬噶雷知了，雷瓦，雷希望自个的人工多少？"

老板显然已经认为丁先生能听懂简单的白话了，所以说的是粤语，丁先生也确实听懂老板说的是"没问题没问题，现在你知道了，你说，你希望自己的工资是多少？"

丁先生说："上次是我自作聪明，自己开价一千三，结果造成一定的误会，这次我学乖了，请老板开价，您说多少，就是多少。"

他真想好了，这次老板说多少，他真的就接受多少，绝不讨价还价，但是，假如老板的开价超过五千，他就一定安心工作，位置偏僻也罢，文化闭塞也罢，都可以用五千一个月的"高薪"冲淡和化解。但如果老板的开价低于三千，丁先生也接受，不生气不讨价还价，只不过骑驴找马，一边替老板招聘内地工程师或技师，一边自己留意甚至悄悄地出去应聘，找到合适的职位，哪怕工资略微低一点，只要在罗湖上班，也坚决跳槽，绝不犹豫！

"四千。"老板说着，还弯曲大拇指伸出手掌，亮出四个手指头。

丁先生想笑，这么巧，怎么正好开出一个中间价？让他走也不是留也不是。但他承认，四千月薪已经不算少了，不能以西丽的陈宝才这个特例作为自己的月薪标准，估计陈宝才也不是刚来深圳就五千吧？估计他可能也是从三千、四千慢慢涨上来的。

老板见丁先生没有回答他，补充说："干得好，我每年都给你加薪，而且年底开'双粮'。"

"双粮"这个词丁先生第一次听到，广东话教材上都没有，但他立刻理解"双粮"是年底开双薪也就是最后一个月发两个月工资的意思。可见，学广东话也是需要想象力和理解力的，不光是鹦鹉学舌。这么想着，丁先生就开心地回答老板一个字："得！"

送走老板，丁先生和林姑娘要转身去餐厅吃饭，但他必须先问林姑娘一个问题："赖厂长是谁？"

林姑娘一抬手，指着一个骑着"小白鲨"出去的女孩说："她就是。"

"她？"丁先生问，"她不是你手下的文员吗？"

林姑娘笑笑说："是文员，但未必是我的'手下'，出纳是老板的堂侄女，我稍微一句话考虑不周，她就骂我'黐线'，这个更不得了，是村里派到工厂的'厂长'，你觉得'厂长'是管行政后勤的经理'手下'吗？"

当然不是，这还用问？但事实上明眼人一看就知道，林姑娘才是妈湾恒基厂的日常负责人，而这个小姑娘则是工厂写字楼的一名文员，文员难道不是行政后勤经理的"手下"吗？

在内地肯定是，但在深圳还真未必，就说我自己吧，丁先生想，我是香港恒基公司妈湾工厂的生产技术经理，但几个具体从事生产技术工作的香港师傅真的就是我手下吗？别的不说，就说工资，即便按照今天下午老板刚刚敲定的我的新的工资标准，也只有香港师傅的五分之一，世界上哪有手下的工资是领导工资五倍的道理？世界没有，但特区有，在深圳特区的妈湾恒基金属材料厂就真是这样！这是现实，而且是经过纠正错误和落实政策之后的现实，倘若放在上个月，手下香港师傅的月薪是他这个领导工资的二十倍！

林姑娘示意先吃饭，晚上两人巡视的时候，得闲再慢慢对他说。

晚上和林姑娘巡视到工厂的外围，他和林姑娘按逆时针方向，保安班长按顺时针方向，再次迎来他和林姑娘的二人时光，丁先生才对林姑娘说谢谢。

林姑娘问丁先生谢什么。

丁先生说谢谢你帮我把工资敲定了呀。

林姑娘却叹气，似乎对老板给出的每月四千元工资不满意，按照她的建议，一步到位，就按西丽钟表厂陈宝才的标准每月五千，但老板却给出每月四千，看似精打细算，其实留下一个心理缺口，难道老板差这一千块钱吗？她不理解老板为什么要克扣一千，还不能跟老板争，因为老板当时特意把她支走了，她也不能跟丁先生说，因为她不能在内地经理面前说老板的不是，所以只能叹气。而丁先生则担心，就是这每月四千的工资也不知道何时兑现。他怀疑等过几天"出粮"的时候，他仍然只能领取一千三百元的工资外加一千三百元的加班费，总共二千六百元，而不是四千，因为，这个月领的是上个月的工资，而关于他"月薪四千"的决定是今天下午才敲定的，所以他晚餐之后才没敢去亚洲自行车公司门口给老婆打电话，他想等实际领取四千元之后再告诉老婆。

丁先生觉得林姑娘对他很好，很贴心，作为回报，自己也应该敞开心扉，于是，他就把自己这点小心思祖露出来。

林姑娘听他这么说，停下脚步，看着丁先生，严肃地说："不会的。我明天就通知财务，上个月的工资表就按你月薪四千元做，没有加班费。"

丁先生很想说不必，顺其自然吧，不就相差一个月吗？但他想了想，最后说："谢谢！但如果遇到阻力，你不必坚持，等一个月无所谓。"

林姑娘无奈地摇头。

次日林姑娘把丁先生和赖月娥叫到二楼会议室，三人一起商量落实老板敲定的招聘内地工程师或技师的事情。方案写在丁先生起草的那个计划书上，三管齐下，报纸登招聘广告、去人才市场现场招聘和通过熟人推荐。

丁先生昨晚已经知道，赖厂长实际上相当于公司的人事主管，因为公司所有员工的暂住证都是她负责办理的，所以当初老板决定招聘内地工程师的时候就安排她去报纸上刊登招聘启事，可因为广告内容仅限于招聘钢格板专家，结果无人问津，但这次的招聘广告内容由丁先生起草，明确写在计划书里面，赖厂长只要一字不改地拿去做广告，仍然刊登在《参考消息》中缝，就一定有人应聘，所以三人在一起研究具体执行的时候，丁先生主张联系广告的事情仍然由赖厂长去做，林姑娘赞同，此事落实。

熟人推荐当然由丁先生完成，因为只有他在内地的工厂有熟人。林姑娘和赖厂长都没意见。

第三项也就是最麻烦的去人才市场现场招聘的事，既然老板已经发话让赖厂长陪丁经理一起去，当然只能是他们两个一起去，三个人也达成一致意见。如此，商量完之后其实就没有林姑娘什么事了。林姑娘留下事先复印好的两份计划书之后就先下楼了，留下丁先生和赖厂长慢慢商量。

楼下的生产车间很吵，但二楼的会议室关上门却显得安静。赖月娥在看计划书，丁先生则在看赖月娥。因为计划书是他自己写的，当然不用再看，那么他只能看着赖月娥，否则眼睛往哪里看呢？

赖月娥二十四五岁，不算漂亮，也不算丑，不高不矮，不胖不瘦，戴眼镜，但看上去也不像文化人。那年月，没文化的年轻人谁戴眼镜？看样子应该高中毕业。这样的学历，这样的年龄和长相，加上能说一口地道的白话，在当时的深圳找一份工厂写字楼文员的工作没问题，但当厂长不可能。年纪太轻，看上去也太一般，没有林姑娘或宝安西乡台湾自行车配件厂萧湘那样的名牌包装，赖月娥看上去只像一名工厂文员，最多只像一家外资企业的人事部主管，但她因为是村里派来的，硬生生安了个厂长的头衔，可厂里谁也没真把她当厂长看。

赖月娥虽然在看计划书，但也注意到丁先生在看她。她没有表现出不自然，眼睛非常专注地盯着计划书，一次都没有悄悄地分配一点给丁先生，直到她向丁先生提问题，眼睛也没有和丁先生对视一下，仍然盯着计划书，只是身体稍微靠近一点丁先生，把计划书侧向丁先生一边，问"工程师或技师"是乜嘢意思？丁先生知道"乜嘢"就是普通话里"什么"的意思，回答："工程师一般是大学毕业，理论基础比较扎实和全面，技师不一定大学毕业，但人很聪明，喜欢钻研，实际动手能力比较强。"

丁先生是尽量用白话说的，但他学习白话的时间太短，有些词根本没学过，更多的是虽然能听懂却说不出来，或说不标准，可他硬逼着自己说，没想到歪打正着，他这口蹩脚的白话终于让一本正经的"厂长"绷不住了，扑哧一声笑出来。大约是绷得比较辛苦，所以"扑哧"得比较厉害，虽然没有笑出眼泪，口水却被"扑哧"出一些。还好，不多，没有喷到丁先生的脸上，只沾在她自己的嘴角，被她赶快抹了。

可能是为了掩饰难堪，赖厂长主动开起了玩笑说："你那个老师不怎么样啊！"

"我那个老师？"丁先生问，"我哪个老师？"

"明知故问。你还有哪个老师？"赖月娥这样说着，就翻了一下白眼，暴露了自己的女性身份。

丁先生想笑，但忍住了大部分，只留下小部分，微笑着说："我的老师就是你呀，我现在不是在跟你学广东话吗？"

赖厂长"啧"了一声，嘴撇了一下，更女人了，丁先生终于忍不住笑出声来。

这好像是丁先生来恒基厂三个月以来第一次笑出声音来。他这才发觉这三个月来自己其实是很压抑的。不仅有夫妻分居造成的生理和情感压抑，而且还有平常连声音都笑不出来的无形压力。他甚至察觉这种压抑在恒基公司普遍存在。自丁先生被老板挖来后，香港师傅的压抑不言而喻，这从他们中的大多数起初对丁先生视而不见到眼下多少有些巴结就看出来。林姑娘似乎有更大的压抑，只不过她自制力强，善于包装罢了。这点，从她对出纳骂她"黐线"假装听不到，到面对老板给丁先生开出比她的建议少一千元的工资只能无奈地摇头就能看出来，更不用说三个月没见她离开工厂一天可以想见的生理和情感压抑。至于广大工人，在这样一个几乎全封闭的工厂里天天加班、足不出户，不压抑才怪！只不过高额的收入构建了他们强大的物质和精神支撑，抵消了压力而暂时没有爆发而已。

丁先生补充说，这次计划招聘四个人，他希望既有工程师，也有技师，工厂不是科研单位，都请工程师未必好，有些岗位，比如黄师傅负责的金属加工工段，没什么复杂的自动化设备，主要靠技术工人的责任心和手工技术，招聘一名工程师来其实不如一名称职的技师，而有些岗位，比如镀锌工段，工艺比较复杂，涉及物理和化学等多门基础知识，所以最好要求大学毕业的工程师。

赖月娥听了点头。不一定是赞同，更可能表达"我知了"，因为这些话丁先生在计划书当中已经写了，当初是专门写给老板看的，但刚才赖月娥也看了，所以她确实"知道了"。

"你话点做就点做。"赖月娥说。

丁先生听懂她是说"你讲怎么做就怎么做"，他原本很想说那不行，还是我们俩商量着做，又觉得这些在内地常见的客套话在深圳的港资厂根本不需要，说出来也与工作气氛不协调，加上自己说广东话费劲，说出来也肯定有错，又被她笑，他不希望两人的笑声老是被传到楼下，哪怕是偶然传下去一声也影响不好，林姑娘听见更未必高兴，于是就省了客套，直接建议："今天你先消化这份计划书，有什么问题随时问我，明天你早上不用来上班，直接去联系报纸广告的事；我马上打电话回内地，联系熟人推荐能胜任的工程师或技师来，过两天我们俩再一起去人才市场看看。"末了，他又特意加一句："得唔得（行不行）？"因为只有这一句白话丁先生最有把握。谁知仍然被赖月娥笑了。丁先生想，我的"哒唔哒？"说得还不标准吗？赖厂长她笑什么呢？

丁先生先下楼了，留下赖月娥一个人在二楼会议室继续研究计划书。

丁先生认为自己的计划书写得很工整很有条理很清楚，照着上面做就行了，没必要进一步研究，但他及时提醒自己不要多事，不能按自己的标准揣度或要求别人。赖厂长要研究，那就让她研究呗，或许她根本没有研究，只是借这个机会躲开楼下的几位八婆一个人在楼上清净一会儿，作为村里派来的厂长，她本身就有这个权力和资格。

他原本打算和林姑娘打个照面就去生产线的。并非生产线上有什么生产技术问题亟待他去解决，生产线上每个工段都有能够独当一面的香港师傅，在他这个经理来到之前，工厂一直平稳运行，哪里有什么问题需要他解决？丁先生猜想老板执意把他"挖"来的目的一是防患于未然，除了为将来的产品内销做准备之外，另一个现实目的就是打破每个岗位都被一名香港师傅垄断的局面，用内地工程师逐步取代香港师傅，进一步降低用工成本，丁先生现在要做的，就是首先落实老板的现实意图。上次他配合老板"演戏"已经把开锻焊机的郑师傅搞掂，并对所有的香港师傅有所震慑，这几天他认真琢磨镀锌机，也基本掌握操作步骤与要领，假如曹师傅哪天突然因故或无故不来，他这个生产技术经理也能立刻顶上去让镀锌机继续工作而不会停产。他不是怀疑香港师傅的忠诚度，但人总有身体或情绪出问题的时候，维持一间工厂的正常运转，不能基于所有岗位的负责人都永远身体健康、不闹情绪和家里不发生任何意外，丁先生是这么想的，他相信老板也是这么想的。丁先生计划在内地工程师和技师全部到位之后，立刻成立工厂的技术小组，所有岗位的技术全部公开，相互掌握，从而在制度上保证工厂在任何一位岗位负责人缺席甚至同时缺席两名师傅的情况下仍然正常运转。任何人都是可以被替代的。丁先生上次去东门买粤语教程的时候顺便买了两本企业管理方面的书籍，因为要学广东话，没时间看，只是偶尔翻了几页，就知道军队统一服装的目的不是为了好看，而是为了让每个士兵都知道自己是可以被替代的，所以，丁先生希望在他的工厂里，也要让每个香港师傅心里知道自己是可以被替代的，这样他们才能被老板制约，而不会制约老板。

丁先生打算先从许师傅入手，因为许师傅对他最尊重，而且丁先生认为打杂的许师傅最有时间和能力掌握其他岗位的师傅的操作。他打算和林姑娘照个面之后立刻就去找许师傅，但"照面"必须有个理由，否则他来找林姑娘干什么呢？难道说"我下来了"？或者说"我没有跟赖厂长在一起了"？那不是做贼心虚自作多情吗！说实话，丁先生在见到林姑娘之前还没有想好到底以什么理由来与她照面。或者不需要任何理由，就打个招呼，说"我去找许师傅了"？

不行，那样我就明显成为她的"下级"了，今后做什么事情都必须跟林姑娘招呼了。不行不行，肯定不行，女人也不能惯，不能给林姑娘养成这个习惯。

这么想着，丁先生就已经来到楼下，已经出现在林姑娘的办公室门口。

林姑娘一见是丁经理，立刻绽放笑容灿烂地起身，仿佛丁经理是林经理的"上级"。尽管每次如此，但丁先生仍然每次都有受宠若惊的感觉。他知道林姑娘的这种做派并非发自内心，只是职业需要，但职业需要有什么不好呢？虚假的客气也比完全不客气好，虚假的热情更比完全不热情让人舒服，我们一天到晚说

"做事就是做人"，而"做人"的关键就是让对方舒服。丁先生提醒自己要学习和效仿林姑娘的"职业素养"。

丁先生对林姑娘说："您方便出来一下吗？"

林姑娘回答一个"得"，就从桌子后面绕到前面跟着丁先生出去。

丁先生上楼。

林姑娘以为他刚才在和赖厂长商量的过程中产生了分歧，所以下来请她上去当面协调，谁知丁先生走到楼梯的转弯处停下脚步，对她说："我想去你房间打个电话。给内地的同学，把要求对他说清楚，让他帮我推荐一名精通金属加工的技师来。"

林姑娘还没来得及回答，丁先生又进一步解释，内地和你们香港不一样，一般人家里都没有电话，所以我这个电话只能上班时间打，而且不方便在楼下当着那么多人的面打。

林姑娘这才回答好，然后主动走在前面，上楼开门。或者不是林姑娘主动走在前面，而是丁先生故意让她走在前面，他拖在后面，让林姑娘有一个单独进屋先简单收拾一下的时间。女士的房间，如果挂着内衣内裤之类看上去更不雅观。

林姑娘先进去大约几秒钟，就重新把刚才虚掩的门开得更大，叫丁先生进来，丁先生这才转身，走进屋里。

林姑娘一直把丁先生领到宿舍的最里面，指着写字台右上角的电话说，你慢慢打，我先下去了。丁先生说好，就目送着林姑娘出去。突然，他说等一下！林姑娘停住脚，转身，依然那样灿烂地看着丁先生，丁先生说我可以先打一个私人电话吗？林姑娘回答"冇问题"，丁先生解释说，我要给太太打个电话，告诉她我的工资确定了，每月四千，我一切都好，让她放心。林姑娘仍然笑着回答"得"，丁先生还想解释同样是家里没电话，这个电话只能上班时间打，但又觉得自己的解释完全没有必要，就挥挥手，看着林姑娘出去，才坐下来给老婆和谷裕打电话。

谷裕是丁先生当年的同学，准确地说是比丁先生低两级的校友，但因为同是安徽老乡，所以在学校的时候就有交往，因此称"同学"似乎更加合适。

虽然同属冶金系，但丁先生学的是黑色冶金，谷裕学的是有色冶金，所以丁先生毕业分配到马鞍山钢铁设计院，而谷裕则分配在芜湖冶炼厂。这也是他们各自的家乡。谷裕的"裕"就是安徽芜湖裕溪口的"裕"，据说他就出生在裕溪口，所以叫谷裕。

那一年芜湖冶炼厂要上马铜连铸连轧生产线，谷裕从芜湖来到马鞍山，找到丁先生所在的冶金部钢铁设计院，问他们能不能承担工艺设计。那时候丁先生还没有去国际关系学院学习，他还在冶金工艺室，他回答谷裕没问题，但他们主任不同意，认为隔行如隔山，这可不是闹着玩的。官司打到分管副院长那里，主任摆出一大堆不能接这个项目的理由，丁先生只说了一句话，请院长马上给德国的同学打个电话，问他们那里有没有专门为金属铜加工的连铸连轧成套设备，如果有，这个项目就能接，如果没有，这项目就不能接。

分管副院长是从德国留学回来的，因为这层关系，马鞍山设计院已经先后为天津钢铁厂和广州钢铁公司引进了德国的连铸连轧生产线，这时候一个电话过去，结果不言而喻。

后来主任对丁先生说："你小子一说让院长打电话，我就知道你赢了。这还用问吗？能生产钢铁连铸连轧设备的厂商，当然更能生产金属铜的连铸连轧设备，因为铜的热轧温度更低延展性更好嘛！"

当总设计师的岳父事后则问女婿："这事你怎么不找我，直接跑去找院长呢？"

丁先生回答避嫌。

可见，当年在"铁饭碗"的体制下，丁先生多牛！这大概也是他最终没当成情报室主任而不得不离职的另一原因吧。可他现在已经离职了，"铁饭碗"没了，必须学乖了，不得不如履薄冰谨慎小心，生怕把精美的瓷饭碗打碎，连打一个私人电话都要事先跟林姑娘说明。

丁先生先打老婆的电话。不一定是"先私后公"，而是想着老婆的电话简单，一句话就说完了，而给谷裕的电话估计要说半天，绕着说，所以先打给老婆。

拨马鞍山区号加设计院的电话号码，打通后再要老婆办公室分机号码，接通了，对方却告知人不在，丁先生也不方便把自己确定每月四千工资标准的事情对老婆的同事说，只能先挂了，想着不如先打完谷裕的电话再给老婆打。

拨安徽芜湖的区号，再加冶炼厂技术科的号码，找谷裕，对方却说谷裕不在技术科了，去铜线分厂当厂长了。丁先生说自己是深圳长途，麻烦对方告诉他谷裕的新号码，对方说了，丁先生要求对方再说一遍，他记一下，等对方说了，丁先生才发现自己没带笔，慌乱中拉开抽屉找笔，没找到，却看见林姑娘的私人用品，后悔自己不该随便拉开女人抽屉，遂央求对方再说一遍，他跟着默念一遍，再重复默念，好歹记住了。

谷裕果然当厂长了，说话都比以前炸，丁先生说了两遍"我是丁先生"，他才变回以前谦卑的语气，说："原来是师兄啊，你好！"

丁先生问："你以为是谁啊？"

谷裕说以为又是要铜材的。

丁先生说："我不要铜材，我向你要人才。"

那边不知是不是很吵，谷裕似乎又听不清丁先生说什么了，丁先生直接喊名字："汪宝珠！我要汪宝珠！"

谷裕这才听清了，问丁先生："你找他干什么？耳机又坏了吗？"

丁先生说："为一副耳机，我打个长途也不合算啊！"

谷裕说："我看也是。"

丁先生说："你先把门关上，我慢慢跟你讲。"等谷裕把门关上回到电话机旁后，丁先生才告诉他："我已经离职了，不在马鞍山设计院了，如今在深圳的一家港资企业当经理，想请汪宝珠来当工段长，每月工资一千五，麻烦你叫他来听电话，我自己对他说。"

"多少？"谷裕问。

丁先生回答："每月一千五。"

"这么多？"谷裕问，"那师兄你岂不是月薪三千了！"

丁先生回答："差不多吧。"

"干脆你请我当副经理吧，"谷裕说，"我一年也拿不到三千，辞职跟你干算了！"

丁先生说："副经理我没权力请，我只有权力请工段长，再说没保障的。"

谷裕问："没什么保障？"

丁先生说："什么保障都没有。老板高兴，今天可以给你三千，明天不高兴立刻让你走人，说理的地方和机会都没有，再说这地方穷乡僻壤，封闭式管理，天天加班，每个月最多休息两天，遇到订单紧两天也不能保证，你肯定不习惯的，待不了两天自己就会走，回去之后冶炼厂还能让你接着干厂长吗？"

谷裕问："那师兄你怎么能待得惯？"

丁先生说："我跟你不一样。"

谷裕问："怎么不一样？"

"我上山下乡过，"丁先生说，"在建设兵团干过，什么苦都吃过，什么约束都经历过，你有吗？"

谷裕不争辩了，放下电话，拉开门，喊了一声，让外面的人去叫汪宝珠来听电话。然后他回到桌子前，重新抓起电话，对丁先生说："我离开一下，你自己跟他说，我假装不知道。"

丁先生说："好，明白。"

那一年丁先生在芜湖冶炼厂搞施工服务，晚上睡觉戴着听英语的耳机折断了，问题不大，仍然能听，但麻烦不小，因为没有弹性，顶在头上挂不住。他找谷裕帮忙，谷裕就带着他去找汪宝珠，并对丁先生说汪宝珠是他们厂的能工巧匠，技术精湛。丁先生以为谷裕瞎吹，谁知第二天拿到手一看，居然比之前的还好！这个汪宝珠，真是能工巧匠，他采用黄铜焊接，然后抛光，修复后的耳机支架像黄金做的那样金光闪闪！因此，当老板决定招聘内地工程师之后，丁先生就特意在计划书上做手脚，把"工程师"写成"工程师或技师"，为的就是把汪宝珠招聘进来。

这时候汪宝珠来听电话，使劲喘气，听出是一路跑步过来的。丁先生把情况一说，汪宝珠倒显得比谷裕更淡定，对每月一千五的工资没有表现出任何的惊诧，只说这事我决定不了，要听领导的，领导派我去我就去，又问："谷厂长知道吗？他同意我去吗？"

丁先生气得差点把电话撂了，感觉这汪宝珠虽然确实是能工巧匠，但情商不高，和自己说话不在一个频道上，顿时有些后悔打这个电话了，但既然已经打了，就该善始善终，他长话短说，让汪宝珠保密，这事不能对任何人说，尤其不能告诉谷厂长，另外这不是领导派遣出差，而是离职，打破"铁饭碗"，每月工资一千五，干一月等于干一年，让他跟家里人好好商量一下干还是不干，三天后打电话告诉我你考虑的结果，并让他记下自己在深圳的电话号码。

电话打完，丁先生第一时间下楼，告诉林姑娘他电话打完了，但没锁门，因为他不确定林姑娘是否带了钥匙。林姑娘回答带了，丁先生又要折回去锁门，被林姑娘叫住，说不用麻烦丁先生，她自己正好要回去一下。丁先生也是这么想的，他觉得自己单独在人家屋里待这么长时间，最好让宿舍的主人自己回去看一眼，遂说了句"唔该嗮"（香港话"麻烦了谢谢你"）之后，就去生产线上找许师傅了。

转了一圈没找到，一问，才知道许师傅带着徒弟去后面的宿舍换灯泡了，丁先生这才晓得许师傅除了是香港师傅之外，还相当于设计院的电工，不仅要保障整个生产车间供电维修，还要兼顾宿舍区的生活用电。丁先生深感资本家工厂真是不养一个闲人。

丁先生来到后面的宿舍，看见许师傅正带着他那个徒弟在东侧宿舍楼也就是餐厅的楼上爬上爬下更换灯泡，包括补装厕所和走廊上的灯泡。于是想到，可能是自己上次对林姑娘说了既然女工宿舍这边还有这么多空置的宿舍，就应该安排一定数量夫妻房的想法后，林姑娘经请示老板之后获得准许，现在开始落实了。丁先生很高兴，同时又觉得香港人怪怪的，既然是我的建议，你们采纳并落实了，为什么不给我一个反馈呢？这当然体现了香港人的务实，但太务实就缺少人情味了。这要是在内地，生产技术经理向行政后勤经理提出一条建议，被行政经理请示上级获准后，第一时间不是落实，而是先反馈给生产技术经理，尽管这种反馈有讨好卖乖的意思，但实际工作中，不正是这种讨好卖乖更能融洽同事关系体现人情味吗？他不确定内地的人情味和香港的太务实哪个更好，应该说各有所长各自适应了自身的大环境吧。不同的大环境养成不同的习惯并最终成为文化，都有道理，很难说哪个更好哪个不好。

丁先生找许师傅的目的一是跟他学会工厂的每个设备粤语怎么说，二是引导他掌握尽可能多岗位的操作方法，这是丁先生下一步成立技术小组并实现全厂技术公开计划的第一步，他想从许师傅开始，因为他感觉许师傅最可能配合。现在既然看见许师傅在女工宿舍安装灯泡，丁先生就没上去，因为这显然属于"行政后勤"范围，他一个生产技术经理去了反而不好。丁先生回到车间。这次他没有去镀锌机，而是假定许师傅在场，自己正跟着许师傅逐一学习每个设备的粤语说法。他按工艺顺序先来到金属加工工段，看见黄师傅，丁先生主动热情地打招呼，用新学的广东话说："黄师傅，你好！"黄师傅以为是哪个香港人至少是广东人，立刻绽放笑脸抬头回敬"你好"，却发现是丁先生，绽放的笑脸一时收不回来，只能继续保持热情的笑脸，问丁先生："你识讲白话？"丁先生完全听懂是"你会说白话了"的意思，回答："少少啦。"意思是"稍微会一点点"。黄师傅脸上继续保持一定的热度，仿佛已经基本把丁先生看作"同类"了。丁先生心情不错，又说了"你忙，我自己睇，再会"等，意思是"您忙我自己看看，再见"，然后带着愉快的心情继续往下查看。

路过麻花机，这里仍然属于黄师傅负责的金属加工工段，但距黄师傅自己的操作台有点远，搞得好像属于一个独立的工段，丁先生因此想到等招聘的内地工程师和技师到位后，工厂或来一个全面调整，不仅要求每个工段的技术负责人横向联通，而且把每台设备的操作方式与规则贴在墙上，还要对工段的名称统一规范，比如现在的金属加工工段或叫成备料车间更合适，这样也让内地工程师或技师回去有面子。这些在香港人听起来或许都是"虚名"，但"虚名"也是人性的客观需要，未必不好，对内地人，尤其是内地的知识分子，他们除了在乎高薪之外，也很在乎"虚名"，要不然形容一个人成功怎么说"名利双收"而不像香港人那样仅说"发财"呢？"名利双收"不是比"发财"更好一些吗？

麻花机相当于丁先生的"亲儿子"，可丁先生对它的内部结构了解甚少，虽然看了说明书，但仍然感觉体积与"体力"不成比例。这么小的设备，怎么能一次完成把圆钢变成方钢再同时产生扭曲的呢？丁先生多次想把麻花机拆开看看，但他不敢，因为老板只买了这两台麻花机，没有备品，万一拆开之后还原不了或还原得不精密，他就真的吃不了兜着走了。他曾向老板建议应该再购置一台同样的设备，以防止在这台设备突然出现故障的时候另一台能随时顶上去，不影响生产，可老板却说："不会啊，我问得很清楚啊，新设备三年之内不需要检修啊。三年之后下一代更新的产品就问世了，我到时候会换一款更新的设备啊，现在干吗多买一台闲在那里呢？"

虽然不能拆开，却没有阻止丁先生对"亲儿子"的关注与研究。他发觉之前的资料翻译不准确，因为"冷轧扭曲机"里根本没有冷轧的过程，这么小的设备怎么轧？真实的工艺是冷拔和冷挤两个过程，钢条在没有加热的情况下，通过入口的挤压到出口的抽拔，硬生生地把圆钢变成方形扭曲钢。由于整个过程并没有加热，所以新拔出来的金属表面没有被氧化，锃亮锃亮的，直接送去做热浸镀锌甚至都不需要经过表面除锈处理，极大地简化了后续工艺并提高产品质量。丁先生由此想到应该简化镀锌前的除锈过程，进一步降低生产成本，但他并不打算再折腾香港师傅了，好事情也不能做尽，要有所保留，保留到内地工程师招聘进来后，大家再一起研究，共同完成工艺简化与改进，让老板看到他丁先生不仅自己能干，而且还具有团队意识和合作精神。

晚上丁先生和林姑娘在工厂外围巡视，走到上次发觉草丛中有响动的地方，丁先生借景发挥，对林姑娘说谢谢！林姑娘回答没关系，今后你有事需要往家里打电话都可以到我宿舍打。丁先生发觉林姑娘误解他的"谢谢"了，但仍然回答"谢谢"，然后解释他说"谢谢"不是因为打电话的事，而是指她安排许师傅帮忙准备夫妻房的事。

"夫妻房？乜嘢夫妻房？"林姑娘问，"呢个系为工程师准备㗎。"

丁先生这才知道许师傅换灯泡不是准备夫妻房，而是为了给即将招聘来的内地工程师或技师准备宿舍。他觉得自己自作多情了。但话既然已经说到这里，不如再说一遍，说清楚，于是丁先生很认真地问林姑娘："既然女工宿舍这边有空宿舍，为什么不能为夫妻俩都在厂里的员工安排夫妻房呢？"

林姑娘说："我们厂的宿舍是最好的了，六个人一间，其他厂都八个人一间。"

丁先生听出林姑娘言下之意是工厂对工人不能太好，否则对其他老婆不在本厂或没老婆的员工也有失公允，引发矛盾。丁先生由此想起《增广贤文》当中的"慈不带兵情不立事"，也就不再说什么了，打算把话岔开。

他很想顺着夫妻房这个话题问问林姑娘的家庭情况。丁先生来恒基三个月了，就是上次从马鞍山回来也已经两个月了，其间工厂每半个月休息一天，其他香港师傅都回香港了，而林姑娘一次也没有回去，她没有老公没有子女没有父母和兄弟姊妹吗？不是丁先生因为八卦才很想打探同事的私生活，而是他感觉自己和林姑娘已经不是一般的同事了，更是朋友了，按照自己在内地的习惯，朋友之间是无话不说的。于是经过斟酌，丁先生对林姑娘说："如果你相信我，下次厂休你也可以回香港的。"

丁先生以为自己已经很注意分寸了，但林姑娘听了仍然很惊骇的样子，似没想到丁先生会突然提出这个问题，于是停下脚步看着丁先生。

丁先生问心无愧，接着说："另外，赖厂长既然是厂长，就该发挥她的作用，这也是对她的尊重。厂休日你回香港，安排我和赖厂长一起守在工厂也是可以的。"

林姑娘仍然没说话，继续看着丁先生。

丁先生说："赖厂长的工作我来做。厂休日她来工厂值班，没加班工资，但可以调休，就是换成其他时间补休，甚至可以按一比一点五调休，厂休日值班一天，其他时间补休一天半，我相信她会同意的。"

"那么你呢？"林姑娘终于说话了。

"我？"丁先生问。

"对，"林姑娘说，"你也每个厂休日都在工厂，也没有加班工资，是不是也要调休？"

"这个问题我还没想过，"丁先生说，"我刚来，要做的事情太多，说实话，在我看来，工厂有很多不合理的地方，但我刚来，很多情况不了解，不敢肯定自己的看法对不对，所以需要多看多思考，另外我还要抓紧学习广东话，冲凉的时候都在学，你知道的，哪还有心思考虑自己厂休日值班和调休的事情？"

"哪些地方不合理？"林姑娘问，"说说看。"

"比如厂里每个关键岗位都由一个香港师傅把持，别人插不进，少了任何一个香港师傅工厂就要停产，这怎么行？现在厂里订单这么紧，工人其实是喜欢加班的，因为加班可以拿更多的工资，但就因为必须照顾香港师傅回香港，每个月必须至少停产两天，如果不是这样一个萝卜一个坑，工厂可以没有'厂休日'，满月生产，需要休息的人只要舍弃加班费，随时请假，但每月最多不超过四天，香港师傅也不必每月只休两天，也可以累计每月四天，每次回去休息两天。多好！"

"这个你不是已经开始纠正了吗？"林姑娘说。

"不是我纠正，"丁先生说，"是老板在纠正。老板如果不想纠正，靠我纠正，说不定就被炒鱿鱼了。"

林姑娘问："除了工作和学广东话之外，你就一点没关心自己的事？"

"怎么可能？"丁先生说，"但我之前只关心自己的工资待遇问题，甚至想到如果工资太低就打算跳槽了。"

"找好下家了吗？"林姑娘问。

"没有。"丁先生说，"但我去过人才市场，了解行情，相信自己能找到合适的位置。谢谢你啊！"

林姑娘问："谢什么？"

丁先生回答："谢谢你帮我争取到了合适的工资啊。"

林姑娘问："你觉得你每月四千合适吗？"

丁先生回答："至少比之前合理嘛。什么事都有一个过程，不能操之过急。我估计西丽钟表厂的陈宝才也不是一来就五千一个月的，也是慢慢涨上来的。老板不是答应我每年都涨的吗？"

林姑娘笑着说："你能这样想就好。"

丁先生心里想，不这么想还能怎么想？但他没有说，他发觉今天自己说得太多了，遂摆出一副开心的样子，扯了一下林姑娘的衣袖，示意她快走。没想到因为他们站在这里说了半天，以至于他们并没有在工厂大门的正背面与保安班长会合，而保安班长则脚步没停，此时已经从北面围墙转到西面来了，刚才丁先生扯林姑娘衣袖的这个动作正好被他看见。

第八章　较真与宽容

隔一日，赖月娥和丁先生去人才市场。头日就说好，赖月娥早上开着"小白鲨"来厂里接丁先生。他们从厂里骑到南山公安分局，赖月娥有亲戚或同学在分局上班，所以她把"小白鲨"停在这里，然后扬手拦住一辆中巴，坐到上海宾馆下车，再搭出租车去人才市场，只花了二十多元，速度却并没有比全程打出租车慢多少。丁先生因此感觉赖月娥蛮会过日子的，心想这样的人或许很适合做老婆。当然，是别人的老婆，不是他丁先生的老婆，因为丁先生已经有老婆了。

虽然只接触两次，但丁先生对赖月娥的印象越来越好。比如早上从厂里出发，赖月娥就主动让丁先生在前面当骑手，她坐在后面，而且是横着坐的，这就让丁先生感觉很协调很轻松。

另外赖月娥看起来做事不像林姑娘那样干净利索雷厉风行，一个计划书居然研究一上午，但她做事情蛮有条理，中间耽误的一天她也没闲着，除了和丁先生约好出发的地点和方式外，还打听清楚去人才市场招聘需要的手续，提前准备好公司营业执照副本，开好证明，还从财务预支了两千元费用，总之，她不愧是厂长，做事情很有章法。丁先生心里想，如果老板真把赖月娥当成厂长，她就真的可以当厂长，但老板只把她当成村里派来协调与当地关系的代表，她就只能帮员工办理暂住证和出粮日子帮忙点现金。

中巴车很拥挤，刚上去的时候两个人都站着，后来在大冲有人下车丁先生抢到一个座位，他让赖月娥先坐，自己站着，再后来在锦绣中华又有人下车，丁先生也坐下来，但两个人隔着距离，所以从南山公安分局到上海宾馆一路没说话，只一路上听别人喊"有落"。丁先生刚开始没听懂，以为是有人建议把车窗"摇下来"的意思。

到上海宾馆换乘出租车，丁先生才和赖月娥说上话。

丁先生先拉开出租车副驾驶的门，让赖月娥先上。赖月娥说自己喜欢坐后面，丁先生就关上前门自己也坐在后面。

出租车上，丁先生把自己头一日给林姑娘的建议告诉赖月娥，说他已经向林姑娘建议，林姑娘在厂休日也可以和其他香港师傅一起回香港，工厂交给他和赖厂长，并说如果赖月娥厂休日来厂里值班，虽然没有加班工资，但可以补休，甚至值班一天补休一天半。丁先生问赖月娥："如果这样安排，你愿意吗？"

赖月娥则反问："厂休日林姑娘没有返香港吗？"

丁先生回答："是啊，你不知道吗？"

赖月娥说："我点知？"

丁先生听懂就是"怎么知道"的意思，一想，也是，厂休日赖月娥不来工厂，她哪里知道林姑娘有没有回香港？于是再问："让你厂休日来厂里值班，给补休，得唔得？"

赖月娥没回答。似乎还没想好，在犹豫或权衡。

丁先生加把火，说："一月最多两个厂休日，但你能换来三天调休，不会蚀底的！"

"蚀底"是"吃亏"的意思，丁先生从粤语教程上学到的，就先用上了。

"唔讲咁多先，"赖月娥回答，"你讲嘅算唔算数？"

丁先生能听懂她说的是"先不要讲那么多，你说话算不算数啊"的意思，顿时冷了下来。心想是啊，我昨日这样问林姑娘的时候，她也没有明确答复啊。看来我要适应香港人的习惯，按规矩办事，不能按人情处事。我把林姑娘当朋友，她未必也把我当朋友，再说像把赖厂长真的当成厂长使用这样的事林姑娘也不敢决定，不是她"不够朋友"，而是香港的商业文化决定了她不可能在这个问题上表态。因为这属于老板考虑的问题。我之所以咸吃萝卜淡操心，不是自己善良或好心，而是没摆正自己的位置！是这几个月来自己工作比较顺利有些得意忘形了！像林姑娘厂休日应该回香港，赖月娥真该履行厂长的职责，这样的事情是我这个生产技术经理该操心的吗？

晚上回到工厂，工人还在加班，车间热火朝天。林姑娘见到丁先生的第一句话就是："有个叫汪宝珠的人从内地打电话来找你。"

"他怎么说？"丁先生问。

"我说你不在，让他明天再打来。"林姑娘回答。

丁先生对林姑娘说自己太累了，先回宿舍休息，等晚上巡视的时候你再叫我。

林姑娘说好。

丁先生就上楼回宿舍躺下了。

他今天实在太累了。一大早出发，中午也没休息。由于他们给出的待遇不错，包吃包住起薪每月一千五，所以摊位前一直围了很多人。丁先生牢记上次通过假应聘汲取的经验，提醒自己对每个人都不要傲慢，他努力按照林姑娘的"职业素养"严格要求自己，对每个人都报以热情的微笑，不厌其烦地回答问题。对于正式填写表格的，丁先生还主动提出一两个问题，与对方交流一两分钟，试探对方的知识面和应变能力以及逻辑思维方式，然后根据对方回答的情况给出评判，在表格的一角打上自己的印象分。分别标明从1到5的阿拉伯数字。结果发现5分的不少，其中还有前面的已经给了5分，后面来的却更好，没办法，只好在"5"的后面再给一个加号，甚至两个加号。于是他忽然想，既然如此，还有必要在报纸打广告和自己打电话找谷裕联系汪宝珠吗？反省自己提出的"三管齐下"方案是不是太矫情了？可能是自己没经验却受到老板之前在《参考消息》中缝做广告和通过朋友推荐找到他的方式影响了吧。

尽管打5分，甚至5分后面带加号的人有好几个，但丁先生并没有当场录用一个。他必须按计划执行。如果今天就把人带回去，晚上安排人家住哪里呢？再说，招聘内地工程师这么大的事情，也不是他一个人能说了算的，不说要老板亲自定夺，起码也要他和林姑娘两个人才能决定，今天他和赖月娥来人才市场的目的就是收集信息，留下对方的资料和联系方式，然后丁先生再汇总一份材料呈给老板，让老板决定该录用谁或通知谁来厂里进一步面试。只是丁先生怀疑到那个时候对方可能已经另外找到工作了。将心比心，来特区找工作，谁能等得起！

等林姑娘来叫他，已经不是喊他巡视，而是林姑娘和保安班长一起巡视回来，见丁先生还在睡，林姑娘不放心，特意叫他起来冲凉再睡的。

丁先生对林姑娘心存感激，同时又想如果林姑娘不叫醒他，让他一直睡到天亮该多好啊！

洗完澡，丁先生却清醒了，似睡不着了，干脆整理一下白天的收获。就是把白天收集到的应聘表格全部看一遍，把打分最高的和打分比较低的分开。听见林姑娘从卫生间冲凉出来，丁先生拉开自己宿舍的门，喊道："林姑娘，你得唔得闲啊？"意思是问林姑娘有没有空。

林姑娘一回头，把丁先生吓了一跳，原来林姑娘不化妆的时候眉毛这么淡，几乎没有！他立刻后悔自己的冒失了！但既然已经看见，就只能硬着头皮假装完全没注意，说："如果得闲，等一下我把白天的情况跟你讲一下。或者明天也行。"

"得闲得闲。"林姑娘回答。

丁先生说，那等一下我在会议室等你。

林姑娘回答好啊好啊，才转身回去。

丁先生先到会议室，把灯开得通亮，等林姑娘一进来，丁先生假装根本没在意她是不是描了眉毛涂了口红，先立刻解释："实在是事情非常急，不得不晚上就和你说。"

"唔紧要，你讲，我听。"林姑娘说没关系，你说，我听着呢。

丁先生就把打了5分之上的几张表格推给林姑娘看，说这几个人都不错，但正因为不错，所以他们不可能一直等着我们的面试通知，如果明天不打电话通知他们来，估计他们就去别的公司上班了。所以我现在急着找你商量，该怎么办。

"你话点做？"林姑娘反问丁先生"你说怎么做"？

丁先生建议她今晚就打电话请示老板，明天就打电话通知应聘者后天最迟大后天就来公司面试。老板能过来亲自面试更好，如果老板过不来，就授权你、我还有赖厂长我们三个组成面试小组接待面试者。

林姑娘回答好。

丁先生就催林姑娘快回去给老板打电话，他自己起身，把会议室所有的灯都熄灭，然后关上会议室的门，回宿舍了。

回去之后并未立刻睡觉，而是按照教程学习粤语。今天到现在一点还没学呢，赶紧补上。

丁先生发现光听香港电台或内地粤语广播不行，一定要跟着教程一边看一边听一边说才行，他发现自己之所以说得不流利，就是因为发音不准确，老担心说错，如果有把握说准，就敢大胆说了。

第二天早晨，丁先生照例绕着工厂外围跑步一圈。方向与晚上陪林姑娘巡视相反，即按晚上巡视的反方向绕厂一周。丁先生发觉同样的路径，从顺时针方向与逆时针方向走一遍看到的风景是不完全一样的。在每天晚上和保安班长会合的工厂大门的正背面，丁先生会停下做一套广播体操，然后接着跑完全程，再回到厂里洗漱完毕去后面吃早餐。今天洗漱完毕下楼的时候碰到林姑娘，林姑娘告诉他老板昨晚的电话答复，让他们今天就给表格上打了5分及5分之上的人打电话，通知他们后天来厂里面试，老板可能亲自过来。

丁先生说好啊，并建议今天一上班还是像前天那样，他和林姑娘叫上赖月娥三人在会议室碰头，把打电话联系应聘者的任务当面交给赖厂长。

林姑娘认为没必要这么复杂，你直接对赖月娥说一声不就行了吗。

"你如果觉得不方便，"林姑娘说，"我来同她讲。"

丁先生摇头，坚持按照他的想法，三个人集中在二楼的会议室"正式开会"，然后在会议上形成决议，让赖月娥完成打电话通知应聘者来工厂应聘比较好。深圳不是香港，尤其是赖月娥特殊的厂长身份，给她布置任务，必须有一种仪式，所以他对林姑娘说："对赖厂长，我们还是正式一点比较好。"

林姑娘笑着回答一个字："得。"

一上班，丁先生、林姑娘、赖月娥三人刚刚在二楼会议室坐下，楼下的喇叭就叫"丁生请到写字楼听电话""丁生请到写字楼听电话"，说的是粤语，丁先生还没反应过来，赖月娥看着丁先生，林姑娘则马上叫丁先生下楼，让他去接电话。丁先生慌忙来到楼下，一接，是汪宝珠。

丁先生赶紧解释，说昨天去外面办事，正好不在厂里，抱歉啊！然后问汪宝珠："你考虑好了吗？"

汪宝珠却问丁先生，如果他来，这边能不能帮他顺利转干？

丁先生不明白什么是转干，让他说清楚。

汪宝珠就回答他这几年上了个电大，也就是广播电视大学，机械专业，已经毕业了。

丁先生说那好啊！

汪宝珠说所以他现在正在申请转干的事情，但名额有限，并非每个通过业余学习取得大学专科文凭的工人都能顺利实现转干，如果这时候他去深圳，估计转干就没指望了，所以他问在深圳是不是可以。

说实话，这个问题丁先生回答不了，因为他根本没想过这个问题，但他显然不能这样回答汪宝珠，他听出汪宝珠很在意这个问题，于是联想昨天在人才市场自己与应聘者的简短对话，考察对方的应变能力与逻辑方式，丁先生想，就当是今天汪宝珠考查我吧，于是他打算自己也给一个明确的随机应变和合乎逻辑的答复。丁先生紧急思考几秒钟，回答说："我来深圳的时候，我们单位正在考虑提拔我担任情报室主任，级别相当于你们芜湖冶炼厂的一把手，所以当时我也犹豫，但最终我仍然选择放弃在内地的一切，坚决来深圳。记着，是彻底脱离原来的体制，不要再想着'转干'和'提拔'的问题了。所以这个问题你一定要想清楚。甘蔗没有两头甜。不可能拿着内地十倍的工资，干一年等于在内地干十年，干三四年等于在内地干一辈子，那边还想仍然保留内地的一切好处。这是不可能的。"

电话那头没声音，丁先生知道汪宝珠在考虑，但他不能一直等他考虑啊，于是主动给汪宝珠出主意，让他先请假一个月过来，无论是事假还是病假，反正就一个月，一个月后，感觉不好就再回去，只当是来深圳玩一趟，也不错。

"这个我也想过，"汪宝珠回答，"但如果我请假一个月再回来，'转干'就肯定没指望了。"

丁先生已经有点不耐烦，真想说"那你干脆不要来算了"，但想起林姑娘的职业素养，就提醒自己要有耐心，于是略带贴心的口吻说："这个你要想清楚。最好再跟家里人商量一下。但时间不能拖得太长。我们也已经通过报纸登广告和去人才市场招聘了，如果你决定来，则必须在一星期之内报到。另外进深圳还要边防证。"

丁先生以为汪宝珠不懂什么叫边防证，本想进一步解释的，谁知汪宝珠回答这个没问题，因为和他一起上电视大学的一个同学的爸爸就是四褐山派出所所长，他已经找该同学说了，回答没问题。

丁先生说那就好，再寒暄一两句，就把电话放下。

一路跑步上楼，丁先生没跟她们说抱歉，只对林姑娘说了三个字：汪宝珠。

林姑娘微笑着点头，表达"我知啦"。

赖月娥显然不知道"汪宝珠"三个字的意思，丁先生也没跟她解释，就直接切入正题。

他先对林姑娘说："昨天幸亏赖厂长！到底是深圳本地人，有纹有路，可以把摩托车停在南山公安局门口，然后拦中巴坐到上海宾馆，再打的士去人才市场，所以我们的摊位才可以上午就开张，中午轮流吃饭，下午马不停蹄接待应聘者，总算把本该两天才能完成的工作一天就完成了！"

丁先生是用粤语说这番话的，教材中正好有"有纹有路"，所以他自信这个词用得很标准，至于其他的表达是不是也准确无误就很难保证了，不过林姑娘和赖月娥都是能听懂普通话的人，所以无论他说的粤语是否准确，她们都能听明白。

赖月娥听了表扬自然合不拢嘴，这恐怕也是她代表村里出任厂长以来第一次在正式的会议上接受表扬，不确定是激动还是多少有些不好意思，顿时满脸通红。

丁先生话锋一转，再对着赖月娥说："我昨晚一回来就把情况对林姑娘说了，林姑娘立刻打电话向老板汇报。老板听了非常高兴，希望你再接再厉，今天就打电话通知打了5分和5分之上的那七个人，让他们后天来工厂面试，老板也亲自过来把关。"

赖月娥继续红着脸使劲点头。

赖月娥热情高涨地打了一上午电话，收获并不理想。有两个电话始终没打通，两个BB机其中一个没回复，另一个回复了，却说暂时联系不上要找的人，除非那个人主动来联系他。另外三个电话倒是很顺利打通并联系上应聘者，一个答应后天过来面试，赖月娥详细说明了工厂地点，并指引他如果乘公交车就走蛇口，公交车到亚洲自行车有限公司后再往前走半站路就是香港恒基金属材料公司了，但如果打出租车不如直接从南头这边，路程会近一些。其中一个一听这么麻烦，干脆说不来了，放弃面试机会，另一个又继续问了很多问题，最后也没肯定来还是不来，只说考虑考虑。

中午去食堂吃饭，路上丁先生问赖厂长上午的情况怎么样。赖月娥沮丧地摇头，仿佛是她辜负了老板和丁先生的期望。丁先生安慰说没关系，意料之中的。

"意料之中？"赖月娥不解。

丁先生说，将心比心，假如我不是事先和老板说好了，而是盲目从内地来深圳找工作，找到人才市场，肯定是希望当场就跟招聘单位走，如果你让我回招待所或朋友那里等通知，我肯定不会干等，而是马上就继续找工作。被我们通知来面试的几个人都是各方面条件不错的，说不定在离开我们的摊位之后，马上在下一个摊位被当场录用跟着走了，哪里还会跑这么远到我们这里来面试？

"对呀，"赖月娥说，"那怎么办？"

"没关系。"丁先生说，"你不是已经在报纸上做广告了吗，过两天就会收到来信或接到询问电话，总会成功一两个的。另外我上午下楼去接的那个电话，就是一个熟人推荐的技师。老板总共打算招聘四个人，如果面试成功一个，报纸成功一个，熟人推荐成功一个，基本上差不多了。如果还不行，下次我们再去人才市场采用当场录用的方式招聘。"

赖月娥说好，但又问下午她该怎么办，还用接着打电话吗？

丁先生略微想了想，说不用了，你直接给两个BB机的服务台留言，通知他们后天来面试，不来拉倒！

赖月娥再次回答"好"，脸上也由阴转晴，眼睛里透着对丁先生的佩服，丁先生感受到了这种佩服，假装没在意，其实很享受。

BB机是当时刚流行的一种通信工具，就是腰间别着一个火柴盒大小的机器，有显示条，还会响，一旦有人呼这个号码，BB机就会发出"嘀嘀"的叫声，上面的发光二极管还会一闪一闪，提醒主人低头看，显示条会显示呼叫者的电话号码，BB机的主人照着号码打回去就可以了，或者拨打传呼台，询问对方的留言。后来BB机发展了，改成比火柴盒大一些，比香烟盒小一些，显示条也扩展到有一根烟那么宽，可以直接在上面显示对方要对你说的话，如"快回家吃饭啦！""我已经在火车上"或"我爱你""生日快乐""货已收到"等。这种机器丁先生见过，但他自己没有，一来经济紧张，没钱买，一个要一千多块呢！谁买得起？二来似乎也没必要，做工厂的，也没对外业务，腰间挂个那玩意儿干什么？别说他和赖月娥了，连厂里的香港师傅都没有。

不对。金属加工工段的黄师傅就有，丁先生还见过他上班的时候去写字楼回复BB机的。同样是香港师傅，都是在工厂上班，他要一个BB机干什么？难道他在深圳有什么业务吗？他一个在工厂当师傅的人有什么需要对外联系的业务呢？

中午丁先生继续听着粤语教程午休。下午跟着许师傅到处转，向许师傅学习每个岗位每个设备香港话该怎么说，同时慢慢把他想让许师傅掌握更多岗位更多设备操作的建议同他表达。

丁先生的香港话仍然不流利，有些词根本没学过，只能根据香港话的语音规律自己临时瞎猜那样说，很多说错了，他以为是这样说的，其实在香港人听起来是另一个意思，但好歹想表达的意思许师傅听懂了。可听明白之后，许师傅表现出一定程度的为难，吞吞吐吐，大概意思是工厂的这些设备他大部分已经会操作。丁先生问许师傅："你会开锻焊机吗？"

许师傅显得非常不好意思一样，近乎扭捏地回答："会开，当然会开。其实在所有的设备中，锻焊机是最容易操作的。"

"你会开？"丁先生问，"那么上次郑师傅迟到，搞得整个工厂停产，你为什么不帮忙开一下锻焊机呢？"

许师傅满脸憋得通红，就是不肯回答。

丁先生心里很想知道答案，却也不能逼人家。别说许师傅是香港师傅了，就是换上一个普通的工人，比如许师傅的那个徒弟，丁先生都不能逼人家。父亲从小的教导加上丁先生自己多年的琢磨，早让他懂得与人相处最重要的一条就是尊重对方，起码要让对方感觉你很尊重他，如此，当然就不能逼人家。

许师傅掏出了烟，敬丁先生。

丁先生并不抽烟，但出于理解与尊重，接了。

许师傅帮丁先生点燃，然后才给自己点燃。

两个人烟抽上了，尴尬似乎也就化解了。丁先生以前一直认为抽烟是一种轻微吸毒，是印第安人对白人的报复，中国人根本就不该跟着接受惩罚，政府应该颁布法律全面禁止国民抽烟，今天却忽然感觉，人类抽烟的行为也似乎有一定的道理，比如眼下，两个相互尊重谨慎相处的男人其中一个给另一个出了道难题，另一个实在不想回答，又不想怠慢对方，抽烟或许是最恰当的化解尴尬的方式。

丁先生决定不再追问了，主动岔开话题，但他心里并没有放下这个疑问。

下午下班前，丁先生去找赖月娥，问她打电话和打BB机的最后结果如何，想搞清楚有没有新的情况和变化，却被写字楼的人告知赖月娥去派出所帮员工办理暂住证了。

这个事确实很重要，丁先生自己的边防证就已经过期了，理论上他是不能走出工厂的，否则万一碰上查暂住证或边防证的巡防队员就可能被送到樟木头做苦力，本来上个月就该办暂住证的，但想到当时已经年底了，不如等到今年与老员工换证的时候一起办吧。但是，你今天要去办证，早上开会的时候为什么不说呢？离开工厂的时候为什么不告诉我一声呢？他感觉赖月娥有些大事糊涂。是我安排你今天打电话通知应聘者后天来面试的，还特意拉大旗当虎皮说成是老板的意思，你临时改变计划，要去派出所为大家办暂住证，起码应该对我说一声嘛！

但他很快告诫自己不要太认真，对自己可以较真，对别人必须宽容。对人不能太挑剔，对必须相处下去的同事，发觉对方处置不当要先往好处想，想着可能中午布置她打BB机留言，她以为两个BB传呼台留言完了她的任务就结束了，下午没事，当然就可以去派出所办事了，最多只是处理不周全，并非存心与我作对，所以这算不上什么大事，谈不上赖月娥大事糊涂，倒是我自己小题大做了。

晚上和林姑娘巡视，丁先生还是没有忍住，问林姑娘："赖厂长下午出去办事你知道吗？"

"知道啊，"林姑娘说，"她说是你讲的下午没事了，所以她就去帮大家办暂住证了呀。"

丁先生立刻释然，想到最多是对同一个问题的理解不同罢了，我觉得是大事，她可能认为小事一桩。但既然问题已经提出来了，就该有个了结，于是丁先生故作焦虑地对林姑娘说："我有一个担心啊。"

"担心什么？"林姑娘问。

丁先生说："我担心后天老板特意从香港赶过来，结果应聘者却一个都没来，那就是笑话了。"

林姑娘一听，紧张了。问："不会吧？怎么会这样呢？"

丁先生问："赖厂长没有跟你说吗？"

林姑娘反问："说什么？"

"她说打了一上午电话，真正联系上并且答应后天赶过来面试的只有一个人。"

"啊？只有一个人？"林姑娘问。

丁先生说："是。只有一个人，而且我担心就这一个人也会变卦。"

林姑娘更紧张了，问："为什么会变卦？你为什么有这样的担心？"

丁先生回答："将心比心，假如是我自己，虽然答应后天来，但如果明天就找到另外的工作了，我后天还会来这里面试吗？"

林姑娘一想，是有这个可能啊，于是问丁先生该怎么办？丁先生建议林姑娘最好先给老板打个电话，把情况如实汇报。林姑娘点头，但也显得有些焦虑，丁先生把中午安慰赖月娥的话又对林姑娘说一遍，说老板原打算招聘四人，现在三管齐下，能招聘到三个人也算基本完成任务了等。但林姑娘不是赖月娥，她听了丁先生这番话并没有解愁，相反，似乎更加着急。她追问丁先生："你找熟人推荐的那个技师确定来了吗？"丁先生摇头，回答还没确定。林姑娘再问："那你怎么保证能招聘到三个人？"问完，她不说话了，继续往前走。这下，该丁先生紧张了。他忽然想到，万一连三个人都没招聘到，说明本次招聘工作失败，而这"三管齐下"的招聘计划是他制订并负责执行的，结果应该由他承担。他立刻反思是不是自己一开始就抱有私心，想故意拖延，拖延到自己的广东话基本能听能讲，筑起一道"自我防护壁垒"之后才让新人进来？而且，自己在人才市场面试的时候有意无意地排斥了会说广东话的人，所以，实事求是地说，万一真出现招聘计划落空，责任真的在他自己。

"这样，"丁先生说，"明天继续打电话联系应聘的人，我亲自打。"

林姑娘没说话，似不理解他打电话和赖厂长打电话有什么不同。

"我把条件放宽一点，"丁先生解释说，"4分的那几个人也打电话问问。"

林姑娘回答好。

丁先生又说："我明天上午在你房间打可以吗？"

这个……林姑娘没立刻答应，不是对丁先生不放心，而是没明白他这样做的必要性。

丁先生给出两个理由，一是不希望电话内容被无关的人听见，出去乱传不好；二是有几个联系方式是BB机，要在电话旁边等，还不能被占线。

林姑娘回答好吧。

第二天早餐后，丁先生破例没有回宿舍学习粤语，而是整个车间每个岗位都看看，看着几位香港师傅检查设备通电预热，而且还尽量与他们打招呼，用半生不熟的香港话和他们聊几句，甚至饶有兴趣地翻阅一下他们带过来的香港报纸。很厚，不像内地这边的报纸，倒像一大本厚厚的书。彩色。花花绿绿。有明显色情的影子，但也有分寸，敏感的三点地方特意用一朵加上去的红花遮住，不知是有意提醒读者注意还是香港那边有规定，不允许刊登暴露三点的图片。总之，丁先生之前因自己是内地人，尽量不与香港师傅套近乎，免得让人家以为他想巴结他们，现在自己是他们的上级了，反而要多跟他们交流，说平易近人还够不上资格，但至少要让他们感觉我这个经理没有丝毫的傲慢，是很尊重他们很想与他们搞好关系的。

等工人们陆续到岗全厂开工后，丁先生才去找林姑娘，往楼上指了一指。林姑娘立刻起身跟他上楼。但丁先生上楼之后却并没有直接去林姑娘的宿舍，而是先回自己的宿舍，说："我去拿点东西。"

很快回到林姑娘这边，拿来的东西除了招聘表之外，还有收录机和粤语教程。他打算一上午守在林姑娘的宿舍里，不打电话也在等待BB机回复，不带收录机和粤语教材难道在这里傻等？

进入房间，才感觉与上一次不一样。林姑娘的宿舍更干净更整洁了，空气中也更清爽的样子，看来，林姑娘今天提前做了准备，迎接他这个特殊客人。

幸亏丁先生临时放宽条件并亲自打电话和接听BB机的回复，次日来厂里面试的一共四人。能不能招聘到合格的人才以及最终录用几人先不说，起码在老板面前有个交代了。

考虑到工厂离罗湖很远，而且交通不方便，上午面试不现实，丁先生在电话里希望对方上午赶到工厂来，参观工厂并在厂里免费吃一顿午餐，感受一下厂里的条件与气氛，下午等老板来了才正式面试。

当日丁先生要求工厂大门敞开，他亲自在门口迎接。来一个，丁先生就让赖厂长带着先在厂里转一圈，然后领到二楼会议室休息，每人开一罐可乐。到中午，四个人陆续到齐，丁先生带着他们去后面的生活区，参观职工宿舍和食堂，过程中，丁先生对四个人说下一步打算在车间与宿舍楼之间建一个篮球场，还问他们会不会打篮球等。然后陪着他们在管理人员餐厅用餐。临近结束，丁先生跑进最里面的香港师傅小餐厅，给每个香港师傅都盛了一碗汤，然后把剩下的汤连同煨汤的电热砂锅搬出来，给四个应聘者每人盛了一小碗。如此，他自己就没得喝了，而且最后的这四小碗汤也不是很满，浅浅的，但四个小伙子对恒基工厂的生活条件都很满意，对最后一道没有盛满的一小碗汤更是赞不绝口，记忆深刻。

午餐之后丁先生没有回宿舍休息，一直陪着四位应聘者坐在会议室聊天，介绍工厂的情况，也趁机进一步了解和掌握他们四个人更多的情况。

他手里一直拿着四个人的应聘表，不时地在表上做着记号。看上去热情且不经意，其实面试已经开始，只等老板来了做最后的定夺。

第一感觉果然很准确。四个人当中，有两个是5分之上的，另外两个是在人才市场被丁先生打了4分的，感觉仍然是5分之上的两个人强过另外两个打了4分的。

他们也反过来问丁先生一些问题。包括问丁先生本身的问题。问丁先生是哪里人？怎么来工厂的？之前在内地是做什么的等。丁先生也没有藏着掖着，他觉得对陌生人更没必要藏着掖着。再说你要求别人真诚待你，自己当然要先真诚对待别人，于是他实话实说，连自己因为曾经申请去美国留学遭拒签而影响在单位提拔的事都说了。四个人也没有因此瞧不起丁先生，相反，还更佩服他了。

林姑娘中午也没休息，她稍微迟了一步，也来会议室参加和他们的聊天了。丁先生因此就感觉人的觉悟和责任心是有差别的。从中午有没有来会议室陪客人这件事就看出赖月娥的责任心不如林姑娘，看来，老板之前不重用赖厂长与她自己的表现不无关系。

下午开工后，老板仍然没到。林姑娘要下楼工作了，留下丁先生继续陪四个应聘者。丁先生让林姑娘给赖厂长带话，让她也上来。

赖月娥并没有立刻上来，拖了蛮长时间。

　　这期间，四个人当中的一个问起他们几个人之间的关系，因为他们见赖月娥是厂长，林姑娘和丁先生是经理，但排名似乎是经理在厂长之上，不符合他们习惯的厂长下面才是部门经理的认知。

　　丁先生同样没有藏着掖着，告诉他们几位，香港企业和内地企业的管理层设置不一样，比如恒基金属材料公司妈湾工厂，林经理是香港人，相当于港方经理，他自己相当于内地方经理，而赖厂长则是按照深圳外资企业的管理需要，由工厂所在地的村里派来协调处理与当地关系的厂长，如办理职工暂住证等，因为是当地人，对深圳的情况很熟悉，关系也多，所以这次招聘工作特意请她帮忙协助。

　　把严肃的问题用随意的方式讲清楚是丁先生的一种与人相处的方式，他不希望搞得太严肃，一严肃就显得很认真，一认真就显得紧张了。现在，四个年轻人听了他这样看似随意的介绍后，果然在轻松愉快的气氛中明白是怎么回事了。

　　聊完这些，赖月娥刚好进来。丁先生请赖厂长陪着他们聊，自己起身准备为客人泡茶。上午一人一罐可乐，中午每人喝了一小碗汤，现在可能并不渴，但要坚持一下午，还是泡杯茶比较好，因为茶可以续水，而可乐不能续水。

　　赖月娥还算有点觉悟，一听丁先生这样说，反应过来，说："你继续陪他们聊吧，我来泡茶。"

　　丁先生笑着说："谢谢，那就辛苦你啦。"然后接着与四个应聘者聊天。

　　公司的茶叶是香港带过来的立顿红茶，色泽很好看，琥珀色，也像红酒，但丁先生认为凡袋装的茶叶都不地道，里面装的很可能是茶叶末子，所以他更喜欢喝老家的毛峰、猴魁、瓜片等茶。这时候见赖月娥泡好了几杯茶，就把自己的那一杯推给赖月娥，说我回去拿自己的茶杯。反正他的宿舍就在旁边。

　　回到宿舍，丁先生迅速躺下。他中午休息惯了，不躺一会儿就十分疲劳，而只要躺下，哪怕只有五分钟，只闭着眼睛眯上一小会儿，摆出一个午休的姿势和心态，就好过多了。

　　十分钟之后，丁先生端着自己的茶杯回到会议室，却发现只有那四个小伙子而没有赖月娥，心里十分不悦，想着我陪了一中午，你赖月娥连十分钟都坚持不了？他赶紧为四个客人加水，却被其中的一位阻止，说："丁经理，让我来吧！"就帮着其他三位加水。当然，也包括为他自己加水，甚至要为丁先生的茶杯里续水，只是丁先生的茶杯里满满的，还没来得及喝，所以没续成。

　　丁先生立刻对这位的印象好起来。根据丁先生的经验，这种人在他们老家被称为眼睛里有活，在深圳叫情商高。他觉得所谓的人才，学历、经历固然重要，但眼睛里是不是有活更重要，早有文章说在学校成绩最好的同学到了社会上未必最有成就，但什么原因文章中并没有说，现在丁先生根据自己的人生经验，发觉差就差在眼睛里有活上。比如他现在的这两位女同事，林姑娘就明显比赖月娥眼睛里有活，而眼前的这四个人当中，这个主动站起来为其他人续水的小伙子显然情商更高或眼睛里更有活，只可惜，他不是被打了5分的，而是打了4分被扩大进来参加面试的。

趁他们喝茶，丁先生快速来到楼下，站在楼下办公室的门口对林姑娘招手，让她出来。林姑娘出来后，丁先生带她上楼，但没有真上去，停在中途的楼梯拐弯的地方，先忍不住抱怨一句："这个赖厂长，我让她陪一下客人，我回宿舍拿自己的水杯，回来一看，她居然没打招呼就走了。"

林姑娘笑着摇了一下头，摆出一副不置可否或者见惯不怪的表情。

丁先生立刻意识到自己的城府其实没有林姑娘深，他终止这个话题，说正事，他问林姑娘："老板大概什么时候到？"

林姑娘抬腕看了一下表，说还有三个字。

丁先生听懂是广东话还有一刻钟的意思，然后问："老板来了之后在哪里面试？"

林姑娘说当然还是在会议室。

丁先生又问："是集体面试还是单独一个一个地面试？"

这下把林姑娘问住了，大概老板电话里并没有和她说到这个问题，或者说是她自己根本没有想起来问老板这个问题。但这个问题显然很迫切，因为，如果老板单独一个一个地面试，那么就应该有一间休息室，让另外三个人在休息室等着，但会议室旁边原本可以充当临时休息室的地方现在成了丁先生的宿舍了！

丁先生迅速上楼，来到会议室，对四个小伙子说："老板马上就到。你们先跟我来，在我的宿舍里休息一下，等下老板叫谁，谁就再回到这里。"

丁先生的宿舍很小，而且只有一张椅子，即使坐在床上，三个大小伙子坐在一张床上似乎也不合适，所以，他出门的时候顺手带了一张椅子。

还是刚才主动倒水的那个小伙子眼睛里有活，他又主动对丁先生说："经理，您放下，让我搬。"丁先生回答："你再搬一张吧。我宿舍只有一张椅子，你们不够坐。"只有到了这个时候，另外三个小伙子才想起来帮忙。最后总共搬了三张椅子，加上丁先生宿舍里原本的一张，四张椅子把他的宿舍挤得满满当当，但好歹为应聘者准备了一间临时休息室。

回到会议室，丁先生把老板的大班椅从最端头搬到中间面朝门的位置，然后在他对面只留下一张椅子，又把台面清理干净，把四张表格放在老板的大班椅面前，老板的大班椅两边各放了三张椅子，搞成一排的阵势。

刚刚忙完这些，林姑娘就陪着老板进来了。

老板看着这阵势，蛮高兴。

老板亲自面试的结果还是留下那两个打5分或5分带加号的何葆国和韩建，而丁先生喜欢的那个眼睛里有活的小伙子却并未录用。丁先生也不方便替他说情。这是原则，他提供候选人，让老板最后定夺，不能在老板定夺后他再提出新的倾向性建议，即便老板问了"怎么样？"，丁先生也只能理解成是老板的礼貌与客气，自己切不可在老板已经决定录用谁之后再提出新的意见，他的意见已经全部体现在候选名单及名单排序当中了。

丁先生非常认真地记下眼里有活小伙子的姓名和联系方式，他叫廖鑫，并叮嘱廖鑫也记住公司的电话号码，保持联系。想着万一汪宝珠没来，或报纸广告没招聘到合适的人选，他再争取把廖鑫扩大进来。

第九章　麻烦

这个汪宝珠，他居然再没打电话来，就突然找到了工厂，并且把自己的老婆也带来了！

丁先生忽然发现，情商和眼睛里有活不能画等号。汪宝珠既然是能工巧匠，就肯定眼睛里有活，但做人不认真，所以不算是个情商很高的人，否则，他怎么能不打电话确认就直接过来了呢？而且还没打招呼就把自己的老婆也带过来了。这不是给丁先生为难吗？

看着夫妻二人灰头土脸的样子，丁先生不忍心再说任何责备的话，赶紧和林姑娘打了个招呼，然后送他们去后面的宿舍，先简单洗漱一下，然后去餐厅吃饭。

想了想，丁先生决定按原则办事，汪宝珠属于管理人员，在中间的管理人员餐厅用餐，但他老婆的情况丁先生一概不知，如果不打算给她安排工作，仅此一餐，当然可以随汪宝珠一起吃管理餐，可丁先生显然打算帮她安排岗位，在完全不了解她基本情况的前提下，想到汪宝珠本人都还没有转干，他老婆多半是工人身份，只能先安排在外面的大食堂和普通工人一起排队用餐。

吃过饭，丁先生让汪宝珠的老婆先上楼休息，他要单独跟汪宝珠谈谈。

没去会议室，也没去谁的宿舍，就那么站在宿舍楼和生产车间的过道旁边，丁先生问汪宝珠怎么回事，怎么没打招呼就把老婆也带来了。

汪宝珠则说，他这次能来，完全是老婆的主张。他老婆看上去蛮有气质，像个有见识的女人，其实在芜湖冶炼厂的身份还不如他。汪宝珠自己虽然还没有转干，但好歹是大厂的业务骨干，而老婆比他小几岁，按照冶炼厂"老人老政策新人新政策"的土政策，虽然干一样的活，却归小厂管，属于合同工，待遇比正式工差一大截，因此很憋屈，一听深圳有老板请她丈夫去当工段长，立刻百分之百支持，并且马上辞掉自己小厂的合同工，坚决要跟汪宝珠一起来，说来了之后如果厂里不欢迎，她就另外找工作，进不了工厂，在外面找个餐馆当服务员或商场当售货员总是可以的，反正死活不愿意在芜湖冶炼厂的小厂当合同工了。

"如果我不来，"汪宝珠说，"她就打算拿着你的地址自己一个人来了。"

"她自己拿着我的地址一个人来？"丁先生问。

汪宝珠点头，说："她就是这个性格，我有什么办法，所以只能带着她一起来了。"

丁先生笑起来，觉得蛮有意思，想想如果真是他老婆一个人来，我该怎么办呢？不管怎么说，总是老乡，自己与芜湖冶炼厂也有渊源，看在谷裕和汪宝珠的分儿上，总不能完全不近人情把她挡在门外吧，起码要留人家吃顿饭，然后与林姑娘商量，能安排也只好尽量安排，实在不行再说，比如打电话给西丽的陈宝才或西乡的萧湘，问他们那里能否安排一名女工。

这么想着，丁先生就似乎已经有了主意，先假定她就是一个人找上门来的，该怎么办就怎么办。于是下午他就跟林姑娘商量，如果她也决定不了，晚上可以往香港打电话问老板，如果老板也不同意，丁先生就再打电话给陈宝才和萧湘，另外还可以打电话给华美钢铁的金健华，总会有办法的。这么一想，丁先生忽然发现自己在深圳居然也有几个关系了。

正想着，汪宝珠的老婆下来了。手上拎着东西，老远就笑嘻嘻地给丁先生打招呼，说："丁经理呀，真不好意思，给你添麻烦了。"走到跟前，丁先生说："谈不上麻烦，只是你如果也来，他该事先打电话告诉我，我好提前跟老板说一声。现在老板不在，我一个人也不敢定啊。"

"不怪宝珠，"他老婆说，"他是要打电话跟你讲的，是我把他拦住了，没让他打。"

"哦？为什么？"丁先生问。

他老婆笑了。一笑就露出两颗小虎牙，蛮好玩的。说："如果他打电话告诉你，你肯定不同意，那我就来不成了。"

丁先生想了想，的确，如果汪宝珠真打电话告诉他，丁先生肯定让汪宝珠先一个人来，等他在这里稳定了，才考虑把老婆带过来，他自己不就是这么做的吗？

"我跟你老婆不一样，""小虎牙"继续说，"听谷厂长讲，你老婆也是冶金部设计院的工程师，她单位好，舍不得丢，我不一样，我在冶炼厂的小厂，小妈养的，早就不想做了。所以，即使汪宝珠不来，我也打算自己一个人过来。"

听着地道的家乡话，看着"小虎牙"这爽快的性格，说实话，丁先生感觉比现在厂里的任何一个女性都让人赏心悦目。他在心里假设，如果真是她一个人来，自己一开始肯定会很诧异，但最后还是会接待她，并想办法帮她安排岗位，如果那样，我该怎么与林姑娘和老板说呢？肯定不能说是自己校友的同事的老婆，那样说太绕，也听不明白，可能就说是自己的亲戚吧，比如自己的外甥女或小表妹。

"小虎牙"笑着把手上的东西递给丁先生。说傻子瓜子，不值钱的，就是一路带来蛮辛苦。

她这么说，丁先生就没办法说不要了，接过来，一共四袋，打算自己留一袋，给林姑娘一袋，剩下的两袋分别放在写字楼和香港人餐厅里，给大家尝尝。

"你先休息两天，"丁先生说，"可以去外面玩玩。也可以尝试着自己先找工作，碰碰运气。深圳的机会多，我看你行。说不定能碰上更好的。实在没碰上，我先把宝珠的岗位安排好，然后再安排你的事，好吗？"

"小虎牙"没回答好不好，只是露出小虎牙，给了丁先生甜甜的一笑。

汪宝珠的工作和前两天新招聘来的两个大学生一样，轮岗实习。这是丁先生根据自己在内地的经验结合本厂的实际做出的安排，获得老板的认同。丁先生对老板说了自己的想法，他希望从新来的大学生进厂的这天起，就结束一个萝卜一个坑的现状，他要求每个大学生至少能顶两个坑，就是说，任何一个工程师或师傅的缺席，都不会影响工厂的生产，那种因为某个香港师傅因故或无故迟到或未到就生产线停运的情况再也不会发生了！估计这大概也是老板所希望的，所以秦老板非常认可丁先生这么做，现在，汪宝珠来了，照此办理。

汪宝珠不愧是能工巧匠，上手真快！原本一个月的跟着四个香港师傅轮流实习时间，他居然没几天就全部掌握了！特别是金属加工工段，他根本就不要学，一上手就比之前的黄师傅熟练，并且他因为情商不高，说话不绕弯子，居然直截了当指出黄师傅的操作不当，搞得黄师傅都下不来台，因为他自己心里清楚，汪宝珠指出得对，而且，汪宝珠的后台是丁先生，秦老板不在工厂的时候，丁先生就是生产技术部门的老板，所以黄师傅也不敢对汪宝珠发作，只能在另外几个香港师傅面前发几句牢骚而已。

丁先生多少有些同情黄师傅，感叹长江后浪推前浪，心里想，换上我，马上辞职，可黄师傅并没有辞职，丁先生猜想，大概是他等着老板辞退而获得一笔额外的补偿金吧。后来才晓得，黄师傅不辞职还有更大原因。

最后一名大学生来自报纸广告。是丁先生亲自从几十封求职信中精心挑选的。当然，获得了老板的认可。

丁先生让林姑娘把他精选的三份资料传给老板，请老板三选一，或通知三人都来面试，最终由老板当面敲定。老板回复：由丁经理定。丁先生就挑选了王秋玲。理由一，学历正宗；理由二，女性；理由三，她正好在深圳探亲，面试方便。

丁先生的想法简单实用。既然王秋玲正好就在深圳探亲，那就先叫她来面试，如果面试不理想，再通知另外两个来试试，结果面试通过。

王秋玲西安交通大学焊接专业毕业。按她自己的说法，"任何焊机都能操作"。这话丁先生信。大学四年专门学习焊接理论与技术，当然任何焊机都能操作。虽然本厂的锻焊机操作简单，找个高中毕业的工人就能开，但万一设备出了问题，抢修设备或快速寻求替代方案，名牌大学专业毕业生和普通工人甚至香港师傅还是有区别的。另外丁先生打算等内地工程师和技师到齐了就正式成立公司技术小组，要求各岗位工程师或技师能相互替换。

挑选女性是他不希望技术小组清一色，本厂属于重工业，男多女少，如果技术小组再清一色男性，不利于活跃气氛，内地单位流行的"男女搭配干活不累"不完全是玩笑话，也真有科学道理。先来的两个大学生住在东侧宿舍楼的顶层，一直死气沉沉，自汪宝珠的老婆"小虎牙"来了后，晚上加班后睡觉前居然偶尔传出《今夜无眠》的高亢男音，搞得全厂都为之一振，如果再来一个女大学生，估计他们更加亢奋，中途跳槽的概率也大大降低。企业的凝聚力除了高工资之外，就是看工作气氛与环境。只可惜，王秋玲是有老公的，而且她老公就在旁边的亚洲自行车有限公司，否则，大学生中产生爱情故事也说不定。

虽然老板明确回复"由丁经理定"，但丁先生不想由他一个人定。汪宝珠的入职已经由他一个人定了，如果王秋玲的入职再由丁先生一个人定，林姑娘会怎么想？其他香港师傅会怎么看？老板怎么看？所以，王秋玲入职前，丁先生特意按前几日老板的做法，安排一场正式的面试。

他和林姑娘、赖厂长三人一起很正式地与应聘者谈话。座位的摆放和老板前几日一样，如同审讯犯人，丁先生、林姑娘、赖厂长坐在面朝会议室大门的位置，对面放置一张孤零零的椅子，等叫到她，王秋玲才推门进来。

丁先生因为心里已经基本认可应聘者了，所以他没怎么问，赖厂长负责记录，更是一句话没说，提问主要由林姑娘发出。按照之前的分工，丁先生主要询问应聘者的专业问题，林姑娘问生活问题，所以，林姑娘的第一个问题是："你们有孩子没有？"

王秋玲回答有。

林姑娘又问几个孩子？孩子多大？男孩女孩？

王秋玲回答就一个孩子，并说内地这边只允许生一个孩子，男孩，两岁半了。

林姑娘问："你来了，孩子怎么办？"

王秋玲回答孩子的外婆帮忙带。

"外婆？"林姑娘问。

"就是我妈妈。"王秋玲说。

"为什么不是他妈妈？不是孩子的奶奶帮忙带呢？"林姑娘继续问。

丁先生觉得林姑娘这个问题问得有点多余，不需要问得这么细，女工程师自己却似乎并不介意，王秋玲回答："我父母在西安市，我丈夫是渭南人，他父母在渭南乡下。我们家条件好一些，离我们的小家也近，他们家条件差一些，离我们的小家很远，因此孩子让我母亲帮忙带方便一些。"又补充一句："我母亲一直帮我们带孩子，孩子跟外婆亲得很。"

丁先生听得出，王秋玲回答得这么仔细，估计也暗含抱怨林姑娘问得太深太细了，所以他及时中断了面试，先看一眼林姑娘，然后对王秋玲说："行。你可以回去等通知了。"

丁先生本意是在帮王秋玲，可王秋玲却问："我在哪里等？等多长时间？到时候你们怎么通知我？"

丁先生心里有些不悦，想，在哪里等？你丈夫不就在旁边的ABC吗？你当然应该在你丈夫那里等了。但他还是耐着性子回答王秋玲的问题："明天答复你。"

丁先生的意思是把今天面试结果再传给老板，以表明王秋玲不是他一个人定的，而是与林姑娘赖厂长三人一起正式面试的，避免老板疑心，谁知老板没有丁先生想的这么复杂，他当天晚上就打电话给林姑娘，让他们立刻通知新人报到上班。林姑娘放下电话就来敲丁先生宿舍的门，丁先生马上跟林姑娘回她自己的宿舍，立刻给王秋玲的丈夫打电话，却被告知人不在。丁先生眉头皱了一下，抬手看了一下自己的腕表，对林姑娘说："不就在隔壁吗？还不到十点，我们过去一趟，当面通知她明天一大早来公司报到。"

之所以说"我们"过去，一是因为林姑娘有"大白鲨"，过去更快一些，二是丁先生与隔壁的ABC公司不熟，但林姑娘有可能熟，毕竟她从建厂就在这里，隔壁邻居，总有熟人。

果然，ABC的门卫一见到林姑娘，非常客气，不知道是他们认识林姑娘，还是她这气质一看就是香港人。

丁先生手上拿着王秋玲的应聘资料，上面有她丈夫的工作单位与姓名：深圳蛇口亚洲自行车厂有限公司焊接课长童亚洲。丁先生之前根本没注意，现在仔细一看，不禁笑了，发现两个关键词：亚洲、课长。王秋玲丈夫的名字和他们公司名称一致，科长被写成"课长"。随后见到童亚洲本人，丁先生注意到他胸牌上确实写着"课长"，才知道王秋玲没有写错，台湾地区受日本文化的影响，科长就叫课长。

童课长对他们还算客气。特别是对林姑娘，明显很客气。但听清楚他们说明来意后，却表示他老婆王秋玲明天不能去恒基公司报到上班，而是要回西安。

林姑娘看一眼丁先生。

丁先生对童亚洲说："我们希望见到王秋玲本人。"

童亚洲撇了一下嘴，说："这就没必要了吧。"

丁先生说："她今天下午刚刚在我们那里应聘，我们认真组织了专门针对她的面试，又上报在香港的董事长，非常慎重地决定录用她，而她自己也表现出很强烈的求职愿望，我们现在奉老板的指示来通知她明天上班，她就是反悔，起码也应该当面跟我们说清楚吧？不然我们没办法向老板解释啊。"

"我替她说不行吗？"童亚洲说。

"你能代表她吗？"丁先生问。

"当然，"童亚洲说，"我是她丈夫。"

丁先生问："那你为什么同意她从西安这么老远跑到深圳来我们厂应聘呢？"

"我没同意。"童亚洲说，"我事先根本就不知道。"

"你不是她丈夫吗？"丁先生问。

童亚洲不说话，脸色不是很好看，估计如果不是林姑娘在，他已经和丁先生吵起来。

丁先生忽然感觉到香港人的分量，这时候看着林姑娘，希望她能说话。

林姑娘用香港口音的普通话和颜悦色地对童亚洲说："我们丁经理说得对，这个职位竞争很激烈，我们从各方面考虑，排除了其他人，最后把机会留给你太太，其中还考虑到照顾你们夫妻团聚，毕竟，两家工厂是邻居，我和你们汪姑娘很熟。要不然，我去找汪姑娘？"

这时候，十点到了，工人加班结束，大批工人拥出来，很多工人围着他们看热闹，在ABC的大门口形成了拥堵。双方僵持了一会儿，林姑娘的意思是撤，她不会真的为了一名应聘者去找台湾人汪姑娘，但她又必须维护丁先生的立场。丁先生也想撤了，毕竟，如果这么麻烦，还不如从备选名单中另挑一名学焊接的，可又找不到撤的台阶，正在左右为难之际，王秋玲从里面跑了出来，大概有人向她通风报信了，或者是她自己听到了风声。

王秋玲先恨恨瞪童亚洲一眼，然后对林姑娘和丁先生说："行。我明天按时报到！谢谢！谢谢你们这么晚了还专门来通知我。谢谢！谢谢！"

王秋玲等四名大学生到位后，公司技术小组正式成立，老板秦昌桂担任组长，丁先生任副组长，四个香港师傅作为技术小组的顾问。报告传到香港，老板把自己的名字画掉，指定丁先生任组长，增加林姑娘担任副组长。

丁先生佩服老板秦昌桂考虑问题比他周到。技术与行政向来都是不可分割的，让林姑娘担任技术小组的副组长，可以让技术工作获得更多的行政支持，也有利于协调内地大学生与香港师傅的关系，但真正响应并参加他们活动的香港师傅其实只有许师傅一人，其他人即使偶尔参加他们的活动也基本上一言不发。在丁先生看来，另外三个香港师傅也并非故意抵触，而是他们确实只是师傅，对大学生们讨论的技术问题实在插不上嘴。

之前丁先生考虑他推荐的熟人汪宝珠只是能工巧匠并无学历，所以在最初的文字汇报中才特意强调工程师或技师，现在既然获悉汪宝珠也已经取得电视大学毕业文凭，所以丁先生在后续的文字材料中就直接把他们写成大学生。

汪宝珠的老婆"小虎牙"并没有等到丁先生为她安排岗位，就自己在"出去玩"的过程中于蛇口太子路上的一间精品商店找到一份当营业员的工作。能挣多少钱不知道，但至少每天穿戴干干净净的，每日在工厂里进进出出，居然成了本厂一道亮丽的风景线。

也是，本厂的女职员除了林姑娘之外，包括赖厂长在内全部来自农村，如今的农村人和城里人已经看不出差别，但在当年，这种差别还是非常明显的，而林姑娘虽然叫姑娘，可毕竟人到中年，而且长得有点奇特，说"气质好"无人抬杠，但与漂亮绝对无缘，相比较之下，亮丽风景线这个重任只能落在汪宝珠的老婆"小虎牙"身上。

丁先生对没能及时为"小虎牙"安排岗位表达歉意，说当时的头等任务是安排汪宝珠，想等着汪宝珠的位置稳定了再解决"小虎牙"问题的，所以让他老婆"先出去玩几天"，没想到她只玩了两天就自己找了份工作，而且在丁先生看来，这份工作可能更适合"小虎牙"。

丁先生表达歉意的话是对汪宝珠说的，但汪宝珠当晚就转告了他老婆，结果第二天一上班，"小虎牙"就堂而皇之地来到丁先生宿舍，把他的衣服和被子全部抱到后面的宿舍楼上洗净晾干。丁先生一开始并不知道，等发现的时候已经晚了，后悔自己宿舍不锁门也来不及了。

又到了出粮的日子。丁先生事先跟新来的几个大学生打了招呼，解释这是深圳外资厂的惯例，你们下个月才可以领到这个月的工资。王秋玲表示理解，因为老公就在隔壁的台资厂，知道这个规矩，但另外三个人都没作声，包括汪宝珠。丁先生补充说，如果你们谁确实需要花钱，可以先找我个人借一点。

本月丁先生终于领到全薪，四千元！比他两口子在设计院一年的工资加起来都多，所以他有底气说这个话，他也真的理解新来大学生的难处，如果他们中真有人向他借钱，丁先生肯定会借。

出粮的第二日，丁先生休假。自四个大学生全部入职后，老板接受丁先生的书面建议，采取全员轮休制，即工厂全月不停产，每位员工每个月轮休两天，不休也没有加班费，但可以积累到下个月一起连休四天，以方便有人回乡下老家探亲或处理特殊事情，也避免有的人因长期不休息过分疲劳而影响身体或造成事故。普通员工的休假审批权在各工段，管理人员需要休息直接向林姑娘申请。丁先生就是在头天晚上巡视时向林姑娘申请的，同时建议林姑娘可以连休四天回香港看看家里人或亲戚朋友。

急于休假的原因是丁先生要给老婆寄钱和打电话。四千块钱放在身上不安全，还是趁早寄给老婆，然后给老婆打个电话，报喜报平安。

第二天早饭后开工前，丁先生和汪宝珠夫妇一起去蛇口。

这也是事先说好的。

丁先生对"小虎牙"帮他洗被单心存不安，就惦记着趁第一个月领全薪请他们夫妇在外面吃顿饭。反正"小虎牙"下午才上班，吃过午饭丁先生和汪宝珠一起把她送到上班的地方不迟。

路上聊天，汪宝珠对丁先生专门跑到外面打长途的行为不理解，说你都是经理了，不能用公家的电话打个私人长途吗？丁先生说如果有急事偶然用一下当然可以，但一般情况下我不想占公家这点便宜。见汪宝珠摇头，丁先生就说，首先公司的电话不是公家的，而是私人老板的，其次做人要自觉，既然老板给了我每月超过内地我一家人一年的工资，我就不能在其他方面再占人家这点小便宜。

汪宝珠好像还转不过弯，大概在冶炼厂从来没有看过谷裕这样的领导跑到街上打私人电话吧，但他老婆"小虎牙"已经明白了，说老板表面上大方，其实个个小气得要命，丁大哥这样小心翼翼是对的！

三个人步行到亚洲自行车有限公司门口搭乘公交车至蛇口，这也是"小虎牙"每天上下班的路径，所以她很熟，下车后就向路人打听邮局在什么地方，一听说在蛇口老街那边，蛮远，又打听乘坐哪路公交车。丁先生则扬手拦了一辆出租车，很快到达。

邮局往家里汇款的人蛮多，要排队。丁先生让汪宝珠和"小虎牙"在附近转转，他自己一个人在这里排队就可以，但他们夫妇坚持一定要陪着丁先生，不确定是舍命陪君子，还是有很多问题和丁先生聊。

闲聊中，丁先生已经知道"小虎牙"是芜湖冶炼厂环保科唐科长的女儿，叫唐静。那年在冶炼厂搞施工服务，丁先生见过唐科长，每次开协调会唐科长都要参加，但每次环保科都是配角，所以实际打交道不多，可毕竟算"老熟人"，今天听说"小虎牙"是唐科长的女儿，亲切感又加深一层，伴随着责任感又上升一步。丁先生仍然抱歉对他们照顾不周，表面原因是工作太忙，深层原因是"自身难保"，没经过面试程序就直接安排汪宝珠进厂已经冒了一定的风险承担一定的压力，所以不敢再直接安排"小虎牙"入职，因此耽误几天，希望他们理解。又抱怨汪宝珠不早说，如果早说"小虎牙"是唐科长的女儿，他或许就能以"老同事的女儿"为借口尽早帮唐静安排岗位。

汪宝珠笑而不答。唐静则问："如果安排，你打算安排我做什么呢？"

这个问题丁先生真想过。如果当工人使用，丁先生就打算安排"小虎牙"开冷轧扭曲机，那么小巧的德国设备，仿佛很适合"小虎牙"操作，再说全厂只有这台设备是在丁先生的建议下引进的，像他的"亲儿子"，最好由自己人控制。

但看"小虎牙"这样子，比写字楼里任何一位女性都赏心悦目，放在生产线上当操作工使用也太浪费和委屈了，所以拿不定主意到底怎么安排也是未能及时安排的原因之一。

"不过现在这样更好。"丁先生说，"你们发现没有，我们厂太闭塞。不仅位置闭塞，而且管理更闭塞。现在情况还好一些了，以前一天到晚大门紧闭，外面发生的事情一概不知。深圳既然是特区，就有很多机会，我们封闭在厂里，虽然拿着高工资，但失去很多机会，也是一种损失，不如留唐静在外面闯，随时获悉并感受外面的气息。"

听了丁先生这番话，汪宝珠没反应，仍然笑盈盈的，仿佛丁先生完全是在说客气话，"小虎牙"则追问："你说的'机会'是指什么？"

丁先生回答："比如我在人才市场看到月薪两千元急招开模工，当时就想，假如我有本钱，可否专门做这个生意？就是按每月一千元回内地招聘开模工，然后按两千元'卖给'急需开模工的工厂？"

汪宝珠终于忍不住笑了，说："那不行。那不等于当'人贩子'了吗？"

丁先生也笑了，说确实不行，但既然这里面有这么大的差价，就意味着有商机，如果仔细想，肯定能想出一个合法的途径赚取差价。

三个人这样说着，就排到了窗口。丁先生决定给老婆寄三千元，留下一千自己用。丁先生在厂里包吃包住，基本上没有用钱的机会，身上原本就有几百块，不需要再留下一千元，但他既然答应几个大学生如果需要用钱可找他借，就不能没有备用金。谁知就是这三千元汇款，也被邮政工作人员盖上一个大大的"高额汇款"印戳，搞得丁先生蛮激动的。

汇款之后打长途又要排队。丁先生一看时间来不及了，决定先吃午饭，吃完饭赶快送唐静去上班，电话等回到亚洲自行车厂门口再打。

汪宝珠说刚才应该我们帮你排队，你自己先打电话的。

丁先生说那不行。打电话的内容是告诉老婆我汇款了，哪能款还没汇出就打电话呢？

汪宝珠说一回事，反正已经排队汇款了，前后半个小时的事情。

丁先生说半个小时也不行，差一分钟我心里也不踏实。

汪宝珠说丁工你这是轻微强迫症。

"小虎牙"瞪他一眼，说："你看不出丁大哥是幽默吗？"

丁先生心里想，我真不是幽默，可能真有一点强迫症。

　　三个人从老蛇口往太子路方向走，因为他们感觉刚才乘出租车过来并没有多远，一路走回来顺便看看风景蛮好。丁先生边走边注意合适的餐厅。好不容易请人家吃一顿，丁先生肯定不能选择大排档，但也不敢进太高档的地方。除了不想花太多的钱，也担心太高档的地方必须有仪式感，时间耗不起，所以他希望找一家正规的中档餐厅赶紧吃赶紧走。

　　终于找到了一家合适的餐厅。

　　三个人坐下，丁先生马上宣布纪律，第一不准抢着埋单，之前公交车上说好我买票的，结果被"小虎牙"抢着把票买了，这样的"错误"下次不准再犯；第二你们随便点，千万不要为我省钱，第一次请你们吃饭，又赶上昨天发工资，不要搞得太寒酸。

　　他们点了四菜一汤。牛肉香菇扒菜心、炒花甲、半只葱油鸡、半条清蒸鲩鱼、一份牡蛎汤。说实话，并不比他每天在香港人专用的小餐厅伙食好，估计这个标准和汪宝珠在管理人员餐厅的标准差不多吧，但请朋友吃饭，吃的是气氛，并不在乎吃什么。其间，丁先生发现"小虎牙"和服务员说广东话，很是欣喜，马上改说广东话，反过来又让"小虎牙"惊喜不已。但"小虎牙"仅会这两句，每天中午在外面吃快餐听会的，所以还达不到能和丁先生用广东话对话的程度。不过她说广东话十分重要，在她们店，会广东话的工资八百元，不会说广东话的每月六百元，每月相差二百元呢！丁先生鼓励她立刻正规学习，跟着教程学，又说他正好有教程，可以借给她。"小虎牙"说不用，我自己买。丁先生说这里买不到吧，我是上个月去罗湖买的。"小虎牙"伸出舌头，又赶紧缩回去。丁先生说没关系，等会儿吃完我们一路看看，有就买，没有你就先用我的。你比我着急，每月相差两百元呢！说得几个人都笑了。

　　出来一路继续往回走，路上碰到商店就问有没有配磁带的粤语教程，结果没买到，只有《怎样说广东话》，用汉字注音的那种，肯定不标准，但好过没有，"小虎牙"赶紧买了一本，当场就照着学了起来。丁先生也另外买了一台袖珍收音机。既然打算把收录机借给"小虎牙"，自己就必须再买一个收音机，再说早晨跑步带着收录机也不方便。既然每月工资都四千了，就要改掉以前能省就省的生活习惯，需要就买。

　　走到太子路，都看得见"小虎牙"她们商店了，丁先生又拿出二百元钱，递给唐静，说借给他们。汪宝珠和"小虎牙"都说不要，他们身上还有钱。丁先生看着汪宝珠说，你确实不需要，厂里包吃包住，她每天在外面吃饭，还要来回坐车，身上还是富余一点好，再说我留下的一千块就是打算借给你们这些新来的大学生的，把唐静也算上，每个人正好两百。

汪宝珠还想说什么，"小虎牙"一把接过去，拿在手上对着丁先生摇了摇，露出小虎牙，说谢谢丁大哥。

王秋玲鼻青脸肿地来找丁先生，要求公司为她安排宿舍。

丁先生一看就知道是她丈夫打的，换上其他人，谁敢！

他答应马上安排，然后来找林姑娘，因为分配宿舍属于典型的行政后勤工作，他必须通过林姑娘，尽管王秋玲有权利要求公司给她宿舍，并且入职那一天就打算帮她安排宿舍，是她自己不要的。可在林姑娘眼里，这可不是简单的安排宿舍问题，在查看王秋玲伤情之后，林姑娘立刻把问题上升到家暴层面，主张报警，请求司法介入。

丁先生和王秋玲都不同意，甚至感到诧异，因为这属于典型的家庭纠纷或情感纠纷，在当时的中国内地，除非丈夫把老婆打死或致残，否则哪有夫妻俩一打架就报警请求司法介入的？可林姑娘坚持认为这是家暴问题，必须报警寻求司法介入。

丁先生见说服不了林姑娘，怕把事情闹大，急了，说："就是要报警，也应该由当事人自己报警，不能由你越俎代庖！"

林姑娘从来没见过丁经理这样和她说话，被镇住了，也似乎立刻冷静下来。然后丁先生才慢慢与她解释："你现在打110报警，警察立刻赶过来，是抓王秋玲的老公还是抓王秋玲本人呢？"

林姑娘说当然是抓她老公。

"她老公在我们厂吗？"丁先生问。

林姑娘这才反应过来，家暴者不在我们厂，而在隔壁的亚洲自行车厂。她问丁先生："你话点做？"

丁先生当然听懂她是问"你说怎么做"，回答："先给王秋玲安排宿舍，然后我们去找童亚洲谈谈，听听他自己怎么说，不行再找他们领导，你不是认识他们的汪姑娘吗？"

林姑娘点头。

丁先生转身面朝王秋玲说："当然这取决于你自己的态度，我们不能替你做主。"

林姑娘真的蛮善良，或者心很软，再或者在香港很少有老公这样打老婆的，总之，她在帮王秋玲整理头发的时候，王秋玲没哭，林姑娘自己却流下了眼泪。

幸好王秋玲是长发，能遮住脸上的大部分瘀青，但不能完全遮住。丁先生安排她在会议室翻译资料，不要出去抛头露面了，同时让赖厂长找来冰块，帮王秋玲脸部消肿。

林姑娘没有完全按照丁先生的意思办。一进亚洲自行车厂，立刻唱起了主角，根本不与丁先生商量，进门就说找汪姑娘。丁先生当然有些不悦，但也没和她争执，反而自我安慰地想，这属于典型的行政后勤事务，理应由林姑娘唱主角，再说这是亚洲自行车厂的地盘，既然你认识人家的汪姑娘，先找她也好。

汪姑娘是一位台湾女士，待林姑娘特别热情，简直像是多日不见的亲姐妹，不仅表现在脸上和语言上，而且体现在肢体上，两个年龄相仿地位相似的"外方经理"一见面就立刻黏在一起，手拉手身贴身，说说笑笑亲亲热热。

突然，林姑娘松开汪姑娘，非常正式地向她介绍："这位是丁经理，我们老板专门请来的钢格板专家。"

汪姑娘则像刚刚发现丁先生的存在一样，一声拉长的"哦——"之后，张开双臂对着丁先生，似要和他紧紧拥抱。正当丁先生考虑要不要接受拥抱和怎样拥抱的时候，伴随着"久仰久仰"，汪姑娘投给丁先生的却只是右手掌，而非整个身体。

丁先生极有分寸象征性地与她握了一下手，说："不好意思，给您添麻烦了。第一次见面，就是来找您交涉。"

"交涉？"汪姑娘灿烂的笑容顿时如潮水般退却。

"是。"丁先生严肃地说，"你们厂的童亚洲课长把我们厂的女工程师打了。"

"有这事？"汪姑娘很震惊。

丁先生严肃地点头。汪姑娘把脸转向林姑娘。林姑娘正一下一下很坚决地点头。

汪姑娘愤怒了。她立刻拿对讲机呼叫童亚洲，让他马上来写字楼。

丁先生起身去卫生间。主要是想给两位"姑娘"留下单独交流的空间，同时也想顺便参观一下这个近在身边的台资工厂。所以，往返故意绕点路，可惜卫生间就在二楼，丁先生不可能为了多看一点人家的工厂而绕到楼下再上来。

回到汪姑娘的办公室，丁先生被眼前的一幕惊呆了！

　　只见童亚洲跪在地上，两位"姑娘"已经从座位上站起来，林姑娘显然受到了惊吓，不知所措瑟瑟发抖的样子，汪姑娘则严厉怒吼童亚洲，可吼叫的内容却是让他站起来！立刻站起来！有什么话站起来再说！

　　丁先生见状，马上弯下腰，从身后把童亚洲抱起来，安排在一张椅子上坐下。再看童亚洲的脸，满脸是泪，并伴随几道明显的指甲痕，伤情似乎并不比王秋玲轻。丁先生对童亚洲的愤恨顿时减轻几分，马上想到，清官难断家务事，对家庭纠纷，真不能听一面之词，头先见王秋玲的惨状，他恨不能跑过来就把她老公揍一顿，现在见童亚洲这样，又想到他老婆把他气成什么样子了呀！

　　在汪姑娘的办公室，丁先生自作主张地为童亚洲倒了杯水。童亚洲感激地看丁先生一眼，又涌出一窝眼泪，接过去，一饮而尽。

　　"没什么大不了的，"丁先生不知不觉改成安慰的口吻对童亚洲说，"这是你们的家庭纠纷，我们不想介入，但你老婆是我们单位聘请的工程师，实习工段长，这事又牵扯到两个单位，碰巧我们厂的林姑娘和你们厂的汪姑娘又是好朋友，所以我们就过来了解一下情况。你别紧张，都是男人，我能理解。"

　　童亚洲又看丁先生一眼，更加感激地点点头。再看汪姑娘，见汪姑娘也轻轻点头，终于声泪俱下地申述起来。

　　按照童亚洲的说法，冰冻三尺非一日之寒。他和王秋玲在西安的时候就发生感情危机，所以他才跑到深圳来的，并且来了就没打算回去，就打算和王秋玲离婚的，没想到王秋玲看了恒基厂的招聘广告，立刻追了过来。求职是假，来纠缠他是真。

　　"点解你一定要离婚？"林姑娘忍不住插嘴问。

　　丁先生立刻翻译："我们林经理问你为什么一定要离婚呢？王秋玲看上去条件不错啊。"

　　童亚洲说："都怪我。是我当年一心要娶一个城里的姑娘，最好是西安市的姑娘，就使劲追比自己低一届的王秋玲，结果真追上了，却纵容了她的坏脾气，王秋玲在家里不像老婆，像女王，特别是她母亲，把瞧不起女婿和女婿的父母放在脸上。"

　　"你也是靠近北方的人，"童亚洲对丁先生说，"这样的老婆谁能受得了！"

　　丁先生没回答他，也没点头或摇头，可心里已经有几分同情，因为他也遭遇过类似的状况，只不过他不是来自农村，并且父亲大小也是个领导，只是离休而已，没有当总设计师的岳父那么显赫罢了，所以老婆的傲慢没有写在脸上，岳母对他的父母没有公开瞧不起，可老婆和岳母还是偶尔藏不住优越感，也让丁先生心存不爽。

汪姑娘也多少理解了一些，毕竟台湾与内地的文化较香港与内地更接近，所以汪姑娘比林姑娘更能理解内地的家庭内部结构与关系，所以汪姑娘最后没处罚他，让他先回去上班，并警告再不能打老婆。童亚洲点头保证。丁先生则告诉童亚洲，我们厂已经为王秋玲安排宿舍，她这几天可能要住在那边，如果方便，你今天找时间把她的换洗衣服和生活用品送到我们厂，如果你暂时不方便见她，交给我转给她也行。童亚洲回答好，回车间上班了。

中午，丁先生午餐还没有吃完，保安就跑进来叫丁经理，说大门口有人找。丁先生赶忙划拉几口，来到门口，见童亚洲推着一辆崭新的自行车站在那里，后座上一个大包，前面一个小包，说自行车是送给丁先生的，大小两个包请他转交给王秋玲。

丁先生当然不能要人家一辆崭新的自行车，说太贵重了。童亚洲说不贵重，内部价。丁先生说那也不能要。童亚洲说你不要就瞧不起我。丁先生说那我就先收下，一起交给王秋玲。童亚洲也没再坚持。临走，童亚洲拜托丁先生照顾王秋玲。丁先生忽然理解童亚洲为什么要送他一辆自行车了，这是为他老婆给领导送礼啊！于是又感觉童亚洲对王秋玲还是有感情的，就劝童亚洲先冷静冷静，不必离婚，还说当初在西安，娘家明显比婆家优越，滋生了老婆和岳母的傲慢，现在夫妻俩都在深圳，环境变了，更少了岳母的掺和，情况会好些。童亚洲点头，说或许是这样，深圳人哪里管你出身农村还是城市啊。

"就是。"丁先生赶紧说。

"可惜已经晚了。"童亚洲说。

丁先生问："怎么晚了，你们不是还没离婚吗？"

童亚洲哭丧着脸艰难地告诉丁先生，他已经有女朋友了，是个温柔的潮州妹，并且已经怀孕了，倘若童亚洲不娶她，潮州妹的几个哥哥还有表哥堂哥真的会把他打成太监。童亚洲说着说着又痛哭流涕起来，拉着丁先生的手，求丁先生劝王秋玲放他一马，不然他就死定了！

丁先生见不得别人流眼泪，尤其是男人的眼泪，他这一刻觉得童亚洲很可怜，又觉得王秋玲更可怜，一个高傲的"公主"，"下嫁"给一个"农民"，"公主"成了"女王"，没想到"农民"也是大学毕业，不甘心当"奴仆"，跑到深圳来，当上了台资厂的"课长"，外加高大英俊的外表，受到众多年轻、漂亮、温柔、贤惠的客家妹和潮州妹青睐，"奴仆"瞬间变成"皇帝"，忘乎所以，把一个潮州妹的肚子搞大了。他一个外乡人，把潮州妹肚子搞大了就必须娶人家，否则就真的死定啦！可他是有老婆的人，并且老婆已经追到深圳来，就在隔壁厂。昨晚的打架，其实是王秋玲先动手的，因为她在老公的宿舍里发现女人用品，于是怀疑得到初步证实，一诈，童亚洲终于承认，王秋玲怒不可遏！先砸东西，后打人。

王秋玲似乎更可怜，大城市的大学毕业生斗不过一个乡下妹。但可怜之人必有可恨之处，早知如此，在西安的时候干吗要当"女王"呢？不知道如今时代变了，"奴仆"都学会反抗了吗！

事已至此，丁先生只能劝王秋玲面对现实接受离婚，并且离婚之后回西安好好生活，接受教训，重新开始。他对王秋玲说："童亚洲本质上还是农民，他只适合娶一个没文化的乡下妹做老婆，你一个大城市干部家庭培育出来的知识女性，跟着他是把自己糟蹋了。"

王秋玲知道丁经理是用戴高帽子的方式安慰她，一开始很反感，心想别人都是劝和不劝分，你怎么劝我离婚啊，难道你想打我的主意吗？但后来林姑娘也加入了劝分的行列，说她也遭遇过类似的经历，老公有了外遇还对她动手，林姑娘当场报警，把老公送去坐监，后来他们离婚了。

"你看，我现在一个人不是活得蛮好吗？"林姑娘说，"我比前夫活得更好！"

最终，王秋玲在众人的劝说下接受现实，不忍看着孩子的父亲真被潮州妹的兄弟和堂兄表兄们打成"太监"。

王秋玲虽然同意离婚，但不打算回西安，一方面她觉得深圳蛮好，她喜欢深圳的气候与气氛，对恒基厂的工资待遇和生活条件也很满意；另一方面，她觉得回去要面对那么多人，太丢人，抬不起头，留在深圳，老家的人还以为她和童亚洲共同开辟新生活了呢。

丁先生还是劝王秋玲回去，因为纸包不住火，她和童亚洲离婚的事早晚会传回西安，传到同学和亲戚朋友那里。

王秋玲说那是以后的事，至少眼下不会。再说以后她在深圳说不定会遇到一个比童亚洲更好的呢！

王秋玲这样说着，还意味深长地看一眼丁先生，吓得丁先生心里一哆嗦，暗想，你别看我，我是有老婆的人，再说我就是没老婆，也不敢再娶一个"女王"了，要说喜欢，我更喜欢汪宝珠的老婆"小虎牙"这样的女人，要说娶老婆，我宁可娶赖月娥这样更朴实的本地人……这么想着，丁先生就忽然想到，被童亚洲搞大肚子的那个潮州妹，是不是同时具备"小虎牙"和"赖厂长"两个人身上的这些优点啊？难怪童亚洲敢冒天下之大不韪呢。

第十章　东方风来满眼春

"小虎牙"来归还丁先生借给她的收录机和粤语教程，说她也买了一套，谢谢丁大哥！

丁先生问："你去罗湖了吗？"

唐静露出小虎牙笑着回答："没有，我去了南头。"

丁先生又问："是和我这套一样的吗？"

"小虎牙"回答不一样。

丁先生问："我这套你已经学完了吗？"

"小虎牙"说没有，才几天呀，哪能这么快。

丁先生说："那你拿回去继续学，把你新买的那一套借给我，我这套基本学完了，想看看你买的那一套和我这一套有什么区别。"

"小虎牙"很听话，立刻回去拿来另一套。她在把自己从南头新买的那套教材拿给丁先生的时候，突然说："哦，对啦，一个大领导昨天来蛇口了！"

"是吗？"丁先生问，"你是听说的，还是亲眼看见的？"

唐静略微停顿了一下，说听人家说的，也算亲眼看见的。

丁先生问什么叫算亲眼看见的？

"小虎牙"说，昨天中午，她们店突然来了警察，先认真查看了一下，然后告诫她们暂时不准出门，之后就忽然感觉马路上一辆车没有，也没有行人，安安静静的，不久，听见很响的警笛声，与平常听见的警笛不一样，好像是加了扩音器的那种，几辆警车呜呜叫着驶过，大约隔着两百米，又有几辆面包车驶过。后来听人说面包车里是大领导，他从招商局出来去蛇口码头。

"我看见领导坐的面包车了，但没看见人，所以算看见了吧。"唐静解释说。

"看来是真的。"丁先生说，"我在香港电台上听了一嘴，没在意，以为他们是瞎猜的。因为他们经常瞎猜，真真假假。"

"这次是真的！"唐静说。

丁先生点头，表达承认这次是真的，又抬起手腕看一下表，是当年从上海旧货店淘来的瑞士表，上面带日历。然后说："这么巧！"

"小虎牙"问什么巧？

丁先生说："昨天是1月23日。"

"小虎牙"说是啊，今天24日。

"八年前，"丁先生说，"1984年1月26日，领导也视察了蛇口，并为'海上世界'题词，昨天是1992年1月23日，不几乎正好是八年吗！八年啦，真快啊！你说巧不巧？"

唐静露出小虎牙一笑，说那是巧！

"肯定又要有大动作，"丁先生说，"不相信你看。"

唐静的小虎牙露出更多，说我信！丁大哥的话我当然信！这么说我们来深圳是来对了！谢谢丁大哥！

丁先生说："不要谢我，要谢就谢你自己。听汪宝珠说，如果不是你坚持，他还不来了呢。"

唐静说那是！

两人这样一问一答谈笑风生，引起厂房里工人们的注目，丁先生忽然意识到大家都在悄悄看着他们，意识到这样非常不好，于是赶紧摇摇手上的新教程，大声说："谢谢啦！"暗示唐静快走，我在上班呢。

唐静真懂事，跑到她丈夫汪宝珠跟前，说："宝珠！我去上班了啊！"

汪宝珠愣了一下，大约有点疑惑，你每天这时候不都去上班吗，从来不专门跑过来跟我打招呼，今天怎么了？但他还是给了回应，再次强调："晚上回来的时候在ABC门口等我去接你，不要一个人往回走！"

"好嘞！"唐静露出小虎牙，歪着脑袋招招手，马尾巴一甩一甩地走了。

丁先生站在那里翻看刚刚到手的《粤语教程》，刻意不去看他们，但"小虎牙"马尾巴一甩一甩的影子已经定格在丁先生的脑海里，久久挥之不去。他强迫自己转移注意力，思考改工段为车间的计划，并希望新来的四个大学生出任车间主任，而四个香港师傅出任技术顾问。

不行！他马上自我否定，担心这样会引起香港师傅的集体反弹，甚至引起林姑娘的不满和老板秦昌桂的猜忌，误解他搞小圈子，在内地大学生和香港师傅之间厚此薄彼。不行不行，这个方案肯定不行。即使一定要这样搞，香港师傅也不能叫技术顾问，起码也应该叫技术总监，这样，就可以简称许总监郑总监曹总监黄总监，甚至进一步简称为许总郑总曹总黄总，听上去比汪主任王主任何主任韩主任更高一级。像这样把香港师傅从顾问改成总监，他的方案似乎又变得可行了。

丁先生决定立刻起草报告。地点不是自己的宿舍，而是大学生休息室，或者叫生产技术办公室，正好位于他宿舍的楼下。以前这里是工具房，现在被丁先生腾出来做成一间办公室。或许香港人对座位不在意，但内地工程师应该很在意。新来的几个大学生除了汪宝珠属于能工巧匠之外，其他几位之前在内地都是干部，都是有办公室和办公桌，如果到了深圳连一间办公室都没有肯定不习惯，所以在何葆国、韩建、汪宝珠、王秋玲等四人到位后，丁先生就提出为新来的大学生准备办公室，并争取到了林姑娘的支持和老板的同意。上次，王秋玲被她老公打得鼻青脸肿，丁先生就安排她在这间办公室里翻译资料，现在，丁先生自己要起草关于把工段改称车间，由新来的大学生出任车间主任、香港师傅担任技术总监的报告，也打算在这里完成。在这里写表明他在"上班"，回宿舍写则可能被怀疑他在休息。

没人公开表达过这种怀疑，是丁先生自己有这种自觉。正如刚才没人说他和汪宝珠的老婆唐静谈笑风生，是丁先生自己忽然有这种警觉，于是赶快中断，把注意力转移到工作中来。

善写是丁先生的特长，这其中有遗传，更有后天的培养，据说他父亲就很善写。当年父亲参加队伍，新兵集训结束开大会表决心，别人都是喊口号，只有他父亲正经写了两张发言稿，当场被下来采访的政治部宣传干事要去，直接被当成"决心书"引用在通讯报道中，父亲也因此引起上级领导的关注与重视，进步很快，文化教员、指导员、教导员、政治部主任、政委，一步一个台阶，所以父亲从小就告诉儿子一个秘密——领导都更重视书面报告而不重视口头汇报。父亲言传身教得多了，丁先生就记在心里潜移默化了。实践证明，善写是一种很实用的技能与习惯，不仅参加高考语文得分高，而且参加工作时也比别人进步快，否则他也不会差一点被提拔为情报室主任。到了深圳的外资企业，他这一招仍然有效，因为人性都是相通的，外资厂的老板和内地的单位领导在喜欢看报告而不是听口头汇报上是一致的，所以丁先生这个习惯就保留下来。

老板接到丁先生的报告没有立刻答复，或者说没有立刻在报告上批示。这当然与丁先生呈送报告的方式有关系，因为这份关于机构调整与人员安排的报告他没有像以往那样交给林姑娘先看再传真给在香港的老板，而是等到老板过来的时候丁先生亲手当面交给秦昌桂的。事情不急是一方面，另一方面丁先生也担心林姑娘把内容透露给几个香港师傅，毕竟他们都是香港人，丁先生不想让林姑娘为难，所以考虑再三，他采用面呈的方式。难道老板习惯了在传真件上批示而不习惯在手写文稿上批示？或者老板习惯保存传真件而不习惯保存手写文稿不小心弄丢了？

不可能。丁先生想，一定是老板这次不同意他的建议，或认为眼下实施他这个建议时机还不成熟，所以就故意拖一拖。

也是，丁先生想，新来的四个大学生还在试用期，哪能这么快就任命他们当车间主任，起码要等到试用期结束正式聘用的时候再说嘛。

不对，或许比这个情况更糟糕！丁先生想，是老板压根儿反对我的做法！更或者是有人在老板面前说了我许多坏话，让老板对我有看法啦！比如某个或几个香港师傅利用他们各自的亲信中有老板或老板娘亲戚的关系，逐渐把他们对我的不满吹进了老板的耳朵里！

如果仅是反对还好，反对仅限于工作层面，就怕是反感，因为反感就上升到人品层面了。这么一想，丁先生竟然感到脊背一凉！这种感觉是他以前从来没有过的。即使在赴美留学遭大使馆拒签的时候，即使他认为即将到手的主任位置突然被缓一缓的时候，丁先生虽然感到失望与沮丧，但从来没有感到脊背一凉，为什么这次会有这种感觉呢？不就是自己的一份书面建议没有得到老板的及时回复吗，难道比签证拒签、提拔泡汤还重要还令人不寒而栗？

想抽烟。

但丁先生身上没有烟。因为他平常不抽烟。

他几乎是无端慌乱地跑去找别人要烟。在何葆国和许师傅之间，丁先生立刻选择了后者。下意识地刻意拉近与香港师傅的关系，起码是表面关系。表面关系也很重要，不然怎么说透过现象看本质呢。

许师傅大约是没想到丁经理会突然找他要烟抽，非常诧异地把几乎一整包烟全部给他，一如丁先生当初把大半包三五全部塞给单位的收发员。

丁先生也没客气，接过香烟，再伸手要了打火机，然后拿着出去了。

丁先生走出车间，靠在厂房的外墙上就立刻把烟点燃，然后贪婪地抽起来。那一刻他仿佛是一个断烟很久的老烟鬼！而事实上丁先生平常并不抽烟，并且他父亲就不抽烟，所以他也根本就没有烟瘾。

一根烟还没抽完，丁先生就立刻找到自己不寒而栗的原因：是体制！是他身处的体制发生了根本变化，让他失去了安全感，所以才忽然体味到了不寒而栗！

丁先生生于1958年，父亲是国家干部，母亲是单位职工，都是体制内人，这种体制或许并不完美，但有一个最大的好处，就是让处于这个体制内的每个人都有绝对的安全感。父亲即使在靠边站的年月，也相信自己早晚会被解放，而且生活一直有保障；丁先生即使上山下乡，也相信早晚会被招工或被推荐参军、推荐上大学。所以自他们进入这种体制后，就获得了充分的安全感，就从来没有不寒而栗。可是现在，丁先生脱离体制了，尽管新的体制下他的工资待遇比当时体制内任何一个人都高，不是高出一点，而是高出数十倍！但并没有获得安全感。相反，还整天提心吊胆！为什么？就因为他今天的一切来得太轻意，老板一高兴，不经过任何程序不需要任何手续，连他的人事档案都没查，更没有上会研究，只凭老板一句话，丁先生就立刻当上经理，拿着比体制内任何一个人都高出数十倍的工资！那么同样，只要老板不高兴，也不需要经过任何程序和手续，立刻让他的职位、权力、工资统统归零！这不可怕吗？难怪老板仅没有像往常那样对他的报告及时答复，丁先生就当场感到脊背一凉呢！

一根烟抽完，丁先生紧接着又点燃一根。贪婪地猛吸进一大口，再缓缓地吐出来，然后头脑更加清醒了。

不要怕。

丁先生自己给自己打气。别说事情不一定是最糟糕的结果，即便真是，最坏的结果就是被老板炒鱿鱼，扫地出门，那又怎么样呢？工资一结算，自己差不多就成了万元户，能吃多大的亏呢？大不了回到人才市场，由一名招聘者变成一名应聘者，凭自己的学历、经历、随手成章的能力和外语水平以及新掌握的广东话听说能力，说不定还能找一个工资更高的工作，即便工资低一点，但离开这个鬼不生蛋的地方进入罗湖，不是更好吗？

不。丁先生进一步想，如果我被老板炒鱿鱼并且结算工资，身上差不多有了一万块钱，还找什么工作啊，干脆像之前对汪宝珠和"小虎牙"说的那样，自己做"人贩子"生意，带上"小虎牙"，就在人才市场旁边租一套房子，装一部电话，每天去人才市场收集信息，然后往内地的国营工厂写信或打电话，或通过同学、校友、亲戚、朋友等各种渠道网罗各种人才或能工巧匠，提供给各用人单位，不说赚多，每个人只收取试用期三个月工资的一半，十个人是多少？一百人是多少？如果做成一万个人不是赚钱赚疯了？不是比现在的每月四千更多？

这么想着，丁先生又觉得脊背温暖了，即使发生最坏的结果，被老板突然炒鱿鱼，也没有什么可怕的。想到能带着"小虎牙"唐静一起做生意，自己当老板，自己的命运自己掌握，丁先生居然感到心里暖暖的……

晚上开始巡视，林姑娘先跟丁先生说，自从他在《钢铁设计》和《江苏冶金》等杂志上那些文章发表后，公司就陆续接到一些电话，询问采购钢格板的事情，她不知道该怎样答复。

"这个你要问老板啊。"丁先生说。

"是的。"林姑娘回答，"我是打算等一下问老板，但想先听听你的意见，不然老板反问我自己的看法，我怎么回答？"

丁先生说走，我们边走边聊。

他们现在多了一个巡视点，就是东侧宿舍楼顶层的大学生宿舍。由于宿舍富余，东侧宿舍楼顶层之前是空置的，现在大学生每人一间。当然，汪宝珠的宿舍住夫妻俩。每次林姑娘和丁先生巡视到这里的时候，都没看见汪宝珠，因为这个时候汪宝珠正在赶往ABC的大门口的路上，或者已经赶到了，正在等最后一班公交车接他老婆"小虎牙"回来。每次丁先生看见王秋玲宿舍里那辆崭新的自行车，就忍不住想建议她该主动把自行车借给汪宝珠骑着去亚洲自行车公司大门口接"小虎牙"，但他忍住没说，因为他谨记父亲的教诲，可以教属下怎么做事，千万不能教属下怎么做人，因为你一旦教属下怎么做人，属下就可能变成你的仇人。所以他一直忍着没有建议王秋玲主动把自行车借给汪宝珠用，如果他这样建议，就等于是教王秋玲怎么做人，或者说是否定了王秋玲之前的做人。丁先生感觉王秋玲真的不是很会做人，估计这也是童亚洲坚决与她离婚的另一个原因。丁先生于是就发现，不仅对属下，就是对自己的配偶，做人也是很难教的，比如童亚洲就没办法教王秋玲怎么做人，最后只好离婚。丁先生甚至想，这辆自行车原本就是童亚洲送给他的，他当然不能要，但童亚洲坚持，于是他就"代收"了给王秋玲，说是童亚洲给她的，早知道王秋玲这样，当初不如就自己收了，然后放在办公室里，供大学生们用。

从厂内巡视到围墙外面的时候，进入他们的二人时光，丁先生今天本来有很多话要对林姑娘说，比如关于他绕过林姑娘直接给老板递报告的解释，比如关于钢格板内销问题的想法，但他首先说出口的，居然是王秋玲的不会做人。因为，他们一出工厂正好碰见汪宝珠和他老婆匆匆回来，四个人互相打了招呼，汪宝珠和"小虎牙"走进工厂，丁先生和林姑娘沿外墙外围巡视，丁先生对林姑娘说了王秋玲不会做人的事，并直言不讳说，他早知王秋玲这样就该自己收下童亚洲送他的自行车，然后放办公室谁有事谁骑，比如汪宝珠每天晚上去接他老婆，如果骑自行车，则方便许多。

林姑娘不解地看着丁先生，说道："如果你觉得王秋玲做得不妥，可以直接对她说啊。"

丁先生无法回答，他不能说这是父亲教他的，不能教属下做人，担心如果他这样回答林姑娘，林姑娘反问他点解？丁先生该怎样跟她解释呢？因为说实话，他自己对父亲的教诲也一知半解。于是支吾了一下，干脆打岔，说他设想把工段改称车间，并说这样有利于调动大学生的积极性。

"我知啊。"林姑娘说。

"你知道？"丁先生问。

林姑娘回答："知道啊，你不是给老板写了报告吗？"

丁先生回答："是，原本打算先给你看，征求你的看法后再由你传真给老板的，但不想让你为难，所以就直接当面给老板了。"

林姑娘又不解地看着丁先生，问他为什么这么想？我有什么为难的？

丁先生说因为这只是一个设想，眼下还不能实施，他们都在试用期呢，哪能现在就当主任。

林姑娘问："那你干吗现在就给老板写报告？不能等到他们试用期结束再向老板建议吗？"

丁先生回答这是内地体制单位的习惯，涉及人员安排都是大事，必须提前做准备。我是想让老板提前考虑这个事情，并不是建议老板马上就做。

林姑娘"哦"了一声，仿佛听明白了，或者基本理解丁先生的做法了。

丁先生长舒一口气，立刻见好就收，赶快进行下一个话题，说工厂产品内销的事。

"我想可以先做起来。"丁先生说，"一边做一边等内地的政策。"

林姑娘问："可以这样吗？"

丁先生回答："我看可以。"

林姑娘问："你凭什么觉得可以？"

丁先生说："邓小平又来深圳了。"

林姑娘说："这个她也知道啊。"

丁先生说国家领导人来一次，中国改革开放的力度就会加大一次，而且每次都是让深圳先试，所以我的想法是不能消极地等待内地的政策，可以先做起来，因为做起来有一个过程，需要一段时间，等这段时间过了，国家的新政策可能正好下来了。

"要是没下来新政策呢？"林姑娘问。

"没人管就继续做，万一有人管了再说。"

林姑娘问怎么"再说"？

丁先生说："如果上面要求限期整改，我们就按照他们的意见整改，如果他们勒令停止，那就暂时停止，反正属于改革的事情，我相信不会因此封厂抓人的。"

林姑娘说："那是对你们内地的国营企业，可对我们这些外商独资企业，就不会这么好说话了吧？"

丁先生说："恰恰相反，内地对你们外商更加宽松，你们只要不搞颠覆内地政府的间谍活动，内地这边绝对不会'拉人'。"他问林姑娘："你见过或者听过哪个外商在内地被抓了？"

林姑娘真认真想了想，摇头，承认没有，没见过，也没听说过。

"还是啊！"丁先生说，"所以我觉得产品内销可以先做起来。边做边等新政策。"

林姑娘不再说话了，她大概在想，如果在香港，违规经营真要封厂和坐监的，难道内地的营商政策比香港更加宽松？这个林姑娘真的不懂，所以她不敢说。

当晚，丁先生回到宿舍已经上床睡下，并开始听唐静新买的那套广东话教程了，林姑娘突然来敲门。

丁先生以为出了什么事，穿着短裤就下床开门。

林姑娘没进来，就站在门口告诉丁先生，老板让他马上把刚才所谈的内容写成报告，立刻传真香港给他。

"马上？"丁先生问，"现在吗？"

　　林姑娘笑了，说那倒不至于，明天吧，最好明天这时候传真给老板。

　　丁先生重新回到床上，哪里还能睡得着，不如赶快用简化字先把思路写好，等明天再"翻译"成繁体字，誊抄到方格稿纸上，尽快让林姑娘传真去香港。

　　次日早餐，丁先生当着几位香港师傅的面对林姑娘说："我今天就不下楼了，在楼上写报告，如果有电话问采购的事，麻烦你叫我下去接。"

　　林姑娘大幅度地点头，说好啊好啊。

　　丁先生早餐后就真没下楼，关在二楼的宿舍里翻译、誊抄、完善老板当日就等着看的这份报告。下午依旧。晚餐的时候，同样当着几位香港师傅的面，丁先生将那份用繁体字誊抄好的《关于公司产品先行尝试部分内销的意见》交给林姑娘，并让她自己先看一遍，有什么疑问就与他讨论，然后晚上加班结束前传真给老板。

　　林姑娘接过去当场就浏览了一眼，然后装进口袋里，先吃饭，吃过饭回到宿舍继续看，其间还真有一个问题没看懂，找丁先生咨询了一下，搞清楚后，再把《意见》传真给老板。

　　说丁先生一整天关在宿舍里并不确切，因为他上午边翻译成繁体字边誊抄不久，就发现问题，需要打电话咨询核实，于是跑到楼下把林姑娘叫上来，和上次一样，在楼梯拐弯的地方对林姑娘说，他要打电话，打北京、长沙、南京、合肥和马鞍山等多个长途电话，有几个问题要咨询与核实，所以想再次借用林姑娘宿舍里的电话。林姑娘自然说好，并立刻回去开自己宿舍的门。同样，丁先生没有跟着去，而是让林姑娘把宿舍的门开着，他十分钟之后过去。

　　那天上午和下午的许多时间，丁先生是在林姑娘宿舍里面度过的，因为他打了多个电话，除了打给大学同学外，更多的是打给在解放军国际关系学院的几个同学，特别是如他一样的几个插班同学，因为物以类聚，丁先生在学校的时候就与他们走得最近，而且这几个不穿军装的插班生基本上都是真正的高干子弟，在国际关系学院镀金后，先后去了国家经委或外经贸部门任职，关于外商独资企业尝试部分产品试行内销的事情，丁先生打电话咨询他们比咨询学冶金的大学同学更能解决问题。

　　当然，在众多的业务电话之中，丁先生也夹杂着打了几个公私兼顾的电话，如打给自己当总设计师的岳父，虽然岳父并不管外贸或内销这样的事，但岳父是北京人，这样的出身与地位决定了岳父有一些上层关系，而且岳父肯定比插班的同学更关心丁先生的事业支持丁先生的工作。果然，岳父的一个亲戚在中央的政策研究部门担任副职，岳父接到女婿的求助电话后，略微思索了一下，一个电话打回北京，直接向最权威的部门进行了咨询，给了丁先生最可靠的答复。

还有一个电话打给马鞍山市人民政府驻深圳办事处，找他姐夫的妹夫杜大伟，因为从理论上说，丁先生现在属于办事处的人，是马鞍山市人民政府协作办从冶金部马鞍山院借调丁先生到驻深办协助工作的，丁先生觉得无论从亲戚关系还是从工作关系上讲，他来深圳几个月了，总该主动联络一下杜大伟，向他"汇报"一下自己的情况。但丁先生实在太忙，而且打电话也不方便，因为他虽然是内地方经理，但一直没有自己的办公室，最近虽然搞了个休息室，但里面也没装电话，如果到林姑娘的写字间打电话，当着那么多人的面有些话也不好说，今天正好在林姑娘的宿舍打电话，丁先生趁机也给杜大伟打一个公私兼顾的电话，也算是完成一桩任务。

杜大伟一听是丁先生，蛮热情，至少比以往热情。杜大伟问丁先生怎么样，怎么来了这么久才联系。丁先生说一直想打电话，但因为没有什么事就不敢打扰领导。杜大伟说你少来这一套，我什么时候领导你了？你今天怎么就敢打扰了？丁先生说今天真有事找你。杜大伟问什么事，丁先生就把他们厂想尝试产品内销的事情说了，说你来深圳的时间比我长，是否了解这方面的情况？杜大伟说这个我真不了解，要不然你打电话问问马钢公司驻深圳办事处的严主任，严力，你认识吧？丁先生说知道这个人，但没交往，更没他电话号码。杜大伟就把马钢公司驻深办的电话号码告诉丁先生。丁先生说谢谢！又说方便的时候聚一下，叫上严力，我做东。杜大伟说是该你做东，发财了，还不请客？丁先生说没发财，但请客没问题。二人说笑着结束通话。

林姑娘来咨询丁先生的问题是《意见》当中的一条建议——把来料加工产生的边角料随产品一起包装运回香港。林姑娘不明白是什么意思。边角料之前都是当作废铁处理的，有人每周一次定期上门收购，现在把废铁与成品镀锌钢格板包装一起运回香港，点解？乜嘢意思？（为什么？什么意思？）难道因为香港那边废铁的回收价略高于深圳就这样过境搬运吗？

"当然不是。"丁先生说，"这样做是为了应付海关。"

"应付海关？"林姑娘更加不懂了。

"对。"丁先生说，"老板应该一看就明白。"

林姑娘"哦"了一声，没再问，但丁先生却感觉这样讲话似有些不尊重林姑娘，于是补充说："我这个主意也是通过许多电话讨教来的，我可以跟你说，但你不要再对任何人说，除了老板。"

林姑娘点头，丁先生才告诉林姑娘："因为我们属于来料加工企业，两头朝外，理论上进多少原料，就必须出去同等重量的产品，但因为有边角料，所以出货产品的重量可以略少于进货的重量，比如相差百分之十吧，这个百分之十的重量差海关是知道的，也是认可的。"

林姑娘点头，说这个情况她知道。

"现在，"丁先生说，"我建议把边角料也装在成品里面一起运回香港，置换出同样重量的产品留在内地，这部分产品就可以内销了。"

林姑娘这次没有"哦"，也没有点头，她似乎没有完全听明白。于是丁先生就进一步解释说："假如我们每个月进料100吨，出货90吨，余下的10吨是边角料，现在我建议把这10吨的边角料也装在产品里一起运回香港，同样是90吨，实际上这90吨里只有80吨是成品钢格板，10吨是边角料，那么，被10吨边角料'置换'出来的10吨成品钢格板就是'多'出来的，可以用于内销了，而这一切在海关看来，没有任何变化，真正的'变化'只有我们自己知道。"

林姑娘仍然没有"哦"，又自己想了一下，终于点头，然后问："万一海关开箱检查怎么办？"

丁先生说一般不检查，万一真查出来也没关系，同样是钢铁，只是形态不同，也不是违禁品或夹带私货，海关哪里会管。

林姑娘这才"哦"了一下，说："是，假如我是海关的人，即使打开集装箱抽查，发现都是钢格板和钢格板边角料，也不会管的。"

同样早餐时间，林姑娘对丁先生说："老细（老板）过紧嚟，系路上，佢要当面同你king。"

听得几个香港师傅面面相觑，不明就里。丁先生却听明白了。关键词是"king"，他忽然发觉，香港话当中的有些词或来自殖民时期的英语，比如"谈话""讨论"被说成king，是不是来自英语的talking呢？同时丁先生再次感悟，老板就是老板，昨天那份《意见》他先给林姑娘看，并且林姑娘反复看后又跑过来向他咨询，丁先生费劲地与她讲了半天，林姑娘仍然似懂非懂，可她昨晚上八九点钟才传真给老板，秦昌桂今天早上就从香港赶过来，现在已经在赶来工厂的路上了，可见，秦老板一眼就看出了《意见》的名堂与价值，所以秦昌桂能当老板，林碧霞不行，至于几个面面相觑的香港师傅，则似乎只能做师傅，会干活，能独当一面，甚至任劳任怨，但掂量不出某件事情的意义与轻重来，又不如林姑娘那般积极上进爱学习，林姑娘尽管反应慢一拍，但好歹还有把事情搞清楚的愿望与热情，所以她才比另外几个香港师傅职位更高，成为另外几个香港师傅的领导，成为妈湾厂的实际管理者和老板秦昌桂的心腹。

工厂刚刚开工，老板就到了。秦昌桂很少这么早从香港赶过来，一看就是有什么非常紧急的事，但又显然不是什么坏事，因为那天早上他满面春风地出现在众人面前。

丁先生知道秦昌桂会来，但没想到这么快就到，所以他当时并没有在门口迎接，而是在开工前就带着几个大学生一起跟曹师傅学习镀锌机的操作。丁先生明白，镀锌工艺看起来最成熟，但实际操作蛮复杂，需要操作者掌握参数和根据具体情况及时调整参数，对专门学金属表面处理的大学毕业生韩建来说，当然没有问题，但按丁先生的要求，所有新来的大学生最好能所有的岗位相互替代，经过摸底，证明锻焊机最简单，目前四个大学生全部会独立操作，汪宝珠最能干，他四个岗位都能胜任，丁先生清楚，要求其他大学生如王秋玲、何葆国在短期内掌握电工和钳工技术不可能，但突击培训他们掌握镀锌机的操作是可能的，这样，等到他们试用期结束的时候，至少能保证一个大学生能胜任两个或两个以上的岗位，也算基本达到了要求。丁先生之前在内地的时候经常听长辈说要求严格是对晚辈的爱护，当初他怀疑这是说大道理，现在自己当经理并成为准长辈后，才发现这话是实实在在的硬道理，比如他现在要求每个大学生至少掌握两个岗位技能，除了满足实际工作需要、打破之前一人请假全厂停产的局面外，另一个重要的考虑就是希望在老板面前证明大学生的整体素质确实比之前的几个师傅高，更有理由让他们出任车间主任。今天他正带着四个大学生看曹师傅的开机要领，老板就到了。丁先生故意不往老板那里看，他相信，老板要是找他，自然会派人叫他，如果老板不主动找他，自己硬往上凑也没意思。让丁先生没有想到的是，老板没有派人来叫他，而是径直走向镀锌机，与丁先生和四个大学生一起看着曹师傅一步一步地让镀锌机运转起来。

曹师傅有点内向，因此表现得有点傲慢，平常对几个大学生不爱搭理，这也是丁先生特意把四个大学生全部召集过来集体学习的原因之一，因为你曹师傅再牛，也不敢对集体不搭理吧。没想到老板秦昌桂也径直走过来加入了他们的集体学习，搞得曹师傅有点紧张。丁先生跟老板打了招呼，然后继续观察曹师傅的操作，发现曹师傅的额头渗出汗珠，立刻想起上次开锻焊机的郑师傅，不禁怀疑自己是不是做过分了，竟然有些后悔今天的行为。但既然已经做了，后悔也没用，只能硬着头皮做到底。等曹师傅把镀锌机运转起来后，丁先生才问老板："您找我？"老板反问："你这边做完了吗？"丁先生回答："这事不急，明天可以继续。"然后对四个大学生宣布："今天先到这里，明天继续。"几个大学生分别与老板、丁先生和曹师傅打了招呼，散了，丁先生则跟着老板上楼。

老板就是老板，明明是为产品内销的问题赶过来的，在会议室坐下对丁先生说的第一句话却是："上次你建议改工段为车间的事……"

丁先生马上接过话，说这事不急，我只是向您汇报自己的设想，就是要实施，也要等到四个大学生试用期满，试用合格打算正式聘用的时候再考虑。

老板大约是没想到丁先生会这么说，竟然愣了一小下，然后绽放笑容，连说："好耶、好耶、好耶！"然后他才拿出昨晚收到的那份传真，和丁先生研究其中的细节来。

那天他们king了整整一上午，丁先生发觉老板的普通话大有长进，他请求老板恢复说香港话，并说自己正在学习粤语，跟磁带和广播学，现在最需要当面用粤语与人对话，希望老板支持。

老板憨厚地笑了。

丁先生没想到憨厚二字也能用在香港人身上，因为丁先生一直以为香港人和上海人差不多，很精明，但不憨厚，并且香港人更加务实和遵守规则，怎么今天突然感觉秦老板蛮憨厚了呢？他不确定秦昌桂本来就憨厚，还是根据与内地人打交道的需要，秦老板按照内地人判断人的标准学着憨厚了呢？

那天他们俩几乎把有关尝试产品内销的所有细节全部谈到了。其间林姑娘两次上来帮他们倒水，部分参与或旁听了他们的谈话，虽没有发表意见，但起码也看出这个问题的重要和老板对这个问题的重视程度，当然也明白丁先生在这个问题上的主导作用。

丁先生一边谈一边在笔记本上写写画画，最后总结出十来条：

1. 立刻暂停边角料的就地出售，积攒在那里，等着内贸开始后用它们置换同等重量的产品用于内销；

2. 另外注册一家贸易公司；

3. 贸易公司就在工厂内，为此，大门口的招牌由香港恒基金属材料公司改成恒基工业区，内有恒基金属材料厂和恒基工贸公司，相当于内地许多地方的一套班子两块牌子，方便运作；

4. 此事暂时由丁先生负责，今后或由香港总部派遣专门做经营的负责人过来，或另外招聘专门做贸易的人来负责；

5. 办公场所暂时安排在现在的写字楼二楼会议室，等业务开展后，再另寻地点，比如后面宿舍楼的东侧二楼，也就是现在的职工食堂上面；

6. 为方便开展工作，为二楼会议室安装一部电话，或从林姑娘宿舍里接出一部分机，等贸易公司注册成功后再安装专门的电话；

7. 对外销售属于经营，不比生产技术，需要对外打交道，因此丁先生可能经常出差，甚至请客送礼，关于差旅费预支和报销应该有一个明确的规定，否则不好掌握也不方便开展工作。丁先生甚至当面向老板袒露他在这方面的困惑，说他上次去人才市场忙招聘的事打出租车都是自己贴的钱，想到当初来的时候老板汇给他的两千元有结余，也就没找财务报销，但长此以往应该有一个明确的制度；

8. 作为临时负责，丁先生需要助手，他提议调动赖厂长的积极性，给她额外每月一千元的工资，请她协助丁先生开展贸易公司注册、运作以及协调可能发生的海关方面的质询等。秦昌桂基本认同丁先生的提议，但他希望给赖月娥的额外一千元是以奖金的名义，而不是工资，丁先生立刻理解老板的用意：奖金是可以随时停发的，而工资一旦给了没有充分的理由就不能停发。他佩服秦老板在憨厚面具下的精明！

9. 丁先生提议或起用汪宝珠的老婆唐静也就是"小虎牙"来协助做内贸工作。他没有私心，完全从有利于工作的角度考虑，觉得"小虎牙"情商很高，讨人喜欢，又懂得内地人之间的人情世故，非常适合开展经营与产品贸易工作，但他多少有些做贼心虚，担心老板追问唐静是谁？"小虎牙"是谁？她现在在工厂的哪个岗位上？我怎么不认识？能叫她过来一下吗？等等等等。但是，丁先生没想到，秦老板居然什么问题也没问，马上就回答丁先生："得！"搞得丁先生反而不放心，他问老板："你知道'小虎牙'？"老板笑着回答："我知。"丁先生问他怎么知道的？因为丁先生记忆中老板没见过唐静。这时候，林姑娘插嘴，说公司有人对汪宝珠的老婆不是厂里职工却住在厂里的做法有意见，汇报到老板那里，所以老板就问过这个事，她也跟老板解释过了。丁先生听了无话可说，心里想，还真有人连这么小的事情就能捅到老板那里？那么我自己该有多少事情被捅到老板那里去了呢？会不会有人汇报过我和"小虎牙"在大庭广众之下谈笑风生呢？又想，汪宝珠的老婆住在厂里不可以吗？内地的单位，无论是马鞍山设计院还是芜湖冶炼厂，以及丁先生实习和施工服务去过的所有工厂，哪怕是他插班学习的解放军国际关系学院这样严格保密的单位，哪一个不是小社会？住在里面的人多着呢，怎么到了香港的工厂，像汪宝珠这样一个萝卜能顶四个坑的绝对技术能手与骨干，老婆与他一起住在厂里都不可以吗？丁先生甚至想到他自己，如今他应该已经算站稳脚跟了吧，假如老婆这时候带着儿子过来，不让住在厂里，该住到哪里呢？住蛇口？住南头？住哪里都不方便啊！不过，他老婆眼下还没打算来，他不需要做这种"假设"，还是先解决眼下面临的问题。

10. 其他问题。

下午，老板希望丁先生立刻把他们上午king的结果整理出来，让他带回香港，拿到董事会上研究通过，并说他可以等到晚上才走。

丁先生回答不行，你在这里等着我会有压力，反而影响我的案头工作，不如你先回香港，该干什么就干什么，我争取今天晚上最迟明天早上就让林姑娘传真给您。

秦老板又摆出憨厚的模样，笑笑，像捡到宝贝一样高高兴兴地走了。

原本以为计划很详细很周全，实施起来才发现困难重重。先是"小虎牙"唐静不领情，居然不接受丁先生为她争取来的好职位好机会！其次是黄师傅不听从林姑娘的安排，说做人要言而有信，说好了边角料卖给人家的，人家每周上门收购，当场付钱，从不拖欠，现在不能无缘无故不卖给人家。而林姑娘遵循老板的指示，此事眼下只限于他们三个知晓，所以也不方便把他们打算用边角料置换成品用于内销的事情告诉黄师傅。

两人在争执的时候，丁先生赶了过去。谁都以为丁先生会站在林姑娘一边压制住黄师傅，但丁先生却把林姑娘叫到一边，一直叫到车间外面，说反正内销还没正式开始，不急，少储备一两吨边角料不碍事，不如先给黄师傅一个面子，等我们了解清楚，再向老板汇报，看老板怎么处理。

"了解清楚？"林姑娘不解，"老板不是回复了吗？说董事会批准你的方案了，还有什么不清楚的？"

丁先生朝两边看看，确认四周一个人没有，才小声问林姑娘："你不觉得黄师傅的反应很奇怪吗？"

林姑娘说："是很奇怪，他干吗要这么坚决地反对边角料储存不卖呀？"

丁先生意味深长地点点头，然后说："你注意到没有，全厂只有黄师傅一个人配了个BB机，连你都没有，他一个师傅要BB机干什么？有什么业务需要对外联系吗？"

林姑娘愣了一下，问："你是说……"

"我什么都没说。"丁先生立刻阻止林姑娘说下去，他自己抢着说，"我只是建议这一车边角料先按照黄师傅的意见允许买家拉走，给黄师傅一个面子和台阶，然后你私下了解一下市场上钢板边角料的收购价格，查一下每月出售的边角料重量加上出货的重量，是不是正好等于进料的重量，再注意一下黄师傅与收购方有没有私下交往，他那个BB机是不是专门为了方便与对方私下联系用的。"

林姑娘张着嘴巴半天没合上。

丁先生差点就伸手拍林姑娘的肩膀，及时意识到男女有别，再说林姑娘是他的上级，下级再得意也不能拍上级的肩膀啊！丁先生赶快收手，笑笑，走了。

这件事还好说，丁先生相信林姑娘即使搞不掂黄师傅，也一定会向老板汇报，秦老板总有办法摆平黄师傅。真正让丁先生烦心的是汪宝珠的老婆"小虎牙"！

为了避嫌，丁先生没有直接找"小虎牙"，而是先跟汪宝珠报喜，说他已经跟老板说好了，同意安排唐静进厂上班，不当工人，而是让她协助自己做对外经营的事情，相当于经理助理。

这个汪宝珠，听了之后一句感谢的话都没说，甚至连高兴的表情都没有，仿佛丁先生不是在帮他，而是在求他，就算求你，你也不能这态度嘛！

好在丁先生了解汪宝珠。他这个人，往好里说是宠辱不惊，往坏里说是好歹不识。他来深圳后，丁先生曾经专门给谷裕打过一个电话，算是表达一声感谢，可听谷裕的口气，他帮了汪宝珠这么大的忙，汪宝珠一句感谢的话都没说，仿佛是谷裕求他办了件事。丁先生当时听了还大笑，说你大厂长要他一个工人感谢什么啊，我感谢你呀，谢谢！可现在，事情轮到自己头上，丁先生心里也多少有些不爽。不过他不在意，他相信今天晚上汪宝珠只要把话传给唐静，"小虎牙"明天一早一准马尾辫一甩一甩地跑过来找他。

一想起"小虎牙"马尾辫一甩一甩的样子，丁先生哪里还在意汪宝珠的态度？

第二天早上丁先生继续带着四个大学生观摩曹师傅的操作，临近结束时，"小虎牙"果然马尾辫一甩一甩地过来了。丁先生假装没看见，继续专心致志看曹师傅的操作。昨天是老板来了，丁先生当然要中断观摩和老板打招呼，今天是"小虎牙"，丁先生自然先把她晾在一边，这不是势利，而是做人的分寸。好在"小虎牙"并未生气，反而加入他们的观摩队伍，认真看完曹师傅的操作。末了，丁先生又给四个大学生布置作业，让他们每个人各自写一份镀锌机的操作规程，独立完成，三日之内交给他。忙完这些，才对汪宝珠和唐静说："你们俩跟我到会议室来。"说完，自己径直上楼。

丁先生心里想，你汪宝珠不识好歹，唐静不会，她肯定第一句话就是"感谢丁大哥"。

丁先生走得快，先一步在会议室的主位上坐下。汪宝珠和唐静迟一步就到。果然，"小虎牙"满脸堆笑，眼睛和眉毛都成了月牙形。

"谢谢丁大哥呀！"唐静歪着脑袋摇着马尾辫说。

丁先生立刻感觉赏心悦目，但马上就感觉气氛不对，这么热情不像是对上级，倒像是对客户，那么，她不打算做我的助理吗？

丁先生没时间绕弯子，立刻问："宝珠已经对你说了吧？"

唐静点头，依然笑得天真烂漫。

"你愿意吗？"丁先生进一步问。

"小虎牙"没法再装傻充愣了，严肃了一点。

"没关系的，"丁先生说，"有什么顾虑和想法直接说。你们俩算是我在厂里唯一的'自己人'，不妨直说。"

唐静就说："我不想跟宝珠在一个单位。"

丁先生理解，因为他想起自己当年在设计院和老婆、岳父、岳母一个单位的经历。但他还想再争取一下，于是说："你们知道我这次为什么舍下脸求老板吗？"

汪宝珠仍然面无表情，唐静摇头，说不知道。

"因为有人向老板告状，说你不是厂里工人，却吃住在厂里。"

"住是有，"唐静立刻强调，"但我没在厂里吃。早上自己泡方便面或干脆吃面包和饼干，中午赶到蛇口吃快餐，晚餐店里提供餐饮。"

"我知道。"丁先生说，"其实就是你早上在食堂吃，对公司能有多大损失？但人就是这样，不管是香港人还是安徽人广东人，嫉妒心是一样的，大家都一个人，即使夫妻俩都在厂里也不能住在一起，于是有人对你们住在一起不服，看不顺眼，说七说八在所难免，我也不能让你一个人搬走，最好的解决办法就是安排你进厂上班，但又不想委屈你，不能拿你当操作工使，所以建议成立一个新的部门，经营部，我兼任经理，你和赖厂长协助我工作。这事暂时保密，你们不要对外说。"

汪宝珠仍然不说话，面无表情，仿佛他只是一位旁观者，此事与他无关。

"小虎牙"生气了。而且气得不轻，嘴里明显喘着粗气。

丁先生安慰说："不要生气，这是现状，现状就是这样。你们没有发现吗？这里和内地不一样，不讲人情味的，因此也不讲情面，昨天老板跟我说这件事，我也很生气，当时就想，假如我老婆带着儿子来了，也不能住厂里吗？不能住厂里那么他们住哪里呢？"

"是老板亲自对你说的吗？"唐静问。

丁先生愣了一下，回答："是林姑娘当着老板的面说的。"

"大嫂和你儿子要来了吗？"唐静又问。

"还没有。"丁先生回答，"但这是早晚的事。不可能永远不来。"

汪宝珠依然一言不发，"小虎牙"问完这两句再无声响。静了蛮长时间，可问题总要解决啊，丁先生忍不住再问唐静："怎么样？你考虑好了吗？"

丁先生看出来了，汪宝珠根本就没有发言权，不如直接问唐静。

唐静咬着嘴唇，不说话。丁先生发觉唐静咬着嘴唇的时候小虎牙并没有露出来，藏到哪里去了呢？

"不急。"丁先生最后说，"你们考虑两天，商量商量，过两天再告诉我结果。"

第十一章　过程堪比007

　　难怪秦昌桂敢把整个工厂交给一个女人，林姑娘真不简单，敢作敢当，智勇双全，仅一天，她就把黄师傅在边角料出售过程中的猫腻调查得一清二楚。过程堪比007！

　　上午丁先生在车间外面对林姑娘说了那番话之后，她马上就去查账。先查每月进料与出货的重量，再查黄师傅每月出售的边角料重量，一对比，立刻发现数额对不上。下午，她在宿舍里用那部专门与老板联系的私人电话通过114查询，联系上蛇口和南山的几家废品收购站和物资回收公司咨询价格。她没说自己是恒基金属材料有限公司，而说自己是蛇口集装箱制造厂的，所以很快问清楚钢结构边角料的回收价格，甚至有一家公司明确说，如果她要求有返点，好商量。林姑娘再将获得的价格与黄师傅入账的价格做对比，查明经黄师傅手出售的边角料数量与价格都有出入。

　　假如前面这两项操作都是林姑娘按照丁先生的授意而为的话，那么最后一项则完全是林姑娘发挥主观能动性自己想出来的行为！她一脸灿烂地晃到黄师傅跟前，假装很天真很好奇地和黄师傅聊BB机，说她也打算买一个，问这东西好用不好用？从香港打电话能联系内地BB机的机主吗？在香港能传呼内地的BB机吗？尽管早上为卖边角料的事情他们之间闹得有点不开心，但最终林姑娘在丁先生的劝说下给了黄师傅面子，允许他继续完成一车交易，所以，下午林姑娘的这番表现，在黄师傅看来是林碧霞向他示好和示弱，是林姑娘故意用BB机的话题修补与他的关系，毕竟都是香港人，林姑娘职位比他高，所以，黄师傅也不能总是端着，一高兴，主动从腰上摘下BB机，递给林姑娘看。林姑娘接过去，摆出爱不释手的样子，仔细把玩了一番，还向黄师傅讨教了怎么用，然后一扬手，说我拿去睇睇啊，立刻拿回去调出里面的传呼记录，抄写下来，再假装没事一样晃到黄师傅身边，把BB机还给他，说谢谢啊，说她过几天也打算去买一个。

看着黄师傅BB机上的传呼记录，对比查账和电话咨询的结果，林姑娘很激动，也很紧张，但她第一时间没去揭穿黄师傅，也没有立刻打电话去香港，而是先找到丁先生，把他叫进会议室。后来丁先生想，可能是林姑娘和老板的通话时间固定在晚上，其他时间不方便，或者是林姑娘觉得这件事情太大太严重，她一时没了主意，即使与老板通上电话，也不知道该怎么说，以及先说什么后说什么，所以她决定先跟丁先生商量一下；更或者是林姑娘人品不错，不争功，这件事情原本就是丁先生授意她做的，现在她做完了，当然应该先跟丁先生说，而不是立刻向老板汇报；再或者是林姑娘不知不觉把丁先生当成了知己和心理依靠，遇上这种让她激动与兴奋的事情，习惯与丁先生分享一下，总之，那天下午林姑娘把丁先生叫进会议室，汇报了自己的调查结果和掌握的情况。

丁先生听了也很激动，因为林姑娘的汇报完全证实了他自己的事先判断。因为激动，丁先生居然发生了错位，把林姑娘的汇报当成了真正的汇报，居然当场表扬起林姑娘来，说林姑娘处事果断！办事效率高！做事雷厉风行而且注意方式方法等。好！干得好！实在是好！特别好！你辛苦啦等。特别是看了林姑娘从黄师傅BB机上记录的内容，保留了证据，还搞到买家的电话号码，如果必要，他们甚至能以谈业务的名义把对方约出来，套出他与黄师傅之间的交易。

林姑娘也是人，也喜欢听表扬的话，这时候听丁先生如此到位且中肯的表扬，竟然像少女一样脸红了。

突然，丁先生发觉自己不对，林姑娘是上级，表扬只能上级对下级，哪能下级表扬上级呢？下级对上级不能表扬，只能恭维或拍马屁，但是，自己刚才表扬林姑娘的这番话是恭维或拍马屁吗？肯定不是，确实是真心佩服与表扬嘛！但位置不对，下级对上级哪能说"干得好""辛苦啦"这样的话呢！

罪过罪过！

丁先生明明知道自己错了，却没有办法补救，否则，难道他对林姑娘说对不起，我刚才不是表扬你，是恭维你，那不更加是越描越黑吗？

好在林姑娘并未在意，她问丁先生："下一步我该怎么做？"

丁先生回答五个字："向老板汇报。"

停顿一下，又加了四个字："如实汇报。"

"现在吗？"林姑娘问。

丁先生说："那倒不必，你平常什么时候跟老板通话，今天仍然什么时候通话，尽量保持平常心，不要显得大惊小怪和很激动的样子。"

林姑娘点头。

丁先生又补充说："不要让老板感觉你得意或兴奋，相反，你最好略微带一点忧伤，似为自己的同事犯这样的错误而感到惋惜，甚至检讨自己的责任，说这么大的问题你到今天才发现等，这样显得你谦虚、谨慎、善良。"

打住！丁先生再次提醒自己打住！我这等于是教林姑娘怎么做人了。打住打住，赶快打住！

但刹车太急了也显得生硬，于是丁先生换了一种口气，最后说："其实你会说的。你只要先冷静下来然后再说，就一定能很清晰而且很有分寸地表达。"

林姑娘笑着点头，丁先生则悄悄舒了一口气。

当天林姑娘什么时候给老板打的电话以及老板怎么回答她的，丁先生一概不知，他也不好意思问林姑娘，但有一点是肯定的，就是老板第二天并没有再次从香港立刻赶过来，并且第三天也没有，好像什么事情都没发生，似乎林姑娘根本就没有跟老板汇报这件事。

当然这是不可能的，只能说明老板城府深，或他心里其实早就有数，只等着时机成熟再解决这个问题。

第三天的晚上，丁先生和林姑娘从工厂外围巡视回来，看见唐静和汪宝珠在工厂大门口等着。

他们显然也刚刚从亚洲自行车门口步行回来，专门等着林姑娘和丁先生。

照例汪宝珠没说话也没有表情，仍然是他老婆唐静唱主角。

她首先亮出自己的招牌表情，露出"小虎牙"，甩起马尾辫，眼睛眉毛一起弯成月牙状，笑眯眯地喊林经理好！丁经理好！然后马上对丁先生说："丁大哥，我们找您说点事。"丁先生先看一眼林姑娘，获得一个微微的点头后，回答唐静："好啊，去会议室吧。"

三个人进了二楼会议室，丁先生刚刚把灯打开，还没来得及坐下，唐静就开门见山。

说实话，丁先生喜欢唐静这样的谈话方式，但一听她说出的内容，心理素质差的人可能会被气死。她居然说："丁大哥，我认真想了一下，还是决定不来公司上班，无论工资多高都不来。但暂时又实在不方便搬出去住，所以还要拜托丁大哥无论如何帮我争取一下，让我在宝珠这里再住一段时间。"

丁先生提醒自己是领导，要学着老板那样有城府，不管对方提出什么不合常理的要求，都不要急于否定，更不要生气，而是耐心听完对方的理由，于是他平静地问唐静："可以告诉我你坚决不来的理由吗？"

"这里太偏了！"唐静说话倒直率，"您当经理当然另说，宝珠的性格更适合在这里。说句实话丁大哥你不要生气啊，假如你不是当经理，工资每月不是四千，我估计你也不会在这里做。"

丁先生不说话，不置可否，但他鼓励"小虎牙"继续说。

小虎牙继续说："丁大哥您说得对，国家领导来了之后，深圳果然又有大动作啦！您知道吗，马上就要用抽签的方式发行股票了！你们在厂里感觉不到，我在蛇口感觉这几天街上忽然人都多了起来，很多人带着大量身份证和现金从内地赶过来，等着参加新股抽签呢！"

这个丁先生还真不知道，所以听了心里一惊。

"窝在这么偏僻的厂里，与外界几乎隔绝，除了工资高点，等于没来深圳！"唐静居然越说越激动起来，"我们家有宝珠一个人窝在厂里领工资养家就够了，我宁可把工资全部花在住宿舍上，也想呼吸外面的空气！那种只有深圳才有的空气！"

丁先生内心被震撼了一下，但嘴上依然平静地问："你现在工资涨了吗？"

唐静回答："还没有，但老板已经说了，因为我已经会说一点广东话了，下个月就从六百涨到七百，等我广东话会得更多了，再从七百涨到八百元。"

"你知道我打算给你开多少钱工资吗？"丁先生问。

唐静回答不知道，并反问丁先生打算给她开多少。

丁先生回答起薪一千。

唐静伸了一下舌头，不小心再次露出小虎牙，汪宝珠则瞪了她一眼。

当然这只是丁先生的个人意愿，其实他和老板还没谈到唐静的工资问题，但他相信既然赖月娥的奖金都每月补助一千元，那么给唐静工资每月不该少于这个数。

丁先生见自己的高薪起到了效果，就决定再加一把火，说："这只是起薪，干得好再加。比如三个月后加到一千二百元，但你的工资目前不会超过汪宝珠。"

汪宝珠仍然不说话，只是嘴角略微上翘了一下。唐静回答："这个我知道。"

丁先生看着唐静，等她的最后结论。

唐静却没有立刻回答，她似乎在思考，如此，会议室就发生了短暂的沉寂。最后还是唐静绷不住，先摆出招牌动作与表情，然后笑眯眯对丁先生说："丁大哥，能让我们再考虑考虑吗？"

丁先生回答可以，然后立刻起身，摆出要关灯的样子，等于赶他们走。

也确实是赶他们走。丁先生累了，而且林姑娘还等着他洗完澡才洗澡呢。

老板仍然没有过来，或许他认为解决黄师傅的时机还不成熟，或他格局更大，关注的是公司整体业务与未来的发展，根本不在意边角料回收有猫腻这样的小事，在林姑娘看来天大的事，在秦昌桂的格局中根本就算不上事。但眼看又到一周了，下次收废铁的再来，还让他把边角料拉走吗？

丁先生提醒自己不要瞎操心，车到山前必有路，等收废品的来了再说，前面不是还有一个港方经理林姑娘顶着吗。他决定自己不主动过问，看林姑娘到时候怎么处理，或许就能看出老板是怎么考虑与布局的了。

倒是"小虎牙"这几天异常活跃，丁先生这边还在等她考虑的结果呢，那边唐静就绕过丁大哥直接去找林姑娘，说她就是打算从那边辞职也要等这个月干完从精品店领了工资才能走，所以她至少这半个月还不能来公司上班却还要继续住在工厂里。

林姑娘自然回答没问题。

唐静又说她希望早餐在工厂食堂吃。

林姑娘还没来得及答复，唐静又补充她不需要跟汪宝珠吃管理餐，就在外面吃工人餐，还说她按每餐的标准付钱，她的早餐钱可以先从她丈夫汪宝珠当月的工资上扣。

林姑娘略微思考了一下，也只能同意。于是每天早晨丁先生经过工人餐厅的时候，都能看见小虎牙在工人餐厅吃早餐的身影。

不是丁先生特别关注，实在是"小虎牙"自己太醒目。大部分是男工，她一个年轻漂亮的女性在里面本来就显眼，而且其他人都穿了工服吃完就要上班的，只有唐静一个人穿着准备去精品店推销精品的精美制服，自然很突出很显眼。另外唐静不是简简单单地吃早餐，不确定是她自己主动还是男工们主动，总之每次丁先生路过工人餐厅往里面走的时候，都瞥见"小虎牙"身边围了许多人，在那里边吃边说笑很是开心，于是他不得不承认，一个"小虎牙"带活了整个恒基公司妈湾厂的气氛。

这还不算，"小虎牙"之前每天上午十点半从楼上下来，经过车间走出工厂，步行到亚洲自行车公司大门口乘公交车去蛇口吃午餐上班，现在她提前十五分钟下来，先在车间巡视一圈，与几乎所有的工人挨个儿打了招呼，最后走到汪宝珠跟前，甜甜地喊上一声"宝珠，我去上班了"，然后才欢快地蹦蹦跳跳地走了。头几次汪宝珠还嘱咐两句，说路上小心、晚上回来在公交站等他去接、千万不要自己回来，后来渐渐麻木了，不理睬她了，仿佛唐静不是他老婆，甚至他干脆不认识"小虎牙"。

丁先生承认"小虎牙"的做派确实为工厂注入了新鲜空气，但同时也感觉即便是好事情也不能过分，做过了，就一定有反作用，毕竟，唐静目前还不是恒基的职工，只是一名"家属"，而且当时的外资厂与国内的国营单位不一样，至少在深圳的香港恒基金属材料公司妈湾工厂是不允许"带家属"的，她这样吃住在厂里，已经遭人妒忌遭人恨，甚至已经捅到老板那里了，情况丁先生也已经当着他们夫妻二人的面说过，她怎么还不收敛一点反而更放肆更变本加厉了呢？丁先生因此有点为难，他想跟汪宝珠说说，让他提醒一下自己的老婆。不是丁先生好管闲事，实在是全厂谁都知道他们夫妇是"丁经理的人"，唐静太活跃，受影响的不仅是汪宝珠，还有他丁先生，但他不方便直接对"小虎牙"说，要说只能对汪宝珠说，可汪宝珠根本管不了唐静，如果丁先生硬要对汪宝珠说，无疑挑动他们夫妻吵架，新来的四个大学生中王秋玲已经与丈夫打架闹得正在离婚了，如果再挑动汪宝珠跟"小虎牙"吵架，影响多坏？丁先生打算晚上巡视的时候对林姑娘说，毕竟她们都是女人，由林姑娘对唐静说说可能方便一点，另外关于唐静继续住在厂里，甚至在工人食堂吃早餐都是经过林姑娘同意的，所以她有责任对此事产生的后果负责。

晚上丁先生对林姑娘说的时候，完全是一种讨教的口吻，他问林姑娘："唐静作为家属，每天上午去蛇口上班之前，在车间里走一圈，这样做好不好？会不会又有人汇报到老板那里？"

不是谦虚，是丁先生真的对这个问题拿捏不准。上次当着老板的面，林姑娘亲口说有人对汪宝珠的老婆住在厂里有意见，现在同意她继续住并且早餐与工人们一起吃饭的也是林姑娘，丁先生真的不知道这个问题的边界在哪里。

林姑娘的回答是："反正最多半个月，半个月后，唐静正式到你手下上班，是你的部下，你希望她怎么做，自己对她说。"

"是吗？唐静答应半个月后就来公司上班吗？"丁先生问。同时还有半句话他没有问，如果问，那就是：这个事情我怎么不知道？她答应我考虑两天的，可眼下三天过去了，她并没答复我啊，难道绕过我，直接向你林姑娘答复了吗？

林姑娘把唐静对她说的话学给丁先生听了，就是那句话：即使她要来，也要等这个月干完，领了精品店的工资才可以来。

在丁先生看来，这句话的意思是她唐静肯定不打算来工厂上班了，只是暂时还没有打算或没条件在外面找宿舍，所以只能采取缓兵之计在厂里再住一段时间，怎么同样的话，在林姑娘听起来就变成唐静半个月后肯定来上班了呢？林姑娘傻了吗？听话完全不会听音吗？

不是，林姑娘肯定不傻，只能是因为文化差异。

听话听音是需要文化背景的，来深圳之前丁先生有一次与外国专家一起施工服务，大家一起吃饺子，丁先生要醋，老外也跟着要，甲方有个女工程师跟丁先生开玩笑说："没想到丁工这么爱吃醋啊！"旁边的老外抢着说："我也爱吃醋。"因为文化背景不同，老外根本不知道吃醋在中国还有另外一层含义，结果在场的中国人笑得人仰马翻，两个老外却莫名其妙，完全被大家笑呆了，一如现在林姑娘的傻。林姑娘是香港人，当然更是中国人，但香港毕竟被英国殖民统治了将近一百年，他们真的跟内地的文化存在一定的差异，所以唐静说同样的话，在丁先生听来是拖半个月再说，在林姑娘听起来就变成过半个月才能来的意思了。丁先生明明心里清楚，却还不能对林姑娘挑明，因为"小虎牙"求过他帮忙拖半个月，丁先生即使不能帮她，至少也不应该阻拦林姑娘帮她，那样做也似乎不厚道。

既然唐静指望不上了，丁先生就该有替代人选。说实话，当初他向老板建议起用"小虎牙"，除了看她确实适合这项工作外，还有顺便帮汪宝珠的因素，现在既然唐静自己放弃，就不能怪他了，再说这位置也不是非唐静莫属，眼下主要是接电话和准备工贸公司注册材料，这两项工作他都已经安排赖厂长开始做了。赖月娥在每月一千元奖金的激励下，工作还蛮积极，丁先生心里想，万事皆有可能，说不定等内销业务正式开展后，"小虎牙"又回心转意了，更说不定丁先生在这期间又发现或招聘到新的更适合的人选。当然这种人选是可遇不可求的，不方便去人才市场招聘，因为考虑的重点是情商，光看资料不行，必须面对面交往，而交往是个过程，不是人才市场看一眼就能确定的，比如上次未被录用的大学生廖鑫，在人才市场并未发现他的眼里有活，只是在等待老板亲自面试的过程中通过倒水和搬椅子两件具体的事才发现他情商蛮高的。这么想着，丁先生就想到廖鑫或许能替代唐静，可惜廖鑫是小伙子，而丁先生希望跟自己做内销的助手是位女性，最好是"小虎牙"这样招人喜欢的靓女，不是丁先生自己一定要赏心悦目，而是要考虑受客户的欢迎。于是丁先生又想起在华美钢铁上班的校友金健华。他感觉金健华或许比"小虎牙"更合适。毕竟，金健华是大学毕业嘛，整体素质应该更高，专业知识更强。他甚至觉得奇怪，当初招聘人才的时候，怎么没想到去华美钢铁把这个小师妹挖过来呢？他感觉如果金健华能来，不仅适合开展内销业务，而且她也胜任一名工程师的岗位，关键时刻顶一个师傅没问题。

丁先生又深入细想了一下，检讨自己不是没想起来，而是没有把握，他当时潜意识里觉得自己没有把握能把金健华从华美钢铁挖到香港恒基来。那么，丁先生又想，现在就有把握了吗？显然也不是，但至少他现在更自信了，或者说他现在更有主人翁的意识了，因为毕竟，开展内销业务成立工贸公司的建议是他自己提出的，这块业务也暂时由他负责，他现在是为自己挑选助手，与当初为公司招聘顶替师傅岗位的工程师不可同日而语。

事不宜迟，丁先生决定立刻联系金健华。

其实，早在几个月前丁先生第一次见到金健华之后，他就想着再会会这位小师妹，但一直很忙，或者不是忙，而是有更重要的事情要做，所以联系小师妹的事情就拖了下来，一拖居然拖了半年多！但是现在，既然既定的人选不能到位，需要找人顶替，而且丁先生发现金健华做他的助手比唐静或许更合适，所以他一天也不打算等了，必须立刻着手联系。

联系是一项系统工程，首先要打电话联络，其后安排见面，丁先生希望能带她到厂里看看，不是让金健华产生恒基金属材料比华美钢铁更有实力的幻觉，因为华美钢铁一看就比恒基公司的妈湾厂大，这点无论怎么包装都掩饰不住，但可以让她看到丁先生在恒基公司的绝对权威，这样她才对跳槽有信心，如果出面挖她的人自己在恒基都没有地位，金健华还愿意为他跳槽吗？另外，就是要当面向她灌输恒基工贸的远大前景，让金健华相信她自己在恒基工贸能发挥比华美钢铁更大的作用与价值。最后，当然要谈到来了之后的待遇，不仅是工资收入，关键是业务提成，最好业务提成的收入是工资收入的数倍，甚至工资在业务提成面前可忽略不计，只有这样，方能说服小师妹跳槽。

但是，业务提成只是丁先生头脑里突然冒出来的设想，老板还不知道，会不会同意更不确定，难道就可以作为吸引金健华过来的重要筹码吗？

不知道。丁先生完全不知道。但突然冒出来的设想未必不合理，更不一定不可行，做业务不同于在车间做工程师或当经理当车间主任，如果个人分配与业务量无关，搞经营的人哪有积极性？不要说改革开放的前沿阵地深圳了，就是丁先生在马鞍山钢铁设计院的时候，经常接触江苏乡镇企业的厂长、经理或业务员，看他们见空子就钻的敬业精神，哪一个不是物质变精神的结果？如果业务量与个人的收入不挂钩，厂长、经理谁愿意在他一名光头工程师面前装孙子？就说泰州根思耐火材料厂的周育林厂长吧，哪次来见丁先生不是大包小包提着？凭什么？肯定是公司的产品推广与他个人的收入紧密挂钩嘛！所以，尽管是突然冒出的设想，丁先生也打算让设想成为现实。

来到楼下，穿过车间，走到外面空旷的地面上，丁先生立刻看见设想与现实的巨大差距。眼前这块生产与生活区之间的空地，几个月前他就设想改造出一个篮球场，但到现在他都没有把设想报告给老板，为什么呢？因为他要做的事情实在太多，所以就把篮球场的事情耽误了，另外，下意识里可能觉得这件事情与公司效益无关，说不定还要产生负效益，所以即使报告到老板那里，秦昌桂也不会感兴趣，甚至引起秦老板的反感，因此就没有写报告了。

为什么一定要写报告呢？像利用厂区内部空地建设一座简易篮球场这样的事，自己作为生产技术经理，完全可以向管生活后勤的林姑娘建议啊，如果林姑娘自己做不了主，她再向老板汇报，那是她的事情，而不必由我一个生产技术经理向老板写报告啊。丁先生反省，自己是不是因为善写报告尝到甜头而什么事情都打算只用报告这一种形式解决呢？

丁先生感觉自己方法太单一了，可能是窝在这个城堡里太禁锢的原因吧，或者这几个月来自己太功利了，搞得自己太紧张反而禁锢自己原本活跃的思想了。他提醒自己要学会放松，只有适当放松，才能让自己思想活跃，大脑保持清醒，不犯错误或少犯错误。从目前的情况看，自己在妈湾厂的地位已经巩固，新来的四个大学生看来无人能取代自己，自己即使没有掌握广东话，韩建、王秋玲、汪宝珠、何葆国也不可能取代自己，除非老板发疯或我自己犯错误，老板是不是发疯我控制不了，但我应该可以控制自己不犯错误或少犯错误，至少不要犯大错误，所以，学会放松不要让自己头脑发热忙中出错很重要。比如现在，就没必要立刻回到车间，可继续围着车间外面转，边走边想问题，干大事的人，不必多干，甚至不需要表现，关键要多想，要谋划，这就是劳心者治人劳力者治于人的道理。

丁先生在继续的边走边想中，又思考了一个非常现实的问题：见到小师妹金健华该怎么说？因为几个月前见面的时候，丁先生曾经说自己来深圳出差的，是到华美钢铁和恒基金属材料公司进行考察的，那么现在再联系，该怎么说呢？肯定不能说实话，但又不能撒谎，如何找到一个介于实话与说谎之间的说辞呢？这就需要思考，这就需要谋划。于是，经过在车间外围的散步，丁先生思考与谋划出一套说辞：原本是考察的，但经不住恒基公司老板的极力挽留，高薪聘请，就留下来了，先让他担任生产技术经理，后又兼任工贸公司负责人，后者无论对恒基公司还是对丁先生本人未来的发展都更加重要，于是，他就想到请小师妹来辅佐了！

丁先生为自己设计的说辞激动了一下，又梳理两遍，才怀着愉悦的心情走进车间。

原本想好不急的，但丁先生毕竟是个急性子，走进车间一抬头看见林姑娘，似感觉林姑娘也正在找他，就忘记适当放松了，马上迎上去，主动问："你现在得闲吗？我找你king一下。"

正式的谈话要有仪式感。

丁先生不记得自己在哪一本书上看到这句话。但他觉得这句话有道理，所以就记住了。他感觉今天和林姑娘谈的问题很重要，所以不能在晚上二人巡视到工厂围墙外面的时候说，那场合似乎更适合谈情说爱，但他并未打算与林姑娘谈恋爱，可惜了，倘若把林姑娘换成王秋玲或金健华，会不会在每晚的巡视中擦出火花呢？不敢说啊。但现在要说正事，他觉得应该采用更正式的方式，于是丁先生没有等到晚上，而是现在就把林姑娘请到二楼的会议室。这里现在也是他工贸公司的筹备处，是他的地盘，比楼下林姑娘的大办公室清净，而且装修高档，更显仪式感。当然这里更是丁先生的主场，在这里和港方经理谈重要话题丁先生有一定的主场优势。回想几个月前丁先生在林姑娘面前的紧张，不知道现在他与林姑娘的心情是不是正好调个个儿？

要谦虚！

丁先生再次提醒自己要谦虚，要想到林姑娘确确实实是自己的上级，即使将来老板给予他高于林姑娘的职位，自己也一定要继续把林姑娘当成上级，永远把林姑娘当上级。

这么想着，丁先生在打开会议室的灯之后，就没有在主位上就座，而是顺手把林姑娘座位旁边的一张椅子稍微拉出来一点，与她半侧着面对面坐下。

丁先生提醒自己要真诚。于是真诚地对林姑娘说："林经理，我感觉唐静并没有打算来公司上班。"

林姑娘听了一惊，马上问："她对你说了吗？"

丁先生摇头，说没有。

"汪宝珠对你说了吗？"林姑娘又问。

"也没有。"丁先生说，"但我有这种感觉。月底精品店那边领了工资后，唐静仍然会找借口继续拖延，不来恒基上班。"

林姑娘问丁先生为什么会有这种感觉。

"你想啊，"丁先生说，"深圳的企业都是这样的，押一个月的薪水，这个月底她领到了上个月的工资，店里还是押着她这个月的工资呢，她是不是要再等一个月？"

林姑娘脑子转了一下，说是啊，但如果她现在就向老板提出辞职，一个月后就可以结算全部工资走人的。

"那也是一个月以后的事，而不是半个月之后这个月底的事。"

林姑娘嘀咕道："是哦。"

丁先生又问林姑娘："唐静跟你说她已经向精品屋老板辞职了吗？"

林姑娘摇头，回答没有，她没有问唐静。又补充："我明天早晨当面问她一下。"

"问不问都可以。"丁先生说。

林姑娘不解，问丁先生点解。

丁先生说："不管她来不来公司上班，我觉得看在她丈夫汪宝珠的面子上，只要老板不下令，在我们的权限之内，都尽可能让唐静继续住在厂里，吃在厂里。说实话，反正现在宿舍充裕，大学生都是一人一间宿舍，住一个人是住，住两个人也是住，并未给公司增加负担，只是给你的管理工作增加麻烦。"

林姑娘说也没给她增加多少麻烦。只是……

丁先生没有让林姑娘把只是后面的话说完，他觉得正式的谈话就要有正式的节奏，不能扯远了，扯远的话题可以等到晚上巡视的时候再慢慢说，于是丁先生立刻说更正式的事。他说："所以我做好唐静不来的打算，物色替代人选。"

林姑娘似乎还在想只是后面的问题，稍微走了一下神，然后才说："啊，好。你有合适的人选了吗？"

丁先生说目前他想到两个人。一个是他在华美钢铁的校友，小师妹金健华，另一个是上次来公司面试未被录用的大学生廖鑫。

林姑娘没见过金健华，只是大半年之前开着"大白鲨"送丁先生去过华美钢铁，知道他有一个同学在那里，但是男是女她不清楚，今天才知道是小师妹。至于廖鑫，林姑娘当然记得，当初她也认为廖鑫不错，没被录用蛮可惜的，她没想到丁经理也与她同感。

"关键是眼睛里有活。"丁先生跟林姑娘解释，又怕她香港人听不懂内地的这句话，就举了抢着倒水和主动帮忙搬椅子这两个例子。林姑娘说这两个细节她倒没注意，但整体感觉小伙子蛮热情，眼神里有一种想主动与人打招呼的东西。

丁先生不禁给林姑娘竖起大拇指，称赞她看人很准，描述得也非常到位。

林姑娘被丁先生的当面表扬搞得有些不好意思。丁先生赶快说正事：他要再次用林姑娘宿舍的电话，联系小师妹和廖鑫，另外这两天他可能要出去，这次是他请人家来，而不是接待人家面试，所以他要出去主动拜访，甚至请对方喝茶吃饭，又说自己今后的主要精力可能放在内贸业务上，这样走出去的情况少不了，不仅要走出工厂，还要走出深圳，走出广东。

林姑娘自然说没问题没问题，还说装电话拆电话或迁移一部电话都很麻烦，不如这段时间你就用我宿舍里的电话，等工贸公司注册后，再在新的办公地点安装新的电话。

丁先生说这样也可以，只是给你添麻烦了。

林姑娘说不麻烦一点都不麻烦，从明天开始，我上班的时候宿舍门不锁，你要打电话随时进。

丁先生说宿舍不锁门可以，反正在车间里面安全，但如果我要进去打电话还是会跟你说的。又说："我现在就要用电话和廖鑫、金健华联系。"

林姑娘愣了一下，马上说好，我这就帮你开门。

说着，林姑娘立刻起身，回去开门，丁先生则没有紧跟，他先关灯，就是关了顶灯只保留侧灯，然后再关会议室的门，又去了一趟洗手间，故意拖后一步。等他到达林姑娘宿舍时，发觉门虚掩着，轻轻一推开了，里面却没有人，林姑娘果然从此不锁门了。

打给金健华的电话很顺利，一打就通了，而且接电话的正好是她本人，丁先生马上问："小金吗？"

对方回答是，您好！

丁先生又问："金健华吗？"

对方更加热情一些，表现为声音更甜且更嘹亮，回答是啊，您哪位？

"丁先生。记得吗？也是冶金系的，77级。半年前去过你们华美钢铁。"

"哦——"金健华一个惊叹上滑音，马上说您好您好！丁师兄好！怎么，您又来深圳出差了吗？

丁先生回答根本就没有走。那天离开你们华美钢铁后，又往里走，到了妈湾这边的香港恒基金属材料公司，正好碰见他们香港老板秦昌桂，拖住我就不让走，说他们正好面临产品升级，需要懂行的人，死拖硬拽把我扣下了。但我那边的关系要理顺啊，正式调动不可能，外资企业给高薪没问题，但根本就没有干部编制，哪里能办正式调动？停薪留职单位绝对不允许，说这个口子坚决不能开，而我也不甘心辞职，毕竟从上山下乡到考上大学再干到今天快二十年工龄了，哪舍得丢？所以一直折腾到现在，总算理顺了，才有心情给你打电话。

金健华大约也遇到类似问题，所以追问丁先生是如何理顺的。

丁先生说这个话题实在太长，我为理顺花了大半年时间，详细给你讲清楚起码也要大半天，这样吧，你哪天休息，我请你喝茶，我们当面慢慢聊。

金健华说好啊好啊，又反问丁先生哪天有时间。

丁先生说我哪天都可以，毕竟是经理嘛。

"哇塞！"金健华惊叹道，"一来就当经理啦，干脆把我也招入麾下吧！"

这正是丁先生最想听的话！但真听金健华这么轻易地就说出来，又感觉自己不能和她一样轻易地答应。丁先生没想着欲擒故纵，只是本能地感觉跳槽的事情没这么简单，说说是一回事，真做起来是另一回事，特别是对金健华，和对廖鑫还不一样，毕竟是小师妹，虽然之前在学校根本就不认识，但细聊起来肯定有许多共同的熟人，如共同的老师等，所以自己一旦鼓动或接受她的跳槽，就意味着对她负有某种责任，就好比自己眼下对王秋玲、韩建、何葆国没有多大责任，但对汪宝珠却负有一定的责任一样，因为汪宝珠是他丁先生鼓动来的。所以，原本丁先生是抱着挖人的目的联系金健华的，可当对方主动说出招入麾下之后，丁先生却并没有趁热打铁，相反，他反而主动把热度略微降低一点，回答还是见面细聊吧。二人遂约好周日上午丁先生去华美钢铁公司门口接她，然后一起去蛇口喝早茶或干脆来恒基工厂边参观边聊。

打给廖鑫的电话却非常麻烦。首先他留下的联系方式不是电话，而是BB机号码，丁先生打给传呼台，好半天才回复，而且对方是个女的，但廖鑫明明是个小伙子，这不是扯吗？

丁先生以为自己打错了。

不可能啊，上次临时通知廖鑫来厂里面试就是丁先生自己打的BB机啊，不可能上次打对了过两个月就打错了呀。难道BB机是别人的，但上次回复的是廖鑫本人而这次回复的是机主？

"不好意思，"丁先生对电话那头的女人说，"我找廖鑫。上次打的就是这个BB机。"

"没错，"对方说，"我是他姐姐。请问你有什么事吗？"

"啊，廖小姐好！"丁先生热情地说，"我是香港恒基公司经理丁先生。他上次来我们公司面试过，我对他印象不错，所以公司现在扩大业务，需要招聘新人，我就想起来你弟弟了。"

"您好您好！丁经理好！"对方突然放大声音热情地说。

"您方便让他给我来一个电话吗？"丁先生说，"电话号码他知道。"

对方没有立刻回答"好"，而是略微停顿了一下，才说："您方便再说一遍您的电话号码吗？我担心他万一没保存您的联系方式。"

丁先生回答好，就一下子给了对方两个号码。除了上次留的楼下大办公室电话号码外，还留了他今天正在使用的这部林姑娘宿舍的电话号码。之后，丁先生忽然多了一句嘴，问："您也在深圳吗？"

对方回答是。

"真好！"丁先生说。不是客气，而是他想到自己有四个姐姐，却没有一个在深圳，如果有一个在深圳，丁先生的心灵也就有安放之处了，不然，一个人在这座崭新而陌生的城市里，心总是悬着的，一刻都不敢放松。

"好什么啊，"对方说，"我没有本事，帮不了他多少。连个临时居住的地方都不能为他提供。"

怎么会呢？丁先生想，你老公这么不近人情吗？连小舅子来家里睡沙发都不可以吗？想想自己的四个姐夫，好像没有一个这么刻薄的。但是，他马上又想到，谁保证廖小姐有老公呢？或许她没结婚，根本就没有家，或者她离婚了，同样没有家，再或者她自己先一个人闯深圳，老公并没有跟着来，就跟我自己现在的情况一样，虽然在深圳当上经理了，回到老家说起来吓死人，但老家真来一个亲戚，我方便给他安排一张沙发过夜吗？说不定廖鑫的姐姐就是住集体宿舍，哪里有沙发让廖鑫过夜！

这么想着，丁先生就不知不觉八卦地问一句："您在哪个单位工作？"

"算不上单位，"对方说，"在罗湖这边一家酒店做领班，四个人一间宿舍，还分白班夜班，我弟弟来宿舍坐一下都不方便。"

哦，丁先生想，真的都不容易啊！

廖鑫到下午快下班才联系丁先生，而且电话打到楼下的大办公室，林姑娘告诉他打这个号码，廖鑫才把电话打到楼上林姑娘宿舍。

丁先生简单寒暄之后，说明情况，但比上午跟他姐姐说得详细，具体说了公司准备成立一个贸易公司，为迎接产品内销做准备，贸易公司经理暂时由他兼任，他想选一个助手，所以就想到你了。

廖鑫则告诉丁先生，事情恰恰就是这么巧，他高不成低不就，找了两个多月没有找到合适的工作，幸亏有姐姐资助，否则都撑不下去了，没想到前两天刚刚找到一份工作，今天丁经理就主动联系他了！更碰巧的是，他找到的这份工作恰好也是做贸易的。

丁先生说那你先在那家公司干着，我们保持联系，如果将来你在那边干得不开心，或我这边迫切需要，开出更高的待遇，再说。

廖鑫回答好，并给丁先生留下新的联系方式——他自己的BB机号码。

丁先生很吃惊，问他什么时候配的BB机，你姐姐上午为什么没告诉我？

廖鑫回说公司给的，刚刚拿到手，还没来得及告诉我姐，第一个告诉你。

丁先生想，那么，我自己是不是也该配BB机呢？我手下凡是做贸易的人是不是都该配呢？

第十二章　降薪

周末，老板秦昌桂又是一大早就来了。

丁先生料到老板今天可能过来，否则，明天收废品的又来拉边角料走，丁先生和林姑娘是继续允许他们拉走呢还是出面阻止？出面阻拦肯定又要与黄师傅发生冲突，而且这次丁先生必须明确地站在林姑娘一边，黄师傅的"面子"只能用一次，要是每次都给黄师傅面子，那么老板的面子往哪里放？但是，丁先生没想到老板又是一大早就来，因为在丁先生看来，处理边角料的事情没那么迫切，老板不用一大早赶过来。

丁先生看不懂香港人之间处理关系的奥妙，按照他在内地这么多年工作的经验，这样的事情，林姑娘应该早就在电话里跟老板汇报了，甚至连丁先生劝她给黄师傅一次面子的内容也向老板汇报了，老板要想解决这个问题，即使为了保密，不方便对黄师傅说出边角料用于置换的意图，也可以用一句"我另有安排"概之，哪里需要拖这么久还要老板亲自过来一趟？

但老板有他自己处理问题的规则与方式。老板一来就把所有的香港师傅包括丁先生在内全部召集到二楼会议室开会。

丁先生忽然感悟，老板以前之所以下午才来，是因为如果他上午来召集所有的香港师傅开会，那么生产线怎么办？所有的萝卜上楼开会，生产线上留下的坑谁来填补？所以，老板以前只能选择下午快下班的时候才来工厂，那个时段他找香港师傅谈事情或研究工作对生产的影响最小，但现在无须顾虑了，现在有四个大学生顶着，他们通过几个月的实践，已经完全有能力顶香港师傅留下的坑，所以这时候秦老板在生产的高峰期把所有的香港师傅集中在二楼会议室开会，并不会影响楼下生产的正常进行。

丁先生坐在最外面最靠近门的位置。不仅与老板和几个香港师傅相比，他自觉地认为自己的工资最少因而实际位置最低，更因为他对生产线上全部由他招聘来的几个大学生顶着不完全放心，所以，刚才上来的时候，他特意安排汪宝珠暂时离开金属加工工段，支援镀锌工段，嘱咐汪宝珠与韩建一起把控镀锌机，而金属加工工段暂时没有师傅或工程师在场也不会出什么问题，关键设备就两台冷轧扭曲机，都没打开，哪里正好这时候出问题？此时丁先生选择坐在最靠会议室大门的位置，表明他时刻关注着会议室门外楼下生产线的状况，仿佛一旦出现问题，他就能立刻感觉到，并且第一时间冲下去。

出乎丁先生意料的是，老板今天讨论的问题却与边角料无关，与尝试产品内销也貌似无关，而是听取大家对四个大学生的评价，一个大学生一个大学生评议，一个香港师傅一个香港师傅发言，明确给出自己对某个大学生的评价。比如对于开锻焊机的王秋玲，老板先问郑师傅对王秋玲的评价，再问其他香港师傅对王秋玲的综合印象，最后问林姑娘和丁先生对王秋玲的看法与评价，个个表态，人人过关，一个不少，总共四个大学生，四个香港师傅外加林姑娘和丁先生六个人对他们逐一评议，四六二十四，全部评议完，差不多就到了中午吃饭的时间。

中午下班前三个字，也就是内地人说的下班前一刻钟，老板宣布散会，吩咐香港师傅回到生产线各自的岗位上，检查上午他们在二楼会议室开会期间，由大学生独立操作的各个工段运转是否正常，有无出现问题。

几个香港师傅听后立刻奔赴自己的本职岗位。

丁先生也不放心，全生产线巡视一遍，一个角落都不放过。他深感老板就是老板，采用如此突然袭击的方式结束大学生的试用期，一举三得，既考查了大学生，也考核了各位香港师傅，更是对他丁先生主持公司生产技术工作的全面总结与评估，所以他哪里敢怠慢，因为上午万一有任何大学生出差错，最后总账都是要算到他的头上。

还好，一切正常，说明何葆国、王秋玲、韩建、汪宝珠等四个大学生全部为他争气，他真想等他们四个正式结束试用后，到外面好好请他们吃顿饭。

忽然，丁先生意识到，老板此举不仅是高明，更是一种警告，是对香港师傅的集体警告：别以为老子离不开你们，你们就是今天下午全部辞职，老子的恒基妈湾工厂照样运转，而四个大学生加上一个丁经理五个人费用加在一起，也比不上你们当中一个人的工资！

当然，这完全是丁先生的主观臆想，老板并没有这么说，但就是这个主观臆想，也令丁先生不寒而栗！他想，老板今天能这样对付香港师傅，今后就不能这样对我吗？又想，希望是我想多了，是以小人之心度君子之腹了。

下午继续。

老板直接问每个香港师傅："假如我现在打算另开一间工厂，再次请你们去打开局面，留下的岗位让你挑选一名大学生来顶，你们挑选谁？记住，大学生出了问题师傅要负责！"

金属加工工段的黄师傅忍不住问："真的假的？要开新厂吗？在哪里？宝安还是龙岗？"

老板回答："还没定。但要提前准备。"

黄师傅嘀咕："那还用说，我这个岗位非汪宝珠莫属。"

黄师傅的答案符合丁先生的预期，因为他也看出汪宝珠的技术和动手能力都超过黄师傅，谁都不是傻子，丁先生能看出的结果，其他人多少也能看出，估计这个结论老板也听说了，这时候如果黄师傅被调走，接替他的当然只能是汪宝珠。可是，接下来几个香港师傅也一致选择汪宝珠，就让丁先生吃不准了。难道他们都知道汪宝珠是我丁先生推荐来的，所以他们为了讨好我这个经理才故意这么说的吗？

不可能。香港师傅没这么多心机也没必要讨好我丁先生。

丁先生忍不住顶了一下郑师傅："你徒弟王秋玲一个名牌大学专门学焊接的工程师，难道摆弄不了一台锻焊机？"

郑师傅则毫不客气地顶回来："当然能。可如果锻焊机出了毛病，我估计王秋玲修不了，而汪宝珠可以修。"

郑师傅的话居然得到几位香港师傅的一致附和，曹师傅也觉得他的岗位交给汪宝珠比交给韩建更放心，许师傅觉得他的岗位交给汪宝珠比交给何葆国更保险。

丁先生不知道自己是喜是忧。喜的是他任人唯亲推荐的汪宝珠不但是能工巧匠，而且是万能工程师，忧的是他突然感觉到了某种威胁，自己精心编织的各种壁垒，包括粤语壁垒和情商壁垒，在自己人汪宝珠面前居然不堪一击！假如说这时候要老板在他丁先生和汪宝珠面前选一个，估计老板会毫不犹豫地选择汪宝珠而舍弃他丁先生！不会说粤语在老板看来天经地义，情商太高反而让人怀疑投机取巧心术不正和聪明反被聪明误！不如汪宝珠这样单纯的技术人员可靠！丁先生忽然想起革命领袖的一段语录，大意是资本家造就了自己的掘墓人——无产阶级，他丁先生千方百计把汪宝珠从安徽挖到深圳来，本以为培养了一个可靠的自己人，没想到是为自己准备了替代者！

老板宣布休会，让几位香港师傅先回自己的岗位，他把林姑娘和丁先生留下，问他们有什么要说的。

丁先生提出两个问题，一是明天黄师傅再卖边角料，他和林姑娘该怎么办？二是他估计汪宝珠的老婆唐静不愿意来公司上班，嫌公司太偏，太闭塞，而且她也不希望夫妻俩在一个单位上班，所以他打算另外请人，初步考虑两个人选，一个是上次来面试未被录用的廖鑫，他感觉这个人蛮灵活，热情，眼睛里有活，另一个是他的校友金健华。关于廖鑫，老板见过，丁先生没再多说，关于金健华，他介绍了两句，说她是位美女，又是大学生，综合条件应该比汪宝珠的老婆唐静更好，而且她现在就在我们旁边的华美钢铁公司上班，估计不会嫌我们厂的位置偏僻。

老板说："那你就请她来啊。"

丁先生说："我还没跟她说呢。"

老板问："为什么不说？"

丁先生回答："因为我还不知道能给她多少人工，怎么说？"

老板看了一眼林姑娘，然后再问丁先生："你希望给她多少人工？"

丁先生说："我想给她底薪加业务提成。根据我了解，内地这边企业的业务人员基本上都采用底薪加业务提成的薪酬制度，让业务员的收入与他们的业务成效挂钩，这样他们才能拼命拓展业务，降低成本，为公司创造效益，公司效益越好，他们提成越多，所以我打算整个工贸公司人员都采用底薪加提成的薪酬方式，包括我自己。"

"哦？"老板问，"你希望自己的人工改变一下？"

丁先生回答："是。降低现有的月薪，根据工贸公司的业务成效兑现我个人的奖金。"

"具体呢？"老板问。

"现在不知道，"丁先生回答，"要不然我就写一份详细的报告向您汇报了。"

老板说："那你赶快写。"

丁先生说现在写不了，要等公司运转起来后，找出业务量与利润率之间的关系，通过计算，才能确定一个合理的提成比例。

老板和林姑娘同时点头。

"但我必须先确定底薪加提成这个大原则，你如果原则同意了，我才好跟金健华或廖鑫或唐静或其他人谈，否则，连大原则都不确定，我怎么跟别人谈？"丁先生说到这里，略微停顿一下，又补充说，"如果您决定让我做工贸公司经理，那么生产技术经理就要找人接替，因为业务开展起来后我要经常往外跑，管不了生产线了，建议提拔汪宝珠先当副经理，月薪提到两千，我自己的底薪降到每月两千五百元。"

秦老板和林姑娘都没说话，两人面面相觑。

丁先生笑着解释："如果我的月薪不降，保持每月四千，那么您打算给汪宝珠多少呢？这个问题我想通了，我们内地工程师或管理者的人工不能跟香港师傅相比，只能与深圳的其他香港公司内地管理人员相比，可以选择深圳的香港公司平均数略微高一点，但不能高太多，而且大学生的人工也不能差距太大，因为人都是喜欢攀比的，现在我月薪四千，汪宝珠一千五，即便他自己没想法，他老婆唐静也有想法，所以，我的月薪降到两千五比较合适。"

听丁先生这么说，林姑娘露出极度不理解的表情，而秦昌桂则平静地问出四个字："什么条件？"

丁先生也平静地回答："外加工贸公司的利润提成。"

老板问："提成是多少？"

丁先生答："这要等到内销业务展开后，我通过计算再出一份报告请您审批。"

老板又问："你和汪宝珠的工资调整从什么时候开始？"

丁先生说："汪宝珠的工资从您宣布提拔他当副经理的那个月提，我的月薪从我开始拿提成的那个月降。"

秦老板回答"哒"。

老板在下班前两个字把林姑娘支走，让她通知所有的香港师傅和大学生外加赖厂长等公司管理层与生产骨干来楼上开一个短会。

林姑娘立刻下楼通知，秦老板利用这十分钟时间对丁先生说："你上次的报告董事会研究通过了，撤销工段，成立车间，四个大学生担任车间主管，三个香港师傅出任技术总监，协助大学生过渡。"

"三个香港师傅？"丁先生问。

老板压低嗓音回答："三个。黄师傅今天就跟我回香港。"

丁先生不禁吸了一口气，感觉私人企业在人事任免方面的做法怎么有点像黑社会？难怪老板今天过来除了司机之外还带着一个一直板着脸没开笑脸的人。当然，丁先生并不了解黑社会，只是通过影视略知一点皮毛，所以他也不能确定那个不开笑脸的人是不是黑社会，但有一点是肯定的，外资厂的干部任免没有任何程序，全凭老板一句话，上回任命他当生产技术经理是这样，这次召回黄师傅也是这样，但丁先生不得不承认，这样简单直接的做法确实更有效率，假如当年设计院的干部任免也能这样干净利索，那么他丁先生就当上情报室主任了，他也就不会来深圳了。

真是短会，一个字都不到，也就是不到五分钟就散会了，并不影响大家的晚餐和下班。

老板只干了一件事——宣读了董事会决议。内容是撤销工段成立车间，董事会任命汪宝珠、韩建、王秋玲、何葆国为车间主管，任命许师傅、郑师傅、曹师傅三人担任技术总监，黄师傅召回香港另行安排，汪宝珠兼任生产技术副经理，协助丁经理主持生产技术工作，丁先生兼任恒基工贸公司经理。宣读完立刻散会，不解释，不接受提问，然后老板和那个不露笑脸的人带着黄师傅走了。

众人面面相觑，丁先生猜想所谓的董事会是秦昌桂杜撰的，因为，关于提拔汪宝珠担任生产技术副经理是丁先生十分钟之前刚刚建议的，上次的报告中根本没有这一条，哪里来得及召开所谓的董事会？

晚上和林姑娘巡视，丁先生一路无语，不是没话说，而是要说的话实在太多而不知道先说哪一句。最后终于想起一件不得不说的事："明天上午我要借用你的摩托车，去华美钢铁找我那同学金健华。"说完，怕林姑娘不同意，又解释说内地和香港不一样，在这么偏僻的地方，开摩托车不需要驾照也可以。

林姑娘不说话，仿佛不同意借车又不好意思回绝，或她更有一肚子心思，不知道该不该与丁先生说，以及先说哪一桩一样。丁先生不得不追问："听日用你嘅摩托车，得唔得？"

林姑娘终于停下脚步，认真看着丁先生，回答："得！"

说完，林姑娘忍不住笑了，说香港话说摩托车和广州话不一样，广州话叫电单车，香港话叫"铁马"，反正不是丁先生说的摩托车。

"是吗？"丁先生问，"香港话和广州话还不一样吗？"

问完，自己就觉得是废话，同样是安徽话，皖北话和皖南话差多少?! 同样是粤语，香港话和广州话有点差别不是很正常吗？再说，称摩托车为"铁马"，与皖北人称摩托车为电驴非常接近，没想到香港话居然与皖北话异曲同工啊！于是丁先生想，无论哪里话，理是相同的。

第二天早餐，许师傅递给丁先生一把"铁马"的钥匙，说是老板吩咐的，黄师傅的"铁马"先交贸易公司用。

丁先生觉得奇怪，老板昨天不是一散会就回香港了吗？什么时候把黄师傅"铁马"的钥匙交给你的？

许师傅说，老板昨天散会后带着黄师傅走了不假，但并没有直接回香港，而是先回他们在蛇口的宿舍，看着黄师傅整理私人物品，当面收回黄师傅的宿舍钥匙。

"那么'铁马'呢？"丁先生问，"黄师傅的'铁马'是他个人的还是公司的？"

许师傅说应该是黄师傅自己的，因为他们的"铁马"都是自己买的。估计是黄师傅不方便带回香港，老板就花钱买下来，给你用。

"是给工贸公司用。"丁先生赶快纠正。

许师傅笑着说一样。

丁先生回答真不一样。说着，他马上对外面的汪宝珠招手，把他叫到身边，当着许师傅的面对汪宝珠说："老板给了我们一辆旧摩托车，你晚上接唐静就不用来回走路了，开摩托车去接。"

汪宝珠腼腆地问："是不是真的呀？"

丁先生说不相信你问许师傅。

许师傅笑着点头。

丁先生把手上的"铁马"钥匙交给汪宝珠，让他先开一圈试试车，免得晚上开出去把"小虎牙"摔了。

汪宝珠终于笑了。丁先生才晓得原来汪宝珠也是可以笑的。他跟汪宝珠强调："试完再给我，上午我要出去。"

这个汪宝珠，他还知道把摩托车开出去加满油然后才交给丁先生。于是丁先生疑惑，难道之前汪宝珠情商低是装的？或他之前情商确实低，但来深圳不到半年就迅速提高了？

也说不定啊，在深圳这样的环境中，身边守着鬼精鬼精的"小虎牙"，言传身教，傻子也学精了。

丁先生忙到上午九点半才骑着"铁马"去华美钢铁见金健华。其实昨天与金健华约好今天上午十点在华美门口碰面，丁先生九点五十出发都来得及，但他不敢等到那时刻，怕等到"小虎牙"下来，听说他要去华美，要求丁先生带她一段怎么办？不是丁先生小气不愿意带唐静一段，而是"小虎牙"太招摇，别说她是汪宝珠的老婆，就算不是，丁先生也不敢招惹她，还是趁她没下来赶快走。

上午的忙是丁先生领着汪宝珠在各个车间转，向他交代工作，提醒注意事项，包括哪个人哪方面比较难相处，有什么怪癖等，也顺便跟各个岗位的相关人员打招呼，希望大家接受汪宝珠副经理的指挥，配合汪副经理工作。丁先生这样做不完全为了提携汪宝珠，也是帮他自己脱身，因为他今后要把更多的精力放到经营上。自己主动提出将工资从每月四千元降到两千五百元，不是故意在老板面前表现，而是在下一盘着眼于未来的大棋，输赢的关键取决于经营的成败，如果经营不好，他就偷鸡不成蚀把米或聪明反被聪明误了。另外，他上午也在等着收废品的来当面对他说清楚，奇怪的是，通常周日上午九点钟准时来拉废品的卡车今天却并没有来。难道黄师傅昨晚回香港后还没忘记给对方打电话或BB机留言？或老板亲自通知对方不要来了？

都有可能。既然林姑娘已经从黄师傅的BB机上获取了对方的联系方式，并且她也一定向老板全盘汇报了，那么老板直接联系对方甚至已经约见对方掌握了黄师傅更多的猫腻证据也说不定。但黄师傅在这里面到底藏了多少猫腻，甚至他这个"铁马"是老板买下的还是罚没的，丁先生并不清楚，因为老板和林姑娘都没有对丁先生说。

没说更好。丁先生想，多一事不如少一事，自己还是安心做好自己的本职工作，他眼下的本职工作是迅速打开局面，实现产品内销，这是老板当初请他来的初衷，也是他在恒基公司的立身之本，是他自身的真正价值，要善于抓主要矛盾和矛盾的主要方面，他现在所做的一切工作都应该围绕着开发和拓展业务这个主要目标。

上午去见金健华，就是为了这个主要目标。因为他感觉赖月娥毕竟是厂长，不是不方便指挥，而是她事业心不强，交代她的事情她一直在做，但进度总是赶不上丁先生的期望，以前老板或林姑娘对她根本就没有期望，所以没有这种感觉，现在丁先生手下就她这一个兵，寄予无限的期望，但她实在太不积极，比如公司注册的进展，比如客户来电话询问钢格板情况的记录汇总等，她从来都不跟丁先生汇报，而且她早餐和晚餐都不在厂里吃，一下班就骑着"小白鲨"走了，从来不参与加班，以前她是单纯的村里委派来的厂长，这样做当然可以，现在兼任丁先生的助手了，每月额外奖金一千元，总该与以前不一样吧，但她还是这样。态度蛮好，也不惹事，可就是工作不主动，也不是她故意这样，可能是性格，更可能本来就是村民，严格地讲就是农民，不习惯工业节奏，丁先生还不好说，既不方便对她本人说，也不方便对老板或林姑娘说，因为起用赖月娥是他丁先生自己提议的，现在用着不顺手，他能对谁诉苦呢？只能赶快再找一个好使唤的人过来填补这个缺憾。

老板不愧是老板！丁先生再次这样想。难怪他提议给赖月娥每月加一千元工资的时候立刻被秦老板改成是一千元的奖金呢，数额一样，算是秦昌桂尊重丁先生的建议，但含义却不同，应该是老板早看出赖月娥的为人。

对。是为人，一个人的为人老板或领导是没法教的，倘若是老师对小学生，可以因材施教，但赖月娥是成人，老板只能因人施策，这个策通常就是炒鱿鱼，可赖月娥偏偏是村里委派来的厂长，也没犯什么大错，怎么炒鱿鱼呢？不考虑工厂与村里的关系吗？所以唯一的策就是弃之不用，偏偏你丁先生起用她，自找苦吃了吧，而且有苦说不出。

丁先生把摩托车停在华美钢铁大门的马路对面。他没打算进厂，因此也就没必要招惹门卫，站在马路对面也能看到工厂的大门，甚至看得更加全面与清楚，他相信金健华一出来也能远远看见他。

不知怎么了，想到即将与金健华见面的情景，丁先生居然微微激动。是夫妻分居太久了吗，还是自己确实喜欢这个小师妹？

应该不是喜欢，因为如果说喜欢，丁先生更喜欢唐静，想想她"小虎牙"的样子就开心。

也说不定，丁先生想，因为"小虎牙"是汪宝珠的老婆，所以自己心里有警惕，而金健华貌似单身，即便她有老公，但丁先生不认识她老公，更不是朋友，所以没有顾虑而随心所想了吧。

金健华出来了。

丁先生看了一下手表，九点五十，她也提前了十分钟。

提前好。丁先生最讨厌别人迟到。能提前，说明她对这次见面重视，也说明她对丁先生尊重。

丁先生隔着马路对金健华招手，可金健华并没有朝这边看，她在跟门卫说着什么，大概是问门卫刚才有没有来人找她吧。

丁先生继续招手，又摁了一下摩托车喇叭，终于被门卫注意到了，提醒金健华朝这边看，她才看见丁先生在马路对面朝她招手。

马路并不是很宽，而且路上车也不多，但金健华还是先朝两边看看，然后才走过来。

过了马路就盯着摩托车看。走到跟前，说："哇！雅马哈啊！是你自己的吗？"

丁先生说："我不知道怎么回答你了。"

"怎么？"金健华问，"不方便说吗？"

"不是，"丁先生说，"我是怕说出来你不相信。"

金健华说："说说看。看我信不信。"

丁先生说："昨晚我还没车，厚着脸皮找一个香港女同事借，说了半天好话她才勉强同意今天借给我来接你，但今天一大早，就有人给我一把车钥匙，说这车是老板配给我的。"

"真的呀！"金健华说，"这么巧？"

"就是这么巧！"丁先生说，"所以我不敢说啊，说出来怕你不信。"

"我信！"金健华说。

"真的？"丁先生问。

金健华回答真的。

丁先生说那就走吧，你上来。

金健华在上车的过程中问丁先生去哪里。

丁先生说我负责开车，你负责指引方向，你说去哪里，我就往哪里开。

金健华一时没了主意，丁先生已经发动，说我往前开吧，开到哪儿算哪儿。然后就朝蛇口方向开去。

金健华干脆也不指引了，坐在后面很享受兜风的样子，任丁先生开到哪儿算哪儿。

丁先生原本是打算用摩托车把金健华接到厂里参观的，然后留她在厂里吃一顿香港师傅工作餐，留下好印象，最后才说请她加盟的事，但见到金健华的那一刻，就突然意识到原计划不妥，因为他还不确定金健华是否打算跳槽来呢，也不确定自己打算用多大决心来挖她过来，就贸然把她带到厂里，还随香港师傅一起用餐，万一她并未打算跳槽，或自己通过与她交谈，最后不打算挖她过来，这一番折腾算什么呢？炫耀吗？耍她吗？所以，丁先生临时决定先在外面请她喝顿早茶，边喝边聊，聊得投机，下午再带她到厂里看看不迟。于是，此时丁先生的摩托车就有了明确的目标——喝早茶的地方。

丁先生知道广东人的早茶很出名，通过粤语教程的学习和收听香港电台，又进一步了解广东人的喝早茶其实更像北方的吃早点，并且有过之而无不及，因为广东的早点品种很多，而且吃的时间很长，通常一直吃到中午，连中午饭都省了。于是丁先生虽然还没有经历过喝早茶，就已经领略了广东人的精明与务实。自己原本打算等四个大学生转正后请他们吃饭，没想到他们转正来得如此突然，没经过任何程序就一下子成为车间主管，搞得丁先生措手不及，想着干脆等下个周日请他们四个喝早茶吧，连中午饭都包括了。

"铁马"一眨眼就到了蛇口，丁先生停下来征求金健华的意见，说："我们先到海上世界那边转一圈，然后找个地方喝早茶，边吃边聊，好不好？"

金健华回答好。

丁先生就把摩托车开到海上世界。

其实就是一艘退役的豪华游轮，成了一个景点。走近一看，叫明华轮，官方却称海上世界，因为1984年邓小平在上面提了"海上世界"四个字。可在丁先生看来，这里并非真正的大海，没有北戴河或烟台那样蔚蓝的海水和浩渺的波涛，大概是因为此处海水很浅而且有垃圾污染吧。对面就是香港，这里其实是深圳河入海的喇叭口，右侧不远一座小山，靠海的这边建了一座阶梯状大厦，对外号称南海大酒店，丁先生认为叫蛇口大酒店更合适，真正的南海酒店应该建在海南岛的南端。明华轮左侧一条长长的棕榈树走道。丁先生把摩托车停在一棵高大却因为没有树权因此并不遮阴的棕榈树下，打算和金健华沿着棕榈海岸边走边聊。听上去很美，结果却受不了。因为太阳太烈。在强烈的阳光下，却并无可以涉水的海滩，哪里受得了！刚走了几步，丁先生额头就开始出汗。他率先投降，说不行，我们还是找个有空调的地方吧。再一看金健华，美丽的胸脯已经被汗水印出乳房的轮廓，不用说，她更受不了，只是碍于礼貌，才没有率先抗议吧。

重新跨上"铁马"，慢慢朝前骑行，却发现靠海的一侧有铁栅栏，上面有"边防重地闲人免入"，看来，即使有海滩也不让下去。

掉头，丁先生问金健华："你有熟悉的喝早茶地方吗？"

金健华回答没有。又说蛇口喝早茶的地方应该很多吧，饭店、酒店，到处都有，沿街慢慢走，见到热闹的地方就停下来问问。

丁先生听从金健华的建议，沿上次去邮局的路往前骑行一段，见到一处热闹的地方，停下来问，果然就是。

停下把"铁马"锁好，丁先生又对保安打了招呼，问："摩托车停在这里没事吧？"

保安回答没事，放心。

丁先生才和金健华进去，一如刘姥姥进了大观园。

丁先生通过粤语教程和香港电台学会一个词——爆棚。意思之一就是眼下看到的情况。人声鼎沸，气氛热烈，台位不够，不少人等在门口，出来一拨人才能进去另一拨，可如果大家都像丁先生这样打算一直耗到中午，连中饭都吃了，那么他们不是一直等到中午才可以喝上早茶？

丁先生立刻用白话对一个领班模样的靓女说："唔该帮我落张台啊！"

金健华心里暗暗一惊！靓女则果然在一个角落临时帮他们拼出一张方桌。虽然位置偏僻台面偏小，其他人都是圆桌，唯有丁先生和金健华这张是方桌。仔细一看，是地方太小，位于出菜的过道上，如果四边翻上来成圆形，就无法通过推车了，大概正因如此，领班才并未打算使用这半张台，见丁先生只有两个人，又说着白话，所以不敢怠慢，才临时凑起来给他们用。

这样更好。丁先生想，更清净，更方便聊天说话。

铺上台布，刚坐下，金健华就迫不及待地问："师兄，你会说广东话？"

丁先生说谈不上会，只跟着粤语教程和收听香港电台学了点皮毛。

"还有教程？"金健华问。

"有啊，"丁先生回答，"配磁带的那种。就跟学习英语的教程一样。我专门去罗湖买的。"

"你真了不起！"金健华说。

丁先生说："哪里'了不起'，工作需要被逼无奈罢了。我们老板是香港人，工作伙伴也都是香港师傅，每天一张台上食大围，大家都说香港话，我一个人不会说显得与大家格格不入，很另类，只能抓紧学啊。"

"食大围？"金健华问。

"哦，"丁先生解释道，"广东话，和我们说的吃大餐差不多，但也不完全一样。最早出现在粤剧团里，登台唱粤剧的围在一起吃，三菜一汤，称食大围，玩乐器的搭舞台的跑龙套的围在一起吃，两菜一汤，称食细围。"

"分得这么清？"金健华问。

"是啊，"丁先生说，"改革开放在广东先行算选对了地方，有资本主义基础啊，在北方的戏班子，好像都吃大锅饭吧，没有这样等级分明。香港人有很开放的一面，也有很传统的一面，例如食大围和食细围，在我们恒基公司，工人吃大灶，普通管理人员吃小灶，我和香港人食大围，标准相差很大。"

"就你一个人跟香港人食大围？"金健华问。

"目前是。"丁先生回答。

"你真了不起！"金健华说。

"哪里，"丁先生说，"别看我和他们一起食大围，表面职位甚至比他们还高，但工资起初只有他们的二十分之一！"

"多少？"金健华似乎不信，"二十分之一？"

"是啊。"丁先生说，"刚开始我月薪一千元出头，香港人两万多元，不是二十分之一吗？"

"现在呢？"金健华问。

丁先生粗略心算了一下，回答："这个月相当于他们的五分之一，下个月可能没有。"

"什么意思？"金健华问。

"这个月我工资四千元，"丁先生说，"差不多是香港人的五分之一。下个月我工资降到两千五。"

"干吗降你工资？"金健华似乎要打抱不平地问。

"是我自己主动提出降的。"丁先生说。

"为什么？"金健华问。

"我们成立工贸公司，"丁先生说，"准备迎接外资企业的部分产品内销，我兼任公司经理，打算采用底薪加业务提成的薪酬模式，从我做起。月薪两千五看起来比之前的每月四千元少了，但加上业务提成，将来应该更高。"

金健华摆出羡慕和自愧不如的表情，幽幽地说："两千五百元其实也很高了。"

"你工资多少？"丁先生趁机问。

"真不好意思讲。"金健华说。

"有什么不好意思，"丁先生说，"要看对什么人。比如刚才我对你说下一步打算部分产品内销的事，就对外保密，只对你一个人说。你帮我保密啊。"

金健华说放心，一定。

丁先生这才切入正题，说："其实我今天约你出来就是想问问你，因为我们工贸公司刚成立，我当经理，助手由我挑，我第一个想到你，想听听你自己的想法。"

"我？"金健华问。

"对呀。"丁先生说，"如果不是找你有事，单纯请老朋友喝早茶，我应该也叫上你们唐总工的。"

"你是说打算邀请我去你们公司上班？"金健华进一步明确地问。

"有这个想法。"丁先生说，"但也不一定，要取决于你自己的态度。"

"这个……"金健华似乎还没想好自己是什么态度。

"不要急着回答。"丁先生说，"先喝茶。你点，我埋单，不要客气。"

正好有一辆推车经过，金健华就从上面取下来几样，放到桌子上。又扬扬手，叫来服务员，要皮蛋瘦肉粥和白灼菜心等。

丁先生发觉桌上的早点比北方的早餐荤腥，有牛肉丸、凤爪、清蒸排骨、清蒸猪肚等，却没有北方早餐常见的烧饼油条和豆浆，不知道广东的早茶根本就没有这些东西，还是金健华个人偏爱荤腥。丁先生朝别的桌子看一眼，也有小馒头小包子之类，但个头太小，小到可能四个小馒头也抵不上北方的一个大馒头，且品种不如荤菜多。

金健华看出师兄的疑惑，说："我听说你是第一次喝早茶，就想让你尝试一些广东特色。比如皮蛋瘦肉粥，我就觉得比担担面或炒粉有特色。你要是不喜欢，再点一些其他的吧。"

"喜欢喜欢。"丁先生赶紧说，"你想法非常好，既然第一次在广东喝早茶，当然点有当地特色的早点。其实作为尝试，无所谓喜欢不喜欢，我不忌口的，尝鲜就好。"

"你吃得惯就行。"金健华说。

"吃得惯吃得惯。"丁先生说，"其实吃不惯也没关系，偶然一次，也不是天天吃。"

金健华笑了。

丁先生则追问："你刚才说你的工资都不好意思讲，为什么？"

"和你没法比。"金健华说，"刚来的时候只有几百块，现在刚刚涨到一千出头。"

"差不多啊，"丁先生说，"有什么不好说的？你刚来的那时候内地工资更低啊，拿几百也差不多是内地工资的十倍啊，不是和我刚来的时候一样吗？"

"可是现在……"

丁先生接过话头说："所以关键看发展。我刚来的时候其实和你刚来的时候起点一样的，但外资企业更灵活一些，发展更快一些，梦想可以更大一些。"

金健华点头。

丁先生接着说："我不是动员你来我们厂啊。"

金健华再次点个头，似鼓励丁先生大胆说。

丁先生说："既然来深圳了，就要解放思想。当然，作为女性，你保守一点也可以理解。我太太就希望调进深圳的政府机关或事业单位，说一家有一个在私企就够了，不能夫妻俩都丢了铁饭碗，我理解，但你这个算什么呢？要么，干脆找关系走后门进政府机关或事业单位，图个稳定；要么就进外资企业，轰轰烈烈图个发展。你这样在带有国营性质的企业，高不成低不就，两头不靠，我认为最不合算。"

"你帮大嫂联系好政府机关了吗？"金健华问。

"哪有那么容易？"丁先生说，"我还没有开始活动呢。"

"为什么？"金健华问，"你不希望嫂子早点过来吗？"

"希望，"丁先生说，"当然希望。但找关系走后门是有条件的呀。第一要有时间，第二要有实力。不管找谁帮忙，起码得请人家吃顿饭吧，可我之前在工厂负责生产和技术，天天加班，礼拜天都不休息，连请你和唐总工喝早茶的时间都没有，能找谁帮忙？"

金健华笑着问："师兄现在有时间有实力了？"

丁先生说："实力不敢说，但时间宽松一些。哦，对啦，哪天请唐总工一起吃顿饭，说不定将来我老婆调深圳的事会求到他。"

金健华摇了一下头，说："请他没用，唐总没这门路。"

"骗嘛。"丁先生说。

金健华没听明白，问骗谁？怎么骗？

丁先生笑着回答："万一我什么办法都用尽了，实在没办法把爱人调到深圳的政府机关或事业单位，就说你们华美钢铁就是和马钢公司一样的国营大厂，把她骗来再说。"

金健华先是吃惊，后又忍不住狂笑起来，问："你们男人都是这样的吗？"

丁先生被她笑糊涂了，问："我们男人哪个样子？"

"骗啊！"金健华说，"骗老婆啊！"

金健华告诉丁先生："我就是被老公用这种方式哄来的！"

"是吗？"丁先生问，"说说看。"

据金健华说，她和她老公是高中同学，她中南矿冶毕业分配至江苏常州冶炼厂，老公大连海运学院毕业分配至江苏南通港，虽然一个省，但隔着一条江，长期分居两地不是办法，而且各自的事业在两地。金健华学冶金工艺，南通没有冶炼厂，她老公学港口的，常州也没有大型港口，赶上深圳建设特区，需要各种专业人才，她老公通过校友关系被引进到深圳赤湾港，以为深圳也有冶炼厂，帮老婆联系一个对口的单位没问题，但深圳恰恰没有冶炼厂，只有一个华美钢铁，听上去像中美合资的钢铁联合企业，和上海宝钢差不多，来了之后才知道仅是一个热轧厂，连上海宝钢的一个车间都比不上。怎么办？还能再回常州吗？所以金健华经常抱怨自己是被老公骗到深圳来的。

丁先生则说人不能太有狭隘的事业心，别以为从事与自己大学所学专业有关的才算有"事业"，比如我自己，学钢铁冶炼的，现在搞钢格板，属于金属材料加工，包括金属切割、焊接和表面处理等，外行听上去跟炼钢炼铁差不多，其实你知道的，差别大着呢，根本就不是一回事。

金健华点头，承认炼钢和生产钢格板确实差别很大。

"再说你自己，"丁先生又说，"常州冶炼厂是有色金属冶炼吧？与钢铁也是南辕北辙，就算深圳华美钢铁与上海宝钢一样，你仍然是专业不对口啊！"

金健华笑了，点头，承认现在的工作确实与当年所学的专业关系不大。

"所以，"丁先生说，"不要受以前所学专业限制，否则我们学冶金的在深圳还找不到饭碗了呢。"

金健华彻底笑了，拼命点头，说跟师兄聊天特开心。

"那你就跟我当助手，"丁先生说，"天天让你开心。"

他以为金健华会说"好"，因为他觉得这种语境下对方只能回答"好"，但金健华却说："吃过饭去你厂里看看吧。方便吗？"

丁先生回答方便，相当方便。还说他原本打算直接把她接到厂里参观顺便食大围的，后来才改变了主意。

金健华问他为什么改变主意。

丁先生说我不想胁迫你，希望你在一个轻松的环境下独立思考。这样在外面喝早茶聊天你应该觉得轻松一些吧？

金健华说是。

走出茶楼，丁先生再次征求金健华的意见，说反正时间还早，不如绕一圈再去厂里。

金健华问怎么绕。

丁先生抬手一指大南山，说："你看，这是大南山。"

金健华点头，说是。

丁先生说："从我们厂那里也能看见大南山，只不过换了一个方向而已，因此我想，我们不走原路回去，也就是不经过你们厂，不走左边，改从右边，先往南头方向走，走过大南山，然后看见往左拐的路就往左拐，最后总能绕到我们厂。"

"有路吗？"金健华担心地问，"能走通吗？"

丁先生说："有路，能走通，因为我上次从罗湖回来，对出租车司机说去妈湾，司机就没有走蛇口，直接从南头那边开到妈湾的。"

"那就试试呗，"金健华说，"万一走不通再掉头嘛。"

丁先生则坚信肯定能走通，出租车能走的地方，"大铁马"怎会到不了！

重新骑上摩托车，丁先生感觉金健华跟他贴近了一点。大概是通过一顿早茶二人更熟悉了，没有头先那么紧张刻意保持距离吧。或是丁先生夫妻分居时间长了，对异性的身体特别敏感。但他很快否定这个可能，因为，头先来的时候同样骑着这辆摩托车，怎么没感觉她的身体贴这么近呢？于是丁先生就猜想有一种女人特别感性，对某个男人印象好，身体就自然靠近，也并非打算勾引，仅仅是出于本能。对谁印象好就本能地身体靠近。那么，丁先生又想，金健华是对我的印象好吗？应该是吧，倘若不是，哪里会跟我一起去探索一条未知的路？

"铁马"就是"铁马"，很快就出了蛇口，果然有一条朝左拐的路。丁先生看准红绿灯，然后左拐，一点毛病没有，却还是被人拦下。

他心虚，担心真像林姑娘说的那样查驾照，心里后悔不该绕到南山来，直接从蛇口去妈湾也不至于被人拦下。于是丁先生暗暗骂自己：烧包！活该！

幸好拦他们的不是交警，而是所谓的联防队员，要查的也不是摩托车驾照，而是暂住证。

丁先生有。厂里办的。可金健华却没有，她拿出的是身份证。

糟了！

丁先生想，他们厂怎么没帮她办暂住证呢？难道他们厂没有赖月娥这样的委派厂长吗？所以没人给她办？

丁先生正着急着，只见两个戴袖章的联防队员毕恭毕敬点头哈腰双手把身份证还给金健华，还连声说着"对不起"。

对不起？怎么回事？

骑出一段距离，丁先生才反应过来，金健华出示的是深圳市居民身份证！

"你户口迁来了？"丁先生问。

"是。"金健华回答，"刚办好。第一次被查。"

难怪呢。丁先生想。有深圳市居民身份证的只能是两种人。一种是赖月娥那样的本地人，是真正的地主，其他人都在他们的地盘上混，当然牛！还一种是政府机关或事业单位的人，虽不是地主，但地位肯定比戴袖章的联防队员高，不是高一点，而是高许多，所以刚才两个联防队员才在金健华面前点头哈腰。但金健华显然不是政府机关或事业单位人员，怎么也能迁深圳户口呢？难道华美钢铁真像国营单位，可以进户口吗？

金健华说哪里，他们厂是跟蛇口招商局合作的，招商局有进户口指标，偶尔也给他们厂几个排队，今年排到她了。

丁先生想，没这么简单吧，你这么年轻，华美钢铁那么多人，哪能排到你？一定因为你是靓女，经常被领导拉去当公关小姐，与头头们熟，插队了吧。但他没这么说，而是想，我们厂能有户口指标吗？如果有，不用排队，只要有一个就是我的，因为排在我前面的都是香港人，香港人哪里需要深圳户口指标！可我们厂是跟赖月娥他们村合作的，村里有进户口的指标吗？估计没有，如果有，是该进城市户口还是进农村户口呢？他们本身是农村，哪里能有城市户口指标？可如果进农村户口，那我不是非转农了？好像只有农转非而没有非转农吧？

但也不一定。丁先生又想，深圳是特区，特区嘛，万事皆有可能，还是找机会问一下赖月娥，让她向有关部门打听一下。凭感觉，丁先生认为像恒基公司这么大的企业，不可能一个户口指标也没有，只不过之前的高层管理都是香港人，他们不需要深圳户口，所以无人关心与过问此事罢了。

第十三章　收获

路越来越难走。柏油路、石子路、土路、小路……眼看着越走越窄。

丁先生猜想，主要是自己不熟悉路，又没有从南头那边绕，而是沿着大南山脚下走，这条路方向没问题，可眼下并没有修通。

丁先生面临三个选择。要么掉头，回蛇口，走华美钢铁的门口，沿上午来的路回去；要么往南头方向走，像上回出租车那样从老南头城那边绕到妈湾；要么继续往前走，即便没有大路，毕竟还有小路，只要以大小南山为坐标，绕着走，最后总能走到妈湾。

丁先生决定继续朝前走，实在走不过去了再掉头不迟。反正现在刚过中午，大白天的，两个大活人，骑着摩托车，不相信走到天黑也走不到妈湾。

真成乡间小道了。丁先生开始犹豫，假如这时候金健华说一声，或表现出一丁点担心与害怕，他二话不说立刻打退堂鼓，可金健华安安稳稳坐在后面，身子与丁先生越贴越紧，一副完全相信丁先生道路正确的样子，搞得他实在不好意思主动掉头。

但路确实更难走了。路边的草木还偶尔拍打车轮，仿佛在提示丁先生不要一条道走到黑。正当丁先生犹豫之际，看见对面远远有辆摩托车开过来。他决定停下来，假装在路边欣赏风景，等对面的摩托车来了问一下路再说。

丁先生跟金健华说我们停下看看风景吧。从这个角度看大小南山，应该别有一番风味。

金健华没说好还是不好，丁先生已经将车停下。两人下车，真的欣赏起不一样的大小南山来。

金健华说："从我们那边只能看见大南山，看不见小南山。"

丁先生说："是啊，看来走错路也是一种收获，不这样走，我们哪里能看到这般风景？"似替自己的莽撞辩护，更可能为下一步的掉头提前伏笔。

这时候，对面的摩托车也到跟前了。

由于路窄，对方不得不放慢速度，很缓慢而小心地从他们的"铁马"旁边通过。丁先生趁机问对方："先生你好！请问这条路往前走能到妈湾吗？"

被称作先生的后生仔只有十五六岁，可能是第一次被人称作先生，相当惊喜，也可能是先生激发了他的责任感，于是干脆停下，非常认真地回答丁先生："可以的。先到麻湾村。穿过村子，有一条比这宽的拖拉机路到妈湾。"

"麻湾村？"丁先生问，"你是麻湾村的吗？"

后生仔回答是啊。

丁先生又问："你们村有个赖月娥，你认识吗？"

后生仔紧张了一小下，仔细打量了一下丁先生和金健华，然后略微警惕地回答："认识。你们找她什么事？"

"我们不找她，"丁先生回答，"我们是妈湾那边香港恒基金属材料厂的，赖月娥是你们村派到我们厂的厂长，我和她是同事，你说你也是麻湾村的，我就问你是不是认识她。不找她。没事的。我们上午去蛇口喝早茶，想从这边绕回厂里，路过这里。"

后生仔笑了。一笑起来更加不像先生。他笑着回答："佢系我家姐！"

"是吗？"丁先生夸张地叫起来，"你是赖厂长的弟弟啊？是亲弟弟吗？"

对方笑着点头回答是。

丁先生恨不能掏出一份礼物来送给小伙子，可惜他身上实在没有任何礼物，总不能掏一张钞票给他吧，最后只好给出一句话，让小伙子回去代向赖厂长问好，告诉他我姓丁，叫丁先生，又问小伙子叫什么。后生仔回答他叫赖文斌，然后高高兴兴屁颠屁颠地开着那辆摩托车走了。

丁先生才注意到，原来赖文斌骑的摩托车正是他姐姐赖月娥每天骑的"小白鲨"。

丁先生重新骑上"铁马"，路同样还是这条路，却没有感觉越走越窄，相反，还有越走越宽的快感，连路边草木偶然的拍打，在丁先生听起来也是对他们表示欢迎。

金健华说："真巧！"

"是啊！"丁先生回答，"我们在村里兜一圈，如果能碰见赖厂长，那更是巧极了！"

说着他们就已经进了麻湾村。

村子很小。丁先生感觉这不是一个真正的村，最多只是自然村，是村下面的村民小组或之前的生产小队，而如今真正的村是之前人民公社下面的生产大队。

可惜，他们并没有碰到赖月娥。事实上，他们没有碰到村里的任何人。大中午的，烈日当头，除了刚才那位先生赖文斌，谁没事大中午的跑到路当中来啊，而丁先生和金健华也不方便离开大路走进农户一家家地问。

这里的村落与他们老家不太一样。没有草房，都是砖瓦结构，估计是草房经不起台风吧。另外就是每户人家挨得很近，仿佛这样更安全。还有就是村落中间自然形成了类似街道的道路，丁先生骑着"铁马"经过，仿佛就是穿街而过。

出了麻湾村，果然有一条机耕路。不仅能走拖拉机，估计一般的汽车也能走，只不过走汽车的时候要看对面是不是来车，如果对面来车，就只能先在这边等对面的车辆通过后再上路。好在村后的道路并未开通，所以汽车走这条机耕路的机会比较少，不会两辆相向的汽车正好卡在路上，所以赖文斌才说是"拖拉机路"。

一路下坡。地势平坦。虽然看不见，但丁先生感觉前方不远就是大海。准确地说是珠江的入海口的东岸。虽是夏季，但丁先生却感受到春天的气息。不知是腰部感受金健华的柔软，还是岭南的夏季其实并不像南京周边那么酷热。

"铁马"终于到达所谓的海边。一片汪洋。但海水很浅，估计退潮的时候就会露出滩涂。远远近近的海面上插着竹竿，丁先生估计是渔民捕鱼的工具。

风大。因此并不感到酷热，但骄阳似火，连个树荫都没有，两人站在烈日下不可能长久，赶快上车。

不知不觉，已经来到大南山的另一侧，以大南山为轴心，按照往左转的方向走，不久就看见自己的工厂。

原来从这边看上去恒基厂是这个样子啊！又想到赖月娥每天骑着"小白鲨"上下班，确实不能加班，天黑之后，这么偏僻的地方，别说赖月娥一个女孩子，就是丁先生一个大男人单独走也心里发怵。

人都要换位思考相互理解啊。

丁先生决定找时间还要和赖月娥聊聊。因为金健华来不来还不确定，他必须进一步调动赖厂长的工作积极性。

当日金健华并没有留在厂里和香港师傅一起食大围。主要是丁先生没有使劲挽留她。因为她还没有明确表达要来的意愿，留她一起吃饭算什么呢？怎么说？所以，金健华坚持要走，丁先生也就没有挽留，开着"铁马"送她回华美钢铁。

到达华美还不到下午五点钟，尚有时间，丁先生就站在门口一侧的公交站与金健华再聊一会儿。

现在已经带金健华到厂里看过了，应该聊实质了，不然在这么忙的情况下自己跟她泡一天算什么？真泡妞啊？

他忽然觉得自己心太软，而干大事者必须狠心，于是丁先生就狠了狠心，决定坚决把金健华挖过来。

不是被她身上的柔软所吸引，而是丁先生眼下太需要人，与其在外面瞎找，不如抓住小师妹不放。丁先生由此想到解放前的抓壮丁，只要抓来了，推上战场，自然就增强了战斗力，他现在就迫切需要金健华这样的战斗力。毕竟是校友，相对知根知底，又有深圳户口，这样的属下使用起来肯定比外面瞎找来的放心，也比一般的壮丁更有战斗力。

金健华见丁先生态度坚决，也产生松动，问："丁师兄，假如你是我，你怎么做？"

"来。"丁先生毫不犹豫地回答，"换上我肯定来！"

"为什么？"金健华问，"你给个理由。"

"理由我上午已经跟你说了，"丁先生说，"你这样高不成低不就是最不可取的一种状况。假如你不是到我这里来上班，而是去其他地方做类似的工作，你征求我的意见，我也会支持和鼓励你去的。"

"为什么？"金健华问。

"无非就是一个得与失的问题，"丁先生说，"你只要客观分析一下你如果跳槽会得到什么，再分析一下会失去什么，一比较得失的大小就好选择了。"

"师兄帮我分析一下，"金健华说，"跳槽我能得到什么？"

"自由。"丁先生非常肯定地回答，"你能得到自由。"

"什么自由？"金健华问。

丁先生说："你过来是做我助理的，不是做生产技术经理的助理，而是做工贸公司负责人的助理，具体地说是做国内贸易，我只考核你的业绩，并不限制你往外面跑，不计较你是忙公事还是忙私事，就算你真是忙私事，我也会睁一只眼闭一只眼，不自由吗？你在华美可以这样吗？而且你的收入会大幅提高。你说你在华美每月工资一千出头，到我这边底薪就这个数，而且我敢保证不用多久业务提成就超过工资，不然我也不会傻到主动把自己的工资从每月四千降到每月两千五。"

金健华点了点头，但没说话，似乎在想，或者说是在认真思考，在做激烈的思想斗争。

丁先生趁热打铁，摆出非常贴心的样子对小师妹说："先干半年，万一你觉得吃亏了，后悔也来得及。"

"怎么来得及？"金健华问。

"大不了再跳槽一次。"丁先生说，"这也是我说的自由的一部分。反正你有大学文凭和深圳户口，更有随时可以出去找工作的自由，还怕找不到更理想的工作？关键是要先迈出这一步。在内地是'退一步天地宽'，在深圳正好反过来，是进一步天地宽。既然来深圳了，不如再往前进一步。"

金健华似乎已经被丁先生说动了，但她仍然问："半年之后如果我想走，你会放吗？"

"我不放有用吗？"丁先生反问，"腿长在你自己身上，你真心想走，我能拦得住你吗？就像现在，华美钢铁刚刚帮你落实了深圳户口，你要走，他们拦得住吗？最多就是扣你最后一个月的工资。你真想走，还在乎这一个月的工资？这里是深圳！深圳最大的活力就是自由，包括思想自由和选择职业的自由。有人才流动企业才有活力，有个人跳槽才能实现个人价值最大化。你窝在华美钢铁，人不自由，自身价值也发挥不出来，所以我劝你迈开这一步，迎接自己的第二春！"

金健华一仰头，回答一个字："好！"

丁先生忍不住笑起来，不是终于说服了小师妹高兴，而是他忽然发觉金健华的这个一仰头的造型很像革命烈士刘胡兰的雕像。

丁先生又看了一下手表，已经快到饭点了，说："上车。回去。我请你食大围。"

金健华没再推辞，直接跳上"大铁马"的后座，两人心情飞扬，呼啸而去。

回到工厂正好赶上下午下班。丁先生一眼看见林姑娘从大办公室出来，立刻朝她招手。林姑娘见丁先生头先明明把金健华送走了，转了一圈又把人领回来，就知道丁经理已经把他同学的思想工作做通了。赶紧迎过来，直接跟金健华打招呼，问："决定了？"

金健华笑着点头，很幸福的样子，仿佛她不是决定跳槽了，而是决定跟丁先生结婚一样。当然这只是比喻，不是真的，他们都是已婚的人，他俩哪能再结婚？

在食大围的过程中，丁先生把金健华向三个香港师傅一一做了介绍。看得出，许师傅、郑师傅和曹师傅基本接受金健华，本来嘛，靓女，又是大学生，天生讨中年男人喜欢。但丁先生对金健华的介绍有所保留，只说金是他的同学，就在旁边的华美钢铁总师办上班，今天休息，过来看看，体验一下我们的食大围，而并没有说金健华即将成为大家的同事。

不是丁先生担心金健华万一变卦，而是她即便跳槽过来，也不够食大围的级别，汪宝珠还在外面吃小灶呢，但如果作为丁经理的客人，金健华与香港师傅偶尔食大围一次就理所应当了。

吃过饭，丁先生带金健华上楼，领她参观宿舍，顺便把她介绍给几个大学生认识。这叫内外有别。在丁先生看来，四个大学生才是自己人，尤其是汪宝珠，本身就是副经理，要来一个新人，丁先生当然要提前让他知道。

韩建、何葆国、汪宝珠三个男的对金健华热烈欢迎。但丁先生发觉王秋玲笑得不是很自然。把金健华送走之后，回到厂里，大家还在加班。丁先生来到汪宝珠跟前，与他交换意见，问他王秋玲为什么不高兴。

汪宝珠说话很直："这还用问吗？谁都看出你想找一个做贸易的女助手，赖厂长、唐静、金健华，所有的人你都想到了，就没想到她王秋玲，她能高兴吗？"

"她想来？"丁先生问。

"你说呢？"汪宝珠反问，"谁不知道做贸易比在生产线上好？"

"做贸易一定好吗？"丁先生再问，"如果你觉得做贸易确实好，怎么不让唐静来呢？"

"我不让她来？"汪宝珠急了，"为了让她来，我们俩差点打架。我怎么不让她来了？是她自己神经病，不来，我哪里能管得了？"

丁先生不争了，他相信汪宝珠说的是实话，是唐静自己不想来，汪宝珠说了她也不听，但王秋玲如果想来，直接跟我说啊，省得我在金健华身上下这么大功夫。

丁先生决定找王秋玲聊聊。女人的思想比男人复杂，她们是怎么想的一般不说，说出来的也未必是心里想的，所以还真要花时间聊聊，才能掌握她们心里到底是怎么想的。

丁先生又开始反思，想着汪宝珠说得对，我想到了唐静，想到赖月娥，想到金健华，怎么唯独没想到身边的王秋玲呢？难道因为她是专门学焊接的工程师，正在顶一个坑，不舍得抽出来大材小用？还是她没有主动把自行车借给汪宝珠而显示出不会做人的一面，让我对她产生了看法？或是她刚来就闹离婚让我感觉她是个麻烦人？或许都不是，或许都是，是几个因素叠加在一起，在我大脑中形成了印象，让我有意无意遮蔽了对她的考虑？

丁先生决定找王秋玲谈话，也可以说是聊聊。但谈话比较正式，聊聊有些随意，而他对王秋玲从来都没随意过，连思想都没随意过，一直都比较正式，所以还是谈话吧。

但又不能太"正式"，搞得好像要辞退她一样，王秋玲刚刚遭遇婚姻的打击，要保护，不能再被吓着，所以在如何找王秋玲谈话的问题上，丁先生着实动了一番脑筋。

第二天早餐丁先生特意提早出来，站在餐厅门口等着，等王秋玲一出来，丁先生立刻把她叫到一边，单刀直入，说："工贸公司刚成立，百废待兴，人手不够，想抽你出来帮几天忙，不知道你愿意不愿意？"

这番经过考虑的话有几个意思：第一，表明我没有忽视你王秋玲；第二，我不知道你是不是愿意来工贸公司；第三，说抽你上来帮忙而不是直接调你说明我不知道你是不是胜任这份工作，要考查，要试用，如果通过帮忙一段时间证明你干得不错，表现出很高的热情与效率，也可能真留下，反正一个贸易公司起码需要三五个人，多你一个也可以。

"只是帮忙吗？"王秋玲问，"不是调过来吗？"

丁先生心里很反感王秋玲这样回答，瞬间理解自己为什么没想到选她了。为什么？因为太不会做人啦！哪有这样回答领导谈话的？幸亏丁先生为这次谈话做了充分准备，否则还一下子被她呛住了呢。

丁先生不得不打起了官腔，他忽然感觉官腔一开始可能是被逼出来的，也是应对身边不会做人的人一种不得已的策略，于是他回答："能不能调过来我说了不算。要通过老板的。你不是一般的工人，是车间主管，公司的中层干部，哪里是我说调就调的？再说我就是想调你也要经过一定程序。首先要征求你个人的意愿，然后要征求郑师傅和汪副经理的意见，还要看你是不是适合这份工作，最后还要听从老板的统一安排。你不像昨天见到的我那个校友金健华，我打算从外单位把她挖过来，秦老板当然高兴，而你是我从内部挖人，不知道郑师傅、汪副经理和秦老板怎么想啊，所以只能先借调上来。"

"干吗想到调我？"王秋玲仍然不依不饶，"你那师妹不是要来了吗？而且来了就进里面的小餐厅吃饭。"

丁先生心里一惊，同时恍然大悟：原来你们的不满在这里！难怪昨晚汪宝珠说话就带着情绪呢。看来自己的一丝考虑不周都会引起轩然大波，难怪当领导的说话做事都必须考虑影响呢。

"她还没来。"丁先生严肃地说，"至少昨天还没来。昨天她是作为我的小师妹来看我的。我好歹是经理，来了客人留餐饭的权力都没有了吗？难道我自己在里面吃让我的客人在外面吃吗？你有这种观念还怎么做贸易？我告诉你，将来开展贸易联系，我接待的任何客人来了如果留下来吃饭都必须在小餐厅里面吃。你要是有意见可以跟老板提。"

说完，丁先生担心自己的话说重了。谁知王秋玲扑哧一笑，说："我愿意到贸易公司帮忙！"

丁先生还在生气，王秋玲已经欢天喜地地走了，说要开工了。

是要开工了。王秋玲作为锻焊车间主管这时候应该在锻焊机上开机预热。

丁先生也随后一步走进车间，每个岗位巡视一遍，最后走到汪宝珠身边，说："我刚才跟王秋玲谈了，想暂时把她调到工贸公司帮忙。没问题吧？"

见汪宝珠没回答，似在思考，丁先生就补充说："我们不能搞香港师傅'一个萝卜一个坑'的那一套，要带徒弟，你们四个都要带徒弟，从工人当中选拔比较灵光的高中生，像开锻焊机这样的工作，不一定要师傅或大学生，一个经过培训的高中生也行，让一个大学生顶坑我觉得大材小用了，所以你昨天提醒是对的，我想把王秋玲抽上来做贸易试试。谢谢你的提醒啊！"

汪宝珠终于开口，说："不用谢我。我这边没问题。但我担心你把她胃口吊起来，最后又没调她去工贸公司，她更有意见。"

"有意见她可以提啊，"丁先生忽然有些恼火地说，"对你有意见她可以跟我提，对我有意见她可以跟你提，也可以跟林姑娘提，还可以跟老板提，层层反映嘛。实在反映不通，她可以辞职走人嘛。你现在等于接手我之前的工作了，和你之前在冶炼厂当能工巧匠不一样，现在是领导了。当领导的不能太软弱，这是外资厂，不养闲人，不惯懒人，不怕狠人。你看黄师傅狠吧，什么下场！你知道我一开始为什么没有考虑她吗？"

汪宝珠被丁先生说得愣了一下，然后才摇头，回答："不知道。"

"为了你。"丁先生说。

"为我？"汪宝珠不解。

丁先生说："直接原因是为了你。"

"为我什么？"汪宝珠问。

丁先生忽然又想抽烟，可惜身上已经没有烟了，而且汪宝珠不抽烟，不能给他。丁先生忍了忍，或者没有忍，而是想象着自己点燃了一支烟，然后才接着说："你每天晚上加班结束后步行去ABC门口接唐静，她王秋玲宿舍里就有一辆自行车闲在那里，为什么不主动提出借给你骑呢？"

"这个……这个是她的自由，"汪宝珠说，"你不能因为这个对她产生看法。"

"好，"丁先生说，"你知道她那辆自行车是怎么来的吗？"

"知道啊，"汪宝珠说，"不是她老公，哦，是她前夫给她的吗？"

"错！"丁先生说，"是我对她前夫的老板说了好话，让他们厂不要处分童亚洲，他为了感谢我而送给我的。"

"这样啊。"汪宝珠说。

"当然。"丁先生说，"但我怎么可能要她前夫一辆自行车呢？不要，他坚持要给，都要哭的样子，我才接受了，然后给了王秋玲。你如果不相信你可以问，她前夫就在ABC，叫童亚洲，亚洲自行车厂的焊接课课长，很好问的。"

"我信。"汪宝珠说，"我当然信你说的。但王秋玲恐怕不知道是她前夫给你的吧。"

"就算她不知道，就算这自行车是她前夫给她的，她闲在那里没用，就不能主动借给你吗？"丁先生问，"你知道我给你骑的这摩托车是怎么回事吗？"

"不是老板给你们工贸公司的吗？"汪宝珠说。

"还是错！"丁先生说，"是老板给我个人的。这个更好问。你再问许师傅或直接问老板都可以。退一步说，就算是老板给工贸公司的，与你有什么关系？你是工贸公司的人吗？"

汪宝珠立刻摇了一下头，承认自己确实不是工贸公司的人。

"但我拿到摩托车第一个就想到你晚上去接唐静不需要再步行了，可以骑我的摩托车了！怕你不好意思，才故意说是老板给我们的。你知道这说明什么吗？"丁先生问。

汪宝珠摇头，表示自己不知道。或者说是不知道该怎样回答丁经理的问题。

"这叫觉悟。"丁先生说，"或者叫做人的自觉。我就是从王秋玲没有主动把自行车借给你这件事情上看出王秋玲做人不自觉。记着，宝珠，你已经当领导了，当领导的关键是会用人，用人的关键是考察下属是怎么做人的。除非实在没有办法，否则技术再好的人，但做人不行就最好不要用。"

"那……那你干吗不炒掉王秋玲，还要把她借调上来？"汪宝珠磕磕巴巴地问。

"没那么严重，"丁先生放松情绪笑着说，"我虽然觉得她身上有毛病，但也不能一棍子把人打死，要给人机会嘛。她可能是一时糊涂没想到呢。我们不能按自己的标准要求每一个人，那样就真成孤家寡人了。如果我们因为某一件事对某一个人不满意，就立刻炒人，那就是我们自己不会做人。你说是不是？"

汪宝珠不好意思地笑了。

最后，丁先生对汪宝珠说："现在你是王秋玲的直接领导，没事找她聊聊，帮助帮助她。"

汪宝珠若有思索地点头。

丁先生又跟郑师傅打了招呼。郑师傅当然没有任何意见，他恨不能恢复自己对锻焊机的独断控制。但这是不可能的了，那种一个香港师傅把控一台关键设备的一个萝卜一个坑的时代已经一去不复返了，因为，汪宝珠副经理已经按照丁先生的授意，开展带徒弟活动，每个大学生都从自己车间挑选一名高中生当徒弟，像锻焊机这样的设备，只要徒弟肯学，三天就能充当师傅用。

王秋玲身上虽然有毛病，但工作能力和综合素质确实比赖月娥强。不说别的，就说接电话时候的标准普通话和轻柔的女性声音，肯定让对方产生美好的想象，宁愿多聊两句。

丁先生与她一起研究了怎么答复对方，既然对方愿意聊，不妨多聊两句，顺便介绍一下我们产品的绝对优势。可以从三个关键设备聊起，说说我们从德国西马克进口的麻花机，如何在不加热、不冷轧的情况下通过冷挤、冷拉、冷扭的方式硬生生把黑乎乎的盘条变成亮晶晶的麻花钢；说说我们的进口锻焊机如何多点同时锻焊一次成型；说说我们的进口全自动热浸镀锌机如何确保每一个镀件的每个角落镀层均匀的。总之，我们是香港企业，属于来料加工，所有的设备和原料都是进口的，所有的岗位都有香港师傅和大学生双重把控，我们的产品质量不仅在全国绝无仅有，而且在全世界也是最先进的！买我们的产品实实在在相当于拿国产的价格买进口产品！

王秋玲不仅按照她和丁经理讨论的结果和客户聊，而且还把之前赖月娥断断续续的电话记录按时间顺序和客户分类及打电话咨询频率整理成表格，谁的购买意向最强，谁是真正的大客户，一目了然。

丁先生找赖月娥聊天，先说那天见到她弟弟赖文斌的事。

赖月娥抱怨自己的弟弟太不懂事，看着你走到我家门口了，都不知道把你带回家里喝糖水。

丁先生则帮赖文斌开脱，说你弟弟不知道我是经理啊，随便遇上一个打工仔就往家里带，那你不是又要骂他了？

赖月娥被丁先生说得笑起来。丁先生发现赖月娥一笑起来也蛮可爱的，长得其实并不比王秋玲和金健华这些女大学生差，只是皮肤稍微黑一点而且脸上的表情没有她们俏皮罢了。于是他多少带了一些情感对赖月娥说："你之前的厂长其实是个空架子，并无实权，但在工贸公司我打算让你名副其实，相当于公司副总，所以你要赶快把公司注册的流程加快，发挥你是本地人的优势，找亲戚朋友走后门，尽快完成注册才能开展业务，有业务了才有提成！"

赖月娥说自己已经找了，不然连门都进不了。

丁先生说不行就送礼。钱没有问题。说着，就把自己身上的一千元递给赖月娥，让她先拿着，带发票回来他找老板报销。

赖月娥说这多不好意思啊。

丁先生说："没什么不好意思的，我其实也是为自己，我主动把工资降了，就等着拿提成呢，不然不是亏了？你早日把公司注册下来，等于救我！"

赖月娥彻底笑了。她笑着把一千块钱接过去，说："行，我现在就去找人走后门。"

丁先生又在给老板写汇报。

这次是真正的汇报，不带请示的意味。因为他现在是双料经理，职位在林姑娘之上，相当于香港恒基妈湾工厂的一把手，像抽调王秋玲到工贸公司帮忙，授意汪宝珠大学生带徒弟，与王秋玲讨论怎样跟客户说，鼓励赖月娥动用亲戚朋友的关系加快工贸公司注册速度这样的事，都在他双料经理职权范围之内，不需要向老板请示，但是做了之后应该及时向老板汇报，所以，他这次是写真正的汇报。

写完之后，在誊抄成繁体字之前，丁先生又重新浏览一遍，发现其中与王秋玲讨论怎么跟客户说的部分非常精彩，因为这部分有创新，提出了一个新观点，就是现代产品的最终质量不是最后检测出来的，而是由生产过程使用的设备决定的，颠覆了以往农产品依靠精耕细作、工业产品依靠精益求精的传统观念，而既然本厂的关键设备麻花机、锻焊机、热浸镀锌机都是世界上最先进的进口设备，连生产线上监督大学生操作的香港师傅都是"进口"的，那么本厂生产的钢格板质量当然世界一流！

丁先生觉得这个观点可以单独列出来在杂志上发表。于是他暂时不做繁体字的誊抄和翻译了，把给老板的汇报先放一放，抓紧时间先整理意在投稿的论文，因为投稿用汉字简化字，其实比给老板的繁体字誊抄更快一些。后来在实际操作中，这两项任务是交替进行的，灵感充沛时，丁先生先写论文，一波灵感耗弱时，他就用繁体字誊抄给老板的汇报，结果还是誊抄容易一些，第二天晚上就完成了。他看了一遍，没什么大问题，立刻交给林姑娘，请她看看有什么问题，如果有，加班结束后巡视的时候问他，如果没有问题，尽快传真到香港，最好今天晚上就让老板看到。

"我这已经是先斩后奏了，"丁先生说，"按道理应该先跟老板汇报等他批示才行动的，现在亡羊补牢，所以要快。"

林姑娘回答"得"，当场就翻阅起来。

丁先生的"如果有问题"只是客气，没想到林姑娘当真了，还没等加班结束，她就跑过来找丁先生，问丁先生给赖月娥那一千块钱的事情。

丁先生知道林姑娘是好心，听她的口气，好像老板对钱很在意，不喜欢下属在钱的问题上自作主张先斩后奏。但丁先生决定改一改老板的这个习惯，将来开展内地贸易，临时花钱的地方多，要是请客户吃顿饭都要请示香港老板，那不是比内地的国营单位更死板？还怎么做生意？所以，他一面说谢谢林姑娘，一面霸气地说："没关系，你就这样传真给老板。如果老板在这件事情上怪罪下来，我就证明你提醒过我，但是我没听。"

"我不是这个意思。"林姑娘说。

丁先生说知道。谢谢！你就这样传真。谢谢！

他相信老板不会在一千块钱的问题上小题大做，如果老板真如林姑娘担心的这样，他就打算捞一笔走人。

恒基公司半年多的实践，丁先生最大的收获是树立了自信。他相信天命，更相信谋事在人，如果天意让自己离开妈湾，那么他就去罗湖发展，或许会获得更大更有前程的发展空间。既然自己对金健华说"大不了再跳槽一次"，那么自己还怕什么呢？

汇报传真给老板后，论文的速度明显加快，看来一心确实不能二用。不是时间或精力的问题，而是退路问题。汇报没上报之前，论文一旦遇到卡壳，丁先生马上就想着先放一放，正好可以去做给老板的汇报繁体字誊抄工作；汇报传真香港后，论文再遇到卡壳，丁先生没了退路，不得不强迫自己再往前冲一段，结果，所有的卡壳都不堪一击，论文很快完成。看来，没有退路和依赖才是干成一件事的关键。

论文《先进设备是保证产品质量的关键——以香港恒基公司深圳妈湾厂钢格板新材料为例》很快完成了，但往哪里投稿呢？不是没地方发表，丁先生是出稿量极大的老情报，别的不敢吹，文章质量肯定没有问题，而且他比较活跃，每次全国情报交流会或审稿会都结识一大批同行，其中有很多是各专业期刊的社长或主编，文章发表肯定没有问题，但这次他有两个特殊要求：第一要快，最好本期就发表；第二要近，最好在广东省内发表，因为钢格板属于钢结构，重量大，长途运输成本高，所以他计划产品内销的第一步在广东。

丁先生想到了李惟诚，广州《新材料》杂志社社长。上次在武汉工业大学开《绝热材料手册》审稿会结识的，于是赶快翻通讯录，找到李惟诚的联系方式，一个电话打过去。

对方是位女士，丁先生说找李惟诚，女士说："李社长调走了，您有什么事？"

"调走了？"丁先生问，"调哪里去了？高升了吗？"

女士笑了一下，说："算是吧，他调深圳去了。"

"调深圳？"丁先生兴奋起来，"我就在深圳啊！"

"是吗？"女士也被他的情绪感染，仿佛也兴奋地回答。

"方便把他深圳的联系方式告诉我吗？"丁先生说。

"您贵姓？"对方问。

丁先生意识到自己的莽撞，马上抱歉地说："我叫丁先生，之前在冶金部马鞍山院做情报工作，半年前才来深圳……"

"我认识你。"对方说。

"你认识我？"丁先生问，"您哪位？"

对方笑着回答，她叫许薇薇，是李惟诚同事，现在接替李惟诚的工作。

"哦——"丁先生一个夸张的惊叹音，"许社长好！"又不得不发出疑问，"我们见过吗？"

对方回答没有，但久闻大名。

"虚名。虚名。"丁先生谦虚地说。

"您找李社长有什么事？"对方问。

"现在应该找您了。"丁先生说着，就把自己文章想发表的事情简单说了。强调："因为这种新产品生产于广东，所以这篇文章最好能在你们广州的《新材料》杂志发。"

他以为在这种语境下，对方一定回答"好"或"没问题"，谁知新社长蛮认真，居然追问一句："你怎么知道这种新产品目前只有广东有而其他地方没有？"

丁先生几乎本能地想回答"我是做这个的当然知道"，可想到自己并不认识新社长，不能这样随便，略微想了想，改说："内地即使有同类产品，质量肯定也赶不上我们广东的。"

"为什么？"许薇薇问。

"因为新产品是我来了之后才提议改进的。"丁先生回答。

对方听了没说话，似信非信。

丁先生解释说，是他先查阅大量国内外资料，写出《钢格板占据工程材料新领域》发表在《冶金参考》上，香港老板看到文章后专门把他挖到深圳来的，来了之后，他结合国外最新资料，提出用冷轧扭曲钢取代冷拉圆钢作为受力面，并专门从德国西马克引进冷轧扭曲机生产出麻花钢，用日本的三菱锻焊机采用一次成型的锻焊方式生产出来的，设备决定品质，所以他可以肯定地说，目前恒基深圳妈湾厂生产的钢格板是全世界最先进的产品。

许薇薇大约是信了，但仍然没有松口，让丁先生把文稿寄过来看看。

丁先生说好，谢谢许社长，又核对一遍邮政编码和地址，最后厚着脸皮再一次讨要李惟诚在深圳的联系方式。怕许薇薇不同意，补充说："要不然您亲自打电话给李社长，让他联系我。"

许薇薇终于松口，告诉丁先生李惟诚现在的工作单位和电话号码。

"南油啊，"丁先生高兴地说，"离我们单位不远啊！我们公司在妈湾，也属于南山，我每次从蛇口去罗湖都经过南油大厦。"

许薇薇似乎对他的惊喜不以为然，说没别的事我先挂了。说完，没等丁先生再说感谢或套近乎的话就挂了。

丁先生举着"嘟嘟嘟"的话筒愣了一下，想着人家是社长，日理万机，说不定旁边有人等着汇报或请示工作呢，也就没计较，摁挂机键，立刻拨打李惟诚在深圳的新号码。

占线。

再打，还是占线。

他感觉许薇薇的态度不保险，必须找到李惟诚，拜托他亲自打电话给许薇薇说说，才能确保文章尽快发出来。丁先生还指望这篇文章打开产品销路呢，不皮厚一点盯紧一些不行。

再打。仍然占线。丁先生决定不打了，事不过三。既然三次打不通，不如直接去一趟。

放下电话，丁先生从林姑娘的宿舍出来，虚掩上门，来到楼下大办公室，把论文递给林姑娘，让她复印两份，并传真给老板。

林姑娘复印好了之后，把原稿和一份复印稿交给丁先生，留下一份复印件准备给老板传真。

丁先生扬扬手中的原件，轻声说："《新材料》杂志社的社长来深圳了，我现在去见他。"

林姑娘愣了一下，点头。

丁先生往她耳边凑了凑，低声说："借我一点港币，我从蛇口免税店买些礼品带过去。"

林姑娘赶紧掏出钱包，展开，递给丁先生。丁先生想了想，抽出一张五百元的，又扬了扬，让她确认是五百，然后走了。

先去免税店。老规矩，三五香烟加雀巢咖啡和伴侣。他不想费事买其他礼品，而且价钱也合适，五百港币递过去还找回来一大半。用免税店提供的漂亮的礼品袋扎好。担心路上破损，向营业员再要一个袋子备用，对方居然客气地给了。大概是听他说粤语以为他是香港人吧。

出了免税店，把礼品连同备份的礼品袋一起放入摩托车后面平常存头盔的后备箱里，再去邮局寄特快转专递。特意问了一下，人家说广州的特快明天就到。

就是前几天和金健华走的那条路，只不过出了蛇口别往左拐，沿着南油大道继续向前，不远就是南油大厦。

大厦门口的广场很大，有足够停放汽车、摩托车和自行车的地方，丁先生按物以类聚的原则把"大铁马"停在几辆摩托车中间，锁好，打开后备箱取出礼品，放入头盔，再锁好，整整衣服，走进大厦。

第十四章　紧急造访

丁先生找到李惟诚办公室，他正在打电话。看样子很忙，难怪一直占线。

丁先生对李惟诚摆摆手，李惟诚笑着示意他坐。丁先生就坐在对面的沙发上。

李惟诚的电话终于打完了。还似乎专门为丁先生而提前结束的，因为他的最后一句话是："先这样，我来了客人。"

李惟诚的态度不如丁先生想象的热情，没有一见到他就跳起来打招呼，大约当领导的时间长了已经不会跳了吧，或者他们之间的交情没到那一步。但也不算太冷淡，因为他电话结束后就立刻从大班台后面走出来，给丁先生拿矿泉水，然后也坐到沙发上来，与丁先生平起平坐，问丁先生："听许薇薇说你也调深圳来了？"

丁先生尽量放大笑容地回答"是"，然后把之前对许薇薇说的话又复述一遍，最后还把那份论文复印件递给李惟诚。

到底是杂志社社长出身，即便现在当领导了也还是学术型领导，接过复印件，李惟诚的注意力就立刻集中在文稿上，非常认真地看起来。

丁先生不能让他不看，只能摆出微笑的模样自己喝矿泉水。他也确实渴了，需要喝水。

丁先生喝得并不快，故意慢慢喝，算是给自己找个事做，可他一瓶矿泉水喝完了，李惟诚还在看。不是李惟诚看东西慢，而是他看完之后又看一遍，并且有些地方反反复复看，看到最后，居然抬起头问："你带照片了吗？"

丁先生被他问傻了，反问："什么照片？"

"产品照片啊，"李惟诚说，"还有你说的这几个关键设备的照片。"

丁先生更糊涂了，我这也不是做广告，是发表论文，还需要配产品和关键设备的照片吗？

李惟诚这才解释："我们正在引进海上石油平台，很贵，整套设备按多少美元一吨计算，我一直认为有些部分可以用国产货替代，比如成套设备当中大量使用的踏板，也就是你文章中说的钢格板，就不应该算在成套设备中，可惜国内没有达到国际标准的产品，如果你们的钢格板真像你说的这么好，我就建议在谈判中争取用你们的产品替代进口踏板。"

这么巧啊！丁先生高兴得差点跳起来！果真如此，我还发表什么论文啊，直接把文章给你看就是"点对点"的最好宣传嘛！

"没有照片。"丁先生如实回答，"因为我没想到你们会用到钢格板，我还想通过你在《新材料》杂志上发表文章做广告呢。我今天来找你就是打算让你给许薇薇打个电话，开个后门让她尽快帮我排上。"

李惟诚对杂志发表文章的事似乎并不关心，或者他认为这事情太小不值得找他，他问丁先生："什么时候你拍几张照片送过来我们看看？或者我们什么时候去你那里看看？"

丁先生愣了一小下，终于转过弯来，说："还等什么时候啊？择日不如撞日，您现在就跟我去看，我临时造假都来不及。"

丁先生想营造一点笑话，特意说了"造假"，可李惟诚并没有笑，抬手看了一下表，然后说："也行。"

说着，李惟诚起身，走到自己的大班台前，拿起电话，通知备车和准备相机。

李惟诚没有再回到沙发上，他又回到自己的大班台后面，坐下，整理自己的办公桌，又在一个本子上写下什么。不大一会儿，一位漂亮的女士立在门口，手里拿着相机，对李惟诚说："主任，可以走了，小刘已经下去开空调了。"

三个人来到楼下，丁先生说："我开着摩托车带路，好吗？"

李惟诚回答可以。丁先生就抢先几步跑去发动自己的"大铁马"，开到李惟诚的桑塔纳前，看清楚车牌号码，又跟开车的小刘打招呼，说目的地在华美钢铁再往里走两站的妈湾恒基金属材料厂，让他跟紧自己。小刘点头，丁先生这才从后备箱中取出头盔，戴上走了。

丁先生不敢把摩托车开得很快，生怕桑塔纳跟丢了，但"铁马"确实比桑塔纳快。在一个红绿灯，丁先生过去了，李惟诚的桑塔纳却被红绿灯挡住，丁先生不敢走，在红绿灯那边等，心里想，按道理应该给林姑娘先打一个电话，告诉她自己带重要客人马上过来，不是弄虚作假，而是自己带客人来工厂参观似乎应该跟港方经理打个招呼，可这几十秒的红绿灯时间临时找公用电话也来不及啊。

过了ABC，丁先生加快速度，这里只有恒基公司一个工厂，他相信小刘能看到自己拐弯，不会跟丢的。丁先生抢先开到工厂大门口，摁喇叭，让保安提前把大门打开。刚打开，桑塔纳就拐弯跟进来了。丁先生让保安跑步去通知林姑娘，说来大客户参观了，让林姑娘赶快代表老板出来迎接。

桑塔纳进来，丁先生用手势指挥小刘先掉头，以便为林姑娘出来争取时间。如此，李惟诚和那位靓女刚刚随丁先生踏入车间，林姑娘就从里面迎了出来。丁先生赶紧介绍："这位是我们香港经理林碧霞，这位是南海石油深圳办事处的李惟诚主任，他们考虑用我们的钢格板取代国外进口产品。"

林姑娘立刻掂量出事情的分量，马上把脸上的热度加大，使原本就灿烂的笑容显得更加灿烂！

说实话，林姑娘无论摆出什么姿态，也比不上李惟诚身边的靓女漂亮，但林姑娘也没给丁先生丢脸，因为她整体气质一看就是有身份的香港人，这点，无论靓女多年轻漂亮都比不了！在当年的深圳，香港人三个字的含金量比年轻漂亮四个字更高。

接下来的实际参观中，李惟诚始终把林姑娘当作供货方的首席领导，但林姑娘似乎什么事都听丁先生的，包括先参观什么后参观什么以及怎么介绍。

丁先生很注意分寸，主意是他拿，但站位始终拖后半步，让李惟诚和林姑娘并排站在前沿，他自己略微拖后。

丁先生决定倒过来参观，先参观热浸镀锌车间，因为这里能看到最终产品。刚刚从镀锌机出来经过水洗和烘干的镀锌件闪闪发光，不像平常看到的那些经过空气氧化的灰色锌，而是闪闪发亮的银色锌，并且由于未经过电镀与抛光处理，反而使构件表面有磨砂玻璃的感觉而更加真实，更像手工打制的银制品。

丁先生悄悄对李惟诚说："外国人真讲究。这最后一道工序烘干，就是把水洗后的金属镀件用热风吹干，我敢说国内人不可能这么做，不是想不到，而是觉得没这个必要，因为这么做不符合多快好省的原则，但一个省字，造成国产货多少个不讲究啊！"

李惟诚认真看丁先生一眼，然后认真地点头，不是礼貌，而是由衷赞成丁先生的观点。

接下来参观锻焊机。位置稍微发生一点变化，丁先生站到和李惟诚并排的位置上。不是丁先生自己抢风头，而是林姑娘硬把他推到第一线。不完全是礼貌和客气，是真觉得丁先生的介绍比她专业。

丁先生在介绍锻焊机的时候，充分考虑到林姑娘的位置与身份，所以不单是对李惟诚说，而是用眼神和朝向对李惟诚和林姑娘两个人说，把他们两个都当成上级对待。他说："你看这日本三菱锻焊机，整体成型，受力均匀，不残留内应力，没有焊接瘤，真不是替日本说话，产品质量和外观哪里是国内电焊产品能比得了的呀！"

听了丁先生的介绍，不仅李惟诚频频点头，在一旁负责这台设备的香港人郑师傅和陪在他身边的副经理汪宝珠也暗暗吃惊，因为丁先生说的某些话，比如不残留内应力，不仅郑师傅目瞪口呆，而且据汪宝珠自己后来说，他都没想到，更不要说向客户介绍了。

丁先生见正好人都在，就向李惟诚介绍郑师傅是香港师傅，负责技术监督，汪宝珠是从大型国企挖来的有实践经验的大学生，负责操作。

李惟诚不是好糊弄的，他马上就用广东话跟郑师傅打招呼，仿佛是验证郑师傅到底是不是真正的香港师傅。

郑师傅一听李惟诚说粤语，马上像全世界无产者听见了国际歌熟悉的旋律，找到了自己的战友与同志，立刻哇啦哇啦说了一大堆粤语，李惟诚自然也用粤语回应，说实话，丁先生有许多地方没听懂，他忽然发现，香港人平常和他说的粤语居然和此时郑师傅对李惟诚说的粤语不完全一样！同时发现李惟诚在说普通话的时候完全是一个内地领导，但他和郑师傅说起粤语后，又活脱脱变成香港人起码是广东人啦！真长了见识，他还是第一次深切地感到人的气质可以随着所说的语言变化而变化！

在此后的参观中，丁先生也改成说粤语，尽管他说得肯定不标准，和郑师傅说的几乎是两种粤语，但李惟诚仍然很吃惊，他问丁先生："你是以前就会还是来深圳之后才学的？"丁先生则显得非常贴心地悄悄回答老朋友："没办法，逼的！在港资厂，一点粤语不会说，都不像自己人，哪里能混到公司高层！"

李惟诚会意地一笑。

最后参观麻花机。丁先生用半生不熟的粤语对李惟诚发出由衷的感慨，说我们都是做情报工作出身的，但对这台机器被翻译成冷轧扭曲机还是费解，您看，这么小的机器，哪有轧的过程，明明是冷拉冷挤嘛！

李惟诚也对这么小的机器能不声不响硬生生地把黑乎乎的盘条变成亮晶晶的扭曲钢产生好奇，围着机器转了几圈仍然觉得不可思议。他问丁先生："你拆开看过吗？"丁先生回答不敢，怕拆开之后还原不了。李惟诚问丁先生本科学什么专业的。丁先生回答冶炼，炼钢炼铁。李惟诚说他自己是学机械的。丁先生说好，等这台机器出故障了，我们打开检修的时候一定请您来指导。李惟诚说指导不敢当，学习还差不多。

走出车间，丁先生请客人留下来食大围。

李惟诚听了食大围三个字眼睛亮了一下，但还是坚持要走。

丁先生再次挽留。说如果您觉得食大围不方便，我们就请您去蛇口吃海鲜。

李惟诚回答去蛇口吃可以，但必须我埋单。

丁先生说当然我们埋单。

李惟诚说你来我们广东，当然我请你，我记得这是我们当年在武汉的时候就约定好的。

丁先生哈哈大笑，说那就算了，等下次我们老板从香港过来，我让他专门请你们到海上世界吃海鲜。

送走客人，丁先生对林姑娘说："我们真该请他们现在就去海上世界吃海鲜的。"

林姑娘也觉得是。并问丁先生最后为什么没坚持。

丁先生看着林姑娘的眼睛，停顿两秒钟，说："因为我身上没钱。"

不是卖惨，是真的。他每月四千工资给老婆寄去三千，这个月留下的一千还给了赖月娥，下午借林姑娘的五百港币也在免税店花掉一半，哪里还敢去海上世界请李惟诚一行吃海鲜？当然，他也想到向林姑娘借，但几个小时之前刚刚借了五百，难道现在又要借三千？万一林姑娘身上也没有三千元呢？算了，还是等老板从香港过来自己看怎么办吧。

晚上丁先生在冲凉，似听见林姑娘来敲门。

是敲外面的门，不是里面冲凉房的磨砂玻璃门。其实外面的卫生间大门根本就没关，敞开的，林姑娘似正在敲敞开的卫生间大门，因为敲门的力度不是很大，带有试探的意味，所以丁先生听得不是很确定。他关闭水龙头，大声问："林姑娘吗？什么事？"林姑娘答："老板让你听电话。"丁先生想，这个林姑娘真有意思，没看我在冲凉吗？难道我光着身子跟你去宿舍？但仍然回答：

"好。一个字。"

五分钟，也就是广东人说的"一个字"后，丁先生穿戴整齐来敲林姑娘宿舍的门。同样，林姑娘的门也是敞开的，但丁先生仍然在门上敲了两下。

林姑娘示意丁先生进来，同时对着话筒说"他来了"，然后起身把话筒递给丁先生。

丁先生接过电话，说："老细你好！"

秦昌桂的笑脸立刻通过话筒传了过来，一口气连说"你好你好你好"，然后问丁先生下午接待南海石油的李主任是怎么回事。他听林姑娘汇报了，但怕她说得不够清楚，所以现在要听丁先生亲口说一遍。

丁先生先问老板那篇文章收到没有？

秦昌桂回答收到啦收到啦，好耶好耶！

丁先生说文章的主要内容来自上次给您的那份汇报，只不过我觉得其中关于"设备决定质量"的观点有创新，所以决定单独抽出来写成一篇文章拿出去发表，等于为我们的产品再做一次宣传。

秦老板回答我知我知。

丁先生说下午来工厂考察的李惟诚主任之前是广州《新材料》杂志社社长，现在调到南海石油深圳办事处当主任。

老板"哦"了一声，仿佛这才明白是怎么回事了，而刚才林姑娘给秦老板的电话恰恰是这一块没说清楚。

"我本来找李社长是想走后门赶快发表论文的，"丁先生说，"谁知人家现在调南海石油深圳办事处当主任了，他一看论文，马上说他们正在引进国外海上石油平台，其中有大量的钢格板，价格包含在成套设备中，感觉很吃亏，如果我们的产品能达到要求，他就建议在谈判中要求使用我们的产品，把这部分内容从成套设备中剔除出去，这样能为国家节省大量外汇。"

老板连说"是这样是这样"。

"但人家不能光听我们说啊，耳听为虚眼见为实，要求来工厂考察，担心我们弄虚作假，提出马上就过来看，所以我来不及请示您也来不及打电话通知林姑娘。幸好林姑娘反应快，我一个眼神、一句暗示，她马上就知道是什么意思，很配合，圆满完成了接待对方实地考察的任务。"

丁先生没看林姑娘，就当她不存在，但他能想象此时林姑娘听他这样跟老板说心里一定是乐滋滋的。可老板并不这么认为，他问："听说你们都没留客人吃饭？"

丁先生看林姑娘一眼，然后说："这个怪我。因为对方三个人，如果留下来食大围，恐怕郑师傅许师傅曹师傅他们就没得吃了。"

"怎么能食大围呢？"老板说，"你们应该带客人去蛇口吃海鲜嘛。"

"这个、这个……"丁先生很想说自己身上根本没有这么多钱，但又实在不好意思说出口。

"我知，"老板说，"你身上冇咁多钱，但林姑娘有啊，佢应该坚持啊！"

丁先生再看一眼林姑娘，发觉她快哭的样子，这才想起在夜晚这么安静的宿舍里，她能听见老板电话里所说的每一句话，甚至能感受到老板对她今天下午的表现相当不满。

"不能怪林姑娘。"丁先生赶紧说，"她已经反应够快了。怪我，事发突然，是我没来得及事先与她沟通。而且在那种情况下，我们也不方便当着客人的面商量。"

"不怪你。"老板坚持说，"人家要突击考察，你哪里有时间与林姑娘沟通？"

"那也不怪林姑娘，"丁先生继续为林姑娘开脱，"事发突然是一方面，另一方面是我们之前是生产工厂，不包括销售，所以整个管理体制和管理方式都是按照生产工厂那一套，现在增加销售这一块了，但我们的销售还没有真正开始，还在准备和学习，相应的制度和流程还没建立，还不习惯，所以第一次接待客户出现差错很正常。好在我们说好了，下次您亲自请他去海上世界吃海鲜。"

老板那边静了一下，大约是丁先生的最后一句话把老板说得气消了大半。丁先生乘胜追击，又加一句："没关系的，我和李惟诚是老朋友，他们是不是买我们的钢格板，主要看我们的产品质量，看对国家节省外汇是不是有利，不会因为一餐海鲜而受影响，再说我和他之前在武汉的时候就有约定，他去安徽，我请他，我来广东他请我。所以他绝对不会为今天的一顿海鲜而生气的。来日方长，我们真要感谢他，也不是一顿饭这么简单。等您来工厂，我好好向您汇报内地这边做内贸的规矩。"

老板说："我明天过来。"

丁先生说："不必这么急。"

老板问："那你说我哪天过来？"

丁先生答："等公司注册下来或李惟诚那边有消息您再过来。"

　　这一天晚餐的时候饭堂气氛有些怪异，丁先生见很多工人都藏不住喜悦的样子。为什么呢？也不是出粮日。走进大饭堂一看，"小虎牙"唐静正挨桌子与工人神神秘秘，在一群男工中，她不用浓妆艳抹也十分亮眼。

　　丁先生觉得奇怪，这个时候她不该出现在餐厅里呀。唐静下午上班，晚上九点半才下班，所以她跟林姑娘说的只是早餐在厂里吃饭，晚餐前后是她们精品屋最繁忙时刻，她不可能出现在工厂里啊。

　　这属典型的行政后勤事务，与生产和贸易无关，丁先生提醒自己不要真把自己当成工厂的一把手，即便真是一把手，也不是什么事情都要管，千万不要多管闲事，所以他假装视而不见，径直穿过工人饭堂走进里面的管理人员小灶餐厅，再从小灶餐厅走向最里面的食大围餐厅。在经过小灶餐厅的时候，他下意识地注意了汪宝珠，因为汪宝珠是"小虎牙"的丈夫，丁先生似乎想从汪宝珠的脸上看出今日唐静反常举动的奥妙，可惜没看出什么异常，汪宝珠的面部始终那样专注与平静，仿佛永远在思考哥德巴赫猜想，丁先生由此想到汪宝珠是不是也应该进入最里面的餐厅与香港师傅一起食大围，因为他毕竟是副经理，职位在另外三个大学生之上，应该有所区别。同样，这也属于行政后勤范畴，他无权决定，最好不要越界。又想到之前王秋玲对金健华那天参与食大围耿耿于怀，忽然想到香港企业这种分餐制可能是一种管理文化，刻意等级分明，为各级管理人员树立威信，如此说来，在哪个餐厅吃饭是一种更直接的壁垒，联想到香港师傅对汪宝珠的评价更高，自己似无必要主动打破这道壁垒，让汪宝珠进一步逼近自己，所以更不要多管这种闲事。

　　这么想着，丁先生又想到两个问题。第一，能否进最小的餐厅食大围其实是老板亲自决定的，可能连林姑娘都无权安排，更不用说他丁先生了；第二，金健华从上次来厂里参观和食大围之后再无消息，已经几天了？怎么还没来上班？到底还来不来？是不是遇到什么意想不到的阻力？是华美钢铁给她的阻力还是她丈夫坚决反对她跳槽？怎么也不来个电话？我要不要明天主动打电话去问一问？

　　走出餐厅，丁先生还想着金健华的事情，一抬头，看见唐静随一大群男工说说笑笑地往2号宿舍楼走去。那里是男工宿舍，除了林姑娘的每晚巡视，好像没有女性涉足此地，连有些老公住在那里的女工也从来都不去，不知是公司早有规定还是自然形成的规矩，或六人一间的男工宿舍在南方的夏天来了女性确实不方便，怎么今天唐静如此大张旗鼓地随一大群男工说说笑笑大大方方地去了呢？

丁先生顿时为汪宝珠抱不平，想着这"小虎牙"唐静也太不顾及她丈夫颜面了，换位思考，如果是我丁先生，肯定受不了。

还是那句话，多一事不如少一事，"小虎牙"唐静是汪宝珠的老婆，不是我丁先生的老婆，他汪宝珠都不管，我操什么心？

已经想好不管了，但好奇心并未收敛，相反越发强烈。

不对。丁先生又自己对自己说，不管怎么说，汪宝珠是被我邀请到深圳来的，他和他老婆唐静万一真发生什么事，我是要负责任的！如果汪宝珠不是不在意唐静这样，而是拿她没办法，闷声不响的人一旦爆发更加势不可当，说不定此时的汪宝珠正气得牙齿咯咯响，等下唐静回来，他没控制住，一下子把"小虎牙"推下楼怎么办？或者汪宝珠确实老实，没敢把唐静推下楼，他自己纵身一跳不是更不得了？

不行。丁先生想，这事自己还真不能完全不管。

这么想着，丁先生就没有走远，他停留在2号宿舍楼和车间之间那块原打算建一个简易篮球场的地方。他觉得真该建一个篮球场，不为工人想，单为几个大学生想，也该建一个篮球场，整个工厂是一个小社会，连一个文体活动场所都没有怎么行？这事不怪老板，老板去香港之前是潮州乡下的农民，没文体活动的概念，到了香港之后就一直在作坊打工，而香港的作坊或小工厂不带职工宿舍，没有小社会的功能，自然也没有文体活动场所。但你丁先生知道啊，你无论上中小学还是上山下乡去建设兵团，直至恢复高考上大学，大学毕业到设计院上班，甚至施工服务到国营大厂，哪个单位没有篮球场或阅览室或乒乓球桌或羽毛球场地？所以你应该早早提醒老板啊！丁先生很自责，决定今晚再陪林姑娘巡视到工厂外围时提出这个问题，她能解决最好，她若不能解决，自然会电话请示老板，不管老板能不能理解是不是同意，该做的事情总该从我这里开始做，不提出不推进，就是我这个内地方经理的失职。

丁先生忽然发现，生产与后勤其实是没办法绝对分开的，所以在他和林姑娘之上，确实应该有一个总经理，按照现在厂里的格局，最合适的安排是他把生产技术经理的位置让给汪宝珠，他担任总经理兼工贸公司经理，但这个话他自己不能说，得老板自己说，或由林姑娘提出来，要不然，我今晚顺便给林姑娘一点暗示？

不行不行，绝对不行！即便我是从工作出发，这样的暗示也绝对不能有！这不是自己要"官"当吗！香港人也是中国人，按照中国的文化传统，在所有的罪恶中，犯上作乱是第一重罪！不然，岳飞也不至于空写《满江红》而不举兵造反了。

丁先生选择在这里转圈子察看篮球场的醉翁之意是观察2号楼的动静，摒弃总经理的美梦后，他再次抬头观察，看见"小虎牙"在一众粉丝前呼后拥下一层楼一层楼地串，一间宿舍一间宿舍地拜访。她在忙什么呢？

晚上加班的时间就要到了，汪宝珠和王秋玲从楼上下来，径直朝丁先生走来。丁先生心里一惊：难道汪宝珠和唐静即将分手，准备和王秋玲结合？这太有戏剧性了吧？他不禁为自己突然冒出来的奇思妙想自我嘲笑了一下，然后远远地就对他们说："我失职啊，到现在一个简易篮球场都没建立起来。"

汪宝珠对这个话题明显不感兴趣，随便应付了半句，马上就对丁先生说："丁工，我要请假，晚上不能加班了，我请王秋玲帮我顶班。"

丁先生心里想，王秋玲能顶得了你吗？请我帮你顶还差不多。但说出嘴的却是："可以。我和王秋玲一起帮你顶班。能告诉我请假的原因吗？"

"陪唐静去排队。"汪宝珠说，"明天白天估计也不能上班了。"

丁先生问："排什么队？"

"我哪知道。"汪宝珠没好气地说，"还不是唐静，好好地非说今晚就去排队，硬要拉上我，还鼓动几个工人请假帮她排队。"

王秋玲见汪宝珠说不到重点，在一旁着急，帮他解释是排队参与新股发行抽签。

哦，这个丁先生知道，早就听说了，但总以为这事情与他无关，所以就没有关注，知道得不是很详细。现在听王秋玲说，好像是凭身份证抽签，一张身份证只能买一张抽签表，一个人排队一次可以凭十张身份证买十张抽签表，唐静拉上汪宝珠一起还另外请几个工人帮忙排队，难道她要买几十张抽签表吗？难怪她今晚神神秘秘的，还串到2号宿舍楼，难道是去借身份证吗？

王秋玲说就是。并建议丁先生也把身份证交给汪宝珠，请他帮忙买一张碰碰运气。

丁先生问什么运气？

王秋玲说万一抽中了，就有了认购原始股的资格，原始股一上市，稳赚几十倍！

还有这好事？难怪唐静这阵子这么活跃与工人打成一片呢，早就开始布局了？

　　好吧，那就碰碰运气吧。重在参与。丁先生就按王秋玲说的把身份证交给汪宝珠。

　　王秋玲又提醒丁先生再给一块钱，因为买抽签表需要一块钱。丁先生认为一块钱太小儿科了，像他和汪宝珠这样的级别和关系，还给什么给？但既然王秋玲说了，丁先生就不得不掏出一块钱递给汪宝珠。

　　这个汪宝珠，他居然伸手接过去！

　　晚上丁先生与王秋玲一起帮汪宝珠顶岗，王秋玲跟丁先生解释："汪宝珠接过你给他的一块钱是对的，是保护你的利益，万一你中签了，有这一块钱证明你那身份证中签的原始股是他代你买的，如果没这一块钱，只说明他借了你的身份证。"

　　丁先生仔细想想，好像是这个理。同时心里想，这年头怎么女人普遍比男人精呀？与唐静和王秋玲相比，我和汪宝珠不是像傻子一样吗？又想，我可能是真傻，而汪宝珠说不定是装傻，关于借身份证排队买新股发行抽签表的事情，唐静不可能没对汪宝珠说，这么多天了，自己一直被蒙在鼓里，而唐静一天说一点，也应该早就对汪宝珠说清楚了，头先汪宝珠说的"我哪知道"，应该是装傻，那么，我把自己的身份证和一块钱交给他，是不是等于支持他这么做呢？

　　当晚加班结束后，丁先生与林姑娘一起巡视到工厂外围，她果然问起这件事。

　　丁先生决定向汪宝珠学习，装傻，故意避重就轻，说汪宝珠来厂里几个月了，好像一天都没休息，所以他今天一提出请假，我问都没问就同意了，并且答应和王秋玲一起帮他顶岗。

　　这样说着，丁先生就忽然理解王秋玲为什么希望来工贸公司了，因为在工贸公司不用每天和工人一样晚上加班啊！

　　可林姑娘不是那么好敷衍的，她接着问："好像还有几个工人请假与他们一起去的吧？"

　　丁先生知道糊弄不过去了，不如干脆把事情摊开，于是故意用交心的口吻对林姑娘说："这就是我们在工厂上班的弊端啊。你看唐静，难怪她不愿意来工厂上班呢，在精品店站柜台虽然工资不高且不包吃不包住，但消息灵通啊，能接触各种各样的人，所以她早就跟你提出在公司吃早餐，你知道这是为什么吗？"

　　"为什么？"林姑娘问。

　　丁先生说："我之前也没理解她为什么一定要这么做，因为她早餐完全可以用一包方便面或面包饼干对付嘛，干吗要开口求你呢？但今天晚上我忽然理解了。"

林姑娘问丁先生今天晚上忽然理解了什么？

"借身份证啊！"丁先生说，"唐静要求在公司吃早餐，醉翁之意不在吃，而是借机接触工人，与工人打成一片，搞好关系，建立感情，目的就是今天好开口向工人借身份证。"

林姑娘并没有表现出恍然大悟的样子，她不像是装，或许是真的没有掂量出这件事情的分量来。

丁先生看着林姑娘，忽然发觉女人在犯傻的时候比她们耍聪明的时候更可爱，不禁怜香惜玉起来，忍不住跟林姑娘解释："这次新股抽签的比例是十比一，对某个工人来说，他即使请假去排队抽签，抽不中的可能也是百分之九十，犯不着，但唐静拉了她老公和几个工人一起去排队，带着借来的几十张身份证一个人买十张表格，几个人买几十张抽签表，总能中签几张，中一签买一千原始股，上市后能赚几万块，几张中签表格能赚几十万。"

突然，丁先生不说话了。他甚至停下脚步，呆呆地站在那里。这次他不是装傻，而是真傻了！他忽然想，既然如此，我自己干吗不做呢？如果我自己做，不是比"小虎牙"唐静更有条件吗？我一开口，不是把全厂职工的身份证全部借到手了吗？即使事后被老板追究，也不至于被炒鱿鱼，即便被老板炒鱿鱼，手上有几十万了，还在乎这份工作吗？

丁先生恨不能使劲抽自己一个大嘴巴，林姑娘却哪壶不开提哪壶地问："那你自己怎么不做？"

丁先生哭的心都有，但他只能强忍着不哭，然后假装高尚地说："我怎么能做这种事情呢？你也不能做。汪宝珠和你我不一样，他只是副经理，但你和我不一样啊，老板把这么大的厂交给我们俩，如果我们利用老板赋予我们的权力，利用职务之便把全厂职工的身份证全部收上来，然后再派几个工人今晚就去帮我们排队，最后就算赚几十万，能对得起老板的信任吗？老板还敢把整个厂交给我们俩吗？做人不能只看眼前利益，还要有长远眼光，就算这次我们俩合伙赚了几十万元，每人分到二十万元，对你来说还不到老板一年发给你的工资，你跟老板多少年了？而且今后还有多少年？有多少个二十万啊！绝对不能因小失大。对我来说，我虽然工资不高，但内贸业务开展后，按业务量提成，我利用自己在内地的人际关系和名气名声，干得好，说不定一年就能业务提成二十万，哪里能跟汪宝珠一样用手中的权力干这种事？他是副经理，可以干，我们俩是经理，绝对不能这么做！"

林姑娘大约是被丁先生这番慷慨陈词折服了，因为丁先生始终强调"我们"，在标榜他自己高尚的同时，也顺便标榜了林姑娘，仿佛他们俩是一体的，大有将他们合二为一的寓意，足以让林姑娘产生更多的联想，所以她此时眼睛直勾勾地盯着丁先生。

丁先生一个激灵，转身继续开始往前走。

不是丁先生正派，也不是丁先生对老婆忠诚，而是丁先生能掂量出这件事情一旦发生的严重后果。

为打破尴尬，丁先生主动转移话题，说起了金健华。说金健华这个人真有意思，说好要过来的，宿舍都帮她安排好了，我以为她最多两天就过来，可一个礼拜都没过来，也没消息，她就是改变主意了，起码也应该打个电话告诉我一声嘛。

林姑娘问："你自己为什么不打个电话过去问问呢？"

丁先生说："不敢。"

林姑娘说："有什么不敢的？"

丁先生说："她的上级唐总工程师我认识，算朋友吧，如果我电话打过去是唐总接电话，多尴尬？他要是知道我背后挖他的人，多不好意思啊！"

林姑娘说："你那朋友唐总工程师早晚会知道的。"

丁先生说："是，早晚知道，但这种事情晚知道比早知道好。"

林姑娘问："那你打算怎么办？这位置一直给金健华留着？你不是已经把王秋玲调上来了吗？是临时的还是打算长期调到工贸公司来？"

丁先生说："眼下当然是临时借调，人手不够，先借调她帮忙，今后怎么做要看她自己是不是适应这个岗位，还要看金健华是不是来，最后真打算调了，也还要请示老板。"

林姑娘说："老板应该不会反对吧。"

丁先生说："那也总是要请示老板的。王秋玲是作为专门学焊接的工程师招聘来的，已经被老板任命为锻焊车间主管了，要调她来工贸公司，谁顶她的位置？"

林姑娘说："现在的状况已经不是一个萝卜一个坑了，少了谁都可以，就像今天，汪宝珠帮他老婆去排队，不是照样没有耽误生产吗。"

　　"那是临时的，"丁先生说，"一次两次可以，如果长期肯定不行，再说锻焊车间也必须有主管啊。今天我在，当然没事，可今后工贸公司运转后，我也会经常出差的，关键岗位少一个工程师真不保险。"

　　剩下的半句话丁先生没说，他感觉生产线上的几个师傅都不保险，换上他当老板，肯定找理由解聘，能用每月一千五的内地大学生，干吗每月花两万多请香港师傅？所以，如果真把王秋玲从生产线上调到工贸公司，就要再招聘一名大学生，甚至再招聘两名大学生，要为香港师傅的全部离去做准备。这么想着，他就又想到那个眼睛里有活的大学生廖鑫，想着等工贸公司注册下来后，自己真要经常往外面跑，到时候顺便去拜访一下马鞍山市驻深办事处的杜大伟和马钢公司驻深圳办事处的严力，以及廖鑫和华美钢铁的唐总工，甚至要去拜访西丽的陈宝才和宝安西乡的萧湘。在深圳，他就这几个熟人，要把熟人变成朋友，不经常走动哪里行？在人生地不熟的特区，多个朋友真的多条路啊。

　　林姑娘若有思索地点头，丁先生又说："要不然这样，明天你帮我给金健华打电话。"

　　"我打电话？"林姑娘问。

　　丁先生说是啊，如果是唐总接电话，你就说找金健华，如果是金健华接电话，你就把话筒给我，我来问她。

　　林姑娘回答"得"。

　　第二天上午，丁先生和林姑娘还没有来得及往华美钢铁打联合电话，金健华就自己来了。

　　丁先生让林姑娘带她去宿舍，并告诉她中午在小灶餐厅吃饭，然后对金健华耳语："把行李送上去就下来找我。"

　　金健华很快从楼上下来，找到丁先生，丁先生小声说："外资企业，工资按天计算，你现在来找我，工资从今天算起。"

　　金健华感激地点头，表示明白。

　　丁先生又按正常的声音说："正好。今天汪副经理请假，我和王主管帮他顶岗，工贸公司那边没事，你正好跟我们在生产线上看看。将来推销产品，对产品本身的了解也很重要。"

　　金健华说好。

　　丁先生又特意嘱咐王秋玲带着她整个生产线看一遍，把她当客户，尽可能介绍详细。又说，小金也是工程师，可以让她动手操作。

王秋玲点点头带着金健华走了。

不是丁先生忙，更不是王秋玲介绍得更好，而是他有意让两位女大学生改善关系，同时避免让工人看见他又带一个靓女而引起嫉妒。

丁先生远远地观察她们，希望王秋玲不要欺负金健华，如果王秋玲为难金健华，故意冷嘲热讽，结合上一次她没有主动把自行车借给汪宝珠，丁先生就真的对王秋玲产生成见了。如果那样，丁先生也什么话不说，但肯定不会把她从生产线调到工贸公司来。

还好。晚餐之后，丁先生抽空问了一下金健华，她说王秋玲对她蛮好，倒是金健华自己，提了一个在丁先生看来真不该提的问题，她问："晚上我还要跟他们一起加班吗？"

丁先生忍住没皱眉头，发觉女人真的不如男人好带，事多，还计较。但他要求自己不能轻易带情绪，于是和颜悦色地回答金健华："你是我的助理，跟我，如果我晚上参与加班，你就参与。"

金健华问："那你晚上参与加班吗？"

丁先生回答："工贸公司正在注册，眼下还没有注册下来，我们开展不了工作，只能干老本行，我暂时把自己当生产技术经理用，把你当工程师用。"

金健华点头。

丁先生又补充说："也好。我希望你不要忘记自己是工程师，万一哪一天生产线上需要你，你能当一名合格的工程师顶上去。你有中级职称吧？"

金健华点头说有。

"你看，"丁先生鼓励道，"这方面你比他们强嘛，他们当中有的人还没拿到正式的中级职称呢。"

"谁？"金健华问。

丁先生半开玩笑半认真地回答："保密。这个你没必要知道。"

金健华顽皮地笑笑，真把自己当师妹了。

丁先生对赖月娥的工作不是很满意，主要是她从来不汇报。比如工贸公司到现在还没有注册下来，什么原因？现在进展到哪一步？遇到什么困难？需要我们再做哪些配合等，她一次也不向丁先生汇报，如果丁先生天天跟在她屁股后面问，不是把自己搞得像催命鬼了吗？再说赖月娥白天在外面跑，晚上从来不参与加班，有时候直接不回厂里，丁先生就是想主动问她也碰不到面啊。

丁先生忽然理解之前在内地单位里为什么有那么多马屁精了，原来领导确实需要下属汇报啊，而汇报多了，不就成了马屁精吗？假如他早知道这个道理，说不定自己也成了马屁精，那么，他可能不需要岳父提携也当上情报室主任了。

不满意，还不能说，更不能炒鱿鱼换人，因为赖月娥是村里派来的"厂长"。但丁先生是需要听汇报的，否则心里没数。丁先生对赖月娥不满意，还有苦说不出，因为他对厂长的不满属于领导之间的事，肯定不能对属下说，而且也不能跟老板或林姑娘说，因为老板在香港，根本说不上话，而林姑娘本来就不是很赞成丁先生起用赖月娥，是他坚持要用的，现在他怎么跟林姑娘说？说了不等于自我否定吗？关键是说了也没用，公司注册的事情进行到一半，难道这时候换人？换谁呢？估计换谁也比不上赖月娥，她毕竟是本地人，亲戚朋友同学当中总能在有关部门找出关系，没有直接的关系也有间接的关系。但这个问题总是要解决的，怎么解决呢？丁先生想起父亲的教诲，决定依靠组织和集体的力量。

第二天丁先生通知林姑娘、赖厂长、王秋玲和金健华到二楼会议室开会。会议当然由他自己主持。他首先解释，说由于工贸公司还没有注册下来，但工作已经开始，现在人也基本上到齐了，所以我们今天开一个临时会议，特意邀请林碧霞经理列席，欢迎林经理莅临指导，大家欢迎！

说完，丁先生自己带头鼓掌，赖月娥、王秋玲和金健华也只能跟着鼓掌。虽然只有四个人鼓掌，但大家面对面坐着，谁都不愿意落后，所以在关上门的会议室里听上去掌声热烈，林姑娘在香港哪里经历过这场面，居然搞得满脸通红，不知道是突然遭遇如此热烈的掌声不好意思的脸红，还是激动引发的脸红。

丁先生做了一个暂停的手势，双手往下压了压，大家停止鼓掌，他才开始说正事。

首先是表扬，先表扬林姑娘，说我们工贸公司的当务之急是工商注册，外资企业在内地注册新公司手续很复杂，需要提供各种证明材料和文献资料，这些全部是林经理一个人准备的，为此，她还专门回香港两天，很辛苦，所以我们在座的各位一定要记住，将来工贸公司发达了，不要忘记林经理为我们工贸公司所做的巨大贡献。这也是我今天要把林经理请来参加工贸公司预备会议的原因之一，就是要当面感谢林经理，也当面提醒你们每个人不要忘记林经理为我们工贸公司所做的一切！所以，我提议我们再次用热烈的掌声感谢林经理！

大家再次鼓掌，并且这次鼓掌比上一次更整齐、更热烈！

第二个接受表扬的是赖月娥。丁先生说，赖厂长这些天最辛苦，几乎天天往外跑，利用她自己是本地人的优势，动用自身的资源，找亲戚、找朋友、找同学以及亲戚的亲戚、朋友的朋友、同学的同学，总之利用一切可以利用的私人关系，为我们的公司尽快完成工商注册出力。这份功劳我会记着的，我希望你们也记着。因此我提议，我们也用热烈的掌声感谢赖厂长为我们工贸公司完成注册所做的努力。

哗啦哗啦哗啦……

掌声同样热烈，而且似乎比刚才更热烈，因为这次的掌声是给赖月娥的，所以林姑娘加入鼓掌的行列，并且林姑娘给赖月娥的鼓掌比刚才赖月娥给她的鼓掌更卖力。

接下来丁先生表扬王秋玲，说王主管是生产线上的工程师兼车间主管，这几天也不惜丢下本职岗位来支援我们工贸公司，工作很努力，卓有成效，如果她自己愿意，我真想向老板建议把她正式调过来。

"我愿意！"王秋玲赶紧说。

"好！"丁先生马上答应，"会后我们再仔细谈谈。因为你是老板作为专业人才招聘进来的，而且全厂只有你一个人是专门学焊接的，你若被我挖过来，上哪儿再找一个学焊接的工程师来呢？所以这个问题我们要好好商量，仔细研究，看怎么能说服老板同意，否则老板不但不批准，还会批评我有本位主义思想，缺乏大局观念，所以这事急不得，等我们商量好了怎么说我才跟老板提出。"

安抚王秋玲之后，丁先生表扬金健华。可金健华刚来，几乎什么事情都没做，怎么表扬呢？这就是丁先生的本事，他依然能找到表扬金健华的话题。丁先生说："这里面最让我感动的是金健华。她是看我的面子从华美钢铁跳槽到我们公司来的。你们知道，华美钢铁的后台是蛇口招商局，这个后台比我们恒基的后台麻湾村硬，来头更大，别的不说，就说深圳户口吧，林经理是香港人，不存在深圳户口问题，赖厂长是本地人，也不存在这个问题，但对于我们这些从内地来深圳的大学生，谁不想把户口迁到深圳来呢？王秋玲，是不是？"

王秋玲立刻回答："是。能迁来吗？"

"金健华就已经迁来了。"丁先生说，"所以我特别感谢金健华，因为华美钢铁刚刚帮她解决了深圳户口，她就跳槽到我们厂来了。为此，她和华美钢铁足足扯皮了一个礼拜！你们说，我是不是很感动？是不是该感谢金健华？我们是不是该给她热烈的掌声？"

哗啦哗啦哗啦哗啦……

全部表扬完了，丁先生才开始安排具体工作。他说："王秋玲把手上的工作移交给金健华，从明天开始，王主管陪赖厂长一起跑工商局等相关部门，协助赖厂长尽快完成公司注册的事。每天晚上跟我汇报当天的工作进度，以及整件事情的进度情况，有什么难度和阻力及时向我报告，我能解决一定尽全力解决，如果我解决不了，就汇报给老板，老板一定会比我更能提供强有力的支持。"

说了半天，丁先生就是希望通过王秋玲来敦促赖月娥加强工作力度，并通过王秋玲的每天汇报让他全面掌握这件事的进展情况。丁先生相信，在这样一个会议上，在集体面前，当面布置这项工作，足以促使赖月娥意识到她手上工作的重要性与紧迫性，从而高度重视，振作精神，更加全力地投入这项工作中来，不会再像之前那样稀松不汇报无所谓的样子了。

这时候，林姑娘已经看出丁先生的意图来了，禁不住如仰视那样投来崇拜的目光。

丁先生感受到了林姑娘的目光，表面不动声色，心里却多少有些得意。但是，丁先生还没来得及得意，赖月娥的一句话就让丁先生处心积虑精心设计的这一大堆铺垫武功全废！

第十五章　学习

　　赖月娥说的那句是：不用了。公司注册已经搞掂了。

　　搞掂了？

　　丁先生和林姑娘同时被赖月娥这一句话说傻了。他们不清楚搞掂了到底意味着什么。他们当然知道这三个字的字面意思就是办妥了，但即便赖月娥直接说办妥了，丁先生也不敢理解成就是办妥了的意思，因为，办到什么程度才算办妥了呢？按照丁先生的理解，真正办妥了就是把新公司的营业执照和公章等一整套东西全部拿回来。你拿回来了吗？如果拿回来了，怎么没交给我？也不向我汇报一声呢？丁先生发现，自己即便学会了广东话，也不一定达成与广东本地人的顺畅交流，因为，广东人的思维逻辑和北方人不完全一样，所以，学习语言的过程，不单纯是学习发音，还要学习他们的思维逻辑和表达习惯，比如广东人最常说的"靓女""靓仔""得闲饮茶"等，未必真夸你是美女或帅哥，更未必他们真打算请你喝早茶，而仅仅是一种礼貌或客气，好比北方人见面问你"吃了吗"，未必表示你如果说没吃他就会请你吃饭一样。

　　但是，林姑娘没有这种障碍啊，香港人应该就是广东人吧，她听了赖月娥说"搞掂了"也没有露出丝毫的喜出望外的样子，相反，和丁先生一样露出疑惑的神情。

　　林姑娘问："搞掂咗？"

　　赖月娥回答："搞掂咗。"

　　林姑娘又问什么时候能拿到公司营业执照。

　　赖月娥回答听日。

丁先生听着长长舒了一口气，却丝毫没有万事大吉后的喜悦心情，相反，哭笑不得。心里想，既然搞掂了，既然明天就能拿到公司营业执照了，你怎么都不跟我说一声呢？不敢要求你汇报，说一声总可以吧？

散会，丁先生示意林姑娘留下，他们之间要单独交流一下。丁先生特意向林姑娘交代，先不要向老板报喜，等明天看到营业执照后立刻打电话告诉老板，不管什么时候。

林姑娘回答好。王秋玲却折返回来，说正好二位领导都在，我再次向你们表态，我希望正式调到工贸公司来。

丁先生立刻对她的印象好起来，起码比对赖月娥的印象好，心想，这才是风风火火嘛，才有紧迫感嘛！于是他先和林姑娘对了个眼神，然后看着王秋玲的眼睛说："我现在还不能答复你，至少要等公司营业执照正式办下来才能决定。"

王秋玲说："刚才赖厂长不是说已经办妥了吗？"

丁先生撇了一下嘴，说："在哪儿呢？要眼见为实。"

王秋玲伸了一下舌头，又迅速缩回去。

丁先生说："即使决定调你到工贸公司来，你也要向老板保证，生产线上有任何需要，你都要无条件参与帮忙。"

"没问题！"王秋玲开心地回答，"我保证！"

"口头保证不行。"丁先生说，"到时候你要给我写个保证书。"

王秋玲说："好，我马上就给你写。"说完，立刻跑了。

林姑娘问丁先生："你决定了？正式调她过来？"

丁先生回答："要请示老板。"

"这么说你决定了？"林姑娘问。

"也不能说决定，"丁先生说，"但想法确实比头先多了一些。主要是态度。她这么坚决的态度确实有些打动我。你也看出来了，她与赖月娥形成鲜明对比。我感觉做贸易，也就是推销我们的产品，可能就需要王秋玲这样风风火火的人。"

"那么赖月娥呢？"林姑娘问，"你打算退回去吗？"

"那不行。"丁先生说，"那不成了过河拆桥了吗？我打算让她专门留在公司里接电话和管理内部财务。但是说实话，就是这个我都担心她做不好。你注意她接电话和王秋玲接电话时候的差别就知道了。"

林姑娘说没注意。又问："有什么不同吗？"

丁先生停顿了一下，仿佛对牛弹琴一般对林姑娘解释："赖月娥接电话仅是接电话，王秋玲接电话的时候尽可能与对方套近乎，仿佛在勾引对方，尽可能引起对方的好感，希望对方记住她，甚至追求她，渴望再次给她打电话。"

林姑娘听了似乎暗暗吸一口凉气，心里想，这样好吗？这不是发姣吗？但她说出嘴的话却是："可不可以对赖月娥培训一下呢？"

丁先生说："这倒是个办法，我可以让王秋玲整理出一个模板，我们再一起推敲推敲，到底怎么接电话以及怎么回答顾客的问题最合适，然后让赖月娥照着这个模板练习，可能会有些效果。"

林姑娘点头。

丁先生又说："但有些东西是天生的，没办法培训，不过有培训总比没培训好。"

林姑娘说是的。

丁先生又想到廖鑫。因为他觉得工贸公司不能全是女的，最好有个男的，而生产线上的骨干也不能全是男的，最好把王秋玲继续留在生产部门。看来，这事真要请示老板，或许老板站得更高，看得更远，更有全局意识，考虑问题更周全。

第二天一直从早上等到晚上，赖月娥都没回来。当然更没有把营业执照和公章拿回来。

丁先生心里焦急，连晚饭都食而无味。晚餐过后，其他几个香港师傅走了，丁先生却没心情走。林姑娘知道他的心思，也没走，陪着。

在食大围的桌子上，丁先生跟林姑娘说："我真想去赖月娥家里看看，看她这一天到底在干什么。"

林姑娘问："你认识她家吗？"

丁先生说不算认识，但能找到。

见林姑娘眼神疑惑，丁先生就说了上次他去接金健华来厂里，从大南山的另一边绕，碰到赖月娥弟弟赖文斌的事。

"这么巧？"林姑娘问。

丁先生说就这么巧，所以我知道她家住哪里，想去会会。和上次一样，假装依旧带着金健华兜风，碰巧又走到了他们村。

林姑娘觉得蛮好玩的，笑着，丁先生就起身，走到门口，喊住金健华，说："走，你跟我出去一趟。"

路上，金健华问丁先生："你带我去哪儿？"

丁先生回答："找一个没人的地方把你卖了。"

说完就后悔。自己是经理，是单位事实上的一把手，怎么能跟女部下开这种玩笑呢？

想收回来，又担心越描越黑，就往好处想，想着金健华也不是涉世不深的小姑娘，结婚了，并且来深圳比我早，已经有深圳户口了，是老深圳，不会连一句笑话都听不出来吧。

金健华横坐在摩托车的后面，丁先生看不见她的表情，但能感觉她听丁先生这样说了之后反而离他更近了，似乎一只耳朵贴到他的后背上。丁先生记得小时候母亲背着他的时候，他也是这样歪着脑袋把耳朵贴在妈妈的后背上，然后他妈妈一跟别人说话，丁先生听起来像半边脸都微微震动的样子，感觉妈妈的声音和平常不一样，声音小了，却仿佛能传得更远了，像是从遥远的地方经过一个空旷的山谷传到他耳朵里一般。

这份记忆丁先生曾经对他老婆说过。有次他们带儿子去南京玩，儿子玩累了，趴在他背上睡着了，丁先生想起自己小时候被母亲背着的情景，就说出这番话，但他老婆不信，她不相信丁先生能记得自己母亲背上的事情，搞得丁先生也怀疑自己是不是幻觉记忆了，这时候，他真想停下摩托车问一下金健华，耳朵贴在他背上听他说话是什么感觉？当然他没有这么做，担心被对方误解。

很快到了麻湾村。

丁先生没有停车问人，而是放慢速度，在村里慢慢转悠。

他是在找赖月娥的"小白鲨"。

金健华也坐直了身体，没有像头先那样歪着脑袋把一只耳朵贴在丁先生的背上。

丁先生说："帮我找找，看能不能找到赖厂长骑的那辆'小白鲨'。"

"在那边！"金健华说。

丁先生停下"大铁马"，顺着金健华示意的方向看过去，果然看见一户人家门口停着的"小白鲨"。开过去，停下，摁喇叭。

出来一个人，是赖文斌。

丁先生立刻跟他打招呼，问："你姐姐在家吗？"

赖月娥从屋里跑出来，喜出望外："真系你哋？（真是你们？）"

丁先生和金健华已经下了车，他没有客套，直接问："营业执照拿回来了吗？"

"拿回来了，拿回来了！"赖月娥开心地说。

"在哪儿呢？"丁先生问。

"屋企。"

丁先生说："快拿给我看看。"

赖月娥跑进屋里，拿来一个硬塑料袋，带摁扣的那种。

塑料袋是透明的，不用打开，就能看见里面的东西。有营业执照和公章，还有一大堆东西。

丁先生对赖月娥说："要不然我先带回去？老板等着听汇报呢。"

"老细嚟咗？（老板来了吗？）"赖月娥问。

丁先生说："没有。电话里催呢。我先拿回去给林姑娘，她看了会立刻打电话告诉老板。"又差点忍不住拍赖月娥的肩膀，忍住了，大声说："你立功啦！"

这时候，赖月娥的父母也从屋里出来，一家人热情地邀请丁先生和金健华进屋坐坐，喝糖水。

丁先生对二位老人微微鞠躬，表示感谢，说下次再来，今日实在没时间了，老板等着呢，然后把塑料袋放进后备箱里，锁好，还让金健华注意看着，他才跨上摩托车，再次举手对赖月娥一家人致谢告别，走了。

刚出村，金健华就问丁先生："为什么不进去坐坐？我还真想看看本地人的家里是什么样子呢。"

丁先生说："下次吧，这次空着手，怎么好意思？"

金健华问："本地人的规矩吗？第一次到人家里不能空手吗？"

丁先生说："不知道，但哪里人都差不多吧，第一次上门，最好不要空手。"末了，又加一句："确实是老板等着电话呢。"

有句话丁先生没说，他估计林姑娘昨天晚上就电话里告诉老板说赖月娥讲的营业执照办下来了，所以他判断老板真的在香港那边焦急等待。

回到厂里，刚停车，丁先生就让金健华快去叫林姑娘，告诉她，我把营业执照拿回来啦！

金健华一蹦三跳地跑了，丁先生锁车，打开后备箱，取出塑料袋，放进头盔，再锁上。刚走进车间，远远看见金健华正在对林姑娘比画。丁先生高高举起手上的塑料袋，林姑娘快步奔跑过来。丁先生忽然理解电影上为什么有那么多的拥抱了，如果不是在车间里，这时候他没准就迎上去和林姑娘热烈拥抱。当然，现实中丁先生没有与林姑娘拥抱，而是把袋子交给林姑娘，让她拿回宿舍打开看看，如果没问题，立刻打电话告诉老板。然后又对金健华说，没事了，你可以回去休息了。但金健华并没有回去休息，而是走向镀锌机。因为丁先生曾经告诉她，全厂技术含量最高的岗位是镀锌机。镀锌机上的韩建看金健华朝他走来，顿时精神倍增。

丁先生回宿舍躺下了，闭着眼睛听香港电台。等一会儿加班结束后，他还要陪林姑娘全厂巡视，不养足精神不行。他原本打算搞值班经理制度的，比如他和汪宝珠交替着晚上陪林姑娘巡视，或他自己带着王秋玲、金健华一起偶尔替林姑娘巡视，但汪宝珠一下班就要去接他老婆唐静，该制度暂时无法推行，只能仍然由他一个人顶着了。

刚刚躺下，林姑娘就来敲门，喊他听老板的电话。

老板的电话总是非常客气，一如丁先生在昨天的会议上对所有的人挨个儿表扬，只是今天秦老板在电话里把所有的表扬都奖赏给了丁先生一个人，连赖厂长的功劳也算在他头上。秦老板说："如果不是你知人善任，起用赖月娥，我们公司的注册不可能这么顺利。"

"是吗？"丁先生问，"您的意思如果不是赖月娥，我们的工贸公司可能还注册不下来？或者还要拖更长的时间？"

老板说："梗系，边有咁容易！"

丁先生则想，果真如此，公司是不是该给予赖月娥适当奖励呢？但他没有说，想着等老板过来当面说吧，于是就问老板哪天过来。老板说明天就过来。丁先生说那我们今天就不聊了吧，明天我们当面聊，因为我马上要和林姑娘一起全厂巡视了。

老板说好，结束通话。

当晚的巡视过程，是丁先生和林姑娘研究工作的过程。主要研究工贸公司的工作。

丁先生说他早想说的，但营业执照没下来，说了也没用，所以就一直没说。但现在必须说了，因为他明天上午就要开会布置具体工作，并欢迎林姑娘再次列席。

林姑娘说得。

丁先生说参加会议的仍然是昨天的几个人，但他希望工贸公司里面最好还有一个男的，目前他考虑到廖鑫。可廖鑫已经找到工作了，所以他能不能来还不确定，因此他打算尽快去看看廖鑫，也打算去看看他在深圳的另外几个熟人。廖鑫能来最好，如果来不了，他就打算请熟人推荐另外一个做内地贸易的男人来。

林姑娘说好。

丁先生说关于工贸公司的管理，与工厂管理有很大差别，他略微知道一点，但知道得很不全面，所以很多工作要探索着做，我们内地这边叫"摸着石头过河"，并问林姑娘对内贸工作知道多少，说出来听听，大家相互交流。

林姑娘说自己完全不懂贸易工作，所以说她很想听丁先生说说内贸公司与工厂的管理有什么不同，以便自己在今后的工作中更好地配合。

丁先生说最大的不同就是内贸工作的不确定性和灵活性。因此必须给工贸公司更多的自主性。比如老板上次批评我们没请李惟诚主任一行去蛇口吃饭，其实真不怪你，因为这件事情本身就很突然，我们完全没有准备，今后这样随机发生的事情会更多，所以我们现在就必须有所准备，把各种可能性都考虑到，今后这样的机会一旦来临，我们就能立刻抓住，避免再犯错误，再挨老板批评。

林姑娘说没错。

丁先生说，灵活性体现在人财物的各个方面。工作时间可以灵活掌握，用钱也要有一定的自由度。在我们内地，做采购或销售的人通常都从单位领取一定的备用金，放在身上随时备用，用完之后凭票据报销冲账，不然怎么开展业务？

林姑娘点头，表示理解，或表达赞同，或是鼓励丁先生继续说，把想说的话全部说完，说清楚。

丁先生知道他们说完之后林姑娘肯定会打电话向老板汇报，这样也好，有些话他先对林姑娘说，再由林姑娘转达给老板，至少可以有一个缓冲。老板赞同的，自然最好，老板不赞同的，丁先生可以把部分责任推到林姑娘转述不准确上，不至于和老板产生正面对抗。但是，一次也不能说得太多，否则真可能发生"转述错误"，他决定今天先说到这里，等实际工作开展后，发现什么问题再随时交流。

第二天上午，丁先生原本打算召集的会议并没有开成，因为，老板一大早就赶了过来。

老板赶过来与他们一起吃早饭，然后把丁先生和林姑娘叫到会议室，关上门，立刻递给丁先生一个大红包。

是真正的大红包，大到丁先生从来没有见过的程度！整整一万元！幸亏是港币，五百元一张，总共二十张，要是十元一张的人民币，该怎么包啊？

因为太大，所以丁先生不敢接。最后在老板和林姑娘的共同催促下，接了，但不敢装进自己的口袋，就那么放在桌子上。

他看不见自己的脸，但能感受到自己脸上火辣辣的，想必比昨天林姑娘受到表扬和热烈掌声的时候还要脸红吧。

老板提醒丁先生把钱收好。丁先生想了想，干脆把红包摊开，取出一张递给林姑娘，说："这是上次借你的，去见李惟诚不能空手，到免税店买了礼品带过去。现在这五百元还给你。谢谢！"

林姑娘笑着，看一眼老板，见老板一个微微点头的动作，就笑嘻嘻地收下了。

丁先生又取出三张，在手中扬了扬，说："这一千五百港币我留下，因为前几天给了赖厂长一千元人民币，让她找亲戚朋友或同学加快公司注册的速度，现在事情果然办成了，一千元人民币不可能再要回来。钱是我个人给她的，折合成港币大概一千多一点，多出的这一点算我的奖金。"

老板和林姑娘仍然那么笑吟吟的。

丁先生再抽出两张，递给林姑娘，说："这个麻烦你交给赖厂长，说是老板亲自奖励的。"

林姑娘再次看一眼老板，依然笑吟吟地接过去。

最后，丁先生把剩下的七千港币重新装入红包中，扬一扬，说："这七千港币算老板给我的备用金，用完了我向林姑娘报账，然后再向老板要。"

老板和林姑娘都笑吟吟的，不说话，仿佛在说：行。你话点做就点做。

丁先生开始说正事。他首先问老板："您今天是否打算见李惟诚？"

老板回答："你联系一下李先生，他若方便，我没问题。"

丁先生说好，林姑娘帮我记着，等下就去你宿舍给李主任打电话。

林姑娘点头，丁先生又问老板："王秋玲的事情要您拿主意。她自己十分想来工贸公司，估计她不想晚上加班吧。我已经借调她来工贸公司帮忙，工作还可以，起码比赖月娥强，但我暂时没答应正式调她过来。"

老板问点解。

丁先生说："她毕竟是作为焊接工程师招聘来的，而且全厂就她一个学焊接的，因此我担心您不答应，所以要请示您。"

老板问："你自己怎么考虑的？"

丁先生说："我已经让她写了保证书，即使被正式调到工贸公司来，生产线上有任何技术需要，她必须无条件支援。"

老板说："咁就得啦。"

最后，丁先生抛出最关键问题：内销钢格板的定价。"我们到现在都没开展业务，一是等营业执照，二是没确定产品价格。"

老板仍然问："你是怎么考虑的？"

丁先生说："我希望您给我一个底价，就是在您现在产品外销的价格基础上，加价百分之十，我根据内地的需求和市场供需情况，尽可能卖高价，高出您设定价格之上的部分，母公司与工贸公司五五分成，工贸公司分到的提成用于公司的开销，包括工资、奖金，还包括差旅费、通信费。"

林姑娘忍不住插嘴，问："会不会有问题啊？"

丁先生知道她说的意思，沉吟了片刻，回答："没问题。"

林姑娘听了看着秦老板。秦老板在认真地喝茶。然后缓缓地对丁先生说："这个问题不急，等一下我们俩单独king。"

林姑娘很知趣，愣了一下，借口她楼下还有事，先去处理，说你们有事再叫我。说完，起身出门。

丁先生追出去，说等一下，我先到你宿舍给李惟诚打个电话。

不多一会儿，丁先生回到会议室，帮老板的茶杯里续水，同时告诉老板："李主任不在，他们单位的人说他去北京了，我留了话，让他一回深圳就联系我，等他联系我我再让林姑娘打电话给您。"

"那好，"老板说，"我香港那边也有事。先回。"

说完，老板就立刻要走的样子。

丁先生急了，说："五五分成或承包的事不急。我先把内贸生意做起来，您先回香港慢慢考虑。五五分成不行四六开或三七开都可以商量，您定。或者您另外请一个人来做内贸都可以。但您今天必须把产品内销的价格告诉我。边角料置换出的钢格板都快堆不下了，我必须尽快销出去一部分。"

老板回答："好，你下去把林姑娘叫上来。"

丁先生想，叫林姑娘也不用下去，站在楼上喊一声就可以，但既然老板强调让他下去，大概是想单独思考一下吧。

在"下去"的过程中，丁先生忽然领悟，老板把他支走，或许是有什么话想单独跟林姑娘说。于是他叫林姑娘上楼之后，自己就没有跟着上楼，而是留在楼下，对林姑娘说："你先上去，有事再叫我。"

丁先生一如既往地在各工段转。

哦，不对，现在叫车间了。他在各车间转。

想起自己前日对金健华昨日对王秋玲所说的话，没想到这么快就在自己身上应验了。丁先生想着自己首先是一名工程师，然后才是生产技术经理，最后才是工贸公司临时负责人。只是他自己把临时当长期了，就跟王秋玲抽上来帮忙就不想回生产线一样。他不但当真，还给老板开出了苛刻的条件——承包或变相承包工贸公司。

丁先生反问自己是不是忘乎所以了？

认真反省了一番，不是。不是忘乎所以，是确实觉得缩手缩脚没办法开展工作，与其天天猜测老板的意图，时刻提防老板猜忌，还要警惕小人的挑唆，不如安心做一名生产技术经理，月薪四千，蛮好的。

当然，他也想到了更坏的结果，就是老板不但不答应他开出的条件，另外派一个人来管内销工作，还干脆解聘他。

这也不是没有这种可能的，因为平心而论，汪宝珠也能胜任生产技术经理这个职位，甚至更好，如果不让他负责工贸公司，还留他干什么呢？将心比心，换上丁先生自己当老板，也更喜欢汪宝珠！没心眼，起码表面上没心眼，一副任劳任怨老老实实干活的样子，而且技术样样精通。

这么想着，望着繁忙的生产线，想起自己这大半年为工厂所做的一切，丁先生就忽然有些伤感，连汪宝珠喊他都没听见。

当然，后来还是听见了，因为汪宝珠走得离他更近，再喊，丁先生终于听见了。一个激灵，忙不迭地问汪宝珠有什么事。

汪宝珠说我没事，我是问你有什么事。

"我？"丁先生问，"我有什么事？啊，是，我是找你有事。你跟我出来一下。"

丁先生仿佛真要被老板炒鱿鱼了，因此多少有些不舍与心慌，他急于要找一个"自己人"说些什么，这个人当然只能是汪宝珠，因为宝珠是唯一一个他来深圳之前就认识的人。

与上次一样，他们来到车间外面，丁先生又有那种想抽根烟的感觉，尽管他之前并不抽烟，当然更没有烟瘾，但每次遇到这种心慌意乱的时刻，他就想抽根烟。倘若汪宝珠自己抽烟，丁先生此刻肯定向他讨根烟，两个人点着，抽起来再聊，但他明知道汪宝珠不抽烟，就把自己想抽根烟的念头压下去，或者没有压，而是想象着烟已经点上了，并且吸了一口，心情果然舒缓不少。

丁先生对汪宝珠说："你帮我看看，假如产量扩大一倍，我在这里搭建一个临时工棚，把整个金属加工车间搬出来，腾出的地方再上一台锻焊机和一套镀锌系统，可以不可以？"

汪宝珠反问："产量要扩大一倍吗？"

丁先生说："有这个可能。因为内销很快要开始，而且未来的内销量很可能大于现在的外销量。多出的这一大半从哪里来？必须再上设备，扩大生产能力。"

"人怎么办？"汪宝珠问。

丁先生说可以再招嘛。

汪宝珠说："太好了！我正好可以回冶炼厂招一批技术工人来。现在这批人太差，连游标卡都不会用。"

"是吗？"丁先生太吃惊了，"工人连游标卡尺都不会用你们怎么生产的？"

汪宝珠说这就是以前香港师傅搞技术垄断的结果，工人只会干活，放料的事必须由师傅做，之前是黄师傅做，现在是他做，搞得他一天都不敢休息。

丁先生说："这怎么行！"

汪宝珠说："就是！"

两人正说得起劲，林姑娘找出来。丁先生以为林姑娘是来叫他上楼见老板，谁知林姑娘却说："老板已经回香港了，刚才没找见你。"

丁先生内心一阵悲凉，却假装根本没在意地说："林经理你过来正好。我跟汪经理正在讨论在这个地方建一个临时工棚，把金属加工车间搬到外面来，车间里面再加一台锻焊机和一套镀锌设备的事。"

"再加一套设备？"林姑娘被他说傻了，问，"老板安排的吗？"

丁先生回答："这还用老板说吗？内贸业务一旦展开，销量肯定大于外销，不提前谋划场地怎么行？汪经理连技术工人的来源都想好了，素质绝对超过现在这批人。"

林姑娘看着汪宝珠，仿佛是在求证。

汪宝珠就把现在这批工人素质不行，连游标卡尺都不会用，干活必须等师傅"下料"的现状说了，说如果让他回去带一批工人来，素质肯定高于目前这批，给张图纸就能干活，个个都能当师傅。

林姑娘瞪着大眼点点头，对汪宝珠说："你先进去吧，我跟丁经理有事说。"

汪宝珠一走，单独面对林姑娘，丁先生差点流出眼泪。他强作镇静，问林姑娘："老板给底价吗？"

林姑娘回答："老板走得急，说晚上会把价格传真过来。"

丁先生一想，也是，不同规格的产品价格不同，所有产品的价格全部列出来，可不就是满满一张纸吗，哪能一口说出来？

林姑娘欲言又止，丁先生主动把话挑开，说："关于承包的事，在内地很普遍。其实在我看来，内地这些年的改革开放最成功就两个字，一是考，就是恢复高考，我就是那一年从建设兵团考上大学的；另一个字是包，先是农业大包干，后推广到企业。农业不包，农民舍不得往地里施肥使劲，地里长不出好庄稼，工业不承包，吃大锅饭，公家的设备没人疼，公家的原料随便浪费，公家的钱不是钱，效益哪里上得去？"

"可我们是港资企业！是老板的独资企业！"林姑娘忍不住打断丁先生。

"港资企业也是企业，老板的独资企业更是企业。"丁先生反驳说，"是企业就要讲效益。你们港资企业在香港怎么做我不知道，不敢乱说，但是既然港资企业办到内地来，就要适应内地这块土壤。你刚才也听汪副经理说了，以前按照你们'港资企业'的做法，工人连图纸都不会看，下料必须等师傅，师傅为了保住自己的饭碗，打死也不肯教徒弟，这套管理方式好吗？以前两头朝外产品全部外销还无所谓，现在要搞产品内销，不按照内地的牌理出牌怎么行？就说李主任他们这一单吧，按道理我第二天就要去回访请他吃饭的，但我身上没钱，就只能假装不懂事，但其实我非常懂事，更懂得多一事不如少一事，担心钱花出去了，万一事情没办成，我没办法向老板交代啊，更怕被老板怀疑我假公济私。而解决这些问题，最好的办法就是承包，我的钱我做主，自己对自己负责，不需要担心老板怎么想，才能放开手脚。当然，也可能不是我，说不定老板回香港后决定另外派一个人过来管内贸，干脆把我炒了。"

"那不会。"林姑娘说。

"怎么不会？"丁先生说，"换上我是老板，假如不用，不如炒掉。反正生产上汪副经理已经完全能取代我，而且说实话，他技术上比我更实用，又不会搞事情，如果再派一个做内贸的人来，留我做什么？"

"我觉得派谁都不如你好！"林姑娘不是讨好丁先生，她可能真是这么想的。

"谢谢！"丁先生说，"你要是老板就好了！"

"瞎说。"林姑娘小声嘀咕一声，脸色不是很好看。

"不要担心。"丁先生又反过来安慰林姑娘，"我刚才只是假设，其实老板不会炒我的，只是他不想接受我承包，所以不知道怎么跟我说，需要回去再想想。"

"梗系！"林姑娘的脸放晴不少。然后问丁先生："下一步你打算怎么做？"

丁先生回答："空口无凭，落笔为证。我打算把我今天下午当面说的想法写成报告，请你传真给老板，由老板自己决定。"

林姑娘不无担心地说："万一老板真不同意呢？"

"听天由命。"丁先生说，"老板怎么决定我都认了。"

"万一真像你说的，老板另外派人来，把你炒了，怎么办？"林姑娘问。

"该怎么办就怎么办。"丁先生说，"我还要感谢老板，让我在恒基学到这么多东西，还基本学会了白话。我相信这时候我出去重新找工作更没问题了！"

晚上丁先生陪林姑娘巡视，刚刚走出工厂大门，王秋玲就从里面追出来，对丁先生说："打架了。"

"打架了？"丁先生问，"谁和谁打架了？"

王秋玲先看一眼林姑娘，然后仍然冲着丁先生说："汪宝珠和唐静打起来了。关着门打。我们叫门也叫不开。"

丁先生和林姑娘的脸上同时轻松了一下，毕竟是夫妻打架嘛，好过工人之间斗殴。

丁先生对林姑娘说："我去处理。"又对王秋玲说："你陪林姑娘走一圈。"

丁先生走回工厂，穿过生产车间，再从车间走向宿舍楼。

还好，因为是关着门打，所以并没有引起很大骚动，知道的也仅有他们这一层楼的几个大学生，连楼下的女工都没惊动。丁先生往上一抬头，看见韩建、何葆国、金健华三个人焦急地等在走廊上。他不急不慢地上楼，来到汪宝珠宿舍的门口，敲门，喊："宝珠，开门！"

声音并不大，但显得不可抗拒。

门开了。但开得不是很大。丁先生示意何葆国他们散了，先回宿舍，他自己一个人进去，然后从里面把门关上，问："怎么回事？"

汪宝珠脸色铁青，说："她神经病。"

唐静哭成泪人，说了一大堆。丁先生终于听出意思：她上次借身份证买的抽签表有几张中签了，但中签的都是别人的身份证，身份证已经还给别人了，现在她光有中签表却没有身份证仍然兑现不了原始股，去找当初借她身份证的人，人家却没那么好说话了，找各种理由搪塞。唐静想请汪宝珠出面，毕竟汪宝珠是副经理，工人多少会给面子，可是汪宝珠不敢出面，"小虎牙"很生气，觉得自己的丈夫关键时刻都不敢为她出头，不如离婚算了！

丁先生听明白之后，立刻批评唐静，说："这就是你的不对了，宝珠他一个副经理，而且还是刚刚任命的，他哪有那么大面子？再说正因为他是你丈夫，他出面去求工人，不是以权谋私吗？影响多坏？被老板炒鱿鱼也说不定。这个问题，你根本就不该找宝珠，直接找我嘛！"

一句批评，让唐静破涕为笑，"小虎牙"立刻露了出来，赶忙冲上来拉住丁先生的胳膊。由于拉得比较猛，所以丁先生感觉唐静的小乳房都贴到他的胳膊上，当着汪宝珠的面，丁先生着实有些不好意思，但也不能把她甩开。

汪宝珠这才想起来给丁先生倒水，请丁工坐。

丁先生趁机问唐静："总共中了几张表？"

"小虎牙"回答七张。

丁先生说："哦，假如一张表赚三万，三七二十一，二十多万了呀！"

"小虎牙"说："哪有啊，现在光有表格，没有身份证，没法兑现呢。所以急死人了！"

丁先生说："总有办法的。"

"小虎牙"说："是是是，由丁大哥出面当然有办法。"

"主要还是靠你们自己，"丁先生说，"我只能帮忙协调和帮你们出主意。"

"小虎牙"又说：是是是，我们听丁大哥的，全听丁大哥的。

"首先你这几天不要去精品屋上班了。"丁先生说，"集中精力把这件事情处理好。二十几万的事情，抵你们在冶炼厂干一辈子了，一定要当回事做，不能稀里糊涂的，更不能窝里斗！"

"是是是，""小虎牙"说，"刚才不是急了吗？现在由丁大哥出面，我们保证不急了，一切听丁大哥安排。"

"第一，"丁先生说，"明天你不上班，但仍然要去蛇口。去打听打听，这样的情况其他人是怎么处理的。打听清楚赶快回来告诉我。我也让金健华回华美公司打听打听。另外我自己也打电话给外面的几个熟人问问，总之肯定有办法解决。"

"小虎牙"回答："好好好，一切听丁大哥的。"

"第二，"丁先生说，"除了打听之外，你明天上午去邮局，是打长途还是发电报，你自己看着办，反正赶快向你们父母要钱，越多越好，说简单一点，不要说抽签中奖了，就说单位要发行股票，不买不行，买了就赚，叫他们赶快寄钱过来，要快。"

"小虎牙"这下没说"好好好"，也没说"是是是"，而是看着汪宝珠，宝珠没好气地说："你别看我。我父母没钱。"

"小虎牙"又要发作，被丁先生制止。他说："都不要相互推，更不要相互怪，要想办法解决问题，非常时刻可以不择手段。宝珠，你就说唐静要生孩子了，我不相信你父母想不出筹几千块钱的办法。唐静，你就说宝珠出工伤了，要救命，我相信你父母就是借，也能在亲戚朋友那里借一些的。另外你们自己也做好向任何人开口借钱的思想准备。唐静继续与工人打成一片，宝珠准备向香港师傅开口借钱，我可以在林姑娘那边帮你们借一点。总之，即使我们说服人家把身份证给你了，你有了身份证和表格没钱买原始股还是不行。懂了吗？"

汪宝珠严肃地点头。唐静笑着说"懂了"。

丁先生离开的时候，汪宝珠唐静夫妇要把他一直送到楼下。丁先生坚持说不需要，如此就惊动了另外几间宿舍里的人，他们也赶紧出来打招呼。丁先生见状，干脆回头，到韩建、何葆国、王秋玲、金健华他们几个人的宿舍分别都看了一眼。

为表示贴心，丁先生故意向他们透露汪宝珠和唐静打架的事。何葆国不解，说这是好事情呀，他们怎么发财了还打架呢？丁先生赶紧说并不是真打架，只是突然遇上这样的好事眼看到手的钱却拿不到着急，互相埋怨，吵了两句。韩建说："我想也是，就是打，也一定是唐静打汪宝珠，汪宝珠哪里舍得'打'唐静啊。"

在王秋玲宿舍，丁先生嘱咐她明天早上主动把自行车借给唐静，说唐静明天特别需要自行车。王秋玲愣了一小下，马上回答没问题。

在金健华宿舍，丁先生安排她明天上午休息，回华美钢铁打听一下，如果借别人的身份证买抽签表中签了，他们那边对这种情况是怎么处理的。

金健华非常乐意接受这个任务，说好！我明天上午回华美钢铁。

第二天中午，各路情况汇总到丁先生这里，都搞清楚了。别的厂果然也有这种情况，解决办法是花钱买，手持中签表格的人从别人手上买过中签的身份证，价钱从两千到三千不等。

丁先生有些担心，买卖身份证不犯法吗？再说把身份证卖给别人自己没身份证怎么办？谁知人家完全不在乎，说打电话回去让家里人再办一张就可以。有点麻烦，但花钱很少，身份证丢了，补办一张工本费只要十元，卖了能赚两三千元，谁不愿意卖？

但唐静自己打探到的情况与金健华和丁先生打探到的工厂情况不一样，她认识的人告诉她，他们都是事先花几十元一张从老家买了一大堆身份证过来参与抽签的，因为是买来的，所以抽签之后也不需要再还给人家，不存在再买身份证的问题。仔细算算，外面的那些人比工厂的人聪明，当时买十张身份证才花几百元，现在唐静买一张身份证就要花两三千元！

丁先生还是担心钱，问唐静给父母打电话没有？他们答应给钱了吗？给多少？

唐静支支吾吾，似不想说，但经不住丁先生一再追问，因为丁先生认为这件事相当重要，于是紧追着问，最后唐静不得不吐露实情：她没有往家里打电话，却把汪宝珠的身份证连同中签表卖了，得到现金一万元。

"汪宝珠也中签了？"丁先生问。

唐静惶恐并略带害羞地点头，因为她昨天并没有告诉丁先生汪宝珠的身份证也抽中了，只说借工人的身份证买的表格有七张中签。

当然，昨天丁先生也没有问，唐静没必要主动炫耀。

再一想，也在情理之中，不然怎么他们几个大学生的表格都没中签而全部都是工人中签了呢！丁先生不得不承认，人是有运气差别的，他们这群人中，汪宝珠的"运气"最好。难怪何葆国背后说小话：汪宝珠学历不如他们正宗，职位却比他们高，而且其他人的老婆都在内地，两地分居，唯有汪宝珠带个漂亮的老婆天天睡在身边！

这话何葆国能说，当笑话说，但丁先生不能说，说了就是嫉妒了，影响团结。

有了钱，唐静立刻重新变成"小虎牙"，她忽然不急了，胸有成竹的样子，继续活跃在工人中间，深受广大没有中签的工人兄弟欢迎，反而孤立了几个中签的兄弟。终于，他们中有人沉不住气了，主动跟"小虎牙"说好话，同意把身份证卖给她，顶到最后死扛着不卖的，必然是真正的傻瓜，而且越是往后，离作废的日子越近，"小虎牙"的出价越低，最后，唐静居然用平均不到两千的价格把七张身份证全部拿到手。

丁先生有些同情工人兄弟，但也不便出面干预，因为此事的后半程，唐静完全独立操作，再没有请丁大哥出面帮她摆平，他怎好自己主动上赶着参与呢？

丁先生第一次深切感受到资本的力量。他估计唐静身上除了卖汪宝珠的中签表连同身份证的一万元之外，还有这几个月她和汪宝珠的工资收入，合起来肯定超过一万四，有足够的资本从工人手上购得七张身份证。身份证到手后，连同表格一起出售一部分，所得资本再用于认购剩下表格的原始股，总获利虽然没有二十一万，但最终也会超过十万！想想在当时的内地，万元户就被请上主席台做报告，唐静汪宝珠不是能被请上主席台十次了？！

何葆国提出辞职。

丁先生当然要挽留。但并没有表示反对，只是问他为什么这时候突然辞职？是对他这个经理有意见还是对老板不满意？

何葆国说都不是。

丁先生问那是为什么？

何葆国反问丁先生："你认为我比唐静笨吗？"

丁先生略微想了想，没有按何葆国的套路回答，而是说："这个不好说，因为我没有测量你们的智商。但你除了学历比唐静高之外，其他方面真不如唐静。所以，你即使不在工厂上班，到外面闯，也未必能像她这样发财，搞得连饭都没得吃也说不定。"

何葆国当然不服，没好气地问丁先生："你说，我哪方面不如唐静？"

丁先生一本正经地回答："多呢！第一，她是美女；第二，她是能放得开的美女；第三，她是老公不敢管也管不住的美女；第四，她是运气特别好的美女……"

何葆国被丁先生说得笑起来。

这时候，丁先生才对何葆国说起了知心话："不瞒兄弟，别说你了，看着唐静发财，我心里都后悔。你认为我比唐静笨吗？如果我当初没有来妈湾，而是去了罗湖，应聘一家上市公司或证券公司，不说学历，就说我这一大摞正式发表的论文和出版的著作，往任何老板面前一摊开，我不相信他们不录用我！"

"对呀！"何葆国说，"你当初为什么不去罗湖，我估计你不用去上市公司或证券公司，就是去深圳市的科技局，凭着这一大堆著作和论文，他们怎么也不会把你推向门外，现在说不定已经调干成功甚至当上一官半职了吧？"

"不扯远了，"丁先生说，"就说发财。如果当初我去了上市公司或证券公司，这次是不是比唐静更先得到消息？更能直接感到商业机会与气息？是不是能赚更多的钱？"

何葆国非常肯定地点头，说："是的，肯定！"

"那么为什么我没发财呢？"丁先生问何葆国。

何葆国反问："为什么？"

"命。"丁先生回答，"假如当初看到我论文的不是香港恒基的秦老板，而是深圳某上市公司的张老板王老板李老板，他们主动联系我，我也会去的，那么今天就完全是另外一个样子了。怪谁呢？怪命。命该如此。你知道成事在天谋事在人吗？"

何葆国点头。

丁先生说："这话的意思是说能不能成事在命，能不能把命中注定的事做得更好才靠人。所以，我理解你为什么辞职。但我劝你谋定而动，你如果已经谋得一个好职位，比如某上市公司或证券公司的职位，我马上放你走，老板和林姑娘那边有任何问题我都帮你顶着。但是如果没有一个好职位等着你，我劝你暂时不要辞职。骑驴找马。"

何葆国没再说话，起身，紧紧握住丁先生的手，仿佛他俩是电影里两个地下工作者，终于对上暗号，找到自己的同志，就差没有相互拥抱了。

老板的报价当天晚上就传真过来，林姑娘却到第二天早上才交给丁先生。大约是她不好意思总是半夜敲丁先生的门，或觉得丁先生反正也不可能半夜开展对外业务吧。

丁先生拿到手之后，提醒林姑娘最好自己保存一份。林姑娘说她已经保存了。丁先生再提醒她一定要保密。林姑娘或许认为丁先生的这句话有点多余，但仍然郑重地点头。然后，丁先生立刻动手重抄一份，并在老板提供的价格之上再加百分之十。复印两份，把王秋玲和金健华叫到楼上会议室，当着林姑娘的面说："这是底价，你们对客户报价的时候尽可能高一点，高出的部分个人或有提成，我上次已经当面对老板说了，但空口无凭，打算再给老板写一份文字报告，等他批复，所以我现在不能告诉你们个人提成的比例是多少，但我相信多少总会有的，所以你们尽量卖高价就是。"

二位女将下楼之后，林姑娘不无担心地说："价钱太高了会不会卖不掉啊？"

丁先生回答："现在宁可少卖一点，也要尽量把价格抬高。"

林姑娘问为什么。

丁先生压低声音说："因为李惟诚。"

林姑娘更加不解，瞪着大眼看着丁先生。

丁先生说："李惟诚向我透露了一点，他们现在的海上石油平台成套设备中，钢格板的价格是算在整套设备当中的，折合下来几千美元一吨！我现在为这些小客户把价格卖低了，将来怎么在南海石油平台上卖出高价格？"

林姑娘还是绕不过弯，丁先生则有意让她把听到的全部内容转述给老板，所以不厌其烦耐着性子继续解释："不要说几千美元一吨了，即使只按法国成套设备的十分之一，我们也赚爆了！现在按老板给我这个已经加了百分之十的价格，我再加百分之十，王秋玲和金健华即使再加百分之十，跟国外成套设备的几千美元一吨价格一比，还是零头！"

晚上跟林姑娘走到围墙外面，她又追问起这个问题。看来不是智商问题，而是观念问题。内地人都以为香港人观念开放，丁先生通过与他们实际接触，发觉观念最开放的还是内地人，尤其是内地的深圳人，因为来深圳的内地人原本就是各行各业的精英，因为思想解放不安于现状才来深圳的，这批人对国家摸着石头过河和允许试错的开放政策领悟最彻底，又无西方宗教信条的约束，真正做到只有想不到的，没有不敢做的。此时，内地的丁先生不仅是在开导香港的林姑娘，更是希望通过林姑娘影响香港的老板秦昌桂。他说："任何一种新产品，刚开始都是暴利的，因为没有同类产品做价格对比，所以我们掌握定价权，赚的是良心钱，我的良心底线有两条，第一，质量绝对一流，甚至比国外的更好；第二，价格只有国外成套设备的十分之一，在这两条良心底线之上，我希望价格越高越好。"

丁先生认为林姑娘一定会把他对她说的这些话毫无保留地告诉秦老板，目的只有一个，就是让老板相信他丁先生手上掌握着李惟诚这个大单，因此舍不得炒他。至于是不是同意他承包或变相承包，丁先生没有把握，因为他意识到这不是老板小气或假大方真抠门的问题，而是他们对内地已经普遍推广的承包制和厂长一支笔以及扩大企业自主权没有经历没有参与因此不能深刻理解与领悟的问题，所以，尽管上次丁先生已经当面表达了这个意思，这次也写了一份专门的报告让林姑娘传真回香港，但秦老板至今未答复，他似乎还在犹豫，还在等。等什么呢？可能是等他物色到一个能取代丁先生的人，然后直接把丁先生炒掉吧。

当然，这是最坏的一种情况，丁先生自己感觉该情况不至于发生，即使发生了他也有思想准备。上次他安慰何葆国的话也是真心话，如果发生最坏的情况，他就真打算离开妈湾，去罗湖，带上自己一大摞著作和论文，先去深圳市科技局，提出帮他们组建深圳市科技情报所，后去证券公司应聘情报分析职位，再去几家上市公司和证券公司碰碰运气，多管齐下，总有一成，未来的结果说不定比现在更好，只是他觉得如果这样，就有些对不起被自己招聘来的这帮兄弟姐妹，特别是金健华，人家在华美钢铁干得好好的，被他忽悠到恒基公司来，结果没干两个月，他自己走了，这算什么事？

丁先生提醒自己要有定力，不管老板有什么顾虑和做怎样的决定，他必须做好自己的事，他的事就是先把内销业务做起来，让老板尝到甜头，具体说就是把用边角料置换出来的剩余产品尽快销出去，这是他当下的首要任务。

第一单正式的内销业务是茂名石化。

真是隔行如隔山，丁先生以前虽然是做情报的，但过于专注于冶金行业，还真不知道在广东还有这么大一个石油化工企业，而且从二十世纪五十年代就开始开采页岩油矿并生产出页岩油！

茂名石化是国家带有战略决策的大企业，有专门的情报室，他们的情报人员从相关的资料上看到深圳有一家专业的钢格板生产厂，主动打电话找上门询问。最初的电话是赖月娥接的，她做了记录，却并没有跟踪。王秋玲被借调上来后，整理赖月娥的电话记录，大概是所学专业的缘故吧，毕竟化工行业也用到焊接技术，所以她居然比丁先生更有见识，知道茂名石化是一家特大企业，所以就特别关注了一下。丁先生给出价格表并说"可能有业务提成"后，王秋玲在唐静突然发财的刺激下，干劲猛增，主动打电话去追问，获悉茂名石化经国务院批准，正在上马年产30万吨的乙烯工程，关键设备从国外引进，宝马配金鞍，辅助部分也打算用高标准的钢格板新材料。

丁先生要求业务员每天向他汇报，以便自己随时掌握全局，这一天听了王秋玲的汇报，他立刻与李惟诚所说的事联系在一起，忽然感觉，本厂新产品未来内销的重点可能正是石油化工行业，管它是海上石油平台还是陆上石化企业，都广泛用到钢格板，做得好，可以举一反三，把产品推广到全国的石油化工行业。

丁先生亲自打电话过去跟踪了解，感觉有门，就决定自己过去一趟。好在茂名就在广东，过去也不是很费劲。但是最后，他却派了王秋玲和金健华两位女将出马。他觉得这单业务如果做成，王秋玲功不可没，派王秋玲去，意味着这单业务如果有提成就少不了王秋玲的，他这叫论功行赏，赏罚分明。但如果他带着王秋玲去，又担心金健华吃醋，尽管到目前为止，丁先生与这两个女人都没有任何瓜葛，可吃醋是女人的天性，不一定非得有瓜葛才吃醋，所以他不能带着其中的任何一个出差而丢下另一个，除非两个都带着，但谈一单业务，不必去三个人，搞得像打狼，所以最终决定派金健华和王秋玲一起去，丁先生担心万一老板真的炒了他，也算走之前为金健华争取了一些小利益，不枉她被他忽悠来恒基一趟。

二位美女总共去了两次。第一次算探路，与对方建立面对面的联系与初步信任，然后对方设备处来了两个人到深圳实地考察一番。第二次再去，两位美女带着盖好章的合同和工贸公司营业执照的副本，回来的时候茂名石化直接派了两辆十轮大卡浩浩荡荡开过来！还说这只是第一批货，后面需要得更多！

看着这已经被打开的局面，丁先生喜忧参半。

喜的是这一切证明自己的谋划是多么英明正确！尤其是最后决定让王秋玲和金健华二位女将出马，效果真的比他自己带着王秋玲去茂名更好。预防金健华吃醋和对得起她还只是一方面，站在采购方的角度考虑，茂名石化的设备处工作人员看着深圳来的两位美女与看着深圳来的一男一女，接待的热情肯定是不一样的。不一定是对方的负责人作风不好，而是人的天性。将心比心，丁先生第一次见到金健华的时候，由于感觉她是唐总工的人，所以连个电话都不敢给她打，还想着让林姑娘帮他打，那么，如果第一次是丁先生带着王秋玲去，对方的联络人或决策者也会想着王秋玲是他丁先生的人，就不会像现在这样一个接着一个电话打给王小姐和金小姐了，生意哪能做得这么爽快与顺利？所以，丁先生不禁为自己的英明决策沾沾自喜。

忧的是，既然二位女将这么能干，秦老板真的就没必要迁就他了！生产技术上完全可以依靠汪宝珠，销售方面也能够依仗两位女将，还要他丁先生干什么？留着他专门当领导吗？

这么想着，丁先生结合秦老板到现在都没给他答复，不得不开始认真考虑去深圳市科技局或证券公司、上市公司另谋高就的问题了。

突然接到李惟诚的电话，说他从北京回深圳了。

丁先生很高兴，说："我马上去见你。"

李惟诚说："不必，我明天去见你吧。我们还想去你厂里再看看。"

丁先生说："好啊好啊，欢迎欢迎，什么时间来？我开摩托车去给您引路。"

李惟诚说："不必，小刘不是去过吗？"

丁先生说："那好，我不去接您，我在工厂等您。并问他大概什么时间来。"

李惟诚说："应该是下午，因为我要等广州的客人来了之后一起去你们厂。"

丁先生很想问是广州的什么客人，又担心这样追问不太礼貌，再说管他什么客人，明天见面不就知道了吗，遂忍住了没问，继续说着好好好，欢迎欢迎之类，才兴奋地放下电话。

电话是在楼下的大办公室接的，林姑娘就在旁边，所以丁先生接电话的过程和电话大致的内容林姑娘都看见也听得见。丁先生一脸兴奋地放下电话，见整个大办公室所有的人都安静地看着他，忽然有些不好意思，意识到自己妨碍了别人，于是他解嘲式地对林姑娘说："走，我们上楼说。"

刚一上楼，丁先生就立刻停下脚步，迫不及待地说："李惟诚他们明天要到厂里来。"

林姑娘点头，表示她知道，刚才的电话她听着呢。

"你赶快给老板打电话，告诉他这个消息。"丁先生说。

林姑娘问："现在吗？"

"当然是现在。"丁先生说。

"这个……"林姑娘欲言又止，但还是开门，把丁先生请进自己的宿舍，却并没有立刻往香港打电话，而是非常为难地告诉丁先生："老板一再强调，没有什么紧迫的事，我每天只能晚上与他通话，他白天的事特别多。"

这话如果是王秋玲或金健华说的，丁先生肯定发火：这事还不紧迫吗？！还有什么事比这事更重要？但面对林姑娘，他并没有发火，而是忽然冷静下来。

不对，不是忽然冷静下来，而是忽然感觉自己的心凉了下来。他感觉这几天林姑娘也很为难的样子，甚至表现出焦虑，他猜测可能是秦老板真的已经打算炒掉他，并且把这个想法向林姑娘透露了一点，林姑娘极不赞同老板的做法，却又不敢反对，更不方便告诉丁先生，因此她很为难，甚至焦虑。

心凉下来的丁先生忽然想安慰林姑娘，告诉她，即使老板不想自己的企业被别人承包或变相承包，他也能够理解，即使老板找别人来替代他，他也无所谓，即使老板过河拆桥把他炒了，对他也未必不是好事，他相信自己完全有可能在深圳市科技局或某个证券公司、上市公司谋得更好的职位，只是感觉有些对不起这批被他招聘来的兄弟姐妹，但丁先生最终却什么也没说。很多话，即使出于好心，即使是真话，也未必都能说出来。

可他总要说话，不然，多尴尬呀。

略微想了一下，丁先生终于找到一句得体的话，他对林姑娘说："也行。反正李惟诚他们明天下午才来，你晚上给老板打电话也来得及。"

林姑娘像获得特赦一样释然地笑了，嘴里嘀咕着"系系系"。

二人下楼的时候，丁先生又说："我们要做好老板明天万一不来的打算。"

林姑娘停下脚步，大约她也想到老板真有可能明天不来。

"这样，"丁先生说，"我马上去蛇口，打探一下海上世界是不是有吃海鲜的地方，如果有，要打听清楚怎么消费，如果没有，我再打探打探其他酒楼。"

林姑娘说好。又问丁先生："你现在去吗？马上就要吃饭了，干脆下午再去吧。"

丁先生一想，是哦，都快吃午饭了，下午再去吧。

下午丁先生去的时候，又忽然想起应该再带一个人一起去。比如带上金健华，因为小金对蛇口比较熟，再说她毕竟有深圳户口，算深圳人了，带着她出去办事方便一点。又一想，如果他带金健华去，王秋玲会怎么想？既然他上次接金健华来的时候，两人已经去过蛇口一次，这次就该带着王秋玲，再说茂名石化这单开门红王秋玲是首功，自己眼下还没有权力兑现她的个人提成，就应该在力所能及的范围之内尽量照顾王秋玲的感受，起码应该表明自己一碗水端得很平。

"大铁马"刚刚开出厂，丁先生就感觉到王秋玲和金健华的不一样。当然他看不见，却能感觉到。金健华坐在他摩托车后面的时候，身体尽量与他贴近，尤其是第二次他们去麻湾村赖月娥家里的那次，金健华甚至专门侧过身子，把耳朵贴在丁先生的背上，令他想起小时候自己贴在妈妈背上的情景，但这次王秋玲坐在丁先生身后，他感觉王秋玲尽量与他拉开距离。丁先生没有觉得这样有什么不好，相反，他认为男女之间还是适当保持距离更好。

到了蛇口，找一处安全的地方把摩托车存放好，二人去海上世界，也就是从舷梯登上明华轮。

这里果然有餐厅，虽然是餐厅非营业时间，但他们声称打算单位消费，所以很快找到相关的经理，问清楚消费的标准。还行，包房的价格是三千八百元，丁先生身上七千港币备用金基本上全在，明天接待李惟诚一行没问题。

从明华轮上下来，王秋玲对不远之处的女娲补天像表现出兴趣，丁先生见时间尚早，就提议干脆走过去看看。

路程不远，但阳光很烈，丁先生记得粤语教程上专门有一个词，猛太阳，感觉广东人有时候说话更直接，深圳这边夏天未必比长江中下游更热，但太阳肯定更猛，所以广东人说猛太阳很贴切。

二人都光着脑袋，没有遮阳帽，事实上他们平常在生产车间里也没机会戴那玩意儿，刚才开摩托车的时候戴着头盔，无所谓，现在光着脑袋暴露在猛太阳之下，真有点受不了。一路上虽然有树，但都是那种一竿子到底不分叉的棕榈树，好看，却一点都不遮阴。丁先生真想打退堂鼓，可看着王秋玲像突然放出笼的小鸟，兴致蛮高，也就只好顶着猛太阳继续向前。路过一处卖冷饮的，赶紧买了两罐可乐，一人一罐，边喝边走。

看着王秋玲开心的样子，丁先生忽然有些同情她来。来恒基几个月了，还是第一次来海边吧？一个大城市长大的女孩，一位名牌大学的女大学生，为了追随丈夫，丢下年幼的儿子，千里迢迢从西安跑到深圳，却发现丈夫已经和别的女人怀上孩子，为了不让丈夫被别人打成"太监"，在众人的劝说下"放前夫一条生路"，接受离婚，可她为什么离婚之后不立刻回西安而继续留在深圳呢？为了赌气？为了和童亚洲较劲？还是不敢回去直面那么多亲人熟人？不管是为什么，丁先生都认为王秋玲是值得同情的，自己应该在可能的情况下多理解她，多照顾她。

这么想着，丁先生就完全谅解了王秋玲的不会做人，想着在当时的情景下，她哪里能想到主动把自己都没骑过一次的崭新的自行车借给汪宝珠啊。或许，她真把这辆自行车当作前夫留给她的信物或念想了，倍加珍惜，舍不得借人？自己当初怎么就不能多一层理解少一点挑剔呢？再说女人嘛，就是有点小气也很正常啊，自己既然是领导，就应该大度，不能因为这一点小事就对她产生成见。背井离乡闯深圳的人谁都不容易啊！几乎人人有本难念的经，更何况是王秋玲。

从女娲补天像回来，走到存放摩托车的地方，丁先生想起应该一视同仁，想着应该尽可能对王秋玲好一点，就忽然指着大南山对她说："这就是大南山。"

王秋玲点头，表示她知道。

丁先生又说："我们厂在山的那一边。"

王秋玲再次点头，表明这个她也知道，同时疑惑经理为什么突然对她说这个，她也不是傻子，当然知道一加一等于二。

"反正时间还早，"丁先生说，"我们干脆不走回头路，从右边绕大南山半圈，也能回到厂里。"

王秋玲问："你走过吗？"

丁先生回答："走过。第一次骑'大铁马'出来试车的时候走过。"

他其实没有说实话，那一次他不是试车，而是请金健华喝早茶，两人一高兴就从大南山的另一侧绕回去的，但他也不是存心说谎，而是顾及王秋玲的感受才这样说的。

"那为什么不？"王秋玲开心地说，"走啊！"

路还是上次那条路，"大铁马"也是上次那个"大铁马"，但心情已经完全不是上次的心情。上次丁先生驮着金健华，对前景充满豪情，感觉自己不是在忽悠金健华，而是把她引向一条更有前景的康庄大道，但今天他身后驮着王秋玲，却有一种即将告别有点抱歉甚至多少有点不舍的感觉。

出了蛇口，左拐。还好，这次没人查暂住证，当然有人查他们也不怕，有赖月娥在恒基当厂长，别说他们这些当经理当主管的了，就是普通工人，身上也都有暂住证，只是万一真遇上查暂住证，联防队员对他们的态度肯定不如对金健华这样有深圳身份证的人那么恭敬罢了。

路也不如上次好走了。赶上道路拓宽，或许过几天会更好走，但眼下正在施工，当然不好走。

丁先生提醒王秋玲坐稳扶好，他也放慢速度，尽可能开稳一点。

出了这一段，正在修建的大路朝右拐，丁先生则沿着小路继续向前，因为他上次走过，知道小路的前方就是麻湾村，过了麻湾村就到妈湾了。

上了小路反而好走了。少了噪声和尘土飞扬，多了清新的空气与鸟语花香。只是小路越走越窄。又到了上次碰见赖文斌的地方，丁先生再次停下，对王秋玲说这里阴凉，空气也不错，我们干脆停下看看吧。

王秋玲说好。

停好摩托车，丁先生像上次对金健华说的那样，对王秋玲说："你看看，这里能同时看见大南山和小南山。"

王秋玲毕竟比金健华来的时间短，她居然只知道南山，并不知道南山还分为大南山和小南山，今天听经理当面对她说并指给她看，才像发现新大陆一样兴奋地跑几步，登上一处小高坡，认真查看一番。

小高坡上不遮阴，丁先生怕她被太阳晒着，就招呼她赶快下来。

王秋玲有些任性，不听丁先生招呼，继续兴致勃勃地站在小高坡上瞭望。丁先生拿出可能有蛇吓唬她，才把她哄下来。

看着王秋玲开心的样子，丁先生忍不住说："对不起，我都可能要离开恒基了，承诺给你的提成还没兑现。"

王秋玲吓了一跳！"什么？你说什么？你要离开公司了？为什么？要去哪里？"

"还不知道。"丁先生回答，"也不一定。我只是说有这种可能。"

"可能也不行。"王秋玲说，"再说你也不会瞎可能吧。为什么有这种可能？"

丁先生立刻后悔对王秋玲说了，可能是自己心里焦虑不说实在难受吧，但既然已经说了，不如说清楚，否则让对方瞎猜更不好，于是就把他向老板提出工贸公司由他承包经营而老板至今没答复的经过简单说了一下。

"我不是想揽权或者想发财啊，"丁先生解释说，"是目前的状况实在不利于开展工作。比如你们这单茂名石化的业务，是开口订单，大头在后面，可到现在你们第一单的提成都没兑现，后面的大单还做不做？怎么做？还比如明天我那朋友要来，他们的业务更大，更长期，整个南海石油呢！可我该怎么接待对方？上次没留人家吃饭挨老板批评，这次肯定要留人家吃饭，却不清楚财务上怎么支出怎么报销，我明天要用自己的钱呢！还有我们工贸公司，业务都正式开展了，第一笔钱都赚回来了，可眼下连一部电话都没有，搞得我接电话只能在楼下的大办公室，当着那么多人的面，很多话不好说，还影响别人，打电话则要到林姑娘宿舍，我一个大男人，天天去女同事的宿舍，也不方便啊，还有……"

突然，丁先生意识到自己失态了，说得太多了，于是急刹车，戛然而止。

丁先生发动摩托车，说："走吧。这条路偏僻，太晚了不安全。"

王秋玲似乎有话要说，可丁先生不给她机会。

二人骑上"大铁马"，一路无话，但丁先生分明感到王秋玲变了，变得和金健华一样与他明显贴近了。

不，应该说丁先生感觉身后的王秋玲比上次的金健华贴他更紧了。假如说上次金健华仅是"贴近"的话，那么这次王秋玲是真正的贴紧，似生怕他跑了，丢下她们不管了……

晚餐后，丁先生迅速回到宿舍躺下，闭着眼睛听香港广播电台。

他的粤语学习已经超越了教程阶段，现在主要听香港广播电台了。除了学习粤语，还能掌握时事新闻，了解天下大事，如那篇《东方风来满眼春》的文章，他就是从香港电台第一台上先听到的。当然，内地的普通话广播或许播放得更早，但丁先生现在几乎不听普通话节目，强迫自己接受粤语熏陶，天天听香港台。

他甚至已经养成了习惯，听着粤语广播反而更容易睡着。只要睡着，哪怕只睡五分钟就起来，也能保证晚上加班的时候更加精神饱满。但他今天还没有睡五分钟，好像刚刚躺下，就听见敲门声。

丁先生以为是林姑娘。而且是什么急事，因为今天敲门的声音比平常重。丁先生一个激灵起床，开门，却发现是汪宝珠。

"宝珠？"丁先生很是疑惑，因为汪宝珠从来没有敲过他的门，好像也根本就没有到他宿舍来过。

"快进快进。"丁先生赶快把汪宝珠让进屋里，一边张罗着泡茶一边问他这么急着找他什么事。

汪宝珠的脸色不是太好。丁先生以为又是和唐静之间闹不愉快，心想，我不能老是调解你们夫妻吵架啊。汪宝珠却问："听说你要走？"

"我要走？"丁先生反问，"谁说的？"

"王秋玲啊，"汪宝珠说，"她刚才在吃饭，吃着吃着就哭了起来，我们问她什么事，她不说。等吃过饭，我把她叫到旁边，命令她告诉我，她才说你要走。"

丁先生真后悔一时冲动对王秋玲多了一句嘴，追悔莫及，但他马上强迫自己镇定，说："误会了，一定是她误会了。"

汪宝珠看着丁先生，不说话，这么大的事，显然不是误会两个字就能搪塞过去的，谁也不是小孩子。

丁先生不得不进一步解释，说："王秋玲她们这次完成茂名石化这单业务，我之前承诺是有个人提成的，我跟老板当面说了，也专门用繁体字写了书面报告，可老板到现在都没答复，我就安慰王秋玲，说假如老板再不答复，我就考虑不干了，走了。就这么一说，是安慰王秋玲，哪里是我真的要走！"

汪宝珠到底不如丁先生江湖，听他这样一说，居然信了，紧绷着的脸顿时松弛下来，却说："丁工你做得对。如果老板说话不算话，你要走，我跟你走，你到哪里，我跟你到哪里。"

"别别别，"丁先生赶紧说，"第一，老板什么也没说，都是我说的，所以不存在老板说话不算话的问题。第二，我也没打算走。第三，万一我真走，就指望你接我生产技术经理的位置，即使老板不仁，我也绝不会不义，过河拆桥的事我永远不做。所以，即使我因为个人原因真的离开恒基，也希望你接替我的经理位置，千万不要过河拆桥，不能影响工厂生产。"

"就冲着你这份胎气，我也一定跟你走！"汪宝珠更上劲了。

胎气是安徽芜湖的土话，准确的意思丁先生也猜不准，大概是豪爽义气舍命陪君子仗义的意思吧，所以，丁先生听汪宝珠这样说，反而认为汪宝珠很胎气。

"你让我说完，"丁先生说，"最后还有一条，我就是走了，也带不了你，我自己还不一定能应聘成功呢！"

"你应聘哪里了？"汪宝珠问。

"我哪里应聘了！"丁先生说，"我是说万一我不得不离开恒基，出去应聘，也不一定能应聘成功，不是我真的已经打算离开出去应聘了。你怎么跟王秋玲一样，我说一句假如的话你们就当真呢？难道你们真希望我走吗？"

汪宝珠这才不说话了，但他似乎仍然将信将疑，感觉无风不起浪。

楼下的机器响了，晚上的加班已经开始，丁先生催汪宝珠赶快下去，他自己拖后一步，也下去。

也许是心理作用，到了楼下，丁先生感觉大家看他的眼神和平常不一样。也许不是心理作用，起码金健华和王秋玲两位女将看他的眼神是真不一样。丁先生希望消息还没有扩散到林姑娘那里，因为如果林姑娘知道就等于老板知道了，说不定老板顺水推舟，真把他炒了，而他现在并没有真打算立刻离开恒基，因为他还没找好下家，就是想走，也不用这么急呀，也要捞一笔再走啊。

问题是他判断林姑娘可能已经听说了。林姑娘多精啊，汪宝珠都跑到他房间来表态了，林姑娘难道还没听说？

好在丁先生了解林姑娘的习惯，知道她已经听说了，也还没有来得及向老板汇报，因为她每天都是晚上巡视回来一天的工作彻底结束后才向老板汇报。

事不宜迟，丁先生立刻让两位女将到二楼会议室开一个短会，并让她们叫上林姑娘一起上来。

三个女人走进会议室的时候，丁先生并未抬头，他继续在笔记本上写着什么，而且写得非常投入，还时不时略微皱一下眉头，做正在思考状。等她们三个各自找到位置坐下之后，丁先生才抬起头，抱歉地笑笑，说："不好意思啊，事情急，所以把你们紧急叫到一起安排一下。"

三位女士坐直了一点，算是正式进入开会状态。

　　"两件事。"丁先生说。然后专门对王秋玲和金健华说："今天当着林姑娘的面，我先跟你们道歉。上次说好的，业务开展后，根据你们的业绩，多少会有一点业务提成，现在第一单茂名石化的业务已经初见成效了，但业绩提成还没跟你们兑现。抱歉，责任在我，是我给你们承诺的，老板并没有承诺，所以你们不要对老板有任何误解，一切都是我的错。好在老板或许明天就来，我一定再当面跟他争取，万一争取失败，也是我的错，我引咎辞职，然后拿我个人的收入给你们补偿。你们放心，我说话算话，并且一定尽力而为。"

　　三个女人一言不发，会议室的气氛顿时紧张。

　　"第二件事，"丁先生继续说，"明天南海石油深圳办事处的李惟诚主任要来。他们上次已经来过，明天再来，还陪同从广州赶过来的领导一起来现场考察，表明他们买我们产品的意向非常明确，否则不会再次考察，更不会有更大的领导专门从广州赶过来考察。我对他们的组织架构不是很了解，估计他们南海石油的总部在北京，广州有个分公司，深圳只是办事处，李惟诚从北京回来，明天和广州分公司领导一起来我们厂考察，说明李惟诚这次去北京和老外的谈判取得了进展，老外已经同意把钢格板新材料从海上石油成套设备中剔出来，用我们的产品取代进口产品，这样能给国家节省大量外汇，所以明天他们来考察可能与茂名石化的来人考察不一样，不是为某一单业务，而是为某项决策提供技术支持，比如他们可能准备下发一个内部文件，今后凡是成套设备，都不是百分之百用国外的产品，其中能用国产货替代的就尽量用国产货代替。这是一个带有方向性的大问题，所以李惟诚的级别不够，必须从广州来更大的领导实地考察可行性，因此我们的接待也不能有丝毫的差错。"

　　三个女人虽然仍未说话，但脸色已经红润，表明丁先生的话已经产生作用，让她们心潮澎湃，已经有些激动了。

　　丁先生接着说："下午我和王秋玲已经去海上世界打探过了，包房最低消费三千八百元，我已经预订了一间，现在我们就讨论一下接待的具体情况，比如哪些人陪同。我的意思是我们在座的四个人全部陪他们去海上世界。"

　　王秋玲和金健华显然没有任何意见，而且还显得很激动，但林姑娘却说："我就不用去了吧？"

　　"不行！"丁先生非常肯定与坚决地说，"如果老板能赶过来，老板亲自接待李惟诚一行，你和我都可以不去，让老板带着小金和王秋玲二位女将去就可以了，记住，你们二位任务重大，一定要照顾好老板，照顾好客人。"

三个女人异口同声说："丁经理你还是要去吧，不管怎么讲是你的朋友啊。你不去怎么行？"

"怎么不行？"丁先生说，"李惟诚是我的朋友不假，但明天的接待不是朋友之间的接待，如果说朋友接待，他该埋单，他请我，因为当初在武汉的时候我和他之间就有约定，他来安徽，我请他，我来广东，他请我。"

三个女人都笑起来。

"但是，"丁先生说，"明天是公司行为，是单位接待，是业务宴请，就超出朋友这层关系了，出面接待的当然是单位一把手，否则等于轻视对方。"

三位女士不争辩了，还似乎微微点头，承认丁先生说得有道理。

"所以，"丁先生最后说，"如果明天老板能赶过来，老板亲自出面接待，小金小王二位主管陪同，至于我和林姑娘去不去，听老板的；但如果老板赶不过来，我们四个必须全部去。林经理，李惟诚知道你是港方经理，我们恒基是香港独资企业，老板没来，你代表香港，你就是一把手，这么重要的客户，你不出面不礼貌啊，对方会怀疑我们的诚意啊！"

丁先生如此一说，金、王二位主管都觉得有道理，一起帮着他说服林姑娘，林姑娘自己也似乎被说服了，点头说去。

晚上躺在床上，丁先生反思白天的行为。第一，我不该多愁善感地对王秋玲发同情心。慈不带兵。背井离乡来深圳的人谁都不容易，人人都有一本难念的经，要是对谁都滥施同情心，自己在深圳怎么生存？要是自己都生存不了，哪有资格同情别人？第二，即便同情王秋玲，也不能说出来，一说，是非来了，如果不是汪宝珠及时来表态，我不召开紧急会议，把漏洞堵上，任林姑娘打电话告诉老板说我要走，后果有多严重？第三，真的仅仅是同情王秋玲吗？我怎么不同情何葆国和韩建呢？是不是同情是假，下意识里对她存在幻想是真？想着她是"大城市长大的名牌大学毕业生"，下意识里对她有某种好感，平常憋着，刻意遮蔽自己的下意识，昨天逮到合适的时间和空间，就一不小心暴露出来了？

总之，还是那句话：千错万错都是自己的错！自己既然是公司实际上的一把手，始终处在风口浪尖上，一言一行就必须十分小心才行，尤其要管住自己这张嘴！真的祸从口出啊！看来自己在内地确实没有在真正的领导岗位干过，真没经验，要从心底里谦虚谨慎，好好向秦老板学习。就说承包这件事吧，看秦老板多能沉住气！这么多天过去了，茂名的单都做成了，李惟诚明天都要带人再次来厂里了，老板硬是咬住嘴到现在什么话都没说！为什么？因为老板不能说话不算数，所以他没想好没谋划好的事情就绝对不松口！而我呢？仅仅是一点同情或下意识，就对王秋玲掏心掏肺什么都说了！这哪里是干大事的样子！不能干大事，我背井离乡抛妻别子远离父母跑到深圳来干什么？再说，我对王秋玲了解吗？我最初对她的判断一点道理和根据都没有吗？既然知道她不会做人，我为什么还要对她敞开心扉呢？丁先生越想越懊恼，还怎么睡觉？但他必须强迫自己睡。最后，只好用"接受教训"和"听天由命"以及"车到山前必有路"安慰自己，好歹睡着了。

第二天上午，秦老板果然没有从香港赶过来。这是丁先生意料之中的事情，所以他一点失望的情绪都没有，可还是假装"没有城府"的样子主动问林姑娘："昨晚你给老板打电话了吗？他今天怎么没过来？下午会赶过来吗？老板有什么具体指示吗？"

林姑娘的脸上写满了抱歉，回答昨晚她给老板打电话了，但老板只回答"知道啦"，并没有说他今天是来还是不来，也没有具体的指示。

其实丁先生不需要老板的任何指示，他自己已经想好怎么做了。老板今天如果仍然不来，就意味着秦昌桂炒他的决心已定，只不过秦老板高明，不当面炒，用冷落的办法逼着他自己辞职罢了。好，丁先生想，你装糊涂我也装糊涂，我就不辞职，至少没找到合适的下家之前我坚决不辞职，大家耗着，我是个人你是企业，耗下去看谁的损失大！看我们谁能耗得过谁！

下午，秦老板仍然没有出现，但李惟诚已经来了。

按照安排，丁先生、林姑娘、王秋玲、金健华四个人一并出门迎接。

司机小刘并没有来，上次随李惟诚一起来的那位美女也没有来，这次李惟诚带着一男一女两个人。车是粤A，广州牌照，看来是从广州直接开过来的，先到南油大厦接上李惟诚，然后一起来到妈湾的恒基工厂，司机自然是广州的。

这对男女一看就是领导。尤其是那男的，级别明显高于李惟诚，看来丁先生猜得不错，果然是南海石油广州分公司老总的样子。丁先生自己虽然没当过真正的领导，但他见过领导，并且善于观察与总结，于是就有了经验。是不是领导不看穿着，要看目光。领导目光大致分两种：一种先看人，而且目光中透着谦虚与真诚；另一种先看环境，目光中透着高瞻远瞩，仿佛很深邃。今天李惟诚带来的这个男的属于后者，下车之后眼光首先注意远处的原料和设备，似乎认定迎接他的人级别都不如他高，不值得他优先关注。除了目光之外，衣着、打扮、气质也能看出一个人的身份，比如这个女的，一看就是知识分子，而且很独立的样子，不像领导身边的秘书，甚至从来都没当过秘书，没把那个男的当上级。

女的下车之后不看环境，而是看人，直接盯着丁先生看。丁先生能感受到对方的目光，自然要迎接上去。这一迎接，居然感觉似曾相识，仿佛之前就认识。正疑惑着，女人主动伸出手，笑着说："丁先生吧？我是许薇薇。我们电话聊过。"

"哦——"丁先生一个标准的上滑音，"许主编！许社长！您亲自来了呀！欢迎欢迎！"说着左手就叠加到右手上，摆出一副双手紧握的姿态。

其实是做做样子，并未双手真握，毕竟对方是位女士，不宜过分热情。

做样子的时间也很短，迅速松开。对方则从包里拿出几页纸，递给丁先生，说："大作本期发表，这是样稿，下周出刊。"

丁先生赶快接过来，一边说着谢谢，一边翻看起来。

李惟诚把丁先生介绍给那位男领导，丁先生赶紧收起样稿，与对方握手。

李惟诚介绍他是周处长。丁先生一边热情地寒暄，一边猜测这处长是什么意思。难道之前在南海石油总部担任处长，现在调广州分公司当老总了吗？

丁先生当然不能问，就赶紧把林姑娘介绍给对方："林碧霞，我们香港总部的林经理。"

这一介绍显然不是很准确，但既然对方的处长身份不明确，我干吗要那么准确？丁先生其实想强调林姑娘是我们香港老板的意思，避免对方见我们老板没赶过来接待而觉得我们失礼就行，谁知周处长只简单与林姑娘打了个招呼，然后仍然把注意力集中在丁先生身上。

"我查了校友册，"周处长说，"你是1977级冶金系的？"

"是啊，"丁先生摆出意外惊喜的样子回答，"您是学长？"

对方回答："虚长几岁，1974级金属压力加工专业。"

"啊！"丁先生夸张地一叫，赶紧把金健华推向前，说："小师妹，1980级有色冶炼的。"

周处长立刻摆出平易近人的模样。

在后续的参观过程中，金健华就一直陪伴在校友老大哥周处长的身边，丁先生则找机会悄悄地问李惟诚："怎么回事？周处长是我们矿冶学院学金属压力加工的，怎么跑到你们南海石油当处长了？"

"谁说他是南海石油的处长了？"李惟诚反问。

"不是？"丁先生问，"那他……"

李惟诚回答："广钢集团的项目处处长。"

"广钢的？"丁先生说，"难怪他和许社长一起来……"

李惟诚说："是，《新材料》杂志社属于广东省冶金厅，所以我们以前和广钢是一个系统的，但我与周不熟，许薇薇和周处长很熟，知道他们正在建一个钢格板生产厂，就把你写钢格板的文章先给周处长看了，周看后立刻要求见你，许薇薇昨天就给我打电话，我就打电话给你了。"

丁先生听了有点蒙。信息量太大，而且与他事先预想的完全不一样，心里想，搞了半天你们今天来不是打算买我们的产品啊，而是真的来参观学习的呀？那么，我就用不着热情接待了吧。

按照之前的布置，参观完之后，领客人到二楼会议室休息，林姑娘还特意准备了水果饮料和绿盾红茶，现在丁先生已经知道他们不是客户了，怎么办？难道让林姑娘他们取消招待吗？当然不行。只能将错就错善始善终吧。生意不在人情在。再说李惟诚还是客户嘛，看在李惟诚的面子上，也只能将爱进行到底。

看着林姑娘、王秋玲、金健华三位女士热情周到忙前忙后的身影，丁先生觉得非常对不起她们。好在对方很自觉，没有让这种招待延续到晚上，只坐了十几分钟，客人喝口水或上了一趟卫生间，然后就急着要走，说还要到李惟诚的单位看看。

无论是真客气还是假客气，丁先生都留客人吃饭，还说已经在海上世界订好了包房等。王秋玲马上帮腔，说："是的，昨天我陪丁经理一起去订的。"

周处长听了似有些感动，李惟诚则说："不用了，谢谢，先去我那里，我那里已经有安排。"

林姑娘和小金也帮着王秋玲继续挽留客人，由于她们全部以为周处长是南海石油的处长，是大客户，所以挽留的态度很坚决很诚恳，并且眼看着就真要把客人说服了，没想到丁先生自己却带头打起了退堂鼓，他看了一下表，说："也是。时间太早，才四点钟。要不然这样，我们先去李主任那边看看，至于晚饭，再说。"

李惟诚赶快接过话，说对对对，先去我那里。说着，拉上周处长就往外走。

三位女将见丁先生都这样说了，自然不能再挽留，就只能一起送客人下楼。

走到停车的地方，丁先生忽然觉得不能自己一个人跟着去，至少应该再带一个人，比如王秋玲，因为昨天预订海上世界就是带她一起去的，今天再带上她也顺理成章，但想起昨天她一回来就哭，差点坏了大事，再看周处长对小师妹金健华难舍难分的样子，就临场发挥说："小金，你跟我们一起去吧，陪客陪到底，一路把学长周处长陪好！"

金健华自然没话说，周处长更是喜笑颜开。可是，车子坐不下这么多人啊！

丁先生又临场发挥，说："小金，你陪周处长坐车，我自己开摩托车跟着你们。"

李惟诚不好意思让丁先生自己骑摩托车，但周处长带来的车实在不能再增加两个人，所以也只能委屈丁先生了。

丁先生自己倒并没有觉得委屈，他甚至希望金健华也陪他一起骑摩托车，只是出于待客之道忍痛割爱罢了。于是，丁先生跨上"大铁马"，李惟诚自觉坐副驾驶，许薇薇和金健华一左一右把周处长夹在中间，一行人欢快地离开妈湾工厂奔南油大厦而去。

实践证明，丁先生带金健华来绝对正确。小金不仅和周处长是校友，天然多一份亲切与信任，而且她还是具有深圳户籍的老深圳，比王秋玲见多识广，当天如果丁先生继续带着王秋玲来，她没准当场就吓哭出来，因为，当晚几杯酒下肚之后，周处长一激动，居然当着金健华的面说："丁经理，听小金自己说她之前在深圳的华美钢铁工作，是被你忽悠着才跳槽到香港恒基来的？"

这话肯定不是金健华的原话，因为她不会说忽悠这个词，要说，最多说自己是被丁先生鼓动来的，但鼓动偏正面，忽悠偏负面了，多少带有夸大其词甚至欺骗的意思，因此周处长当面这样说，金健华就有些下不来台，想反驳，又担心掌握不好分寸，很是尴尬，换上王秋玲，说不定又要哭。

丁先生不生气。他肯定不生金健华的气，莫说他相信金健华原话肯定不是说忽悠，即便她真说了忽悠，丁先生也不生气，仔细想想，自己把金健华动员来恒基，也差不多就是忽悠的，想着老板可能已经打算炒他了，万一他真被老板炒了，对金健华来说，不就相当于被他丁先生忽悠了一把吗？所以，这时候他不但不生气，反而顺着周处长的话说："是。小金原本在华美钢铁总师办工作，表现相当不错，单位已经帮她落实深圳户口了，比我都强，但我动员她来辅佐我，她仍然很仗义地给我这个校友老大哥的面子，从华美钢铁辞职来到我们香港恒基。"

"那你可要对人家负责啊！"周处长以大哥的身份叮嘱。

"是，"丁先生说，"好在小金自己很能干，刚来就与另一位同事一起完成一个大单。我已经上报香港总部，申请给她们业务奖励。"

"好！"周处长大声说"好"，"丁老弟你忽悠得好！金小妹你跳槽得更好！业务奖励还要上报香港总部吗？你到我们广钢集团来，我推荐你当钢格板公司的总经理，你说了算，李主任这边南海石油的业务做成了算金小妹的，你想给她多少业务奖励就给她多少业务奖励，不用上报广钢集团，你说了算！"

金健华虽然见多识广，但仍然被周处长的这番话吓傻了，这话比刚才的忽悠更令她震撼！因为直到此时，她才明白周处长不是客户而是"猎头"，是来恒基公司挖人的，而且挖的是她的上司丁经理！换成王秋玲，听到这样震撼的消息，不是又被吓哭一次！

丁先生倒没有受到惊吓，因为他多少已经从李惟诚嘴里探得一点风。但他当时只以为周处长是通过许薇薇李惟诚的关系来恒基偷学的，并没想到他直接打算挖人，现在揭晓谜底，觉得也有这种可能，因为换上他来决策，也知道挖人比偷学更高明、更彻底、更一步到位。但谁知道这个周处长是说酒话还是说真话呢？谁知道他这个处长在广钢集团说话能算多大的数呢？这么想着，丁先生就笑着看看李惟诚，又看看许薇薇。

李惟诚不敢接丁先生的目光，转而看着许薇薇，因为这个情况他也不知道，他只是看在许薇薇的面子上才带他们去找丁先生的，才出面接待请这顿晚餐的，他原本就不认识周处长。

许薇薇愣了一小下，仿佛她自己也吃不准，但最终还是点头说，广钢集团确实在筹建钢格板有限公司，厂址选在黄埔开发区。

李惟诚、丁先生、金健华三人同时一惊，原来周处长说的不是酒话，而是真的？

丁先生马上在头脑里面迅速过滤一遍，就越发觉得应该是真的，许薇薇连黄埔开发区这个地址都说出来了，怎么可能是假的！但周处长想挖他去做厂长或总经理的事，估计连许薇薇事先也不知晓，很可能是周处长临时想起来的，不过他也不完全是吹牛，丁先生设想一下，即便周处长自己没这个权力，但他只要把新出版的《新材料》杂志带上，甚至拉上许薇薇社长，二人一起去见广钢集团的老总或分管副总，强烈推荐他丁先生，说不定人家真采纳他的推荐。上马一个新产品的工厂，能挖来一个既懂生产技术又掌握销售渠道的经理最好不过。如果真这样，丁先生心里想，对自己未必不是好事，自己最终是去还是不去先不说，起码，被广钢集团挖走比被秦老板炒鱿鱼或自己被迫辞职脸面都要好看一些。这么想着，丁先生就转而看着周处长，想看出他到底是不是自己真正的贵人。

周处长见丁先生认真看着他，就一拍丁先生的肩膀说："怎么样，我没骗你吧？现在我们黄埔开发区的工厂万事俱备，只欠东风！你知道'东风'是什么吗？"

丁先生摇头，表示自己不知道。他确实不知道，真不知道。

"就是你呀！"周处长用更大的力气拍着丁先生的肩膀大声说，"就是你丁厂长丁总经理啊！"

丁先生内心高兴得直跳，表面却只能把周处长说的当笑话，当酒话。

但周处长显然是认真的。他低下脑袋对着丁先生的耳朵小声说:"但我有一个条件。"

丁先生仍然那样满脸堆笑却不作声,他觉得现在是周处长的表演时间,同时想着有可能真仰仗他推荐自己去广钢集团当钢格板厂的厂长或总经理,所以眼下自己还是甘当配角比较好,于是就故意傻呵呵地问:"什么条件啊?"

"必须带上金小妹!"周处长一言九鼎地下达命令说,"至于是安排小金继续做你的助理还是当销售科长,你说了算,反正你是总经理,是厂长。"

许薇薇有些不好意思,她可能没有丁先生想的那么深那么广,只是从场面上看她带来的这个周处长有些失礼了,因此她甚至觉得有些对不起李惟诚,但事已至此,许薇薇只能提议今天先到这里吧,人家明天还要上班。

"人家"指的是丁先生和金健华。

明天确实要上班,但这不是关键,关键是丁先生让大家跟着自己折腾了一整天,结果被接待的周处长一行却并不是恒基公司的客户,还是来挖墙脚的猎头!从长期看,广钢集团的黄埔开发区钢格板厂是香港恒基妈湾厂的竞争对手,从近期看,周处长是直接来挖他丁经理的,所以,这一刻丁先生非常不安,觉得自己对不起秦老板,对不起林姑娘,动用公司的资源接待公司的对手,这不是"吃里扒外"吗?丁先生虽然对秦老板迟迟不答复承包的做派不理解不满意,甚至想到老板因为坚决不同意他承包而不得不炒了他,或用冷落的办法逼着他自己辞职,他也做好了去深圳市科技局或某个证券公司、上市公司应聘的思想准备,但"吃里扒外"的事他绝对不做,所以,他这一刻也希望早点结束,尽快回去向林姑娘通报并解释今天所发生的一切。

周处长还没有表演够,他不想散了,想继续喝酒,继续表演,但经不住众人的力量,晚宴不得不散。大家分手告别之际,周处长仍然不忘记嘱咐丁先生:"金师妹就交给你了!"

丁先生回答:"放心。一定。"

周处长又对金健华说:"小金,听见了吧?他丁先生要是敢欺负你,你告诉我,看我怎么收拾他!"

金健华笑着回答:"好!谢谢处长!"

丁先生则说:"不敢。肯定不敢。"

众人分手,金健华问丁先生:"1974级应该是工农兵学员吧?"

丁先生回答:"是,但你不能低估周处长,当年能被推荐上工农兵的比例,比我们高考的录取率更低，能被推荐的都是人精，不看人家都是处长了吗？"

"他说的是真话吗？"金健华又问。

丁先生回答："我觉得是真话。至少许社长不会瞎说，而且他说的也符合逻辑。换上我，也希望在新厂上马的时候能找到一个有经验的厂长或总经理来。"

"如果是真的，"金健华又问，"你愿意去吗？"

丁先生回答："不知道。八字不见一撇的事，哪里轮到愿意不愿意？"

金健华问："怎么八字不见一撇？你刚才不是说他的话符合逻辑吗？"

丁先生说："符合逻辑的事多着呢，未必都成为现实。第一，周处长今天酒桌上说的是一回事，明天回广州之后会不会真做是另一回事；第二要看秦老板的态度，今天我们回去之后把情况向林姑娘如实汇报，她肯定立刻打电话报告秦老板，如果老板继续不理不睬，拖着业务提成不兑现，而周处长明后天再打电话来又说这件事，那我们就真该考虑要不要去广州了。"

"如果一切都如你所说，"金健华追问，"秦老板这边冷周处长那边热，你考虑去还是不去？"

"我啊，"丁先生说，"我相信听天由命，相信车到山前必有路，等事情真发生了再说。你呢？你是打算去还是不去？"

金健华想了半天也未回答。丁先生不逼她，建议上车，先回去再说。

金健华坐上"大铁马"之后，提醒丁先生开慢点，注意安全。

丁先生回答好，小心谨慎地慢慢开回去。

到达厂门口，正好碰见林姑娘从里面出来。丁先生对林姑娘打了个招呼，然后对金健华说："小金，你陪我们走一圈吧，我们一起把情况说给林经理听听。"

金健华看一眼林姑娘，见她无异议，就说好吧，随他们一起沿着工厂外围走一圈。

三个人一路走着，丁先生就把今天从下午到晚上的经历大致说了一遍。之所以叫上金健华，是希望她能起到证明的作用，证明自己没有说假话，而且有什么说什么，绝不藏着掖着。

不是丁先生坦荡，而是他完全抱着听天由命和车到山前必有路的态度，没必要隐瞒，甚至，他希望林姑娘立刻把所听到的一切禀报给秦老板，促使老板尽早决断，总是这样吊着，对谁都不好。假如说昨天丁先生只想着去深圳市科技局或证券公司、上市公司应聘的话，那么今天他又多出一个选择，真的可以考虑去广钢集团的黄埔开发区钢格板厂任职，毕竟是国营单位，可以帮他办理正式的干部调动，如果真能担任厂长或总经理，也就有了级别，算是站稳脚跟了吧，没准老婆孩子立刻可以跟着来广州。从马鞍山调广州，不说一步登天，起码也是"往上走"，干吗不能考虑？他相信老婆和岳父岳母也不会反对，何乐而不为呢？

末了，丁先生对林姑娘说："真的对不起！我以为周处长是南海石油的处长，没想到他是广钢集团的项目处处长，害得你们跟我折腾了一整天！还好，晚上是李惟诚请客，我们并没有破费。"

"这个无所谓，"林姑娘说，"李惟诚总是我们的客户嘛。"

丁先生听林姑娘这么说，立刻停下脚步，当着金健华的面，眼睛盯着林姑娘，说："林姑娘，你知道我为什么舍不得离开恒基吗？"

"为什么？"林姑娘问。

"因为你。"丁先生说。

"为我？"林姑娘不解。

金健华脸上也流露一丝的费解。或许不是费解丁先生所说的话，而是费解丁先生居然当着她的面对林姑娘说这样的话。

"对。"丁先生肯定地说，"因为你特别讲道理，特别善解人意。所以我在恒基的工作很顺利，也很轻松很开心。但是，如果我换了一个单位，估计就很难再遇上你这么好相处的上司了！"

"瞎说。"林姑娘不好意思般嘀咕一声。

"不是瞎说，是真的。就比如今天晚上周处长说的这件事吧，即便靠谱，我估计也是我当总经理，他周处长去当董事长，我的上司是周处长，不然他专门跑过来看我们厂又当面挖我干什么？"

金健华听了似恍然大悟，立刻点头，林姑娘也没否定。丁先生接着说："但我可以肯定地说，这个周处长不如你好合作。"

林姑娘瞪着丁先生，没说话。丁先生说："真的。不相信你问问小金，你问她周处长刚才都对我和她说了什么。"

说完，丁先生重新开始往前走，并且走得蛮快，似故意拉开与两位女士的距离，让她们可以说悄悄话，畅所欲言。

第二天一大早，丁先生一走进餐厅，就远远看见秦老板。他本能地想躲开，可惜已经来不及。不是丁先生自己不好意思见老板，而是他替老板不好意思，担心他的出现会让老板难堪。换上丁先生自己，这么多天躲着不来，昨天半夜听了林姑娘的电话汇报，今天一大早就立刻跑过来，多功利啊！多么赤裸裸啊！真的非常不好意思，甚至无地自容！

但是，老板就是老板，秦老板见到丁先生，像他们之间完全没有发生任何事一样，老远就喜笑颜开地向他招手，等丁先生走到餐桌前，老板开心地对丁先生，当然也是对大家说："搞掂啦搞掂啦，终于搞掂啦！"说着，老板在餐桌上摊开一沓纸，似文件和报告以及批复之类，大声说："大家睇，大家睇睇啊，呢段时间我一直系咁忙呢件事，终于搞掂啦！搞掂啦！"

趁众香港师傅看那堆文件之际，秦老板突然改用普通话对丁先生说："丁生啊，这段时期我故意躲着不敢来工厂，你知道为什么吗？"

丁先生心里想，这还用问？还不是回避承包的事情吗？但他嘴上却什么也没说，只是摇头，表示自己不知道。

"因为我不敢做违法的事啊。"老板说。

见丁先生不作声，老板又解释说："你提出用边角料替换产品，搞内销，点子确实很精巧，但终究不是长久之计啊。"

丁先生点了一下头，承认边角料置换实现部分产品内销确实是权宜之计，毕竟，边角料的量有限，不适合大规模供货，给茂名石化的第一批货是积攒了几个月边角料置换出来的，就这样，最后装车的时候分量还不够，临时从出口成品中挪用了一点，等下一批边角料补上，后面的大批量货品来源还不确定，如果南海石油也就是李惟诚那边大规模采购，肯定供不应求，所以此法子确实不是长久之计。

"在你们内地，"秦老板说，"这种行为叫摸着石头过河，可以试错，但按我们香港的法律不可以。"

丁先生又点了一下头。

秦老板继续说："所以，你可以做，但我不可以做。我只能躲得远远的，假装不知道。"

丁先生不得不再次点头，承认秦老板的话貌似合理。

"所以，"老板最后说，"我也没有闲着。这些天我在搞批文。找了许多人，终于搞掂啦！允许我们产品部分内销啦！"

这真是一个好消息！如果真是这样，我们就再不用偷偷摸摸用边角料置换成品了，可以大张旗鼓公开地干了！丁先生忍不住把餐桌上的那沓文件拽到自己的眼前，看一眼。

那么多，他不可能全看，只能看重点。丁先生要看的重点是日期。看文件最后批复的日期。一看，果然不是今天刚批的，也不是昨天才批的，就是说，老板不是今天也不是昨天才搞掂的，而是几天前就搞掂啦。那么，你为什么昨天不来，要等到今天一大早才赶过来？还不是躲着承包吗？一定是找了一圈，实在找不到比我更合适的替代者，正着急和犹豫着，昨天半夜听了林姑娘汇报，说广州钢铁集团在黄埔开发区也搞了一个钢格板厂，而且对方通过李惟诚找上门来挖我们的经理了，老板才匆匆忙忙一大早赶过来。

丁先生假装没有看见或根本就没有注意看日期，转而夸奖老板的普通话大有长进。

老板说没办法啊，既然要跟内地做生意，就不能不会说普通话啊，又说他是向丁先生学习，既然你能学习粤语，我就能学习普通话。

丁先生笑，大家也笑，显得其乐融融。

早餐结束，几位香港师傅立刻奔赴车间，老板让林姑娘把工贸公司的几个人包括赖厂长全部叫到会议室等着，他马上要亲自主持会议，有重要的事情宣布。等林姑娘出去之后，秦老板把凳子往丁先生面前拖了拖，凑近了才说："丁生啊，这几天我了解了内地这边的情况，确实都在搞承包经营，说这是'改革'，其实这不是'改革'，你知道这是什么吗？"

丁先生心里想，少废话，别绕弯子，有话直说，但嘴上却问："是什么？"

"承包不是'改革'。"秦老板很笃定地说，"是法律不健全，没办法，只能让经营者承包。"

说实话，丁先生从来没想过这个问题，好像内地也从来没有人想这个问题，至少在丁先生接触到的人当中没人想这个问题，但旁观者清，今天听秦老板猛然一说，好像还真有几分道理，因为法律不完善，而制定、修改、完善法律是个非常严肃的事情，不能一蹴而就，急不得，但发展经济时不我待，怎么办？只能先采取承包的办法协调经营者与资产所有者之间的关系，是个没办法的办法。这么说，承包也不是长久之计？只是改革初期的一个过渡？

这么想着，丁先生就暂时忘却耿耿于怀，真诚地看着秦昌桂，听他继续往下说。

秦老板说："你上次提出在我加价百分之十的基础上，高出部分你跟公司五五分成。"

丁先生忍不住打断老板的话，强调："不是我跟公司分成，而是我们整个工贸公司的经营团队与母公司分成。这部分钱当中的相当一部分用于公司的经营，比如我们业务人员开展业务的差旅费，以及员工的工资、奖金、福利，实际上大部分没有进入我个人的腰包。"

老板脾气真好。至少这一刻秦昌桂的脾气相当好，他并没有因为丁先生打断他的话而生气，仍然笑嘻嘻地听丁先生说完，然后老板一锤定音："管理团队也是公司员工，你们的工资仍然由我发，在我加价百分之十的基础上，高出部分百分之二十归你承包，至于你怎么用，我不过问。"

丁先生听了想笑，发觉老板蛮好玩，说了半天，无非就是把五五分成改成二八分成嘛，其实你用不着动这么多心机绕这么大弯子，上来就直接提出把三七分成改成二八分成，我也会同意。

二人来到会议室，林姑娘、赖厂长、王秋玲、金健华已经坐在里面，见老板和丁先生进来，林姑娘习惯性地起身迎接，金健华赶紧跟着站起来，王秋玲见她们都起身，当然也跟着起身，只有赖月娥不知道是不懂规矩还是觉得自己是村里派来的厂长，相当于甲方，没必要讨好乙方老板，所以依旧坐在那里没动。

老板乐呵呵地走到端头的位置上，一屁股坐下，然后仰着头对丁先生说："丁生，你自己同大家讲讲。"

丁先生当然听懂是"丁先生，你自己跟大家说吧"的意思，他觉得香港老板真是不含糊，刚刚在餐厅同意他承包了，到了会议室就立刻让他"说了算"。

好，丁先生心里想，那我就"讲讲"。他站起来说："各位，我宣布两个好消息。第一，我们董事长这些天没来厂里，是在干一件大事，一件对我们工贸公司来说非常大非常重要的事，并且，这件事终于让他干成了！"

说到这里，丁先生故意停下，吊吊大家的胃口，见大家全部不说话看着他，期待他给出谜底之后，丁先生才突然提高嗓门大声说："从今天开始，我们恒基生产的钢格板，可以名正言顺地通过我们工贸公司对内地销售了！再不需要用边角料置换偷偷摸摸地内销了！我们国家的经济改革又向前推进一步了！我们董事长的努力成功了。让我们以最最热烈的掌声，向秦昌桂董事长表示热烈的祝贺与感谢！"

说着，丁先生带头鼓掌。其他人自然紧跟，掌声非常热烈！可丁先生还嫌掌声不够，用眼神和动作示意大家起立，于是大家又起立对着秦昌桂使劲鼓掌，这次连赖月娥都没例外。最后，搞得秦老板也不得不起身，满脸通红开心热烈地笑着对大家点头说："多谢多谢！多谢大家！多谢大家！"

热烈足够了，丁先生才停止鼓掌，并示意大家坐下。他自己仍然站着，宣布第二个好消息。

"下面我宣布第二个好消息。"丁先生说，"董事长这段时间在内地争取内销许可政策的同时，还调研了内地的承包经营方式，认为在内地市场经济发展的初期，承包是搞活经营和解决经营者合理分配最合适的方式，所以，他决定把这种方式引进到我们公司来，让我们管理团队承包经营工贸公司，暂时由我对母公司和董事长本人负责。具体地说，你们今后的业务提成由我给大家兑现，总公司和董事长不具体过问。"

丁先生说完，无人鼓掌，大家似乎还没听明白，而丁先生也不方便说得太详细，比如"在老板提价百分之十基础上的高出部分百分之二十归承包人"这样的话就不方便在这里说，说出来其他人也未必立刻明白。

但丁先生此时需要掌声，于是他故意提高分贝大声说："为此，我本人对秦老板的信任表示感谢！我们工贸公司全体经营团队对秦老板的信任表示感谢！我们决不辜负董事长的信任！保证把工贸公司管理好经营好！让工贸公司为母公司创造更多的效益！让我们自己的生活更加美好！大家发财！大家发财！"

说完，带头鼓掌，并带领大家一起鼓掌。对着秦老板鼓掌。热烈鼓掌！

第十六章　职场"相护"

当日，丁先生现场办公，也就是当着秦老板的面，处理工贸公司亟待解决的一些问题。

首先，他当着老板的面与林姑娘核算茂名石化这单业务他们管理团队应有的提成是多少。然后与林姑娘商量着怎么分配。

提成多少很好算，高出老板报价之上的百分之二十，小学生都能很快算出来，但如何分配有点麻烦。丁先生在和林姑娘商量的时候，林姑娘不断地看秦老板，仿佛是说，这个问题你不该问我而应该问秦老板吧？但秦老板笑嘻嘻地看着他们，一副事不关己高高挂起的样子。丁先生比林姑娘有数，他故意完全不征求老板的意见，只跟林姑娘商量，而且是朋友之间商量的口吻。于是林姑娘也明白了，其实是老板故意让丁先生做主，他看着，看丁先生怎么分配，似乎是老板在试探丁先生，看他是不是有主见，是不是有点子，是不是公正，是不是果断，是不是自信，是不是有底气。

丁先生也不客气。说起来是和林姑娘一起商量，其实完全是他一个人的主意。仿佛他也在试探，看老板是不是真让他做主，是不是真让他承包。

他当然有底气，以前只想着老板如果炒他就去深圳市科技局或应聘证券公司、上市公司，现在还有一个广钢集团的二级公司老总或厂长的位置等着他，更有底气。

按照丁先生的意见，本单业务王秋玲提成五千元，金健华提成三千元，让赖月娥去办两部电话，一部放在会议室，也就是工贸公司的办公室里，另一部直接安装在他宿舍里。要快，加急。然后，还剩下差不多一万元，仿佛这一万元是他丁先生个人的提成了。

他如果真自己提成一万元，老板一点意见一点异议也没有，反正已经承包给你了，说好了"不过问"，哪里管你自己提成多少？有本事你全部用于自己提成，只要你手下的人没意见，或者用老板的话说你能搞得掂，他就不管。但是，丁先生还是画蛇添足般对林姑娘和秦老板解释："这一万元算我的备用金，应付下一步业务的必要投入。"

老板说好不管的，但听到这里，仍然忍不住问："你下一步准备做什么？"

丁先生回答："我要亲自去一趟茂名石化。"

"哦？"老板问，"你不打算请李惟诚吃饭吗？听说昨天是他请你的哦，我以为今晚你请他，让我作陪呢。"

老板这样说就有点开玩笑的味道了，因为他说着还笑着看林姑娘一眼，大约林姑娘也是这样以为的吧。可丁先生没有开玩笑，他非常认真地回答："不必。昨天他请我是应该的，因为他是为周处长引路来的，是来挖我们恒基墙角的，所以我不欠他的。再说我就是要请他，也不能是今天，起码要过几天。"

老板似乎故意挑毛病，抓住这个问题不放，问丁先生打算什么时候请李惟诚。

丁先生回答不急。

"不急？"老板问。

丁先生说下一步他工作的重点还是放在茂名石化，他准备这两天就带着王秋玲或金健华去茂名看看。

这一次老板还没说话，林姑娘就忍不住了，她说："茂名石化这单已经签下来了，干吗还要你亲自去一趟？是对王主管和金助理不放心吗？"

丁先生看一眼林姑娘，然后面朝秦老板回答："通过茂名石化这一单，结合李惟诚说的海上石油平台意向，我忽然发现，石化行业是我们的主要客户。我本打算去人才市场招聘一名学石油化工的人来，后来一想，不合算，不如直接去茂名石化进一步拉近与老客户之间的关系，让老客户引荐新客户，一定好过在人才市场临时招聘来一名石油大学的毕业生。上次来我们厂考察的两位先生，我记得其中一位刘主任就是石油大学毕业的，上次我手上没有支配权，只说了一大堆客气话，他一定认为我们为人不错，愿意和我们交朋友，不仅后面的单会继续用我们的产品，还会帮我们推荐他的同行、同学、老师、校友等石油化工行业的一切关系，我不需要承诺什么。这样，我们的业务就会越做越多，越做越大。所以我上次对林姑娘说了，建议老板在现在的车间与宿舍楼之间再建一个临时工棚，把金属加工车间搬到临时工棚里面去，腾出的地方再上一台锻焊机和一套热浸镀锌机，产量翻一倍，以满足内销的需要。汪副经理已经答应回去带一套人马来，都是技术工人，个个不比香港师傅差，除了许师傅。"

"等一下。"听到这里，老板忍不住打断问，"你是说许师傅技术最高吗？汪宝珠也比不了吗？"

丁先生咽了一口唾沫，看一眼林姑娘，说："那不是。综合起来看，在我们厂，汪宝珠的技术无人能比，但他不是电工，在公司电路保障与维护方面，工厂暂时离不开许师傅。"

"你什么意思？"秦老板问，"我没听懂。"

老板怀疑自己听普通话的水平不到位，于是要求丁先生把刚才的话再说一遍，或者意思重新表达一遍。

丁先生看林姑娘一眼，笑了笑，用广东话说："我瞎操心吧。我担心你突然有一天把所有的香港师傅全部调走，所以我的意思是，无论什么时候，至少林姑娘和许师傅不能走。"

丁先生以为老板会说"我没有打算把他们调走啊"，结果老板却问丁先生："为什么？"

丁先生回答："因为我们是港资企业，至少要保留两个香港管理者，如果只保留两个，我认为保留林姑娘和许师傅最合适。"

这话丁先生原本不该说的，所以他说完就后悔，搞得好像他希望炒掉另外两个香港师傅一样，其实是他担心老板见大学生团队已经完全能够替代香港师傅就忽然某一天把所有的香港师傅全部调走，因此他忍不住提前给老板打预防针。好在林姑娘真的很善解人意，她仿佛能感觉到丁先生的后悔，及时帮丁先生解围，问他："李惟诚的单你打算怎么处理？跟不跟？"

"跟。"丁先生回答，"当然要跟。但肯定排在茂名石化之后。从短期看，他们只是一个意向，不如茂名石化这单现实，从长期看，我和李惟诚关系再好，也比不上他跟许薇薇的关系，所以，即便他们南海石油已经决定用国产钢格板材料替代进口材料，也一定优先选择广钢集团的黄埔工厂产品，而不会选择我们的产品。毕竟李惟诚自己也是从广钢集团调出来的嘛。除非广州黄埔那边的工厂暂时并未投产。"

秦老板问："广州那个厂现在进行到哪一步了？厂建好了吗？"

丁先生回答不知道。

老板问："你方便问问吗？"

丁先生想了一下，说："方便。我可以问李惟诚或打电话问许薇薇的，她是我文章的责编嘛。但最好等周处长再联系我，我就假装考虑去了，先过去看看。一看，就清楚了。"

老板问："万一周处长昨天确实是酒话，并不真打算请你去当厂长，所以不再联系你怎么办？"

丁先生说："那我就让金健华主动去问他，我不相信周处长会翻脸不认他的小师妹。"

下午下班前，秦老板让林姑娘通知全体骨干晚餐前到会议室开一个短会。

真是短会，短到只听老板说了一句话：任命丁先生担任恒基公司妈湾厂总经理兼工贸公司经理，任命汪宝珠任生产技术经理。

散会。

连给新官上任的丁总经理和汪经理说一句话的时间都没有。

老板立刻上车回香港，其他人去饭堂吃饭。丁先生和林姑娘送老板到门口。

丁先生还特意扯了一下汪宝珠，示意他也去送秦老板，但汪宝珠没理解丁先生的意思，或者说没反应过来，所以继续随大家一起去餐厅吃晚饭了。

晚餐过后，丁先生和林姑娘一起从餐厅里出来。因为他们送老板走，耽误一些时间，吃饭之后又在餐厅聊了一会儿工作，所以他们出来的时候其他人已经去加班了，整个餐厅内外全部空空荡荡，他们正打算从宿舍楼走向车间，就被横插出来的唐静堵住。唐静亮着她那招牌小虎牙，眼睛眉毛弯成月牙，亲热地冲着丁先生喊："丁大哥，祝贺当总经理啊！"

这是丁先生生平第一次被人喊总经理，自然有一点新鲜的冲动，心里不断提醒自己别得意，脸上的笑容却忍不住像荷花。

唐静又把小虎牙对着林姑娘说："林经理，我要搬走了，以后不在公司吃早餐了。谢谢您这段时间的关照啊！"

林姑娘还没来得及反应，丁先生问："你搬走了？搬到哪里去了？什么时候搬走？"

唐静对丁先生的笑容明显比对林姑娘更大，或者说更热烈一些。她绽放着热情回答丁先生："明天一早就搬，搬到振华路。"

振华路？丁先生虽然来深圳一年了，但都窝在妈湾，最熟悉的城里是蛇口，很少去罗湖那边真正的市里，所以并不清楚振华路到底在哪里，印象中在上海宾馆和罗湖之间，但到底属于罗湖还是属于福田他不知道，因为他曾一直以为罗湖和福田的分界线是上海宾馆，但听赖厂长说上海宾馆东边也属于福田，所以振华路到底属于罗湖还是属于福田他真搞不清。

"你搬到那地方干什么？"丁先生问，"很远吧？你不在厂里住了，汪宝珠知道吗？"

问完，丁先生就觉得多余，汪宝珠当然知道，他老婆从明天开始就不跟他睡了，至少不天天跟他睡了，他哪里能不知道？同时心里想，这个汪宝珠，这么大的事情都不跟我说一声！又一想，这是人家的家务事，凭什么要对我说？

"我不在精品屋上班了。"唐静说。

"不在那里上班了？"丁先生真想说那你干脆来我们工贸公司上班吧，又一想，不行，工贸公司的人已经满了，即使再增加人，也应该进一个做贸易或学石油化工的男人，不能搞得全是女人，所以他赶紧改口，问，"那你现在做什么？"

"我自己开店啊。"唐静说着，就甩起了马尾辫，与小虎牙相得益彰，搞得丁先生心里痒痒的，若不是汪宝珠的老婆，很难保证他没有进一步的想法。

"自己开店？开什么店？是自己开精品屋吗？"

唐静说不是。

丁先生问："那你开什么店？"

他们这样一问一答，就不知不觉冷落了林姑娘，仿佛她是一个多余的人，于是林姑娘说："你们聊，我先去。"说着，对唐静热情地摆摆手，先走了。

唐静又对林姑娘说了谢谢，然后看着她走远，才神秘地告诉丁先生："我卖BB机了。"

"卖BB机？"丁先生问。

唐静说是，然后更神秘地递给丁先生一个小纸袋。

丁先生问："这是什么？"

唐静回答："BB机，送你的。"

丁先生说不要，太贵重了，要几千块吧。

唐静压低声音说没有，我们拿货只要几百块。

几百块？丁先生心里想，差价这么多？难怪那么多人喜欢做生意呢，原来利润空间这么大！

"如果这样，"丁先生说，"你不要送给我了，按你的拿货价卖给我们几个吧。"

他以为唐静肯定会说没问题。送都能送，还不能便宜一点卖吗？可唐静听他这样说却显得非常失望，想了想，像是下了很大的决心才说："丁大哥，我还是送你一个吧，但另外几个我按批发价给你。"

丁先生觉得奇怪，问她为什么。

唐静说："我送你是诚心的，如果不是你丁大哥，我到现在还在安徽老家的芜湖冶炼厂的大集体里做'小妈妈养的'，是你把我和宝珠带到深圳来的，我从心里感谢你。"

丁先生说："话不能这么讲，你们能来也是帮了我的忙。你看，宝珠都当经理了，成了我的左膀右臂。"

"是的，"唐静说，"可要是你不带他来，他留在安徽，在芜湖冶炼厂，虽然是大厂，但最好的结果就是转干，不可能当上经理。厂里那么多正规大学的毕业生都没当经理，他一个电视大学毕业的哪里能当经理！"

丁先生觉得唐静讲的是实话，不禁点了一下头。

唐静接着说："丁大哥你就是我跟宝珠在深圳的恩人和靠山。就说我这次通过新股认购赚十几万吧，说到底还是依靠你，不仅因为你给我们提供了工厂这个平台，而且危急时刻也是你帮我们出主意给我鼓励才让我渡过难关，你说现在我靠着这十几万自己做BB机生意了，送你一台BB机还不是应该的吗？"

是。丁先生心里承认唐静说得对，换上他自己，对这样的恩人与靠山肯定早就送了，而不是等到今天人家当上总经理了才送。送礼也是有技巧的，包括送什么礼和什么时机送。但他不能要求小虎牙像他一样做人，更不能拿自己的做人标准要求别人。想了想，丁先生说："行。你送我一个，我接受。另外我再买几个，也算照顾你的生意。"

"好嘞！"唐静欢快地一笑，小虎牙和马尾辫翩翩起舞，问丁先生，"你们买几台？"

"我算一下哦，"丁先生回答，"我自己已经有了，不算，另外林经理、汪宝珠、赖厂长、王秋玲、金健华，总共五台。你算一下，多少钱，我给你。"

唐静则问："我按什么价？市面价还是批发价？"

"当然批发价。"丁先生说，"市面价我也买不起这么多呀。"

"买不起？"唐静不解，"这么大的公司连几个BB机都买不起？"

"不是公司买，"丁先生说，"是我自己买。"

"你自己买？"唐静更加不解了。

"当然是我自己买。"丁先生解释说，自己下午才跟老板谈妥了，工贸公司被他承包了，有业务提成，但开展业务的一切费用包括现在为业务员配BB机的钱老板都不管了，都在他的提成里面出，所以，买BB实际上等于用他自己的钱。

唐静愣了半天，说："如果这样，那我只能按进价给你了。"

丁先生说："不行，你做生意，不能一分钱不赚。"

唐静说："那也不能什么人的钱都敢赚，老天看着呢！"

最后他们商量的结果是：汪宝珠的BB机不用丁先生买了，唐静自己送给老公，丁先生自己的也不用买，同样是唐静赠送，林经理、赖厂长、王秋玲、金健华四个人按批发价。

因为买了BB机，所以去茂名就有些捉襟见肘。丁先生不得不向公司预支一部分钱。他这次去茂名是打算事后感谢的，身上的现金必须充足，否则干脆不去。

丁先生虽然是总经理，但他不断提醒自己不要当真，因为无论老板封他什么头衔，自己实际上都是给秦昌桂打工的，秦老板在工厂的时候，秦是老板，秦在香港的时候，林姑娘是老板，而不管林姑娘的表面职位在他之上还是在他之下。再说，即便自己真和林姑娘平起平坐，现在他需要预支差旅费，总该跟林姑娘打个招呼。

林姑娘相当配合，那配合态度，她边签字边抱怨丁先生不该帮她买BB机，说她天天守在工厂，守在电话旁边，完全没必要在腰间别个BB机。

丁先生说那不行，你不出去不知道，听唐静说，现在深圳满大街是人是鬼腰间都挂个BB机，你一个堂堂的港资企业经理，身上连个这玩意儿都没有，人家还以为你这经理是冒充的呢！

林姑娘的脸上始终挂着笑，但那是职业的微笑，可她今天却被丁先生一句冒充逗出发自内心的笑来，后者与前者的区别在于一笑起来就收不住，事实上，整整一天林姑娘想起冒充来她就忍不住笑，以至于王秋玲和金健华背后说林姑娘发痴了。

在带谁去茂名的问题上，丁先生费了一番脑筋。因为按照他自己的布置，工贸公司内部有一个侧重分工，王秋玲侧重茂名这边，金健华侧重李惟诚那边，所以他应该带王秋玲去茂名，可一想到上次是派两位女将一起去的，这次突然把其中的一个换成他自己，不仅对金健华可能造成伤害，而且也可能让对方感到奇怪，最后还是决定把两位女将全部带上，也避免他单独带王秋玲出差招闲话。

路过广州，丁先生问金健华："周处长跟你联系没有？"金健华回答没有。这反而让丁先生产生好奇感，竟怀疑周处长是不是骗子。

不可能啊，只要李惟诚和许薇薇的身份是真实的，周处长的身份就不可能造假，而他一个广钢集团的处长，怎么可能是骗子呢？再说他骗我什么呢？

为一探究竟，丁先生决定给许薇薇打个电话。或可和许薇薇再进一步聊聊周处长，以及周处长上次说的事。

电话打通，丁先生说自己出差，路过广州，想请许社长吃个饭，还说上次来深圳没请成，单让李主任买了，自己过意不去，所以今天想弥补一下。

本以为许薇薇会推辞一下，没想到她非常爽快地答应。

丁先生说自己对广州不熟，地点由您定，您说哪里，我们打个出租车过来就是。末了，又报出自己的BB机号码，方便联系。

许薇薇说那就在我们冶金厅门口吧，客家餐馆，很实惠的，客人来了我们一般都选择这里。

丁先生说好。您熟，您先订个包间，我们到了直接报上您的大名，就能找到房间。

许薇薇说行。

出租车到了省冶金厅大门口，往回走几步，找到客家餐馆，报出许社长的大名，被咨客带进一个房间，看见许薇薇已经在里面了。

寒暄自不必说，丁先生首先申明："今天千万不要客气，一定让我埋单。"

许薇薇说不用的，我可以签单。

丁先生说不行，坚决不行。并让王秋玲现在就去收银台把押金交上。

许薇薇不再争执，说好，你们埋单，但不必交押金，埋单的时候说我的名字，还可以打八八折。

入座，许薇薇拿出几本散发油墨香的《新材料》杂志。头条就是丁先生那篇《先进设备是保证钢格板新材料质量的关键》。丁先生说了一些感谢的话，两位女将也争相阅读，赞不绝口。但丁先生很快注意到文章的题目被改了，把之前的产品二字换成了钢格板新材料，而把之前的副标题"以香港恒基公司深圳妈湾厂钢格板新材料为例"删了，可这几个字相当重要啊！相当于是给恒基公司做广告，现在广告没有了，真成论文了。丁先生还不能当面向许薇薇表达不满，因为都出刊了，表达不满也于事无补，只能自我安慰地想，《新材料》杂志毕竟是广东省冶金厅办的，既然他们广钢集团也上马一个钢格板生产厂，当然不能再为竞争对手做广告。

想到这儿，丁先生问许薇薇："方便把周处长也请来吗？"

许薇薇说已经给他打电话了。

正说着，周处长就推门进来，包房的气氛顿时更加热烈，主要是周处长嗓门比较大，见到小师妹小金又格外兴奋与热情。

周处长问丁先生："上次对你说的事考虑了没有？"

丁先生故意看王秋玲一眼，暗示有同事在，这话不方便说。

周处长也是精明人，不再问。

丁先生主动说："如果方便，吃过饭我想去你们黄埔开发区的工厂看看。"

周处长也看王秋玲一眼，似把她当成唯一的外人，然后才说好，没问题。

车坐不下，许薇薇说下午还有事，就不去了。

周处长已经当仁不让地坐在副驾驶的位置上。丁先生则没有像上次周处长那样坐在两位美女中间，他让王秋玲坐中间，自己和金健华一人坐一边，似预防周处长吃醋。

不是他多心，而是他察觉到周处长与小师妹之间有眼神交流，还刻意避着他。

黄埔开发区比丁先生想象的远，好像穿越大半个广州市，出了城之后还要走一段路程。到了之后才发现，真有一个钢格板厂，不像老板估计的那样只是一个设想，而是已经开始安装设备了！看来果真即将投产，只差一个厂长。

几个人在周处长的带领下转了一圈，进休息室休息。丁先生暗示金健华带王秋玲去洗手间，让他和周处长单独聊几句。

周处长再次问丁先生考虑得怎么样了。

丁先生问："如果我过来，老婆好安排吗？"

周处长问丁先生的太太是做什么的。

丁先生回答："和我一样，冶金部马鞍山钢铁设计院的工程师。我已经来深圳一年，她还在原单位，但不能一辈子分居啊。"

周处长说："一个系统的呀，是我们校友吗？"

丁先生说："不是，是马鞍山钢铁学院电器专业毕业的。"

"那还有什么说的？"周处长说，"正好对口！这么大一个广钢集团，还怕找不到你夫人的位置吗？不用找别人了，这事我包了！"

丁先生回答："好，那我回去打电话跟老婆商量一下。"

他这样说不是敷衍周处长，而是真有些动心了。但毕竟在出差的路上，所以他还没有来得及给老婆打电话，就先跟小师妹金健华商量了。

在茂名，按照丁先生之前的考虑与布置，今后这单归王秋玲跟踪维持，下次再来，他和金健华可能就不陪着了，丁先生鼓励王秋玲要独当一面。这点，他不仅事先跟二位女将沟通好了，而且到了茂名之后也当面跟客户表达了这个意思，所以，在头一天丁先生拜访对方关键人物之后，第二天他就带着金健华先回深圳，留下王秋玲一人继续在茂名石化跟踪。

如此，回来的路上，丁先生与金健华就有了单独相处的充裕时间。

丁先生对金健华有一种天然的亲近。源于校友，也源于小金是被他挖来的，还源于他们是半个老乡。老家虽然不在一个省，但都紧挨着南京，特别是丁先生当年在马鞍山钢铁设计院的时候，经常去江苏的乡镇企业服务，武进、戚墅堰、硕放、靖江这些地方他都很熟，而金健华工作的常州冶炼厂好像就在戚墅堰，所以他从心里就感觉自己跟金健华很近。在回程的路上，丁先生问金健华对周处长提议的看法。

金健华比较谨慎，说这主要看丁先生自己的想法。

丁先生说："我一开始没想法，去黄埔的工厂看看也是想探听虚实，看他们的工厂进展到哪一步了，知己知彼嘛，这也是秦老板的意思，但前天听周处长说能帮我爱人安排工作后，就有点想法了。"

见金健华不作声，丁先生又补充说："我老婆保守，不愿意像我一样打工。"

金健华笑，说到了广钢集团还是打工啊。

丁先生也笑，但他是苦笑，说："是啊，这就是你作为深圳人的觉悟啊，但在我老婆的观念中，给私人老板做事是打工，进广钢这样的国企就不算打工了。"

金健华问："你和你爱人感情怎么样？"

丁先生居然被问住了，因为他从来没想过自己和老婆的感情到底怎么样。他甚至都不知道夫妻感情的衡量标准。感情是可以被量化的吗？丁先生愣了一下，反问金健华："你和你爱人感情怎么样？你来恒基几个月了，我怎么没见他来看过你？"

金健华把脸侧向另一边，深深叹出一口气，吐出两个字："一般。"停顿一下，再加两个字："非常一般。"

丁先生问："什么叫一般，还非常一般？"

"我不知道。"金健华说，"我是因为照顾夫妻关系才从江苏常州冶炼厂调到深圳华美钢铁的，但来了之后并没有实现团聚。他们单位只有集体宿舍，我第一次来的时候是他们同事互相挤一挤，腾出一间宿舍让我们俩住到一起，但这显然不是长久之计，也不好意思，再说挤在他们宿舍我每天上下班也不方便，所以就搬到华美的集体宿舍了。之所以决定跳槽来恒基，一个重要的考虑就是看上你们提供单独带卫生间的宿舍，可我有了单独宿舍之后，他却一次也不过来，这反倒让我更加感觉自己天天守空房了。"

丁先生听了这话想笑，可是笑不出来，也不忍心笑。他能理解金健华的苦楚，他不能笑话小师妹的痛苦，再说，他有什么资格笑金健华呢？他的处境又比金健华好多少呢？女人的苦楚重在内心，男人的痛苦重在生理，谁能说清楚内心的痛苦和生理的痛苦哪一种更痛苦？

丁先生也叹出一口气，为金健华，也为他自己，然后问："你先生是不是有点内向？"

"一般。"金健华回答，"我觉得他一般。不算很内向，但肯定比你内向。"

"比我内向？"丁先生问。是真问，因为他不知道自己的性格属于内向还是属于外向。

"是。"金健华说，"你起码能让人感觉到你内心的激情。"

"是吗？"丁先生问，"你能感觉到我内心的激情？"

问完，丁先生自己就想起上次带金健华去赖厂长家，她坐在摩托车后面侧过身子把耳朵贴在他背上的情景，难道当时自己的心跳加快，被她听出来了？

"我感觉你对哪个女性都比较体贴。"金健华说。

"是吗？"丁先生不知道这话算表扬还是算批评，更加好奇，问，"我对哪个女人都比较体贴吗？"

"你不知道？"金健华问。

丁先生摇头，表示自己真不知道，但他很希望金健华能举出具体的例子，他怎么对所有的女性都比较体贴了。

金健华笑着说："我一来就听说你跟林姑娘很暧昧了。"

丁先生心里承认可能确实如此，毕竟是搭档嘛，一男一女两个"搭档"，如果一点不暧昧，就肯定关系紧张，无法合作，不是说"一山不容二虎，除非一公一母"吗，一公一母在一座山上和平共处，哪能一点不暧昧？但他嘴上却说："这个真的没有。"

金健华笑的幅度放大，说："我相信你们真没有。"

"你相信？"丁先生高兴地问。

金健华点点头，说："我当然相信，因为你对我也很亲近，但我们之间什么事也没有，所以我才说你'内心的激情'嘛。"

丁先生真想问，是吗？我对你很亲近吗？真是深圳人，这样的话也敢说！难道是守空房守的？

但他并没有这样说，斟酌了一下，问："被你看出来了？我以为自己隐藏得很好呢。"

金健华"啧"了一声。

"告诉我，哪里被你看出来了？"丁先生问。

他心里想，即便我当时心跳加速，也是被你"贴"出来的，你是州官，我是百姓，你能放火，我不能点灯吗？谁知金健华却说："比如这次，你带我先走，把王秋玲一个人丢在茂名，仿佛纵容她与刘主任亲近，换上是我负责茂名这个单，你未必这么做。"

是吗？丁先生问自己。

未必。丁先生心里想，换上你，为了公司的业务，我照样这样做，现在我就巴不得你贴上李惟诚呢！

但他肯定不会这么说，同时发觉自己的卑鄙，为了公司的业务，居然乐见自己的女下属与客户之间关系暧昧！可是，生意场上不都是这样吗？

丁先生发觉话题扯远了，他原本是与金健华商量他们要不要跳槽到广钢集团的，怎么聊着聊着就聊到暧昧上了？再这么聊下去，自己和小师妹就真暧昧上了。

不行，必须回到正题，他问金健华："撇开老婆的工作安排，你觉得我们该不该接受周处长的邀请，跳槽去广州？"

"不是我们，"金健华纠正说，"是你。"

"可这是周处长给我开出的条件啊，"丁先生说，"当时你也在场，他就是这么说的。"

金健华"啧"了一声，说："正因为我当时在场，所以他这话才最不能当真。人家是请你过去当厂长的，见我在场，顺便客气一句，我都没当真，你当真了？"

丁先生很想跟小师妹解释，在这个问题上，男人常常会以玩笑的形式表达自己真实而隐蔽的想法，这个你们女人不懂，还自以为很懂，但我们男人一听就明白，可他立刻觉得没必要跟小师妹解释这么清楚，否则又扯远了，于是说："好。不说我们，就说我自己，你觉得我该不该接受周处长的邀请，跳槽到广钢集团当这个钢格板厂的厂长呢？"

"我已经回答你了，"金健华说，"这主要看你自己怎么想。"

"我现在不知道自己怎么想，"丁先生说，"思想有点乱，所以想问你，旁观者清嘛。"

金健华矜持了一下，回答："我理解。这个问题对你太重要了，所以你下决心之前必须找个人商量商量，但又不想扩散，所以只能找我商量，因为只有我知道这个事的来龙去脉。"

"对！"丁先生说，"就是这个意思！"

"我刚才已经说了，"金健华说，"这要看你和你爱人感情好到什么程度，因为说到底，你答应去广州唯一的考虑就是他们能帮你爱人落实一份不是打工的工作，否则你根本不用考虑，是不是？"

"是。"丁先生回答。

"那就简单了，"金健华说，"如果你认为自己为了老婆可以放弃事业，就毫不犹豫地去广州，否则就根本不用考虑。"

"是吗？"丁先生问。

金健华点头，表示"是"。

丁先生想了一下，像自言自语一样轻声问："如果不是为了老婆，我根本就不用去广州？"

"当然。"金健华说。

"为什么？"丁先生问。

金健华似乎也想了一下，然后才说："如果你仅是为了给你爱人谋得一份不是打工的工作，那还不如把她留在马鞍山设计院，因为，冶金部设计院肯定比广钢集团的任何岗位都更属于不是打工的岗位。"

"倒也是。"丁先生说，"毕竟设计院还是事业编制嘛，当然比企业更符合不是打工。那就把她留在马鞍山设计院？我们一辈子分居？"

"那又怎么样？"金健华反问，"我倒是为了不分居才调到深圳来的呢，又为了不分居才从华美钢铁跳槽到你们恒基来，结果怎么样？不还是分居吗！"

丁先生被她说愣了。是啊，这么简单的道理，自己怎么就没想明白呢？

金健华最后说："我算是想明白了，夫妻感情好，不在一地也天天想念，夫妻感情不好，到了一地也仍然分居，并且还天天抱怨。我自己就是活生生的例子。再说啊，如果你们的感情真的很好，她就不该提任何条件，什么算打工还是不算打工，既然你已经来深圳一年了，而且已经当上港资企业的总经理了，她就该立刻毫不犹豫地跟过来！你回去就给她打电话，不是商量去不去广州，而是说你已经帮她联系好深圳的单位了，就是我们华美钢铁。我也跟周处长一样，在你面前夸个海口，这事你不用找别人了，我保证能帮你爱人在华美钢铁谋个位置。"

这话金健华还真不是夸海口，回深圳之后，她出面把唐总工约到海上世界，丁先生请客，把情况一说，唐总满口答应，说："好，欢迎，你太太就来顶小金的位置，在总师办了！"

丁先生听了还心虚，说我爱人除了会画图纸，别的哪方面都不如小金。

他说的是实话，自己的老婆真的远不如金健华年轻漂亮，谁知唐总工说好，我就缺少一个专门会画图纸的助手，还说他自己的眼睛老花了，别的都还行，就是画图纸吃力，丁总你夫人要是能来屈就，可算是帮我们大忙了！

可最终丁先生的夫人却并没有来。并不是华美钢铁的唐总工说话不算话，也不是丁先生的老婆嫌弃华美钢铁总师办的位置仍然是打工，而是她的大弟弟带着自己的女朋友开着丁先生为他买的那辆摩托车去南京的时候出了车祸。

事故地点位于江苏和安徽的交界处，那地方正好有个大拐弯，而且属于两不管地带，两边的道路都修好了，唯独留下交界的几十米坑坑洼洼，一辆从马钢拉钢板去江苏的平板车经过这里，猛一拐弯，摔下一张薄板，把骑摩托车的大舅子脑袋给削了！而他女朋友坐后面抱住他，像金健华坐在后面侧身耳朵贴在丁先生的后背上一样，也把耳朵贴在大舅子的后背上，结果只是头皮削掉一层，其他地方没事。

老婆肯定不能来了。岳父岳母白发人送黑发人，这节骨眼上，老婆哪里忍心丢下悲痛欲绝的父母离开安徽来深圳？而且岳父岳母也不想再见到这个女婿了，当初他给大舅子买摩托车的时候岳父就反对，说那玩意儿简直就是活棺材，丁先生当时没在意，以为是岳父不想花女婿的钱故意这么说的，没想到一语成谶，还真出车祸了！

丁先生也感觉自己是罪人，仿佛是他害死了自己的大舅子一般，都不知道该怎么去见岳父岳母，最终只好同意老婆离婚。

少了给老婆安排工作这个因素，丁先生更不会去广州了，最后去广州的，居然是金健华。

当然，她没有担任厂长，只担任厂长助理。

丁先生事先估计得没错，果然是周处长出任广钢集团黄埔开发区钢格板有限公司的董事长兼总经理，最凑巧的是，周董事长手下的两个助手均来自香港恒基公司深圳妈湾厂，一个是负责销售的金健华，另一个是负责生产的香港人黄先生，就是被秦老板炒掉的那个黄师傅。金健华勉强算是丁先生引荐的吧，黄师傅怎么跟周联系上的就不清楚了，只不过黄在广州的称呼变了，不叫黄师傅了，被尊称为黄先生。为配合新身份，黄师傅养起了八字胡，上唇的胡须修剪得很整齐，给人的感觉是天天修剪，像北方机关里的冬青树一样整齐，果然一看就是先生的样子。是不是能胜任生产技术管理先不说，起码他曾经是香港恒基的香港师傅这点不假，听上去唬人肯定没问题。那么，丁先生又想，当初周处长邀请我去广州黄埔，是真看上我的管理能力与经验呢，还是也想拿我这个港资工厂总经理的经历去唬人呢？

管他是不是，幸好没去。

小金决定离开深圳去广州也经过一番挣扎。她跟丁先生不止一次地长谈，商量到底去还是不去，但最后，在事业为重的考虑下，去了。

丁先生估计得没错，他与李惟诚的关系再好，也好不过许薇薇与李惟诚的关系，不然，李惟诚从广州调到南海石油深圳办事处当主任的时候，也不可能推荐许薇薇接任《新材料》杂志社社长，再说，李惟诚也算是从广东省冶金系统出来的人，海上石油平台的业务当然优先给广钢集团，所以无论恒基公司这边怎么下功夫，最终南海石油这单业务肯定是给广钢集团的黄埔钢格板厂。

这就有点委屈金健华了，因为按照丁先生的内部分工，王秋玲侧重茂名石化，金健华侧重南海石油，结果茂名石化那边风生水起，不仅一期工程二期工程三期改造全部订购深圳恒基的钢格板新材料，而且王秋玲还从茂名石化的人脉出发，把业务拓展到全国各地的石油化工企业，包括东北、华北、山东等地，而金健华这边无论怎么努力，李惟诚也不可能出卖老东家广钢集团的利益来照顾香港恒基深圳公司，所以，不管丁先生在奖金上做怎样的平衡，王秋玲的业务提成都远远高于金健华。这不仅是钱的问题，还有成就感和脸面的问题，所以，周处长成功策反金健华的最后一根稻草就是他接受李惟诚的建议，同意如果小金从恒基跳槽到广州黄埔，南海石油这个大单就算是金健华带过去的。在如此巨大的商业利益面前，丁先生也不好意思再做金健华的工作，他感叹，体制的转变是根本的转变，在市场经济体制下，商业利益是任何决策的最终依据，假如说金健华从江苏常州调到深圳华美是为了照顾夫妻感情的话，那么她再从深圳跳槽广州则完全屈服于商业利益，她之所以挣扎并与丁先生一次次长谈，是因为她毕竟是从计划经济体制里走出来的，让她再回到计划经济体制的广钢集团，等于又经历一次"反蜕变"，所以挣扎，而丁先生在与小金一次次长谈的过程中，也完成了自己的"蜕变"，一个典型的标志是，他为了能进深圳户口，居然主动放弃自己的干部身份，以工人的身份落户深圳，成了深圳的户籍人士。

这是那个年代的深圳历史。外资企业或私营企业没有干部编制，当然也就没有干部指标，所以即使像丁先生这样的外资企业总经理，要想落户深圳，也只能委曲求全地利用每年市劳动局下发的招调工指标以工人的身份入户深圳。

由于深圳的企业太多，市劳动局不可能每年向每个企业下发指标，只能采取两个办法。第一是层层下发，市里下发到各区，各区下发到各镇，各镇再下到各村；第二是各村根据辖区内企业多少再分两年或三年一批，于是不是每年都有招调工入户指标，要好几年才碰上一次。丁先生和汪宝珠赶上第一批。不是他们搞特权，而是只有他们愿意出两万元的城市增容费。丁先生毕竟是总经理，出两万元增容费不是问题，而汪宝珠也能拿出两万元落实深圳户口，据说是他老婆唐静帮他出的钱，条件是，恒基公司也顺便给唐静一个入户指标。这个没问题，恒基在妈湾也算大厂，只要赖月娥去争取，多一个指标没问题，而唐静在华强北的商店已经从卖BB机拓展到批发电子配件，客户遍布整个珠三角乃至内地，经营方式也从C2C（消费者与消费者之间的电子商务）拓展到B2B（企业与企业之间的电子商务），每个月流水百万，帮老公出两万元"增容费"小菜一碟。

唐静帮汪宝珠出城市增容费解决深圳户口的做法赢得丁先生的尊敬，他一直有一个偏见，认为男人帮女人花钱天经地义，而女人帮男人花钱就值得敬佩，但是，他没想到，唐静帮汪宝珠出钱是有条件的，这个条件是：汪宝珠同意跟她离婚。

丁先生闻后十分震惊。这成什么事啊？总共招聘四个大学生，刚来就离了一个，现在又要离一个，加上他自己，不管什么理由什么原因，总离婚率不是超过百分之五十了？

不行，这次他一定要干预！

丁先生很生气。以前他只听说男人有钱就变坏，现在怎么变成女人有钱也离婚了？

凭推测，丁先生估计是唐静因为做生意的需要，结识了一批有钱的男人，甚至为了业务，与一些男人玩暧昧，但玩着玩着，其中一个就玩出了真感情，于是再看汪宝珠就不顺眼了，甚至嫌弃了，就闹着要跟汪宝珠离婚了。为了达到离婚的目的，不惜花两万块钱帮汪宝珠出城市增容费，以为这样也算对得起他了。

不行！肯定不行！

汪宝珠唐静夫妇是丁先生通过校友谷裕从老家的芜湖冶炼厂挖过来的，可以肯定地说，如果不是他，这对夫妇在老家一定安安稳稳地过日子，虽然不如现在有钱，但好歹有个完整的家呀！所以，现在闹到这个地步，他丁先生是有责任的，他必须管。

他知道汪宝珠三棍子打不出一个屁，跟他谈话像挤牙膏，你使劲问一句，他才回答半句，不如唐静痛快，再说解铃还须系铃人，这事关键在唐静，他不找唐静找谁？好在丁先生现在是总经理，出门很自由，只是出于礼貌跟林姑娘打个招呼，跨上"大铁马"就走了。

骑到南山公安分局门口，对门卫说自己是赖月娥的同事，摩托车帮忙照看一下。那人见过他跟赖月娥一起来过，也是存摩托车，似乎有印象，但印象不深，所以不冷不热点了一下头，丁先生赶紧问对方什么时候方便，得闲喝茶。对方终于笑了一下，丁先生才放心地离去，招手叫了一辆出租车，奔华强北。

其实中巴车也很多，但丁先生现在有钱了，再说时间就是金钱，他现在收入高了，时间更值钱，打出租车反而省钱了。

出租车的另一大好处是直接把他送到华强北电子市场。

好大的市场，像菜市场。一个一个小柜台，像做小买卖的，甚至还不如小买卖的摊位面积大，但据说每个摊主都身家百万。这话丁先生信，因为汪宝珠说过，唐静这个摊位是花三十万转让来的，当时汪宝珠还不同意，两人吵过，假不了。转让费就要三十万，摊主的身家当然会有百万。

丁先生找到唐静的时候，她一边接电话，一边给一个客户开票，旁边还有一个客户在等着。她不时地抬起笑脸对那个人招呼一下，生怕冷落了对方。丁先生排在那个人后面，唐静一边打电话一边开票的空当，也偶尔抬起笑脸对丁先生招呼一下，意思是对不起，稍等片刻。第一下没注意，第二下再抬起头的时候，才发现这个顾客是丁大哥，表情立刻爆炸，像异国他乡见到久违的亲人，虎牙翘到了嘴唇外。

丁先生被她感染了，忽然意识到他们真像亲人，见她如此忙碌，不禁心疼起来，恨不能立刻帮她，却不知怎么插手，更担心越帮越忙，只能安慰说我没事，你先忙。

但唐静的业务似乎是忙不完的，这单还没走，下一单又来了。丁先生毫无怨言，一直等到市场关门，才和唐静一起出来。

丁先生问唐静："今晚你有什么事？"

唐静说："再有事也不能怠慢你。今晚一切听丁大哥安排。"

丁先生说好，一言为定。

唐静说一言为定。

丁先生扬手拦出租车。可惜正赶上高峰期，拦了半天都没拦到。

丁先生边招手边跟唐静解释："我不放心摩托车，赶快打的去南山公安分局门口，然后再考虑吃晚饭的事。"

唐静不说话，自己也帮忙招手。

美女拦车的成功率确实比男士大，终于有一辆出租车在唐静面前停下。唐静拉开车门，却让丁大哥先上，然后她才上。司机发觉上当，也不敢拒载或变卦，只好载着他们沿深南大道一路向西。

唐静说："不好意思，耽误你一下午时间。"

丁先生说："没关系。没时间客套了，反正司机也不认识我们，我就对你直说了吧。"

唐静点头，说："好，丁大哥有话直说。"

"我对你怎么样？"他问唐静。

唐静点头，说："我真把你当大哥啊！有话直说。"

丁先生说："我信，因为我一直把你们当亲人。"

唐静似感动了，眼睛湿润。

"我是说真的。"丁先生说，"特别是你。每次一见到你，一看见你的小虎牙，听见你带着乡音的讲话，我就感觉自己异地他乡也并不孤独。真的。"

丁先生说着，自己竟然哽咽起来。唐静则开始哭得稀里哗啦。

　　两人收拾一下眼泪，调整一下情绪，丁先生说："如果你真拿我当大哥，听我一句劝。"

　　唐静含泪点头，算是答应了。

　　丁先生非常高兴，以为自己终于做了一件能抵修建一座庙的丰功伟绩，挽救了一场婚姻，但他似乎不放心，又加强一句确认一下："宝珠那边你放心，只要你答应不离婚，我让他保证对你既往不咎。"

　　唐静还是那样含着眼泪点头，但点到一半，停住了，眼泪也瞬间止住，惊恐地瞪着大眼看着丁先生，问："丁大哥，你说什么啊？"

　　丁先生疑惑了一下，把刚才的话又说一遍，再次强调"既往不咎"。

　　"哈哈哈哈……"唐静突然狂笑不止，把丁先生笑傻了，连司机都以为车上拉了一个神经病。

　　唐静终于止住笑声，但仍然忍不住略带残余笑容地对丁先生说："丁大哥，你知道吗？你是这世界上最可爱的人。"

　　"我？"丁先生问，"最可爱的人？你不是把我当志愿军了吧？"

　　"你以为是我出轨了吧？"唐静仍然忍不住笑着问，"以为是我有钱了，出轨了，想跟宝珠离婚了对吧？"

　　丁先生问："不是吗？"

　　"错！大错特错！是他汪宝珠出轨了！不要我了！要跟我离婚了！"

　　"啊?!"丁先生张大的嘴巴忘记合上，唐静则重新恢复痛哭状态，并且是那种劝都没办法劝，也收不住的悲痛欲绝的痛哭流涕！

　　车到南山公安分局，天刚黑，但门卫已经换岗，他那辆摩托车成了孤家寡人，孤零零地立在公安分局大门口的露天停车场上，好在刚下班不久，加上在公安局门口，所以还没有来得及被小偷偷走。

　　丁先生怀着失而复得的心情打开车锁，发动，驮着唐静开走。

　　骑到不远处南新路口一家餐馆坐下，先喝水，后点菜，然后丁先生对唐静说："吃过饭不如你先跟我回厂里，我叫上宝珠我们一起好好谈谈，明早我再把你送回公安分局门口，你自己打的士回华强北。"

　　唐静乖巧地点头，哭肿的眼泡看着令人心疼。刚才一路的哭诉，丁先生已经听她说是汪宝珠和王秋玲好上了，也是玩真的，所以要跟她离婚。丁先生刚开始不信，因为汪宝珠一看就是老实人，不可能主动勾引王秋玲，但要说王秋玲主动，似乎更无可能，身边那么多男人，韩建、何葆国一个个虎视眈眈，像饿狼似的，王秋玲即便想找一个临时情人，也不用找老婆在身边的汪宝珠啊！再说王秋玲名牌大学毕业，理论上瞧不上电视大学毕业的汪宝珠啊。香港人不懂，内地人谁不知道电视大学毕业只属于非全日制的大专？不过也不一定，深圳不像内地，其他地方外资厂更不是国营大厂，学历不是那么重要，汪宝珠电视大学毕业不是照样当上生产技术经理，成为韩建和何葆国的上司了吗？而且说实话，汪宝珠似乎比丁先生更胜任生产技术经理这个角色。

但丁先生仍然不解，甚至心里多少有点酸酸地想，你王秋玲若是看上职位，为什么没看上我呢？毕竟我还是总经理呢！而且我已经和老婆离婚，正宗的单身，找我，你起码不用承担破坏别人家庭的罪名嘛！

对王秋玲，丁先生还真有过这个想法，只是想到自己和老婆离婚不久，加上兔子不吃窝边草，所以没好意思立刻下手罢了，但如果是王秋玲主动，那就不好说了，可她王秋玲并没有对丁先生主动，却对汪宝珠主动了！不是奇了吗？

刚才在出租车上，丁先生起初否定唐静的说法，骂她疑神疑鬼，问她有什么证据。唐静回答有！说她是短发，但在床上却发现长发，而全厂只有隔壁宿舍的王秋玲是长发！不是她是谁？

丁先生说那有可能是王秋玲来你家坐坐呢，不小心头发落到你家床上了呢，不能只凭几根长发就断定她跟你老公有一腿吧？

唐静回答是啊，我一开始也是这样安慰自己呀，可自己的男人是不是变心了，老婆即便没有直接的证据，也是能感觉到的呀。

丁先生问她怎么感觉到的？感觉到了什么？有什么感觉？唐静当时看一眼前面的司机，没说，似实在不好意思说。现在，两个人在南新路口的小餐厅坐下了，身边没了司机，总该好意思说了吧？可唐静仍然不说，似仍然不好意思说。

丁先生强调我是你大哥，相当于你在深圳的家长，我又是过来人，出了这样的事，你跟家长都藏着掖着，我怎么帮你做主？

唐静似乎下了很大决心，想说，但仍然说不出口，最后，实在碍于家长的面子，有所保留地说："你不要看宝珠表面老实，其实以前我每次从华强北回来，他都是猴急猴急地往我身上扑，可最近突然变了，变得蔫不啦唧的了，我就是主动逗他，他都没有起色，丁大哥，既然你也是过来人，你说，这正常吗？"

"是不正常。但也有可能是其他原因呢？比如汪宝珠当上经理后，又是增产又是扩建又要加班，工作量骤增，压力巨大，身体突然不行了呢？这也是有可能的呀。"

"这个我也想了，"唐静说，"但联想到床上的长发，不得不令我生疑，所以我就诈他，说有人看见王秋玲半夜从我家宿舍里出来了。"

"他怎么说？"丁先生问。

唐静回答："他问我是谁看见的，是不是丁工看见的。我问他为什么怀疑是丁大哥看见的呢？他说因为只有丁工那个房间的窗户对着我们这栋宿舍。"

"这么说……"丁先生没敢让自己的怀疑说出口。

"对呀！"唐静说，"他这就等于承认王秋玲确实半夜从我家出来的呀！至于谁看见的谁说的，并不重要啊！"

"他承认了吗？"丁先生问。

"不承认有用吗？我步步紧逼，最后他扑通一下跪在我面前，求我放过他，求我成全他和王秋玲！"

"真的？"丁先生问。

唐静说："不相信马上回去当面对质！"

回到工厂，工人们还在加班。现在几乎天天加班，国内的钢格板市场真比国外大，尽管在车间和宿舍楼之间的空地上建起了工棚，整个金属加工车间搬到主厂房之外，腾出的地方增加一台锻焊机和一套热浸镀锌设备，产能增加一倍，但仍然满足不了各地石化企业升级换代引进先进设备和国内消化移植到钢格板新材料的需要，不天天加班不行，而且加班的时间有所延长。好在工人们喜欢加班。生产扩大一倍之后，除了汪宝珠写信或打电话邀来的几个骨干之外，又增加了几十号工人，其中就有从隔壁的ABC跳槽过来的，跳槽的理由居然是恒基公司天天加班。晚上加班一小时按白天上班一个半小时计算工钱，还免费供应消夜，所以工人们愿意加班，天天加班并且加班延时竟成为恒基公司吸引新人的一大优势。

丁先生支好摩托车，立刻去找林姑娘。可找了一圈居然没找到。

奇怪，她能去哪里呢？

丁先生打她的BB机，林姑娘很快自动冒出来了。悄悄跟丁先生解释，她太累了，晚饭后在床上躺了一会儿，没想到睡着了。

丁先生说："应该的。等一下工人下班了，我们还要全厂内外巡视，天天如此，你哪里受得了？我们毕竟不如工人年轻啊！"并建议林姑娘今后每天晚饭后都要争取休息一下，不能把身体累垮了，又说："你万一垮了，公司怎么办？我怎么办？"

然后，没等林姑娘表达理解万岁和感激，丁先生就立刻把她叫到二楼会议室，将汪宝珠要跟唐静离婚跟王秋玲结婚的情况一五一十详细告诉林姑娘。

林姑娘大约是被生产任务压得两耳不闻窗外事，她居然也完全没有听说这件事，而且听丁先生说后也很震惊，却不知道该怎么办。她问丁先生怎么办。

丁先生说："我听了之后第一个想法是立刻告诉你，因为这属于行政后勤范畴，然后与你一起找当事人谈谈，核实确认之后，再向老板汇报。"

林姑娘先是点头，接着说好，后说那我现在就去找他们上来。

丁先生抬起手腕看了一下手表，说："这样吧，我们先分别找他们聊聊，我找汪宝珠，你找王秋玲，十分钟后我们到会议室集中，大家一起商量一下怎么处理。"

事情肯定是真的，汪宝珠和王秋玲也肯定是商量好的，所以他们俩态度高度一致，敢作敢当，承认他们俩好了，希望丁先生和林姑娘成全他们。

丁先生很生气。他分别跟汪宝珠和王秋玲单独谈了话。对汪宝珠，他大声质问："我成全你们，谁成全唐静？她到底做了什么对不起你的事，才惹得你下这么大狠心坚决把她抛弃？"

汪宝珠不说话，掏出香烟。他原本不会抽烟，但被他邀来的几个芜湖人个个抽烟，而且每次抽烟都要给汪经理敬烟，久而久之，汪宝珠就学会了，这时候他也学着几个芜湖老乡的样子，给丁先生敬烟。

"我不抽你的臭烟！"丁先生严厉怒吼，"你也不许抽！老老实实回答我的问题！"

汪宝珠果然老老实实地把香烟收起来，却并没有回答丁先生的问题。

丁先生继续吼，像审犯人，一定要他回答，最后，汪宝珠真给丁先生的面子，极不情愿，但非常坦白地回答："丁工你知道，我就是一名工人，虽然上了几年广播电视大学，但也没来得及转干就到深圳来了，所以理论上还是工人。"

丁先生不禁点了一下头，承认他说得对，但这不是他要的答案啊，他甚至都没明白汪宝珠说这话是什么意思。

汪宝珠继续说："王秋玲是大学生，名牌大学毕业，在老家，这样的女大学生我们连看都不敢多看一眼，想一下都觉得是犯罪，可现在，她却主动找我，丁工你说，我能拒绝吗？"

丁先生设身处地想了想，好像是不能拒绝，男工拒绝一名女大学生，不但不识抬举，而且也太残忍了。

汪宝珠这样说着说着，就又不知不觉把烟掏了出来，并且还先给丁先生点上了。丁先生猛吸一口烟，再使劲吐出来，然后大声问："你不忍心对王秋玲残忍，难道就忍心对唐静残忍吗？"

汪宝珠却说：唐静那么有钱，又那么活跃，再找个男人还不容易？

丁先生被汪宝珠气得说不出话，也就是在那一时刻，他猛然理解什么叫"说话不在一个频道上"了，所谓频道就是逻辑，就是两个人说话所遵循的逻辑不同，比如他和汪宝珠，在这个问题上就明显遵循的不是同一逻辑，所以各说各的理，说不到一起。

丁先生在和王秋玲谈话时，换了一个角度，他说：王秋玲，你给我出了一个大大的难题啊！

王秋玲不上套，她没有按一般的牌理问丁先生是什么难题，搞得丁先生设计好的话路差一点进行不下去。不过，丁先生毕竟是先生，短暂思索之后，马上换了一个方式，问："王秋玲，你们是不是存心欺负我？"

王秋玲仍然不按牌理问她怎么欺负他了，或者顶嘴，说你是总经理，我们哪敢欺负你？而是依然不说话，不按丁先生设计的套路提出任何问题。好在丁先生已经想好了新的对策，他不需要王秋玲的应答，依旧按照自己的思路自问自答。

丁先生接着说："按照香港企业的管理惯例，男女同事一旦发生这种情况，要么两个都走，要么走一个留一个，可你和汪宝珠一个是我的助理，另一个是我的生产技术经理，而且你这个助理不是一般的助理，我现在手上的大部分业务都在你负责的茂名石化这条藤蔓上，我肯定舍不得让你走，而汪宝珠这个经理更不是一般的经理，他是我从安徽带出来的唯一子弟兵，说良心话，我暂时也找不出比他更合适的生产技术经理，所以我更不能让他走，因此我说，你们这不是欺负我吗？知道我不敢炒你们？舍不得炒你们？所以你们就可以肆无忌惮？存心让我左右为难里外不是人？难道让老板炒掉我吗？"

王秋玲仍然不上套，没做任何回答，丁先生也不需要她回答，因为他相信，无论王秋玲表面多么平静，内心一定掀起波澜，所以，他这时候吩咐王秋玲："你下去，把汪宝珠给我叫上来，我们三个赶快一起商量一下这个问题怎么解决，怎样做能保全我们三个人都没事。"

丁先生等待他们上来的时间超出预期，以至于他不得不用电话打汪宝珠的BB机，让他们赶快上来。

两个人进来的时候脸色不是很好看，像是刚刚吵了架，至少是发生了争执。

汪宝珠上来就解释："丁工，我们是什么关系啊，我哪里会欺负你？再说我也不敢啊！"

丁先生一抬手，制止他往下说，让他们听他说。丁先生非常严肃地说："宝珠，刚才王助理下去找你，我认真想了一下，如果你们俩必须走一个人，我建议你走。"

气氛顿时紧张起来，丁先生发觉王秋玲都快哭的样子，他假装没看见，继续说："为什么呢？因为两害相权取其轻，炒掉你，你正好可以去华强北帮唐静经营电子批发部。你们不知道啊，唐静真的忙不过来啊！我去找她，她整整忙了一下午，一边接电话，一边开票，还要招呼下一个顾客，连跟我打一个招呼的时间都没有，我问她为什么不请一个帮手？她说不敢啊，一旦让帮手掌握了客户资源，帮手马上就会出去自己做，还把她的业务带走。所以宝珠，我即使把你炒掉，你也饿不着，说不定能跟唐静一起把电子批发的生意做得更大，比在这里当经理挣钱更多。"

汪宝珠脸色铁青，王秋玲已经绷不住了，几乎已经哭出来。不一定是"善良"舍不得汪宝珠，更可能担心汪宝珠一旦去华强北和唐静一起做电子元件批发生意，哪里还有她王秋玲的位置？所以，她这时候忍不住要插嘴，可丁先生仍然一抬手，制止她说话，丁先生自己的话还没说完。

"可王秋玲就不一样了，"丁先生说，"她如果被公司炒了，最好的出路就是去广州，我可以给周总和金健华打电话，求他们，他们看在我的面子上，应该能答应接受王秋玲，但如果那样，就等于陷王秋玲于不义，因为，王秋玲如果不能把茂名石化这条线上的业务带过去，对广州黄埔的钢格板厂来说她就一文不值，就纯粹是看我的面子给她一碗饭吃了，去了还有什么意思呢？可如果她把我们茂名石化这条线上的业务带过去，人家怎么看王秋玲的人品呢？哦，我推荐她去广州黄埔，然后她把我的业务带走，这不是最典型的吃里扒外和恩将仇报吗？这样的骂名你让王秋玲今后怎么做人？不是陷她于不义吗？再说了，黄埔的钢格板厂毕竟还是国营体制，财务制度依然是国营单位那一套，金健华第一笔南海石油的业务提成高了一点，结果引起上面下来调查她的经济问题，吓得金健华想退钱。她电话里哭着问我怎么办？我哪里知道怎么办？只能给周总打电话，说出金健华的难处，求他无论如何保护小师妹，最后建议高出广钢集团规定提成标准的部分从她以后按符合标准的提成中分批扣回去，所以，现在金健华等于是没有提成了，合理的业务提成也用于偿还之前高出的部分。她痛苦死了，一打电话就跟我哭，有一次还骂我，说我看王秋玲是单身，我有歪心思，所以故意把茂名石化这块大肥肉留给王秋玲，把李惟诚这块骨头甩给她……天地良心啊，王秋玲你知道，茂名石化的业务是你在金健华跳槽过来前就已经开始联系的，哪里是因为我看你是单身，对你有想法，所以故意照顾你呀！"

"对对对，"王秋玲赶紧说，"她来之前我就开始跟茂名石化联系了。"

"所以，"丁先生说，"宝珠，你做男人要有担当，假如老板坚持你们两个中必须走一个，我建议你走，王秋玲留下，你不能把王秋玲往广州黄埔这个火坑里推呀。而你不一样啊，你去华强北，说不定更有前途。唐静的工作我来做，你只要去华强北后好好和她一起做生意，她就不许再提你和王秋玲之间发生的事。我要让她保证对你既往不咎。"

王秋玲实在忍不住了，"哇"的一声哭出来。

第十七章　另类"女朋友"

汪宝珠和王秋玲最后都没有走。丁先生把林姑娘叫到会议室，当着王秋玲和汪宝珠的面，陈述这两个人对工厂和公司的重要，请林姑娘网开一面，此事暂时不要向秦老板汇报，将来老板万一知道了，追究下来，天大的事你全部往我一个人头上推，大不了老板把我炒掉。

说这番话当然是在演戏，因为丁先生如今是恒基的股东之一，也是老板，秦老板根本不可能因为两个员工发生婚外情就炒了董事总经理，再说董事之间，也不存在谁炒谁的问题啊，除非发生政变，两个雇员之间发生这点事，还不至于引发股东之间的政变。

事实上，凭林姑娘对老板的忠诚度，无论丁先生怎么跟她求情，她照样每天晚上入睡前把当天发生的一切向老板电话汇报，这是她的做人原则和在恒基的立身之本，只不过她在向老板汇报的时候，会掺杂她自己的倾向，老板有时候也反过来问林姑娘对某件事的看法和处理意见。关于汪宝珠和王秋玲这件事，林姑娘和秦昌桂在电话里达成的一致意见是：老板假装蒙在鼓里，完全不知情，就当是林姑娘真给了丁先生面子，没有向秦老板汇报。

丁先生能成为恒基的股东，应该感谢秦老板的精明。当初同意丁先生分走工贸公司百分之二十的利润，实在是当时形势所迫被逼无奈，秦昌桂也是到最后一刻才不得不做出让步，此后一直像每个月都在割他的心头肉，心疼死了，还没有办法，因为香港老板的法治意识和契约精神是很牢固的，不敢违约，更不敢财务造假，但最后还是找了个机会，跟丁先生摊牌，用恒基公司百分之十的股份替代工贸公司百分之二十的利润分成。丁先生一眼就看出秦昌桂内心的小九九，他那个年代的中国内地知识分子，哪个没学过政治经济学？谁都知道工厂生产出来的产品在进入流通之前并不等于商品，产品本身是没有商业价值的，产品只有通过流通实现交换才能成为商品，兑现价值，因此，工贸公司的利润实际上就等于整个恒基公司的利润，秦昌桂拿整个公司百分之十的股份兑换工贸公司百分之二十的分成，其实是剥夺丁先生一半的提成！

丁先生心里跟明镜似的，嘴上还不能说。否则怎么办？翻脸吗？当面揭穿老板吗？打工人最大的忌讳就是跟老板翻脸或当面揭穿老板，真要是把秦昌桂逼急了，他翻脸不认账，丁先生能跑到香港的法院起诉秦老板吗？而如果不去香港，在内地起诉，估计凭当时内地这边的法制环境，法院都不会受理。

识时务者为俊杰。丁先生的识时务是装傻，假装用工贸公司百分之二十的利润提成换取恒基公司百分之十的股份是赚了，他假装欢天喜地地和老板签约，办理相关的手续。如此，他就成了恒基公司的董事总经理，秦老板哪里能为了汪宝珠和王秋玲两个人这点事为难公司的董事。

不完全是自欺欺人，也不完全是人在屋檐下不得不低头，丁先生当然知道每年百分之十的分红一定抵不上之前每月百分之二十的提成，但有得必有失，天下既然没有免费的午餐，就同样没有白吃的亏，丁先生用百分之二十的工贸公司提成换取百分之十的恒基公司股份，相当于拿百分之二十的干股换取百分之十的实股。吃亏了吗？从眼前看确实吃亏了，但从长远的观点看未必。举个极端的例子，假如公司因某种原因分解了或转让了，工贸公司的百分之二十提成立刻归零，但工厂的百分之十资产可能就是几百万。再说，人活一个名，以前的提成再多，丁先生也是打工的，而成为公司股东后，理论上他变成老板之一了。这点，当时大多数人看不懂，或意识不到，汪宝珠他们也认为丁先生吃亏了，但香港人懂啊，至少林姑娘就很清楚这种转变意味着什么。林姑娘的最大优点是职业素养高，而职业素养的第一标志就是对企业忠诚，对老板忠诚。之前，林姑娘只对秦昌桂一个人忠诚，现在她还要对丁先生忠诚，因为她清楚丁先生如今也是老板之一，只不过是股权相对较小的小老板罢了，但股份再小的老板也是老板，所以她照样忠诚，自有分寸，绝对不会让两个老板相互拆台。

但是，汪宝珠和唐静还是离婚了。

丁先生很生气，骂汪宝珠作，警告他人作必有祸。

宝珠很委屈，说不是他想离婚的，是唐静。

"不相信你当面问她。"宝珠嘴硬。

丁先生真的又去了一趟华强北。

唐静依然很忙，但已经能够抽身了，因为她把自己的弟弟和弟媳妇一起从老家带过来当帮手。

也好。丁先生想，这样她至少不会像以前那样孤独了。同时感叹教科书上说的未必都是真理。成为董事总经理后，丁先生在外商企业协会一位老乡的强烈推荐下参加了一个所谓的总裁班，不完全是沽名钓誉，除了结交一帮总裁或有志于成为总裁的精英外，就是多少看了一些西方管理学方面的书，确实提高了认识拓宽了视野，发觉如果有条件，上总裁班也是有收获的。对丁先生来说，认识上直接的收获有两条：对于国营企业，丁先生发觉出路在建立现代企业制度，也就是完成股份制改造，争取公司上市；对于私营企业，出路在打破家族管理，引进外脑。对于第一条，可能真是绝对真理，比如老家的芜湖冶炼厂就通过上市找到出路了，谷裕本人现在拿年薪，收入也不比丁先生在深圳的每年分红差，但关于第二条，未必，因为像唐静这样的私营经济，如果不搞家族管理，好像真没有别的办法。所以，不能完全听书本的。

因为有弟弟和弟媳妇当帮手，唐静这次没再让丁先生等着，而是立刻放下手中的活，找一个相对僻静的地方和他说话。

附近最僻静的地方是肯德基。因为是白天上课的时段，肯德基里面没有小朋友就相当僻静。唐静可以和丁大哥边吃边喝边聊。

丁先生不是来劝和的，他知道这种事最多只能劝一次，劝多了不仅没用也没意思，这次他来，就是想听唐静亲口说是她想跟汪宝珠离婚，而不是宝珠逼她的。

"是的。"唐静非常肯定地说，"是我想跟宝珠离婚。坚决离婚。"

"为什么呢？"丁先生问。

"有意思吗？"唐静反问，"宝珠那么忙，不可能来看我，只能我去妈湾看他，可每次回厂里，都能看见那个骚女人。王秋玲就住隔壁，我想不看都不行。晚上睡在床上，想想我一走骚女人就随时过来，多恶心！"

丁先生相信汪宝珠没有说谎了，这次真是唐静要离婚了，因为她讲的全是大实话，换上任何人，在此情境下可能都想离婚，要想不离婚，除非唐静放弃华强北的电子批发生意，一天到晚守在妈湾的工厂里，日夜守在汪宝珠的身边，可能吗？有意思吗？这样的婚姻，如果被丁先生自己摊上了，也一定选择放弃。

话说开了大家也都轻松了。丁先生忽然发觉自己为什么喜欢"小虎牙"了，就冲着这说话劲儿，一下子就能把想说的话讲得这么敞亮这么透彻，听着就让人舒服！他不喜欢那种说话温吞吞要你使劲猜的人。

唐静大约也是说过瘾了，仿佛还觉得自己说得不够敞亮与透彻，见丁先生听了开心，又加了一句："再说，现在厂里有那么多芜湖人，知根知底的，我每次回去，他们肯定背后都说我'又回来讨嘴了'，我不嫌丢人啊？"

丁先生一开始没反应过来，略微愣了一小下，等完全反应过来后，没忍住，一口可乐喷到唐静的脸上！

讨嘴是地道的芜湖话，也是非常隐晦的流氓话，丁先生不算芜湖人，他出生于安徽马鞍山，但两座城市挨在一起，而且他曾经在芜湖冶炼厂施工服务大半年，当初年轻，对芜湖当地这种隐晦的流氓话很有兴趣，甚至专门总结过，所以至今仍能记得，所谓女人讨嘴，暗指女人想做那种事情了，就来看望丈夫，其实哪里是看望，明明是讨另一张嘴嘛，可以想象，唐静每次从华强北回妈湾，那些无聊的芜湖老乡背后确实会议论她又回来讨嘴了，这么想着，丁先生再看着对面的"小虎牙"，哪里还能忍住，当场一口可乐喷到她脸上！

唐静去卫生间补妆回来，丁先生为消除尴尬，不得不转移话题，建议她也参加总裁班学习。

"总裁班？"唐静摇头，说："我可不是什么总裁，我就是一个个体户，哪有那资格！"

丁先生说："'总裁班'其实就是工商管理课程学习班，你做个体户，不也是归工商局管吗？还是属于'工商管理'啊，正好对口。"

唐静点点头，觉得好像是这个理，但干吗叫总裁班呢？听起来吓死人的，保证能把大多数个体户吓跑。

丁先生说其实个体户更是总裁，生意完全由个体户自己说了算，一切都靠自己决断与裁决。

唐静听了不得不点头，因为在生意上她确实完全靠自己决断与裁决，照这个说法，个体户好像还真是总裁呢。

"我说了你不要生气啊。"丁先生说。

唐静露出小虎牙，笑着说："我不生气，丁大哥你说什么我都不会生气。"

丁先生说："我印象中你好像就是中学毕业，没有像宝珠那样还上个广播电视大学吧？"

唐静说："那当然，我要是上了大学，管他是电大夜大还是函授大学，起码也不会当'小妈妈养的'进冶炼厂的大集体嘛。"

丁先生点点头，说："但你现在是深圳人了，都有深圳户口了。"

唐静嘿嘿地笑。

"深圳人素质高，"丁先生说，"你要适应这座城市，就应该不断提升自己。除了经济上提升之外，还应该在学历、学识、见识、视野、格局、品位、社交圈子等方面提升自己。参加总裁班，起码能扩大你的视野和社交圈，而且真能学到一些与工商管理相关的课程。MBA你听说过吗？就是工商管理硕士，总裁班就是在MBA前面加了一个字母E，成了EMBA，意思是比工商管理硕士更高级的课程。听起来更加高大上，但其实不拿硕士学位，所以没那么严格，只要交钱就能上，只是学费比较贵，一般打工的人上不起。"

"多少钱？"唐静问。

"入学门槛就是八万，"丁先生说，"后续还有各种各样的费用。包括到全国各地知名企业甚至到国外考察的费用等，整个课程上下来我估计要二十万元。"

"还能出国啊？"唐静问。

丁先生点头。

"是比较贵。"唐静说，"一般打工的是上不起。"

"但你能出得起啊，"丁先生说，"所以我才对你说。不过你不一定要上，可以先了解了解，就算是增加一点见识吧。"

唐静说好，并问丁先生带了材料没有，给她看看。

丁先生说："没有，不过没关系，如果你有兴趣，我让人跟你联系，她会对你详细讲解。"

唐静说："行，你把他们的联系方式给我。"

丁先生就把外商企业协会工作人员束芳的名字和电话号码写给唐静，说："这个人也是我们安徽老乡，合肥人，因为是老乡，所以在外商企业协会里她负责和我联系，我就是通过她的介绍才参加总裁班的。"

唐静说："好，我明天就给这个老乡打电话。"

丁先生说："不用，现在你是她的客户，我让她主动和你联系。"

唐静又露出小虎牙嘿嘿地笑。

天晚了，丁先生要回妈湾了。唐静把他送到深南大道旁，似依依不舍，像关心，也像试探着问："丁大哥，你有女朋友了吗？"

丁先生不能骗唐静，所以他不想回答这个问题，于是就摆出长辈的架势说："这个问题只有长辈问晚辈的，哪有晚辈问长辈的？"

唐静翘起小嘴巴嘟囔："什么长辈？你跟宝珠称兄道弟，怎么到我这儿就成长辈了？再说我不一直喊你丁大哥的吗？"

"对，"丁先生说，"我是你'大哥'，长兄为父，你父母不在深圳，我作为'大哥'，不相当于'长辈'吗？"

唐静还想争辩，出租车来了，丁先生和唐静说拜拜，上车，走了。唐静伸长脖子一直看着出租车消失在上海宾馆的那边，才惆怅地转身，回电子市场。

丁先生在出租车上不敢回头。

朋友妻不可欺，丁先生想。别说唐静还没有和汪宝珠办理离婚手续，就算他们已经离婚了，我也一定要与唐静保持距离，否则，我不成了抢人家老婆吗？所以，坚决不能回头，不能让她看出我其实非常喜欢她。

经历从安徽到深圳，从体制内到体制外，从职业经理人到老板，再从结婚到离婚，丁先生对婚姻的认识也发生了很大变化，以前他认为外国人说的"没有爱情的婚姻是不道德的"这观点胡扯，因为爱情都是阶段性的，一个人在漫长的一生中，可能会发生多次爱情，如果爱情是婚姻的依据，那么不是要经常离婚结婚吗？所以，丁先生曾以为还是中国人的门当户对比较可靠，但是，通过一场离婚，他忽然又觉得外国的爱情论比中国的门户论更可靠，他的前段婚姻就是按门当户对选择的，结果不是离婚了吗？说到底，还是因为爱得不够，如果自己的老婆够爱自己，自己来深圳三个月当上生产技术经理后，老婆就会立刻带着儿子跟过来，哪里还会离婚？所以，现在丁先生又发觉爱情在婚姻中确实重要。

也不是，丁先生又想，如果爱最重要，那么我现在不是应该跟唐静在一起吗？这当然更不行。最后，丁先生发觉爱情论和门户论都不可靠，最可靠的是他自己总结的合适论，最好的婚姻就是最合适双方的婚姻。比如汪宝珠和王秋玲凑到一起，主要是双方都觉得最合适。王秋玲宁可主动找汪宝珠而不找我丁先生，一定是她觉得汪宝珠也是经理，而且他这种技术能手到哪儿都会有饭吃，所以更可靠，并且汪宝珠学历比她低，便于她掌控，如果她跟我丁先生，肯定有高攀嫌疑，觉得累，并且根本掌控不了，不如找汪宝珠更合适。至于汪宝珠打算舍弃唐静和王秋玲结合，除了他心中的学历情结外，感觉最合适的是他们天天在一起，而不像唐静，十天半个月才从华强北回妈湾一次，来去匆匆，晚上半夜回来第二天天不亮就走，搞得真像"偷嘴"，并且这种状况不可能改变，随着唐静的生意越做越大，她回来的次数越来越少，而且唐静满脑子都是生意经，毫无生活情趣，最好是来了就做，做完就走，这算什么呀？把我汪宝珠当鸭子吗？哪里像王秋玲，白天是同事，晚上是邻居，白天眼神交流，晚上付诸实践，日久生情，可不就是最合适吗！

出租车驶出很大一段距离，丁先生到底还是忍不住回头，可惜此时只能看见上海宾馆，哪里还能看得见"小虎牙"唐静！

刚才在等出租车的时候，唐静问他有没有女朋友，被他以长辈的名义搪塞过去，是因为他不想对唐静说假话，可又不能说实话，所以只能打岔。不想说假话可以理解，为什么不能说实话呢？难道是他对唐静还心存幻想，不忍摧毁？还是自己所谓的女朋友不能示人？

确实不能示人，因为他的女朋友是萧湘。就是在人才市场上认识的那个台湾女人。严格地说萧湘不能算丁先生的女朋友，只能算性伙伴。女朋友可以示人，性伙伴就不能示人了。

那次去罗湖的人才市场探路，丁先生总共认识两个人，一个是西丽的陈宝才，另一个是西乡的萧湘，丁先生后来分别去拜访过二位，于是也就成了朋友。这也是深圳当时的特色之一，大家都是来闯深圳的，都人生地不熟，都对自己的未来十分茫然，但也回不去了，所以普遍焦虑，很需要朋友相互提携与安慰。于是那年月在深圳凡是认识的人都说是朋友，往往一开口，第一句话就说"我有一个朋友"，其实可能仅仅是在一个桌子上很多人一起吃过一顿饭，或共同出席过一场许多人参加的活动，或干脆像丁先生这样大家都去人才市场，互相留了一个联系方式而已，如果从此不联系了，当然也就过眼云烟了，如果联系，比如像丁先生这样主动打电话给对方，并专程去拜访过，就成名副其实的朋友了。

大约他就这两个朋友吧，所以当他成为总经理行动比较自由后，就立刻去拜访了陈宝才和萧湘。

拜访当然也是工作需要，因为丁先生还算有点情怀的人，当上恒基的总经理后，很重视企业文化建设。比如在工人餐厅摆放两台大电视机，方便工人们在早中晚夜四餐饭的时间看看电视，多少了解一点天下大事，丰富一点文化娱乐生活。还有他果然竖立了两个篮球架，但不是在原来的2号宿舍楼和厂房之间，因为那地方被工棚占用，因此篮球架立在2号宿舍楼也就是食堂和车间之间。竖两个篮球架买几个篮球其实花不了多少钱，但给人的感觉是整个工厂活跃多了，也文化许多，甚至人性不少。没人要他这么做，所以他做了也没人表扬他，但丁先生自我感觉工人们一定会认为他当上总经理后确实给恒基公司带来一股新鲜风气。至少几个大学生会这么认为。至于他走访西丽和宝安的两间工厂，则更是从人性出发，因为他早听说别的工厂以女工为主，他甚至在蛇口目睹了上下班高峰期日本三洋等公司门口的滚滚女工洪流，甚为壮观！他疑惑是秦老板重男轻女，最初建厂时，主观地认为钢格板厂属于重工业，所以只限招男工，其实根据丁先生的了解，重工业单位也可以有女工。如今都是机械化和自动化作业，重工业未必每个岗位都是重体力，所以在重工业工厂也可以吸纳女工。丁先生想改变现状，实现男女基本平等与平衡，这样有利于改善整个工厂的氛围，可要推翻老板之前的做法必须有根有据，为了寻求"根据"，他特意走访了陈宝才和萧湘的工厂。

在陈宝才的工厂，丁先生果然看见生产线上全是女工，坐在那里工作装配或检验，一个挨着一个，大家都不说话，整个车间安安静静的。少数男工负责货品搬运或设备维修。整个气氛与恒基近乎完全相反。丁先生还专门问陈宝才："为什么生产线上全是女工？"陈宝才回答："一天十几个小时，男工哪里坐得住啊！"

送丁先生出来，站在门口他们又聊了几句。陈宝才问丁先生现在工资多少。

丁先生说："我现在拿分红。"

"分红？"陈宝才立刻显示出巨大的兴趣，问，"老板给你干股了吗？"

丁先生说："刚开始是百分之二十的干股，现在转成百分之十的实股。"

"这么多！"陈宝才似乎有点急了，说，"快告诉我，你老板怎么会同意的？"

丁先生回答："不一样的，行业不一样。我们搞的是新材料，钢格板。你听说过吗？"

陈宝才摇头，说没听说过。

"是啊，"丁先生说，"国内大多数人都没听说过，而我正好是研究这个的。"

"哦——我明白了，你这是技术入股！"陈宝才说。

"差不多吧。"丁先生说，"我来了之后让老板的产品升级了。"

陈宝才说难怪！

丁先生觉得此时应该表达一点对老板的不满，这样对方心里或平衡一点，于是说："但老板就是老板，我们打工的永远算计不过老板！除了产品技术升级之外，我还改变了公司之前的经营方式，让生产和销售都扩大一倍！本来说好是百分之二十干股的，现在却只给我百分之十的实股，听起来是好听了，可收入却低了一半！"

陈宝才又反过来安慰丁先生，说："行了，老板能给你百分之十的实股已经是天大的胸怀了，换上我们老板，我只要开口向他要百分之一股份，他不找黑社会杀了我就算客气了！"

丁先生听了这话心里一紧，似担心为了这百分之十的股份秦老板没准哪一天会叫来黑社会把他杀了。看来以后晚上少出门。

去西乡丁先生选择上午。下意识里避免回来的时候走夜路。

萧湘的宏錩五金厂是生产自行车花鼓的，也叫轴皮，是轴外面的那个连接辐条的金属"筒"。作为台资厂，所生产的自行车花鼓也全部用于外销，但不是真的销售到国外或境外，而是全部销往深圳的各个台资自行车厂，丁先生这才晓得深圳的台资厂销售到台资厂也算产品外销，凭单据到海关报备就可以。

中午萧湘带丁先生在外面吃饭。这地方叫凤凰岗，工厂出来就是一条街。街道不长，三百米吧，再往里走就是一座山了，山脚下有许多民房，非常稠密，都是本村人建的，除了自己居住之外，大部分租给在本村开厂的台湾或香港老板。

街道两边全是铺面，饭店、发廊、杂货铺等。铺面后面是工厂。两边都是，数不胜数。大部分是台资厂，也是萧湘这样的小厂。

萧湘把丁先生领到最里面显然也是本村最高级的一间餐厅。大约有三间铺面那么大，纵向还有延伸。带空调，而且空调够劲，门一开就冷气直冒的样子。装修也比较考究，所以密闭性较好，进去之后忽然有点冷的感觉。

丁先生打算他请萧湘，这是他的习惯，只要经济许可，一男一女两人吃饭，总该男人埋单的，这也是风度和男子汉的待遇，但萧湘不给他机会，因为，本餐厅是她的食堂，她月结，老板不收她的钱，先记账，搞得丁先生也不敢点价钱贵的菜品了。在石斑鱼和鲩鱼之间，丁先生点了鲩鱼，在乳鸽与白切鸡之间，丁先生点了白切鸡，另外要一个炒甜瓜和扇贝芥菜汤。

丁先生原本还算健谈的人，但那顿午餐主要是萧湘在说，原因是之前他们在人才市场第一次认识的时候，丁先生发觉萧湘眼睛里有傲慢，似轻视大陆人，所以就谎称自己是从美国留学回来的，结果果然镇住了萧女士，没想到现在成了朋友，只能将谎言进行到底，如此，他怕说多了露馅啊。

萧女士说她姐夫在台湾是做自行车花鼓的，哥哥从加拿大留学归来后，申请到青年创业基金，在姐夫的提携下，也办了这间工厂。资金不足，所以因陋就简，您都看见了。

丁先生还是第一次听说青年创业基金，看来台湾这方面的扶持政策比大陆早了二十年！大陆的改革开放，似乎就是学习资本主义经验啊。后来在总裁班上，丁先生说了这个故事，还引起讲课老师的高度兴趣。

萧湘又说，不要看宏锠五金厂简陋，可效率蛮高，其实她哥哥的这间厂利润率高过她姐夫在台湾高雄的工厂。

丁先生再次点头，表示相信，因为这里的人工成本包括房租等，一看就很便宜，利润当然大过她姐夫在台湾高雄的工厂。

萧湘接着说，其实她哥哥早把青年创业基金和她姐夫支持的钱赚回来了。

"那好啊，"丁先生说，"无债一身轻嘛。"

"可我哥哥说，生意这么好做，当然要扩大再生产。"萧湘说。

丁先生听了若有思索地点头，感觉这好像才符合总裁班课程的观点。可是，看着这凤凰岗拥挤和宏锠五金厂简陋的样子，也不像扩大再生产的样子啊。

"在无锡。"萧湘说，"我哥哥已经去了江苏无锡。他打算在无锡再建一座工厂。因为那边也有很多台湾的自行车厂，也需要花鼓。"

后来，丁先生把萧湘哥哥这个案例写进总裁班的结业论文里，并给出结论：创业者最该具备的品质是胆大和贪婪，论文居然获得全班的最高分！

总之，丁先生的凤凰岗之行收获很大，甚至改变了他的许多认知。以前他有偏见，认为深圳的关内和关外是两个世界，甚至认为关内才是深圳，关外相当于郊区，在凤凰岗走了一趟之后，从总裁班的思维出发，竟改变了他的看法，正如他后来在总裁班论文中所写的那样，"从创业的角度出发，深圳真正最有活力的地方是在当初的关外，因为关外更没有规矩，人财物和技术的流动更畅通，因此更有活力，也更加热闹与繁荣！更适合创业"。

几天之后，丁先生又去了凤凰岗。

似乎那地方与妈湾乃至整个特区内完全不同的风格吸引了丁先生，他去一次根本不够，必须再看第二次。

这次路熟，不用问不用找，一到宏锠五金厂，刚走进前面的重工业区域，一抬头，正好看见萧湘从二楼写字间的窗户里往下看。丁先生招手，让她下来。萧女士下来后，丁先生说："走，我请你去西乡吃饭。"

"去西乡？"萧湘问。

丁先生说："是，来的时候我路上就看好了，有一家餐厅非常不错。"

这是中国人的规矩，"回请"当然要"人敬我一尺我敬人一丈"，大陆人和台湾人都是中国人，都懂这个道理。菜品也自然高过上次。这次丁先生除了点清蒸石斑和烤乳鸽之外，另外专门为萧女士要了一份木瓜雪蛤盅。据说这东西女人吃了好，具体对女人哪里好丁先生并不知道，更不敢说是真是假，但他的心意尽到了。

午餐过后，丁先生送萧湘回凤凰岗。经过工厂，萧女士却让他继续往前开。穿过整条街，一直开到山脚的民居，按照萧湘的指引停在一栋民居前。

"天太热，不如上去喝杯西瓜汁吧。"萧湘说。

上楼，进屋。萧女士打开空调关上门，转身就贴了上来，非常自信又不失风情地说："我一看你再来，就知道你是这个意思！"

是吗？丁先生还真不确定自己到底是不是这个意思，可就算完全不是这个意思，此情此景此盛情之下，他也不能这么说，否则太伤人了！于是含糊其词地用英语回答一句："我不知道。"

这是他的诀窍，遇到难以表达的时候，就用英语含糊其词。比如当年第一次给女同学写情书，非常希望表达爱意，可又不敢写"亲爱的"，就用英文写，因为英文书信中在称呼前面加"亲爱的"是惯例，不管对方是否真是你"亲爱的"。

本来是临时摆脱尴尬的英语搪塞，没想到萧湘正好吃这一套，说："我就喜欢你们这些喝过洋墨水的，彬彬有礼，含蓄隐忍，明明心里急得要死，表面却从容不迫。"

说着，为了证明自己的判断准确无误，萧湘果断出手，一把逮住丁先生坚挺的下体，证明他被抓住现行了，确实早就有这个意思，而且急得要死。

这下，丁先生真没什么话可说了，而且也不需要说任何话，说什么也没用，只能直接用自己的主动证明对方的判断完全正确。

丁先生是过来人，但这次才是他真正的"第一次"，因为以前他只知道做，而这次才体会到"玩"。萧女士真会玩！

面对这样的创新动力，丁先生抵御不住，自然又来了多次，而且既然已经点明关系了，就干脆省了遮羞布，来了就直奔主题。只是他坚持一条：在此过程中坚决不说汉语，只说英语，因为英语翻译成汉语可以有更多的解释，有更大的可塑性。他相信萧女士大多数没听懂，因为丁先生的许多英语都是没过脑子的，好在他不管怎么乱说，国际关系学院培养的英语语感在那里，说错了也还是英语，起码听上去像英语，而萧女士在意的，也正是这种语感，而并非在意丁先生到底说了什么。

但他们的关系并未维持长久。首先丁先生根本就没想过自己会不会和萧湘结婚，因为他连萧女士在不在婚姻状态都不清楚，萧湘也根本没问他的婚姻状况，似乎她只在乎今朝拥有，并未打算天长地久。其次丁先生不清楚自己跟萧湘的关系算不算在谈恋爱，应该不算，因为谈恋爱不可能谈都不谈就直奔主题。再说，他与萧湘的关系是建立在谎言上的，因为丁先生根本就没有出过国，哪里能成归国人员？所以，当丁先生再次来到凤凰岗，被告知萧女士回台湾之后，他并未追问她在台湾的联系方式。问了也没用，因为当时的台湾人虽然能来大陆，但大陆人却去不了台湾，问了有何用呢？再说，丁先生还算是一个知趣的人，萧湘明明有他的联系电话和BB机，走了连招呼都不打，摆明着不想再见他，他还问人家在台湾的联系方式不是不知趣吗？

但丁先生仍然有点牵挂萧湘，又去过几次凤凰岗。在宏锠五金厂门口转悠，去小街道最里面那家冷气很足的餐厅用餐，希望能巧遇萧湘。可惜没有，一次也没有，估计是她管理一间工厂真的力不从心，遭客户多次抱怨，她哥哥不得不另外找人顶替，或者她在台湾的丈夫感觉到她在大陆这边并不消停，用婚姻相威胁，逼着她回台湾了。

"小虎牙"唐静就是在这个时候问丁大哥是不是也该找个女朋友的，丁先生不愿意对唐静说假话，但也不能说真话，所以只能用长辈的身份把她挡回去。

丁先生像是受了某种启发或刺激，没有向老板请示，也没有跟林姑娘商量，就武断地给各部门下了一条规定：从今往后，工厂只要进人，就只限进女工，暂不再进男工！

他现在是"董事总经理"，他有这个权力，他说只招女工，那就只招女工。

虽然丁先生事先没有和林姑娘商量，但林姑娘还是主动找机会与丁先生沟通。晚上两人巡视到工厂外围的时候，林姑娘以开玩笑的方式指出："你这是跟秦老板唱反调啊，是不是有点矫枉过正了？"

丁先生承认他确实是矫枉过正，但他说正因为当初秦老板重男轻女做得太绝对，所以他今天必须用矫枉过正的方式才能拨乱反正。

林姑娘可能不懂什么叫拨乱反正，所以她笑笑，并未与丁先生争辩，但按照她的职责和习惯，当晚就在电话里跟秦昌桂如实汇报。秦老板听后回答三个字：

我知啦。并未明确反对，于是，恒基厂后来补充的新人果然全是女性。而且果然如丁先生预料的那样，进来的女工基本是厂里男工的老婆。

这种任人唯亲的做法丁先生心知肚明，假装不知，因为这正是他所期望的。

不仅如此，丁先生还利用自己从设计院出来的优势，他自己画草图，指示汪宝珠安排人对部分员工宿舍进行夫妻化改造。就是在1号宿舍楼的二层专门开辟了夫妻房，但不是两人一间，而仍然是三对夫妇六人一间，方法是根据他自己测量并绘制的草图，把原来的一大间改成进门的右手安装隔板，从进门到最里面的半个卫生间的门成为一条长长走廊，走廊上有三个小门，每个小门里面一个小空间，虽然拥挤，但好歹成了各自独立的空间，供一对双职工睡。而所谓半个卫生间，是当时深圳的特色建筑，就是一大间的最里面是一个阳台，阳台的一半被隔出半个卫生间。

林姑娘分管公司的行政后勤，她当然要来看，看了以后说："这就是香港的'劏房'啊！"并问丁先生怎么会做"劏房"的？你们内地也有"劏房"吗？

丁先生听不懂，反问林姑娘什么叫"劏房"？

林姑娘解释就是对原有的房屋进行开膛破肚式改造，分成几个小间，以便入住更多的人。

丁先生想了一下，说："是这个意思，但我这样改造并不是为了住更多的人，人还是一大间六个，却可以安置三对夫妻了。"

那些住进"夫妻房"的夫妇从此安心工作，并且他们都从心里感激丁先生。但是，有一个人却站出来提醒丁先生，这个人就是香港的许师傅。

许师傅一直不会说普通话。但如今丁先生听香港话感觉跟听普通话差不多，所以他很快明白许师傅的意思：功高盖主。你现在这样广得人心，下面的工人是爱戴你了，但老板肯定不高兴了。

是吗？丁先生思量了一下，好像真有这种可能。

许师傅接着表达了他的担心："这样老板会找机会炒掉你的！"

炒我？丁先生想，怎么可能？我有公司百分之十的股份，他炒掉我总经理可以，总炒不掉我董事身份吧！香港人是有很强的法律意识和法治精神的。

许师傅坚持说："老板要想挤你走总有办法，我是看你人好，才提醒你。"

丁先生说："我明白，谢谢您！"

许师傅最后承认："我也不是全是为了你，更担心你走了，我自己就待不住了。"

　　丁先生清楚许师傅不是一个多嘴的人，他对香港老板的做派更清楚，可是他仍然不是很在意，他相信自己既然是董事总经理，老板就是赶他走，也一定给予经济补偿，否则我死磕，没准能把恒基搅黄。拿到经济补偿，我走又何妨？外面的世界大着呢！他不相信自己有了启动资本，连"小虎牙"唐静都不如。

第十八章　签约

　　赖月娥在厂里的时候，并没有显示出她的重要，仿佛她就是个摆设，或干脆就是村里给外资厂的摊派。在妈湾的所有外资厂，每个工厂都有村里委派的厂长，一个厂一个，理论上，这样的安排相当于该厂属于外商和村里合作建厂了，实际上厂长的任务是协调与处理企业和地方上的关系，如办理员工暂住证、落实职工入户指标等，而这样的工作半年甚至一年才摊上一次，所以赖厂长在恒基厂显得可有可无。在丁先生来恒基担任经理之前，秦老板和林姑娘也确实没有给赖月娥安排任何任务，她实际上就是一个闲人。可丁先生担任经理之后，觉得应该人尽其才，他从人性的角度出发，相信赖厂长本人也不愿意被人养着，所以就尝试着给赖月娥安排任务，先是安排她协助自己跑人才招聘，如去报社做广告等，感觉还不错，赖月娥虽然不算八面玲珑的人，但也不傻，还算老实本分，不多嘴不表功，而且几乎到处都有熟人，所以丁先生后来又给她压更重要的任务，如工贸公司工商登记注册、接听并记录工贸公司电话等，最后公司果然注册成功，所记录的电话也果然让王秋玲捞到茂名石化这样的大鱼，使她从此成为一个对恒基发展有贡献的人。可赖月娥突然嫁到香港去了，并且她走后村里并未另派一个厂长来，估计是如今深圳的原住村民都有钱了，谁也不在乎每月一千多元的工资了吧，或者是村里稍微能有点厂长样子的人都走完了，不是偷渡到香港那边去了，就是像赖月娥这样嫁到香港去了，少数留下来的也找到比外资厂名誉厂长更合适的位置，如赖月娥的弟弟赖文斌高中毕业后虽然没考上大学，却因为是本地人，非常顺利地考进了招商银行，所以村里不需要也派不出一个合适的厂长来了。既然不派了，就应该善始善终，丁先生跟老板建议，干脆把今年剩下几个月的工资全部发给赖月娥，算是工厂给赖厂长的一份结婚贺礼，也算是恒基公司对赖月娥这几年工作的一种肯定。秦老板一如既往笑吟吟地回答丁先生："你系总经理，你话点做就点做！（你是总经理，你说怎么做就怎么做！）"

虽然是丁先生自己的主意，但丁先生在给赖月娥发放这笔钱的时候，却说是秦老板的意思，是秦老板认为你这些年对恒基公司的发展有贡献，所以让你把今年剩余几个月的工资一并领走，算是对你在恒基工作的肯定，也算是我们公司全体员工给你的结婚贺礼！

赖月娥听了很感动，居然跑去当面感谢秦老板。

老板当日正好在厂里，听了赖月娥这番当面感谢的话自然非常开心，有一种得了便宜还能卖乖的受用，于是说："应该的应该的，恒基就是你的娘家，你出嫁了，娘家人自然要备一份嫁妆。"

老板的这番话说得漂亮，而且幽默，丁先生带头鼓掌，大家都鼓掌。秦老板情绪水涨船高，又说了恒基永远是你的娘家，将来在婆家过得好了，回来给娘家报个喜，万一受委屈了，再回来，你还是恒基的厂长。

没想到秦老板激情之下的一句客气话，把赖月娥感动得哭了，搞得真像是女儿出嫁，舍不得离开娘家，必须哭一场。

可是，赖月娥走后，工厂立刻就发现她这个厂长的重要，仿佛离开她真的不行，或者行，但给管理层增加许多麻烦。

首先是厂里有工人去罗湖玩的时候被联防队员抓了，理由是他没带暂住证，要送到樟木头做苦力，但允许被抓的人打一次求救电话，汪宝珠接到电话，不知道该怎么处理，请示丁先生，丁先生问："你确定他办了暂住证吗？"汪宝珠居然回答："我怎么知道？"是啊，他真不知道，要是赖月娥在，问她就行了，因为全厂的员工暂住证都是赖厂长经办的，可她已经走了，嫁到香港了，这事还能问她吗？丁先生跑去找林姑娘，林姑娘赶紧查存根，找出该员工的名字，证明他确实办过暂住证。丁先生让汪宝珠把该员工同宿舍的人全部派回宿舍，把他的暂住证找出来，然后与林姑娘一起打出租车去清水河，送去暂住证，说明情况，把人捞出来。虽然后果并不严重，可如果赖月娥没走，哪里用丁先生和林姑娘亲自跑一趟？可能赖厂长打个电话就行。

其次是工商、税务、海关、消防、环保、治安、社保、劳动仲裁，甚至防鼠灭鼠的什么机构，都先后找上门来，丁先生虽然是董事总经理，他却从来都不知道一个企业上面还有这么多可以管他们的婆婆，而且每个部门总有那么一两个难讲话的菩萨，必须供着，供得好，什么事都好说，供得不好，天天可以给你找麻烦，花钱不说，分心且耽误时间啊！就说请对方吃顿饭吧，领导总得陪着，否则就是不够尊重与重视，这些现在都是丁先生和林姑娘的事，想当初赖月娥在的时候，他和林姑娘哪里操过这个心？

晚上照例丁先生陪林姑娘巡视。他们也尝试过每天晚上丁先生和汪宝珠巡视工厂外围，林姑娘带王秋玲巡视工厂内务，但坚持一段时间后，两人都不习惯，仿佛每晚的工厂外围的巡视是他们之间的一场促膝谈心，谈工厂或公司的工作，也谈个人的情感生活，哪天没谈，仿佛这一天就没结束，睡在床上都不踏实。这一日从清水河接员工回来，两人自然谈到了赖月娥。丁先生说："有些人，在的时候你并不觉得有多么重要，只有离开之后，你才深深感觉到他的重要。"

"你说的是赖厂长吧？"林姑娘问。

"是。"丁先生回答，又反问林姑娘，"不是吗？"

林姑娘却长长叹口气，说："赖厂长其实是个很不错的姑娘，稳重本分有分寸，嫁到香港可惜了！"

"可惜了？"这个丁先生倒没想过，本地人不都这样吗？男的以偷渡到香港为出路，女的以嫁到香港为荣耀，怎么林姑娘会认为赖月娥嫁到香港可惜了呢？

"你以为内地妹嫁到香港能去什么好人家吗？"林姑娘说。

丁先生摇头。他不知道，完全不知道。但他相信林姑娘知道，于是让林姑娘说说。

林姑娘说："嫁进豪门的或许也有，但大多数是嫁给地盘工。我估计赖厂长就是嫁给地盘工，如果进豪门，不会这么冷清的，一定是热热闹闹来迎接。"

丁先生点头，他也感觉赖厂长的出嫁太突然太冷清了，肯定不是嫁入豪门，但他不懂什么叫地盘工，没听说过，于是问林姑娘。

林姑娘说："就是在建筑工地上做搅拌水泥或捆扎钢筋这样活的人。"

"就是内地这边的做小工嘛，也不错啊，按照香港那边的劳务市场，收入也不低吧？"

林姑娘说："收入确实不低，工地上一般每周发一次工资，每周好几千。"

"每周好几千？"丁先生问，"那每月不是上万？"

"是蛮高。"林姑娘说，"所以正经做地盘工的谁会没老婆？要跑到内地来娶老婆？"

丁先生一想，也是，就好比之前内地工矿企业的职工，收入不错，哪里找不到老婆？凡是跑到乡下或山里或州上娶老婆的，基本上是歪瓜裂枣。他很想知道香港的歪瓜裂枣是什么样子的。

林姑娘说："有这么一种地盘工，他们每周拿到几千港币后，立刻去澳门吃喝嫖赌，全部花光，然后回香港再干一周，等周末领了薪水再去澳门。"

"全部花光？"丁先生似乎不信，问，"难道他们没有赢的时候吗？"

林姑娘回答："当然有，但赢了也守不住，他们之间有约定，谁赢了谁请客，请这帮人大吃大喝狂嫖狂赌，赢再多的钱也被折腾光！"

丁先生很震惊，怎么会有这样的人呢？而且听林姑娘的口气，这并非一两个人，而是一个群体，他们就喜欢这种生活方式，也没犯法，无人干预。再看林姑娘的脸色，她好像就是在说她自己，难道她丈夫就是这样一种人？所以她才一个人跑到深圳来，拼命工作，几乎没见她回香港？丁先生在心里祈祷，赖月娥可千万不要嫁给这样一个香港人啊！

一晃，几年过去，工厂还是那个工厂，位置还在深圳大小南山西北角那个位置，但周围的环境已经大为改观。先是从蛇口方向开过来的公交车往前面延伸了一站，恒基厂人员进出可以在厂门口等公交车，而不必走到亚洲自行车门口再上公交车。然后通往南头这边的道路也拓宽了，不光能走摩托车，也能走客货车和公交车，于是专门有一路从南头关到蛇口的公交车，不走南油大道那边，而走深圳西站和前海经过妈湾和赤湾这边，让一向偏僻的珠江入海口东侧沿岸这一段也不那么偏僻了。但是说实话，香港恒基所在的大小南山西北角这一片始终是深圳特区的最边缘，再往西就是伶仃洋，跨越伶仃洋就是中山和珠海。并且这里最初的定位是重工业而不是商业，如华美钢铁、亚洲自行车、恒基钢格板、妈湾发电厂甚至垃圾焚烧厂等，重工业的特点是人少设备多，所以这里当初甚至还不如宝安西乡的凤凰岗热闹，以至于丁先生常常想，假如当初自己不是一头扎到妈湾，而是去罗湖，或者当初自己的承包方案被老板否了，秦老板把他炒了，他拿一笔补偿费去应聘科技局情报中心，或应聘某家上市公司或证券公司，结果会不会比今天更精彩呢？他不知道，至少不确定，因为完全有可能应聘不上。当然，车到山前必有路，如果那样，丁先生会怎样呢？被萧湘收容？去凤凰岗的宏锱五金厂担任经理？或向唐静学习，去华强北，并在唐静引领下也租一个柜台做电子元件批发生意？都有可能，也都不确定，估计最大的可能还是去广州的黄埔担任钢格板厂的厂长，如果那样，他就不是深圳人了，而变成了广州人，结果会比今日更好吗？好不好不敢说，起码老婆调到广钢集团来了，他们也就不会离婚了。

但生活是没有如果的，没发生的事情，哪能确定？可是，许师傅当初善意的提醒却成了现实，秦老板果真要把丁先生请出恒基公司了。

之所以用请，是老板并没有炒丁先生的鱿鱼，而是开出一个非常诱人的条件，让丁先生自己选择，选择留下，还是选择随工厂搬迁到东莞。如果留下，秦老板把整个工厂连同整个公司的壳全部留给丁先生，让他成为香港恒基（深圳）公司的独资老板，条件是，老板把工厂的设备和人员全部带走，并且丁先生不得从事与原公司相同或相近的业务，不在新公司也就是香港恒基（东莞）公司占有任何股份，更不参与新公司的一分钱分红。简单地说，就是老板一分钱补偿没有，拿深圳公司的壳包括全部厂房厂区，换取丁先生在恒基公司百分之十的股份。

许师傅说得完全正确，老板丝毫没有强迫丁先生，他开出的条件在任何人看来都十分优厚，让任何人都无法拒绝，而且老板选择的契机非常准，是公司因为环保问题工厂必须外迁之际，他让丁先生自己选择随工厂外迁，继续当新公司的董事总经理，还是留在深圳当旧厂的老板。丁先生专门向许师傅咨询。并不是他认为许师傅比林姑娘更聪明，而是他相信许师傅比林姑娘更敢对他说实话，并且，许师傅也是早就预测到今日结果的人。

许师傅建议丁先生留下。理由是：即使你这次不被老板踢出公司，去了东莞早晚还是要被他踢出公司，因为一山不容二虎，老板最忌讳别人与他分享公司，好比世界上所有的男人都不愿意与别人分享自己的女人一样，对老板来说，企业就是老婆，甚至比老婆还老婆，岂能容忍你来分享？所以，与其将来在东莞被秦老板踢出公司，不如今天在深圳选择独立。

许师傅话语中最打动丁先生的是独立二字。通过总裁班的熏陶，丁先生认定职业经理最成功的道路就是从拥有公司干股到拥有实股，再从拥有公司实股到实现自己独立，现在老板连整个公司整个厂区全部给你，不是千载难逢的最佳机会吗？你还不满足吗？真想人心不足蛇吞象吗？吞下去不担心自己被撑死吗？

丁先生已经被许师傅的独立说动心了。但在真正独立之前，他要求自己站在老板的立场再审视自己的处境与选择。他跟秦老板说容他考虑几天。秦昌桂说："行，你想考虑几天就考虑几天，我不会变卦的，答应给你的，一定给你，不管你考虑几天都可以。"

老板如此豁达与笃定的态度，反而让丁先生不寒而栗！他忽然意识到老板就是老板，老板这是吃定他了，所以才如此自信、豁达、笃定……今天我在深圳多少还有一点主场优势，明日换到东莞，如果再被老板请出去的时候，开出的条件估计不如这么优厚了。

丁先生甚至怀疑所谓的环保问题是秦老板把他请出恒基的借口！于是在考虑的日子里，丁先生并没有闲着，而是动用一切关系打听内幕。主要是总裁班的同学关系，还有马鞍山办事处和马钢公司驻深办事处杜大伟、严力二位主任的关系，他甚至动用国安系统国际关系学院的校友关系，从多个侧面打听深圳特区是不是对所有含电镀工艺的工厂一刀切全部限期外迁，但是最直接的，是他找到环保所的师弟，当面打听关于恒基钢格板厂限期外迁的具体事宜。

当初丁先生在矿冶学院上学的时候，他们那一届还没有环保专业，所以，这个在环保所当副所长的校友必然是他师弟，他可以倚老卖老地对师弟说："别人不懂，你还不懂吗，我们恒基钢格板的电镀工艺并不是普通的电解液电镀，而是热浸镀锌，是把钢结构浸透在熔化了的液态锌当中完成表面反应，不产生电解废液，应该不属于必须外迁的企业吧？"

师弟态度很好，但口气坚决，说："师兄是权威，母校把您的名字和照片贴在优秀校友橱窗里呢！您当然懂得热浸镀锌与普通电镀的区别，但上面制定这项政策的人未必个个如师兄这般精通电镀工艺，他们哪里能分得清？所以只能一刀切。"

"就是！"丁先生像一下子抓住了稻草。不过，他还没有来得及确认，师弟一句话又把他打回原形。副所长说："但师兄也知道，热浸镀锌之前，钢结构也要经过表面处理的。你们厂采用的是酸洗工艺吧？"

丁先生想都没想，立刻回答："是。"

"酸洗液也是污染液啊，不是吗？"

师弟非常给优秀师兄颜面，只轻声一说，丁先生立刻意识到，如今的官员已经没有大老粗了，他们的学历甚至比企业家更高！如今上面制定政策的人也绝对不是混饭吃的，他们设计的决策流程中就包含了调研的环节！如今没点真水平连公务员的门槛都进不了！

丁先生赶紧给自己找台阶，打岔，提出另外一个问题，他问师弟："总得有一个解决办法吧？不能把所有包含电镀工艺的工厂都斩尽杀绝吧？比如专门搞一个废液集中处理的工业区，允许产生有害废水的企业生存下去。"

"有。"师弟又非常肯定地回答，"当然有。在沙井。你们厂如果不想去东莞，欢迎你们搬到沙井的环保工业园去，政府还能给予适当的搬迁补贴。"

"还有这样的好事！"丁先生像再次抓住了救命的稻草。倘若工厂从妈湾搬迁到沙井，还在深圳，他就不一定现在独立，他觉得并不是每个人都适合当老板，他自己或许就更适合做一名董事总经理，而不是真正独立的老板。

师弟仍然给予肯定的回答，并且马上复印一份资料给他，上面有深圳市沙井环保工业园的具体位置、优惠政策和联系电话及联系人。

丁先生如获至宝。回去之后先照着上面的联系电话打过去咨询一番，然后把材料复印两份，其中一份交给林姑娘，让她马上传真给秦老板。

林姑娘一如既往地听话，立刻照办，但是，晚上二人巡视到工厂外围的时候，林姑娘却告诉丁先生："下午传真过去的这份资料，老板好像已经有了。"

"老板已经有了？"丁先生问，"你确定吗？"

林姑娘回答："不确定。"

"那你下午怎么不说？"丁先生又问。问的口气好像有点责备林姑娘。

林姑娘解释："因为不确定，所以不敢多说。再说即便老板已经有了，你再传真一份给他也没坏处，所以我就没说。"

丁先生没再责备林姑娘，开始反思自己，是自己低估老板了。工厂搬迁这样的大事，秦老板一定比他更谨慎，怎么可能不打听清楚呢？自己只是往沙井的环保工业园打了一个咨询电话，秦昌桂说不定已经跑沙井和东莞的环保工业园实地考察许多次了，经反复比较，最后才决定工厂搬迁东莞的。

过两日秦老板从香港过来，当面跟丁先生解释："我之所以选择东莞而不是沙井，并不是东莞给的条件更优惠，而是东莞的厂房租金和工人工资本身低于深圳，开工厂，这些支出是固定的，每月必须按时支付，一天都不能拖延，我不能不考虑啊！"

丁先生则说："我考虑好了，用百分之十的股份换深圳的旧厂。"

香港老板真讲规矩！这个时候还提醒丁先生："你要想清楚哦，内地的所有土地都是国家的，我留给你的厂区土地也是国家的哦。"

丁先生回答秦老板我知道。但有一点他没说，根据他的了解，在内地，国家的土地一旦使用权给了个人或企业，就不会轻易收回，若要收回，等于征用，要支付一大笔征用补偿费！

老板又提醒："上面的厂房和宿舍也都是只有四十年使用权哦，现在只剩下不到一半的时间了哦。"

丁先生仍然回答知道，同样有一点他没说，在内地，无论是四十年使用权的工业用地还是七十年的商业用地，到了年限也不会收回的，最多就是办一个延续手续，补交一部分租金，继续用。

老板又向丁先生坦白："按照香港的规矩，厂房和宿舍与设备一样，每年都要提取折旧金的，恒基妈湾工厂的厂房和宿舍楼，折旧费已经提取完了，按照香港的财务制度，它们的价值已经为零了！"

丁先生笑着点头，心里想香港老板确实精明，但也很迂腐，什么价值为零？房子只要在这里，哪怕是农村的一间茅房，国家要征用，也必须支付征迁补偿费，哪管你已经折旧价值为零了！

最后，老板好像很珍惜与丁先生这么多年的合作，竟有些动情地说："丁生，你担任恒基公司董事这么多年，一直在工厂忙，还没有去香港总部看一眼呢。这样，我马上让香港写字楼办手续，请你到香港总部看看，顺便我们在公司总部签署相关的文件，这样也更正式一点。"

丁先生回答一个字："得！"

香港、澳门、台湾，这些地方虽然归属于中国，但去一趟也要经过海关，手续繁多，丁先生没想到香港写字楼帮他办理赴港的手续这么快！大约他确实是香港恒基金属材料公司的董事，公司董事回公司总部天经地义，手续又是从香港写字楼那边办的，所以比从内地这边办快许多。

林姑娘陪丁先生一起过去的。这是丁先生自己向老板提出的一个要求，因为他没去过香港，担心自己一过境就成了刘姥姥，有一个共事多年朝夕相处的老熟人陪着安心一点，下意识里，丁先生或许仍然记得西丽的陈宝才无意中说的那句话："老板还不喊人把我杀了呀！"他相信秦老板不会喊人把他杀了，为了一个价值为零的旧工厂，秦昌桂不值得冒这么大风险，再说老板还要继续在内地生存与发展呢，汪宝珠、王秋玲这些人还瞪着眼珠子看着呢，秦老板哪能干这种事！但是，万一他真这么做了，或类似这么做了，丁先生在香港举目无亲人生地不熟，为难他还不是像捏死一只蚂蚁？所以，有个熟悉而信赖的香港人陪着丁先生会感觉踏实一些。

老板放车过来接，但他自己并没有跟车过来，这让丁先生觉得秦昌桂的热情也是有保留的。

因为是粤港两地牌，过关简单，所以给丁先生的感觉是去香港甚至比去广州都简单快捷，可到了所谓的香港总部，仍然让丁先生大吃一惊！因为写字楼根本就不是一栋楼，半栋都不是，一层都没有，只是一栋破旧的大厦某层楼的一半！说实话，在深圳，恐怕还找不出如此破旧的大厦！如果按折旧，那么该栋大厦的资产是不是早成为负资产了？

电梯还是那种带铁栅栏朝两边拉的，丁先生在内地还没见过这样的民用电梯，乘坐的时候有种摇晃的感觉。也许并未摇晃，只是丁先生错误的感觉吧。但是，进入公司总部，立刻焕然一新。灯光特别明亮，其明亮程度让丁先生立刻想起深圳西丽陈宝才工厂的生产车间。陈宝才工作的车间是装配和检测手表的，当然要特别明亮，秦昌桂的公司写字楼搞这么明亮干什么？恐怕平常没有也不需要这么亮吧？难道是秦老板特意为了迎接丁先生的到来才把全部的灯光一起打开，甚至特意换上了大灯泡？

签约仪式相当正式。请来律师楼的律师现场见证，还留下影像资料。仿佛这份协议老板占了天大的便宜，生怕丁先生反悔一样。搞得丁先生反而生疑，怀疑这里面又有什么重大陷阱。能有什么陷阱呢？是陷阱也不怕，光脚的不怕穿鞋的，和秦昌桂相比，他丁先生就是光脚的，怕什么呢？

虽然这么想，但直到第二日回来过了罗湖关，踏上内地的土地，丁先生一颗悬着的心才真正落地，并且也只有到这一刻，他才理解秦老板为什么一定要请他到香港签约了。为什么？因为如果他想毁约，就只能在合同签署地起诉，无形中等于又给合同上了一道保险。

他又想起老问题，老板这么害怕他反悔，难道合同里隐藏着什么巨大的猫腻吗？

当着司机的面，丁先生也不好意思问。忍到晚上，二人再次围绕工厂外围散步的时候，丁先生才问林姑娘。

林姑娘一听，立刻停下脚步，异常紧张地看着丁先生，仿佛她心里也一直惦记这件事，生怕丁先生问她，结果越怕什么越来什么，丁先生这么快果然就问了！

丁先生也瞪着林姑娘，双目透着光芒，仿佛直视林碧霞的心底，一字一句，非常严肃认真地说："林姑娘，你知道这次我为什么一开始很犹豫吗？"

林姑娘摇头，表示她不知道。

"说实话我非常犹豫。"丁先生说，"后来许师傅说，即使我这一次不同意撤股，等到了东莞，老板还是要想办法把我踢出董事会。我一想，老板有恩于我，让我一个从内地来深圳的打工仔成了股东，我不说报答秦老板，至少也不该给老板添堵，所以我尽管不情愿，但仍然答应了。"

　　林姑娘点头，表示听懂了，或者表示相信他所说的了，同时丁先生感觉林姑娘的情绪立刻放松不少。

　　丁先生紧接着问："你知道我为什么犹豫吗？"

　　林姑娘再次摇头，表示她还是不知道。

　　"因为你。"丁先生说。

　　"因为我？"林姑娘问。

　　"对。"丁先生肯定地说，"因为你。"

　　"因为我什么？"林姑娘反问，"为什么因为我？"

　　丁先生叹了一口气，开始往前走，边走边说："因为这些年我们合作得非常愉快！我很珍惜这种气氛，也很享受其中的快乐。说实话，通过跟你这么多年的相处，我发觉男人真的离不开女人，否则男人可能发躁、发狂、发疯。这么多年，我们俩在这偏僻的地方，我不懂你们女人，但我作为男人，我觉得我能够支撑下来就因为遇上了你！我不知道你们搬迁到东莞之后，我一个人留在这里还能继续支撑几天！"

　　丁先生这么说着，居然哽咽起来！不知道是他真的被自己感动了，还是为了打动林姑娘而有意识地让自己哽咽。

　　林姑娘动情地说："丁生，我知道你什么意思，我心里也为你抱不平！但这件事情我真不能对你说。因为老板特意暗示我不要跟你说。秦老板现在不是你的老板了，但仍然是我的老板。你要理解我，不要逼我。我真不能告诉你。"

　　"那么如果你不给秦老板打工了，给我打工，能告诉我吗？"丁先生问。

　　林姑娘立刻绽放笑容，回答："当然！"

　　丁先生说："不要以为我是开玩笑，等我发达了，每月能支付几万工资了，我第一个聘请你！"

　　林姑娘说："我信！即使你这边工资比那边低，我也宁可帮你打工。"

　　"是吗？"丁先生问，"为什么？"

　　"因为你善良！"林姑娘说，"你明明很犹豫，但为了报答秦老板，为了不辜负老板，仍然签了，而有些人……所以，我相信你将来肯定能发达！记住你说的哦，到时候一定请我哦。"

　　"一定。"丁先生说。

汪宝珠带进厂里的这批技术工人,大部分是他之前在芜湖冶炼厂机修车间的同事,部分人当年参与冶炼厂金属铜连铸连轧设备安装和调试的时候见过丁先生,所以与汪宝珠保持一致,不喊丁先生丁总,继续喊他丁工,以表明他们和总经理之间有特殊关系。其实丁先生对他们中的大多数人一点印象都没有,但仍然能理解他们的做派。芜湖有老商业城市的文化底蕴,熟人之间表现得很讲江湖义气,或者说很懂江湖规矩,用芜湖当地人的话说就是很胎气。这时候工厂要搬迁到东莞了,厂里几乎每一个芜湖人都向丁先生表示:"丁工,我不想去东莞,我就想跟着你,你到哪里,我就愿意去哪里!"

这话温暖。他因此就有些感动,丁先生跟他们说:"我跟秦老板有协议,你们必须先跟着工厂搬迁,到东莞好好辅佐汪经理,等将来我这边有起色了,你们也愿意回来,再说。"

"一定,随叫随到。"他们都态度坚定地回答。

有些是真话。其中有个人的老婆如今也在恒基厂上班,负责开麻花机,是丁先生夫妻房计划的直接受益者,她对丁先生说:"丁大哥,我真不想去东莞,你将来这边需要人了,不要忘记我们。"

一声丁大哥,让丁先生想起"小虎牙"唐静,于是他发现芜湖的女人很乖巧,有点像上海女人,大约老商业城市不仅能熏陶出胎气的男人,也能孕育出乖巧的女人吧。胎气或乖巧,其实都是适应商业活动的需要。适者生存。

搬迁工作有条不紊。

林姑娘第一批被派过去,相当于去打前站。丁先生理解,他以为林姑娘去两天就回来,丁先生还想着等林姑娘回来好好在外面请她吃顿饭正式告别一番,可是,直到全厂的设备和人都走了,整个工厂空空荡荡,也没见林姑娘回来。丁先生不甘心,特意到她的宿舍看了看,发觉早已搬空,一个物件都没留下!

什么时候搬走的?谁帮她搬的?我怎么没看见?

丁先生感觉林姑娘是故意躲着他。

为什么要躲着我呢?丁先生想不通。同事多年,和睦相处,脸都没有红过一次,临走连句告别的话都没有吗?是怕我最后逼问她关于老板的合同陷阱吗,还是她担心自己立场不坚定,一道别就忍不住把老板隐藏的猫腻告诉我了?或林姑娘作为打工者,为避免老板疑心而宁可选择与我不见面?宁可得罪我也不能让老板产生猜忌?

丁先生站在林姑娘被清空的宿舍里,不禁有些伤感,因为他已经把林姑娘视为亲人了，亲人离别，不该正式道别一下吗？

他觉得商业的过分发达也不好，容易让人唯利是图，比如这间宿舍的前主人。

正想着，"大哥大"响了。曾经红极一时的BB机终于在一夜之间被"大哥大"取代了，如今深圳有头有脸的人几乎人手一部"大哥大"，但最初的"大哥大"通信质量不如座机，工厂没搬的时候，丁先生总嫌它在嘈杂的环境下声音太弱，以至于他常常看着来电显示挂了不接，然后用座机拨回去，可今天，在工厂外迁整个厂区安静下来之后，居然发现"大哥大"铃声如此嘹亮！

他接了。

"丁大哥吗？是我啊，唐静。"

"唐静？啊，你好你好！"

"听说你跟秦老板分家了？祝贺你呀丁大哥！终于自己当老板了！"

丁先生被唐静祝贺傻了，不知道该怎么回答。

分家？丁先生想，我这算分家吗？当然，也可以说是分家。

"你这么快就知道了？"丁先生不知该怎么回答，只好没话找话，说完就知道是废话，唐静在厂里认识那么多人，还包括许多芜湖老乡，这么大的事，必然有人对她说。

"丁大哥，"唐静依然那样亲切地叫着，"我正好有个事求你。"

"不客气。你说。"

"是这样，"唐静说，"老家来了远房亲戚，求我帮忙在深圳找工作，我上哪里帮他们找啊，烦死了！正好，你现在自己当老板了，我可以找你吗？"

这事确实比较烦，那年月深圳人几乎都经历过，老家来了人，熟人或亲戚往你家一住，有时候实在住不下，连凉台上都睡着人。怎么办？往外赶？拉不下脸呀，再说你拉下脸人家也不走，他们能往哪里走呢？只能让你到处求爷爷拜奶奶，先帮他们找个落脚的地方再说。

"这个呀，"丁先生说，"可以啊。"

"真的呀！"唐静欢快地叫起来，"太谢谢你了！丁大哥。"

"不用谢。"丁先生说。

"什么时候可以来？"唐静问。

"什么时候……"丁先生看着偌大的空空荡荡的工厂，下一步他连干什么都没确定呢，哪里想到需要多少人，需要什么样的人？

"你那里有几个人？"丁先生问。

"两个。"唐静回答。

"什么情况？"丁先生进一步问。

"一男一女。"唐静说，"夫妻俩。是我弟媳妇家的什么亲戚。我根本就不认识。但没办法啊，总能攀上亲戚嘛，住在我家里了……"

"人怎么样？"丁先生问。

"还行吧，"唐静没有把握地说，"看着还算勤快，来了就帮我们家做家务，搞得像进自己家了，赶都没办法赶了。"

丁先生笑起来。他想起小时候他们家来了老家的亲戚，或亲戚的亲戚，或并不是亲戚，但却是父亲一个村的，也是这样，来了就帮他们家做家务，搞得像自己家，不打算走的样子，怎么办？当然只能帮他们找临时工做，有些做着做着，就成合同工，再后来就转正了。

"行吧。"丁先生说，"你把他们送过来吧。"

"今天吗？"唐静似乎不相信自己的耳朵。

"现在。"丁先生说，"晚了说不定我就变卦了。"

"好好好，"唐静赶紧说，"我这就送他们过来。打车送他们过来。立刻。马上。现在。"

丁先生收起"大哥大"，看着偌大的工厂，想起唐静的小虎牙和马尾辫，笑了，刚才的愁云与伤感也似乎抹平不少。

虽然还没有想好下一步做什么，但这么大的厂子总得有人守啊，一男一女夫妻俩，正好女的帮我做饭收拾家务，男的帮我看大门，有这两个人帮衬，厂子仍然像个工厂，不至于荒芜。这两日丁先生忙糊涂了，还没顾得过来，否则真该到外面招两个人来，现在有人送上门当然更好！

不大一会儿，唐静带着她两个远房亲戚来了。

丁先生一见到他们就笑起来。因为这两个人的形象他太熟悉了，一看就是自己老家的人。一问，果然回答是对江的。

"那就是无为的了？"丁先生问。

芜湖的对江就是无为，丁先生父亲的出生地，也是丁先生自己的老家，小时候家里来的那些亲戚，基本上就是眼前这两个人的模样。

男的有些木讷，似吞吞吐吐不想回答，女的回答是，属于无为，就在裕溪口旁边。

裕溪口也在对江，但属于芜湖市，相当于芜湖在无为地界的一块飞地，对方这样回答，仿佛强调自己并非来自遥远的乡下，挨着芜湖市呢。

"那我们算老乡啊！"丁先生说，"我父亲就是无为人。但比你们远，在开城。"

"真的呀！"女人叫起来，"我就是从开城嫁到这边来的呢！"

"那我们更是老乡了。"丁先生笑着说。把原本显得有些木讷的男人也带着笑起来。他们大约感到自己十分幸运吧。

这两个老乡居然带着许多土特产，估计原本是带给唐静的，可唐静并不是很喜欢，或者她喜欢，但觉得不能空手来丁大哥这里，专门买礼物又显得生分了，把亲戚从老家带来的土特产带过来正好。

丁先生也没客气，说："正好，你们就用你们自己带来的东西做一顿饭吧，够我们四个人吃一顿就行。"

男的还没有来得及说话，女的就欢天喜地答应了。

他们夫妻二人在食堂忙的时候，丁先生带着唐静在工厂走一圈。

这是他们俩都熟悉的工厂，也是他们第一次来深圳的落脚点和发迹的地方，今日一起走走自然感慨万千！

唐静问丁先生下一步有什么打算。

丁先生回答还没想好。刚刚接手，还没来得及想。估计是工厂出租吧。或者叫对外招商。

唐静说为什么不自己开厂？什么都是现成的。

丁先生说："我和秦老板之间有合同，五年之内不能从事之前的产业。"

唐静说："香港人很讲规矩啊，换上内地老板，肯定没有期限，只笼统地写上不允许你从事之前的产业，等于一辈子不让你干这个了。"

丁先生说："是的，香港人好像是很讲规矩。"说着，丁先生取出合同，递给唐静。唐静在看的时候，丁先生说："对啦，你帮我认真看看，这里面有什么陷阱与猫腻。"

唐静或许本来就随便看一眼的，被丁先生这么一说，就真的认真仔细地看了起来，发觉合同很仔细啊，对丁先生很有利啊，采用公司股权变更的方式，公司并没有变化，只是股东的股权数目变更了，让丁先生原本百分之十的股权变成百分之百，于是他就成了恒基（深圳）公司的独资股东，名副其实的老板了，而秦老板在东莞另外注册一家公司，香港恒基（东莞）公司。

丁先生则说出自己的疑虑："既然如此，老板为什么要把我请到香港去签合同生怕我反悔呢？而且林姑娘在我面前吞吞吐吐，最后居然故意躲着我临走连个道别都不敢呢？"

唐静把合同再看一遍，仍然没看出任何陷阱和猫腻。她说："老板把你请到香港可以理解，不管他是真心觉得应该请你去香港总部看看，还是想把签约仪式搞得更加正式一点，都能说得通，倒是林姑娘，你能把林姑娘那天跟你说的话重复一遍吗？"

丁先生就把那天他通过哽咽套出林碧霞说的那些话复述了一遍，诸如"我心里也为你抱不平""但这件事情我真不能对你说"等。

唐静听了也觉得既然林姑娘这么说，那么这份合同就一定有陷阱或猫腻，可陷阱和猫腻在哪里呢？怎么我们两个人都看不出来呢？要知道，我们可都是上了总裁班接受过EMBA课程教育的企业家啊！

唐静一边看一边自言自语地问："是不是有些条款在香港人看来是亏待你了，是陷阱或猫腻，但是在我们内地人看来却很正常呢？"

"可能。"丁先生说。

"可林姑娘心里为什么抱不平呢？"唐静仍然貌似自言自语那样说，"丁大哥，你跟我说实话，你跟林姑娘到底有没有关系？"

"没有。"丁先生说。

"你跟我说实话没关系的。"唐静说，"尤其是现在。"

"是。"丁先生说，"现在说实话真没任何关系了。我就是对你说的实话。真的没有任何关系，一次也没有。"

唐静笑。一笑，两颗小虎牙格外明显。她笑着说："可我们一来厂里，就听人说你们俩是一对。我当时还为你抱不平，认为你跟她是一对太亏了呢！"

丁先生也忍不住笑了，承认吃亏是因素之一，但主要还不是因为这个。

唐静问主要因为什么？

丁先生说："从结果分析吧，不管怎么说，我给秦老板打工最后的结果算比较好的。"

"很好了！"唐静说。

"可如果我当初跟林姑娘有一腿，"丁先生问，"会得到今天的结果吗？"

唐静没说话，看着丁先生，她似乎在寻找这两件事之间的联系。

丁先生说："我感觉林姑娘其实是秦老板派到厂里的间谍，专门监督我的，如果老板发现间谍和被监督人搞到一起，换上你是老板会怎么做？"

"炒掉一个。"唐静回答，"或者两个都炒。"

丁先生说："是啊！就算老板没有炒掉我，炒了林姑娘，也肯定会另外派一个间谍来，我能不能与新派来的间谍相安无事和融洽相处就很难说了。"

唐静歪着脑袋想半天，没说话。

丁先生说："秦老板之所以对我这么信任，或者说我之所以能获得很好的结果，与林姑娘对我的暗中保护分不开，至少，我相信她没在老板面前说我半句坏话，还帮我遮掩不少，否则我不会有今天的结果。"

唐静继续歪着脑袋想了片刻，仿佛终于想通了，才说："我的意思是，林姑娘为你抱不平，不一定指这份合同有陷阱，而是她出于和你的私人感情，认为你应该得到更多。"

"更多？"丁先生摇头说，"我不想要更多了。就这我都觉得消化不了了呢。"

丁先生说着，放眼看了一下偌大的工厂，仿佛嫌弃它太大了，自己根本照顾不过来。

"那不一定。"唐静说，"比如现金，你还嫌多吗？"

"那不会。"丁先生说，"现金当然越多越好。"

"就是啊，"唐静说，"比如公司今年的分红，老板是不是应该提前给你？至少按月折算给你吧？可你这份合同没提这事啊，等于你自愿放弃了今年的分红啊。"

丁先生赶紧要过合同，一目十行地看一遍，说："是啊！我怎么没要今年的分红呢？现在能去要吗？"

唐静没有回答，丁先生自问自答："肯定不能要了。要了他也不会给。合同上写得清楚呢。从本合同签订之日起再无经济关系，是我已经放弃今年的分红要求，哪能再给我补？难道林姑娘就因为这个心里为我抱不平？"

"可能吧。"唐静说，"可能还有其他。"

天色渐晚的时候，男的过来叫他们去吃饭。菜是咸鱼咸肉外加花生米，汤是一道新鲜的青菜汤，味道相当不错。丁先生觉得奇怪，问："你们这么远还从老家带青菜来吗？带来了路上耽误几天也不能吃了呀，可这青菜这么新鲜，像是刚刚从地里采摘的。"

男人看女人一眼，并用筷子点着女人，仿佛责怪她不该自作主张。女的假意躲闪了一下，不好意思地笑着对丁先生说："我看没有蔬菜，就到院子的墙根边采了一些野菜，也不知道老板你喜欢不喜欢吃。"

"喜欢喜欢！"丁先生赶紧说，然后问，"什么野菜？我们厂院子里还有野菜吗？"

"有。"女人说，"多着呢！我没想到深圳也有野菜，还这么多。今天太晚了，老板你要真喜欢吃，改日我多采一点，包饺子给你吃。"

"真喜欢真喜欢！"丁先生说，"这叫什么野菜？明天你采的时候，带我去，让我也见识见识。"

"好。"女人说，"这种叫鸡心菜，也有人叫荠菜。"

丁先生让唐静也尝尝。唐静喝了一口汤，又吃了一口鸡心菜，也觉得味道不错，半开玩笑半认真地对她的两位远房亲戚说："下次你们来华强北，干脆也带一些去，给我们也做一顿。"

众人欢笑。

吃过饭，丁先生吩咐："把从老家带来的土特产包好，不要吃了，我过两天要拿去送人。"

女人赶紧点头。

唐静要回华强北了，丁先生送她去打出租车，路上，唐静问丁先生："要把那点土特产送谁？够不够？"

丁先生回答："够了，送赖文斌。"

唐静问："赖文斌是谁？"

丁先生回答："是赖月娥的弟弟。"

"赖厂长的弟弟？"唐静更加糊涂了。

丁先生说："是，很巧，我早就认识赖厂长的弟弟了。"

唐静更好奇，问："你怎么很早就认识她弟弟了呢？"丁先生就把当年他去华美钢铁挖金健华，回来的时候开着摩托车绕着大南山走，碰巧遇到赖文斌的事情说了一遍。

唐静又问丁先生为什么想到给赖文斌送东西？

丁先生说："未雨绸缪啊！这工厂如今是我自己的了，将来麻烦的事仍然不会少，好不容易认识一个本地人，赶紧结交一下，将来万一碰上什么麻烦，一个电话过去，来一个有头有脸的本地人，叽里哇啦几句当地话一说，很多问题迎刃而解了。"

见唐静不作声，似乎没理解，丁先生补充说："我这是经验，实践出真知，总裁班课程里面没写。他姐姐赖月娥在我们厂当厂长的时候，厂里什么麻烦没有，赖厂长一嫁到香港去，嘻，麻烦不断，也不是什么大麻烦，但小麻烦同样消耗精力啊！"

唐静似乎完全理解了，提醒丁先生给赖文斌的东西是不是太轻了。

丁先生说："不轻，千里送鹅毛嘛，这是从我父亲的老家带来的。"

唐静说："够不够？要不要我让他们从老家再寄一点过来？"

丁先生说："不用，这点正好，不要搞得像我有什么事麻烦人家，把赖文斌吓跑了呢。这种关系，一开始越淡越好，只要恢复联系，表示我还记得他，记得他姐姐就行了。将来我也不一定有事求他，但只要找他，他就不可能不管，万一他管不了，他背后还有家里人和亲戚朋友同学同事一大堆人呢。"

两人在路边等出租车的时候，唐静翻出了几年前他们在华强北深南大道路边等出租车的时候那句话："丁大哥，你怎么还没找个女朋友？"

上一次，因为有台湾萧女士纠缠着，丁先生不方便回答唐静，只能打岔，用长辈的身份把她顶回去，可今天，他忽然发现自己做不了长辈了，因为"小虎牙"已经实实在在地长大了，不仅带着弟弟和弟媳妇致富，还能照顾远房亲戚了，岁月已经在"小虎牙"的脸上、身上、心上留下无情的刻痕，他忽然有些同情眼前的这个小老乡来，甚至觉得自己对不起她，倘若不是自己通过谷裕把汪宝珠忽悠来深圳，他们虽不一定比现在有钱和风光，但肯定还是一个完整的家！可现在，汪宝珠和王秋玲是组成新家了，但唐静却成了女强人……

"丁大哥。"唐静说。

"哎。"丁先生应。

"你开摩托车送我一段吧。"

"好。"

这段路虽然两边都通了，但毕竟还是相对偏僻，两人等了半天居然没看见一辆出租车。丁先生让唐静在路边等着，他快速跑回厂里把"大铁马"开出来。这辆日产雅马哈跟着丁先生好多年了，一直想换，可它愣是一点毛病没有，让丁先生想换都找不到理由。丁先生现在就打算开着"大铁马"把唐静送到蛇口。不是去蛇口更近，而是蛇口更热闹，出租车会更多一些，更主要是蛇口他们更熟悉，当年唐静不就是在蛇口太子路上的精品屋当售货员吗？走更熟悉的路，心里感觉更近更安全。

到底是来自华强北的女强人，唐静没有像金健华和王秋玲那样淑女，她如当年丁先生跨在林姑娘的后面那样，真像骑马一样横跨在"大铁马"的后座上，所不同的是，她不如丁先生高大，更不像丁先生那样小心翼翼地与林姑娘保持距离，唐静如小鸟依人那样紧贴在丁先生背后，似怕他跑了，不管她了……

丁先生虽然看不见身后，但他能感觉到唐静在他背后的一举一动。临到蛇口，他感觉到背后的湿润。

丁先生知道那是唐静的眼泪。

摩托车停下，唐静没有立刻下车，而是在丁先生背后继续磨蹭了一会儿，大约是想把脸上的眼泪磨蹭干净才下来。

唐静终于把脸上磨蹭干净了，下车，丁先生却没有摘下头盔。

唐静多精啊，一眼就看出丁大哥满脸是泪。她从包里取出一张面巾纸，递给丁先生，说："头盔摘下，擦干眼睛，别影响视线，回去开车慢一点。"然后，头也不回走向最近的一辆红色出租车。

丁先生在背后喊："到家就给我打电话！别忘了！"

唐静仍然不回头，背着他举手摆了摆，拉开出租车的门。

丁先生摘下头盔，用唐静给他的那张面巾纸把脸上擦干净，然后听从唐静的建议，开慢点，把"大铁马"开回厂里。

临近厂里，拐弯的时候，突然听见背后有汽车的喇叭声。

深圳的车辆一般不摁喇叭，一旦摁，就是招呼前面的车辆有事，比如后面的车发现前面车辆的后轮松动了，两边摇摆，可丁先生的前面没有别的车呀！难道是叫我？

丁先生把摩托车停下，回头看，只见后面的一辆红色出租车也停下来，车窗摇下，唐静伸出一只手，对着丁先生摆手，嘴里喊："丁大哥，谢谢你了呀！"

这"小虎牙"，丁先生想，竟然指挥出租车一路跟着我回来呀！

也可以，现在路通了，走这边也可以去南头，然后沿北环大道去华强北。

第十九章　"三湾"改编

　　厂房招租的事不顺利，原因跟唐静所关心的丁先生一直没有找到合适的女朋友差不多，高不成低不就。

　　妈湾厂好歹还在特区内，厂房租金总不能比关外还低吧？但开工厂的老板思想比丁先生解放，他们不在乎关内关外，只在意降低成本，在当时，关外的生活成本确实低于关内，开工厂的老板当然宁可把工厂设在关外。道理和秦老板宁可把工厂搬迁到东莞而不愿意搬迁到沙井一样。为让工厂顺利出租，丁先生也在报纸上打出广告，还实地考察了厂房租赁市场，发现离他厂区最近的深圳科技园厂房租金每平方米一百多元，而一直往东走，走出深圳地界，来到惠州淡水，厂房租金只有每平方米十元左右！除了以科技创新和研发为主的某些高科技企业，为了吸引并留得住特殊人才必须为高尖端人才创造更好的工作与生活环境，也为企业融资和未来的上市树立形象，并且产品的附加值确实很高，否则对于一般的工厂老板，他们当然选择租金更低廉的厂房。如此，丁先生所在的深圳市南山区前海和妈湾一带就真成了高不成低不就区域了。

　　丁先生实践出真知，悟出当时深圳的企业分为两种，一种是完成工业产品制造的工厂，另一种是致力于资本运作的公司，前者分布在当年的关外，后者集中在深圳科技园，至于关内的其他地方，如深圳早年的上步工业区、八卦岭工业区，和丁先生工厂附近的蛇口工业区，正好属于高不成低不就地带，政府后来提出的腾笼换鸟计划，一开始遭遇很多人反对，认为深圳不能放弃制造业，但丁先生理解，因为他早体会到特区内已不适合再开普通工厂，必须把普通工厂搬到关外甚至更远的地方。

有那么一段时期，丁先生认为自己死定了，他十分后悔与秦老板分家，如果不分家，他现在仍然当董事总经理，什么神都不同烦，耀武扬威每年分红几十万，哪里像现在，说起来独立当老板了，而且工厂这么大，一看就是大老板，但完全是空架子，一分钱进账没有，坐吃山空，想哭的心都有！

厂房没租出去，还白白花费不少广告费。广告打出去之后，打来电话的几乎都是做厂房出租中介的。说中介不好听，那就说代理吧。丁先生把握一条，不见兔子不撒鹰。你代理成功了，我可以给你比例较高的代理费，好过厂房空着，代理不成功，我一分钱不付。

也有一次代理成功的。合同刚刚签完，第二天晚上趁天黑就涌进来十几家工厂，把丁先生和唐静那两个远房亲戚高兴坏了，以为从此衣食无忧了，沉寂多日的工厂也瞬间火热起来，但干了一些日子，丁先生渐渐看出名堂，原来他们都是做山寨的！这怎么行！这是做违法生意的呀！

丁先生找代理交涉，说这样不行。但代理手上有合同，并且他们是有备而来，合同书上明确写着"出租方不干预承租方的经营"。对方指着合同上的另一条款："出租方也不承担承租方的经营后果"。代理笑嘻嘻地对丁先生说："不关你的事，你开你的工业园，我开我的工厂，何不睁一只眼闭一只眼呢？"

丁先生说："问题是你们这么明目张胆地山寨，我睁一只眼也看得清清楚楚啊！"

代理笑着给丁先生敬烟，敬的是软中华，问丁先生味道怎么样。然后还没等丁先生回答，对方就主动揭开谜底，说这款烟就是山寨的，但正因为是山寨的，所以售价反而比正牌的软中华价格更高！你知道是为什么吗？

"为什么？"丁先生问。

代理回答："因为老烟民都知道，这款山寨软中华从原料到做工质量都超过正版的！坊间甚至传闻，正牌软中华的名气就是被山寨软中华炒起来的，你知道吗？"

丁先生摇头。不是装糊涂，是真不知道，因为他算不上真正的烟民。

代理见他没见识，就开始给丁先生科普，说："山寨既然大量存在，就一定有它的合理性，许多国外名牌，其实就是在我们中国委托生产的，但我们只收取一点代工费，百分之九十以上的钱都被外国人赚走了，你觉得合理吗？你认为这样对我们中国工人公平吗？"

丁先生摇了一下头，表明自己不知道是不是合理，但却被代理理解成这就是承认不合理了，于是他马上说："所以，山寨也要看具体情况。你就说我们生产的这款包吧，实话告诉你，就是外国品牌代工厂的一位拉长独立出来的，他把整条国外品牌生产线上的工人全部拉出来，同样的人，同样的原料，与正牌的国外品牌有什么两样！"

丁先生才想到拉长"这个"词原来还有这种解释，随时把工人拉走的意思，但丁先生还是摇头，表示他真不懂，也不想懂，可仍然被代理理解成山寨货与国外的正牌没什么两样了。

代理见说话投机，就有些得意，主动揭晓谜底："你知道我为什么选择你这里吗？"

丁先生自然还是摇头，他哪里知道！

"因为灯下黑，"代理说，"一说起山寨工厂，人们都以为在关外甚至东莞，根本想不到有人敢把山寨工厂开在深圳特区内，而你这里虽然属于特区内，可位置偏僻，环境封闭，只要趁天黑进厂，大门一关，人不出厂，工业园里吃喝拉撒睡外加看电视打篮球一样不缺，最适合开山寨工厂。"

"不行。"丁先生说，"坚决不行，我不能做违法的事！"

代理笑他，说："出租厂房违法吗？要说违法，也是我们，你不知情，不知者无罪，与你有什么关系？"

丁先生仍然说："不行，在我的工厂做违法的事我就有责任，将来万一被人举报了，你上面肯定有关系，通风报信，一个电话，赶在执法人员到达之前呼啦一下全拉走了，我往哪里跑？"

代理听了一个哆嗦，有些心虚地问："你怎么知道我有内部关系的？"

丁先生"哼"地冷笑一声，说："我也不是傻子，像你们这种专门做违法生意的人，如果没有内鬼配合，一天也干不下去！"

代理见事情完全败露，知道必须换地方了，之后不久，同样趁天黑，招呼都没跟丁先生打，剩下的半个月房租押金也没要求退，呼啦一下全走了。

走就走呗，这个钱丁先生宁可不赚，也不敢与山寨为伍。但是，唐静那两个远房亲戚却不高兴了，唉声叹气，还直接给丁先生甩脸子。

这天三人吃饭，丁先生询问为什么，他们不说。丁先生不得不打电话给唐静，说："我一个当老板的，不能整天看两个打工的的脸色，实在不行，你还是把他们俩带走吧！"

唐静赶紧过来。先找亲戚问明情况，获悉是因为山寨厂在这里给他们带来巨大的经济利益，他们不希望丁先生把山寨工厂赶走。

唐静又找丁先生核实，听完丁先生的情况介绍后，马上就明确自己的态度，说："丁大哥你做得对！违法的事情坚决不能做。"

唐静又去找两个远房亲戚谈。他们居然振振有词，说山寨厂老板很大方，给工人的工资是之前代工厂的两倍，因此山寨厂工人都很有钱，都很大方，老板不允许工人走出工厂大门，因此他们买任何东西哪怕是一盒香烟一包卫生纸都请他们夫妻俩代劳。代劳总有跑路费。爱喝酒的工人晚上加班后几个人想喝两口，请嫂子帮忙炒两个菜，也一甩就是一张一百元，所以，这两个月里，两个亲戚经济外快甚至超过丁先生付给他们的工资，他们因此不希望山寨工厂搬走，甚至把山寨说成是爱国行为。

唐静很生气，因为跟他们有理说不清，最后只好发火，说："这是丁大哥的工厂，他的工厂他做主，他想租给谁就租给谁，你们是给丁老板打工的，不要因为丁老板看在我的面子上对你们客气一点，你们就忘了自己的身份！"

回到华强北，唐静当着她弟弟的面，把妈湾这边的事情对她弟媳妇说了。弟媳妇怕丁先生把她两个亲戚炒了，又去给她添麻烦，第二天就买了东西过来给丁先生赔礼道歉。

丁先生说："放心，我不会直接炒了他们的，要炒，也是通过唐静。"

丁先生说的是实话，这两个人既然是唐静送来的，他当然不会直接炒，要炒，也只能请唐静来把人接走。但这话却让唐静的弟媳妇误解了，回去跟她老公说："原来妈湾的工厂是姐姐的呀！"接着，她就有眼睛有鼻子地分析了半天。

她丈夫跑去问姐姐，唐静说："笑话，我什么时候有工厂了？你是我亲弟弟，别人不知道，你还不知道吗？"

弟弟又回头跟媳妇说，媳妇继续分析，结论是："那个丁先生一定是你的新姐夫！要不然他炒人干吗通过你姐？你再看你姐丁大哥丁大哥叫的，那亲热的……"

通过远房亲戚和丁先生闹别扭这件事，唐静对丁先生的处境有了比较真切的了解，想着难怪丁大哥一直没有女朋友呢，连我这么主动他都假装不明白，在深圳，男人的事业如此艰难，哪有心情找女朋友？哪有心情想着再婚？于是，唐静由之前关心丁先生有没有女朋友，转而关心他的事业。

这一天，唐静给丁先生打电话，通知他参加总裁班同学聚会，并声明这次聚会是她发起的，她做东，所以丁先生必须参加。

总裁班的最大副产是有了一班同学，之前经常聚会，轮流做东，顺序按班长、副班长、学习委员、生活委员等职位来排，班干部的排名基本上就是经济实力排名。丁先生的实力排不上全班第三，但他特别善写，发表过许多论文，其中有一次他的论文居然被北京来的主讲嘉宾无意中引用，从而引起全班同学包括班主任老师的注意，被百度出来，结果破格担任学习委员，所以丁先生跟在班长和副班长之后请过全班同学，但轮流坐庄的制度并没有坚持到底，原因之一是他们班没有出一位像马云、马化腾或王石、王传福这样的顶尖企业家，缺少能叫得响的领军人物，更有几个根本就算不上总裁的人物混在其中，拉低了全班同学的平均层次，于是大家感觉聚来聚去都是在一群半吊子总裁里面转来转去，不但不能享受同学资源，自己反而成了别人的资源，久而久之也就失去了兴趣，还没轮到唐静做东呢，轮流坐庄就偃旗息鼓了。这次她忽然主动张罗，挨个儿打电话，自然又让大家想起了自己是总裁班的同学身份，人毕竟还是在意同学情谊的，加上唐静毕竟是靓女，而且是一位有钱加单身的靓女，这点面子大家还是要给的，所以在深圳的同学基本上都来了。

丁先生当初推荐唐静参加总裁班的考虑之一是希望她通过这个班找到一个合适的新配偶，但不知是真正的总裁都有老婆了，还是因为唐静自己也高不成低不就，总之到现在也没跟班上的哪位对上眼。丁先生特别关心唐静的婚姻是因为他自己特别喜欢唐静，却不能娶她，因为朋友妻不可欺，如果丁先生娶了唐静，传回去多难听啊！一定被传成丁先生其实早就看上"小虎牙"唐静了，因此故意通过谷裕把汪宝珠忽悠到深圳，然后就开始勾引唐静，终于将"小虎牙"唐静勾引到手等。所以，丁先生心里喜欢唐静，并且他也看出唐静喜欢他，却不敢动二人结婚的歪心思，只希望对方早一点完成二次结婚，让自己了却一桩心事，然后自己也开始新的生活。这次唐静自己重启轮流坐庄，丁先生当然高兴，以为她终于想通了，放低标准，在假总裁当中相中了一位，谁知到了之后大家一聊，才明白唐静这次坐庄纯粹是为了给丁先生的工业园宣传招商。

搞清楚情况后，丁先生很感动，明明知道没用，却不忍辜负唐静的一片苦心，所以仍然在餐桌上向大家介绍了他的工业园。除了强调优势之外，也主动说出自己的劣势，如虽然地处特区之内，但位置、环境、配套、名气等远远比不上深圳科技园，所以现在面临经营困难，希望各位同学多多指教多多关照！拜托拜托！

原本是给唐静面子的一番介绍，没想到还真有效果。一位平常不起眼的同学黄辉说，据他了解，中兴通讯喜欢把工厂建在特区内，因为他们的产品附加值高，因此员工工资蛮高，而且员工中高学历比例高，更注重生活品质，能承受较高的生活成本，还说他恰好认识中兴通讯里面的人，愿意引荐丁先生去中兴通讯谈谈。

丁先生听了觉得有门。唐静则高兴地与黄辉击掌，说如果二位不反对，她也愿意一同前往，并说自己早就想进中兴、华为这样的大公司看看了。丁先生自然说好，并开玩笑地说我干脆聘请你当我工业园的招商顾问吧！众同学鼓掌起哄叫好。

唐静是丁先生介绍加盟总裁班的。刚开始大家以为他们俩是相好，后来获悉二位都已离婚成了新单身，便对他们没有结合表示不解，但这种同学关系表面热闹，其实并无私下交往，因此也就很少有机会交心，丁先生自然无法述说自己和唐静之间的鸿沟。那天聚会结束后，丁先生主动说开车送唐静和黄辉回家，路上顺便谈谈择日去中兴通讯的事。

开车当然不是当年的摩托车，早已换成皇冠。皇冠宽敞，开出去大气，且只要他自己不说，谁也不知道是二手车，还以为是他自己把新车开成了旧车呢。

二手皇冠是赖文斌推荐他买的。赖文斌虽然年纪不大，但银行的工作让他看上去老成持重。他对丁先生说："你既然是一个工业园的老板，就不能太寒酸，当职业经理的时候，开个'大铁马'出去见客人蛮好，成了工业园的老板后，接待客人就不方便再开摩托车了，万一对方是位女士，第一次见面也不愿意上你的摩托车啊。"丁先生说这个问题他想过，但好车子买不起，太差的车子开出去更丢人，于是赖文斌推荐他买了熟人的二手皇冠，价钱只有新车的三分之一，开起来跟新车基本上没什么两样。现在，三个人坐在看上去蛮新的二手皇冠2.8上，一路走着聊着。丁先生说女士优先，先把唐静送回她家楼下，看着她上楼，然后却并没有送黄辉回家，而是找到一家茶舍，坐下，和黄辉继续聊。

黄辉以为丁先生找他继续聊择日去中兴通讯洽谈厂房出租的事，谁知丁先生却与他谈唐静的事。

丁先生说："我和唐静不仅是老乡，还是老同事，至少和她前夫是老同事。当年他们夫妇就是被我忽悠来深圳的。"

黄辉点头。

丁先生说："唐静的前夫虽然学历不高，但人很聪明，是真正的能工巧匠，所以来深圳后就成了我的得力助手。"

黄辉再次点头。

丁先生说："但唐静觉得夫妻俩在一个单位不好，就自己跑到外面上班，刚开始在蛇口太子路上的精品屋当营业员，后来自己卖BB机，最后在华强北租柜台做起了电子配件批发生意，别看台面不大，其实生意不小，据说每个月流水几百万！"

黄辉说："知道。华强北电子批发市场的老板看上去都不起眼，其实个个都是百万富翁。"

丁先生说："但生意好意味着忙。唐静就特别忙，而且我们厂位置很偏，当初唐静从华强北回妈湾一趟不容易，所以他们夫妻聚少离多，久而久之，厂里的一个女大学生和她前夫产生了感情。唐静是要强的女人，坚决离婚。因此，唐静如今单身，其实我有责任。我当初推荐她来参加总裁班，就是希望她在班上找一个合适的对象。"

黄辉没敢点头，瞪着大眼看着丁先生。

丁先生说："但找对象的事急不得，要看缘分，经过这些年仔细观察，我们觉得你为人不错。虽然在我们班你不算真正的总裁，但正好啊，我建议你干脆不要当所谓的国际投资咨询公司总裁助理，辞职，踏踏实实和唐静一起经营华强北的电子批发生意。"

黄辉矜持了一下，小心地问丁先生："你说的我们，是你个人还是包括唐静本人？"

丁先生反问："'我们'是单数还是复数？"

黄辉问："那她干吗不直接对我说？"

"她是女人。"丁先生仿佛有一点不高兴地说，"女人即使喜欢一个男人，也要男人追，这个你还不懂？难怪到现在还单身！"

黄辉不好意思地笑笑，问丁先生："怎么追？"

丁先生说："我理解你的意思，同学之间，追得太明显怕不好收场。"

黄辉感激地点头，说他就是这个意思。

"其实你也不用真追，"丁先生说，"明天中午你去华强北电子市场，带一份精心挑选的快餐，送上去，就说你有事正好路过电子批发市场，吃着这份快餐感觉相当不错，就顺便给她带一份。"

"就这样？"黄辉问，"一份快餐？"

"就这样，"丁先生说，"但不是一份，天天如此，坚持一个礼拜，你不用说，她什么都明白了。"

黄辉终于笑了，笑得蛮开心。但是笑过之后，他试探着问："其实我们大家都认为你跟唐静最合适。"

"最不合适！"丁先生说，"第一，朋友妻不可欺。我和她前夫是朋友，我把朋友忽悠到深圳，然后我娶了朋友的老婆，你觉得合适吗？第二，我们都是中年人了，知道夫妻的本质是陪伴，最好还能有共同的事业。你明天去看看唐静忙的那个样，她有时间陪伴我吗？我能丢下一个工业园去华强北陪伴她吗？"

黄辉摇了一下脑袋，表示确实不行。

"但你不一样。"丁先生说，"只要你舍得辞去所谓的投资咨询公司总裁助理，愿意脚踏实地和唐静一起做华强北电子批发生意，你们就能一辈子相互陪伴，并且有共同的事业。"

虽然丁先生、黄辉、唐静他们三人一起齐心协力共同努力了一阵子，但中兴通讯却最终没能入驻恒基工业园，倒是唐静与黄辉在丁先生的极力撮合下终于走到了一起。

总裁班的轮流坐庄下一次聚会是黄辉做东。他在聚会上宣布自己已经辞去咨询公司总裁助理的职务，安心和唐静一起在华强北经营电子批发生意，他说这生意看上去不威武，但收入其实超过整个国际投资咨询公司，他因此感到"从未有过的安全与踏实"。黄辉还说他感谢学习委员丁先生为他指明了一条康庄大道！

众人热烈鼓掌，总裁班从此留下一段动人的佳话。

第一家正式入驻恒基工业园的企业是南海石油阀门厂。只有十几个人的小厂，专门生产海上石油管道接口，关系是李惟诚强烈引荐的。

加上"强烈"二字，是因为李惟诚掌握着家工厂的销售渠道。这么说吧，这家工厂生产的海上石油管道接口是通过李惟诚销售给南海石油的，过程和当年李惟诚推荐国产钢格板差不多，他发现海上石油管道接口是一个易损件，需要经常更换，每次更换都需要从法国进口，不仅麻烦，而且价格贵得惊人，浪费国家大量的外汇，于是李惟诚主张按欧洲标准自己组织生产法国同类产品，取代进口件，如此，生产商当然听从李惟诚的引荐，把工厂建在他指定的恒基工业园，理由是这里离南油大厦近，便于李惟诚随时考察生产过程，控制产品质量，但在丁先生看来，主要是李惟诚想帮他。

上次李惟诚为国家节省外汇，主张用国产钢格板取代国外成套设备中的踏板，丁先生跟在后面忙了半天，结果南海石油还是选择了广钢集团黄埔钢格板厂的产品，李惟诚因此认为丁先生是赔了夫人又折兵，所以李惟诚觉得对不起老朋友，但丁先生却一句抱怨的话都没讲，反而安慰李惟诚，说："讲到老朋友，你以前的杂志社和广钢集团都属于广东省冶金厅，你们是一个系统的，所以换上我也会选择广钢集团的钢格板。"

李惟诚觉得丁先生有格局，能站在朋友的角度看问题，认定他是真正的"先生"，这个朋友值得交，所以，当他又挖掘出国产替代品后，第一个想到的就是请丁先生生产，可丁先生认为自己的职责是办好工业园，为入驻工厂提供良好的服务，而不是自己开办一间生产某个具体产品的工厂。丁先生说自己不懂海上石油管道接口的专门技术，更没有足够的资金，还顾及是不是违反与秦老板的分家合同，因为毕竟海上石油管道接口和海上石油平台用的钢格板都属于"海上石油专用钢铁构件"，还是不碰比较好，最后，丁先生强调："但如果海上石油管道接口工厂建在我们恒基工业园，我倒十分欢迎，并感激不尽！"于是，当李惟诚落实浙江一家专门生产不锈钢阀门的老板来生产这种新产品时，向对方提出的唯一要求是工厂必须建在丁先生的恒基工业园，对方当然照办。

虽然只是一个十几个人的小厂，占据的也仅是后来加建的主厂房外面的临时工棚，但毕竟是李惟诚强烈引荐的，所以租金并不低，厂房加上职工宿舍及生活配套，合起来正好可以维持恒基工业园正常运转，丁先生算是走出困境，顿时轻松不少。

这一天，丁先生接到赖文斌的电话，说他马上来，给他带了一个意外的惊喜。

丁先生说好，就亲自到工业园大门口迎接。

不大一会儿，赖文斌果然开车来了。丁先生以为所谓的惊喜是带来一个新客户入驻他的恒基工业园，谁知走下车的却是赖文斌的姐姐赖月娥！

"赖厂长！"丁先生果然又惊又喜，"怎么是你？"

"怎么？不欢迎吗？"

"欢迎欢迎！"丁先生赶紧说，"秦老板说过，随时欢迎你回来。回来还让你当厂长！哦，现在不是工厂了，是工业园，让你当工业园总经理！"

"让我当总经理？那你自己当什么？"赖月娥问。

"我当董事长啊！"丁先生说。

"哦，"赖月娥说，"我忘记了，恒基厂现在完全属于你了！你的工业园你做主！"

二人这样你一句我一句，似乎完全忘记了赖文斌的存在。赖文斌"抗议"说："你们聊吧，我是空气。空气先走了。"说完，立刻上车开了走人。

等丁先生反应过来，欲追上去，却被赖月娥拦住，说："不用管他。没事的。"

二人走进工厂，走进主厂房，上楼，来到当年的会议室。这里如今成了丁先生的会客室。他还住在原来的宿舍里，仿佛只有住在这里，他才真切地感觉自己是工业园的主人。

他们二人聊了很多，连午餐都打电话让后面的伙房送上来的。二人边吃边聊，实在有太多的话要说，说不完。

赖月娥说她离婚了。

丁先生很吃惊，因为在他的印象中，离婚仿佛是这些从北方来深圳的人的专利，本地人很少离婚的。人在自己的故乡，顾虑比较多，在离婚的问题上更谨慎。

赖月娥说她嫁到香港后才知道丈夫是智障人士。

丁先生马上就表现出极大的理解与深切的同情。

赖月娥说她原本也不打算离婚的，想着不如就这么忍着，死活不把老公带回来，村里人就永远都不会知道她嫁了个智障的老公，因此也不会给她带来多大耻辱。

"那怎么行？"丁先生忍不住说，"你也不是为别人活着。你要为自己活呀！"

赖月娥听了这话一怔，说："原来这话是你说的？"

丁先生被她说傻了，反问："什么是我说的？哪句话是我说的？"

"就是刚才这句话啊，"赖月娥说，"你说'不是为别人活着'啊。"

"是啊，"丁先生说，"不对吗？"

赖月娥说："我弟弟赖文斌就是这么说的。而且反复多次地说，所以我就离婚了，回来了。我还奇怪他怎么会这么说呢，原来是你教他说的呀！"

丁先生摇头，表示不是他教赖文斌说的。声明自己根本不知道她嫁给一个智障的老公，哪里会这么说。

赖月娥突然不说话了，沉静了很长时间，才问："现在你知道了。你认为我弟弟说得对吗？"

"对！"丁先生说，"当然对！假如你是我家姐，哦，不，假如你是我妹妹，我也会让你离婚的。"

"真的？"赖月娥问。

"真的！"丁先生说。

"然后呢?"赖月娥问。

"什么然后?"丁先生问。

"离婚之后我怎么办?"赖月娥又问。

丁先生略微想了一下,说:"然后你就回深圳啊,回来继续当恒基厂的厂长啊,回来当恒基工业园总经理啊!"

赖月娥这才开心地笑了,问:"此话当真?"

丁先生回答:"当然当真。你头先已经说了,我的工业园我做主!"

"哈哈……"赖月娥开心地大笑,丁先生没看赖月娥这么放肆地哈哈大笑过,因此有些意外,但笑着笑着,赖月娥突然哭起来。丁先生赶紧安慰她。却不得要领,不知道从哪里安慰起。好在赖月娥很快就止住了,说没事,我是高兴才哭的。这样说着,居然又哭出来……她告诉丁先生,这是她这么多年来第一次这样开心地大笑。

丁先生忍不住伸出手,放在赖月娥的脸庞上,帮她轻轻擦拭眼泪。

他们走到一起似乎是天意,更是顺理成章,当他们的关系终于从地上发展到床上的时候,丁先生惊奇地发现:赖月娥居然是处女!

怎么可能!嫁出去几年了还是处女!难道……

丁先生刚想问,赖月娥一把捂住丁先生的嘴,警告说:"不许对任何人说!"

丁先生点头。

赖月娥继续警告:"谁都不知道。我阿妈都不知道。所以,将来万一传出去,就肯定是你说的!"

丁先生理解她这话的分量,更加郑重地点头,承诺永远都不说,打死也不说!

丁先生上小学之前,在大人们以为他完全不懂事的时候,就听过母亲和几位家属的一次对话,说一个家里不能没有女人,没有女人的家,男人再能干也不能称其为"家"。当年妈妈她们说这番话是因为父亲单位的一位科长的老婆病故了,她们正张罗着帮这位科长再找一个,说看着他家三个孩子饱一餐饿一顿可怜。几十年之后,这句本该被丁先生遗忘的话,又因为赖月娥的回归而让他再次记起,因为自赖月娥回到妈湾成为恒基工业园的老板娘之后,恒基工业园很快焕然一新!

她首先跟丁先生说,工业园的大门要重建,之前工厂的大门是朝蛇口方向开的，对着亚洲自行车厂的围墙，从蛇口方向开车来要拐一个弯，走进一条窄路才能看见工厂的大门，而且进到厂里之后，必须穿越车间才能进入生活区，当年秦老板建恒基工厂的时候，从安全和便于管控的角度出发，这样的设计是必要的，但时过境迁，如今工厂改成工业园了，不能再搞封闭管理了，而且从蛇口往深圳西站的港湾大道也连通了，都通公交车了，所以工业园的大门必须改。

丁先生问怎么改。

赖月娥说把之前的大门堵上，在东面对着港湾大道上另开一个大门。

丁先生说："这样改造当然好，但要向有关方面申请起码要报备吧？可我连归哪些部门管以及这些部门的大门朝哪边开都不知道啊，怎么申请？怎么报备？"

赖月娥说："这个你不用管，交给我。"

丁先生说："好，你是本地人或许你知道怎么申请，但是钱呢？眼下就一个南海石油阀门厂入驻，收入刚刚够应付支出，我再拿出一笔钱来修大门有点紧张啊。"

"这个你不用操心，"赖月娥说，"我有办法。"

"你有办法？"丁先生问，"你有什么办法？"

赖月娥说："工厂虽然搬走了，但车间里还有一些废铜烂铁，包括锻焊机和热浸镀锌机等大型设备的底座，放在那里反而碍事，不如请专门做物资回收的人清理走，还能值几个钱。"

丁先生点头，说："很好，但这几个钱不足以修建一座新大门吧？"

赖月娥又指着两栋宿舍楼说："你看这两栋宿舍楼每个窗户都安装了防盗网，当年秦老板以为内地的社会治安不好，必须这样做，其实深圳的治安状况非常好，宿舍楼在工业园内，完全没必要安装防盗网，装了反而违反消防要求，干脆全部拆卸。"

丁先生仍然点头。但他对物资回收完全没有概念，不知道两栋宿舍楼的防盗网拆下来能卖多少钱，以及这些钱能不能抵消拆卸搬运费用。

赖月娥说："你不用管，我有一个亲戚专门做这个生意，我来跟他谈。"

说完，当着丁先生的面，赖月娥打电话，找她那个亲戚。叽里哇啦说了一大通丁先生完全听不懂的话。他因此很奇怪，你们不是广东人吗？我不是已经完全能听懂广东话并且会说广东话了吗？怎么你跟你亲戚说的广东话我大多数听不懂呢？

不大一会儿，赖月娥的那个亲戚来了。

来人对丁先生很客气，用白话也就是广东话或香港话与丁先生打招呼，但他对赖月娥仍然说那种丁先生听不懂的话，在丁先生看来，他们是在吵架，吹胡子瞪眼，还拍桌子，但吵归吵，毕竟是亲戚，最后双方还是非常生气地达成妥协。

那人走后，丁先生问赖月娥："你们刚才吵什么？那么凶？"

赖月娥笑着说："我要求他收走车间里的废铜烂铁后，顺便把车间的地面重新做一下。"

丁先生点头，说："这个要求好，不然他们起走设备底座地面凹凸不平也不方便厂房出租啊。"

赖月娥又说："我还要求他拆卸宿舍楼防盗网之后，顺便把宿舍楼的外墙也粉刷一下，因为防盗网年久失修，生锈了，锈水流在墙上，像眼泪，很难看的，不吉利。"

"是。"丁先生说，"能顺便粉刷一下当然好，但是你不另外给钱，人家能干吗？"

"这个孤寒鬼，"赖月娥说，"他才不干呢！"

"那他后来怎么又同意了呢？"丁先生问。

"后来就吵架喽，"赖月娥说，"我骂他孤寒鬼，说当年我们结婚的时候他就没随礼，现在发达了，不该补上吗？"

"当年？"丁先生不解，"我们不是才结婚吗？哪来当年？"

赖月娥警告丁先生："千万不要这么说，他们不知道，我对他们说你就是当年我嫁的那个香港人。"

"这样啊？"丁先生问，"人家相信吗？时间长了不会穿帮吗？"

"穿帮个鬼！"赖月娥说，"时间长了谁认账？粉刷到墙上的灰还能再抠下来吗？"

丁先生觉得这样不好，蛮别扭，但也只好配合夫人。等赖老板他们进场后，丁先生就只说粤语，不说普通话，所以，赖月娥的很多亲戚就一直以为她当年嫁的那个人就是现在的恒基工业园香港老板丁先生。

广东人相信风水。改大门在广东就是改风水。丁先生原本不太信这东西，可也不反对别人信，更没觉得信风水就一定是迷信，但自从恒基工业园的风水改后，果然时来运转，令他从此不得不也有点信风水了。

当然还是老板娘的功劳，赖月娥不知道通过什么渠道联系上一家著名的快递公司，把恒基的主厂房租给他们用作快件分拣配送中心。这下，恒基工业园彻底火了，整天车水马龙，车间连同宿舍全部派上了用场，原先在恒基工业园唱主角的南海石油阀门厂倒立刻像配角了。赖月娥提出干脆终止与阀门厂的租赁合同，把当年加盖的临时工棚拆了，用作停车场，因为快递公司总是抱怨工业园的停车位不够用，有时候不得不把一部分车辆停在外面，或停在老大门的那条已经废弃的路上，蛮不方便的。可丁先生说不能过河拆桥，等到合同到期需要续签的时候，征求对方的意见再说，并警告赖月娥："南海石油阀门厂是李惟诚当年为了帮我渡过难关特意为我找来的承租户，你千万不要擅自做主把人家赶走！"赖月娥见他这么认真，就没再提这件事。

对于丁先生来说，那是一段无与伦比的幸福时光。他对幸福的理解还保留在较低的层次，认为只要生活中不考虑精打细算，做到按需花钱就是幸福。丁先生的按需花钱是买了一辆新车。他让赖月娥给她那亲戚赖老板打电话，让他过来，把旧车开走。

赖月娥以为老公想请她亲戚来回收旧车，就责备丁先生不如在买新车的时候以旧换新，直接冲抵一部分车款。

丁先生说："你想什么呢？那能冲抵几个钱？我是想把旧车送给你那个亲戚赖老板。"

"送给他？"赖月娥问，"凭什么？干吗没事要送他一辆车？"

丁先生说："我们现在有钱了，就不要那么小气，当初我们没钱的时候，赖老板免费帮我们修大门、平车间、刷外墙，现在送人家一辆旧车不应该吗？"

赖月娥说："哪里有免费？当初我不是把废铜烂铁还有防盗窗全部让他拆走了吗！"

丁先生说："我心里有数，当初我们确实占了人家便宜，至少没让人家赚钱，对吗？现在就该送一辆旧车给赖老板。"

赖月娥仍然不乐意，但赖老板毕竟是她娘家亲戚，老公愿意让她娘家人占便宜，她不能坚决反对，再说多大的事呢，不就是一辆旧车吗，老公作为董事长，这点主还不能做吗？所以赖月娥还是依了丁先生，打电话让她那亲戚赖老板过来把旧车开走。

赖老板对他这个堂妹太了解了，不相信阿娥突然变得这么大方，担心这里面有套，特意找丁先生聊了一下，他相信丁先生是个老实人。丁先生把头先对赖月娥说的话又说了一遍，说："我心里有数，当初改大门、重做车间地面、粉刷宿舍外墙你没赚钱，算是你帮了我们的忙，现在我买新车了，把旧车送给你应该。"

赖老板竖起大拇指，说："你们香港人就是讲规矩，大方，谢啦！"

丁先生很想说自己不是香港人，但又要照顾老婆的虚荣心，就没说，傻傻地笑笑，装作一副人傻钱多的样子，搪塞过去。

可赖老板不是无缘无故占人便宜的人，或是有意结交丁先生这门亲戚，所以第二天就又回来，说："旧大门门口那条路是作为恒基厂与亚洲自行车厂的分界线的，现在既然恒基的大门朝港湾大道开了，不如把原来朝蛇口方向的围墙推倒，两头堵上，把整条路围在工业园围墙里面，可以为工业园多出一排车位来。"

丁先生还没听明白是什么意思，赖月娥已经高兴得手舞足蹈，说："太好了！如果你能把南面围墙外面的空地围进来做停车场，解决大问题啦！快递公司对我们工业园什么都满意，就是抱怨停车位不足！太好啦太好啦！"

晚上睡在床上，丁先生还不放心，说："这样会不会违反规划啊？"

赖月娥说："放心，民不告，官不纠，这条分界路是我们恒基厂和亚洲自行车厂共有的，他们那边根本走不到我们这边来，只要我们自己不告自己，没人管这种事。"

丁先生说："现在是没人管，但将来万一有新的规划了，就有人管了。"

赖月娥说："将来就成了历史遗留问题了，自然会按遗留问题处理，你不用操心，我们麻湾村刚刚经历拆迁，对付拆迁我有经验。"

赖月娥的按需花钱是到香港买了一个单位。其实就是一套房子，但香港人说一个单位，所以她就说一个单位。

丁先生这才想起，夫人赖月娥因为曾经嫁到香港并在那里生活几年，早已变成香港人的身份，回香港买个单位可以理解。可赖月娥却说，这个单位她是为丁先生买的。

"为我买的？"丁先生不解，说："我也不去香港住，干吗为我在香港买套房子？"

赖月娥用手指点着丁先生的额头，说："你怎么忘了？我跟你说过，你就是我当年出嫁到香港嫁给的那个人，如果在香港连个单位都没有，我将来怎么去婆家？"

绕了半天，丁先生终于想明白，原来是这么回事！

因为赖月娥是香港人身份，所以他们的两个孩子一生下来就是香港人，这让丁先生有些别扭，自己是安徽人，怎么儿子成了香港人呢？好在儿子是他亲生的，这个假不了，所以算香港人还是深圳人并没有那么重要，再说算香港人也有好处，如果算安徽人或深圳人，是不允许生二胎的，那么，他们哪里能有老二呢？

一晃，又是十年，丁先生来深圳眼看就二十年了，一眨眼由中青年变成中老年了。时间过得真快啊！尤其是后十年，丁先生养尊处优，工业园的日常事务主要依靠老板娘赖月娥，他总认为赖月娥是本地人，亲戚朋友熟人多，又有香港身份，谁也不敢轻易在她身上触碰政策，丁先生就什么事都放心地交给夫人处理，自己反倒变懒了，懒得如当年的赖厂长。

这天晚上，小舅子赖文斌专程跑到家里来对姐夫说改编的事，却被丁先生以为是小舅子在单位搞革命传统教育搞多了，居然"教育"到自己姐夫头上来了，他回敬小舅子说："你不用来教育我，我党史学得好着呢，可以当你的老师了。"结果被小舅子赖文斌狠狠笑话一顿。

"与你的关系太大了！"赖文斌说，"在我们招行的客户中，中集集团是最大的'地主'，在我赖文斌的客户中，姐夫你丁先生就是最大的'地主'了！"

"斗地主？"丁先生说，"不对呀，'三湾改编'是红军内部改编，标志性成果是把党支部建在连队，确保'党指挥枪'，不是大革命初期的'斗地主'啊。"

小舅子刚开始以为姐夫幽默，后来才知道他是真没搞懂什么是新时期的"三湾改编"，于是只好帮姐夫"扫盲"，解释说："'三湾'指我们脚下的这片土地，桂湾、前湾、妈湾，国家准备在'三湾'建立保税区，所以称为'三湾'改编，不是红军当年在福建古田搞的'三湾'改编。"

"在'三湾'建保税区？"丁先生问，"你听谁说的？"

小舅子撇了一下嘴，心里说，姐夫你太小瞧你妻弟了吧，什么叫"听谁说的"，你没想到我是什么身份是干什么的吗！但他看丁先生一脸诚恳无知求教的样子，就没再在姐夫面前开玩笑和卖关子，直接说出事情的原委："有人在我们招商银行质押了中集集团的股票，因此我们等于间接持有中集集团的股份，所以前几天我陪领导出席了中集集团的股东大会，会上，我亲耳听集团总裁透露，中集前湾妈湾的地块商业价值估计收益在八百亿元左右，如果被政府征用，潜在价值变现，意味着将可以再造两个中集！还说"这事不会等太久"！我们领导听了这话没当回事，因为类似的股东大会我们参加的多着呢，股东大会上听董事长、董事局主席或集团总裁说的大话更多，单说卫星上天或即将研究成功抗癌新药的每年都听好几遍，哪里在意谁家的公司土地可能被政府征用产生额外的征地补偿收益啊！"

"但是我不一样啊，"小舅子赖文斌说，"我姐夫的恒基工业园就在妈湾啊！如果中集集团在前湾、妈湾的土地被国家征用能获得八百亿的征迁补偿款，那么我姐夫的恒基工业园是不是也要被政府征用呢？所以，我回来后就深入跟踪了一下，这才查出'三湾'改编的事，证明中集总裁没有'放大炮'，而且除了他说的前湾、妈湾之外，还包括'桂湾'，所以才叫'三湾'改编嘛。"

丁先生沉睡的大脑被瞬间激活，他仿佛一下子清醒过来，大脑马上开始高速运转，然后说："这个可以理解，因为中集在桂湾没有土地，所以中集的总裁就只说了前湾和妈湾。但我关心的是，我们恒基工业区是不是正好在规划中的保税区之内呢？"

"当然包括在内！"小舅子非常肯定地说，"你这个工业园就在妈湾，而且挨着前湾，差不多正好位于前湾和妈湾的中间，怎么划都不可能划到保税区之外。除非你想把保税区分割，但这是不可能的。现在只是内部消息，还没公示宣布，我专门过来对你说一声，你好有个思想准备。"

"假如，"丁先生对小舅子说，"我是说假如我们恒基工业园正好位于你说的那个保税区中间，会怎么样呢？勒令我们搬走吗？往哪里搬？"

"搬什么搬呀，"赖文斌说，"姐夫，你还真打算开一辈子工业园啊！这属于土地征用，土地上的工厂外迁，国家给予一定的经济补偿。但你是工业园的业主，是地主，肯定是按土地使用权补偿，比搬迁补偿高得多。"

"高得多？"丁先生问，"那是多少？"

赖文斌矜持了一下，说："反正每亩单价应该比中集集团的补偿费更高。"

"为什么？"丁先生问。

"因为中集集团是国有控股啊，"赖文斌说，"公家对公家，还不好说吗？按照惯例，土地收益跟政府平分。但你不一样啊，你是私人老板，而且是香港独资企业，他们是要跟你协商的呀。公家跟私人协商，哪有让私人吃亏的？"

"大概是多少？"丁先生问。

赖文斌歪着脑袋想了片刻，不敢确定地说："应该是按你几十年的租金累计计算，一次性补偿给你吧。"

"那是多少？"丁先生继续追问。

赖文斌说："具体多少不知道，几个亿总该有吧。"

"几个亿？"丁先生被吓了一跳！

赖文斌嫌事情不够大，又补充一句："或许更高。"

"更高？"丁先生来深圳之前非常羡慕万元户，来深圳之后也想过自己或许能成为百万富翁，近些年日子过得奢侈，对千万富翁也产生过幻想，但"亿万富翁"则连做梦都没想过，总以为那是香港富豪李嘉诚霍英东他们的事，没想到小舅子居然说他也可能有几个亿，或者更多！这不是做梦吧？

丁先生立刻提振了一下自己，恢复当年的清醒。他提醒自己要淡定。一定要淡定。这只是一个传说，不能当真，再说万一是真的也没什么大不了，只是把现在每月收取的租金一下子提前给我而已，不一定是好事，处理得不好，说不定还把这两个孩子变成纨绔子弟，让老婆从收租婆变成麻将婆。所以，一定要淡定，要清醒，最好不要把我的工业园包括在保税区以内，让我维持现在的按需花钱就蛮好。

可是，夫人赖月娥却不淡定了。赖月娥刚开始并没有参与弟弟与老公的谈话，以为是他们男人之间的谈话，但毕竟一个是自己的亲弟弟另一个是自己的老公，她没把自己当外人，所以中途进来帮他们倒茶，"三湾"改编的事她没听见，却听见土地使用权补偿至少几个亿！还可能更多！吓得她差点把水壶掉到地上。

传说并非空穴来风。事态也往往事与愿违。丁先生希望他的工业园最好不要包括在保税区之内，以维持他现在的收入和生活方式不变，却偏偏他的恒基工业园位于保税区的正中央！夫人赖月娥高兴得近乎发疯，丁先生则提醒自己要保持淡定，要解放思想，要与时俱进，千万不要得意忘形更不要让自己成为钉子户。但这件事情实在太大也太突然，他很难完全淡定，非常希望找一个人说说，消化消化，顺便把自己可能成为亿万富翁的思想准备准备。但他不能跟自己的夫人说，因为当事者迷，而且赖月娥在这个问题上恰恰与他不在一个频道上。他也不能跟赖文斌说，因为赖文斌是他的小舅子，不知不觉也半个身子身陷其中，最后，丁先生忽然想到华强北的"小虎牙"唐静，并且一想到唐静，丁先生的大脑似乎立刻清晰了不少。

丁先生给唐静打电话，慢慢道来。

唐静这些年在华强北打拼果然增长了见识，思想与时代同步，她首先就否定了丁先生关于几个亿的说法，说："丁大哥，你果然窝在妈湾那地方养尊处优把自己的锐气磨平了呀。怎么是几个亿呢？我看是几十个亿！"

丁先生保持淡定，因为类似的话赖文斌已经说过，只不过他在给唐静慢慢道来时有所保留而已，没说可能更多，只说可能几个亿，所以，这时候他听唐静这么说，他非常淡定地问唐静为什么这样说？根据是什么？

"你不看《第一现场》啊？"唐静问。

丁先生知道深圳电视台的《第一现场》节目，但他看得不多，新闻时事，他主要看晚上七点的《新闻联播》，文化娱乐他主要看香港电视，刚开始是为了学习广东话，后来渐渐成了习惯，除了内地的《新闻联播》，其他全部看香港电视，深圳本地的电视节目如《第一现场》反而看得不多，所以这时候面对唐静，丁先生实话实说。

"不常看。"丁先生回答，"怎么了？"

"你知道蔡屋围那栋钉子户最后赔偿多少钱吗？"唐静问。

唐静这么一说，丁先生就有印象，不知道是在报纸上偶然看见过这个画面，还是香港电视上也播放过这个画面，就是一栋大约十层高的蛮新的农民房，孤零零地耸立在一大片工地当中，周围的地基都开始挖几米深了，就它在那里岿然不动，真像一枚钉子钉在那里，看你们能把我怎么样！

丁先生对这个钉子户有印象，但最后赔偿多少钱他不知道。

"我就知道你肯定不知道。"唐静说。

"确实不知道。"丁先生承认，然后问唐静："多少？"

"一点二亿！"唐静说。

大约有前面赖文斌说的几个亿甚至更多垫底，所以丁先生觉得蔡屋围的一栋农民楼赔偿一点二亿也不算太多，起码听起来并不吓人。

唐静接着问："你那一大片工业园面积相当于几个钉子户？"

这个问题丁先生没想过，现在被唐静一问，就在心里盘算一番，至少有十个吧？不止，一栋主厂房，两栋宿舍楼，假如一栋宿舍楼相当于两栋农民楼的话，一栋主厂房至少相当于四栋农民楼，再加上主厂房和宿舍楼之间的篮球场和后来搭建的工棚，还有停车场等，整个围墙里面加在一起，估计相当于十五或二十栋农民楼那么多吧。

"至少相当于十栋吧。"唐静说，"那就是十二亿！"

"账不能这么算。"丁先生似乎在跟唐静讨价还价。

"那该怎么算？"唐静不依不饶。

丁先生说："第一我不是钉子户，所以我不要赔偿，我只要国家的土地使用权补偿，补偿和赔偿是不一样的。第二我这里不是蔡屋围，是妈湾，关于土地的价值，我同意李嘉诚的说法，第一看位置，第二看位置，第三还是看位置。"

"打住，"唐静说，"你赶快给我打住。丁大哥，你来深圳这么多年了，自己当老板也有十年了吧，怎么思想还停留在内地知识分子的层面？"

是吗？丁先生想，那很好啊，我还真想保持内地知识分子的思想呢，就怕保持不了呀！

"第一，"唐静说，"别给我整赔偿和补偿的差别，这就跟你们知识分子说老婆是爱人差不多，说法不同，本质一样。第二，拆迁补偿与房价同步增长，甚至补偿费增长的速度更快，蔡屋围的钉子户是一年前的事，你的工业园拆迁现在只是传说，到真正落实恐怕要一年之后，时间相差至少两年，你知道这两年深圳的房价增长多少了吗？对应的拆迁赔偿费又增加多少了吗？第三，谁说前湾妈湾的位置比蔡屋围差了？蔡屋围已经被充分开发了，好比一张画纸已经被画得满满当当了，而前湾妈湾还是一张白纸，国家要么不搞，要搞，你那地方就肯定搞更大的动作。所以，你等着数钱吧！"

"我不需要那么多钱，"丁先生嘀咕道，"要那么多没用。"

"那是另外一个问题。"唐静说，"不跟你聊了，你数钱都没劲，我还要忙着挣钱呢！"

听唐静挂电话的速度与口气，仿佛她生气了。

生什么气呢？丁先生反思，我哪句话说错了吗？或我打电话给她这件事本身就是错误？

对！在深圳打拼二十年已经年过天命的丁先生忽然意识到一个事实：亲友之间，可以向对方恭喜，千万不能向对方报喜，除非对方是你父母或懂得疼弟弟的亲姐姐，否则绝大多数人听你报喜就羡慕嫉妒，只差一个恨了！唐静还算直率的人，羡慕嫉妒马上就通过"不跟你聊了"表达出来，说明她的"羡慕嫉妒"是瞬间产生并可以快速消失的，换一个性格比较阴暗的人，没准就真产生"恨"记在心里了。

丁先生起先后悔打电话向"小虎牙"报喜，但是最终，他又认为自己的报喜行为并没有错，倘若生活中连这么大的惊喜都不能向自己最亲近的人报一下，那还是人吗？不管了。丁先生最后想，我按照自己内心的真实想法和做人原则去做，至于你是羡慕嫉妒还是恨，是你的自由。

后来征迁工作正式开展后，丁先生又再次给唐静打电话，这次不是"报喜"，而是真有事情跟她商量。丁先生与她商量她那两个远房亲戚的去留问题。

这两个人当初是唐静送到工业园来的，现在工业园没有了，他们是走是留，当然还是要通过唐静，这叫善始善终。

唐静反问丁先生："走是怎么走？留是怎么留？"

丁先生回答："其他人好办，按照工龄，一年补发一个月工资，不足一年的也按一整年计算，一次结清，这叫'走'。"

唐静又问："那么留呢？"

丁先生说："留就是我除了给他们一定的补偿之外，当然可能没有这么多，然后再负责帮他们介绍一份新的工作。"

唐静想了一下，问："其他人你是怎么处理的？有留的吗？"

"没有。"丁先生非常肯定地说，"我哪愿意多这种事？宁可多花一点钱，一次性了断。"

"那你为什么对他们两个考虑是走是留呢？"唐静问。

"这不是因为你吗，"丁先生说，"人是你送来的，现在我要让他们走，当然要跟你商量，由你决定他们是走是留，最好由你把人领走，你说是不是？"

"不用这么讲究吧，"唐静说，"这都多少年了呀。"

"多少年也不能坏了规矩。"丁先生说，"这个问题我必须通过你。"

唐静说："我看还是一次性了断吧。"

如果对外人，丁先生肯定会说好，那就按你的意思办！但他不能把唐静完全当"外人"，于是略微想了一下，说："是的。其实我也是这么想的，但因为是你的亲戚，所以这话我不能说，只能等你自己说。"

"好啊！"唐静叫起来，"丁大哥你学坏了呀！跟我玩起心眼来了！"

丁先生承认是，并且希望唐静能过来一下，三方当面，把这件事说清楚，处理清楚，彻底了断。

唐静来了之后，两个人又当面商量了一下到底给他们多少补偿合适，最后丁先生带着现金陪唐静来到厨房，由唐静出面说话："你们不用做饭了，趁我在，丁大哥当面把你们的补偿费结算清楚，你们今天就可以先回安徽去，至于是回去做生意，还是过段时间再回深圳来找工作，回去歇几天想清楚再说。"

事情确实有些突然，两个人虽然想到会有这么一天，但没想到这一天就是"今天"。

丁先生赶快解释："这地方明天就不归我了，我明天就去香港，也不方便带你们过去。不好意思啊，谢谢你们这些年帮我！"

当着唐静的面，她弟媳妇的这两个亲戚说着客气话。大概的意思是说，怎么是我们帮您呢，丁老板真客气，是您这些年帮我们俩呢。

唐静说："好了好了，天下没有不散的筵席，好讲好散。丁大哥给其他人按一年工龄补偿一个月工资，不足一年的也按一年算，但他对你们特殊照顾，除了这个数之外，另外还给你们每人一万块钱。但你们千万不要对其他人说，说了其他人不高兴。"

"不说。"

"我们绝对不说。"

"我们哪有那么傻！"

两个人说了半天，愣是一个"谢"字都没说。

看来唐静对她这两个拐弯的亲戚还算了解，让丁先生不要按双倍的补偿给，因为他们认为你有钱，给再多也是应该的，甚至给再多都觉得你小气。

丁先生不计较这些，只想把这件事尽快了断，最好永远不再见面。

他做得很仔细，先给与其他人一样的每年一个月工资的辞退补偿，不是合在一起给其中的某一个人，而是分成两份，每人一份，分别给，然后再每人给一万元额外补偿，声明这一万元是额外的，是对你们的特殊肯定与照顾。终于等对方开口说"谢谢"了，丁先生才递过去。

后来唐静还专门问过丁先生："你为什么要这么细致？"

丁先生说："以前我没钱，无所谓，光着脚我怕谁？现在突然有钱了，我穿鞋了，反而胆小了，尤其怕光脚的。"

唐静先是笑了一阵子，然后问丁大哥：："那一万元为什么要单独给？还要反复声明是额外照顾呢？"

丁先生说："我原本以为他们会假意不要，那样我就说是看你的面子才给这个'额外照顾'的，没想到他们连'假意'都没有，直接伸手，我就是不递过去，非得等他们说'谢谢'才给！"

"哈哈……"唐静笑翻了。

突然，唐静笑着笑着又流出眼泪，吓得丁先生不知所措了！

"别害怕。"唐静说，"丁大哥你放心，我永远都不会缠你。我唐静这辈子不会缠任何男人。但必须实话告诉你，我只有和你在一起才笑得这么开心。"

是吗？丁先生心里想，我也是！但他不敢说，当然更不敢把眼泪流出来，使劲忍着，不动容。

第二十章　"梦工厂"还是"梦工场"

2010年5月，中共深圳市第五次代表大会召开，明确提出在前海湾保税港区的基础上，加快建设前海深港现代服务业合作区。不久，在迎接深圳经济特区成立三十周年之际，国务院批复《前海深港现代服务业合作区总体发展规划》，前海就此成为特区中的特区，定位于现代服务业机制创新区，现代服务业务发展集聚区，香港与内地紧密合作的先导区，以及珠三角地区产业升级的引导示范区。很快，眼看着"小虎牙"唐静当初所说"房价超过蔡屋围"就成真啦！

2011年1月，丁先生作为前海地主的代表，出席在五洲宾馆举行的前海管理局揭牌仪式，居然还在电视上露了脸。他自己并不知道，当晚上接到汪宝珠的电话说恭喜他，才赶忙打开电视看深圳本地的新闻，可惜新闻已经播放过了，没看到，不甘心，继续等，等到重播的时候才看见新闻里果然有自己。但只是一闪而过，如果不是事先知道，又是非常熟悉的人，哪里能注意到。汪宝珠当然属于跟丁先生很熟悉的人，但他事先知道前海管理局成立这件事吗？特别关注这件事了吗？所以他才看到丁先生在新闻里一闪而过？还是非常碰巧，甚至是汪宝珠听其他人说的，比如听当初厂里的某个芜湖老乡说的，汪宝珠才专门给丁先生打这个电话恭喜的？

丁先生有些兴奋，也有一点好奇，他很想打电话给汪宝珠问清楚，但一想到自己从"小虎牙"唐静身上汲取的教训，可以打电话恭喜，不能打电话报喜，遂放弃了这个念头。

第二天上午，丁先生忍不住再次打开电视，没看香港台，还是看深圳电视的本地新闻，居然再一次看到自己。忽然发现，镜头里的自己与周围的官员气质完全不同，居然一看就是香港老板。怎么会呢？丁先生想，我什么时候变成这个样子了呢？

一定是赖月娥！

这些年丁先生的生活都是赖月娥安排的。包括让他冒充自己就是赖月娥最初嫁到香港的那个男人，包括他因为老婆和孩子都是香港人而自己也稀里糊涂变成了香港人身份，包括他尽说香港话很少说普通话，包括发型与笑容，包括他从头到脚穿的用的都是从香港带过来完全是香港人才穿的用的东西……可不就完全港化了吗，当然"一看就是香港老板"了。而这一切，可能正是赖月娥所希望的。

丁先生之前养尊处优，对这一切都无所谓，现在被脚下的土地由妈湾变成前海震醒了，有想法了，忽然发觉这样也不错，比如这次他之所以能作为代表去五洲宾馆出席前海管理局成立揭牌仪式，还多亏他的港商身份。在揭牌仪式开始前，丁先生作为港商代表被安排在贵宾室休息，竟然与上面来的领导以及深圳本地的领导有近距离接触与交流，他记住赖月娥的教导，为保持自己的港商身份，明明很想和领导中的一个安徽老乡说家乡话，却硬忍着只说广东话。

能够成为代表的另一原因是丁先生显然比其他港商更理解内地的政策与内地人的思维方式，毕竟，他其实就是内地人嘛！只不过当年为了保住饭碗而拼命学会了广东话，后来又碰巧娶了一个有香港人身份的老婆而已，况且他在内地的时候是做科技情报工作的，别的本事不敢说，案头工作绝对一流，所以，当他从昏昏欲睡的状态中被震醒之后，丁先生对国家建立前海深港现代服务业合作区的战略意图与具体步骤自然比其他港商有更深刻的理解与全面认识，比如为什么强调服务业，他就理解其中的包容性，因为"服务"二字可以容纳更多的内容与概念，可以说是包容无死角，包括制度创新与制度试验，为前海的发展预留了多大的空间和打算让它产生多大的作用啊！这哪里是一般的港商能够理解与想到的？所以，有关方面要从他们这些原来就在前海这片土地上打拼的港商中挑选一位代表，自然非丁先生莫属。

真不是开玩笑，绝大多数与丁先生身份相同或相近的港商，不要说理解国家的战略意图了，他们甚至连"前海湾保税港区""深圳前海综合保税区""前海深港现代服务业合作区""前海管理局"以及"前海蛇口自由贸易试验片区"等名称的意思、差别以及相互之间的关系都搞不清，而丁先生不仅能解释它们各自的概念和相互关系以及它们之间的相互顺序和相互叠加与重合部分，甚至知道深圳前海自贸区是广东自贸区的一部分。这么说吧，丁先生有次对前海管理局的某位领导说："国家就是把所有的优惠政策一个不留全部用在'前海'上。"领导听了都认真点头，认为丁先生这位港商的觉悟真高，总结得真是全面而精练，于是该领导在日后的工作中多次引用丁先生这句话，而且每次都声明"这是一位在前海这片土地上打拼多年的香港老板丁先生说的"，如此，丁先生的"前海先生"就被喊出来了，他似乎成了前海的形象代表，就像美国当年选一位原住民印第安人作为第一个登上硫黄岛的英雄一样，但事实上丁先生并非前海人更不是香港原住民，他只不过是赶在邓小平第二次南方视察之前从内地来深圳的一个知识分子。

经仔细权衡，在不能报喜也不能傲慢之间，丁先生等过了一段时间，还是主动给汪宝珠打电话，避开报喜，完全是老朋友之间的问候，问汪宝珠怎么样了？他夫人王秋玲怎么样了？韩建和何葆国他们怎么样了？秦老板和林姑娘怎么样了？他带过来的那批安徽芜湖老乡怎么样了？代我向他们问好等。当然，除了汪宝珠之外，丁先生也给去了广州的金健华打过电话，可惜广州的电话号码升级了，他没打通，想着金健华是小师妹，这么多年都不跟他这个师兄联系，说不定对他当年把她从华美钢铁忽悠出来有意见，所以丁先生就没费劲去查黄埔钢格板厂的新号码。

但汪宝珠不一样，这次丁先生在电视上一闪而过，就是汪宝珠主动打电话来"恭喜"的，所以丁先生在不能傲慢的理由下，把电话打回去，专门问好。

汪宝珠接到丁先生的电话虽然很高兴，但也并没有因为他如今成了大老板而受宠若惊，汪宝珠甚至仍然称丁先生丁工，认真回答老朋友兼老上级的每一个问题。说他自己老样子，金健华都在广州黄埔担任钢格板厂的厂长了，他还是副总，王秋玲也是老样子，韩建的情况他不清楚，因为当年公司从深圳搬迁到东莞来的时候，韩建其实并没有跟着来，留在深圳了，去哪里他不知道。

"是吗？"丁先生问，"金健华当厂长了？你怎么知道的？你们有联系吗？"

汪宝珠回答："我哪里跟她有联系？是王秋玲。她们俩一直保持联系。"

丁先生"哦"一声，又问："何葆国呢？"

汪宝珠说："何葆国倒是随公司来东莞了，但半年之后也辞职了。"

丁先生又"哦"了一声，问："为什么呢？"

或许丁先生并不真想搞清楚何葆国离开恒基公司的原因，只是聊天聊到这个份上，必须随口问一声而已，但汪宝珠的回答却让丁先生蛮吃惊，他说："何葆国可能以为我会接替你的总经理职位，他接替我的经理职位，但老板一直让我当副总，也没提拔何葆国当经理，他大概因此才走的吧。"

"这样啊？"丁先生问，"你一直当副总吗？那总经理是谁？"

汪宝珠说："谁也不是，公司一直没有总经理。"

这样啊？丁先生想起钱钟书写的小说中说北方人赶驴车，用竹竿在毛驴前面挑一串胡萝卜，引得毛驴拼命往前赶，一直赶到目的地也未必吃上那串胡萝卜，难道秦老板把汪宝珠当毛驴了吗？那么他老婆呢？王秋玲不像省油的灯啊，她总不会也是毛驴吧？

汪宝珠说："是啊，所以王秋玲一直抱怨我没用，说如果换上你，一定有办法逼着老板给你总经理职位和待遇。"

是吗？我比汪宝珠有用吗？丁先生心里问自己。答案是从结果看，似乎确实比汪宝珠有用，分析过程，一是比汪宝珠会写，二是与林姑娘相处得有分寸，三是比汪宝珠有底气，已经想好了随时离开恒基，去深圳市科技局应聘一个从事科技情报的职位，或去某证券公司、上市公司应聘相应的职位，但汪宝珠也可以啊，凭他能工巧匠的本事，即使不去应聘，自己开个维修铺子，早就当上老板了！所以，丁先生想，性格决定命运，关键在性格，以汪宝珠的性格，娶了个高学历的王秋玲，在港资企业当一辈子副总，而且地位不可撼动，似乎很满足了。容易满足有什么不好吗？

丁先生不想在这个话题上深入，提醒自己不要自以为是，更不要得意忘形，于是赶快岔开话题，继续回到叙旧上，问秦老板、林姑娘和被汪宝珠招来的那批芜湖老乡的情况，汪宝珠回答秦老板和林姑娘老样子，而那批老乡则各有千秋，他具体说了谁谁谁一直留在厂里，谁谁谁早已跳槽，还有谁谁谁则回芜湖了，干了两年，不适应老家的生活，去了上海等。因为丁先生对不上名字，所以最后也没搞清楚谁谁谁到底是"谁"，最后以笼统一句"代向他们问好"结束。

2012年12月，国家最高领导来深圳视察，第一站就是前海，明确提出前海要"依托香港、服务内地、面向世界"。一年之后，前海管理局、深圳市青年联合会和香港青年协会三方宣布共同发起成立深港青年梦工厂。意在提供一个服务深港及世界青年创新创业，帮助广大青年实现创业梦想的国际化服务平台。梦工厂的位置恰好就是之前丁先生的恒基工业园！

因为依托香港，所以前海管理局在这一决定公布之前曾召集区域内几位港商代表座谈，听取他们对建设梦工厂的意见或建议。

或许这只是一个姿态，走一个程序，并非真想从几位港商代表这里汲取多少宝贵意见，所以在座谈会上，另外几个代表要么不作声，要么唱几句赞歌。他们大约经常参加这样的座谈会，所以知道怎么唱赞歌。可没想到丁先生当真了，他正儿八经提了条意见：建议把梦工厂改成梦工场。还给大家"上课"，说"工厂"与"工场"的区别。这两个词在中文里的读音虽然一样，但如果翻译成英文，则一个是factory，另一个是 workshop。而根据前海的定位，我们要搞的肯定是"工场"，而不是"工厂"，所以应该叫梦工场而不能叫梦工厂。

丁先生说完，会场一片寂静，大约是所有的人都没想到这几位港商代表当中还真有人提意见，并且提出这么具体的意见，好在主持座谈会的负责人反应比较快，稍微寂静了十几秒，他马上就热情而诚恳地请丁先生就这条建议做进一步说明。

丁先生真想说干脆我明天给你一份书面建议吧，因为他相信自己写出来的建议书肯定比讲出来的更加仔细与完整，毕竟，他是做情报工作出身的，当年每次工作成果都必须是书面的，而绝无口头的，再说作为港商代表，在公开场合他不能说普通话，必须说香港话，而他用香港话表达日常生活没问题，但要阐述专业问题多少有些吃力，但此情此景，丁先生面对的不是当年的香港老板秦昌桂，而是今日的前海管理局领导，人家对港商代表非常尊重，哪敢要他提供书面报告，再说座谈会的气氛就是即兴发言，不能搞得太正式，否则不仅对他自己，而且也给主办方制造压力，一旦提交书面意见，人家就必须给予书面答复，这不是给人家添麻烦吗？所以，丁先生只能硬着头皮勉为其难用粤语给出解释。

他说工厂一般指大型机械化制造厂，以大型和大量的机器设备为标志，比如他的恒基工业园早年就是工厂，有锻焊机、热浸镀锌机、冷轧扭曲机等各种现代化机械设备，而工场最初的意思是手工作坊，生产要素以人为本，主要依靠人的智力和手艺而不是依靠机器设备。按道理，工厂是在工场的基础上发展起来的，但具体到我们今天讨论的前海深港青年梦工厂，显然不是依靠大型现代化设备的工厂，而是依靠人脑和巧手把创新创意变成产品的工场，可以理解成是一个创新与试验基地，等产品成熟了，再到另外一个地方建设一座"大型工厂"。

"是这个意思吧？"丁先生问对方。

对方点头，说是这个意思。

"所以，"丁先生说，"应该叫梦工场而不是梦工厂。也就是英文的workshop而不是factory。从工厂到工场，理论上是一种退步，但其实是一种更高层次的进步，是否定之否定，即由工厂返璞归真回到产品的萌芽与初创时期的工场，这是实事求是并具有意义与意境的。"

丁先生说完，不知是谁带的头，大家居然鼓起掌来，搞得好像这不是"座谈会"，而是一锤定音的"决策会"了，丁先生顿时有些不好意思起来，担心自己说多了，言多必失，提醒自己今后要多听少说，实在要说，也要遵循"多栽花少栽刺"的原则，不要把人家的客气真当成畅所欲言的福气。

让丁先生万万没想到的是，这种座谈会真不是走过场，最后前海的梦工厂果然定名梦工场，并且因为这次座谈会，他成了代表中的代表，不仅每次类似的座谈会必请他，而且有些真是决策的会议原本没有邀请港商代表的也专门邀请丁先生参加，搞得好像他成了前海先生了。

这次是讨论"梦工场"的设计方案，从六个通过全球招标初选的设计方案中最终确定一个。丁先生原本想好了"多听少说"，但事到临头老毛病又犯了，他忍不住，极力推荐繁体字"夢"方案。该方案从空中俯瞰，八栋建筑构成了繁体字"夢"。

丁先生已经不是"建议"了，而是真把自己当成了"决策者"之一，并努力说服众人。他说："说起来梦工场是为深港及世界青年提供创新创业实现创业梦的平台，但我个人的理解是前海的这个平台重点是针对香港青年创业者的，这也是国家加强两地融合、增强香港青年对祖国的认同感，和实现香港'文化回归''思想回归'的需要，所以我觉得梦工场的设计、建设、运作、管理最好能照顾到香港青年的习惯，最好港味十足。我注意到现在初选的六个方案中排名第一的是英国著名建筑事务所福斯特设计的方案，而香港十大杰出青年之一的何周礼先生繁体字'夢'方案排名第三，我承认福斯特的方案也很亮眼，但从'港人港味'和'政治正确'两方面考虑，我个人更倾向于采用香港青年何周礼的繁体字'夢'方案，建议把这个方案调到最前面。"

他果然说服了大家。最后，被选中的果然是香港青年何周礼先生的繁体字"夢"方案！

丁先生并没有得意，相反，他反思自己太认真甚至太强势了，竟然忘了自己的身份，不知不觉由一个列席人员变成主导者之一了，真是不知天高地厚啊！

罪过罪过！丁先生告诫自己，要注意，一定要注意，千万不要真把自己当成"前海先生"！

第二十一章 "前海先生"

　　一来二去，丁先生和前海管理局负责人之一的王桂侠成了朋友。或者算不上朋友，但彼此建立了一定的信任与默契。据说丁先生的"前海先生"最初就是王桂侠先喊出来的，而作为"老前海"，丁先生也目睹着王桂侠与前海一起成长。最初是前海管理局综合协调部负责人，后来兼任经营发展部部长，有一段时间好像还兼任前海管理局的新闻发言人，经常在电视上露脸。丁先生在座谈会上提出将梦工厂改名为梦工场的时候，王桂侠已经担任前海管理局秘书处处长兼创新研究中心负责人，主持当天的座谈会。大约也正是那一次，丁先生和王桂侠建立了彼此的信任与默契。后来随着王桂侠职位的提升，直至出任前海深港现代服务业合作区管理局副局长、前海湾保税港区管理局副局长、中国（广东）自由贸易试验区深圳前海蛇口片区管理委员会副主任等职，每次只要王桂侠主持的活动，无论是座谈会、见面会、交流会等，他第一个邀请的一定是丁先生。丁先生也是一个识抬举的人，知道在什么场合该说什么话，以及说话的分寸，因为即便是好话，也不能说过分，一旦过分就显得假了，甚至在某些特定的场合，作为"前海先生"的丁先生还故意说几句批评的话，但批评一定要掌握分寸与角度，好像按摩师给客人做按摩，有时候需要用力，甚至力度大到让客人感觉疼痛，但疼痛到什么程度，全靠按摩师的经验与悟性掌握。

　　两个人成为朋友的直接原因是相互欣赏，比如说白话，王桂侠是广西人，天生就会说白话，但广西的白话不完全等同于广东的白话，所以他觉得丁先生的白话更好听，因为丁先生即使在说普通话的时候，也带有明显的港澳腔，感觉是香港人或澳门人在说内地的普通话，而王桂侠说普通话则完全就是内地人。所以王桂侠羡慕丁先生的港味普通话，而丁先生则羡慕王桂侠的白话基础正，不像他自己，有时候白话说着说着，就会突然不敢肯定普通话当中的某个词用白话该怎么说的问题。由于不是传统意义上的朋友，所以丁先生和王桂侠只在公开场合见面，并无私下交往，否则他一定会向王桂侠坦白：自己其实是内地人，能说一口白话或港味普通话，要感谢早年在香港恒基公司的同事许师傅和林姑娘，他地道的香港话主要是跟许师傅学的，港味普通话则是跟林姑娘学的。他甚至想对王桂侠说，只有完全不会说普通话的人如许师傅才能教出地道的白话，而会说普通话的人如林姑娘在与丁先生交流的时候，即便丁先生要求她说白话，林姑娘在说的时候也会不知不觉采用了方便丁先生能听懂的白话，这样就不如许师傅教的白话地道。但丁先生和王桂侠只是公开场合的朋友，不是私底下的朋友，所以丁先生一直没有机会向王桂侠坦白自己其实不是地道的香港人而是安徽人。

某一次的座谈会上，一位港商问王桂侠："前海到底是自贸区还是深港合作区？我们从材料上一会儿看到前海湾保税港区，一会儿看到前海深港现代服务业合作区，还有时候看到中国（广东）自由贸易试验区深圳前海蛇口片区，到底哪个更准确？还是三个都准确？"

港商的这个问题是问王桂侠的，但刚好有一个工作人员凑在王桂侠耳边说话，王桂侠一边听工作人员轻声说话，一边对提问的港商点头，来不及回答，而丁先生因为经常参加这样的座谈会，他知道这个问题的答案，这时候见王桂侠顾不上回答，想着反正是座谈会嘛，谁都可以插话，于是就插话说："本质上是深港现代服务业合作区，但同时享受国家级自贸区的一切优惠政策。或者这么说吧，国家不方便专门为合作区另外再制定一套优惠扶持政策，就干脆让前海也带上自贸区的帽子，让前海享受最优惠的扶持政策。"

这时候，王桂侠耳边的工作人员话说完了，王桂侠正好听见丁先生对那位港商的回答，虽然与他自己的回答不完全一致，但意思并没有错，而且丁先生这样的回答似乎更简单，听上去也符合逻辑，于是，王桂侠对丁先生点头，似感激并肯定了丁先生的回答。

还有另一次，一位港商提出更刁钻的问题："既然提出粤港澳大湾区的概念，既然兴建了港珠澳大桥，为什么港珠澳大桥不带上深圳呢？"

王桂侠还没来得及回答，那位港商又说："因为没连接深圳，而珠海的车又不允许进香港，所以跨海大桥上跑的只有香港和澳门的观光车，数量很少，空空荡荡，这不是浪费吗？"

　　这个问题真不好回答，因为港珠澳大桥开工在前，前海管理局成立在后，尽管王桂侠此时已经担任前海管理局的副局长分管一定的工作，但他也不方便回答管理局成立之前的问题。

　　王桂侠看着丁先生，似觉得由一名港商回答这个问题比较好。

　　丁先生立刻明白王桂侠的意思，但这个问题他也不知道怎么回答，于是就以开玩笑的方式打岔，他用地道的香港话大声说："嘻，不带上深圳更好。如果港珠澳大桥连接深圳，深圳的车途经香港来回过境接受两次检查太麻烦，不经过香港直接修桥梁或隧道连接到港珠澳大桥中间人工岛上，还不如直接从深圳修一座大桥到中山更方便。"

　　众人听了哈哈一笑，此问题带过。

　　如此，王桂侠就觉得丁先生比其他港商更好沟通一些，也比一般的港商更能理解内地的政策和政策背后的政策。

　　这一日，王桂侠遇到一个非常棘手的问题。央视《新闻联播》栏目明日来采访，约好的一个采访对象却突然今天要回香港，好说歹说，这年轻的创业者就是不听劝，硬是把回香港谈一百万港币融资的事看得比接受央视《新闻联播》采访更重要。王桂侠想到了丁先生，因为该香港创业青年完全不会说普通话，王桂侠觉得请丁先生出面无论是语言还是身份似乎都更有利于沟通一些。

　　丁先生用地道的香港话问年轻人："融资一百万你打算稀释百分之几的股份？"

　　年轻人回答百分之八。

　　丁先生问："如果对方提出百分之十你同意吗？"

　　年轻人回答同意，并说他开价百分之八就准备让对方还价到百分之十。

　　丁先生又问："你明天返香港也仅仅是谈吧？对方还不一定马上给你一百万吧？"

　　年轻人说是，约了很长时间一直约不上，刚才好不容易来电话答应明天见他，所以他必须回去。

　　丁先生说："你可以跟他说改日嘛。"

　　年轻人说不行的，很难约的。

　　"不就一百万吗？"丁先生说，"搞得这么紧张。而且对方只答应和你见面谈谈，一百万给不给你还不一定呢。你知道不知道在内地有人宁可花两百万争取一次上央视《新闻联播》节目的机会？"

　　年轻人摇头，表示不知道，他真不知道，似乎也不想知道，因为他平常不看

《新闻联播》，不知道上《新闻联播》的影响与分量，他抱定了明天返香港谈一百万融资的事。

丁先生最后问年轻人："既然你抱定了要回去谈，就应该准备好合同，万一投资人爽快地答应了呢。"

年轻人说："合同准备好了。"

丁先生说："你给我看看。"

年轻人略微犹豫了一下，还是从文件包里取出合同，递给丁先生。

丁先生仔细看了一遍，说："你明天不用返香港了，我现在就跟你签合同，今天就把一百万转给你。你稀释百分之十的股份给我。"

幸福来得太突然，年轻人似乎不相信这一切都是真的，天天想着回香港求财神，没想到财神就在前海！他用求证的眼光看着王桂侠，因为他知道王桂侠是官方领导，不会骗他。

"假不了。"王副局长非常肯定地说，"丁先生是大老板，我们脚下这块土地有一部分就是从他手上买的，一百万对他来说是洒洒水。"

事后，王桂侠请丁先生吃饭。

丁先生说："你不用谢我，我还要谢谢你呢。"

"谢我？"王桂侠问，"谢我什么？"

丁先生说："我今天花一百万买了他百分之十的股份，等《新闻联播》把采访这个小伙子的节目一播，你信不信，我转手就可以五百万把他百分之十的股份转让出去。合同我仔细看了，我可以转让的。"

"对呀！"王桂侠说，"您真有经济头脑！"

"不是有头脑，"丁先生说，"是相信你们这个平台。接受《新闻联播》采访，你们也不会随便安排的，肯定是听取专家意见认定小伙子这项目不错，公司将来能上创业板的可能性很大。"

"是啊，"王桂侠说，"我们肯定是把靠谱的项目和靠谱的人推荐给央视的，谁知道小伙子不领情。"

"正常。"丁先生说，"因为大部分香港人看电视只看粤语频道的，没有央视的概念，完全不知道《新闻联播》的分量与价值，而且他们看报纸甚至看手机都只看繁体字的，因此思维方式与我们确实不一样。很正常。"

二人吃完饭，王桂侠埋单。丁先生没有与他争，有时候，让对方埋单也是给对方面子。因为他肯定不在乎一顿饭钱，所以他让王桂侠埋单，就真是给领导的面子。没想到王桂侠埋单之后向餐厅要发票，丁先生这才想到原来是公家请客，可是发票到手后，王桂侠又当着丁先生的面把发票撕掉。丁先生不解，问为什么要把发票撕掉？

王桂侠说："我把你当朋友，请朋友吃饭当然不能让公家报销。"

丁先生又问："那你为什么要发票？"

王桂侠说："我是公务员啊，当然要维护国家税收。"

丁先生竖起大拇指，说："行！你果然是桂侠！身上有一种侠气！若不嫌弃，你这朋友我交定了！"

丁先生说完，王桂侠吃惊地望着他，因为丁先生一激动，刚才这几句话居然说的是老家安徽话，完全没有"港澳腔"。

"你、你是内地人？"王桂侠问。

"哈哈……"丁先生这笑声更没有"港澳腔"，完全是内地味。

既然都是内地人，就不用再装了，丁先生亮出安徽人好喝酒的真面目，大声喊着："换白酒！上一瓶古井贡！"两人才又正式地喝起来。

借着酒劲，丁先生把自己当年如何从安徽来到深圳，如何发现自己的高薪只有香港师傅的二十分之一，于是拼命学广东话，才练就了一口"港澳腔"的事情说了一遍。

"那又怎么成了港商的呢？"王桂侠问。

丁先生忘了对方的身份，完全把他当成了朋友，竟把自己因为提出用麻花钢取代圆钢而当上生产技术经理，如何提议用边角料置换的办法率先突破"三来一补"外资企业产品内销的藩篱，再如何充分调动本地人赖厂长的积极性注册了恒基工贸公司实现钢格板大批量内销，如何亲自去茂名石化打开内销市场，掌握销售渠道，最后借助于广钢集团黄埔钢格板厂挖他去当厂长的外力，逼着老板给他百分之二十利润承包工贸公司的事情说了一遍。

王桂侠听着很过瘾，他没想到在前海这片土地上还发生过这么精彩的故事！但他仍然不解一个职业经理是如何变成港商的，很好奇。

"因为老板太精明。"丁先生说，"也可以说是老板太贪婪。他嫌我拿百分之二十的利润高了，于是套我，拿百分之十的实股换我百分之二十的干股，于是就让我从拿干股的职业经理变成了持实股的小股东了。"

"结果大股东反而被你一个小股东套了。"王桂侠说。

丁先生摇头，说："不是。"

"不是？"王桂侠问。

丁先生回答："真不是。我当时其实不愿意拿百分之二十的干股兑换百分之十的实股，但胳膊拧不过大腿，想着自己原本就是一个打工仔，赤条条地从安徽来到深圳，机缘巧合能当上持股百分之十的小股东就不错了，做人不能太贪，就假装稀里糊涂地上当受骗吧。"

王桂侠说："结果你占了大便宜！"

丁先生说："那是后来的事，当初其实是吃亏的。"

王桂侠一想，也是，从百分之二十变成百分之十，不是明摆着吃亏吗！

"那你后来怎么真成了港商了呢？"王桂侠仍然不解，或者说仍然很好奇。

"还是因为老板贪婪！"丁先生说，"他对我占公司百分之十的股份仍然耿耿于怀！于是趁工厂因环保不得不外迁的机会，提出拿旧厂换取我手上百分之十的股份。"

"你同意了？"王桂侠问。

丁先生说："不同意还能怎么办？"

"结果你赚了。"王桂侠说。

"没有。"丁先生说，"现在看来是赚了，赚大了，可当时搞得差点要饭！哭的心都有！后悔死啦！后来还是朋友帮忙，推荐南海石油阀门厂来承租部分厂房，勉强维持工业园收支，再后来老婆从香港回来，她是本地人，就是麻湾村当年派驻我们厂的厂长，亲戚朋友多，三教九流全认识，赶上这些年快递业大发展的好时机，把我的主厂房租给快递公司做快递分拣车间，才让我过上几年舒心的日子。"

"来！"王桂侠说，"祝贺你，我敬你一杯！"

丁先生举起酒杯，说："我该敬你，因为你们来了之后，我才重新振作，在此之前，我虽然不缺钱，但活得浑浑噩噩，没滋没味，设立前海保税区和深港合作区之后，不仅提前兑现我一大笔补偿费，也让我感觉到了责任与义务，才重新意识到自己的价值与存在的意义。"

"比如今天给这个香港小伙子一百万的事情，"丁先生继续说，"表面上是我帮你们解了围，免得你们说好了明天采访的事情突然变卦，但这件事对我也是有好处的，不仅可能给我带来五倍的利润，而且让我觉得自己活得有意义，自己手中的金钱也有存在的价值了。"

"讲得好！"王桂侠说，"来，干了！"

丁先生回答："干了！"然后一仰脖子，把杯中的古井贡干了！

第二十二章　工匠坊，梦工场

王桂侠主动对丁先生说："你有什么事情尽管对我说。"

丁先生知道王桂侠是诚心的。将心比心，换作是他在这里当领导，遇上这样一位经常配合自己帮自己解围的港商，也非常希望主动帮他做点什么。中国是人情社会，来而不往非礼也，有来有往才长久，可丁先生实在没有什么事情需要麻烦王桂侠的。深圳是商业化程度很高的城市，在商业社会里，一切都讲究等价交换，丁先生不差钱，早就实现按需花钱了，什么事情不可以用钱解决而需要麻烦领导呢？丁先生如"小虎牙"唐静说的那样，还保留内地知识分子的思想，能不麻烦人尽量不去麻烦人，何况是他和王桂侠这样的君子之交。再说，作为开发区内的一名港商代表，他能麻烦开发区领导什么呢？按照常规，最大的麻烦就是想通过领导拿地，可在前海合作区情况正好反过来，丁先生曾是这里的地主，是他把手上的工业园卖给保税区的，哪里还会花钱从合作区手上把地买回来呢？发疯了？于是，丁先生也非常诚恳地对王桂侠说："真没什么事需要麻烦你，因为我已经给自己定了一条纪律：绝不做任何投资。"

王桂侠没说话，似笑非笑地看着丁先生。

丁先生反应过来，马上解释："花一百万从那个香港小伙子手上买百分之十的股权不算投资，那不是做生意，因为我的本意不是打算一百万买进来再五百万卖出去，当时纯粹是想帮一把这小伙子的忙，看他为一百万的融资就要放弃在《新闻联播》上露脸的机会，觉得他太傻了，忍不住想帮他一把。"

王桂侠点头，说："我知道，你这也是帮我。"

丁先生承认是。

"所以，"王桂侠说，"我让你有什么事尽管对我说，我能帮你一定尽力而为。"

话说到这个份上，如果丁先生再不找点事情来请王桂侠帮忙，就好像太不给领导面子了，但自己既然不打算投资更不打算赚钱，能有什么事情需要麻烦领导呢？这么想着，丁先生就对王桂侠说了汪宝珠的事。

王桂侠说："没问题，你说，让我怎么帮他。"

丁先生说："我其实也是想让他帮我们梦工场。"

王桂侠问："怎么说？"

丁先生说："汪宝珠是现在已经不多见的能工巧匠。"

王桂侠点头，表示他相信，或者表示他理解。但丁先生却认为他并没有完全理解，于是就进一步解释说："你知道什么叫能工巧匠吗？有一种人，他们或许没有很高的学历，但很有灵气，心灵手巧，什么都能凭想象做出来。"

王桂侠继续点头，表示他晓得，世界上确实有这样的神人。

丁先生说："汪宝珠就是这样的神人。"

王桂侠仍然点头。

丁先生进一步说："譬如在我们梦工场，有很多研发机器人的公司，某位研发人员突然冒出一个奇妙的构思，需要对机器人的某个构件做改进，现在的做法是科创人员先绘制标准的图纸，然后到外面找工厂加工，可这是小单甚至是孤单，谁愿意做？最后即便通过关系找到地方做了，比如找到东莞某个镇上的某个小厂子，等构件拿回来，却发现与科创人员之前的设想并不完全吻合，或者是研发者自己看到实物之后才发觉自己原先的构想有问题，需要调整或改进，怎么办？难道稍作改进后再出去重新委托加工吗？即便如此，来回几次，原先奇妙的构思灵感早就枯竭了！往往搞得科创人员很恼火，与负责外协加工的人吵起来也说不定。"

"对对对，"王桂侠说，"你说得太对了！他们之间吵架，通常就是因为这样的事！你的意思……"

"我的意思是如果汪宝珠在，不用图纸，只要科创人员把意思告诉他，口头描述给他，他马上就能敲敲打打或车钳铆焊把你说的构件打造出来，如果你觉得不合适，当面提要求，他当场修改，你说，这样的创新效率是先画图纸再跑到东莞委托加工来回折腾的多少倍？"

"你的意思是把汪宝珠请到我们梦工场来，在这里搞一个工匠坊，专门为梦工场里的创新创意公司服务，为他们提供最需要最实在的帮助？"王桂侠问。

丁先生伸出手，与王桂侠击掌，说："对啦！我就喜欢跟你这样的聪明人打交道，我只说上半句，下半句还没说，你就完全理解我的意思了！"

丁先生开心地给王桂侠斟酒。他发觉广东和广西这两个地方的人虽然都说白话，历史上两广也曾经是一家，但广东人真不能喝酒，而广西人则很能喝，比如现在，他和王桂侠两个人已经把一瓶古井贡喝完一大半了，对方居然面不改色心不跳的样子。

或许王桂侠真能喝酒，而且永远喝不醉的样子，但他显然不贪酒，因为他虽然喝着酒，但并没有顺着丁先生说酒话讨论酒，而是问丁先生："你说的这个汪宝珠是男是女？现在在哪里？你认识他吗？能把他请到我们前海梦工场来吗？"

丁先生哈哈大笑一番，说："是男的，当然是男的，但名字'宝珠'确实有点像女人。我和他当然认识。汪宝珠现在在东莞的一家金属加工厂当副总。就是我之前的东家。东莞的那家工厂就是从我们这里外迁的，至于他是不是愿意回到前海，我不知道，因为我还没来得及跟他说呢，我这不是先跟你说吗？"

"我这里没问题。"王桂侠说，"只要是对梦工场有用的人才，我肯定支持引进。"

"当然有用。"丁先生说，"我感觉这个汪宝珠对我们梦工场太有用了！"

为了说明汪宝珠有用，丁先生借着酒劲，又把他自己是怎么认识汪宝珠的，当年他从安徽来深圳在妈湾的香港恒基公司站稳脚跟后，怎么第一个想到把汪宝珠从安徽挖过来，汪宝珠来了之后果然成为他的得力助手，以至于香港师傅对汪宝珠的评价甚至超过他，甚至有一段时间他担心自己被汪宝珠取代，一口气把这些陈芝麻烂谷子的事情从头到尾说了一遍。

王桂侠一直在饶有兴趣地听着，边听边点头，似乎他也完全相信汪宝珠是个"神人"，是如今已经很少见的能工巧匠，但是，听到丁先生说他担心汪宝珠可能取代他，王桂侠立刻说："这个不可能，他不可能取代你。"

丁先生愣了一下，说："是的。后来因为环保问题工厂外迁，他跟老板去东莞了，我留在妈湾，我以为他果真取代我了，可是一直到现在，十几年过去了，汪宝珠仍然只是副总，而不是老总。为什么呢？你又是怎么知道的呢？"

"你说过他是能工巧匠。"王桂侠回答。

"是。"丁先生说，"汪宝珠确实是能工巧匠。"

"既然是能工巧匠，"王桂侠说，"就说明他做事情很专注。"

"对对对，"丁先生说，"你说得对，宝珠做事情确实特别专注。"

"那他怎么可能再会眼观六路耳听八方呢？"王桂侠说，"可一个当总经理的人必须眼观六路耳听八方呢，否则怎么把控全局呢？"

"对呀！"丁先生恍然大悟一般地说，"这么简单的道理，我之前怎么就没想明白呢？我之前只感觉他情商不高，却没有从眼观六路耳听八方上面考虑，今天你一说，我完全搞明白了，太专注做事情的人反而不适合当总经理，因为他们不可能在专注做事的同时保持眼观六路耳听八方，不善把控全局。对对对！让你这么一说，秦老板并没有欺负汪宝珠，而是他自己确实不适合当老总。"

"我的意思是如果你请他来，最好是你自己亲自帮他掌控全局，他仍然是埋头干活，把事情做好，做到极致。至于工匠坊的其他事情，比如怎么收费怎么发展怎么与科创人士和谐相处，你要亲自帮他操心才行，否则说不定你好心帮他最后反而害了他。"

丁先生愣了一下，说："我再想想。这件事你容我再想想。"

王桂侠说："好，你慢慢想，想清楚了再找我。现在喝酒。干！我俩把这瓶古井贡干了！"

冷静下来，丁先生觉得王桂侠说得对，汪宝珠在香港恒基（东莞）公司当副总干得好好的，自己如果贸然把他搞到前海梦工场来，说不定反而害了他。但是丁先生又想，所谓的害，无非就是经济上遭受一些损失嘛，只要自己给他兜底，就害不到哪里去。再说，自己想把他搞来，也不单单是想帮汪宝珠一把，更主要是看梦工场确实需要这样一个工匠坊，而除了他丁先生，任何人包括前海管理局官方都做不了这个工匠坊，因为这件事实在太小了，小到官方不可能去做的程度，天使基金之类的机构也不可能去做，只能由他这个闲得发慌的"前海先生"又不在乎小钱也有热情去做的人才能做。

既然号称"前海先生"，相当于香港的太平绅士，就总该为前海做一点善事，而动用自己的资源与资金，在前海的梦工场开一家工匠坊，或许正是最有意义最适合自己去做的善事。

丁先生决定做，并且打算为汪宝珠的经济风险兜底。

兜底的想法来自那天喝酒的时候王桂侠的提醒。王桂侠意思是如果汪宝珠来梦工场开工匠坊，最好是丁先生帮他掌控，否则，一个专注做事的人很可能因不会做人，而把好事情搞成坏事情。当时丁先生听明白了王桂侠的意思，但并未给予回应，因为当时他还没决心做。经过几天的酝酿，丁先生终于下决心了，才越发觉得王桂侠的提醒很重要。要想把好事情办出好效果，自己必须亲自掌控，但怎么掌控呢？最好的办法就是兜底。假设汪宝珠在东莞的工资是每月一万五，那我每月就保证他的收入不低于这个数，不足的部分我补给他，高出的部分我与汪宝珠平分。平分不是丁先生想分工匠坊的收入，而是便于丁先生名正言顺地施展掌控权。

想清楚了，但这不是单纯的做事，还涉及做人，所以丁先生觉得做之前最好找谁再商量一下。找谁呢？找王桂侠肯定不行，因为王桂侠是领导，和领导做朋友，要坚持非必要不打扰的原则，领导随时找他可以，他不能随便找领导。这件事情王桂侠已经很清楚了，等自己和汪宝珠谈好，他决定来梦工场开工匠坊之后，再跟领导汇报不迟，现在他还没跟汪宝珠谈，不能先跟领导说。

和老婆说也不行，因为不用说，老婆肯定是两个态度，要么，老婆提醒丁先生不要多事，要么，老婆说"你看可以就可以"。如果是内地的老婆，比如丁先生的前妻，肯定是说"不要多事"，如果是广东的老婆，比如丁先生现在的太太赖月娥，肯定是你看可以就可以或者你想做就做。丁先生来广东二十多年，发觉广东人的家庭关系与别地不完全一样，在广东，一个人在家庭的地位并非完全取决于辈分与感情，而在很大程度上取决于经济实力，凭丁先生如今"前海先生"的实力，别说是夫人赖月娥，就是小舅子赖文斌或他们家族的任何人，都只能回答你看可以就可以或你想做就做，所以，丁先生问他们等于没问。至于其他人，他们连汪宝珠是男是女都不清楚，丁先生能跟他们商量什么呢？

忽然，丁先生脑袋亮了一下，因为他想到了唐静！

对，就是汪宝珠的前夫人，"小虎牙"唐静。

丁先生立刻反省自己想把汪宝珠请到前海来开工匠坊，潜意识里是不是因为唐静？

可能确实有这个因素。

从结果看，丁先生与赖月娥的婚姻无疑是最美满的。丁先生甚至承认，他能成为"前海先生"，赖月娥功不可没。如果不是赖月娥，当年工业园可能撑不下去，很有可能被他卖了或被迫与强手合作，哪里还能等到被保税区征用？如果不是赖月娥作为本地人拥有的广泛人脉与底气，丁先生经营一家工业园哪里能这么顺风顺水一点麻烦没有？如果不是赖月娥的香港人身份，丁先生自己也不会有香港人身份而成为真正的港商，而如果他不是港商，又怎么能成为港商代表进而成为"前海先生"呢？甚至也不可能与合作区的领导成为朋友。总之，丁先生如今所拥有的一切似乎都与夫人赖月娥有关。但是，从婚姻的本质或者从男女关系上说，丁先生与赖月娥在一起又始终没有达到身心愉悦的境界。怎么说呢，赖月娥太老实，远远没有"小虎牙"唐静活跃，而丁先生更喜欢活跃的人，以至于早年丁先生在和赖月娥愉悦的时候，就常常幻想如果对方是"小虎牙"该多好啊！并且一想到"小虎牙"，他就干劲倍增……丁先生因此觉得对不起赖月娥，和太太愉悦的时候竟然想到别的女人，不是对不起太太吗？年纪大了之后，准确地说是丁先生发觉自己的眼睛老花了之后，心似乎不花了，不会再在身体上幻想"小虎牙"，但遇上事，比如眼下遇上是不是把汪宝珠请到梦工场来开工匠坊这样的事，他依然不知不觉又想到该与"小虎牙"唐静商量商量。

此时已经有了微信，丁先生就给唐静微信留言，问她是不是有时间，他想跟她商量一件事。

很多人说微信是一种社交工具，丁先生对社交的概念把握不准，按他狭隘的理解，微信更便于"通信"，比如眼下，他要跟唐静商量事，用微信留言最方便，如果在之前，则必须见面或打电话，两种方式都不如微信留言好。

见面耽误双方时间不说，而且丁先生因为心里有鬼一直警告自己尽量不与唐静单独见面。朋友妻不可欺。早年丁先生的朋友是汪宝珠，现在这个朋友是黄辉。虽然黄辉和丁先生算不上朋友，但至少是总裁班的同学。当年丁先生撮合他们的时候，黄辉就说过他们一直以为唐静和丁先生是一对，丁先生虽然当时就解释清楚了，说他们在一起不可能，并且最不合适，但不可能与不合适不代表心里不想，所以，为顾及黄辉的感受，丁先生也尽量回避与唐静单独见面。

打电话也不如微信留言方便。首先不确定对方是不是正好在忙，譬如在开车或与客户谈生意；其次凡是商量都必须慢慢聊，给对方充裕考虑的时间，哪能在电话里匆匆忙忙地即问即答。所以，微信留言比见面和打电话都好。

微信留言发出去之后，唐静没有立刻回复。看来她果真在忙，或者正好在洗澡，甚至正好在愉悦，都有可能。

丁先生耐心等待一会儿，还是决定把要商量的内容直接在微信留言中说了。说他有钱之后烧得难受，总希望为身边的人做点事，但做好事也不能过分，所以他做善事的原则是顺便而不是刻意。眼下他就遇到这样一件"顺便"的事。他感觉前海的梦工场需要一个工匠坊，及时把创客们的奇思妙想用实物的形式展现出来，于是他就想到了汪宝珠，因为在他认识的人当中，只有汪宝珠才是真正的能工巧匠，能够不用图纸，只需创客口述，他就能把他们想象的东西变成实物。另一方面，他也想通过这种方式帮一把汪宝珠，因为他听说宝珠到现在还是副总，这么多年了，秦老板连个总经理的头衔都没给他，不管什么原因，估计他干得都不是很开心，起码他老婆王秋玲不是很开心。王秋玲这个人你知道的，总希望自己的老公事业有成。我现在既然有这个能力，能帮就顺手帮一下他们，你看呢？

微信留言每次只能一分钟，而他这段话比较长，而且丁先生说得比较慢，所以录了三次才说完。

唐静立刻回复了一条微信。可丁先生还没来得及看，她又立刻删除了。

丁先生猜测唐静立刻回复又即刻删除的短信说了什么。

很可能是"你自己看着办"，或"你问我干什么？"甚至是"他的事情与我无关"等，但发过来之后，立刻意识到自己太生硬了，甚至太绝情了，想想汪宝珠不是前夫起码也是同乡，丁大哥都想到能帮他一把，自己作为前妻这种态度是不是太不像总裁班出来的人了？一点胸怀与格局都没有，于是觉得不妥，刚发出又立刻把它删了。

丁先生没有追问。等待"小虎牙"的自觉。

不久，"小虎牙"唐静又发来一条微信短信，内容是：丁大哥，这件事情有点复杂，不是一两句话能说清楚的。可以见个面聊聊吗？

也行。丁先生想，尽量少见面不代表绝对不能见面，这是关于她前夫汪宝珠的事，与她见面聊聊光明正大，而且理由正当，黄辉就是知道，想必也能够理解。

二人见面的地点是梦工场的大家咖啡。这让他想起英国的大象咖啡，自实现按需花钱之后，出国旅行成了他们全家的生活方式，他去过英国，进过那家著名的英国大象咖啡，所以他怀疑前海的大家咖啡或许受了英国大象咖啡的影响，不仅家和象这两个字很像，而且后者或许也希望像前者一样成为由思想创造奇迹的地方。

这地方是丁先生选的，一是公众场所，二是既然商量在梦工场开工匠坊的事，最好到现场看看，相当于开现场会。

丁先生先到。不是他想见"小虎牙"的心情迫切，而是因为他需要提前占位。

与大多数咖啡馆下午才营业不同，深圳前海梦工场的大家咖啡早上九点准时营业，因为创客们很多是夜猫子，习惯熬夜，上午九点是他们熬了一夜需要早休的时间，但有些创客这个时间并不是回优加公寓睡觉，而是来到大家咖啡喝上一杯，边喝边等约谈的客人。对方往往是投资人，如某风险投资基金的项目经理等。

唐静下午比上午忙，所以她选择上午十点半与丁先生见面，大概是想着聊完吃个午餐然后回华强北吧。丁先生提前半小时走进大家咖啡，看见咖啡厅的左侧一群西装革履的年轻人已经开始准备下午的路演。丁先生继续朝里走，看见几个说香港话的年轻人正与某风险投资谈融资的事。那一排被绿萝簇拥的卡座上，也已经坐了几个自带笔记本电脑的年轻人。他们把大家咖啡当成自己的工作室了，正如《哈利·波特》的作者罗琳把大象咖啡当作自己的工作室一样，希望创造与罗琳一样的奇迹。咖啡店的经营者不能怪他们蹭场所，因为咖啡屋是真正的公共场所，任何人，只要他能消费起一杯咖啡，他就成了本店的消费者，就能在大家咖啡屋磨蹭一整天，一如当年还是家庭妇女的罗琳凭一杯咖啡在大象咖啡里写作一整天一样，况且，前海梦工厂的大家咖啡更是专门为怀揣梦想的创客们服务的，这排卡座前面明确写着创客孵化区，本来就是创客们的专区。创客们在这里办公，除了节省场地费用外，更主要是能近距离获取第一手创业信息，感受创业的气息与气氛，还能享受创业前、创业初、创业中、创业融资和产品宣传等各个阶段的针对性服务，特别是帮他们直接与资本对接、拓宽创业视野和增加横向交流的机会。如外面正在准备的那个路演，卡座里的这些人下午会成为观众和听众，他们也是很受欢迎的，毕竟路演和演出一样，也是需要观众捧场，偶尔还需要互动和营造场面。

丁先生坐了不久，唐静来了。

虽然已经不是当年的"小虎牙"，但走路依然生风，一弹一跳地走到卡座前。丁先生的心里忍不住晴朗了一下，不动声色地请她入座。

女人就是敏感，哪怕是不再年轻的女人。唐静刚刚坐下，就压低嗓音问丁先生："这里都是年轻人，我们坐在这儿合适吗？我看前面写着创客孵化区呢。"

"合适。"丁先生一本正经地说，"因为创客不限年龄。"

唐静笑了一下，但笑得非常包容。

"你抬头，"丁先生同样很小声说，"看最里面。"

唐静抬头朝最里面的卡座看去，然后迅速把脑袋缩回来，倒吸一口气。

"他叫尤建兴，"丁先生说，"1954年生的，号称五四青年，比我还大四岁。"

唐静点头，但脸上仍然不解，大约是想着这么大年纪就不该跟年轻人抢风头吧。

"你可不能小瞧他。"丁先生说，"他可是个神人。"

"神人？"唐静问。

"真是神人。"丁先生说，"我这个人你知道，表面上谦虚，骨子里认为自己比谁都聪明。"

唐静忍不住笑起来。

丁先生问她笑什么？不是吗？

唐静说："是，难怪人家说你连老板都瞧不起。"

"是吗？"丁先生问，"我瞧不起老板？谁说的？"

"管他谁说的，"唐静回答，"反正都是过去的事情了，不说了。你还是说说那个老头吧。"

"哪里是老头，"丁先生抗议道，"我说了，人家是五四青年！"

"好好好，"唐静说，"你就说说这个青年，他怎么是神人？"

丁先生看了一下腕表，说："我的意思是我其实很自以为是，但不得不承认，我比这个五四青年差远了。"

"你都差远了？"唐静问。

丁先生认真地点头，说："差远了，确实差远了。"

"说说看，你怎么差远了？"唐静问。

丁先生再次看自己的腕表。

唐静说："没关系，我晓得你的表达能力，最多五分钟，肯定能讲清楚。"

丁先生说："尤建兴的父亲新中国成立前是某市副市长，新中国成立后逃到香港，跟一个小学教员结婚，1954年生下尤建兴。尤建兴从小动手能力就特别强。小学二年级就把家里的收音机拆了又装上，四年级自己组装扩音器。中学进了香港著名的圣保罗学堂，高考，香港叫联考，尤建兴摘取了香港的理科状元，获得了赴美留学的全额奖学金！他一入学，就找到了实验室的主管，毛遂自荐自己的动手能力很强，可以帮实验室做点事。人家不相信一个刚入学的新生能做什么，就故意考考他，让他做出一个倒着走的时钟，谁知尤建兴只花了二十分钟就当场完成！这样，他大学一年级就成了实验室助理，每月四百美元补贴，而当时一打鸡蛋才卖十二美分！他还帮助生化教授做出了蛋白质自动分析仪。从芝加哥大学毕业后，尤建兴应聘到一家在道琼斯指数排名前三十的某上市公司任职。该公司一天的流水一点二亿美元，员工四十多万，需要做一个财务分析软件，之前公司花费了数百万美元请专家都没做出来，尤建兴来了不到三个月就自己做出来了！董事长很高兴，把全公司十六名董事全部叫来，当面让尤建兴实机演示，最后一致通过让尤建兴担任公司新的财务总监。他任职期间，该公司股价从四点二五美元涨到了一百八十七美元！在美国工作十年后，尤建兴回到了香港。2003年，他拿出自己全部四千三百万元积蓄创立了得能集团，专注于做零污染的智能光源，发誓要让全地球减少百分之五的污染。关键技术是把 LED 照明中的致癌物及电子污染物过滤掉，并把光线优化。内地在前海设立深港现代服务业合作区后，尤建兴看准时机，果断入驻，成立玖明科技（深圳）有限公司，在前海搞的集体签约仪式上，他的团队获得台湾宏碁电脑、环球实业科技控股公司等机构两千万美元融资！你说，这样的人牛不牛？算不算神人？

唐静赶紧点头，说："牛！确实是神人。"

但唐静接下来的一句话，差点把丁先生噎得说不出话来！

唐静问丁大哥："既然这个五四青年这么牛，既然他手上的项目又那么好，你为什么不投资？"

丁先生噎住了。他想起中学课本上的一篇古文，说一个人同时卖矛又卖盾，说自己卖的矛无坚不摧，任何坚固的盾都能刺破，又说自己的盾坚固无比，任何矛都无法刺穿，于是有人问：那么拿你卖的矛刺你卖的盾，是什么结果呢？搞得那个人哑口无言！丁先生感觉此时他自己就是那个既卖矛又卖盾的人，被"小虎牙"刺得无话可说！

失语片刻，丁先生说："我给自己定了一条纪律，绝不做任何投资。因为对我来说，不投资就是最好的投资。我都按需花钱了，还投资干什么？投资是为了钱生钱，但凡投资就有风险，我冒那个风险干什么？生钱于我无用，投资或可破产，所以我给自己定了纪律：坚决不做任何投资。"

"那你为什么打算给汪宝珠投资？"唐静问。

"我？"丁先生反问，"给汪宝珠投资？"

唐静说："是啊，要不然我们今天聊什么？不就是你打算给汪宝珠投资，想听听我的意见吗？"

"No, no, no, no…"丁先生伸出一根手指头，在自己的面前左右摇晃，说："不是不是，我是打算请汪宝珠来梦工场开工匠坊，绝不是投资。"

"不是投资？"唐静问，"那是什么？"

丁先生说："你都上过总裁班，当然知道投资的目的是实现盈利，而我想请宝珠来梦工场不是为了盈利。"

唐静问："那是为了什么？"

为了什么？丁先生多少有些失望。他原以为即使这世界上所有的人都误解他，"小虎牙"唐静依然能理解他。他以为今日唐静主动提出和他见面有两个意思，一是当面感谢他，说丁大哥主动帮汪宝珠其实一部分是看她的面子，她感谢丁大哥重情重义！二是劝丁大哥最好不要感情用事，我和汪宝珠离婚多年了，我们现在完全没有关系，他是他，我是我，丁大哥你大可不必因为我而在汪宝珠身上再投入金钱和感情，一个人一个命，他这个人确实是能工巧匠，但不识好歹，当初你通过谷厂长请他来深圳，他其实并不领情，如果不是我坚持要来，他可能都不会来，我之所以坚决和他离婚，根本原因也是他不识好歹……总之，丁先生绝对没有想到"小虎牙"唐静居然把他想请汪宝珠来梦工场开工匠坊的行为理解成一种投资！投资的目的是赚钱，我想从汪宝珠身上赚钱吗？看来真是失去的才以为是最好的，自己当年如果真跟这个"小虎牙"结婚，不仅经济上遭受重大损失，不可能成为今天的"前海先生"，而且感情上也未必获得美满的爱情，说不定还变得恶心！看来幻想是一回事，生活是另一回事，说不定截然相反！

好。丁先生想，好事情！

他忽然非常庆幸自己当年的理性，幸亏自己和"小虎牙"这么多年只是雾里看花，这要是真与她赤诚相见，说不定痛苦不堪！女人或许永远不能理解男人，她们给男人造成的最大伤害其实既不是金钱也不是肉体，而是误解，就如早年丁先生提拔情报室主任受挫，老婆不但不安慰他、鼓励他，反而责怪他对组织讲了真话一样！

好，真的很好！

丁先生感觉这一刻自己才真正从幻觉中走了出来。他忽然发觉自己是个矛盾体，在某些方面悟性很高，如大学三年级就在杂志上发表专业论文，到了妈湾之后能凭一份份书面报告逼得老板同意他承包工贸公司等，但在另一方面，他又悟性很差，相当差！人说四十不惑，他如今超过五十了，才突然从感情的困惑中走出来……他决定今后要多去香港，多陪老婆孩子好好过日子，不要对真正的幸福视而不见，对虚无缥缈的东西心存幻想。他决定从现在做起，以真实的面貌面对生活中的每一个人、每一件事，包括对待"小虎牙"唐静。她就是自己的同乡，是汪宝珠的前妻，是自己总裁班的同学，是自己撮合她嫁给了总裁班的另一个同学黄辉……

摆正位置调整好心态的丁先生依然坚持真诚，他觉得凭自己的实力不需要虚伪，所以他现在非常真诚且底气十足地对唐静说："你知道在前海他们称我什么吗？"

"称你什么？"唐静反问，"前海地主吗？"

丁先生忍不住笑出声来。如果不顾及场所，他一定哈哈大笑。他笑着说："你真聪明，一下子就猜对一半！"

"一半？"唐静问。

"前海先生，"丁先生说，"他们称我前海先生。"

"前海先生？不错。这个称呼准确。你本来就叫先生，而且是开发区成立之前的地主，或者叫主人，所以这个名字对你名副其实！"唐静说。

"谢谢！"丁先生说。这好像是丁先生第一次对唐静说"谢谢"。并非他们的关系更近了，而是丁先生从此和她切割了。他是舌头长在心眼上的人，心里切割了，就立刻体现在口头上更客气了。

唐静没作声，大约她不知道该怎样回应丁大哥的谢谢。

"既然是'前海先生'，"丁先生说，"我就总该为前海做点事吧。我观察了很长一段时间，发觉梦工场里最需要一个工匠坊，所以就想到了汪宝珠。当然，也只能是汪宝珠，换上其他人，我干吗要为他兜底呢？我说过，我不打算做任何投资，但我不拒绝行善，可我又比较狭隘，只愿意把善行落实在与自己有关系的人或地域上，比如汪宝珠、前海，至于其他地方，比如有人跑非洲建希望小学，我就做不到，因为我对当地的情况不了解，好心行善结果被人当傻瓜骗了也说不定，所以不会去做。"

"你对汪宝珠了解吗？"唐静问。

"不完全。"丁先生说，"所以有顾虑，要跟你聊聊。"

"你跟宝珠认识其实比我更早吧？"唐静问。

"可能是。"丁先生说，"我是在你们厂引进德国西马克连铸连轧系统的时候认识他的。"

"我就说嘛，"唐静说，"那时候我才上初中。"

"但我和他接触很少。"丁先生解释说，"不然也不会通过谷厂长请他来。可我知道他确实是能工巧匠。"

唐静笑起来。

丁先生问她笑什么。

唐静忍住笑，说："汪宝珠确实是能工巧匠，那一年我刚进厂，就赶上技术竞赛，汪宝珠获得技术能手称号，我被选出来上台给他戴大红花，故意用别针扎他胸脯，把他扎得叫起来，所以最后就嫁给他了。"

丁先生听了也忍不住笑起来。但他同样不敢大声笑，于是小声追问："他叫起来你怎么就嫁给他了呢？"

唐静笑而不答。丁先生继续追问，唐静才坦白："我是故意的。站在台下我就想好了，上去之后要使劲扎他一下！把他扎叫起来，让大家都知道，然后我就天天去跟他赔礼道歉问寒问暖，表明要对他负责到底，最后他当然只能娶我了。"

丁先生听完，捂住嘴巴使劲笑了一番。

唐静说："但这个人不识好歹，而且没有主见。你刚才抱怨秦老板到现在也没有提拔他当总经理，我反而觉得秦老板做得对，他知道宝珠不适合当总经理。"

是吗？丁先生想起王桂侠局长前几天说过类似的话，看来，是我自己的情商低呀，不会看人，起码在汪宝珠的问题上，我看人的眼光不仅比不上王桂侠和秦昌桂，甚至还比不上唐静！

这样想着，丁先生就注视着眼前的唐静，发觉"小虎牙"依然是"小虎牙"，不会因为自己在心里为她重新定位而改变她可爱的一面，只是可爱的人未必就一定是自己的爱人。

"丁大哥，"唐静说，"我建议你给王秋玲打电话。她比汪宝珠有主见。"

丁先生愣了一下，没作声。

唐静接着说："反正你跟汪宝珠说他最后还是要听王秋玲的。"

丁先生若有所思地点点头。他没有完全听"小虎牙"的，他认为即使自己找王秋玲，也不能直接给王秋玲打电话。再说，他也没有王秋玲的电话号码呀。

当天晚些时候，丁先生给汪宝珠打电话，把意思简单说了，然后反复强调这件事情关乎整个家庭，请他务必与王秋玲商量。

汪宝珠回答好。

丁先生不放心，要汪宝珠如果方便，现在就去找王秋玲，马上对她说明情况，看她什么意见，然后立刻告诉他。"我这边等着呢。"丁先生说。

汪宝珠回答好吧。

一个"好吧"，让丁先生感觉如果不是他一再强调，汪宝珠拖一个月可能都不会跟王秋玲说。而他真的等不起。他已经想好了，如果这件事情没按计划走，他就打算去香港了，陪老婆孩子好好过日子或干脆出国旅行，不必沉湎于"前海先生"。

强调有效。王秋玲很快打来电话，一口一个丁总好，仿佛丁先生还是她的直接领导。

王秋玲说正好，她正想为这件事情找丁总。

丁先生问什么事？

王秋玲说："就是您跟汪宝珠说的这件事情啊，只是我不好意思主动开口。"

丁先生笑起来，说："我跟宝珠说之前你就知道这件事情吗？"

王秋玲说不是。

丁先生问："那你怎么说'正想为这件事找我'呢？"

王秋玲说："我正好想请您引荐我们到深圳发展啊。"

"引荐你们来深圳发展？"丁先生问，"你们在东莞干得不好吗？我听说你们已经在东莞买房了呀。"

"快别说房子了！"王秋玲似乎很生气地说，"如果当年我们不来东莞，和你一样坚守深圳，如今在深圳肯定也买房子了。"

丁先生承认是，两个中高层管理人员在深圳奋斗十多年，肯定也买房子了。那时候工资低，可房价也低啊。

"如果当初我们坚守深圳，先住在厂里，您肯定也不会赶我们走。"王秋玲说。

丁先生说："那当然，反正那么多宿舍空着，我干吗赶你们走。"

"然后我们住在厂里去外面找工作，"王秋玲说，"那时候缺人才，凭我的正牌学历，找个好工作不成问题。"

丁先生承认是，王秋玲西安交大毕业，长得不丑，气质不错，又有特区工作经验，估计当时应聘任何大公司都可以，但汪宝珠电视大学毕业，属于业余或再教育性质，香港老板不懂，内地老板懂，在不了解他"动手能力特别强"的情况下，工作不一定好找，尤其是副总一级的职位。

王秋玲则说汪宝珠不一定要找经理或副总职位，随便找一家大品牌电器维修部，从普通维修工做起，做到最后也一定当经理。

丁先生闭上眼睛一想，真是这样，如果当初汪宝珠真去应聘某个大品牌售后服务中心，可能干几个月就能当上经理。可当时他怎么可能放着香港恒基的总经理不当跑去应聘一个维修中心或售后服务中心的维修工呢？

"快别说总经理了！"王秋玲抱怨说，"谁都以为我们跟着工厂去东莞后，汪宝珠会顶替您的公司总经理位置，我顶替您工贸公司经理位置，可去了之后根本没有！我们还不好意思问，只能耐心等待，结果等待十年了，还是一场空！"

王秋玲还抱怨香港人真的不讲情谊："不说秦老板吧，就说林姑娘，我们一起从深圳来东莞，共事这么多年，工厂就我们两个女干将，关系好得像姐妹，但她一退休，一点音信都没有，标准的人走茶凉，而且凉得彻底，真能做得出！"

"是吗？"丁先生问，"林姑娘退休了吗？"

"您不知道？"王秋玲反问。

"不知道。"丁先生说，"我怎么会知道？"

"不可能吧，"王秋玲说，"当初您和林姑娘那么好，天天半夜还在外面散步……"

"那是巡视！"丁先生吼起来，"是顺便谈工作！"

"好好好，"王秋玲说，"是巡视，谈工作，谈工作。"

"真是巡视，"丁先生放缓语气说，"真是谈工作。但你说得也对，我那时候跟林姑娘的关系相处真的特别融洽，但是你知道吗，她走的时候，连招呼都没跟我打！从此再无音信！"

"您看看您看看，"王秋玲说，"我就说了嘛，香港人不如我们内地人有人情味。您看金健华，我们共事的时间并不长，却到现在还保持联系，人家都当厂长了，正儿八经的广钢集团处级干部。"

"文化吧。"丁先生说，"香港文化可能受英国人一百年殖民统治的影响，精英阶层在尊重妇女和讲礼貌的同时，也多少染上英国上流社会傲慢与冷漠的习气，确实有点缺少人情味了。"

"不说了。"王秋琳终于刹车，回到正事。

"不怪别人，"王秋玲说，"怪我们自己，是我们自己太傻！行了，我们认了，不干了，这次说什么也不干了！坚决不干了！我们决定去深圳，所以想请您帮忙引荐引荐，可又不好意思开口，正好，您主动打电话来说这件事。谢谢您！谢谢丁总！谢谢谢谢！谢谢丁总！"

丁先生也回到最初的话题，但他察觉王秋玲悄悄偷换了概念，把他打算请汪宝珠来梦工场开办工匠坊偷换成引荐他们俩来深圳工作了！

丁先生发觉王秋玲有些小心机，而且胆子大，当年当着"小虎牙"的面都敢抢汪宝珠，于是有些后悔多这个事了。关键是丁先生从一开始就对王秋玲的印象不是很好，觉得她有些自私且自以为是，现在又发现她有些八卦，可已经说出口的话不能说变就变，再说自己多这个事根本不是为了王秋玲，而是为了汪宝珠，为了前海梦工场，所以丁先生稍微沉默了片刻，对王秋玲说："电话里就不说那么多了，你们最近如果方便，可以先来前海看看，就是当年你们工作的那个地方，如今恒基厂拆除了，旁边的滩涂也填上了，这里成前海深港现代服务业合作区了，我发定位给你，你们到了给我打电话，我先带你们看看，然后请你们吃饭，再好好聊聊。"

"好！"王秋玲立刻说，"我们明天就来。不要您请我们吃饭，我们请您！"

丁先生没跟她争谁请谁，只说来了再说吧，遂结束通话。

王秋玲最后一句"我们请您"让丁先生感觉到一丝温暖，他觉得有缺点的人也一定有优点，比如王秋玲，从"我们请您"就看出她骨子里有北方女人的豪气，而且也是识好歹的，换上汪宝珠，可能一辈子都说不出"我请你"这样的话，再想着当年打开茂名石化的销路，多关键啊！虽然方向和重大步骤都是我亲自出面与布置的，但具体执行基本上全靠王秋玲，不说功劳，起码她没有把事情做坏，自己还是应该对老部下多多宽容一些，能帮就帮他们一把吧，不管是汪宝珠还是王秋玲。他甚至想到金健华，想着等王秋玲他们来了，向她讨要金健华的联系方式，主动联系一下，自己现在虽然是香港人身份，但骨子里仍然是内地人，千万不要受英国上流社会傲慢与冷漠的影响。

第二日一大早，汪宝珠王秋玲夫妇就来到前海。原来他们已经自己有车，从东莞的大朗镇开过来，跟从深圳的西涌或坪山开到前海距离差不多。丁先生接到电话以为他们才出发，二人却说已经到了梦工场。丁先生赶紧过来请他们吃早点，说吃完带他们参观，不喝早茶耽误时间了。但他们二位显然已经吃过早餐，所以只是陪丁先生吃，并且吃完王秋玲立刻抢着埋单，提前兑现了"我们请您"。

丁先生带着二位先到青年梦工场，站在这里可以看到八栋风格相近的建筑，分别是展览及创业服务中心，青年创业园A、B、C三座，以及智慧云中心、创新中心、人才驿站和创业学院。丁先生让他们发挥空间想象力，想象从天上向下俯视，八栋建筑加上每栋的结构是否共同构成一个汉字繁体字的"夢"。王秋玲好奇地东张西望，一脸兴奋，汪宝珠则闭上眼睛想了一下，然后蹦出一个字："像！"

"你们看到的只是冰山一角，"丁先生说，"下面是更大的地下长城。"

"地下长城？"王秋玲问，"像古罗马那样的地下长城吗？"

丁先生摇头，说："你们注意到没有，这么大的前海，怎么没有一个外挂空调？也没有一处集中供热的冷却塔？"

王秋玲放眼四周一望，说："真是哎，你不说，我都没注意呢！"

汪宝珠问：全部放在地下？

"对啦！"丁先生兴奋地说，"当年我去东京和曼谷，总觉得他们不如深圳。为什么？因为深圳没有裸露的输电线。上个月我去美国，又发现曼哈顿不如前海。为什么？因为前海没有外挂的散热器啊！"

王秋玲的情绪被丁先生感染，啧啧称奇，汪宝珠则半闭着眼睛，似乎顺着丁先生的描述想象前海的地下长城。

丁先生说："前海拥有目前世界上最大规模的区域集中供冷系统，十个冷站。九十公里市政管网，总供冷量可达四十万冷吨，可实现全年二十四小时不间断供冷，含有多项世界领先的"低碳、生态、节能环保"技术。比如冰蓄冷技术吧，在夜间用电低谷期采用双工况主机制冷，通过乙二醇回路和蓄冰设备将冷量以冰的形式储存起来，白天释放冷量，超静音横流式冷却塔在地下，地面之上完全听不见任何噪声，不相信你们侧耳细听，看能不能听见半点噪声。"

汪宝珠王秋玲夫妇果真侧耳仔细听了半天，真的一点噪声都没听见。

丁先生接着对汪宝珠和王秋玲说："凡有资格入驻的创业团队，不仅场租减免，更有政策扶持。梦工场里的所有企业均可享受前海及广东自贸区内的所有优惠政策，接受从公司注册到公司上市的一站式服务，包括投融资、会计顾问、法律及人力资源服务等。梦工场除了现代化办公场地，还有会议室、演讲厅、新闻中心和青年公寓等。资源共享，免费使用。在办公楼的楼道，有自动售卖柜，随时可购买食品，方便加夜班的创客们吃夜宵。更配有健身房、网球场等。入驻团队的吃、穿、用、住和娱乐在五百米内就可以解决。但他们就是缺少一个工匠坊，及时准确地完成小件制作与加工，并随时更改，不断融入新的创意理念和思想。"

丁先生带他们参观三栋青年创业园，每一栋里都有很多正在初创的企业，规模都不是很大，远没有达到工厂的规模，像是大工厂里面的小实验室，并且不全是工业规模，有些是不含任何传统工业设备的纯创意团队，如一个听障人士开创的声活科技公司，就没有多少设备，功夫全在创意和软件开发上，所以整个公司安安静静，与传统工厂看上去热火朝天大相径庭，然而就是这样一个由听障人士自己开发的声活APP，能帮助听障者之间、听障者与健听人之间顺畅沟通。

在青年创业园的另一栋楼里，他们参观微孚智能公司。这家公司是健听人士创立的，所以也比较健谈。公司的联合创始人李滔亲自接待。这个身材略瘦二十多岁的小伙子也戴眼镜，看上去与年轻时期的汪宝珠有几分相似。他自豪地向客人介绍："我们是开发水下无人机的。"

"水下无人机？"汪宝珠问。

"是，"李滔回答，"因为我们受汪滔的大疆无人机启发，所以就开发了这款名字叫CCROV的水下无人机。"

丁先生和王秋玲点头，但汪宝珠却边看边摇头。

李滔不知道客人为什么摇头，疑惑地看着丁先生。丁先生赶快跟汪宝珠解释，说大疆无人机的创始人汪滔是梦工场里许多年轻人的榜样和偶像，因为汪滔也是深港合作的产物，他是深圳人，却在香港科技大学学习期间开发了大疆无人机。

李滔和王秋玲听了一起点头微笑，可汪宝珠还是不笑也不点头，他仍然盯着"CCROV"摇头。

丁先生有些尴尬，心想这个汪宝珠真是情商有问题，来人家公司参观，对方老板看在他"前海先生"的面子上亲自出面接待并介绍他们的拳头产品，你哪能对着人家的产品使劲摇头呢！他老婆王秋玲更是看不下去了，忍不住拽汪宝珠的衣袖，可微孚智能的创始人李滔却和颜悦色地问汪宝珠："这位老师您觉得有什么问题吗？"

在丁先生听起来，李滔这句"老师"或许隐藏讽刺的含义了，可汪宝珠听不出来，他真把自己当老师了，居然说："问题很多。"

丁先生、王秋玲一脸震惊，李滔却谦虚地追问："什么问题？请老师指教。"

微孚智能公司不大，他们的对话声音不小，汪宝珠这样说着，就引起正在工作的其他人注意。大约以前从来没有人这样当面评价他们的产品吧！丁先生发现，公司内其他人也暂停工作，纷纷朝这边看甚至朝这边走过来。

"首先，"汪宝珠说，"既然是水下无人机，就不能做成方形。"

"那该做成什么形状？"李滔问。

"飞碟形。"汪宝珠说，"或者是铁饼形。但比铁饼略微胖一些，以便留下注水空间。"

"还要往无人机里注水？"李滔忍不住问。旁边的人听说给水下无人机注水也笑起来。

"对。"汪宝珠认真地说，"因为要调节浮重比，就是浮力与重量的比例。最理想的比例是'1'，这样，下水后的水下无人机的重量和排水量相等，水下无人机产生的浮力等于自身重量，能自动悬浮在水中的任何位置，只要某个方向的螺旋桨稍微施加一点动力，就能方便地移动，便于操控并节省动力。"

丁先生也是工程师出身，尽管他是学冶金工艺的，但也学过流体力学，他马上就意识到汪宝珠说得对，同时相信李滔的团队也不是吃干饭的，他们如果连这个问题都想不到还怎么开发水下无人机呢？于是，丁先生插嘴说："这个问题李总他们肯定早就想到了。但想到容易做到难。他们现在是试验阶段，尺寸并未定型，做一个方形机盒很容易，但如果要做成流线型也就是飞碟或胖一些的铁饼形状就非常麻烦，即使委托加工，协作工厂也不愿意为他们单独一个飞碟开模，再说尺寸老是变化，别人怎么开模？开模的费用谁能承受？"

汪宝珠不得不点头。

丁先生接着说："当然，在你手上敲一个流线曲面外壳小菜一碟。所以王桂侠局长才特意让我把你请到梦工场来开一个工匠坊嘛。我看你工匠坊开起来之后第一件事就是帮李总他们公司免费做一个飞碟或胖一点的铁饼形的水下无人机外壳。记着，第一次是免费，算是给你的工匠坊做广告。"

然后，不等汪宝珠答应，丁先生又转脸对李滔介绍说："这位汪宝珠先生是东莞香港恒基金属材料厂的副总经理，他是真正的能工巧匠！前几天我和王桂侠局长商量，干脆请汪总来咱们梦工场开一个工匠坊，专门为你们提供廉价、快速、高质量的制作服务，他还担心业务不饱满，所以我特意带他到你这里参观，看他来了会不会没业务做。"

李滔的脸上露出惊喜。

丁先生又对汪宝珠说："看到了吧，不要说整个前海梦工场，就是李总他们开发的这个水下无人机，就够你忙的。如果他们的机身机壳不需要到东莞加工，在你的工匠坊里就能加工出来，立等可取，他们的研发速度要加快多少倍啊！"

　　旁边有人小声说："那是的，如果不用到东莞加工，在园区内立等可取，效率高多了！"

　　"而且汪总还不要精准的图纸，"丁先生大声回答那个小声议论的人，"他只要简单的草图，甚至只凭你口述和用手比画，就能给你敲打出来！"

　　"真的吗？"

　　"是不是啊？"

　　"有这么神奇吗？"

　　"你怎么知道的？"

　　丁先生很认真地看着李滔，说："汪总可不是一般的人。他当副总的东莞恒基，就是从我们脚下这片土地上搬过去的。当年我在恒基妈湾厂当董事总经理，他是我的副总和生产技术经理，这次如果他能回来开工匠坊，也算是回归前海了！"

　　众人一阵唏嘘。

　　参观继续，李滔开始介绍产品的应用："这种水下无人机就是水下机器人，由一根电缆连接到岸上，操作人员在岸上根据安装在机器人上的摄像系统，像操作大疆无人机那样手动操作，就能完成各种水下作业。如水下摄影、水下勘测、水下清理、水下焊接等。以前这些水下操作都需要请专业的潜水员，不仅麻烦，而且费用极高，通常一名潜水员每天只能水下作业四小时，报酬却高达两万元人民币！有些作业，如水下焊接，还必须另外准备水下焊接专用设备，还要对潜水员进行专门的培训等，费用更高，更耽误时间。而我们开发的水下机器人，就算售价十万元一台，也就相当于一名潜水员五天的工资。所以市场前景相当乐观。目前第一批CCROV产品已经用于深圳海关的缉查船底走私货品，第二批用于三峡水电站查看水下垃圾和水底沉积物，第三批用在水下摄影。"

　　参观还没有结束，公司的另一位负责人何伟就赶了回来。因为他已经听说一大早"前海先生"就带着两个人来参观，其中一个还是能工巧匠，给他们的产品提了许多意见。

　　何伟是抓团队建设的，他赶回公司的目的就是想抓住汪宝珠。

　　何总毕业于西北工业大学飞行器设计专业。关于水下产品流线型设计问题他早就想到，只是他们的长项是思想而非动手，所以还没有来得及落实产品外形流线化的问题，再说也并非所有的水下机器人都需要做成流线型，但如果这个能工巧匠能加盟他们团队，则正好弥补他们的短板。

　　见面之后，简单寒暄，何伟直言不讳提出请汪宝珠加盟微孚智能的问题。他老婆王秋玲很兴奋，而汪宝珠则看着丁先生。丁先生说出他和王桂侠副局长商量的意见，想请汪总来梦工场开一个工匠坊，为梦工场里的所有企业服务，当然首先是为微孚智能这样需要制作的公司服务，这样汪宝珠这个能工巧匠才能作用最大化，如果想请汪总单独加盟你们团队，我需要跟王桂侠局长汇报，还要听汪总本人的意见。

　　何伟对王局长和丁先生的战略思考和大局观表示理解，但他仍然对汪宝珠不能加入自己的团队表现出失望。交谈中，获悉汪宝珠的夫人王秋玲是西安交大焊接专业毕业的，马上表现出极大兴趣。不仅因为她是能工巧匠的夫人，也因为他自己就来自西北工业大学，和王秋玲算准老乡兼准校友，有一种天然的亲切感，更主要的是他们下一步就准备开发和推广水下焊接机器人，正打算招聘一名专门学焊接专业的工程师来，如果这时候王秋玲能加盟微孚智能，再好不过！如此，当日汪宝珠来梦工场开工匠坊的事情还未最后敲定，他老婆王秋玲却已经在这里找到适合自己的位置了！

第二十三章　不忘初心

工匠坊如约开张了。

工商注册的事情，丁先生并没有找王桂侠。他自己带着汪宝珠来到e站通服务大厅专门为工商注册设置的一窗通服务柜台，把材料递进去，想着如果遇到麻烦自己走不通再去找王桂侠，谁知第二天，柜台就把电话打到汪宝珠留下的手机号码上，喊他去取营业执照、发票和公章等。这么快！王秋玲以为是丁先生找王桂侠事先打了招呼，所以才这么顺利，记得当年也是在这个地方，他们注册恒基工贸公司的时候费了那么大的劲，耽误那么多日子，最后还是赖厂长作为本地人，托亲戚找朋友外加请客送礼，最终才把营业执照办下来，哪里像这次，去服务窗口一次，一天之内所有的事情就全部办妥了，不是丁先生事先找王桂侠局长打过招呼可能吗？

"这个真没有。"丁先生说，"我想着如果自己走不通了，再去找他，谁知道e站通这么畅通，我干吗要去打扰领导？"

王秋玲将信将疑，丁先生半开玩笑半认真地说："不相信你自己再注册一家公司试试。"王秋玲当然没有为了验证丁先生说的真伪而自己再去注册一家公司，但她确实抽空溜达着去服务大厅看了几次，又问了几个办理工商注册的人，证明确实是"一个窗口一次搞掂一日办完"，这才彻底相信今非昔比。晚上她对汪宝珠说："我们回归前海，算是彻底来对啦！"

工匠坊开张的那天，王秋玲依然希望丁先生能把王桂侠请来捧捧场，丁先生知道王秋玲想借机认识领导，他想成人之美，都开始手机拨号了，但拨到一半还是停了，觉得王秋玲的想法可以理解，却完全没有必要，于是笑着对汪宝珠说：

"场子太小了，这么小的工匠坊开张，有我一个'前海先生'场面就撑住了，把大局长请来，被人家笑话丑人多作怪是小，让人家怀疑我们小作坊有大背景反而不好。你说呢？"

丁先生的话是对汪宝珠说的，却是说给王秋玲听的。可汪宝珠没反应，连笑都没笑，仿佛这件事与他无关，而王秋玲则说："既然你和王局长说好了的，工匠坊开张却不请人家来，局长会不会怪罪呀？"

"不会。"丁先生很有把握地说，"领导那么忙，哪有时间'怪罪'我们小老百姓呀。"

如此，工匠坊从注册到开张，丁先生都没再和王桂侠说，直到有一天，王局自己路过那里，看到工匠坊，才主动打电话给丁先生，问是不是上次他说的那个能工巧匠开的。丁先生回答是，王桂侠才晓得工匠坊已经开张了，并且运作良好，果然并没有怪罪开张的时候没通知他。

这一日，丁先生接到一个陌生的电话。与大多数人对陌生号码一概不接的做法相反，丁先生对任何来电都接。因为他是"前海先生"，也算半个名人，前海范围内那么多企业和机构，无论哪个被孵化创新团队或机构有什么活动，都有可能邀请他捧场，例如某家企业IPO成功搞庆典，或港交所在前海设立的前海联合交易中心开业等，都邀请丁先生出席相关的活动，而所有这些邀请都是从打电话开始的，问他某段时间在不在深圳，能不能专程从香港过来等，他哪能不接陌生号码的电话呢？

丁先生不理解为什么那么多人不敢接陌生号码的电话。怕遭遇诈骗吗？怕广告推销吗？电话推销不可怕，大不了他一听是广告立刻挂掉就是，至于诈骗电话，丁先生更加不怕，他有时候还故意不挂，装傻，听听对方到底是怎么骗的，往往听到最后，丁先生忍不住把对方教育一顿，说：小姑娘，我虽然看不见你的脸，但听声音你就是蛮漂亮且有一定文化教养的女孩，世界上有那么多正经的赚钱的生意你不做，干吗配合坏人搞诈骗呢？不觉得自己亏心和伤天害理吗？

不过，他今天接到的这个陌生号码电话不是广告推销，更不是诈骗电话，而是他的老熟人广州《新材料》杂志社社长许薇薇打来的。丁先生很惊喜，许薇薇却非常沉痛地告诉他一个不幸的消息："李惟诚被'双规'了！"

"啊？"丁先生相当震惊，"李惟诚？'双规'？是什么问题吗？"

其实也不用问，当然是经济问题。这年头，凡是当领导出了问题的，基本上都是经济问题。不是经济问题，难道还是政治问题或作风问题吗？

许薇薇说她已经来深圳，就住在南山的中南海滨大酒店，丁先生如果有空，她想见面与他说说。

"有空有空，"丁先生说，"我过来。现在就过来。"

中南海滨大酒店位于南新路口，就是当年丁先生从华强北回来跟唐静坐下来吃饭看着唐静哭得稀里哗啦的那地方，离前海不远，丁先生经常在里面吃午餐，一份特价三文鱼才十元，外加一份牛扒，就是丁先生的午餐，因为不含糖，所以吃完连降糖的药都免了，因此那地方他很熟悉。一见面，发现除了许薇薇外，还有一个年龄与她相仿的女人。许薇薇介绍她是李惟诚的夫人。

丁先生赶紧上前一把握住对方的手，表示慰问，同时他不解："李惟诚那么正派的人，当年他帮我，把南海石油阀门厂推荐到我的工业区里，可是连饭都没有吃我一顿呀，一心想着就是为国家节省外汇，顺便帮一下老朋友，这样的人，怎么会有经济问题呢？"

李夫人听丁先生这么说，立刻流下眼泪。

丁先生安慰说："没事，经济问题用经济手段解决，彻底交代，全部退赔，争取宽大处理。"

李夫人听丁先生这么说，不知是感动还是焦急，流出更多的眼泪。

丁先生不知自己哪句话说错了，看着许薇薇。

许薇薇说："问题是李惟诚坦白交代的数目超出了大姐的偿还能力。"

超出偿还能力？这话是什么意思？难道李惟诚在外面包养了二奶，搞来的钱并没有全部交给他老婆？还是这些钱并没有装进他一个人的腰包，有一部分用来孝敬上级领导了？不管什么情况，这事都不能外传，更不能乱咬，尤其不能咬出上级领导，如果那样，事情更复杂，罪行更严重，后果更不堪！

这么想着，丁先生就认真地对李夫人说："嫂子，请相信我，旁观者清，我是旁观者，请你按我说的话做，倾尽所有，尽力而为，如果仍然不够，找我，我帮你解决。"

李夫人不哭了，一脸震惊地看着丁先生。

许薇薇则焦虑地说："这可不是小数目。大姐就是把广州和深圳的房产全部卖了，恐怕也不够，再说，房子卖了大姐住哪里？"

李夫人赶紧点头，证明许薇薇说的都是实情。

丁先生也点点头，表示他也相信许薇薇说的都是实情，然后他认真地对李夫人说："大姐放心，我说话算话，今天当着许社长的面，我保证你倾尽所有产之后如果钱仍然不够，你就来找我，我帮你解决，没房子住可先住我那里，我在蛇口海上世界旁边有套房子空着。"

"这个、这个……"李惟诚的老婆激动得说不出话。

许薇薇也是旁观者，她比李夫人冷静，提醒丁先生道："这个事情你恐怕不能一个人做主吧？是不是该回去和你太太商量一下？"

李夫人赶紧跟着点头，表示她也是这个意思。

丁先生冷静了一下，说："如果数目不是特别巨大，在我能承受的范围之内，我就不需要跟太太商量，这种事情知道的人越少越好。不瞒二位，我和太太是AA制，当初拿到一大笔征迁补偿款之后，我立刻和太太一人分一半，为的就是双方各自财务自由，'按需花钱'，她娘家那边有什么需要花钱的地方，不必告诉我，我这边遇上什么花钱的事，也不必告诉她。一告诉对方，就不是真正的自由了。"

李夫人和许薇薇两人听完一起使劲点头，似感动万分。

当晚，丁先生回到香港。

是香港，不是新界，所以到家的时间比较晚。很多人说住香港，其实是住在新界，比如十年前赖月娥第一次在香港买的房子就在新界的上水，说起来也属于香港，其实过了罗湖桥走一站就到，但当时只要房子属于香港就行，哪里管它到底是在香港还是在新界。香港与新界的差别，大约是老北京与新北京的差别，真正的老北京是二环之内，真正的香港是维多利亚港湾的南侧，赖月娥第一次在上水买的房子，放在北京相当于五环之外，与真正的老北京相距甚远，后来丁先生按照AA制原则分给赖月娥一半的征迁补偿款，她就立刻跑到真正的"香港"买了一套半海房。所谓半海，就不是真正的海景房，而是其中的一扇窗户能看见半个维多利亚湾，大约相当于北京的二环边缘吧，比如北京的雍和花园。

因为听口气李惟诚涉案的金额比较大，所以丁先生还是接受许薇薇的建议回来和赖月娥说一声。

说一声不是商量，而是打一声招呼，就是他说出来之后，无论赖月娥是支持还是反对，丁先生都一定要兑现自己对李惟诚老婆的承诺。

赖月娥听了半天没作声。丁先生忽然有些后悔告诉太太了。但既然已经说出口了，就不可能再收回来，于是就跟赖月娥解释："人在外面混，欠别人的总是要偿还，当年恒基工厂外迁你还没回妈湾之前，我眼看就揭不开锅了，都打算请你弟弟赖文斌帮忙联系人家把工业园买走或合作了，幸亏李惟诚帮我引进南海石油阀门厂，让我渡过难关，而他当时并没有从我手上收取任何好处费，连一顿饭都没要我请，你说，他现在落难了，我难道不该帮他吗？"

"我没说不帮。"赖月娥终于开口说话，"我担心你手上没有那么多现金，所以在盘算我这边除了买保险和定期存款外还能动用多少现金支持你。"

"你打算用自己的私房钱支持我？"丁先生似乎不相信地问。或者相信，但需要确认。

"什么私房钱？"赖月娥说，"一家人，钱分了用而已，哪里像你们别省的人一样存私房钱！"

丁先生有些意外，也有一丝感动，他以前一直以为广东人非常务实，不吹牛，也不玩虚的，但不如别省的人仗义，没想到关键时刻赖月娥还这么仗义！丁先生不确定是自己之前的认识偏差，比如李惟诚就蛮仗义，他也是广东人嘛，还是赖月娥属于特例，因为他们认识二十多年了，受自己影响，赖月娥也学会别省的人仗义了。但不管怎么说，她打算动用自己的私房钱帮李惟诚的行为还是令丁先生感动，他不禁伸出手，插进赖月娥的头发里，用食指和大拇指轻轻捏住赖月娥的耳垂。那是人体上一块很柔软而神奇的地方，丁先生忽然记起自己小时候躺在妈妈怀里的时候就喜欢这样抚摸妈妈的耳垂，会走路之后渐渐忘记这个习惯，没想到今日居然忽然记起，并返老还童，回归人之初。